U0459026

中国翻译家译丛

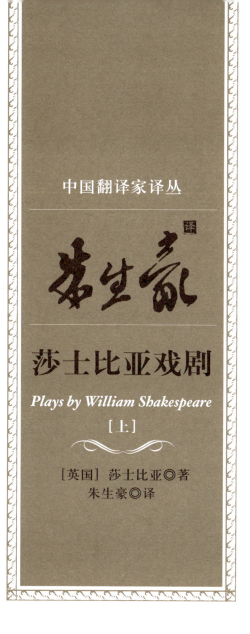

莎士比亚戏剧

Plays by William Shakespeare

[上]

[英国] 莎士比亚 ◎ 著

朱生豪 ◎ 译

人民文学出版社

William Shakespeare

PLAYS BY WILLIAM SHAKESPEARE

图书在版编目(CIP)数据

朱生豪译莎士比亚戏剧/(英)莎士比亚(Shakespeare,W.)著:朱生豪译 —
北京:人民文学出版社,2013(2019.12 重印)
（中国翻译家译丛）
ISBN 978-7-02-009765-4

Ⅰ.①朱… Ⅱ.①莎… ②朱…Ⅲ.①戏剧文学—剧本—作品集—英国—
中世纪Ⅳ.①I561.33

中国版本图书馆 CIP 数据核字(2013)第 047391 号

选题策划　欧阳韬
责任编辑　马爱农
责任印制　任　祎

出版发行　人民文学出版社
社　　址　北京市朝内大街 166 号
邮政编码　100705
网　　址　http://www.rw-cn.com

印　　刷　北京盛通印刷股份有限公司
经　　销　全国新华书店等

字　　数　748 千字
开　　本　710 毫米×1000 毫米　1/16
印　　张　52.5　插页 6
印　　数　8001—10000
版　　次　2015 年 4 月北京第 1 版
印　　次　2019 年 12 月第 2 次印刷

书　　号　978-7-02-009765-4
定　　价　78.00 元（全二册）

如有印装质量问题,请与本社图书销售中心调换。电话:010-65233595

出 版 说 明

　　人民文学出版社自一九五一年建社以来，出版了很多著名翻译家的优秀译作。这些翻译家学贯中西，才气纵横。他们苦心孤诣，以不倦的译笔为几代读者提供了丰厚的精神食粮，堪当后学楷模。然时下，译界译者、译作之多虽前所未有，却难觅精品、大家。为缅怀名家们对中华文化所做出的巨大贡献，展示他们的严谨学风和卓越成就，更为激浊扬清，在文学翻译领域树一面正色之旗，人民文学出版社决定携手中国翻译协会出版"中国翻译家译丛"，精选杰出文学翻译家的代表译作，每人一种，分辑出版。

人民文学出版社编辑部

二〇一四年十月

"中国翻译家译丛"顾问委员会

主　任

李肇星

顾　问

（按姓氏笔画排序）

于友先　卢永福　孙绳武　任吉生　刘习良

李肇星　陈众议　肖丽媛　桂晓风　黄友义

目　录

前　言

　　威廉·莎士比亚（William Shakespeare，1564—1616）是英国文艺复兴时期伟大的戏剧家和诗人。他一生共创作了三十八部戏剧作品，两部长篇叙事诗和一部十四行诗集。在他的十四行诗和戏剧作品中，他多次提出时间的摧毁一切的力量：无情的时间能使美的事物凋枯，能将万物的生命摧毁。然而，在时间的强大力量面前，仍有不灭的真善美和伟大的艺术能光耀万世而永不消亡。在他的十四行诗第十八首中，他感叹时间将催使他的爱人老去而使美的青春不再，然而，"只要人类在呼吸，眼睛看得见，/我这诗就活着，使你的生命绵延"，诗的艺术能带来美的延续，生命的不朽。这一四百多年前的预见在他伟大的戏剧和诗歌作品中得到了最好的印证。他的作品战胜了时间摧枯拉朽的力量，同时，时间也成为他的作品艺术生命长久不衰、魅力永在的最好明证！正如他同时代的批评家和剧作家本·琼生所说，莎士比亚是"时代的灵魂"，他"不属于一个时代，而属于所有的时代"！莎士比亚在世期间，他的戏剧作品曾吸引了大量观众，包括王公贵族和普通百姓，产生了巨大影响。十八世纪以来，这些作品始终活跃在舞台上，二十世纪随着电影业的发展，它们又被搬上银幕。几百年来，无论是忠实于莎士比亚原作的戏剧表演还是经过重新改编的各类作品，莎剧都拥有众多的观者，散发出不灭的艺术光辉；另一方面，自一六二三年《莎士比亚全集》第一对开本问世，莎士比亚的戏剧也迎来了一代又一代的读者，成为人们阅读、学习、研究的对象，在历代读者的阅读和研究中这些作品不断得到新的阐释和挖掘。艾略特在他的批评名篇《传统与个人才能》中指出，历史从来都不是过去的历史，而是当下的历史，因为，历史总是通过当代人的阐释而获得新的生命和鲜活的意义。莎士比亚的作品历经四百多年的历史磨砺而愈加散发出艺术的光芒，这正是其作品不断获得历代人们的新的解读和阐释的结果，而他作品中多元的艺术元素则为新的阐释和新的生命及血液的注入提供了可能。其丰富而多元的艺术元素决定了莎士比亚的作品将在历史的长河中焕发出永不磨灭的生命活力。

一五六四年四月，莎士比亚出生于英格兰中部的艾汶河畔的斯特拉福镇。小时候家境殷实，他曾在镇上的文法学校学习。但不久家道中落，陷入经济困境，这或许成为莎士比亚未能进入大学深造的直接原因。十六世纪中后期，英国的戏剧业呈现出蓬勃发展的态势，当时曾有巡回演出的剧团来到莎士比亚的家乡，影响最大的女王剧团也曾于十六世纪八十年代到斯特拉福镇做巡回演出。莎士比亚可能受到剧团演出的深深吸引，他在十六世纪九十年代左右来到伦敦，开始发展他的戏剧事业。初到伦敦的莎士比亚曾与人合作为不同的剧团写戏，很快便表现出突出的才气，崭露头角。一五九二年，未曾迈进大学门槛的莎士比亚被当时的"大学才子"剧作家格林所嫉妒，他把莎士比亚称作"那只新抖起来的乌鸦"，"借我们的羽毛来打扮自己……狂妄地幻想着能独自震撼（Shake-scene）这个国家的舞台"。一五九二年至一五九四年间，伦敦因流行瘟疫，大部分剧院关闭，在此期间莎士比亚完成了两部长篇叙事诗《维纳斯与阿多尼》与《鲁克丽丝受辱记》。虽然莎士比亚作为剧作家在当时并不为"大学才子"们所认可，但他的两部诗作则在年轻人中间引起轰动，风靡一时，产生了相当大的影响。一五九四年剧院恢复营业之后，莎士比亚加入宫廷大臣剧团，并终生服务于该剧团，直到一六一三年离开伦敦返回家乡。此间，莎士比亚于一六○九年出版了他的十四行诗集，成为能与他的戏剧作品比肩的传世之作。

在一五九○年至一六一三年的二十多年间，莎士比亚共创作了包括历史剧、喜剧、悲剧、传奇剧等在内的三十八部戏剧，为人类留下了一笔经久不衰的瑰丽文化遗产。十六世纪九十年代，他的戏剧创作主要为喜剧和历史剧。一五九四年剧院关闭之前的创作虽然还处于初露锋芒的时期，但《理查三世》（1592—1593）等作品中已经流露出他对复杂人性的深刻洞察。九十年代中后期，他的创作进入了高峰期，完成了《罗密欧与朱丽叶》（1595）、《仲夏夜之梦》（1595）、《威尼斯商人》（1596）、《无事生非》（1598—1599）、《皆大欢喜》（1599—1600）等喜剧和大部分历史剧，如《亨利四世》（上、下）（1596—1598）、《亨利五世》（1598—1599）等。这一时期，他的创作风格较为明快，充满积极向上的格调，即便剧中有悲剧的成分，整个作品也透露出对生活的肯定，对理想的向往，如《罗密欧与朱丽叶》（1595）就是一部歌咏青春和爱情的作品,两位年轻人最终双双为爱而殉命的悲惨结局中流露出他对美好生活的赞美和渴望。当时的评论家米尔斯在他的《才子宝典》(1598)中将莎士比亚与罗马剧作家普劳特斯和塞内加相比,对他悲剧和喜剧两方面的创作才能均给予了高度评价。九十年代末期和十七世纪的最初十年间,莎士比亚转入了悲剧和罗马题材剧的创作。伊丽莎白女王时期英国的经济、军事、文化均获得了极大发展,政治力量增强,但资本主义上升时期日益凸显的社会矛盾、政治上的各种冲突和权力斗争等也逐渐加剧,莎士比亚对此有着极为敏锐的洞察和深刻的思考。此时,他更加注重探讨人生的重大问题,探索解决人生之困顿的途径,诸如权力、欲望、嫉妒、暴政等等。著名的四大悲剧《哈姆莱特》(1600—1601)、《奥赛罗》(1603—1604)、《李尔王》(1605—1606)、《麦克白》(1606)均完成于这一时期。几部重要的罗马题材剧也在九十年代末和新世纪的最初几年完成,如《裘力斯·凯撒》(1599)、《安东尼与克里奥佩特拉》(1606)、《科里奥兰纳斯》(1608)等。莎士比亚在这一时期也创作了他后期的几部喜剧,但风格较前一时期更多悲情色彩,更为沉重而引人深思。晚期的莎士比亚剧作风格有了新的变化,最有影响的是传奇剧,如《暴风雨》,他通过想象的世界与现实世界的对照来探讨人生问题。

对于中国读者来说,莎士比亚的名字虽然在十九世纪上半叶就在林则徐主持辑译的《四洲志》中有所提及,但一般读者直到二十世纪初才开始读到莎士比亚的作品,这自然是因为有关莎翁的作品直到此时才被译成汉语介绍到中国来。早期的翻译家林纾、魏易将英国兰姆姐弟的莎士比亚戏剧故事集用文言文翻译过来,于一九〇三年出版《瀚外奇谭》,为有关莎士比亚戏剧故事的最早汉译本。用汉语白话文翻译莎士比亚戏剧作品的始创者是田汉,他翻译的《哈孟雷特》和《罗密欧与朱丽叶》分别于一九二一年和一九二四年出版。此后,一批莎剧的汉译者不断涌现出来,然而,其中影响最大,也最令人敬仰的译者是穷毕生之精力进行莎剧翻译、才华横溢、英年早逝的翻译家朱生豪。

朱生豪生于一九一二年,是浙江嘉兴人。他小时十分聪慧好学,刻苦用功,成绩优异。不幸的是,他家境贫寒,父母早亡,一生都在贫苦中度过。年轻时朱生豪喜爱文学,在杭州之江大学国文系读书时他开始诗歌创作,并写下了不少诗论、文论,也写散文并进行翻译,表现出极高的文学才华。之江大学是美国人办的基督教教会大学,对英文非常重视,大学期间他辅修了英文专业的所有课程,英文尤其出色。一九三三年他毕业之后来到上海世界书局担任英文编辑。这期间他遍读世界文学名著,对莎士比亚的戏剧情有独钟,极为喜爱和敬仰。然而,"九·一八"事变之后,国内时局动荡不安,国难当头,他对现实深感不满,加之他天生沉默寡言,性情忧郁而孤独,精神上极为苦闷。此时,有同事建议他翻译莎士比亚的戏剧作品,并经他的胞弟鼓励,说这是为国争光的英雄伟业。他大受鼓舞,从此,他抱着一腔拳拳的爱国之心和为民族争一口气的志向,肩负起文化传播的重任和使命,于一九三五年开始着手准备这一宏伟的翻译工程。从他一九三六年译成第一部莎剧《暴风雨》开始,直至一九四四年他在与贫困与疾病的抗争中,最终无力回天,撒手人寰为止,他共翻译了莎士比亚全部三十八部戏剧中的三十一个半。一九三五年至一九四四年这十年是中华民族灾难深重的十年,朱生豪历经日本侵略的苦难、贫穷和疾病的折磨,以惊人的毅力和顽强的意志,克服种种困难,在令人难以想象的艰苦条件下进行翻译工作。在战乱中,他的译稿几次被焚毁,他曾三次补译遗失或被焚毁的译稿,在仓皇的出逃中,他手边仅带原版的莎剧和一两本英汉字典,就是在这样的条件下,他将生命的全部都投入译莎的事业当中。他虽未能译完余下的莎剧,成为千古遗恨,但他付出毕生的精力,终竟成为传播莎剧文明之火的普罗米修斯,成为译莎事业的英雄和圣徒,成就了莎剧翻译的伟业。一九四七年,朱生豪译《莎士比亚戏剧全集》三辑版由上海世界书局出版,收入了他翻译的二十七部莎剧,在社会上引起强烈反响。一九五四年,人民文学出版社用"作家出版社"的名义印行朱译三十一部莎剧,以《莎士比亚戏剧集》为名出版。一九七八年,人民文学出版社出版了以朱生豪为主要译者的《莎士比亚全集》,这是中国首次出版外国作家作品的全集。

莎士比亚的戏剧由英语素体诗的形式写成,朱生豪的翻译虽然没有采用诗体而是采用了散文体进行翻译,但他自年少时期就培养的对诗的热爱,他的诗歌才气和他天然的诗人气质,都使他的译文充满了一种诗的意蕴。他的译文忠实于原作,文笔流畅、优美,兼口语和典雅之辞于一身,音韵铿锵,朗朗上口,被认为准确地传达出了莎剧原作的神韵。据朱生豪自己称,他译莎剧务必做到"在最大可能之范围内保持原作之神韵,必不得已而求其次,亦必以明白晓畅之字句,忠实传达原文之意趣"。评论者认为"朱译似行云流水,即晦塞处也无迟重之笔"。朱生豪曾经认为莎剧充满了戏剧性,诗的成分和戏的成分兼而有之,没有书斋里的沉闷之气。正是对莎剧有着这样深刻的体会,他译的莎剧语言生动活泼,人物性格鲜明,非常适合舞台演出的需要和大多数读者的阅读欣赏趣味,因而,朱生豪的莎剧译本流传很广,影响巨大,已成为广大读者所珍爱的艺术瑰宝,汉语文学翻译中不朽的经典之作!

屠岸　章燕

二〇一四年二月三日

罗密欧与朱丽叶

ROMEO AND JULIET.

剧 中 人 物

爱斯卡勒斯　维洛那亲王

帕里斯　少年贵族,亲王的亲戚

蒙　太　古 ⎫
凯普莱特 ⎭ 互相敌视的两家家长

罗密欧　蒙太古之子

茂丘西奥　亲王的亲戚 ⎫
班伏里奥　蒙太古之侄 ⎭ 罗密欧的朋友

提伯尔特　凯普莱特夫人之内侄

劳伦斯神父　法兰西斯派教士

约翰神父　与劳伦斯同门的教士

鲍尔萨泽　罗密欧的仆人

山　普　孙 ⎫
葛莱古里 ⎭ 凯普莱特的仆人

彼得　朱丽叶乳媪的从仆

亚伯拉罕　蒙太古的仆人

卖药人

乐工三人

茂丘西奥的侍童

帕里斯的侍童

蒙太古夫人

凯普莱特夫人

朱丽叶　凯普莱特之女

朱丽叶的乳媪

维洛那市民；两家男女亲属；跳舞者、
　　卫士、巡丁及侍从等致辞者

地　点

维洛那；第五幕第一场在曼多亚

开　场　诗

致辞者上。

故事发生在维洛那名城，

　　有两家门第相当的巨族，

累世的宿怨激起了新争，

　　鲜血把市民的白手污渎。

是命运注定这两家仇敌，

　　生下了一双不幸的恋人，

他们的悲惨凄凉的殒灭，

　　和解了他们交恶的尊亲。

这一段生生死死的恋爱，

　　还有那两家父母的嫌隙，

把一对多情的儿女杀害，

　　演成了今天这一本戏剧。

交代过这几句挈领提纲，

　　请诸位耐着心细听端详。（下。）

第 一 幕

第一场　维洛那。广场

山普孙及葛莱古里各持盾剑上。

山普孙　葛莱古里,咱们可真的不能让人家当做苦力一样欺侮。

葛莱古里　对了,咱们不是可以随便给人欺侮的。

山普孙　我说,咱们要是发起脾气来,就会拔剑动武。

葛莱古里　对了,你可不要把脖子缩到领口里去。

山普孙　我一动性子,我的剑是不认人的。

葛莱古里　可是你不大容易动性子。

山普孙　我见了蒙太古家的狗子就生气。

葛莱古里　有胆量的,生了气就应当站住不动;逃跑的不是好汉。

山普孙　我见了他们家里的狗子,就会站住不动;蒙太古家里任何男女碰到了我,就像是碰到墙壁一样。

葛莱古里　这正说明你是个软弱无能的奴才;只有最没出息的家伙,才去墙底下躲难。

山普孙　的确不错;所以生来软弱的女人,就老是被人逼得不能动:我见了蒙太古家里人来,是男人我就把他们从墙边推出去,是女人我就把她们望着墙壁摔过去。

葛莱古里　吵架是咱们两家主仆男人们的事,与她们女人有什么相干?

山普孙　那我不管,我要做一个杀人不眨眼的魔王;一面跟男人们打架,一面对娘儿们也不留情面,我要她们的命。

葛莱古里　要娘儿们的性命吗?

山普孙　对了,娘儿们的性命,或是她们视同性命的童贞,你爱怎么说就怎么说。

葛莱古里　那就要看对方怎样感觉了。

山普孙　只要我下手,她们就会尝到我的辣手:我是有名的一身横肉呢。

葛莱古里　幸而你还不是一身鱼肉;否则你便是一条可怜虫了。拔出你的家
　　伙来;有两个蒙太古家的人来啦。

　　　　亚伯拉罕及鲍尔萨泽上。

山普孙　我的剑已经出鞘;你去跟他们吵起来,我就在你背后帮你的忙。

葛莱古里　怎么?你想转过背逃走吗?

山普孙　你放心吧,我不是那样的人。

葛莱古里　哼,我倒有点不放心!

山普孙　还是让他们先动手,打起官司来也是咱们的理直。

葛莱古里　我走过去向他们横个白眼,瞧他们怎么样。

山普孙　好,瞧他们有没有胆量。我要向他们咬我的大拇指,瞧他们能不能忍
　　受这样的侮辱。

亚伯拉罕　你向我们咬你的大拇指吗?

山普孙　我是咬我的大拇指。

亚伯拉罕　你是向我们咬你的大拇指吗?

山普孙 （向葛莱古里旁白）要是我说是,那么打起官司来是谁的理直?

葛莱古里 （向山普孙旁白）是他们的理直。

山普孙 不,我不是向你们咬我的大拇指;可是我是咬我的大拇指。

葛莱古里 你是要向我们挑衅吗?

亚伯拉罕 挑衅!不,哪儿的话。

山普孙 你要是想跟我们吵架,那么我可以奉陪;你也是你家主子的奴才,我也是我家主子的奴才,难道我家的主子就比不上你家的主子?

亚伯拉罕 比不上。

山普孙 好。

葛莱古里 （向山普孙旁白）说"比得上";我家老爷的一位亲戚来了。

山普孙 比得上。

亚伯拉罕 你胡说。

山普孙 是汉子就拔出剑来。葛莱古里,别忘了你的杀手剑。（双方互斗。）

　　　　　班伏里奥上。

班伏里奥 分开,蠢才!收起你们的剑;你们不知道你们在干些什么事。（击下众仆的剑。）

　　　　　提伯尔特上。

提伯尔特 怎么!你跟这些不中用的奴才吵架吗?过来,班伏里奥,让我结果你的性命。

班伏里奥 我不过维持和平;收起你的剑,或者帮我分开这些人。

提伯尔特 什么!你拔出了剑,还说什么和平?我痛恨这两个字,就跟我痛恨地狱、痛恨所有蒙太古家的人和你一样。照剑,懦夫!（二人相斗。）

　　　　　两家各有若干人上,加入争斗;一群市民持枪棍继上。

众市民 打!打!打!把他们打下来!打倒凯普莱特!打倒蒙太古!

　　　　　凯普莱特穿长袍及凯普莱特夫人同上。

凯普莱特 什么事吵得这个样子?喂!把我的长剑拿来。

凯普莱特夫人 拐杖呢?拐杖呢?你要剑干什么?

凯普莱特 快拿剑来!蒙太古那老东西来啦;他还晃着他的剑,明明在跟我寻事。

　　　　　蒙太古及蒙太古夫人上。

蒙太古 凯普莱特,你这奸贼!——别拉住我;让我走。

蒙太古夫人　你要去跟人家吵架，我连一步也不让你走。

　　　　亲王率侍从上。

亲　　王　目无法纪的臣民，扰乱治安的罪人，你们的刀剑都被你们邻人的血玷污了；——他们不听我的话吗？喂，听着！你们这些人，你们这些畜生，你们为了扑灭你们怨毒的怒焰，不惜让殷红的流泉从你们的血管里喷涌出来；你们要是畏惧刑法，赶快从你们血腥的手里丢下你们的凶器，静听你们震怒的君王的判决。凯普莱特，蒙太古，你们已经三次为了一句口头上的空言，引起了市民的械斗，扰乱了我们街道上的安宁，害得维洛那的年老公民，也不能不脱下他们尊严的装束，在他们习于安乐的苍老衰弱的手里夺过古旧的长枪，分解你们溃烂的纷争。要是你们以后再在市街上闹事，就要把你们的生命作为扰乱治安的代价。现在别人都给我退下去；凯普莱特，你跟我来；蒙太古，你今天下午到自由村的审判厅里来，听候我对于今天这一案的宣判。大家散开去，倘有逗留不去的，格杀勿论！（除蒙太古夫妇及班伏里奥外皆下。）

蒙太古　这一场宿怨是谁又重新煽风点火？侄儿，对我说，他们动手的时候，你也在场吗？

班伏里奥　我还没有到这儿来，您的仇家的仆人跟你们家里的仆人已经打成一团了。我拔出剑来分开他们；就在这时候，那个性如烈火的提伯尔特提着剑来了，他对我出言不逊，把剑在他自己头上舞得嗖嗖直响，就像风在那儿讥笑他的装腔作势一样。当我们正在剑来剑去的时候，人越来越多，有的帮这一面，有的帮那一面，乱哄哄地互相争斗，直等亲王来了，方才把两边的人喝开。

蒙太古夫人　啊，罗密欧呢？你今天见过他吗？我很高兴他没有参加这场争斗。

班伏里奥　伯母，在尊严的太阳开始从东方的黄金窗里探出头来的一小时以前，我因为心中烦闷，到郊外去散步，在城西一丛枫树的下面，我看见罗密欧兄弟一早在那儿走来走去。我正要向他走过去，他已经看见了我，就躲到树林深处去了。我因为自己也是心灰意懒，觉得连自己这一身也是多余的，只想找一处没有人迹的地方，所以凭着自己的心境推测别人的心境，也就不去找他多事，彼此互相避开了。

蒙太古　好多天的早上曾经有人在那边看见过他，用眼泪洒为清晨的露水，用

9

长叹嘘成天空的云雾;可是一等到鼓舞众生的太阳在东方的天边开始揭起黎明女神床上灰黑色的帐幕的时候,我那怀着一颗沉重的心的儿子,就逃避了光明,溜回到家里;一个人关起了门躲在房间里,闭紧了窗子,把大好的阳光锁在外面,为他自己造成了一个人工的黑夜。他这一种怪脾气恐怕不是好兆,除非良言劝告可以替他解除心头的烦恼。

班伏里奥　伯父,您知道他的烦恼的根源吗?

蒙太古　我不知道,也没有法子从他自己嘴里探听出来。

班伏里奥　您有没有设法探问过他?

蒙太古　我自己以及许多其他的朋友都曾经探问过他,可是他把心事一古脑儿闷在自己肚里,总是守口如瓶,不让人家试探出来,正像一朵初生的蓓蕾,还没有迎风舒展它的嫩瓣,向太阳献吐它的娇艳,就给妒嫉的蛀虫咬啮了一样。只要能够知道他的悲哀究竟是从什么地方来的,我们一定会尽心竭力替他找寻治疗的方案。

班伏里奥　瞧,他来了;请您站在一旁,等我去问问他究竟有些什么心事,看他理不理我。

蒙太古　但愿你留在这儿,能够听到他的真情的吐露。来,夫人,我们去吧。

（蒙太古夫妇同下。）

　　　　罗密欧上。

班伏里奥　早安,兄弟。

罗密欧　天还是这样早吗?

班伏里奥　刚敲过九点钟。

罗密欧　唉!在悲哀里度过的时间似乎是格外长的。急忙忙地走过去的那个人,不就是我的父亲吗?

班伏里奥　正是。什么悲哀使罗密欧的时间过得这样长?

罗密欧　因为我缺少了可以使时间变为短促的东西。

班伏里奥　你跌进恋爱的网里了吗?

罗密欧　我还在门外徘徊——

班伏里奥　在恋爱的门外?

罗密欧　我不能得到我的意中人的欢心。

班伏里奥　唉!想不到爱神的外表这样温柔,实际上却是如此残暴!

罗密欧　唉!想不到爱神蒙着眼睛,却会一直闯进人们的心灵!我们在什么地方吃饭？嗳哟！又是谁在这儿打过架了？可是不必告诉我,我早就知道了。这些都是怨恨造成的后果,可是爱情的力量比它要大过许多。啊,吵吵闹闹的相爱,亲亲热热的怨恨！啊,无中生有的一切！啊,沉重的轻浮,严肃的狂妄,整齐的混乱,铅铸的羽毛,光明的烟雾,寒冷的火焰,憔悴的健康,永远觉醒的睡眠,否定的存在！我感觉到的爱情正是这么一种东西,可是我并不喜爱这一种爱情。你不会笑我吗？

班伏里奥　不,兄弟,我倒是有点儿想哭。

罗密欧　好人,为什么呢？

班伏里奥　因为瞧着你善良的心受到这样的痛苦。

罗密欧　唉！这就是爱情的错误,我自己已经有太多的忧愁重压在我的心头,你对我表示的同情,徒然使我在太多的忧愁之上再加上一重忧愁。爱情是叹息吹起的一阵烟;恋人的眼中有它净化了的火星;恋人的眼泪是它激起的波涛。它又是最智慧的疯狂,哽喉的苦味,吃不到嘴的蜜糖。再见,兄弟。(欲去。)

班伏里奥　且慢,让我跟你一块儿去;要是你就这样丢下了我,未免太不给我面子啦。

罗密欧　嘿！我已经遗失了我自己;我不在这儿;这不是罗密欧,他是在别的地方。

班伏里奥　老实告诉我,你所爱的是谁?

罗密欧　什么！你要我在痛苦呻吟中说出她的名字来吗?

班伏里奥　痛苦呻吟！不,你只要告诉我她是谁就得了。

罗密欧　叫一个病人郑重其事地立起遗嘱来！啊,对于一个病重的人,还有什么比这更刺痛他的心？老实对你说,兄弟,我是爱上了一个女人。

班伏里奥　我说你一定在恋爱,果然猜得不错。

罗密欧　好一个每发必中的射手！我所爱的是一位美貌的姑娘。

班伏里奥　好兄弟,目标越好,射得越准。

罗密欧　你这一箭就射岔了。丘匹德的金箭不能射中她的心;她有狄安娜女神的圣洁,不让爱情软弱的弓矢损害她的坚不可破的贞操。她不愿听任深怜密爱的词句把她包围,也不愿让灼灼逼人的眼光向她进攻,更不愿接受可以使圣人动心的黄金的诱惑;啊！美貌便是她巨大的财富,只可惜她一死以后,她的美貌也要化为黄土！

班伏里奥　那么她已经立誓终身守贞不嫁了吗？

罗密欧　她已经立下了这样的誓言，为了珍惜她自己，造成了莫大的浪费；因为她让美貌在无情的岁月中日渐枯萎，不知道替后世传留下她的绝世容华。她是个太美丽、太聪明的人儿，不应该剥夺她自身的幸福，使我抱恨终天。她已经立誓割舍爱情，我现在活着也就等于死去一般。

班伏里奥　听我的劝告，别再想起她了。

罗密欧　啊！那么你教我怎样忘记吧。

班伏里奥　你可以放纵你的眼睛，让它们多看几个世间的美人。

罗密欧　那不过格外使我觉得她的美艳无双罢了。那些吻着美人娇额的幸运的面罩，因为它们是黑色的缘故，常常使我们想起被它们遮掩的面庞不知多么娇丽。突然盲目的人，永远不会忘记存留在他消失了的视觉中的宝贵的影像。给我看一个姿容绝代的美人，她的美貌除了使我记起世上有一个人比她更美以外，还有什么别的用处？再见，你不能教我怎样忘记。

班伏里奥　我一定要证明我的意见不错，否则死不瞑目。（同下。）

第二场　同前。街道

凯普莱特、帕里斯及仆人上。

凯普莱特　可是蒙太古也负着跟我同样的责任；我想像我们这样有了年纪的人，维持和平还不是难事。

帕里斯　你们两家都是很有名望的大族，结下了这样不解的冤仇，真是一件不幸的事。可是，老伯，您对于我的求婚有什么见教？

凯普莱特　我的意思早就对您表示过了。我的女儿今年还没有满十四岁，完全是一个不懂事的孩子；再过两个夏天，才可以谈到亲事。

帕里斯　比她年纪更小的人，都已经做了幸福的母亲了。

凯普莱特　早结果的树木一定早凋。我在这世上已经什么希望都没有了，只有她是我的惟一的安慰。可是向她求爱吧，善良的帕里斯，得到她的欢心；只要她愿意，我的同意是没有问题的。今天晚上，我要按照旧例，举行一次宴会，邀请许多亲友参加；您也是我所要邀请的一个，请您接受我的最诚意的欢迎。在我的寒舍里，今晚您可以见到灿烂的群星翩然下降，照亮黑暗的天空；在蓓蕾一样娇艳的女郎丛里，您可以充分享受青春的愉

快，正像盛装的四月追随着残冬的足迹降临人世，在年轻人的心里充满着活跃的欢欣一样。您可以听一个够，看一个饱，从许多美貌的女郎中间，连我的女儿也在内，拣一个最好的做您的意中人。来，跟我去。（以一纸交仆）你到维洛那全城去走一转，挨着这单子上一个一个的名字去找人，请他们到我的家里来。（凯普莱特、帕里斯同下。）

仆　人　挨着这单子上的名字去找人！人家说，鞋匠的针线，裁缝的钉锤，渔夫的笔，画师的网，各人有各人的职司；可是我们的老爷却叫我挨着这单子上的名字去找人，我怎么知道写字的人在这上面写着些什么？我一定要找个识字的人。来得正好。

　　　　班伏里奥及罗密欧上。

班伏里奥　不，兄弟，新的火焰可以把旧的火焰扑灭，大的苦痛可以使小的苦痛减轻；头晕目眩的时候，只要转身向后；一桩绝望的忧伤，也可以用另一桩烦恼把它驱除。给你的眼睛找一个新的迷惑,你的原来的痼疾就可以霍然脱体。

罗密欧　你的药草只好医治——

班伏里奥　医治什么?

罗密欧　医治你的跌伤的胫骨。

班伏里奥　怎么,罗密欧,你疯了吗?

罗密欧　我没有疯,可是比疯人更不自由;关在牢狱里,不进饮食,挨受着鞭挞和酷刑——晚安,好朋友!

仆　人　晚安!请问先生,您念过书吗?

罗密欧　是的,这是我的不幸中的资产。

仆　人　也许您只会背诵;可是请问您会不会看着字一个一个地念?

罗密欧　我认得的字,我就会念。

仆　人　您说得很老实;愿您一生快乐!(欲去。)

罗密欧　等一等,朋友,我会念。"玛丁诺先生暨夫人及诸位令媛;安赛尔美伯爵及诸位令妹;寡居之维特鲁维奥夫人;帕拉森西奥先生及诸位令侄女;茂丘西奥及其令弟凡伦丁;凯普莱特叔父暨婶母及诸位贤妹;罗瑟琳贤侄女;里维娅;伐伦西奥先生及其令表弟提伯尔特;路西奥及活泼之海丽娜。"好一群名士贤媛!请他们到什么地方去?

仆　人　到——

罗密欧　哪里?

仆　人　到我们家里吃饭去。

罗密欧　谁的家里?

仆　人　我的主人的家里。

罗密欧　对了,我该先问你的主人是谁才是。

仆　人　您也不用问了,我就告诉您吧。我的主人就是那个有财有势的凯普莱特;要是您不是蒙太古家里的人,请您也来跟我们喝一杯酒,愿您一生快乐!(下。)

班伏里奥　在这一个凯普莱特家里按照旧例举行的宴会中间,你所热恋的美人罗瑟琳也要跟着维洛那城里所有的绝色名媛一同去赴宴。你也到那儿去吧,用着不带成见的眼光,把她的容貌跟别人比较比较,你就可以知道你的天鹅不过是一只乌鸦罢了。

罗密欧　要是我的虔敬的眼睛会相信这种谬误的幻象,那么让眼泪变成火焰,把这一双罪状昭著的异教邪徒烧成灰烬吧! 比我的爱人还美! 烛照万物的太阳,自有天地以来也不曾看见过一个可以和她媲美的人。

班伏里奥　嘿! 你看见她的时候,因为没有别人在旁边,你的两只眼睛里只有她一个人,所以你以为她是美丽的;可是在你那水晶的天秤里,要是把你的恋人跟另外一个我可以在这宴会里指点给你看的美貌的姑娘同时较量起来,那么她现在虽然仪态万方,那时候就要自惭形秽了。

罗密欧　我倒要去这一次;不是去看你所说的美人,只要看看我自己的爱人怎样大放光彩,我就心满意足了。(同下。)

第三场　同前。凯普莱特家中一室

　　　　凯普莱特夫人及乳媪上。

凯普莱特夫人　奶妈,我的女儿呢? 叫她出来见我。

乳　媪　凭着我十二岁时候的童贞发誓,我早就叫过她了。喂,小绵羊! 喂,小鸟儿! 上帝保佑! 这孩子到什么地方去啦? 喂,朱丽叶!

　　　　朱丽叶上。

朱丽叶　什么事? 谁叫我?

乳　媪　你的母亲。

朱丽叶　母亲,我来了。您有什么吩咐?

凯普莱特夫人　是这么一件事。奶妈,你出去一会儿。我们要谈些秘密的话。——奶妈,你回来吧;我想起来了,你也应当听听我们的谈话。你知道我的女儿年纪也不算怎么小啦。

乳　媪　对啊,我把她的生辰记得清清楚楚的。

凯普莱特夫人　她现在还不满十四岁。

乳　媪　我可以用我的十四颗牙齿打赌——唉,说来伤心,我的牙齿掉得只剩四颗啦! ——她还没有满十四岁呢。现在离开收获节还有多久?

凯普莱特夫人　两个星期多一点。

乳　媪　不多不少,不先不后,到收获节的晚上她才满十四岁。苏珊跟她同年——上帝安息一切基督徒的灵魂! 唉! 苏珊是跟上帝在一起啦,我命里不该有这样一个孩子。可是我说过的,到收获节的晚上,她就要满十四

岁啦;正是,一点不错,我记得清清楚楚的。自从地震那一年到现在,已经十一年啦;那时候她已经断了奶,我永远不会忘记,不先不后,刚巧在那一天;因为我在那时候用艾叶涂在奶头上,坐在鸽棚下面晒着太阳;老爷跟您那时候都在曼多亚。瞧,我的记性可不算坏。可是我说的,她一尝到我奶头上的艾叶的味道,觉得变苦啦,嗳哟,这可爱的小傻瓜!她就发起脾气来,把奶头摔开啦。那时候地震,鸽棚都在摇动呢;这个说来话长,算来也有十一年啦;后来她就慢慢地会一个人站得直挺挺的,还会摇呀摆的到处乱跑,就是在她跌破额角的那一天,我那去世的丈夫——上帝安息他的灵魂!他是个喜欢说说笑笑的人,把这孩子抱了起来,"啊!"他说,"你往前扑了吗?等你年纪一大,你就要往后仰了;是不是呀,朱丽?"谁知道这个可爱的坏东西忽然停住了哭声,说"嗯"。嗳哟,真把人都笑死了!要是我活到一千岁,我也再不会忘记这句话。"是不是呀,朱丽?"他说;这可爱的小傻瓜就停住了哭声,说"嗯"。

凯普莱特夫人　得了得了,请你别说下去了吧。

乳　媪　是,太太。可是我一想到她会停住了哭说"嗯",就禁不住笑起来。不说假话,她额角上肿起了像小雄鸡的睾丸那么大的一个包哩;她痛得放声大哭;"啊!"我的丈夫说,"你往前扑了吗?等你年纪一大,你就要往后仰了;是不是呀,朱丽?"她就停住了哭声,说"嗯"。

朱丽叶　我说,奶妈,你也可以停住嘴了。

乳　媪　好,我不说啦,我不说啦。上帝保佑你! 你是在我手里抚养长大的一个最可爱的小宝贝;要是我能够活到有一天瞧着你嫁了出去,也算了结我的一桩心愿啦。

凯普莱特夫人　是呀,我现在就是要谈起她的亲事。朱丽叶,我的孩子,告诉我,要是现在把你嫁了出去,你觉得怎么样?

朱丽叶　这是我做梦也没有想到过的一件荣誉。

乳　媪　一件荣誉! 倘不是你只有我这一个奶妈,我一定要说你的聪明是从奶头上得来的。

凯普莱特夫人　好,现在你把婚姻问题考虑考虑吧。在这儿维洛那城里,比你再年轻点儿的千金小姐们,都已经做了母亲啦。就拿我来说吧,我在你现在这样的年纪,也已经生下了你。废话用不着多说,少年英俊的帕里斯已经来向你求过婚啦。

乳　媪　真是一位好官人,小姐! 像这样的一个男人,小姐,真是天下少有。嗳哟! 他真是一位十全十美的好郎君。

凯普莱特夫人　维洛那的夏天找不到这样一朵好花。

乳　媪　是啊,他是一朵花,真是一朵好花。

凯普莱特夫人　你怎么说? 你能不能喜欢这个绅士? 今晚上在我们家里的宴会中间,你就可以看见他。从年轻的帕里斯的脸上,你可以读到用秀美的笔写成的迷人诗句;一根根齐整的线条,交织成整个一幅谐和的图画;要是你想探索这一卷美好的书中的奥秘,在他的眼角上可以找到微妙的诠释。这本珍贵的恋爱的经典,只缺少一帧可以使它相得益彰的封面;正像游鱼需要活水,美妙的内容也少不了美妙的外表陪衬。记载着金科玉律的宝籍,锁合在漆金的封面里,它的辉煌富丽为众目所共见;要是你做了他的封面,那么他所有的一切都属于你所有了。

乳　媪　何止如此! 我们女人有了男人就富足了。

凯普莱特夫人　简简单单地回答我,你能够接受帕里斯的爱吗?

朱丽叶　要是我看见了他以后,能够发生好感,那么我是准备喜欢他的。可是我的眼光的飞箭,倘然没有得到您的允许,是不敢大胆发射出去的呢。

　　　　一仆人上。

17

仆　人　太太,客人都来了,餐席已经摆好了,请您跟小姐快些出去。大家在厨房里埋怨着奶妈,什么都乱成一团。我要待候客人去;请您马上就来。

凯普莱特夫人　我们就来了。朱丽叶,那伯爵在等着呢。

乳　媪　去,孩子,快去找天天欢乐,夜夜良宵。(同下。)

第四场　同前。街道

　　　　　罗密欧、茂丘西奥、班伏里奥及五六人或戴假面或持火炬上。

罗密欧　怎么! 我们就用这一番话作为我们的进身之阶呢,还是就这么昂然直入,不说一句道歉的话?

班伏里奥　这种虚文俗套,现在早就不流行了。我们用不着蒙着眼睛的丘匹德,背着一张花漆的木弓,像个稻草人似的去吓那些娘儿们;也用不着跟着提示的人一句一句念那从书上默诵出来的登场白;随他们把我们认做什么人,我们只要跳完一回舞,走了就完啦。

罗密欧　给我一个火炬,我不高兴跳舞。我的阴沉的心需要光明。

茂丘西奥　不,好罗密欧,我们一定要你陪着我们跳舞。

罗密欧　我实在不能跳。你们都有轻快的舞鞋;我只有一个铅一样重的灵魂,把我的身体紧紧地钉在地上,使我的脚步不能移动。

茂丘西奥　你是一个恋人,你就借着丘匹德的翅膀,高高地飞起来吧。

罗密欧　他的羽镞已经穿透我的胸膛,我不能借着他的羽翼高翔;他束缚住了我整个的灵魂,爱的重担压得我向下坠沉,跳不出烦恼去。

茂丘西奥　爱是一件温柔的东西,要是你拖着它一起沉下去,那未免太难为它了。

罗密欧　爱是温柔的吗? 它是太粗暴、太专横、太野蛮了;它像荆棘一样刺人。

茂丘西奥　要是爱情虐待了你,你也可以虐待爱情;它刺痛了你,你也可以刺痛它;这样你就可以战胜了爱情。给我一个面具,让我把我的尊容藏起来;(戴假面)嗳哟,好难看的鬼脸! 再给我拿一个面具来把它罩住吧。也罢,就让人家笑我丑,也有这一张鬼脸替我遮羞。

班伏里奥　来,敲门进去;大家一进门,就跳起舞来。

罗密欧　拿一个火炬给我。让那些无忧无虑的公子哥儿们去卖弄他们的舞步

吧;莫怪我说句老气横秋的话,我对于这种玩意儿实在敬谢不敏,还是作个壁上旁观的人吧。

茂丘西奥　胡说!要是你已经没头没脑深陷在恋爱的泥沼里——恕我说这样的话——那么我们一定要拉你出来。来来来,我们别白昼点灯浪费光阴啦!

罗密欧　我们并没有白昼点灯。

茂丘西奥　我的意思是说,我们耽误时光,好比白昼点灯一样。我们没有恶意,我们还有五个官能,可以有五倍的观察能力呢。

罗密欧　我们去参加他们的舞会也无恶意,只怕不是一件聪明的事。

茂丘西奥　为什么?请问。

罗密欧　昨天晚上我做了一个梦。

茂丘西奥　我也做了一个梦。

罗密欧　好,你做了什么梦?

茂丘西奥　我梦见做梦的人老是说谎。

罗密欧　一个人在睡梦里往往可以见到真实的事情。

茂丘西奥　啊！那么一定春梦婆来望过你了。

班伏里奥　春梦婆！她是谁？

茂丘西奥　她是精灵们的稳婆；她的身体只有郡吏手指上一颗玛瑙那么大；几匹蚂蚁大小的细马替她拖着车子，越过酣睡的人们的鼻梁，她的车辐是用蜘蛛的长脚作成的；车篷是蚱蜢的翅膀；挽索是小蜘蛛丝，颈带如水的月光；马鞭是蟋蟀的骨头；缰绳是天际的游丝。替她驾车的是一只小小的灰色的蚊虫，它的大小还不及从一个贪懒丫头的指头上挑出来的懒虫的一半。她的车子是野蚕用一个榛子的空壳替她造成，它们从古以来，就是精灵们的车匠。她每夜驱着这样的车子，穿过情人们的脑中，他们就会在梦里谈情说爱；经过官员们的膝上，他们就会在梦里打躬作揖；经过律师们的手指，他们就会在梦里伸手讨讼费；经过娘儿们的嘴唇，她们就会在梦里跟人家接吻，可是因为春梦婆讨厌她们嘴里吐出来的糖果的气息，往往罚她们满嘴长着水泡。有时奔驰过廷臣的鼻子，他就会在梦里寻找好差事；有时她从捐献给教会的猪身上拔下它的尾巴来，撩拨着一个牧师的鼻孔，他就会梦见自己又领到一份俸禄；有时她绕过一个兵士的颈项，他就会梦见杀敌人的头，进攻、埋伏、锐利的剑锋、淋漓的痛饮——忽然被耳边的鼓声惊醒，咒骂了几句，又翻了个身睡去了。就是这一个春梦婆在夜里把马鬃打成了辫子，把懒女人的龌龊的乱发烘成一处处胶粘的硬块，倘然把它们梳通了，就要遭逢祸事；就是这个婆子在人家女孩子们仰面睡觉的时候，压在她们的身上，教会她们怎样养儿子；就是她——

罗密欧　得啦，得啦，茂丘西奥，别说啦！你全然在那儿痴人说梦。

茂丘西奥　对了，梦本来是痴人脑中的胡思乱想；它的本质像空气一样稀薄；它的变化莫测，就像一阵风，刚才还在向着冰雪的北方求爱，忽然发起恼来，一转身又到雨露的南方来了。

班伏里奥　你讲起的这一阵风，不知把我们自己吹到哪儿去了。人家晚饭都用过了，我们进去怕要太晚啦。

罗密欧　我怕也许是太早了；我仿佛觉得有一种不可知的命运，将要从我们今天晚上的狂欢开始它的恐怖的统治，我这可憎恨的生命，将要遭遇惨酷的夭折而告一结束。可是让支配我的前途的上帝指导我的行动吧！前进，快活的朋友们！

班伏里奥　来，把鼓擂起来。（同下。）

第五场　同前。凯普莱特家中厅堂

乐工各持乐器等候;众仆上。

仆　甲　　卜得潘呢? 他怎么不来帮忙把这些盘子拿下去? 他不愿意搬碟子!
他不愿意揩砧板!

仆　乙　　一切事情都交给一两个人管,叫他们连洗手的工夫都没有,这真
糟糕!

仆　甲　　把折凳拿进去,把食器架搬开,留心打碎盘子。好兄弟,留一块杏仁
酥给我;谢谢你去叫那管门的让苏珊跟耐儿进来。安东尼! 卜得潘!

仆　乙　　噢,兄弟,我在这儿。

仆　甲　　里头在找着你,叫着你,问着你,到处寻着你。

仆　丙　　我们可不能一身分两处呀。

仆　乙　　来,孩子们,大家出力! (众仆退后。)

凯普莱特、朱丽叶及其家族等自一方上;众宾客及假面跳舞者等自另一
方上,相遇。

凯普莱特　　诸位朋友,欢迎欢迎! 足趾上不生茧子的小姐太太们要跟你们跳
一回舞呢。啊哈! 我的小姐们,你们中间现在有什么人不愿意跳舞? 我
可以发誓,谁要是推三阻四的,一定脚上长着老大的茧子;果然给我猜中
了吗? 诸位朋友,欢迎欢迎! 我从前也曾经戴过假面,在一个标致姑娘的
耳朵旁边讲些使得她心花怒放的话儿;这种时代现在是过去了,过去了,
过去了。诸位朋友,欢迎欢迎! 来,乐工们,奏起音乐来吧。站开些! 站
开些! 让出地方来。姑娘们,跳起来吧。(奏乐;众开始跳舞)混蛋,把灯
点亮一点,把桌子一起搬掉,把火炉熄了,这屋子里太热啦。啊,好小子!
这才玩得有兴。啊! 请坐,请坐,好兄弟,我们两人现在是跳不起来的了;
您还记得我们最后一次戴着假面跳舞是在什么时候?

凯普莱特族人　　这话说来也有三十年啦。

凯普莱特　　什么,兄弟! 没有这么久,没有这么久;那是在路森修结婚的那年,
大概离现在有二十五年模样,我们曾经跳过一次。

凯普莱特族人　　不止了,不止了;大哥,他的儿子也有三十岁啦。

凯普莱特　　我难道不知道吗? 他的儿子两年以前还没有成年哩。

罗密欧　　挽着那位骑士的手的那位小姐是谁？

仆　人　　我不知道，先生。

罗密欧　　啊！火炬远不及她的明亮；

　　　　　她皎然悬在暮天的颊上，

　　　　　像黑奴耳边璀璨的珠环；

　　　　　她是天上明珠降落人间！

　　　　　瞧她随着女伴进退周旋，

　　　　　像鸦群中一头白鸽蹁跹。

　　　　　我要等舞阑后追随左右，

　　　　　握一握她那纤纤的素手。

　　　　　我从前的恋爱是假非真，

　　　　　今晚才遇见绝世的佳人！

提伯尔特　听这个人的声音，好像是一个蒙太古家里的人。孩子，拿我的剑
　　　　　来。哼！这不知死活的奴才，竟敢套着一个鬼脸，到这儿来嘲笑我们的盛
　　　　　会吗？为了保持凯普莱特家族的光荣，我把他杀死了也不算罪过。

凯普莱特　嗳哟，怎么，侄儿！你怎么动起怒来啦？

提伯尔特　姑父，这是我们的仇家蒙太古家里的人；这贼子今天晚上到这儿
　　　　　来，一定不怀好意，存心来捣乱我们的盛会。

凯普莱特　他是罗密欧那小子吗？

提伯尔特　正是他，正是罗密欧这小杂种。

凯普莱特　别生气，好侄儿，让他去吧。瞧他的举动倒也规规矩矩；说句老实
　　　　　话，在维洛那城里，他也算得一个品行很好的青年。我无论如何不愿意在
　　　　　我自己的家里跟他闹事。你还是耐着性子，别理他吧。我的意思就是这
　　　　　样，你要是听我的话，赶快收下了怒容，和和气气的，不要打断大家的
　　　　　兴致。

提伯尔特　这样一个贼子也来做我们的宾客，我怎么不生气？我不能容他在
　　　　　这儿放肆。

凯普莱特　不容也得容；哼，目无尊长的孩子！我偏要容他。嘿！谁是这里的
　　　　　主人？是你还是我？嘿！你容不得他！什么话！你要当着这些客人的面
　　　　　前吵闹吗？你不服气！你要充好汉！

提伯尔特　姑父，咱们不能忍受这样的耻辱。

凯普莱特　得啦,得啦,你真是一点规矩都不懂。——是真的吗?您也许不喜
　　　　欢这个调调儿。——我知道你一定要跟我闹别扭! ——说得很好,我的
　　　　好人儿! ——你是个放肆的孩子;去,别闹! 不然的话——把灯再点亮
　　　　些! 把灯再点亮些! ——不害臊的! 我要叫你闭嘴。——啊! 痛痛快快
　　　　地玩一下,我的好人儿们!

提伯尔特　我这满腔怒火偏给他浇下一盆冷水,好教我气得浑身哆嗦。我且
　　　　退下去;可是今天由他闯进了咱们的屋子,看他不会有一天得意反成后
　　　　悔。(下。)

罗密欧　(向朱丽叶)

　　　　　　要是我这俗手上的尘污

　　　　　　　褻渎了你的神圣的庙宇,

　　　　　　这两片嘴唇,含羞的信徒,

　　　　　　　愿意用一吻乞求你宥恕。

朱丽叶　信徒,莫把你的手儿侮辱,

　　　　　　这样才是最虔诚的礼敬;

　　　　　神明的手本许信徒接触,

　　　　　　掌心的密合远胜如亲吻。

罗密欧　生下了嘴唇有什么用处?

朱丽叶　　信徒的嘴唇要祷告神明。

罗密欧　那么我要祷求你的允许,

　　　　　　让手的工作交给了嘴唇。

朱丽叶　你的祷告已蒙神明允准。

罗密欧　　神明,请容我把殊恩受领。(吻朱丽叶)

　　　　　这一吻涤清了我的罪孽。

朱丽叶　　你的罪却沾上我的唇间。

罗密欧　啊,我的唇间有罪? 感谢你精心的指摘! 让我收回吧。

朱丽叶　你可以亲一下《圣经》。

乳　媪　小姐,你妈要跟你说话。

罗密欧　谁是她的母亲?

乳　媪　小官人,她的母亲就是这儿府上的太太,她是个好太太,又聪明,又贤
　　　　德;我替她抚养她的女儿,就是刚才跟您说话的那个;告诉您吧,谁要是娶

了她去,才发财咧。

罗密欧　她是凯普莱特家里的人吗?嗳哟!我的生死现在操在我的仇人的手里了!

班伏里奥　去吧,跳舞快要完啦。

罗密欧　是的,我只怕盛筵易散,良会难逢。

凯普莱特　不,列位,请慢点儿去;我们还要请你们稍微用一点茶点。真要走吗?那么谢谢你们;各位朋友,谢谢,谢谢,再会!再会!再拿几个火把来!来,我们去睡吧。啊,好小子!天真是不早了;我要去休息一会儿。

(除朱丽叶及乳媪外俱下。)

朱丽叶　过来,奶妈。那边的那位绅士是谁?

乳　媪　提伯里奥那老头儿的儿子。

朱丽叶　现在跑出去的那个人是谁?

乳　媪　呃,我想他就是那个年轻的彼特鲁乔。

朱丽叶　那个跟在人家后面不跳舞的人是谁?

乳　媪　我不认识。

朱丽叶　去问他叫什么名字。——要是他已经结过婚,那么坟墓便是我的婚床。

乳　媪　他的名字叫罗密欧，是蒙太古家里的人，咱们仇家的独子。

朱丽叶　恨灰中燃起了爱火融融，

　　　　要是不该相识，何必相逢！

　　　　昨天的仇敌，今日的情人，

　　　　这场恋爱怕要种下祸根。

乳　媪　你在说什么？你在说什么？

朱丽叶　那是刚才一个陪我跳舞的人教给我的几句诗。（内呼，"朱丽叶！"）

乳　媪　就来，就来！来，咱们去吧；客人们都已经散了。（同下。）

开　场　诗

致辞者上。

旧日的温情已尽付东流，

　　新生的爱恋正如日初上；

为了朱丽叶的绝世温柔，

　　忘却了曾为谁魂思梦想。

罗密欧爱着她媚人容貌，

　　把一片痴心呈献给仇雠；

朱丽叶恋着他风流才调，

　　甘愿被香饵钓上了金钩。

只恨解不开的世仇宿怨，

　　这段山海深情向谁申诉？

幽闺中锁住了桃花人面，

　　要相见除非是梦魂来去。

可是热情总会战胜辛艰，

苦味中间才有无限甘甜。（下。）

第 二 幕

第一场　维洛那。凯普莱特花园墙外的小巷

　　　　罗密欧上。

罗密欧　我的心还逗留在这里,我能够就这样掉头前去吗?转回去,你这无精打采的身子,去找寻你的灵魂吧。(攀登墙上,跳入墙内。)

　　　　班伏里奥及茂丘西奥上。

班伏里奥　罗密欧!罗密欧兄弟!

茂丘西奥　他是个乖巧的家伙;我说他一定溜回家去睡了。

班伏里奥　他往这条路上跑,一定跳进这花园的墙里去了。好茂丘西奥,你叫叫他吧。

茂丘西奥　不,我还要念咒喊他出来呢。罗密欧!痴人!疯子!恋人!情郎!快快化做一声叹息出来吧!我不要你多说什么,只要你念一行诗,叹一口气,把咱们那位维纳斯奶奶恭维两句,替她的瞎眼儿子丘匹德少爷取个绰号,这位小爱神真是个神弓手,竟让国王爱上了叫化子的女儿!他没有听见,他没有作声,他没有动静;这猴崽子难道死了吗?待我咒他的鬼魂出来。凭着罗瑟琳的光明的眼睛,凭着她的高额角,她的红嘴唇,她的玲珑的脚,挺直的小腿,弹性的大腿和大腿附近的那一部分,凭着这一切的名义,赶快给我现出真形来吧!

班伏里奥　他要是听见了,一定会生气的。

茂丘西奥　这不至于叫他生气;他要是生气,除非是气得他在他情人的圈儿里唤起一个异样的妖精,由它在那儿昂然直立,直等她降伏了它,并使它低下头来;那样做的话,才是怀着恶意呢;我的咒语却很正当,我无非凭着他情人的名字唤他出来罢了。

班伏里奥　来，他已经躲到树丛里，跟那多露水的黑夜作伴去了；爱情本来是
　　　盲目的，让他在黑暗里摸索去吧。

茂丘西奥　爱情如果是盲目的，就射不中靶。此刻他该坐在枇杷树下了，希望
　　　他的情人就是他口中的枇杷。——啊，罗密欧，但愿，但愿她真的成了你
　　　到口的枇杷！罗密欧，晚安！我要上床睡觉去；这儿草地上太冷啦，我可
　　　受不了。来，咱们走吧。

班伏里奥　好，走吧；他要避着我们，找他也是白费辛勤。（同下。）

第二场　同前。凯普莱特家的花园

　　　罗密欧上。

罗密欧　没有受过伤的才会讥笑别人身上的创痕。（朱丽叶自上方窗户中出
　　现）轻声！那边窗子里亮起来的是什么光？那就是东方，朱丽叶就是太
　　阳！起来吧，美丽的太阳！赶走那妒忌的月亮，她因为她的女弟子比她美
　　得多，已经气得面色惨白了。既然她这样妒忌着你，你不要忠于她吧；脱
　　下她给你的这一身惨绿色的贞女的道服，它是只配给愚人穿的。那是我
　　的意中人；啊！那是我的爱；唉，但愿她知道我在爱着她！她欲言又止，可
　　是她的眼睛已经道出了她的心事。待我去回答她吧；不，我不要太卤莽，

她不是对我说话。天上两颗最灿烂的星,因为有事他去,请求她的眼睛替代它们在空中闪耀。要是她的眼睛变成了天上的星,天上的星变成了她的眼睛,那便怎样呢?她脸上的光辉会掩盖了星星的明亮,正像灯光在朝阳下黯然失色一样;在天上的她的眼睛,会在太空中大放光明,使鸟儿误认为黑夜已经过去而唱出它们的歌声。瞧!她用纤手托住了脸,那姿态是多么美妙!啊,但愿我是那一只手上的手套,好让我亲一亲她脸上的香泽!

朱丽叶　唉!

罗密欧　她说话了。啊!再说下去吧,光明的天使!因为我在这夜色之中仰视着你,就像一个尘世的凡人,张大了出神的眼睛,瞻望着一个生着翅膀的天使,驾着白云缓缓地驰过了天空一样。

朱丽叶　罗密欧啊,罗密欧!为什么你偏偏是罗密欧呢?否认你的父亲,抛弃你的姓名吧;也许你不愿意这样做,那么只要你宣誓做我的爱人,我也不愿再姓凯普莱特了。

罗密欧　(旁白)我还是继续听下去呢,还是现在就对她说话?

朱丽叶　只有你的名字才是我的仇敌;你即使不姓蒙太古,仍然是这样的一个你。姓不姓蒙太古又有什么关系呢?它又不是手,又不是脚,又不是手臂,又不是脸,又不是身体上任何其他的部分。啊!换一个姓名吧!姓名本来是没有意义的;我们叫做玫瑰的这一种花,要是换了个名字,它的香味还是同样的芬芳;罗密欧要是换了别的名字,他的可爱的完美也决不会有丝毫改变。罗密欧,抛弃了你的名字吧;我愿意把我整个的心灵,赔偿你这一个身外的空名。

罗密欧　那么我就听你的话,你只要叫我做爱,我就重新受洗,重新命名;从今以后,永远不再叫罗密欧了。

朱丽叶　你是什么人,在黑夜里躲躲闪闪地偷听人家的话?

罗密欧　我没法告诉你我叫什么名字。敬爱的神明,我痛恨我自己的名字,因为它是你的仇敌;要是把它写在纸上,我一定把这几个字撕成粉碎。

朱丽叶　我的耳朵里还没有灌进从你嘴里吐出来的一百个字,可是我认识你的声音;你不是罗密欧,蒙太古家里的人吗?

罗密欧　不是,美人,要是你不喜欢这两个名字。

朱丽叶　告诉我,你怎么会到这儿来,为什么到这儿来?花园的墙这么高,是不容易爬上来的;要是我家里的人瞧见你在这儿,他们一定不让你活命。

罗密欧　我借着爱的轻翼飞过园墙,因为砖石的墙垣是不能把爱情阻隔的;爱情的力量所能够做到的事,它都会冒险尝试,所以我不怕你家里人的干涉。

朱丽叶　要是他们瞧见了你,一定会把你杀死的。

罗密欧　唉!你的眼睛比他们二十柄刀剑还厉害;只要你用温柔的眼光看着我,他们就不能伤害我的身体。

朱丽叶　我怎么也不愿让他们瞧见你在这儿。

罗密欧　朦胧的夜色可以替我遮过他们的眼睛。只要你爱我,就让他们瞧见我吧;与其因为得不到你的爱情而在这世上捱命,还不如在仇人的刀剑下丧生。

朱丽叶　谁叫你找到这儿来的?

罗密欧　爱情怂恿我探听出这一个地方;他替我出主意,我借给他眼睛。我不会操舟驾舵,可是倘使你在辽远辽远的海滨,我也会冒着风波寻访你这颗珍宝。

朱丽叶　幸亏黑夜替我罩上了一重面幕,否则为了我刚才被你听去的话,你一定可以看见我脸上羞愧的红晕。我真想遵守礼法,否认已经说过的言语,可是这些虚文俗礼,现在只好一切置之不顾了!你爱我吗?我知道你一定会说"是的";我也一定会相信你的话;可是也许你起的誓只是一个谎,人家说,对于恋人们的寒盟背信,天神是一笑置之的。温柔的罗密欧啊!你要是真的爱我,就请你诚意告诉我;你要是嫌我太容易降心相从,我也会堆起怒容,装出倔强的神气,拒绝你的好意,好让你向我婉转求情,否则我是无论如何不会拒绝你的。俊秀的蒙太古啊,我真的太痴心了,所以也许你会觉得我的举动有点轻浮;可是相信我,朋友,总有一天你会知道我的忠心远胜过那些善于矜持作态的人。我必须承认,倘不是你乘我不备的时候偷听去了我的真情的表白,我一定会更加矜持一点的;所以原谅我吧,是黑夜泄漏了我心底的秘密,不要把我的允诺看作无耻的轻狂。

罗密欧　姑娘,凭着这一轮皎洁的月亮,它的银光涂染着这些果树的梢端,我发誓——

朱丽叶　啊!不要指着月亮起誓,它是变化无常的,每个月都有盈亏圆缺;你要是指着它起誓,也许你的爱情也会像它一样无常。

罗密欧　那么我指着什么起誓呢？

朱丽叶　不用起誓吧；或者要是你愿意的话，就凭着你优美的自身起誓，那是我所崇拜的偶像，我一定会相信你的。

罗密欧　要是我的出自深心的爱情——

朱丽叶　好，别起誓啦。我虽然喜欢你，却不喜欢今天晚上的密约；它太仓促、太轻率、太出人意外了，正像一闪电光，等不及人家开一声口，已经消隐了下去。好人，再会吧！这一朵爱的蓓蕾，靠着夏天的暖风的吹拂，也许会在我们下次相见的时候，开出鲜艳的花来。晚安，晚安！但愿恬静的安息同样降临到你我两人的心头！

罗密欧　啊！你就这样离我而去，不给我一点满足吗？

朱丽叶　你今夜还要什么满足呢？

罗密欧　你还没有把你的爱情的忠实的盟誓跟我交换。

朱丽叶　在你没有要求以前，我已经把我的爱给了你了；可是我倒愿意重新给你。

罗密欧　你要把它收回去吗？为什么呢，爱人？

朱丽叶　为了表示我的慷慨，我要把它重新给你。可是我只愿意要我已有的东西：我的慷慨像海一样浩渺，我的爱情也像海一样深沉；我给你的越多，我自己也越是富有，因为这两者都是没有穷尽的。（乳媪在内呼唤）我听见里面有人在叫；亲爱的，再会吧！——就来了，好奶妈！——亲爱的蒙太古，愿你不要负心。再等一会儿，我就会来的。（自上方下。）

罗密欧　幸福的，幸福的夜啊！我怕我只是在晚上做了一个梦，这样美满的事不会是真实的。

　　　　　　朱丽叶自上方重上。

朱丽叶　亲爱的罗密欧，再说三句话，我们真的要再会了。要是你的爱情的确是光明正大，你的目的是在于婚姻，那么明天我会叫一个人到你的地方来，请你叫他带一个信给我，告诉我你愿意在什么地方、什么时候举行婚礼；我就会把我的整个命运交托给你，把你当作我的主人，跟随你到天涯海角。

乳　媪　（在内）小姐！

朱丽叶　就来。——可是你要是没有诚意，那么我请求你——

乳　媪　（在内）小姐！

朱丽叶 等一等,我来了。——停止你的求爱,让我一个人独自伤心吧。明天我就叫人来看你。

罗密欧 凭着我的灵魂——

朱丽叶 一千次的晚安!(自上方下。)

罗密欧 晚上没有你的光,我只有一千次的心伤!恋爱的人去赴他情人的约会,像一个放学归来的儿童;可是当他和情人分别的时候,却像上学去一般满脸懊丧。(退后。)

　　　　　朱丽叶自上方重上。

朱丽叶 嘘!罗密欧!嘘!唉!我希望我会发出呼鹰的声音,招这只鹰儿回来。我不能高声说话,否则我要让我的喊声传进厄科①的洞穴,让她的无形的喉咙因为反复叫喊着我的罗密欧的名字而变成嘶哑。

罗密欧 那是我的灵魂在叫喊着我的名字。恋人的声音在晚间多么清婉,听上去就像最柔和的音乐!

朱丽叶 罗密欧!

罗密欧 我的爱!

朱丽叶 明天我应该在什么时候叫人来看你?

罗密欧 就在九点钟吧。

朱丽叶 我一定不失信;挨到那个时候,该有二十年那么长久!我记不起为什么要叫你回来了。

罗密欧 让我站在这儿,等你记起了告诉我。

朱丽叶 你这样站在我的面前,我一心想着多么爱跟你在一块儿,一定永远记不起来了。

罗密欧 那么我就永远等在这儿,让你永远记不起来,忘记除了这里以外还有什么家。

朱丽叶 天快要亮了;我希望你快去;可是我就好比一个淘气的女孩子,像放松一个囚犯似的让她心爱的鸟儿暂时跳出她的掌心,又用一根丝线把它拉了回来,爱的私心使她不愿意给它自由。

罗密欧 我但愿我是你的鸟儿。

朱丽叶 好人,我也但愿这样;可是我怕你会死在我的过分的爱抚里。晚安!

――――――――――――

① 厄科(Echo)是希腊神话中的仙女,因恋爱美少年那喀索斯不遂而形消体灭,化为山谷中的回声。

晚安！离别是这样甜蜜的凄清，我真要向你道晚安直到天明！（下。）

罗密欧 但愿睡眠合上你的眼睛！

但愿平静安息我的心灵！

我如今要去向神父求教，

把今宵的艳遇诉他知晓。（下。）

第三场　同前。劳伦斯神父的寺院

劳伦斯神父携篮上。

劳伦斯 黎明笑向着含愠的残宵，

金鳞浮上了东方的天梢；

看赤轮驱走了片片乌云，

像一群醉汉向四处狼奔。

趁太阳还没有睁开火眼，

晒干深夜里的涔涔露点，

我待要采摘下满篓盈筐，

毒草灵葩充实我的青囊。

大地是生化万类的慈母，

她又是掩藏群生的坟墓，

试看她无所不载的胸怀，

哺乳着多少姹女婴孩！

天生下的万物没有弃掷，

什么都有它各自的特色，

石块的冥顽，草木的无知，

都含着玄妙的造化生机。

莫看那蠢蠢的恶木莠蔓，

对世间都有它特殊贡献；

即使最纯良的美谷嘉禾，

用得失当也会害性戕躯。

美德的误用会变成罪过，

罪恶有时反会造成善果。

这一朵有毒的弱蕊纤苞，
也会把淹煎的痼疾医疗；
它的香味可以祛除百病，
吃下腹中却会昏迷不醒。
草木和人心并没有不同，
各自有善意和恶念争雄；
恶的势力倘然占了上风，
死便会蛀蚀进它的心中。

罗密欧上。

罗密欧　早安，神父。

劳伦斯　上帝祝福你！是谁的温柔的声音这么早就在叫我？孩子，你一早起
　　　　身，一定有什么心事。老年人因为多忧多虑，往往容易失眠，可是身心壮

健的青年,一上了床就应该酣然入睡;所以你的早起,倘不是因为有什么烦恼,一定是昨夜没有睡过觉。

罗密欧　你的第二个猜测是对的;我昨夜享受到比睡眠更甜蜜的安息。

劳伦斯　上帝饶恕我们的罪恶!你是跟罗瑟琳在一起吗?

罗密欧　跟罗瑟琳在一起,我的神父?不,我已经忘记了那一个名字,和那个名字所带来的烦恼。

劳伦斯　那才是我的好孩子;可是你究竟到什么地方去了?

罗密欧　我愿意在你没有问我第二遍以前告诉你。昨天晚上我跟我的仇敌在一起宴会,突然有一个人伤害了我,同时她也被我伤害了;只有你的帮助和你的圣药,才会医治我们两人的重伤。神父,我并不怨恨我的敌人,因为瞧,我来向你请求的事,不单为了我自己,也同样为了她。

劳伦斯　好孩子,说明白一点,把你的意思老老实实告诉我,别打着哑谜了。

罗密欧　那么老实告诉你吧,我心底的一往深情,已经完全倾注在凯普莱特的美丽的女儿身上了。她也同样爱着我;一切都完全定当了,只要你肯替我们主持神圣的婚礼。我们在什么时候遇见,在什么地方求爱,怎样彼此交换着盟誓,这一切我都可以慢慢告诉你;可是无论如何,请你一定答应就在今天替我们成婚。

劳伦斯　圣芳济啊!多么快的变化!难道你所深爱着的罗瑟琳,就这样一下子被你抛弃了吗?这样看来,年轻人的爱情,都是见异思迁,不是发于真心的。耶稣,马利亚!你为了罗瑟琳的缘故,曾经用多少的眼泪洗过你消瘦的面庞!为了替无味的爱情添加一点辛酸的味道,曾经浪费掉多少的咸水!太阳还没有扫清你吐向苍穹的怨气,我这龙钟的耳朵里还留着你往日的呻吟;瞧!就在你自己的颊上,还剩着一丝不曾揩去的旧时的泪痕。要是你不曾变了一个人,这些悲哀都是你真实的情感,那么你是罗瑟琳的,这些悲哀也是为罗瑟琳而发的;难道你现在已经变心了吗?男人既然这样没有恒心,那就莫怪女人家朝三暮四了。

罗密欧　你常常因为我爱罗瑟琳而责备我。

劳伦斯　我的学生,我不是说你不该恋爱,我只叫你不要因为恋爱而发痴。

罗密欧　你又叫我把爱情埋葬在坟墓里。

劳伦斯　我没有叫你把旧的爱情埋葬了,再去另找新欢。

罗密欧　请你不要责备我;我现在所爱的她,跟我心心相印,不像前回那个一样。

劳伦斯　啊,罗瑟琳知道你对她的爱情完全抄着人云亦云的老调,你还没有读过恋爱入门的一课哩。可是来吧,朝三暮四的青年,跟我来;为了一个理由,我愿意帮助你一臂之力:因为你们的结合也许会使你们两家释嫌修好,那就是天大的幸事了。

罗密欧　啊! 我们就去吧,我巴不得越快越好。

劳伦斯　凡事三思而行;跑得太快是会滑倒的。(同下。)

第四场　同前。街道

班伏里奥及茂丘西奥上。

茂丘西奥　见鬼的,这罗密欧究竟到哪儿去了? 他昨天晚上没有回家吗?

班伏里奥　没有,我问过他的仆人了。

茂丘西奥　嗳哟! 那个白面孔狠心肠的女人,那个罗瑟琳,一定把他虐待得要发疯了。

班伏里奥　提伯尔特,凯普莱特那老头子的亲戚,有一封信送到他父亲那里。

茂丘西奥　一定是一封挑战书。

班伏里奥　罗密欧一定会给他一个答复。

茂丘西奥　只要会写几个字,谁都会写一封复信。

班伏里奥　不,我说他一定会接受他的挑战。

茂丘西奥　唉! 可怜的罗密欧! 他已经死了,一个白女人的黑眼睛戳破了他的心;一支恋歌穿过了他的耳朵;瞎眼的丘匹德的箭已把他当胸射中;他现在还能够抵得住提伯尔特吗?

班伏里奥　提伯尔特是个什么人?

茂丘西奥　我可以告诉你,他不是个平常的阿猫阿狗。啊! 他是个胆大心细、剑法高明的人。他跟人打起架来,就像照着乐谱唱歌一样,一板一眼都不放松,一秒钟的停顿,然后一、二、三,刺进人家的胸膛;他全然是个穿礼服的屠夫,一个决斗的专家;一个名门贵胄,一个击剑能手。啊! 那了不得的侧击! 那反击! 那直中要害的一剑!

班伏里奥　那什么?

茂丘西奥　那些怪模怪样、扭扭捏捏的装腔作势,说起话来怪声怪气的荒唐鬼的对头。他们只会说,"耶稣哪,好一柄锋利的刀子!"——好一个高大的汉子,好一个风流的婊子! 嘿,我的老爷子,咱们中间有这么一群不知从哪儿飞来的苍蝇,这一群满嘴法国话的时髦人,他们因为趋新好异,坐在一张旧凳子上也会不舒服,这不是一件可以痛哭流涕的事吗?

　　　　罗密欧上。

班伏里奥　　罗密欧来了,罗密欧来了。

茂丘西奥　　瞧他孤零零的神气,倒像一条风干的咸鱼。啊,你这块肉呀,你是怎样变成了鱼的! 现在他又要念起彼特拉克①的诗句来了:罗拉比起他的情人来不过是个灶下的丫头,虽然她有一个会做诗的爱人;狄多是个蓬头垢面的村妇;克莉奥佩屈拉是个吉卜赛姑娘;海伦、希罗都是下流的娼妓;提斯柏也许有一双美丽的灰色眼睛,可是也不配相提并论。罗密欧先生,给你个法国式的敬礼! 昨天晚上你给我们开了多大的一个玩笑哪。

罗密欧　　两位大哥早安! 昨晚我开了什么玩笑?

茂丘西奥　　你昨天晚上逃走得好;装什么假?

罗密欧　　对不起,茂丘西奥,我当时有一件很重要的事情,在那情况下我只好失礼了。

茂丘西奥　　这就是说,在那情况下,你不得不屈一屈膝了。

罗密欧　　你的意思是说,赔个礼。

茂丘西奥　　你回答得正对。

罗密欧　　正是十分有礼的说法。

茂丘西奥　　何止如此,我是讲礼讲到头了。

罗密欧　　像是花儿鞋子的尖头。

茂丘西奥　　说得对。

罗密欧　　那么我的鞋子已经全是花花的洞儿了。

茂丘西奥　　讲得妙;跟着我把这个笑话追到底吧,直追得你的鞋子都破了,只剩下了鞋底,而那笑话也就变得又秃又呆了。

罗密欧　　啊,好一个又呆又秃的笑话,真配傻子来说。

茂丘西奥　　快来帮忙,好班伏里奥;我的脑袋不行了。

----

① 彼特拉克(Petrarch,1304—1374),意大利诗人,他的作品有很多是歌颂他终身的爱人罗拉的。

罗密欧　要来就快马加鞭;不然我就宣告胜利了。

茂丘西奥　不,如果比聪明像赛马,我承认我输了;我的马儿哪有你的野?说到野,我的五官加在一起也比不上你的任何一官。可是你野的时候,我儿时跟你在一起过?

罗密欧　哪一次撒野没有你这呆头鹅?

茂丘西奥　你这话真有意思,我巴不得咬你一口才好。

罗密欧　啊,好鹅儿,莫咬我。

茂丘西奥　你的笑话又甜又辣;简直是辣酱油。

罗密欧　美鹅加辣酱,岂不绝妙?

茂丘西奥　啊,妙语横生,越拉越横!

罗密欧　横得好;你这呆头鹅变成一只横胖鹅了。

茂丘西奥　呀,我们这样打着趣岂不比呻吟求爱好得多吗?此刻你多么和气,此刻你才真是罗密欧了;不论是先天还是后天,此刻是你的真面目了;为了爱,急得涕零满脸,就像一个天生的傻子,奔上奔下,找洞儿藏他的棍儿。

班伏里奥　打住吧,打住吧。

茂丘西奥　你不让我的话讲完,留着尾巴好不顺眼。

班伏里奥　不打住你,你的尾巴还要长大呢。

茂丘西奥　啊,你错了;我的尾巴本来就要缩小了;我的话已经讲到了底,不想老占着位置啦。

罗密欧　看哪,好把戏来啦!

　　　　乳媪及彼得上。

茂丘西奥　一条帆船,一条帆船!

班伏里奥　两条,两条! 一公一母。

乳　媪　彼得!

彼　得　有!

乳　媪　彼得,我的扇子。

茂丘西奥　好彼得,替她把脸遮了;因为她的扇子比她的脸好看一点。

乳　媪　早安,列位先生。

茂丘西奥　晚安,好太太。

乳　媪　是道晚安时候了吗?

茂丘西奥　我告诉你，不会错；那日规上的指针正顶着中午呢。

乳　媪　你说什么！你是什么人！

罗密欧　好太太，上帝造了他，他可不知好歹。

乳　媪　说得好：你说他不知好歹哪？列位先生，你们有谁能够告诉我年轻的罗密欧在什么地方？

罗密欧　我可以告诉你；可是等你找到他的时候，年轻的罗密欧已经比你寻访他的时候老了点儿了。我因为取不到一个好一点的名字，所以就叫做罗密欧；在取这一个名字的人们中间，我是最年轻的一个。

乳　媪　您说得真好。

茂丘西奥　呀，这样一个最坏的家伙你也说好？想得周到；有道理，有道理。

乳　媪　先生，要是您就是他，我要跟您单独讲句话儿。

班伏里奥　她要拉他吃晚饭去。

茂丘西奥　一个老虔婆，一个老虔婆！有了！有了！

罗密欧　有了什么？

茂丘西奥　不是什么野兔子；要说是兔子的话，也不过是斋节里做的兔肉饼，没有吃完就发了霉。（唱）

　　　　　　老兔肉，发白霉，

　　　　　　老兔肉，发白霉，

　　　　　原是斋节好点心：

　　　　　　可是霉了的兔肉饼，

　　　　　　二十个人也吃不尽，

　　　　　　吃不完的霉肉饼。

　　　　罗密欧，你到不到你父亲那儿去？我们要在那边吃饭。

罗密欧　我就来。

茂丘西奥　再见，老太太；（唱）

　　　　　　再见，我的好姑娘！（茂丘西奥、班伏里奥下。）

乳　媪　好，再见！先生，这个满嘴胡说八道的放肆家伙是谁？

罗密欧　奶妈，这位先生最喜欢听他自己讲话；他在一分钟里所说的话，比他在一个月里听人家讲的话还多。

乳　媪　要是他对我说了一句不客气的话，尽管他力气再大一点，我也要给他一顿教训；这种家伙二十个我都对付得了，要是对付不了，我会叫那些对付得了他们的人来。混帐东西！他把老娘看做什么人啦？我不是那些烂污婊子，由他随便取笑。（向彼得）你也是个好东西，看着人家把我欺侮，站在旁边一动也不动！

彼　得　我没有看见什么人欺侮你；要是我看见了，一定会立刻拔出刀子来的。碰到吵架的事，只要理直气壮，打起官司来不怕人家，我是从来不肯落在人家后头的。

乳　媪　嗳哟！真把我气得浑身发抖。混帐的东西！对不起，先生，让我跟您说句话儿。我刚才说过的，我家小姐叫我来找您；她叫我说些什么话我可不能告诉您；可是我要先明白对您说一句，要是正像人家说的，您想骗她做一场春梦，那可真是人家说的一件顶坏的行为；因为这位姑娘年纪还小，所以您要是欺骗了她，实在是一桩对无论哪一位好人家的姑娘都是对不起的事情，而且也是一桩顶不应该的举动。

罗密欧　奶妈，请你替我向你家小姐致意。我可以对你发誓——

乳　媪　很好,我就这样告诉她。主啊!主啊!她听见了一定会非常喜欢的。

罗密欧　奶妈,你去告诉她什么话呢?你没有听我说呀。

乳　媪　我就对她说您发过誓了,证明您是一位正人君子。

罗密欧　你请她今天下午想个法子出来到劳伦斯神父的寺院里忏悔,就在那个地方举行婚礼。这几个钱是给你的酬劳。

乳　媪　不,真的,先生,我一个钱也不要。

罗密欧　别客气了,你还是拿着吧。

乳　媪　今天下午吗,先生?好,她一定会去的。

罗密欧　好奶妈,请你在这寺墙后面等一等,就在这一点钟之内,我要叫我的仆人去拿一捆扎得像船上的软梯一样的绳子来给你带去;在秘密的夜里,我要凭着它攀登我的幸福的尖端。再会!愿你对我们忠心,我一定不会有负你的辛劳。再会!替我向你的小姐致意。

乳　媪　天上的上帝保佑您!先生,我对您说。

罗密欧　你有什么话说,我的好奶妈?

乳　媪　您那仆人可靠得住吗?您没听见古话说,两个人知道是秘密,三个人知道就不是秘密吗?

罗密欧　你放心吧,我的仆人是最可靠不过的。

乳　媪　好先生,我那小姐是个最可爱的姑娘——主啊!主啊!——那时候她还是个咿咿呀呀怪会说话的小东西——啊!本地有一位叫做帕里斯的贵人,他巴不得把我家小姐抢到手里;可是她,好人儿,瞧他比瞧一只蛤蟆还讨厌。我有时候对她说帕里斯人品不错,你才不知道哩,她一听见这样的话,就会气得面如土色。请问罗丝玛丽花①和罗密欧是不是同样一个字开头的呀?

罗密欧　是呀,奶妈;怎么样?都是罗字起头的哪。

乳　媪　啊,你开玩笑哩!那是狗的名字啊;阿罗就是那个——不对;我知道一定是另一个字开头的——她还把你同罗丝玛丽花连在一起,我也不懂,反正你听了一定喜欢的。

罗密欧　替我向你小姐致意。

乳　媪　一定一定。(罗密欧下)彼得!

---

①　即"迷迭香"(Rosemary),是婚礼常用的花。

彼　得　有!

乳　媪　给我带路,拿着我的扇子,快些走。(同下。)

第五场　同前。凯普莱特家的花园

朱丽叶上。

朱丽叶　我在九点钟差奶妈去;她答应在半小时以内回来。也许她碰不见他;
那是不会的。啊!她的脚走起路来不大方便。恋爱的使者应当是思想,
因为它比驱散山坡上的阴影的太阳光还要快十倍;所以维纳斯的云车是
用白鸽驾驶的,所以凌风而飞的丘匹德生着翅膀。现在太阳已经升上中
天,从九点钟到十二点钟是三个很长的钟点,可是她还没有回来。要是她
是个有感情、有温暖的青春的血液的人,她的行动一定会像球儿一样敏
捷,我用一句话就可以把她抛到我的心爱的情人那里,他也可以用一句话
把她抛回到我这里;可是年纪老的人,大多像死人一般,手脚滞钝,呼唤不
灵,慢腾腾地没有一点精神。

乳媪及彼得上。

朱丽叶　啊,上帝!她来了。啊,好心肝奶妈!什么消息?你碰到他了吗?叫
那个人出去。

乳　媪　彼得,到门口去等着。(彼得下。)

朱丽叶　亲爱的好奶妈——嗳呀!你怎么满脸的懊恼?即使是坏消息,你也
应该装着笑容说;如果是好消息,你就不该用这副难看的面孔奏出美妙的
音乐来。

乳　媪　我累死了,让我歇一会儿吧。嗳呀,我的骨头好痛!我赶了多少的路!

朱丽叶　我但愿把我的骨头给你,你的消息给我。求求你,快说呀;好奶妈,
说呀。

乳　媪　耶稣哪!你忙什么?你不能等一下子吗?你没见我气都喘不过来吗?

朱丽叶　你既然气都喘不过来,那么你怎么会告诉我说你气都喘不过来?你
费了这么久的时间推三阻四的,要是干脆告诉了我,还不是几句话就完
了。我只要你回答我,你的消息是好的还是坏的?只要先回答我一个字,
详细的话慢慢再说好了。快让我知道了吧,是好消息还是坏消息?

乳　媪　好,你是个傻孩子,选中了这么一个人;你不知道怎样选一个男人。

罗密欧！不,他不行,虽然他的脸长得比人家漂亮一点;可是他的腿才长
得有样子;讲到他的手、他的脚、他的身体,虽然这种话不大好出口,可是
的确谁也比不上他。他不顶懂得礼貌,可是温柔得就像一头羔羊。好,看
你的运气吧,姑娘;好好敬奉上帝。怎么,你在家里吃过饭了吗?

朱丽叶　没有,没有。你这些话我都早就知道了。他对于结婚的事情怎么说?

乳　媪　主啊!我的头痛死了!我害了多厉害的头痛!痛得好像要裂成二十
　　　　块似的。还有我那一边的背痛;嗳哟,我的背!我的背!你的心肠真好,
　　　　叫我到外边东奔西走去寻死。

朱丽叶　害你这样不舒服,我真是说不出的抱歉。亲爱的,亲爱的,亲爱的奶
　　　　妈,告诉我,我的爱人说些什么话?

乳　媪　你的爱人说——他说得很像个老老实实的绅士,很有礼貌,很和气,
　　　　很漂亮,而且也很规矩——你的妈呢?

朱丽叶　我的妈!她就在里面;她还会在什么地方?你回答得多么古怪:"你
　　　　的爱人说,他说得很像个老老实实的绅士,你的妈呢?"

乳　媪　嗳哟,圣母娘娘! 你这样性急吗? 哼! 反了反了,这就是你瞧着我筋骨酸痛而替我涂上的药膏吗? 以后还是你自己去送信吧。

朱丽叶　别缠下去啦! 快些,罗密欧怎么说?

乳　媪　你已经得到准许今天去忏悔吗?

朱丽叶　我已经得到了。

乳　媪　那么你快到劳伦斯神父的寺院里去,有一个丈夫在那边等着你去做他的妻子哩。现在你的脸红起来啦。你到教堂里去吧,我还要到别处去搬一张梯子来,等到天黑的时候,你的爱人就可以凭着它爬进鸟窠里。为了使你快乐我就吃苦奔跑;可是你到了晚上也要负起那个重担来啦。去吧,我还没有吃过饭呢。

朱丽叶　我要找寻我的幸运去! 好奶妈,再会。(各下。)

第六场　同前。劳伦斯神父的寺院

　　　　劳伦斯神父及罗密欧上。

劳伦斯　愿上天祝福这神圣的结合,不要让日后的懊恨把我们谴责!

罗密欧　阿门,阿门! 可是无论将来会发生什么悲哀的后果,都抵不过我在看见她这短短一分钟内的欢乐。不管侵蚀爱情的死亡怎样伸展它的魔手,只要你用神圣的言语,把我们的灵魂结为一体,让我能够称她一声我的人,我也就不再有什么遗恨了。

劳伦斯　这种狂暴的快乐将会产生狂暴的结局,正像火和火药的亲吻,就在最得意的一刹那烟消云散。最甜的蜜糖可以使味觉麻木;不太热烈的爱情才会维持久远;太快和太慢,结果都不会圆满。

　　　　朱丽叶上。

劳伦斯　这位小姐来了。啊! 这样轻盈的脚步,是永远不会踩破神龛前的砖石的;一个恋爱中的人,可以踏在随风飘荡的蛛网上而不会跌下,幻妄的幸福使他灵魂飘然轻举。

朱丽叶　晚安,神父。

劳伦斯　孩子,罗密欧会替我们两人感谢你的。

朱丽叶　我也向他同样问了好,他何必再来多余的客套。

罗密欧　啊,朱丽叶! 要是你感觉到像我一样多的快乐,要是你的灵唇慧舌,

　　能够宣述你衷心的快乐,那么让空气中满布着从你嘴里吐出来的芳香,用
　　无比的妙乐把这一次会晤中我们两人给与彼此的无限欢欣倾吐出来吧。

朱丽叶　充实的思想不在于言语的富丽;只有乞儿才能够计数他的家私。真
　　诚的爱情充溢在我的心里,我无法估计自己享有的财富。

劳伦斯　来,跟我来,我们要把这件事情早点办好;因为在神圣的教会没有把
　　你们两人结合以前,你们两人是不能在一起的。(同下。)

第 三 幕

第一场　维洛那。广场

　　　　　茂丘西奥、班伏里奥、侍童及若干仆人上。

班伏里奥　好茂丘西奥，咱们还是回去吧。天这么热，凯普莱特家里的人满街
　　都是，要是碰到了他们，又免不了吵架；因为在这种热天气里，一个人的脾
　　气最容易暴躁起来。

茂丘西奥　你就像这么一种家伙，跑进了酒店的门，把剑在桌子上一放，说：
　　"上帝保佑我不要用到你！"等到两杯喝罢，却无缘无故拿起剑来跟酒保
　　吵架。

班伏里奥　我难道是这样一种人吗？

茂丘西奥　得啦得啦，你的坏脾气比得上意大利无论哪一个人；动不动就要生
　　气，一生气就要乱动。

班伏里奥　再以后怎样呢？

茂丘西奥　哼！要是有两个像你这样的人碰在一起，结果总会一个也没有，因
　　为大家都要把对方杀死了方肯罢休。你！嘿，你会因为人家比你多一根
　　或是少一根胡须，就跟人家吵架。瞧见人家剥栗子，你也会跟他闹翻，你
　　的理由只是因为你有一双栗色的眼睛。除了生着这样一双眼睛的人以
　　外，谁还会像这样吹毛求疵地去跟人家寻事？你的脑袋里装满了惹是招
　　非的念头，正像鸡蛋里装满了蛋黄蛋白，虽然为了惹是招非的缘故，你的
　　脑袋曾经给人打得像个坏蛋一样。你曾经为了有人在街上咳了一声嗽而
　　跟他吵架，因为他咳醒了你那条在太阳底下睡觉的狗。不是有一次你因
　　为看见一个裁缝在复活节以前穿起他的新背心来，所以跟他大闹吗？不
　　是还有一次因为他用旧带子系他的新鞋子，所以又跟他大闹吗？现在你

47

却要教我不要跟人家吵架！

班伏里奥　要是我像你一样爱吵架，不消一时半刻，我的性命早就卖给人家了。

茂丘西奥　性命卖给人家！哼，算了吧！

班伏里奥　嗳哟！凯普莱特家里的人来了。

茂丘西奥　啊哼！我不在乎。

　　　　　提伯尔特及余人等上。

提伯尔特　你们跟着我不要走开，等我去向他们说话。两位晚安！我要跟你们中间无论哪一位说句话儿。

茂丘西奥　您只要跟我们两人中间的一个人讲一句话吗？再来点儿别的吧。要是您愿意在一句话以外，再跟我们较量一两手，那我们倒愿意奉陪。

提伯尔特　只要您给我一个理由，您就会知道我也不是个怕事的人。

茂丘西奥　您不会自己想出一个什么理由来吗？

提伯尔特　茂丘西奥，你陪着罗密欧到处乱闯——

茂丘西奥　到处拉唱！怎么！你把我们当作一群沿街卖唱的人吗？你要是把我们当作沿街卖唱的人，那么我们倒要请你听一点儿不大好听的声音；这就是我的提琴上的拉弓，拉一拉就要叫你跳起舞来。他妈的！到处拉唱！

班伏里奥　这儿来往的人太多，讲话不大方便，最好还是找个清静一点的地方去谈谈；要不然大家别闹意气，有什么过不去的事平心静气理论理论；否则各走各的路，也就完了，别让这么许多人的眼睛瞧着我们。

茂丘西奥　人们生着眼睛总要瞧，让他们瞧去好了；我可不能为着别人高兴离开这块地方。

　　　　　罗密欧上。

提伯尔特　好，我的人来了；我不跟你吵。

茂丘西奥　他又不吃你的饭，不穿你的衣，怎么是你的人？可是他虽然不是你的跟班，要是你拔脚逃起来，他倒一定会紧紧跟住你的。

提伯尔特　罗密欧，我对你的仇恨使我只能用一个名字称呼你——你是一个恶贼！

罗密欧　提伯尔特，我跟你无冤无恨，你这样无端挑衅，我本来是不能容忍的，可是因为我有必须爱你的理由，所以也不愿跟你计较了。我不是恶贼；再见，我看你还不知道我是个什么人。

提伯尔特　小子,你冒犯了我,现在可不能用这种花言巧语掩饰过去;赶快回
　　　　过身子,拔出剑来吧。

罗密欧　我可以郑重声明,我从来没有冒犯过你,而且你想不到我是怎样爱
　　　　你,除非你知道了我所以爱你的理由。所以,好凯普莱特——我尊重这一
　　　　个姓氏,就像尊重我自己的姓氏一样——咱们还是讲和了吧。

茂丘西奥　哼,好丢脸的屈服!只有武力才可以洗去这种耻辱。(拔剑)提伯
　　　　尔特,你这捉耗子的猫儿,你愿意跟我决斗吗?

提伯尔特　你要我跟你干么?

茂丘西奥　好猫精,听说你有九条性命,我只要取你一条命,留下那另外八条,
　　　　等以后再跟你算账。快快拔出你的剑来,否则莫怪无情,我的剑就要临到
　　　　你的耳朵边了。

提伯尔特　(拔剑)好,我愿意奉陪。

罗密欧　好茂丘西奥,收起你的剑。

茂丘西奥　来,来,来,我倒要领教领教你的剑法。(二人互斗。)

罗密欧　班伏里奥,拔出剑来,把他们的武器打下来。两位老兄,这算什么?

快别闹啦！提伯尔特，茂丘西奥，亲王已经明令禁止在维洛那的街道上斗殴。住手，提伯尔特！好茂丘西奥！（提伯尔特及其党徒下。）

茂丘西奥　我受伤了。你们这两家倒霉的人家！我已经完啦。他不带一点伤就去了吗？

班伏里奥　啊！你受伤了吗？

茂丘西奥　嗯，嗯，擦破了一点儿；可是也够受的了。我的侍童呢？你这家伙，快去找个外科医生来。（侍童下。）

罗密欧　放心吧，老兄；这伤口不算十分厉害。

茂丘西奥　是的，它没有一口井那么深，也没有一扇门那么阔，可是这一点伤也就够要命了；要是你明天找我，就到坟墓里来看我吧。我这一生是完了。你们这两家倒霉的人家！他妈的！狗、耗子、猫儿，都会咬得死人！这个说大话的家伙，这个混帐东西，打起架来也要按照着数学的公式！谁叫你把身子插了进来？都是你把我拉住了，我才受了伤。

罗密欧　我完全是出于好意。

茂丘西奥　班伏里奥，快把我扶进什么屋子里去，不然我就要晕过去了。你们这两家倒霉的人家！我已经死在你们手里了。——你们这两家人家！

（茂丘西奥、班伏里奥同下。）

罗密欧　他是亲王的近亲，也是我的好友；如今他为了我的缘故受到了致命的重伤。提伯尔特杀死了我的朋友，又毁谤了我的名誉，虽然他在一小时以前还是我的亲人。亲爱的朱丽叶啊！你的美丽使我变成懦弱，磨钝了我的勇气的锋刃！

　　　班伏里奥重上。

班伏里奥　啊，罗密欧，罗密欧！勇敢的茂丘西奥死了；他已经撒手离开尘世，他的英魂已经升上天庭了！

罗密欧　今天这一场意外的变故，怕要引起日后的灾祸。

　　　提伯尔特重上。

班伏里奥　暴怒的提伯尔特又来了。

罗密欧　茂丘西奥死了，他却耀武扬威活在人世！现在我只好抛弃一切顾忌，不怕伤了亲戚的情分，让眼睛里喷出火焰的愤怒支配着我的行动了！提伯尔特，你刚才骂我恶贼，我要你把这两个字收回去；茂丘西奥的阴魂就在我们头上，他在等着你去跟他作伴；我们两个人中间必须有一个人去陪陪他,要不然就是两人一起死。

提伯尔特　你这该死的小子,你生前跟他做朋友,死后也去陪他吧!

罗密欧　这柄剑可以替我们决定谁死谁生。(二人互斗;提伯尔特倒下。)

班伏里奥　罗密欧,快走!市民们都已经被这场争吵惊动了,提伯尔特又死在
　　这儿。别站着发怔;要是你给他们捉住了,亲王就要判你死刑。快去吧!
　　快去吧!

罗密欧　唉!我是受命运玩弄的人。

班伏里奥　你为什么还不走?(罗密欧下。)

　　　　市民等上。

市民甲　杀死茂丘西奥的那个人逃到哪儿去了?那凶手提伯尔特逃到什么地
　　方去了?

班伏里奥　躺在那边的就是提伯尔特。

市民甲　先生,起来吧,请你跟我去。我用亲王的名义命令你服从。

　　　　亲王率侍从;蒙太古夫妇、凯普莱特夫妇及余人等上。

亲　　王　这一场争吵的肇祸的罪魁在什么地方?

班伏里奥　啊,尊贵的亲王!我可以把这场流血的争吵的不幸的经过向您从
　　头告禀。躺在那边的那个人,就是把您的亲戚,勇敢的茂丘西奥杀死的
　　人,他现在已经被年轻的罗密欧杀死了。

凯普莱特夫人　提伯尔特,我的侄儿!啊,我的哥哥的孩子!亲王啊!侄儿
　　啊!丈夫啊!嗳哟!我的亲爱的侄儿给人杀死了!殿下,您是正直无私
　　的,我们家里流的血,应当用蒙太古家里流的血来报偿。嗳哟,侄儿啊!
　　侄儿啊!

亲　　王　班伏里奥,是谁开始这场血斗的?

班伏里奥　死在这儿的提伯尔特,他是被罗密欧杀死的。罗密欧很诚恳地劝
　　告他,叫他想一想这种争吵多么没意思,并且也提起您的森严的禁令。他
　　用温和的语调、谦恭的态度,赔着笑脸向他反复劝解,可是提伯尔特充耳
　　不闻,一味逞着他的骄横,拔出剑来就向勇敢的茂丘西奥胸前刺了过去;
　　茂丘西奥也动了怒气,就和他两下交锋起来,自恃着本领高强,满不在乎
　　地一手挡开了敌人致命的剑锋,一手向提伯尔特还刺过去,提伯尔特眼明
　　手快,也把它挡开了。那个时候罗密欧就高声喊叫:"住手,朋友;两下分
　　开!"说时迟,来时快,他的敏捷的腕臂已经打下了他们的利剑,他就插身

在他们两人中间;谁料提伯尔特怀着毒心,冷不防打罗密欧的手臂下面刺了一剑过去,竟中了茂丘西奥的要害,于是他就逃走了。等了一会儿他又回来找罗密欧,罗密欧这时候正是满腔怒火,就像闪电似的跟他打起来,我还来不及拔剑阻止他们,勇猛的提伯尔特已经中剑而死,罗密欧见他倒在地上,也就转身逃走了。我所说的句句都是真话,倘有虚言,愿受死刑。

凯普莱特夫人　他是蒙太古家的亲戚,他说的话都是徇着私情,完全是假的。他们一共有二十来个人参加这场恶斗,二十个人合力谋害一个人的生命。殿下,我要请您主持公道,罗密欧杀死了提伯尔特,罗密欧必须抵命。

亲　　王　罗密欧杀了他,他杀了茂丘西奥;茂丘西奥的生命应当由谁抵偿?

蒙太古　殿下,罗密欧不应该偿他的命;他是茂丘西奥的朋友,他的过失不过是执行了提伯尔特依法应处的死刑。

亲　　王　为了这一个过失,我现在宣布把他立刻放逐出境。你们双方的憎恨已经牵涉到我的身上,在你们残暴的斗殴中,已经流下了我的亲人的血;可是我要给你们一个重重的惩罚,儆戒儆戒你们的将来。我不要听任何的请求辩护,哭泣和祈祷都不能使我枉法徇情,所以不用想什么挽回的办法,赶快把罗密欧遣送出境吧;不然的话,我们什么时候发现他,就在什么时候把他处死。把这尸体抬去,不许违抗我的命令;对杀人的凶手不能讲慈悲,否则就是鼓励杀人了。(同下。)

第二场　同前。凯普莱特家的花园

朱丽叶上。

朱丽叶　快快跑过去吧,踏着火云的骏马,把太阳拖回到它的安息的所在;但愿驾车的法厄同①鞭策你们飞驰到西方,让阴沉的暮夜赶快降临。展开你密密的帷幕吧,成全恋爱的黑夜!遮住夜行人的眼睛,让罗密欧悄悄地投入我的怀里,不被人家看见也不被人家谈论!恋人们可以在他们自身美貌的光辉里互相缱绻;即使恋爱是盲目的,那也正好和黑夜相称。来吧,温文的夜,你朴素的黑衣妇人,教会我怎样在一场全胜的赌博中失败,

---

①　法厄同(Phaethōn),是日神的儿子,曾为其父驾御日车,不能控制其马而闯离常道。故事见奥维德《变形记》第二章。

把各人纯洁的童贞互为赌注。用你黑色的罩巾遮住我脸上羞怯的红潮，等我深藏内心的爱情慢慢地胆大起来，不再因为在行动上流露真情而惭愧。来吧，黑夜！来吧，罗密欧！来吧，你黑夜中的白昼！因为你将要睡在黑夜的翼上，比乌鸦背上的新雪还要皎白。来吧，柔和的黑夜！来吧，可爱的黑颜的夜，把我的罗密欧给我！等他死了以后，你再把他带去，分散成无数的星星，把天空装饰得如此美丽，使全世界都恋爱着黑夜，不再崇拜炫目的太阳。啊！我已经买下了一所恋爱的华厦，可是它还不曾属我所有；虽然我已经把自己出卖，可是还没有被买主领去。这日子长得真叫人厌烦，正像一个做好了新衣服的小孩，在节日的前夜焦躁地等着天明一样。啊！我的奶妈来了。

　　　　乳媪携绳上。

朱丽叶　她带着消息来了。谁的舌头上只要说出了罗密欧的名字，他就在吐露着天上的仙音。奶妈，什么消息？你带着些什么来了？那就是罗密欧叫你去拿的绳子吗？

乳　媪　是的，是的，这绳子。（将绳掷下。）

朱丽叶　嗳哟！什么事？你为什么扭着你的手？

乳　媪　唉！唉！唉！他死了，他死了，他死了！我们完了，小姐，我们完了！唉！他去了，他给人杀了，他死了！

朱丽叶　天道竟会这样狠毒吗？

乳　媪　不是天道狠毒，罗密欧才下得了这样狠毒的手。啊！罗密欧，罗密欧！谁想得到会有这样的事情？罗密欧！

朱丽叶　你是个什么鬼，这样煎熬着我？这简直就是地狱里的酷刑。罗密欧把他自己杀死了吗？你只要回答我一个"是"字，这一个"是"字就比毒龙眼里射放的死光更致人死命。如果真有这样的事，我就不会再在人世，或者说，那叫你说声"是"的人，从此就要把眼睛紧闭。要是他死了，你就说"是"；要是他没有死，你就说"不"；这两个简单的字就可以决定我的终身祸福。

乳　媪　我看见他的伤口，我亲眼看见他的伤口，慈悲的上帝！就在他的宽阔的胸上。一个可怜的尸体，一个可怜的流血的尸体，像灰一样苍白，满身都是血，满身都是一块块的血；我一瞧见就晕过去了。

朱丽叶　啊，我的心要碎了！——可怜的破产者，你已经丧失了一切，还是赶快碎裂了吧！失去了光明的眼睛，你从此不能再见天日了！你这俗恶的泥土之躯，赶快停止呼吸，复归于泥土，去和罗密欧同眠在一个圹穴里吧！

乳　媪　啊！提伯尔特，提伯尔特！我的顶好的朋友！啊，温文的提伯尔特，正直的绅士！想不到我活到今天，却会看见你死去！

朱丽叶　这是一阵什么风暴，一会儿又倒转方向！罗密欧给人杀了，提伯尔特又死了吗？一个是我的最亲爱的表哥，一个是我的更亲爱的夫君？那么，可怕的号角，宣布世界末日的来临吧！要是这样两个人都可以死去，谁还应该活在这世上？

乳　媪　提伯尔特死了，罗密欧放逐了；罗密欧杀了提伯尔特，他现在被放逐了。

朱丽叶　上帝啊！提伯尔特是死在罗密欧手里的吗？

乳　媪　是的，是的；唉！是的。

朱丽叶　啊，花一样的面庞里藏着蛇一样的心！那一条恶龙曾经栖息在这样清雅的洞府里？美丽的暴君！天使般的魔鬼！披着白鸽羽毛的乌鸦！豺狼一样残忍的羔羊！圣洁的外表包覆着丑恶的实质！你的内心刚巧和你的形状相反，一个万恶的圣人，一个庄严的奸徒！造物主啊！你为什么要从地狱里提出这一个恶魔的灵魂，把它安放在这样可爱的一座肉体的天堂里？哪一本邪恶的书籍曾经装订得这样美观？啊！谁想得到这样一座富丽的宫殿里，会容纳着欺人的虚伪！

乳　媪　男人都靠不住，没有良心，没有真心的；谁都是三心二意，反复无常，奸恶多端，尽是些骗子。啊！我的人呢？快给我倒点儿酒来；这些悲伤烦恼，已经使我老起来了。愿耻辱降临到罗密欧的头上！

朱丽叶　你说出这样的愿望，你的舌头上就应该长起水疱来！耻辱从来不曾和他在一起，它不敢侵上他的眉宇，因为那是君临天下的荣誉的宝座。啊！我刚才把他这样辱骂，我真是个畜生！

乳　媪　杀死了你的族兄的人，你还说他好话吗？

朱丽叶　他是我的丈夫，我应当说他坏话吗？啊！我的可怜的丈夫！你的三小时的妻子都这样凌辱你的名字，谁还会对它说一句温情的慰藉呢？可是你这恶人，你为什么杀死我的哥哥？他要是不杀死我的哥哥，我的凶恶的哥哥就会杀死我的丈夫。回去吧，愚蠢的眼泪，流回到你的源头；你那滴滴的细流，本来是悲哀的倾注，可是你却错把它呈献给喜悦。我的丈夫活着,他没有被提伯尔特杀死;提伯尔特死了,他想要杀死我的丈夫!这明明是喜讯,我为什么要哭泣呢?还有两个字比提伯尔特的死更使我痛心,像一柄利刃刺进了我的胸中;我但愿忘了它们,可是唉!它们紧紧地牢附在我的记忆里,就像萦回在罪人脑中的不可宥恕的罪恶。"提伯尔特死了,罗密欧放逐了!"放逐了!这"放逐"两个字,就等于杀死了一万个提伯尔特。单单提伯尔特的死,已经可以令人伤心了;即使祸不单行,必须在"提伯尔特死了"这一句话以后,再接上一句不幸的消息,为什么不说你的父亲,或是你的母亲,或是父母两人都死了,那也可以引起一点人情之常的哀悼?可是在提伯尔特的噩耗以后,再接连一记更大的打击,"罗密欧放逐了!"这句话简直等于说,父亲、母亲、提伯尔特、罗密欧、朱丽叶,一起被杀,一起死了。"罗密欧放逐了!"这一句话里面包含着无穷无际、无极无限的死亡,没有字句能够形容出这里面蕴蓄着的悲伤。——奶妈,我的父亲、我的母亲呢?

乳　媪　他们正在抚着提伯尔特的尸体痛哭。你要去看他们吗?让我带着你去。

朱丽叶　让他们用眼泪洗涤他的伤口,我的眼泪是要留着为罗密欧的放逐而哀哭的。拾起那些绳子来。可怜的绳子,你是失望了,我们俩都失望了,因为罗密欧已经被放逐;他要借着你做接引相思的桥梁,可是我却要做一个独守空闺的怨女而死去。来,绳儿;来,奶妈。我要去睡上我的新床,把我的童贞奉献给死亡!

乳　媪　那么你快到房里去吧;我去找罗密欧来安慰你,我知道他在什么地方。听着,你的罗密欧今天晚上一定会来看你;他现在躲在劳伦斯神父的寺院里,我就去找他。

朱丽叶　啊!你快去找他;把这指环拿去给我的忠心的骑士,叫他来作一次最后的诀别。(各下。)

第三场　同前。劳伦斯神父的寺院

劳伦斯神父上。

劳伦斯　罗密欧,跑出来;出来吧,你受惊的人,你已经和坎坷的命运结下了不解之缘。

罗密欧上。

罗密欧　神父,什么消息?亲王的判决怎样?还有什么我所不知道的不幸的
　　　　事情将要来找我?

劳伦斯　我的好孩子,你已经遭逢到太多的不幸了。我来报告你亲王的判决。

罗密欧　除了死罪以外,还会有什么判决?

劳伦斯　他的判决是很温和的:他并不判你死罪,只宣布把你放逐。

罗密欧　嘿!放逐!慈悲一点,还是说"死"吧!不要说"放逐",因为放逐比
　　　　死还要可怕。

劳伦斯　你必须立刻离开维洛那境内。不要懊恼,这是一个广大的世界。

罗密欧　在维洛那城以外没有别的世界,只有地狱的苦难;所以从维洛那放
　　　　逐,就是从这世界上放逐,也就是死。明明是死,你却说是放逐,这就等于
　　　　用一柄利斧砍下我的头,反因为自己犯了杀人罪而扬扬得意。

劳伦斯　嗳哟,罪过罪过!你怎么可以这样不知恩德!你所犯的过失,按照法
　　　　律本来应该处死,幸亏亲王仁慈,特别对你开恩,才把可怕的死罪改成了
　　　　放逐;这明明是莫大的恩典,你却不知道。

罗密欧　这是酷刑,不是恩典。朱丽叶所在的地方就是天堂;这儿的每一只
　　　　猫、每一只狗、每一只小小的老鼠,都生活在天堂里,都可以瞻仰到她的容

颜,可是罗密欧却看不见她。污秽的苍蝇都可以接触亲爱的朱丽叶的皎洁的玉手,从她的嘴唇上偷取天堂中的幸福,那两片嘴唇是这样的纯洁贞淑,永远含着娇羞,好像觉得它们自身的相吻也是一种罪恶;苍蝇可以这样做,我却必须远走高飞,它们是自由人,我却是一个放逐的流徒。你还说放逐不是死吗?难道你没有配好的毒药、锋锐的刀子或者无论什么致命的利器,而必须用"放逐"两个字把我杀害吗?放逐!啊,神父!只有沉沦在地狱里的鬼魂才会用到这两个字,伴着凄厉的呼号;你是一个教士,一个替人忏罪的神父,又是我的朋友,怎么忍心用"放逐"这两个字来寸磔我呢?

劳伦斯　你这痴心的疯子,听我说一句话。

罗密欧　啊!你又要对我说起放逐了。

劳伦斯　我要教给你怎样抵御这两个字的方法,用哲学的甘乳安慰你的逆运,让你忘却被放逐的痛苦。

罗密欧　又是"放逐"!我不要听什么哲学!除非哲学能够制造一个朱丽叶,迁徙一个城市,撤销一个亲王的判决,否则它就没有什么用处。别再多说了吧。

劳伦斯　啊!那么我看疯人是不生耳朵的。

罗密欧　聪明人不生眼睛,疯人何必生耳朵呢?

劳伦斯　让我跟你讨论讨论你现在的处境吧。

罗密欧　你不能谈论你所没有感觉到的事情;要是你也像我一样年轻,朱丽叶是你的爱人,才结婚一小时,就把提伯尔特杀了;要是你也像我一样热恋,像我一样被放逐,那时你才可以讲话,那时你才会像我现在一样扯着你的头发,倒在地上,替自己量一个葬身的墓穴。(内叩门声。)

劳伦斯　快起来,有人在敲门;好罗密欧,躲起来吧。

罗密欧　我不要躲,除非我心底里发出来的痛苦呻吟的气息,会像一重云雾一样把我掩过了追寻者的眼睛。(叩门声。)

劳伦斯　听!门打得多么响!——是谁在外面?——罗密欧,快起来,你要给他们捉住了。——等一等!——站起来;(叩门声)跑到我的书斋里去。——就来了!——上帝啊!瞧你多么不听话!——来了,来了!(叩门声)谁把门敲得这么响?你是什么地方来的?你有什么事?

乳　媪　(在内)让我进来,你就可以知道我的来意;我是从朱丽叶小姐那里来的。

劳伦斯　那好极了,欢迎欢迎!

　　　　乳媪上。

乳　媪　啊,神父! 啊,告诉我,神父,我的小姐的姑爷呢? 罗密欧呢?

劳伦斯　在那边地上哭得死去活来的就是他。

乳　媪　啊! 他正像我的小姐一样,正像她一样!

劳伦斯　唉! 真是同病相怜,一般的伤心! 她也是这样躺在地上,一边唠叨一边哭,一边哭一边唠叨。起来,起来;是个男子汉就该起来;为了朱丽叶的缘故,为了她的缘故,站起来吧。为什么您要伤心到这个样子呢?

罗密欧　奶妈!

乳　媪　唉,姑爷! 唉,姑爷! 一个人到头来总是要死的。

罗密欧　你刚才不是说起朱丽叶吗? 她现在怎么样? 我现在已经用她近亲的血玷污了我们的新欢,她不会把我当作一个杀人的凶犯吗? 她在什么地方? 她怎么样? 我这位秘密的新妇对于我们这一段中断的情缘说些什么话?

乳　媪　啊,她没有说什么话,姑爷,只是哭呀哭的哭个不停;一会儿倒在床上,一会儿又跳了起来;一会儿叫一声提伯尔特,一会儿哭一声罗密欧;然后又倒了下去。

罗密欧　好像我那一个名字是从枪口里瞄准了射出来似的,一弹出去就把她杀死,正像我这一双该死的手杀死了她的亲人一样。啊! 告诉我,神父,告诉我,我的名字是在我身上哪一处万恶的地方? 告诉我,好让我捣毁这可恨的巢穴。(拔剑。)

劳伦斯　放下你的卤莽的手! 你是一个男子吗? 你的形状是一个男子,你却流着妇人的眼泪;你的狂暴的举动,简直是一头野兽的无可理喻的咆哮。你这须眉的贱妇,你这人头的畜类! 我真想不到你的性情竟会这样毫无涵养。你已经杀死了提伯尔特,你还要杀死你自己吗? 你没想到你对自己采取了这种万劫不救的暴行就是杀死与你相依为命的你的妻子吗? 为什么你要怨恨天地,怨恨你自己的生不逢辰? 天地好容易生下你这一个人来,你却要亲手把你自己摧毁! 呸! 呸! 你有的是一副堂堂的七尺之躯,有的是热情和智慧,你却不知道把它们好好利用,这岂不是辜负了你的七尺之躯,辜负了你的热情和智慧? 你的堂堂的仪表不过是一尊蜡像,

没有一点男子汉的血气;你的山盟海誓都是些空虚的谎语,杀害你所发誓珍爱的情人;你的智慧不知道指示你的行动,驾御你的感情,它已经变成了愚妄的谬见,正像装在一个笨拙的兵士的枪膛里的火药,本来是自卫的武器,因为不懂得点燃的方法,反而毁损了自己的肢体。怎么!起来吧,孩子!你刚才几乎要为了你的朱丽叶而自杀,可是她现在好好活着,这是你的第一件幸事。提伯尔特要把你杀死,可是你却杀死了提伯尔特,这是你的第二件幸事。法律上本来规定杀人抵命,可是它对你特别留情,减成了放逐的处分,这是你的第三件幸事。这许多幸事照顾着你,幸福穿着盛装向你献媚,你却像一个倔强乖僻的女孩,向你的命运和爱情噘起了嘴唇。留心,留心,像这样不知足的人是不得好死的。去,快去会见你的情人,按照预定的计划,到她的寝室里去,安慰安慰她;可是在逻骑没有出发以前,你必须及早离开,否则你就到不了曼多亚。你可以暂时在曼多亚住下,等我们觑着机会,把你们的婚姻宣布出来,和解了你们两家的亲族,向亲王请求特赦,那时我们就可以用超过你现在离别的悲痛二百万倍的欢乐招呼你回来。奶妈,你先去,替我向你家小姐致意;叫她设法催促她家里的人早早安睡,他们在遭到这样重大的悲伤以后,这是很容易办到的。你对她说,罗密欧就要来了。

乳　媪　主啊！像这样好的教训，我就是在这儿听上一整夜都愿意；啊！真是有学问人说的话！姑爷，我就去对小姐说您就要来了。

罗密欧　很好，请你再叫我的爱人预备好一顿责骂。

乳　媪　姑爷，这一个戒指小姐叫我拿来送给您，请您赶快就去，天色已经很晚了。（下。）

罗密欧　现在我又重新得到了多大的安慰！

劳伦斯　去吧，晚安！你的运命在此一举：你必须在巡逻者没有开始查缉以前脱身，否则就得在黎明时候化装逃走。你就在曼多亚安下身来；我可以找到你的仆人，倘使这儿有什么关于你的好消息，我会叫他随时通知你。把你的手给我。时候不早了，再会吧。

罗密欧　倘不是一个超乎一切喜悦的喜悦在招呼着我，像这样匆匆的离别，一定会使我黯然神伤。再会！（各下。）

第四场　同前。凯普莱特家中一室

凯普莱特、凯普莱特夫人及帕里斯上。

凯普莱特　伯爵，舍间因为遭逢变故，我们还没有时间去开导小女；您知道她跟她那个表兄提伯尔特是友爱很笃的，我也非常喜欢他；唉！人生不免一死，也不必再去说他了。现在时间已经很晚，她今夜不会再下来了；不瞒您说，倘不是您大驾光临，我也早在一小时以前上了床啦。

帕里斯　我在你们正在伤心的时候来此求婚，实在是太冒昧了。晚安，伯母；请您替我向令嫒致意。

凯普莱特夫人　好，我明天一早就去探听她的意思；今夜她已经怀着满腔的悲哀关上门睡了。

凯普莱特　帕里斯伯爵，我可以大胆替我的孩子作主，我想她一定会绝对服从我的意志；是的，我对于这一点可以断定。夫人，你在临睡以前先去看看她，把这位帕里斯伯爵向她求爱的意思告诉她知道；你再对她说，听好我的话，叫她在星期三——且慢！今天星期几？

帕里斯　星期一，老伯。

凯普莱特　星期一！哈哈！好，星期三是太快了点儿，那么就是星期四吧。对她说，在这个星期四，她就要嫁给这位尊贵的伯爵。您来得及准备吗？您不嫌太匆促吗？咱们也不必十分铺张,略为请几位亲友就够了;因为提伯尔特才死不久,他是我们自己家里的人,要是我们大开欢宴,人家也许会说我们对去世的人太没有情分。所以我们只要请五六个亲友,把仪式举行一下就算了。您说星期四怎样？

帕里斯　老伯,我但愿星期四便是明天。

凯普莱特　好,你去吧;那么就是星期四。夫人,你在临睡前先去看看朱丽叶,叫她预备预备,好作起新娘来啊。再见,伯爵。喂!掌灯!时候已经很晚了,等一会儿我们就要说时间很早了。晚安!(各下。)

第五场　同前。朱丽叶的卧室

　　　　罗密欧及朱丽叶上。

朱丽叶　你现在就要走了吗?天亮还有一会儿呢。那刺进你惊恐的耳膜中的,不是云雀,是夜莺的声音;它每天晚上在那边石榴树上歌唱。相信我,爱人,那是夜莺的歌声。

罗密欧　那是报晓的云雀,不是夜莺。瞧,爱人,不作美的晨曦已经在东天的云朵上镶起了金线,夜晚的星光已经烧尽,愉快的白昼蹑足踏上了迷雾的山巅。我必须到别处去找寻生路,或者留在这儿束手等死。

朱丽叶　那光明不是晨曦,我知道;那是从太阳中吐射出来的流星,要在今夜替你拿着火炬,照亮你到曼多亚去。所以你不必急着要去,再耽搁一会儿吧。

罗密欧　让我被他们捉住,让我被他们处死;只要是你的意思,我就毫无怨恨。我愿意说那边灰白色的云彩不是黎明睁开它的睡眼,那不过是从月亮的眉宇间反映出来的微光;那响彻云霄的歌声,也不是出于云雀的喉中。我巴不得留在这里,永远不要离开。来吧,死,我欢迎你!因为这是朱丽叶的意思。怎么,我的灵魂?让我们谈谈;天还没有亮哩。

朱丽叶　天已经亮了,天已经亮了;快走吧,快走吧!那唱得这样刺耳、嘶着粗涩的噪声和讨厌的锐音的,正是天际的云雀。有人说云雀会发出千变万化的甜蜜的歌声,这句话一点不对,因为它只使我们彼此分离;有人说云雀曾经和丑恶的蟾蜍交换眼睛,啊!我但愿它们也交换了声音,因为那声音使你离开了我的怀抱,用催醒的晨歌催促你登程。啊!现在你快走吧;

天越来越亮了。

罗密欧　天越来越亮,我们悲哀的心却越来越黑暗。

　　　　乳媪上。

乳　媪　小姐!

朱丽叶　奶妈?

乳　媪　你的母亲就要到你房里来了。天已经亮啦,小心点儿。(下。)

朱丽叶　那么窗啊,让白昼进来,让生命出去。

罗密欧　再会,再会!给我一个吻,我就下去。(由窗口下降。)

朱丽叶　你就这样走了吗?我的夫君,我的爱人,我的朋友!我必须在每一小
　　　　时内的每一天听到你的消息,因为一分钟就等于许多天。啊!照这样计
　　　　算起来,等我再看见我的罗密欧的时候,我不知道已经老到怎样了。

罗密欧　再会!我决不放弃任何的机会,爱人,向你传达我的衷忱。

朱丽叶　啊!你想我们会不会再有见面的日子?

罗密欧　一定会有的;我们现在这一切悲哀痛苦,到将来便是握手谈心的
　　　　资料。

朱丽叶　上帝啊!我有一颗预感不祥的灵魂;你现在站在下面,我仿佛望见你
　　　　像一具坟墓底下的尸骸。也许是我的眼光昏花,否则就是你的面容太惨
　　　　白了。

罗密欧　相信我,爱人,在我的眼中你也是这样;忧伤吸干了我们的血液。再
　　　　会!再会!(下。)

朱丽叶　命运啊命运!谁都说你反复无常;要是你真的反复无常,那么你怎样
　　　　对待一个忠贞不贰的人呢?愿你不要改变你的轻浮的天性,因为这样也
　　　　许你会早早打发他回来。

凯普莱特夫人　(在内)喂,女儿!你起来了吗?

朱丽叶　谁在叫我?是我的母亲吗?——难道她这么晚还没有睡觉,还是这
　　　　么早就起来了?什么特殊的原因使她到这儿来?

　　　　凯普莱特夫人上。

凯普莱特夫人　啊,怎么,朱丽叶!

朱丽叶　母亲,我不大舒服。

凯普莱特夫人　老是为了你表兄的死而掉泪吗?什么!你想用眼泪把他从坟
　　　　墓里冲出来吗?就是冲得出来,你也没法子叫他复活;所以还是算了吧。

　　适当的悲哀可以表示感情的深切,过度的伤心却可以证明智慧的欠缺。

朱丽叶　可是让我为了这样一个痛心的损失而流泪吧。

凯普莱特夫人　损失固然痛心,可是一个失去的亲人,不是眼泪哭得回来的。

朱丽叶　因为这损失实在太痛心了,我不能不为了失去的亲人而痛哭。

凯普莱特夫人　好,孩子,人已经死了,你也不用多哭他了;顶可恨的是那杀死
　　他的恶人仍旧活在世上。

朱丽叶　什么恶人,母亲?

凯普莱特夫人　就是罗密欧那个恶人。

朱丽叶　(旁白)恶人跟他相去真有十万八千里呢。——上帝饶恕他!我愿
　　意全心饶恕他;可是没有一个人像他那样使我心里充满了悲伤。

凯普莱特夫人　那是因为这个万恶的凶手还活在世上。

朱丽叶　是的,母亲,我恨不得把他抓住在我的手里。但愿我能够独自报复这

一段杀兄之仇!

凯普莱特夫人　我们一定要报仇的,你放心吧;别再哭了。这个亡命的流徒现在到曼多亚去了,我要差一个人到那边去,用一种稀有的毒药把他毒死,让他早点儿跟提伯尔特见面;那时候我想你一定可以满足了。

朱丽叶　真的,我心里永远不会感到满足,除非我看见罗密欧在我的面前——死去;我这颗可怜的心是这样为了一个亲人而痛楚!母亲,要是您能够找到一个愿意带毒药去的人,让我亲手把它调好,好叫那罗密欧服下以后,就会安然睡去。唉!我心里多么难过,只听到他的名字,却不能赶到他的面前,为了我对哥哥的感情,我巴不得能在那杀死他的人身上报这个仇!

凯普莱特夫人　你去想办法,我一定可以找到这样一个人。可是,孩子,现在我要告诉你好消息。

朱丽叶　在这样不愉快的时候,好消息来得真是再适当没有了。请问母亲,是什么好消息呢?

凯普莱特夫人　哈哈,孩子,你有一个体贴你的好爸爸哩;他为了替你排解愁闷已经为你选定了一个大喜的日子,不但你想不到,就是我也没有想到。

朱丽叶　母亲,快告诉我,是什么日子?

凯普莱特夫人　哈哈,我的孩子,星期四的早晨,那位风流年少的贵人,帕里斯伯爵,就要在圣彼得教堂里娶你做他的幸福的新娘了。

朱丽叶　凭着圣彼得教堂和圣彼得的名字起誓,我决不让他娶我做他的幸福的新娘。世间哪有这样匆促的事情,人家还没有来向我求过婚,我倒先做了他的妻子了!母亲,请您对我的父亲说,我现在还不愿意出嫁;就是要出嫁,我可以发誓,我也宁愿嫁给我所痛恨的罗密欧,不愿嫁给帕里斯。真是些好消息!

凯普莱特夫人　你爸爸来啦;你自己对他说去,看他会不会听你的话。

　　　　凯普莱特及乳媪上。

凯普莱特　太阳西下的时候,天空中落下了蒙蒙的细露;可是我的侄儿死了,却有倾盆的大雨送着他下葬。怎么!装起喷水管来了吗,孩子?咦!还在哭吗?雨到现在还没有停吗?你这小小的身体里面,也有船,也有海,也有风;因为你的眼睛就是海,永远有泪潮在那儿涨退;你的身体是一艘船,在这泪海上面航行;你的叹息是海上的狂风;你的身体经不起风浪的吹打,会在这汹涌的怒海中覆没的。怎么,妻子!你没有把我们的主意告诉她吗？

凯普莱特夫人　我告诉她了;可是她说谢谢你,她不要嫁人。我希望这傻丫头还是死了干净!

凯普莱特　且慢!讲明白点儿,讲明白点儿,妻子。怎么!她不要嫁人吗?她不谢谢我们吗?她不称心吗?像她这样一个贱丫头,我们替她找到了这么一位高贵的绅士做她的新郎,她还不想想这是多大的福气吗?

朱丽叶　我没有喜欢,只有感激;你们不能勉强我喜欢一个我对他没有好感的人,可是我感激你们爱我的一片好心。

凯普莱特　怎么!怎么!胡说八道!这是什么话?什么"喜欢""不喜欢","感激""不感激"!好丫头,我也不要你感谢,我也不要你喜欢,只要你预备好星期四到圣彼得教堂里去跟帕里斯结婚;你要是不愿意,我就把你装在木笼里拖了去。不要脸的死丫头,贱东西!

凯普莱特夫人　嗳哟!嗳哟!你疯了吗?

朱丽叶　好爸爸,我跪下来求求您,请您耐心听我说一句话。

凯普莱特　该死的小贱妇!不孝的畜生!我告诉你,星期四给我到教堂里去,不然以后再也不要见我的面。不许说话,不要回答我;我的手指痒着呢。——夫人,我们常常怨叹自己福薄,只生下这一个孩子;可是现在我才知道就是这一个已经太多了,总是家门不幸,出了这一个冤孽!不要脸的贱货!

乳　媪　上帝祝福她!老爷,您不该这样骂她。

凯普莱特　为什么不该!我的聪明的老太太?谁要你多嘴,我的好大娘?你去跟你那些婆婆妈妈们谈天去吧,去!

乳　媪　我又没有说过一句冒犯您的话。

凯普莱特　啊,去你的吧。

乳　媪　人家就不能开口吗?

凯普莱特　闭嘴,你这叽哩咕噜的蠢婆娘!我们不要听你的教训。

凯普莱特夫人　你的脾气太躁了。

凯普莱特　哼!我气都气疯啦。每天每夜,时时刻刻,不论忙着空着,独自一个人或是跟别人在一起,我心里总是在盘算着怎样把她许配给一份好好的人家;现在好容易找到一位出身高贵的绅士,又有家私,又年轻,又受过高尚的教养,正是人家说的十二分的人才,好到没得说的了;偏偏这个不

懂事的傻丫头,放着送上门来的好福气不要,说什么"我不要结婚"、"我不懂恋爱"、"我年纪太小"、"请你原谅我";好,你要是不愿意嫁人,我可以放你自由,尽你的意思到什么地方去,我这屋子里可容不得你了。你给我想想明白,我是一向说到哪里做到哪里的。星期四就在眼前;自己仔细考虑考虑。你倘然是我的女儿,就得听我的话嫁给我的朋友;你倘然不是我的女儿,那么你去上吊也好,做叫化子也好,挨饿也好,死在街道上也好,我都不管,因为凭着我的灵魂起誓,我是再也不会认你这个女儿的,你也别想我会分一点什么给你。我不会骗你,你想一想吧;我已经发过誓了,我一定要把它做到。(下。)

朱丽叶　天知道我心里是多么难过,难道它竟会不给我一点慈悲吗?啊,我的亲爱的母亲!不要丢弃我!把这门亲事延期一个月或是一个星期也好;或者要是您不答应我,那么请您把我的新床安放在提伯尔特长眠的幽暗的坟茔里吧!

凯普莱特夫人　不要对我讲话,我没有什么话好说的。随你的便吧,我是不管你啦。(下。)

朱丽叶　上帝啊!啊,奶妈!这件事情怎么避过去呢?我的丈夫还在世间,我的誓言已经上达天听;倘使我的誓言可以收回,那么除非我的丈夫已经脱离人世,从天上把它送还给我。安慰安慰我,替我想想办法吧。唉!唉!想不到天也会作弄像我这样一个柔弱的人!你怎么说?难道你没有一句可以使我快乐的话吗?奶妈,给我一点安慰吧!

乳　媪　好,那么你听我说。罗密欧是已经放逐了;我可以拿随便什么东西跟

你打赌,他再也不敢回来责问你,除非他偷偷地溜了回来。事情既然这样,那么我想你最好还是跟那伯爵结婚吧。啊!他真是个可爱的绅士!罗密欧比起他来只好算是一块抹布;小姐,一只鹰也没有像帕里斯那样一双又是碧绿好看、又是锐利的眼睛。说句该死的话,我想你这第二个丈夫,比第一个丈夫好得多啦;纵然不是好得多,可是你的第一个丈夫虽然还在世上,对你已经没有什么用处,也就跟死了差不多啦。

朱丽叶　你这些话是从心里说出来的吗?

乳　媪　那不但是我心里的话,也是我灵魂里的话;倘有虚假,让我的灵魂下地狱。

朱丽叶　阿门!

乳　媪　什么!

朱丽叶　好,你已经给了我很大的安慰。你进去吧;告诉我的母亲说我出去了,因为得罪了我的父亲,要到劳伦斯的寺院里去忏悔我的罪过。

乳　媪　很好,我就这样告诉她;这才是聪明的办法哩。(下。)

朱丽叶　老而不死的魔鬼!顶丑恶的妖精!她希望我背弃我的盟誓;她几千次向我夸奖我的丈夫,说他比谁都好,现在却又用同一条舌头说他的坏话!去,我的顾问;从此以后,我再也不把你当作心腹看待了。我要到神父那儿去向他求救;要是一切办法都已用尽,我还有死这条路。(下。)

第 四 幕

第一场　维洛那。劳伦斯神父的寺院

  劳伦斯神父及帕里斯上。

劳伦斯　在星期四吗,伯爵？时间未免太局促了。

帕里斯　这是我的岳父凯普莱特的意思;他既然这样性急,我也不愿把时间延
   迟下去。

劳伦斯　您说您还没有知道那小姐的心思;我不赞成这种片面决定的事情。

帕里斯　提伯尔特死后她伤心过度,所以我没有跟她多谈恋爱,因为在一间哭
   哭啼啼的屋子里,维纳斯是露不出笑容来的。神父,她的父亲因为瞧她这
   样一味忧伤,恐怕会发生什么意外,所以才决定提早替我们完婚,免得她
   一天到晚哭得像个泪人儿一般;一个人在房间里最容易触景伤情,要是有
   了伴侣,也许可以替她排除悲哀。现在您可以知道我这次匆促结婚的理
   由了。

劳伦斯　(旁白)我希望我不知道它为什么必须延迟的理由。——瞧,伯爵,
   这位小姐到我寺里来了。

  朱丽叶上。

帕里斯　您来得正好,我的爱妻。

朱丽叶　伯爵,等我做了妻子以后,也许您可以这样叫我。

帕里斯　爱人,也许到星期四这就要成为事实了。

朱丽叶　事实是无可避免的。

劳伦斯　那是当然的道理。

帕里斯　您是来向这位神父忏悔的吗?

朱丽叶　回答您这一个问题,我必须向您忏悔了。

68

帕里斯　不要在他的面前否认您爱我。

朱丽叶　我愿意在您的面前承认我爱他。

帕里斯　我相信您也一定愿意在我的面前承认您爱我。

朱丽叶　要是我必须承认,那么在您的背后承认,比在您的面前承认好得多啦。

帕里斯　可怜的人儿!眼泪已经毁损了你的美貌。

朱丽叶　眼泪并没有得到多大的胜利;因为我这副容貌在没有被眼泪毁损以前,已经够丑了。

帕里斯　你不该说这样的话诽谤你的美貌。

朱丽叶　这不是诽谤,伯爵,这是实在的话,我当着我自己的脸说的。

帕里斯　你的脸是我的,你不该侮辱它。

朱丽叶　也许是的,因为它不是我自己的。神父,您现在有空吗?还是让我在晚祷的时候再来?

劳伦斯　我还是现在有空,多愁的女儿。伯爵,我们现在必须请您离开我们。

帕里斯　我不敢打扰你们的祈祷。朱丽叶,星期四一早我就来叫醒你;现在我们再会吧,请你保留下这一个神圣的吻。(下。)

朱丽叶　啊!把门关了!关了门,再来陪着我哭吧。没有希望、没有补救、没有挽回了!

劳伦斯　啊,朱丽叶!我早已知道你的悲哀,实在想不出一个万全的计策。我听说你在星期四必须跟这伯爵结婚,而且毫无拖延的可能了。

朱丽叶　神父,不要对我说你已经听见这件事情,除非你能够告诉我怎样避免它;要是你的智慧不能帮助我,那么只要你赞同我的决心,我就可以立刻用这把刀解决一切。上帝把我的心和罗密欧的心结合在一起,我们两人的手是你替我们结合的;要是我这一只已经由你证明和罗密欧缔盟的手,再去和别人缔结新盟,或是我的忠贞的心起了叛变,投进别人的怀里,那么这把刀可以割下这背盟的手,诛戮这叛变的心。所以,神父,凭着你的丰富的见识阅历,请你赶快给我一些指教;否则瞧吧,这把血腥气的刀,就可以在我跟我的困难之间做一个公正人,替我解决你的经验和才能所不能替我觅得一个光荣解决的难题。不要老是不说话;要是你不能指教我一个补救的办法,那么我除了一死以外,没有别的希冀。

劳伦斯　住手,女儿;我已经望见了一线希望,可是那必须用一种非常的手段,

69

方才能够抵御这一种非常的变故。要是你因为不愿跟帕里斯伯爵结婚，能够毅然立下视死如归的决心，那么你也一定愿意采取一种和死差不多的办法，来避免这种耻辱；倘然你敢冒险一试，我就可以把办法告诉你。

朱丽叶　啊！只要不嫁给帕里斯，你可以叫我从那边塔顶的雉堞上跳下来；你可以叫我在盗贼出没、毒蛇潜迹的路上匍匐行走；把我和咆哮的怒熊锁禁在一起；或者在夜间把我关在堆积尸骨的地窟里，用许多陈死的白骨、霉臭的腿胴和失去下颚的焦黄的骷髅掩盖着我的身体；或者叫我跑进一座新坟里去，把我隐匿在死人的殓衾里；无论什么使我听了战栗的事，只要可以让我活着对我的爱人做一个纯洁无瑕的妻子，我都愿意毫不恐惧、毫不迟疑地做去。

劳伦斯　好，那么放下你的刀；快快乐乐地回家去，答应嫁给帕里斯。明天就是星期三了；明天晚上你必须一人独睡，别让你的奶妈睡在你的房间里；这一个药瓶你拿去，等你上床以后，就把这里面炼就的液汁一口喝下，那时就会有一阵昏昏沉沉的寒气通过你全身的血管，接着脉搏就会停止跳动；没有一丝热气和呼吸可以证明你还活着；你的嘴唇和颊上的红色都会变成灰白；你的眼睑闭下，就像死神的手关闭了生命的白昼；你身上的每一部分失去了灵活的控制，都像死一样僵硬寒冷；在这种与死无异的状态中，你必须经过四十二小时，然后你就仿佛从一场醋睡中醒了过来。当那新郎在早晨来催你起身的时候，他们会发现你已经死了；然后，照着我们国里的规矩，他们就要替你穿起盛装，用柩车载着你到凯普莱特族中祖先的坟茔里。同时因为要预备你醒来，我可以写信给罗密欧，告诉他我们的计划，叫他立刻到这儿来；我跟他两个人就守在你的身边，等你一醒过来，当夜就叫罗密欧带着你到曼多亚去。只要你不临时变卦，不中途气馁，这一个办法一定可以使你避免这一场眼前的耻辱。

朱丽叶　给我！给我！啊，不要对我说起害怕两个字！

劳伦斯　拿着；你去吧，愿你立志坚强，前途顺利！我就叫一个弟兄飞快到曼多亚，带我的信去送给你的丈夫。

朱丽叶　爱情啊，给我力量吧！只有力量可以搭救我。再会，亲爱的神父！

（各下。）

第二场　同前。凯普莱特家中厅堂

　　　　　　凯普莱特、凯普莱特夫人、乳媪及众仆上。

凯普莱特　这单子上有名字的,都是要去邀请的客人。(仆甲下)来人,给我去
　　雇二十个有本领的厨子来。

仆　乙　老爷,您请放心,我一定要挑选能舐手指头的厨子来做菜。

凯普莱特　你怎么知道他们能做菜呢?

仆　乙　呀,老爷,不能舐手指头的就不能做菜;这样的厨子我就不要。

凯普莱特　好,去吧。咱们这一次实在有点儿措手不及。什么! 我的女儿到
　　劳伦斯神父那里去了吗?

乳　媪　正是。

凯普莱特　好,也许他可以劝告劝告她;真是个乖僻不听话的浪蹄子!

乳　媪　瞧她已经忏悔完毕,高高兴兴地回来啦。

　　　　　　朱丽叶上。

凯普莱特　啊,我的倔强的丫头! 你荡到什么地方去啦?

朱丽叶　我因为自知忤逆不孝,违抗了您的命令,所以特地前去忏悔我的罪
　　过。现在我听从劳伦斯神父的指教,跪在这儿请您宽恕。爸爸,请您宽恕
　　我吧! 从此以后,我永远听您的话了。

凯普莱特　去请伯爵来,对他说:我要把婚礼改在明天早上举行。

朱丽叶　我在劳伦斯寺里遇见这位少年伯爵;我已经在不超过礼法的范围以
　　内,向他表示过我的爱情了。

凯普莱特　啊,那很好,我很高兴。站起来吧;这样才对。让我见见这伯爵;
　　喂,快去请他过来。多谢上帝,把这位可尊敬的神父赐给我们! 我们全城
　　的人都感戴他的好处。

朱丽叶　奶妈,请你陪我到我的房间里去,帮我检点检点衣饰,看有哪几件可
　　以在明天穿戴。

凯普莱特夫人　不,还是到星期四再说吧,急什么呢?

凯普莱特　去,奶妈,陪她去。我们一定明天上教堂。(朱丽叶及乳媪下。)

凯普莱特夫人　我们现在预备起来怕来不及;天已经快黑了。

凯普莱特　胡说! 我现在就动手起来,你瞧着吧,太太,到明天一定什么都安

排得好好的。你快去帮朱丽叶打扮打扮;我今天晚上不睡了,让我一个人在这儿做一次管家妇。喂!喂!这些人一个都不在。好,让我自己跑到帕里斯那里去,叫他准备明天做新郎。这个倔强的孩子现在回心转意,真叫我高兴得了不得。(各下。)

第三场　同前。朱丽叶的卧室

　　　　朱丽叶及乳媪上。

朱丽叶　嗯,那些衣服都很好。可是,好奶妈,今天晚上请你不用陪我,因为我还要念许多祷告,求上天宥恕我过去的罪恶,默佑我将来的幸福。

　　　　凯普莱特夫人上。

凯普莱特夫人　啊!你正在忙着吗?要不要我帮你?

朱丽叶　不,母亲;我们已经选择好了明天需用的一切,所以现在请您让我一个人在这儿吧;让奶妈今天晚上陪着您不睡,因为我相信这次事情办得太匆促了,您一定忙得不可开交。

凯普莱特夫人　晚安!早点睡觉,你应该好好休息休息。(凯普莱特夫人及乳媪下。)

朱丽叶　再会!上帝知道我们将在什么时候相见。我觉得仿佛有一阵寒颤刺激着我的血液,简直要把生命的热流冻结起来似的;待我叫她们回来安慰安慰我。奶妈!——要她到这儿来干什么?这凄惨的场面必须让我一个人扮演。来,药瓶。要是这药水不发生效力呢?那么我明天早上就必须结婚吗?不,不,这把刀会阻止我;你躺在那儿吧。(将匕首置枕边)也许这瓶里是毒药,那神父因为已经替我和罗密欧证婚,现在我再跟别人结婚,恐怕损害他的名誉,所以有意骗我服下去毒死我;我怕也许会有这样的事;可是他一向是众所公认的道高德重的人,我想大概不至;我不能抱着这样卑劣的思想。要是我在坟墓里醒了过来,罗密欧还没有到来把我救出去呢?这倒是很可怕的一点!那时我不是要在终年透不进一丝新鲜空气的地窟里活活闷死,等不到我的罗密欧到来吗?即使不闷死,那死亡和长夜的恐怖,那古墓中阴森的气象,几百年来,我祖先的尸骨都堆积在那里,入土未久的提伯尔特蒙着他的殓衾,正在那里腐烂;人家说,一到晚上,鬼魂便会归返他们的墓穴;唉!唉!要是我太早醒来,这些恶臭的气味,这些使人听了会发疯的凄厉的叫声;啊! 要是我醒来,周围都是这种吓人的东西,我不会心神迷乱,疯狂地抚弄着我的祖宗的骨骼,把肢体溃烂的提伯尔特拖出了他的殓衾吗? 在这样疯狂的状态中,我不会拾起一根老祖宗的骨头来,当作一根棍子,打破我的发昏的头颅吗? 啊,瞧! 那不是提伯尔特的鬼魂,正在那里追赶罗密欧,报复他的一剑之仇吗? 等一等,提伯尔特,等一等! 罗密欧,我来了! 我为你干了这一杯!(倒在幕内的床上。)

第四场　同前。凯普莱特家中厅堂

凯普莱特夫人及乳媪上。

凯普莱特夫人　奶妈,把这串钥匙拿去,再拿一点香料来。

乳　媪　点心房里在喊着要枣子和榅桲呢。

凯普莱特上。

凯普莱特　来,赶紧点儿,赶紧点儿! 鸡已经叫了第二次,晚钟已经打过,到三点钟了。好安吉丽加①,当心看看肉饼有没有烤焦。多花儿个钱没有关系。

乳　媪　走开,走开,女人家的事用不着您多管;快去睡吧,今天忙了一个晚上,明天又要害病了。

凯普莱特　不,哪儿的话! 嘿,我为了没要紧的事,也曾经整夜不睡,几曾害过病来?

凯普莱特夫人　对啦,你从前也是惯偷女人的夜猫儿,可是现在我却不放你出去胡闹啦。(凯普莱特夫人及乳媪下。)

凯普莱特　真是个醋娘子! 真是个醋娘子!

三四仆人持炙叉、木柴及篮上。

凯普莱特　喂,这是什么东西?

仆　甲　老爷,都是拿去给厨子的,我也不知道是什么东西。

凯普莱特　赶紧点儿,赶紧点儿。(仆甲下)喂,木头要拣干燥点儿的,你去问彼得,他可以告诉你什么地方有。

─────────────

① 安吉丽加,是凯普莱特夫人的名字。

仆　乙　老爷,我自己也长着眼睛会拣木头,用不着麻烦彼得。(下。)

凯普莱特　嘿,倒说得有理,这个淘气的小杂种! 嗳哟! 天已经亮了;伯爵就
　　　　要带着乐工来了,他说过的。(内乐声)我听见他已经走近了。奶妈! 妻
　　　　子! 喂,喂! 喂,奶妈呢?

　　　　　乳媪重上。

凯普莱特　快去叫朱丽叶起来,把她打扮打扮;我要去跟帕里斯谈天去了。快
　　　　去,快去,赶紧点儿;新郎已经来了;赶紧点儿! (各下。)

第五场　同前。朱丽叶的卧室

　　　　　乳媪上。

乳　媪　小姐! 喂,小姐! 朱丽叶! 她准是睡熟了。喂,小羊! 喂,小姐! 哼,
　　　　你这懒丫头! 喂,亲亲! 小姐! 心肝! 喂,新娘! 怎么! 一声也不响? 现
　　　　在尽你睡去,尽你睡一个星期;到今天晚上,帕里斯伯爵可不让你安安静
　　　　静休息一会儿了。上帝饶恕我,阿门,她睡得多熟! 我必须叫她醒来。小
　　　　姐! 小姐! 小姐! 好,让那伯爵自己到你床上来吧,那时你可要吓得跳起
　　　　来了,是不是? 怎么! 衣服都穿好了,又重新睡下去吗? 我必须把你叫
　　　　醒。小姐! 小姐! 小姐! 嗳哟! 嗳哟! 救命! 救命! 我的小姐死了! 嗳
　　　　哟! 我还活着做什么! 喂,拿一点酒来! 老爷! 太太!

　　　　　凯普莱特夫人上。

凯普莱特夫人　吵什么?

乳　媪　嗳哟,好伤心啊!

凯普莱特夫人　什么事?

乳　媪　瞧,瞧! 嗳哟,好伤心啊!

凯普莱特夫人　嗳哟,嗳哟! 我的孩子,我的惟一的生命! 醒来! 睁开你的眼
　　　　睛来! 你死了,叫我怎么活得下去? 救命! 救命! 大家来啊!

　　　　　凯普莱特上。

凯普莱特　还不送朱丽叶出来,她的新郎已经来啦。

乳　媪　她死了,死了,她死了! 嗳哟,伤心啊!

凯普莱特夫人　唉! 她死了,她死了,她死了!

凯普莱特　嘿! 让我瞧瞧。嗳哟! 她身上冰冷的;她的血液已经停止不流,她

的手脚都硬了;她的嘴唇里已经没有了生命的气息;死像一阵未秋先降的寒霜,摧残了这一朵最鲜嫩的娇花。

乳　媪　嗳哟,好伤心啊!

凯普莱特夫人　嗳哟,好苦啊!

凯普莱特　死神夺去了我的孩子,他使我悲伤得说不出话来。

　　　　　劳伦斯神父、帕里斯及乐工等上。

劳伦斯　来,新娘有没有预备好上教堂去?

凯普莱特　她已经预备动身,可是这一去再不回来了。啊贤婿!死神已经在你新婚的前夜降临到你妻子的身上。她躺在那里,像一朵被他摧残了的鲜花。死神是我的新婿,是我的后嗣,他已经娶走了我的女儿。我也快要死了,把我的一切都传给他;我的生命财产,一切都是死神的!

帕里斯　难道我眼巴巴望到天明,却让我看见这一个凄惨的情景吗?

凯普莱特夫人　倒霉的、不幸的、可恨的日子,永无休止的时间的运行中的一个顶悲惨的时辰!我就生了这一个孩子,这一个可怜的疼爱的孩子,她是我惟一的宝贝和安慰,现在却被残酷的死神从我眼前夺了去啦!

乳　媪　好苦啊!好苦的、好苦的、好苦的日子啊!我这一生一世里顶伤心的日子!顶凄凉的日子!嗳哟,这个日子!这个可恨的日子!从来不曾见过这样倒霉的日子!好苦的、好苦的日子啊!

帕里斯　最可恨的死,你欺骗了我,杀害了她,拆散了我们的良缘,一切都被残酷的、残酷的你破坏了!啊!爱人!啊,我的生命!没有生命,只有被死亡吞噬了的爱情!

凯普莱特　悲痛的命运,为什么你要来打破、打破我们的盛礼?儿啊!儿啊!我的灵魂,你死了!你已经不是我的孩子了!死了!唉!我的孩子死了,我的快乐也随着我的孩子埋葬了!

劳伦斯　静下来!不害羞吗?你们这样乱哭乱叫是无济于事的。上天和你们共有着这一个好女儿;现在她已经完全属于上天所有,这是她的幸福,因为你们不能使她的肉体避免死亡,上天却能使她的灵魂得到永生。你们竭力替她找寻一个美满的前途,因为你们的幸福是寄托在她的身上;现在她高高地升上云中去了,你们却为她哭泣吗?啊!你们瞧着她享受最大的幸福,却这样发疯一样号啕叫喊,这可以算是真爱你们的女儿吗?活着,嫁了人,一直到老,这样的婚姻有什么乐趣呢?在年轻时候结了婚而

死去,才是最幸福不过的。揩干你们的眼泪,把你们的香花散布在这美丽的尸体上,按照着习惯,把她穿着盛装抬到教堂里去。愚痴的天性虽然使我们伤心痛哭,可是在理智眼中,这些天性的眼泪却是可笑的。

凯普莱特　我们本来为了喜庆预备好的一切,现在都要变成悲哀的殡礼;我们的乐器要变成忧郁的丧钟,我们的婚筵要变成凄凉的丧席,我们的赞美诗要变成沉痛的挽歌,新娘手里的鲜花要放在坟墓中殉葬,一切都要相反而行。

劳伦斯　凯普莱特先生,您进去吧;夫人,您陪他进去;帕里斯伯爵,您也去吧;大家准备送这具美丽的尸体下葬。上天的愤怒已经降临在你们身上,不要再违拂他的意旨,招致更大的灾祸。(凯普莱特夫妇、帕里斯、劳伦斯同下。)

乐工甲　真的,咱们也可以收起笛子走啦。

乳　媪　啊!好兄弟们,收起来吧,收起来吧;这真是一场伤心的横祸!(下。)

乐工甲　唉,我巴不得这事有什么办法补救才好。

　　　　　　彼得上。

彼　　得　乐工！啊！乐工,《心里的安乐》,《心里的安乐》！啊！替我奏一曲
　　　《心里的安乐》,否则我要活不下去了。

乐工甲　为什么要奏《心里的安乐》呢？

彼　　得　啊！乐工,因为我的心在那里唱着《我心里充满了忧伤》。啊！替我
　　　奏一支快活的歌儿,安慰安慰我吧。

乐工甲　不奏不奏,现在不是奏乐的时候。

彼　　得　那么你们不奏吗？

乐工甲　不奏。

彼　　得　那么我就给你们——

乐工甲　你给我们什么？

彼　　得　我可不给你们钱,哼！我要给你们一顿骂;我骂你们是一群卖唱的叫
　　　化子。

乐工甲　那么我就骂你是个下贱的奴才。

彼　　得　那么我就把奴才的刀搁在你们的头颅上。我决不含糊:不是高音,就
　　　是低调,你们听见吗？

乐工甲　什么高音低调,你倒还得懂这一套。

乐工乙　且慢,君子动口,小人动手。

彼　　得　好,那么让我用舌剑唇枪杀得你们抱头鼠窜。有本领的,回答我这一
　　　个问题:

　　　　　悲哀伤痛着心灵,

　　　　　忧郁萦绕在胸怀,

　　　　　惟有音乐的银声——

　　　为什么说"银声"？为什么说"音乐的银声"？西门·凯特林,你怎么说？

乐工甲　因为银子的声音很好听。

彼　　得　说得好！休·利培克,你怎么说？

乐工乙　因为乐工奏乐的目的,是想人家赏他一些银子。

彼　　得　说得好！詹姆士·桑德普斯特,你怎么说？

乐工丙　不瞒你说,我可不知道应当怎么说。

彼　　得　啊！对不起,你是只会唱唱歌的;我替你说了吧:因为乐工尽管奏乐
　　　奏到老死,也换不到一些金子。

惟有音乐的银声，

可以把烦闷推开。（下。）

乐工甲　真是个讨厌的家伙！

乐工乙　该死的奴才！来,咱们且慢回去,等吊客来的时候吹奏两声,吃他们

一顿饭再走。（同下。）

第 五 幕

第一场　曼多亚。街道

　　　　罗密欧上。

罗密欧　要是梦寐中的幻景果然可以代表真实,那么我的梦预兆着将有好消
　　　息到来;我觉得心君宁恬,整日里有一种向所没有的精神,用快乐的思想
　　　把我从地面上飘扬起来。我梦见我的爱人来看见我死了——奇怪的梦,
　　　一个死人也会思想!——她吻着我,把生命吐进了我的嘴唇里,于是我复
　　　活了,并且成为一个君王。唉!仅仅是爱的影子,已经给人这样丰富的欢
　　　乐,要是能占有爱的本身,那该有多么甜蜜!

　　　　鲍尔萨泽上。

罗密欧　从维洛那来的消息!啊,鲍尔萨泽!不是神父叫你带信来给我吗?
　　　我的爱人怎样?我父亲好吗?我再问你一遍,我的朱丽叶安好吗?因为
　　　只要她安好,一定什么都是好好的。

鲍尔萨泽　那么她是安好的,什么都是好好的;她的身体长眠在凯普莱特家的
　　　坟茔里,她的不死的灵魂和天使们在一起。我看见她下葬在她亲族的墓
　　　穴里,所以立刻飞马前来告诉您。啊,少爷!恕我带了这恶消息来,因为
　　　这是您吩咐我做的事。

罗密欧　有这样的事!命运,我咒诅你!——你知道我的住处;给我买些纸
　　　笔,雇下两匹快马,我今天晚上就要动身。

鲍尔萨泽　少爷,请您宽心一下;您的脸色惨白而仓皇,恐怕是不吉之兆。

罗密欧　胡说,你看错了。快去,把我叫你做的事赶快办好。神父没有叫你带
　　　信给我吗?

鲍尔萨泽　没有,我的好少爷。

罗密欧 算了,你去吧,把马匹雇好了;我就来找你。(鲍尔萨泽下)好,朱丽叶,今晚我要睡在你的身旁。让我想个办法。啊,罪恶的念头!你会多么快钻进一个绝望者的心里!我想起了一个卖药的人,他的铺子就开设在附近,我曾经看见他穿着一身破烂的衣服,皱着眉头在那儿拣药草;他的形状十分消瘦,贫苦把他熬煎得只剩一把骨头;他的寒伧的铺子里挂着一只乌龟,一头剥制的鳄鱼,还有几张形状丑陋的鱼皮;他的架子上稀疏地散放着几只空匣子、绿色的瓦罐、一些胞囊和发霉的种子、几段包扎的麻绳,还有几块陈年的干玫瑰花,作为聊胜于无的点缀。看到这一种寒酸的样子,我就对自己说,在曼多亚城里,谁出卖了毒药是会立刻处死的,可是倘有谁现在需要毒药,这儿有一个可怜的奴才会卖给他。啊!不料我这一个思想,竟会预兆着我自己的需要,这个穷汉的毒药却要卖给我。我记得这里就是他的铺子;今天是假日,所以这叫化子没有开门。喂!卖药的!

卖药人上。

卖药人　谁在高声叫喊?

罗密欧　过来,朋友。我瞧你很穷,这儿是四十块钱,请你给我一点能够迅速致命的毒药,厌倦于生命的人一服下去便会散入全身的血管,立刻停止呼吸而死去,就像火药从炮膛里放射出去一样快。

卖药人　这种致命的毒药我是有的;可是曼多亚的法律严禁发卖,出卖的人是要处死刑的。

罗密欧　难道你这样穷苦,还怕死吗?饥寒的痕迹刻在你的面颊上,贫乏和迫害在你的眼睛里射出了饿火,轻蔑和卑贱重压在你的背上;这世间不是你的朋友,这世间的法律也保护不到你,没有人为你定下一条法律使你富有;那么你何必苦耐着贫穷呢?违犯了法律,把这些钱收下吧。

卖药人　我的贫穷答应了你,可是那是违反我的良心的。

罗密欧　我的钱是给你的贫穷,不是给你的良心的。

卖药人　把这一服药放在无论什么饮料里喝下去,即使你有二十个人的气力,也会立刻送命。

罗密欧　这儿是你的钱,那才是害人灵魂的更坏的毒药,在这万恶的世界上,它比你那些不准贩卖的微贱的药品更会杀人;你没有把毒药卖给我,是我把毒药卖给你。再见;买些吃的东西,把你自己喂得胖一点。——来,你不是毒药,你是替我解除痛苦的仙丹,我要带着你到朱丽叶的坟上去,少不得要借重你一下哩。(各下。)

第二场　维洛那。劳伦斯神父的寺院

约翰神父上。

约　翰　喂!师兄在哪里?

劳伦斯神父上。

劳伦斯　这是约翰师弟的声音。欢迎你从曼多亚回来!罗密欧怎么说?要是他的意思在信里写明,那么把他的信给我吧。

约　翰　我临走的时候,因为要找一个同门的师弟作我的同伴,他正在这城里访问病人,不料给本地巡逻的人看见了,疑心我们走进了一家染着瘟疫的人家,把门封锁住了,不让我们出来,所以耽误了我的曼多亚之行。

劳伦斯　那么谁把我的信送去给罗密欧了？

约　翰　我没有法子把它送出去，现在我又把它带回来了；因为他们害怕瘟疫传染，也没有人愿意把它送还给你。

劳伦斯　糟了！这封信不是等闲，性质十分重要，把它耽误下来，也许会引起极大的灾祸。约翰师弟，你快去给我找一柄铁锄，立刻带到这儿来。

约　翰　好师兄，我去给你拿来。（下。）

劳伦斯　现在我必须独自到墓地里去；在这三小时之内，朱丽叶就会醒来，她因为罗密欧不曾知道这些事情，一定会责怪我。我现在要再写一封信到曼多亚去，让她留在我的寺院里，直等罗密欧到来。可怜的没有死的尸体，幽闭在一座死人的坟墓里！（下。）

第三场　同前。凯普莱特家坟茔所在的墓地

　　　　帕里斯及侍童携鲜花火炬上。

帕里斯　孩子，把你的火把给我；走开，站在远远的地方；还是灭了吧，我不愿给人看见。你到那边的紫杉树底下直躺下来，把你的耳朵贴着中空的地面，地下挖了许多墓穴，土是松的，要是有跟跄的脚步走到坟地上来，你准听得见；要是听见有什么声息，便吹一个嗯哨通知我。把那些花给我。照我的话做去，走吧。

侍　童　（旁白）我简直不敢独自一个人站在这墓地上，可是我要硬着头皮试一下。（退后。）

帕里斯　这些鲜花替你铺盖新床；
　　　　　惨啊，一朵娇红永委沙尘！
　　　　我要用沉痛的热泪淋浪，
　　　　　和着香水浇溉你的芳坟；
　　　　夜夜到你墓前散花哀泣，
　　　　　这一段相思啊永无消歇！（侍童吹口哨）

这孩子在警告我有人来了。哪一个该死的家伙在这晚上到这儿来打扰我在爱人墓前的凭吊？什么！还拿着火把来吗？——让我躲在一旁看看他的动静。（退后。）

　　　　罗密欧及鲍尔萨泽持火炬锹锄等上。

罗密欧　把那锄头跟铁钳给我。且慢,拿着这封信;等天一亮,你就把它送给我的父亲。把火把给我。听好我的吩咐,无论你听见什么瞧见什么,都只好远远地站着不许动,免得妨碍我的事情;要是动一动,我就要你的命。我所以要跑下这个坟墓里去,一部分的原因是要探望探望我的爱人,可是主要的理由却是要从她的手指上取下一个宝贵的指环,因为我有一个很重要的用途。所以你赶快给我走开吧;要是你不相信我的话,胆敢回来窥伺我的行动,那么,你可以对天发誓,我要把你的骨骼一节一节扯下来,让这饥饿的墓地上散满了你的肢体。我现在的心境非常狂野,比饿虎或是咆哮的怒海都要凶猛无情,你可不要惹我性起。

鲍尔萨泽　少爷,我走就是了,决不来打扰您。

罗密欧　这才像个朋友。这些钱你拿去,愿你一生幸福。再会,好朋友。

鲍尔萨泽　(旁白)虽然这么说,我还是要躲在附近的地方看着他;他的脸色使我害怕,我不知道他究竟打算做出什么事来。(退后。)

罗密欧　你无情的泥土,吞噬了世上最可爱的人儿,我要擘开你的馋吻,(将墓门掘开)索性让你再吃一个饱!

帕里斯　这就是那个已经放逐出去的骄横的蒙太古,他杀死了我爱人的表兄,据说她就是因为伤心他的惨死而夭亡的。现在这家伙又要来盗尸发墓了,待我去抓住他。(上前)万恶的蒙太古!停止你的罪恶的工作,难道你杀了他们还不够,还要在死人身上发泄你的仇恨吗?该死的凶徒,赶快束手就捕,跟我见官去!

罗密欧　我果然该死,所以才到这儿来。年轻人,不要激怒一个不顾死活的人,快快离开我走吧;想想这些死了的人,你也该胆寒了。年轻人,请你不要激动我的怒气,使我再犯一次罪;啊,走吧!我可以对天发誓,我爱你远过于爱我自己,因为我来此的目的,就是要跟自己作对。别留在这儿,走吧;好好留着你的活命,以后也可以对人家说,是一个疯子发了慈悲,叫你逃走的。

帕里斯　我不听你这种鬼话;你是一个罪犯,我要逮捕你。

罗密欧　你一定要激怒我吗?那么好,来,朋友!(二人格斗。)

侍　童　哎哟,主啊!他们打起来了,我去叫巡逻的人来!(下。)

帕里斯　(倒下)啊,我死了!——你倘有几分仁慈,打开墓门来,把我放在朱丽叶的身旁吧!(死。)

罗密欧　好，我愿意成全你的志愿。让我瞧瞧他的脸；啊，茂丘西奥的亲戚，尊贵的帕里斯伯爵！当我们一路上骑马而来的时候，我的仆人曾经对我说过几句话，那时我因为心绪烦乱，没有听得进去；他说些什么？好像他告诉我说帕里斯本来预备娶朱丽叶为妻；他不是这样说吗？还是我做过这样的梦？或者还是我神经错乱，听见他说起朱丽叶的名字，所以发生了这一种幻想？啊！把你的手给我，你我都是登录在恶运的黑册上的人，我要把你葬在一个胜利的坟墓里；一个坟墓吗？啊，不！被杀害的少年，这是一个灯塔，因为朱丽叶睡在这里，她的美貌使这一个墓窟变成一座充满着光明的欢宴的华堂。死了的人，躺在那儿吧，一个死了的人把你安葬了。(将帕里斯放下墓中)人们临死的时候，往往反会觉得心中愉快，旁观的人便说这是死前的一阵回光返照；啊！这也就是我的回光返照吗？啊，我的爱人！我的妻子！死虽然已经吸去了你呼吸中的芳蜜，却还没有力量摧残你的美貌；你还没有被他征服，你的嘴唇上、面庞上，依然显着红润的美艳，不曾让灰白的死亡进占。提伯尔特，你也裹着你的血淋淋的殓衾躺在那儿吗？啊！你的青春葬送在你仇人的手里，现在我来替你报仇来了，我要亲手杀死那杀害你的人。原谅我吧，兄弟！啊！亲爱的朱丽叶，你为什么仍然这样美丽？难道那虚无的死亡，那枯瘦可憎的妖魔，也是个多情种子，所以把你藏匿在这幽暗的洞府里做他的情妇吗？为了防止这样的事情，我要永远陪伴着你，再不离开这漫漫长夜的幽宫；我要留在这儿，跟你的侍婢，那些蛆虫们在一起；啊！我要在这儿永久安息下来，从我这厌倦人世的凡躯上挣脱恶运的束缚。眼睛，瞧你的最后一眼吧！手臂，作你最后一次的拥抱吧！嘴唇，啊！你呼吸的门户，用一个合法的吻，跟网罗一切的死亡订立一个永久的契约吧！来，苦味的向导，绝望的领港人，现在赶快把你的厌倦于风涛的船舶向那巉岩上冲撞过去吧！为了我的爱人，我干了这一杯！(饮药)啊！卖药的人果然没有骗我，药性很快地发作了。我就这样在这一吻中死去。(死。)

　　　　　劳伦斯神父持灯笼、锄、锹自墓地另一端上。

劳伦斯　圣芳济保佑我！我这双老脚今天晚上怎么老是在坟堆里绊来跌去的！那边是谁？

鲍尔萨泽　是一个朋友，也是一个跟您熟识的人。

劳伦斯　祝福你！告诉我，我的好朋友，那边是什么火把，向蛆虫和没有眼睛的骷髅浪费着它的光明？照我辨认起来,那火把亮着的地方,似乎是凯普莱特家里的坟茔。

鲍尔萨泽　正是,神父;我的主人,您的好朋友,就在那儿。

劳伦斯　他是谁?

鲍尔萨泽　罗密欧。

劳伦斯　他来多久了?

鲍尔萨泽　足足半点钟。

劳伦斯　陪我到墓穴里去。

鲍尔萨泽　我不敢,神父。我的主人不知道我还没有走;他曾经对我严辞恐吓,说要是我留在这儿窥伺他的动静,就要把我杀死。

劳伦斯　那么你留在这儿,让我一个人去吧。恐惧临到我的身上;啊! 我怕会有什么不幸的祸事发生。

鲍尔萨泽　当我在这株紫杉树底下睡了过去的时候,我梦见我的主人跟另外一个人打架,那个人被我的主人杀了。

劳伦斯　(趋前)罗密欧! 嗳哟! 嗳哟! 这坟墓的石门上染着些什么血迹? 在这安静的地方,怎么横放着这两柄无主的血污的刀剑? (进墓)罗密欧! 啊,他的脸色这么惨白! 还有谁? 什么! 帕里斯也躺在这儿,浑身浸在血泊里? 啊! 多么残酷的时辰,造成了这场凄惨的意外! 那小姐醒了。(朱丽叶醒。)

朱丽叶　啊,善心的神父! 我的夫君呢? 我记得很清楚我应当在什么地方,现在我正在这地方。我的罗密欧呢? (内喧声。)

劳伦斯　我听见有什么声音。小姐,赶快离开这个密布着毒氛腐臭的死亡的巢穴吧;一种我们所不能反抗的力量已经阻挠了我们的计划。来,出去吧。你的丈夫已经在你的怀中死去;帕里斯也死了。来,我可以替你找一处地方出家做尼姑。不要耽误时间盘问我,巡夜的人就要来了。来,好朱丽叶,去吧。(内喧声又起)我不敢再等下去了。

朱丽叶　去,你去吧! 我不愿意走。(劳伦斯下)这是什么? 一只杯子,紧紧地握住在我的忠心的爱人的手里? 我知道了,一定是毒药结果了他的生命。唉,冤家! 你一起喝干了,不留下一滴给我吗? 我要吻着你的嘴唇,也许这上面还留着一些毒液,可以让我当作兴奋剂服下而死去。(吻罗密欧)你的嘴唇还是温暖的!

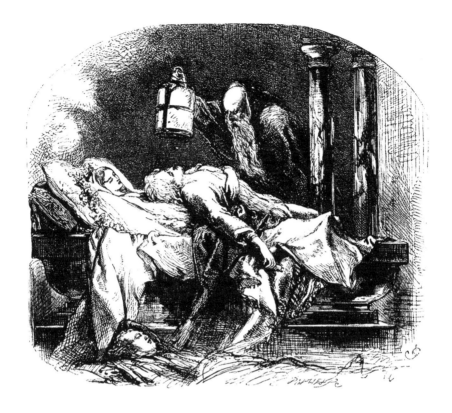

巡丁甲　（在内）孩子，带路；在哪一个方向？

朱丽叶　啊，人声吗？那么我必须快一点了结。啊，好刀子！（攫住罗密欧的匕首）这就是你的鞘子；（以匕首自刺）你插了进去，让我死了吧。（扑在罗密欧身上死去。）

　　　　巡丁及帕里斯侍童上。

侍　童　就是这儿，那火把亮着的地方。

巡丁甲　地上都是血；你们几个人去把墓地四周搜查一下，看见什么人就抓起来。（若干巡丁下）好惨！伯爵被人杀了躺在这儿，朱丽叶胸口流着血，身上还是热热的好像死得不久，虽然她已经葬在这里两天了。去，报告亲王，通知凯普莱特家里，再去把蒙太古家里的人也叫醒了，剩下的人到各处搜搜。（若干巡丁续下）我们看见这些惨事发生在这个地方，可是在没有得到人证以前，却无法明了这些惨事的真相。

　　　　若干巡丁率鲍尔萨泽上。

巡丁乙　这是罗密欧的仆人；我们看见他躲在墓地里。

巡丁甲　把他好生看押起来，等亲王来审问。

　　　　　若干巡丁率劳伦斯神父上。

巡丁丙　我们看见这个教士从墓地旁边跑出来,神色慌张,一边叹气一边流
　　　　泪,他手里还拿着锄头铁锹,都给我们拿下来了。

巡丁甲　他有很重大的嫌疑;把这教士也看押起来。

　　　　　亲王及侍从上。

亲　　王　什么祸事在这样早的时候发生,打断了我的清晨的安睡?

　　　　　凯普莱特、凯普莱特夫人及余人等上。

凯普莱特　外边这样乱叫乱喊,是怎么一回事?

凯普莱特夫人　街上的人们有的喊着罗密欧,有的喊着朱丽叶,有的喊着帕里
　　　　斯;大家沸沸扬扬地向我们家里的坟上奔去。

亲　　王　这么许多人为什么发出这样惊人的叫喊?

巡丁甲　王爷,帕里斯伯爵被人杀死了躺在这儿;罗密欧也死了;已经死了两
　　　　天的朱丽叶,身上还热着,又被人重新杀死了。

亲　　王　用心搜寻,把这场万恶的杀人命案的真相调查出来。

巡丁甲　这儿有一个教士,还有一个被杀的罗密欧的仆人,他们都拿着掘墓的
　　　　器具。

凯普莱特　天啊!——啊,妻子!瞧我们的女儿流着这么多的血!这把刀弄
　　　　错了地位了!瞧,它的空鞘子还在蒙太古家小子的背上,它却插进了我的
　　　　女儿的胸前!

凯普莱特夫人　嗳哟!这些死的惨象就像惊心动魄的钟声,警告我这风烛残
　　　　年,快要不久于人世了。

　　　　　蒙太古及余人等上。

亲　　王　来,蒙太古,你起来虽然很早,可是你的儿子倒下得更早。

蒙太古　唉!殿下,我的妻子因为悲伤小儿的远逐,已经在昨天晚上去世了;
　　　　还有什么祸事要来跟我这老头子作对呢?

亲　　王　瞧吧,你就可以看见。

蒙太古　啊,你这不孝的东西!你怎么可以抢在你父亲的前面,自己先钻到坟
　　　　墓里去呢?

亲　　王　暂时停止你们的悲恸,让我把这些可疑的事实审问明白,知道了详细
　　　　的原委以后,再来领导你们放声一哭吧;也许我的悲哀还要远远胜过你们
　　　　呢!——把嫌疑犯带上来。

劳伦斯　时间和地点都可以作不利于我的证人；在这场悲惨的血案中，我虽然是一个能力最薄弱的人，但却是嫌疑最重的人。我现在站在殿下的面前，一方面要供认我自己的罪过，一方面也要为我自己辩解。

亲　王　那么快把你所知道的一切说出来。

劳伦斯　我要把经过的情形尽量简单地叙述出来，因为我的短促的残生还不及一段冗烦的故事那么长。死了的罗密欧是死了的朱丽叶的丈夫，她是罗密欧的忠心的妻子，他们的婚礼是由我主持的。就在他们秘密结婚的那天，提伯尔特死于非命，这位才做新郎的人也从这城里被放逐出去；朱丽叶是为了他，不是为了提伯尔特，才那样伤心憔悴。你们因为要替她解除烦恼，把她许婚给帕里斯伯爵，还要强迫她嫁给他，她就跑来见我，神色慌张地要我替她想个办法避免这第二次的结婚，否则她要在我的寺院里自杀。所以我就根据我的医药方面的学识，给她一服安眠的药水；它果然发生了我所预期的效力，她一服下去就像死了一样昏沉过去。同时我写信给罗密欧，叫他就在这一个悲惨的晚上到这儿来，帮助把她搬出她寄寓的坟墓，因为药性一到时候便会过去。可是替我带信的约翰神父却因遭到意外，不能脱身，昨天晚上才把我的信依然带了回来。那时我只好按照着预先算定她醒来的时间，一个人前去把她从她家族的墓茔里带出来，预备把她藏匿在我的寺院里，等有方便再去叫罗密欧来；不料我在她醒来以前几分钟到这儿来的时候，尊贵的帕里斯和忠诚的罗密欧已经双双惨死了。她一醒过来，我就请她出去，劝她安心忍受这一种出自天意的变故；可是那时我听见了纷纷的人声，吓得逃出了墓穴，她在万分绝望之中不肯跟我去，看样子她是自杀了。这是我所知道的一切，至于他们两人的结婚，那么她的乳母也是与闻的。要是这一场不幸的惨祸，是由我的疏忽所造成，那么我这条老命愿受最严厉的法律的制裁，请您让它提早几点钟牺牲了吧。

亲　王　我一向知道你是一个道行高尚的人。罗密欧的仆人呢？他有什么话说？

鲍尔萨泽　我把朱丽叶的死讯通知了我的主人，因此他从曼多亚急急地赶到这里，到了这座坟堂的前面。这封信他叫我一早送去给我家老爷；当他走进墓穴里的时候，他还恐吓我，说要是我不离开他赶快走开，他就要杀死我。

89

亲　王　把那封信给我，我要看看。叫巡丁来的那个伯爵的侍童呢？喂，你的主人到这地方来做什么？

侍　童　他带了花来散在他夫人的坟上，他叫我站得远远的，我就听他的话；不一会儿工夫，来了一个拿着火把的人把坟墓打开了。后来我的主人就拔剑跟他打了起来，我就奔去叫巡丁。

亲　王　这封信证实了这个神父的话，讲起他们恋爱的经过和她的去世的消息；他还说他从一个穷苦的卖药人手里买到一种毒药，要把它带到墓穴里来准备和朱丽叶长眠在一起。这两家仇人在哪里？——凯普莱特！蒙太古！瞧你们的仇恨已经受到了多大的惩罚，上天借手于爱情，夺去了你们心爱的人；我为了忽视你们的争执，也已经丧失了一双亲戚，大家都受到惩罚了。

凯普莱特　啊，蒙太古大哥！把你的手给我；这就是你给我女儿的一份聘礼，我不能再作更大的要求了。

蒙太古　但是我可以给你更多的；我要用纯金替她铸一座像，只要维洛那一天不改变它的名称，任何塑像都不会比忠贞的朱丽叶那一座更为卓越。

凯普莱特　罗密欧也要有一座同样富丽的金像卧在他情人的身旁，这两个在我们的仇恨下惨遭牺牲的可怜的人儿！

亲　王　清晨带来了凄凉的和解，

　　　　　太阳也惨得在云中躲闪。

　　　　大家先回去发几声感慨，

　　　　　该恕的、该罚的再听宣判。

　　　　古往今来多少离合悲欢，

　　　　　谁曾见这样的哀怨辛酸！（同下。）

威 尼 斯 商 人

剧 中 人 物

威尼斯公爵

摩洛哥亲王 ⎫
阿拉贡亲王 ⎬ 鲍西娅的求婚者

安东尼奥　威尼斯商人

巴萨尼奥　安东尼奥的朋友

葛莱西安诺 ⎫
萨 莱 尼 奥 ⎬ 安东尼奥和巴萨尼奥的朋友
萨 拉 里 诺 ⎭

罗兰佐　杰西卡的恋人

夏洛克　犹太富翁

杜伯尔　犹太人,夏洛克的朋友

朗斯洛特·高波　小丑,夏洛克的仆人

老高波　朗斯洛特的父亲

里奥那多　巴萨尼奥的仆人

鲍尔萨泽 ⎫
斯丹法诺 ⎬ 鲍西娅的仆人

鲍西娅　富家嗣女

尼莉莎　鲍西娅的侍女

杰西卡　夏洛克的女儿

威尼斯众士绅、法庭官吏、狱吏、鲍西娅家中的仆人及
　其他侍从

地　点

一部分在威尼斯;一部分在大陆上的贝尔蒙特,鲍西娅
邸宅所在地

第 一 幕

第一场　威尼斯。街道

安东尼奥、萨拉里诺及萨莱尼奥上。

安东尼奥　真的,我不知道我为什么这样闷闷不乐。你们说你们见我这样子,心里觉得很厌烦,其实我自己也觉得很厌烦呢;可是我怎样会让忧愁沾上身,这种忧愁究竟是怎么一种东西,它是从什么地方产生的,我却全不知道;忧愁已经使我变成了一个傻子,我简直有点自己不了解自己了。

萨拉里诺　您的心是跟着您那些扯着满帆的大船在海洋上簸荡着呢;它们就像水上的达官富绅,炫示着它们的豪华,那些小商船向它们点头敬礼,它们却睬也不睬,凌风直驶。

萨莱尼奥　相信我,老兄,要是我也有这么一笔买卖在外洋,我一定要用大部分的心思牵挂它;我一定常常拔草观测风吹的方向,在地图上查看港口码头的名字;凡是足以使我担心那些货物的命运的一切事情,不用说都会引起我的忧愁。

萨拉里诺　吹凉我的粥的一口气,也会吹痛我的心,只要我想到海面上的一阵暴风将会造成怎样一场灾祸。我一看见沙漏的时计,就会想起海边的沙滩,仿佛看见我那艘满载货物的商船倒插在沙里,船底朝天,它的高高的桅樯吻着它的葬身之地。要是我到教堂里去,看见那用石块筑成的神圣的殿堂,我怎么会不立刻想起那些危险的礁石,它们只要略微碰一碰我那艘好船的船舷,就会把满船的香料倾泻在水里,让汹涌的波涛披戴着我的绸缎绫罗;方才还是价值连城的,一转瞬间尽归乌有?要是我想到了这种情形,我怎么会不担心这种情形也许会果然发生,从而发起愁来呢?不用对我说,我知道安东尼奥是因为担心他的货物而忧愁。

安东尼奥　不,相信我;感谢我的命运,我的买卖的成败并不完全寄托在一艘船上,更不是倚赖着一处地方;我的全部财产,也不会因为这一年的盈亏而受到影响,所以我的货物并不能使我忧愁。

萨拉里诺　啊,那么您是在恋爱了。

安东尼奥　呸! 哪儿的话!

萨拉里诺　也不是在恋爱吗?那么让我们说,您忧愁,因为您不快乐;就像您笑笑跳跳,说您很快乐,因为您不忧愁,实在再简单也没有了。凭二脸神雅努斯起誓,老天造下人来,真是无奇不有:有的人老是眯着眼睛笑,好像鹦鹉见了吹风笛的人一样;有的人终日皱着眉头,即使涅斯托发誓说那笑话很可笑,他听了也不肯露一露他的牙齿,装出一个笑容来。

　　巴萨尼奥、罗兰佐及葛莱西安诺上。

萨莱尼奥　您的一位最尊贵的朋友,巴萨尼奥,跟葛莱西安诺、罗兰佐都来了。

再见;您现在有了更好的同伴,我们可以少陪啦。

萨拉里诺　倘不是因为您的好朋友来了,我一定要叫您快乐了才走。

安东尼奥　你们的友谊我是十分看重的。照我看来,恐怕还是你们自己有事,所以借着这个机会想抽身出去吧?

萨拉里诺　早安,各位大爷。

巴萨尼奥　两位先生,咱们什么时候再聚在一起谈谈笑笑?你们近来跟我十分疏远了。难道非走不可吗?

萨拉里诺　您什么时候有空,我们一定奉陪。(萨拉里诺、萨莱尼奥下。)

罗兰佐　巴萨尼奥大爷,您现在已经找到安东尼奥,我们也要少陪啦;可是请您千万别忘记吃饭的时候咱们在什么地方会面。

巴萨尼奥　我一定不失约。

葛莱西安诺　安东尼奥先生,您的脸色不大好,您把世间的事情看得太认真了;一个人思虑太多,就会失却做人的乐趣。相信我,您近来真是变的太厉害啦。

安东尼奥　葛莱西安诺,我把这世界不过看作一个世界,每一个人必须在这舞台上扮演一个角色,我扮演的是一个悲哀的角色。

葛莱西安诺　让我扮演一个小丑吧。让我在嘻嘻哈哈的欢笑声中不知不觉地老去;宁可用酒温暖我的肠胃,不要用折磨自己的呻吟冰冷我的心。为什么一个身体里面流着热血的人,要那么正襟危坐,就像他祖宗爷爷的石膏像一样呢?明明醒着的时候,为什么偏要像睡去了一般?为什么动不动翻脸生气,把自己气出了一场黄疸病来?我告诉你吧,安东尼奥——因为我爱你,所以我才对你说这样的话:世界上有一种人,他们的脸上装出一副心如止水的神气,故意表示他们的冷静,好让人家称赞他们一声智慧深沉,思想渊博;他们的神气之间,好像说:"我的说话都是纶音天语,我要是一张开嘴唇来,不许有一头狗乱叫!"啊,我的安东尼奥,我看透这一种人,他们只是因为不说话,博得了智慧的名声;可是我可以确定说一句,要是他们说起话来,听见的人,谁都会骂他们是傻瓜的。等有机会的时候,我再告诉你关于这种人的笑话吧;可是请你千万别再用悲哀做钓饵,去钓这种无聊的名誉了。来,好罗兰佐。回头见;等我吃完了饭,再来向你结束我的劝告。

罗兰佐　好,咱们在吃饭的时候再见吧。我大概也就是他所说的那种以不说话为聪明的人,因为葛莱西安诺不让我有说话的机会。

葛莱西安诺　嘿,你只要再跟我两年,就会连你自己说话的口音也听不出来。

安东尼奥　再见,我会把自己慢慢儿训练得多说话一点的。

葛莱西安诺　那就再好没有了;只有干牛舌和没人要的老处女,才是应该沉默的。(葛莱西安诺、罗兰佐下。)

安东尼奥　他说的这一番话有些什么意思?

巴萨尼奥　葛莱西安诺比全威尼斯城里无论哪一个人都更会拉上一大堆废话。他的道理就像藏在两桶砻糠里的两粒麦子,你必须费去整天工夫才能够把它们找到,可是找到了它们以后,你会觉得费这许多气力找它们出来,是一点不值得的。

安东尼奥　好,您今天答应告诉我您立誓要去秘密拜访的那位姑娘的名字,现在请您告诉我吧。

巴萨尼奥　安东尼奥,您知道得很清楚,我怎样为了维持我外强中干的体面,把一份微薄的资产都挥霍光了;现在我对于家道中落、生活紧缩,倒也不怎么在乎了;我最大的烦恼是怎样可以解脱我背上这一重重由于挥霍而积欠下来的债务。无论在钱财方面或是友谊方面,安东尼奥,我欠您的债都是顶多的;因为你我交情深厚,我才敢大胆把我心里所打算的怎样了清这一切债务的计划全部告诉您。

安东尼奥　好巴萨尼奥,请您告诉我吧。只要您的计划跟您向来的立身行事一样光明正大,那么我的钱囊可以让您任意取用,我自己也可以供您驱使;我愿意用我所有的力量,帮助您达到目的。

巴萨尼奥　我在学校里练习射箭的时候,每次把一枝箭射得不知去向,便用另一枝同样射程的箭向着同一方向射去,眼睛看准了它掉在什么地方,就往往可以把那失去的箭找回来;这样,冒着双重的险,就能找到两枝箭。我提起这一件儿童时代的往事作为譬喻,因为我将要对您说的话,完全是一种很天真的思想。我欠了您很多的债,而且像一个不听话的孩子一样,把借来的钱一起挥霍完了;可是您要是愿意向着您放射第一枝箭的方向,再射出您的第二枝箭,那么这一回我一定会把目标看准,即使不把两枝箭一起找回来,至少也可以把第二枝箭交还给您,让我仍旧对于您先前给我的援助做一个知恩图报的负债者。

安东尼奥　您是知道我的为人的,现在您用这种譬喻的话来试探我的友谊,不过是浪费时间罢了;您要是怀疑我不肯尽力相助,那就比花掉我所有的钱还要对不起我。所以您只要对我说我应该怎么做,如果您知道哪件事是我的力量所能办到的,我一定会给您办到。您说吧。

巴萨尼奥　在贝尔蒙特有一位富家的嗣女,长得非常美貌,尤其值得称道的,她有非常卓越的德性;从她的眼睛里,我有时接到她的脉脉含情的流盼。她的名字叫做鲍西娅,比起古代凯图的女儿,勃鲁托斯的贤妻鲍西娅来,毫无逊色。这广大的世界也没有漠视她的好处,四方的风从每一处海岸上带来了声名籍籍的求婚者;她的光亮的长发就像是传说中的金羊毛,把她所住的贝尔蒙特变做了神话中的王国,引诱着无数的伊阿宋①前来向她追求。啊,我的安东尼奥!只要我有相当的财力,可以和他们中间无论哪一个人匹敌,那么我觉得我有充分的把握,一定会达到愿望的。

安东尼奥　你知道我的全部财产都在海上;我现在既没有钱,也没有可以变换现款的货物。所以我们还是去试一试我的信用,看它在威尼斯城里有些什么效力吧;我一定凭着我这一点面子,能借多少就借多少,尽我最大的力量供给你到贝尔蒙特去见那位美貌的鲍西娅。去,我们两人就去分头打听什么地方可以借到钱,我就用我的信用做担保,或者用我自己的名义给你借下来。(同下。)

第二场　贝尔蒙特。鲍西娅家中一室

　　　　　鲍西娅及尼莉莎上。

鲍西娅　真的,尼莉莎,我这小小的身体已经厌倦了这个广大的世界了。

尼莉莎　好小姐,您的不幸要是跟您的好运气一样大,那么无怪您会厌倦这个世界的;可是照我的愚见看来,吃得太饱的人,跟挨饿不吃东西的人,一样是会害病的,所以中庸之道才是最大的幸福:富贵催人生白发,布衣蔬食易长年。

鲍西娅　很好的句子。

尼莉莎　要是能够照着它做去,那就更好了。

---

① 伊阿宋(Iason),希腊神话中的英雄,曾远征黑海东面的科尔喀斯取金羊毛,克服重重困难,终于成功。

鲍西娅　倘使做一件事情就跟知道应该做什么事情一样容易，那么小教堂都要变成大礼拜堂，穷人的草屋都要变成王侯的宫殿了。一个好的说教师才会遵从他自己的训诲；我可以教训二十个人，吩咐他们应该做些什么事，可是要我做这二十个人中间的一个，履行我自己的教训，我就要敬谢不敏了。理智可以制定法律来约束感情，可是热情激动起来，就会把冷酷的法令蔑弃不顾；年轻人是一头不受拘束的野兔，会跳过老年人所设立的理智的藩篱。可是我这样大发议论，是不会帮助我选择一个丈夫的。唉，说什么选择！我既不能选择我所中意的人，又不能拒绝我所憎厌的人；一个活着的女儿的意志，却要被一个死了的父亲的遗嘱所钳制。尼莉莎，像我这样不能选择，也不能拒绝，不是太叫人难堪了吗？

尼莉莎　老太爷生前道高德重，大凡有道君子临终之时，必有神悟；他既然定下这抽签取决的方法，叫谁能够在这金、银、铅三匣之中选中了他预定的一只，便可以跟您匹配成亲，那么能够选中的人，一定是值得您倾心相爱的。可是在这些已经到来向您求婚的王孙公子中间，您对于哪一个最有好感呢？

鲍西娅　请你列举他们的名字，当你提到什么人的时候，我就对他下几句评语；凭着我的评语，你就可以知道我对于他们各人的印象。

尼莉莎　第一个是那不勒斯的亲王。

鲍西娅　嗯，他真是一匹小马；他不讲话则已，讲起话来，老是说他的马怎么怎么；他因为能够亲自替自己的马装上蹄铁，算是一件天大的本领。我很有点儿疑心他的令堂太太是跟铁匠有过勾搭的。

尼莉莎　还有那位巴拉廷伯爵呢？

鲍西娅　他一天到晚皱着眉头，好像说，"你要是不爱我，随你的便。"他听见笑话也不露一丝笑容。我看他年纪轻轻，就这么愁眉苦脸，到老来只好一天到晚痛哭流涕了。我宁愿嫁给一个骷髅，也不愿嫁给这两人中间的任何一个；上帝保佑我不要落在这两个人手里！

尼莉莎　您说那位法国贵族勒·滂先生怎样？

鲍西娅　既然上帝造下他来，就算他是个人吧。凭良心说，我知道讥笑人是一桩罪过，可是他！嘿！他的马比那不勒斯亲王那一匹好一点，他的皱眉头的坏脾气也胜过那位巴拉廷伯爵。什么人的坏处他都有一点，可是一点没有他自己的特色；听见画眉唱歌，他就会手舞足蹈；见了自己的影子,也会跟它比剑。我倘然嫁给他,等于嫁给二十个丈夫;要是他瞧不起我,我会原谅他,因为即使他爱我爱到发狂,我也是永远不会报答他的。

尼莉莎　那么您说那个英国的少年男爵,福康勃立琪呢?

鲍西娅　你知道我没有对他说过一句话,因为我的话他听不懂,他的话我也听不懂;他不会说拉丁话、法国话、意大利话;至于我的英国话是如何高明,你是可以替我出席法庭作证的。他的模样倒还长得不错,可是唉!谁高兴跟一个哑巴做手势谈话呀?他的装束多么古怪!我想他的紧身衣是在意大利买的,他的裤子是在法国买的,他的软帽是在德国买的,至于他的行为举止,那是他从四面八方学来的。

尼莉莎　您觉得他的邻居,那位苏格兰贵族怎样?

鲍西娅　他很懂得礼尚往来的睦邻之道,因为那个英国人曾经赏给他一记耳光,他就发誓说,一有机会,立即奉还;我想那法国人是他的保人,他已经签署契约,声明将来加倍报偿哩。

尼莉莎　您看那位德国少爷,萨克逊公爵的侄子怎样?

鲍西娅　他在早上清醒的时候,就已经很坏了,一到下午喝醉了酒,尤其坏透;当他顶好的时候,叫他是个人还有点不够资格,当他顶坏的时候,他简直比畜生好不了多少。要是最不幸的祸事降临到我身上,我也希望永远不要跟他在一起。

尼莉莎　要是他要求选择,结果居然给他选中了预定的匣子,那时候您倘然拒绝嫁给他,那不是违背老太爷的遗命了吗?

鲍西娅　为了预防万一起见,我要请你替我在错误的匣子上放好一杯满满的莱茵河葡萄酒;要是魔鬼在他的心里,诱惑在他的面前,我相信他一定会选中那一只匣子的。什么事情我都愿意做,尼莉莎,只要别让我嫁给一个酒鬼。

尼莉莎　小姐,您放心吧,您再也不会嫁给这些贵人中间的任何一个的。他们已经把他们的决心告诉了我,说除了您父亲所规定的用选择匣子决定取舍的办法以外,要是他们不能用别的方法得到您的应允,那么他们决定动身回国,不再麻烦您了。

鲍西娅　要是没有人愿意照我父亲的遗命把我娶去,那么即使我活到一千岁,也只好终身不字。我很高兴这一群求婚者都是这么懂事,因为他们中间没有一个人我不是唯望其速去的;求上帝赐给他们一路顺风吧!

尼莉莎　小姐,您还记不记得,当老太爷在世的时候,有一个跟着蒙特佛拉侯
　　　　爵到这儿来的文武双全的威尼斯人?

鲍西娅　是的,是的,那是巴萨尼奥;我想这是他的名字。

尼莉莎　正是,小姐;照我这双痴人的眼睛看起来,他是一切男子中间最值得
　　　　匹配一位佳人的。

鲍西娅　我很记得他,他果然值得你的夸奖。

　　　　　一仆人上。

鲍西娅　啊! 什么事?

仆　　人　小姐,那四位客人要来向您告别;另外还有第五位客人,摩洛哥亲王,
　　　　差了一个人先来报信,说他的主人亲王殿下今天晚上就要到这儿来了。

鲍西娅　要是我能够竭诚欢迎这第五位客人,就像我竭诚欢送那四位客人一
　　　　样,那就好了。假如他有圣人般的德性,偏偏生着一副魔鬼样的面貌,那
　　　　么与其让他做我的丈夫,还不如让他听我的忏悔。来,尼莉莎。喂,你前
　　　　面走。正是——

　　　　垂翅狂蜂方出户,寻芳浪蝶又登门。(同下。)

第三场　威尼斯。广场

　　　　巴萨尼奥及夏洛克上。

夏洛克　三千块钱,嗯?

巴萨尼奥　是的,大叔,三个月为期。

夏洛克　三个月为期,嗯?

巴萨尼奥　我已经对你说过了,这一笔钱可以由安东尼奥签立借据。

夏洛克　安东尼奥签立借据,嗯?

巴萨尼奥　你愿意帮助我吗? 你愿意应承我吗? 可不可以让我知道你的
　　　　答复?

夏洛克　三千块钱,借三月,安东尼奥签立借据。

巴萨尼奥　你的答复呢?

夏洛克　安东尼奥是个好人。

巴萨尼奥　你有没有听见人家说过他不是个好人?

夏洛克　啊,不,不,不,不;我说他是个好人,我的意思是说他是个有身价的人。可是他的财产却还有些问题:他有一艘商船开到特里坡利斯,另外一艘开到西印度群岛,我在交易所里还听人说起,他有第三艘船在墨西哥,第四艘到英国去了,此外还有遍布在海外各国的买卖;可是船不过是几块木板钉起来的东西,水手也不过是些血肉之躯,岸上有旱老鼠,水里也有水老鼠,有陆地的强盗,也有海上的强盗,还有风波礁石各种危险。不过虽然这么说,他这个人是靠得住的。三千块钱,我想我可以接受他的契约。

巴萨尼奥　你放心吧,不会有错的。

夏洛克　我一定要放了心才敢把债放出去,所以还是让我再考虑考虑吧。我可不可以跟安东尼奥谈谈?

巴萨尼奥　不知道你愿不愿意陪我们吃一顿饭?

夏洛克　是的,叫我去闻猪肉的味道,吃你们拿撒勒先知①把魔鬼赶进去的脏东西的身体!我可以跟你们做买卖,讲交易,谈天散步,以及诸如此类的事情,可是我不能陪你们吃东西喝酒做祷告。交易所里有些什么消息?那边来的是谁?

　　　　　安东尼奥上。

巴萨尼奥　这位就是安东尼奥先生。

夏洛克　(旁白)他的样子多么像一个摇尾乞怜的税吏!我恨他因为他是个基督徒,可是尤其因为他是个傻子,借钱给人不取利钱,把咱们在威尼斯城里干放债这一行的利息都压低了。要是我有一天抓住他的把柄,一定要痛痛快快地向他报复我的深仇宿怨。他憎恶我们神圣的民族,甚至在商人会集的地方当众辱骂我,辱骂我的交易,辱骂我辛辛苦苦赚下来的钱,说那些都是盘剥得来的腌臜钱。要是我饶过了他,让我们的民族永远没有翻身的日子。

巴萨尼奥　夏洛克,你听见吗?

夏洛克　我正在估计我手头的现款,照我大概记得起来的数目,要一时凑足三千块钱,恐怕办不到。可是那没有关系,我们族里有一个犹太富翁杜伯尔,可以供给我必要的数目。且慢!您打算借几个月?(向安东尼奥)您

------

① 拿撒勒先知即耶稣。

好,好先生;哪一阵好风把尊驾吹了来啦?

安东尼奥　夏洛克,虽然我跟人家互通有无,从来不讲利息,可是为了我的朋友的急需,这回我要破一次例。(向巴萨尼奥)他有没有知道你需要多少?

夏洛克　嗯,嗯,三千块钱。

安东尼奥　三个月为期。

夏洛克　我倒忘了,正是三个月,您对我说过的。好,您的借据呢?让我瞧一瞧。可是听着,好像您说您从来借钱不讲利息。

安东尼奥　我从来不讲利息。

夏洛克　当雅各替他的舅父拉班牧羊的时候[1]——这个雅各是我们圣祖亚伯兰的后裔,他的聪明的母亲设计使他做第三代的族长,是的,他是第三代——

安东尼奥　为什么说起他呢?他也是取利息的吗?

夏洛克　不,不是取利息,不是像你们所说的那样直接取利息。听好雅各用些什么手段:拉班跟他约定,生下来的小羊凡是有条纹斑点的,都归雅各所有,作为他牧羊的酬劳;到晚秋的时候,那些母羊因为淫情发动,跟公羊交合,这个狡狯的牧人就乘着这些毛畜正在进行传种工作的当儿,削好了几根木棒,插在淫浪的母羊的面前,它们这样怀下了孕,一到生产的时候,产下的小羊都是有斑纹的,所以都归雅各所有。这是致富的妙法,上帝也祝福他;只要不是偷窃,会打算盘总是好事。

安东尼奥　雅各虽然幸而获中,可是这也是他按约应得的酬报;上天的意旨成全了他,却不是出于他自己的力量。你提起这一件事,是不是要证明取利息是一件好事?还是说金子银子就是你的公羊母羊?

夏洛克　这我倒不能说;我只是叫它像母羊生小羊一样地快快生利息。可是先生,您听我说。

安东尼奥　你听,巴萨尼奥,魔鬼也会引证《圣经》来替自己辩护哩。一个指着神圣的名字作证的恶人,就像一个脸带笑容的奸徒,又像一只外观美好、心中腐烂的苹果。唉,奸伪的表面是多么动人!

夏洛克　三千块钱,这是一笔可观的整数。三个月——一年照十二个月计算——让我看看利钱应该有多少。

---

[1]　见《旧约·创世记》。

安东尼奥　好,夏洛克,我们可不可以仰仗你这一次?

夏洛克　安东尼奥先生,好多次您在交易所里骂我,说我盘剥取利,我总是忍气吞声,耸耸肩膀,没有跟您争辩,因为忍受迫害本来是我们民族的特色。您骂我异教徒,杀人的狗,把唾沫吐在我的犹太长袍上,只因为我用我自己的钱博取几个利息。好,看来现在是您来向我求助了;您跑来见我,您说:"夏洛克,我们要几个钱。"您这样对我说。您把唾沫吐在我的胡子上,用您的脚踢我,好像我是您门口的一条野狗一样;现在您却来问我要钱,我应该怎样对您说呢? 我要不要这样说:"一条狗会有钱吗? 一条恶狗能够借人三千块钱吗?"或者我应不应该弯下身子,像一个奴才似的低声下气,恭恭敬敬地说:"好先生,您在上星期三用唾沫吐在我身上;有一天您用脚踢我;还有一天您骂我狗;为了报答您这许多恩典,所以我应该借给您这么些钱吗?"

安东尼奥　我恨不得再这样骂你、唾你、踢你。要是你愿意把这钱借给我,不要把它当作借给你的朋友——哪有朋友之间通融几个钱也要斤斤较量地计算利息的道理? ——你就把它当作借给你的仇人吧;倘使我失了信用,你尽管拉下脸来照约处罚就是了。

夏洛克　嗳哟,瞧您生这么大的气! 我愿意跟您交个朋友,得到您的友情;您从前加在我身上的种种羞辱,我愿意完全忘掉;您现在需要多少钱,我愿意如数供给您,而且不要您一个子儿的利息;可是您却不愿意听我说下去。我这完全是一片好心哩。

安东尼奥　这倒果然是一片好心。

夏洛克　我要叫你们看看我到底是不是一片好心。跟我去找一个公证人,就在那儿签好了约;我们不妨开个玩笑,在约里载明要是您不能按照约中所规定的条件,在什么日子、什么地点还给我一笔什么数目的钱,就得随我的意思,在您身上的任何部分割下整整一磅白肉,作为处罚。

安东尼奥　很好,就这么办吧;我愿意签下这样一张约,还要对人家说这个犹太人的心肠倒不坏呢。

巴萨尼奥　我宁愿安守贫困,不能让你为了我的缘故签这样的约。

安东尼奥　老兄,你怕什么;我决不会受罚的。就在这两个月之内,离开签约满期还有一个月,我就可以有九倍这笔借款的数目进门。

夏洛克　亚伯兰老祖宗啊! 瞧这些基督徒因为自己待人刻薄,所以疑心人家对他们不怀好意。请您告诉我，要是他到期不还，我照着约上规定的条款向他执行处罚了，那对我又有什么好处？从人身上割下来的一磅肉，它的价值可以比得上一磅羊肉、牛肉或是山羊肉吗？我为了要博得他的好感，所以才向他卖这样一个交情；要是他愿意接受我的条件，很好，否则就算了。千万请你们不要误会我这一番诚意。

安东尼奥　好，夏洛克，我愿意签约。

夏洛克　那么就请您先到公证人的地方等我，告诉他这一张游戏的契约怎样写法；我就去马上把钱凑起来，还要回到家里去瞧瞧，让一个靠不住的奴才看守着门户，有点放心不下；然后我立刻就来瞧您。

安东尼奥　那么你去吧，善良的犹太人。（夏洛克下）这犹太人快要变做基督徒了，他的心肠变得好多啦。

巴萨尼奥　我不喜欢口蜜腹剑的人。

安东尼奥　好了好了，这又有什么要紧？再过两个月，我的船就要回来了。

（同下。）

第 二 幕

第一场　贝尔蒙特。鲍西娅家中一室

喇叭奏花腔。摩洛哥亲王率侍从；鲍西娅、尼莉莎及婢仆等同上。

摩洛哥亲王　不要因为我的肤色而憎厌我；我是骄阳的近邻，我这一身黝黑的制服，便是它的威焰的赐予。给我在终年不见阳光、冰山雪柱的极北找一个最白皙姣好的人来，让我们刺血察验对您的爱情，看看究竟是他的血红还是我的血红。我告诉你，小姐，我这副容貌曾经吓破了勇士的肝胆；凭着我的爱情起誓，我们国土里最有声誉的少女也曾为它害过相思。我不愿变更我的肤色，除非为了取得您的欢心，我的温柔的女王！

鲍西娅　讲到选择这一件事，我倒并不单单凭信一双善于挑剔的少女的眼睛；而且我的命运由抽签决定，自己也没有任意取舍的权力；可是我的父亲倘不曾用他的远见把我束缚住了，使我只能委身于按照他所规定的方法赢得我的男子，那么您，声名卓著的王子，您的容貌在我的心目之中，并不比我所已经看到的那些求婚者有什么逊色。

摩洛哥亲王　单是您这一番美意，已经使我万分感激了；所以请您带我去瞧瞧那几个匣子，试一试我的命运吧。凭着这一柄曾经手刃波斯王并且使一个三次战败苏里曼苏丹的波斯王子授首的宝剑起誓，我要瞪眼吓退世间最狰狞的猛汉，跟全世界最勇武的壮士比赛胆量，从母熊的胸前夺下哺乳的小熊；当一头饿狮咆哮攫食的时候，我要向它揶揄侮弄，为了要博得你的垂青，小姐。可是唉！即使像赫剌克勒斯那样的盖世英雄，要是跟他的奴仆赌起骰子来，也许他的运气还不如一个下贱之人——而赫剌克勒斯

终于在他的奴仆的手里送了命①。我现在听从着盲目的命运的指挥,也许结果终于失望,眼看着一个不如我的人把我的意中人挟走,而自己在悲哀中死去。

鲍西娅　您必须信任命运,或者死了心放弃选择的尝试,或者当您开始选择以前,先立下一个誓言,要是选得不对,终身不再向任何女子求婚;所以还是请您考虑考虑吧。

摩洛哥亲王　我的主意已决,不必考虑了;来,带我去试我的运气吧。

鲍西娅　第一先到教堂里去;吃过了饭,您就可以试试您的命运。

摩洛哥亲王　好,成功失败,在此一举! 正是不挟美人归,壮士无颜色。(奏喇叭;众下。)

第二场　威尼斯。街道

朗斯洛特·高波上。

朗斯洛特　要是我从我的主人这个犹太人的家里逃走,我的良心是一定要责备我的。可是魔鬼拉着我的臂膀,引诱着我,对我说:"高波,朗斯洛特·高波,好朗斯洛特,拔起你的腿来,开步,走!"我的良心说:"不,留心,老

---

① 希腊英雄赫剌克勒斯(又译"赫拉克勒斯"),从其侍从手里穿上一件毒衣,因而致死。

实的朗斯洛特;留心,老实的高波。"或者就是这么说:"老实的朗斯洛特·高波,别逃跑;用你的脚跟把逃跑的念头踢得远远的。"好,那个大胆的魔鬼却劝我卷起铺盖滚蛋;"去呀!"魔鬼说,"去呀!看在老天的面上,鼓起勇气来,跑吧!"好,我的良心挽住我心里的脖子,很聪明地对我说:"朗斯洛特我的老实朋友,你是一个老实人的儿子。"——或者还不如说一个老实妇人的儿子,因为我的父亲的确有点儿不大那个,有点儿很丢脸的坏脾气——好,我的良心说:"朗斯洛特,别动!"魔鬼说:"动!"我的良心说:"别动!""良心,"我说,"你说得不错。""魔鬼,"我说,"你说得有理。"要是听良心的话,我就应该留在我的主人那犹太人家里,上帝恕我这样说,他也是一个魔鬼;要是从犹太人的地方逃走,那么我就要听从魔鬼的话,对不住,他本身就是魔鬼。可是我说,那犹太人一定就是魔鬼的化身;凭良心说话,我的良心劝我留在犹太人地方,未免良心太狠。还是魔鬼的话说得像个朋友。我要跑,魔鬼;我的脚跟听从着你的指挥;我一定要逃跑。

老高波携篮上。

老高波 年轻的先生,请问一声,到犹太老爷的家里怎么走?

朗斯洛特 (旁白)天啊!这是我的亲生的父亲,他的眼睛因为有八九分盲,所以不认识我。待我戏弄他一下。

老高波 年轻的少爷先生,请问一声,到犹太老爷的家里怎么走?

朗斯洛特 你在转下一个弯的时候,往右手转过去;临了一次转弯的时候,往左手转过去;再下一次转弯的时候,什么手也不用转,曲曲弯弯地转下去,就转到那犹太人的家里了。

老高波 哎哟,这条路可不容易走哩!您知道不知道有一个住在他家里的朗斯洛特,现在还在不在他家里?

朗斯洛特 你说的是朗斯洛特少爷吗?(旁白)瞧着我吧,现在我要诱他流起眼泪来了。——你说的是朗斯洛特少爷吗?

老高波 不是什么少爷,先生,他是一个穷人的儿子;他的父亲,不是我说一句,是个老老实实的穷光蛋,多谢上帝,他还活得好好的。

朗斯洛特 好,不要管他的父亲是个什么人,咱们讲的是朗斯洛特少爷。

老高波 他是您少爷的朋友,他就叫朗斯洛特。

朗斯洛特 对不住,老人家,所以我要问你,你说的是朗斯洛特少爷吗?

老高波 是朗斯洛特,少爷。

朗斯洛特　所以就是朗斯洛特少爷。老人家,你别提起朗斯洛特少爷啦;因为
　　　　这位年轻的少爷,根据天命气数鬼神这一类阴阳怪气的说法,是已经去世
　　　　啦,或者说得明白一点是已经归天啦。

老高波　哎哟,天哪!这孩子是我老年的拐杖,我的唯一的靠傍哩。

朗斯洛特　(旁白)我难道像一根棒儿,或是一根柱子?一根撑棒,或是一根
　　　　拐杖?——爸爸,您不认识我吗?

老高波　唉,我不认识您,年轻的少爷;可是请您告诉我,我的孩子——上帝安
　　　　息他的灵魂!——究竟是活着还是死了?

朗斯洛特　您不认识我吗,爸爸?

老高波　唉,少爷,我是个瞎子;我不认识您。

朗斯洛特　噢,真的,您就是眼睛明亮,也许会不认识我,只有聪明的父亲才会
　　　　知道自己的儿子。好,老人家,让我告诉您关于您儿子的消息吧。请您给
　　　　我祝福;真理总会显露出来,杀人的凶手总会给人捉住;儿子虽然会暂时
　　　　躲过去,事实到最后总是瞒不过的。

老高波　少爷,请您站起来。我相信您一定不会是朗斯洛特,我的孩子。

朗斯洛特　废话少说,请您给我祝福:我是朗斯洛特,从前是您的孩子,现在是
　　　　您的儿子,将来也还是您的小子。

老高波　我不能想象您是我的儿子。

朗斯洛特　那我倒不知道应该怎样想法了;可是我的确是在犹太人家里当仆人的朗斯洛特,我也相信您的妻子玛格蕾就是我的母亲。

老高波　她的名字果真是玛格蕾。你倘然真的就是朗斯洛特,那么你就是我亲生血肉了。上帝果然灵圣! 你长了多长的一把胡子啦! 你脸上的毛,比我那拖车子的马儿道平尾巴上的毛还多呐!

朗斯洛特　这样看起来,那么道平的尾巴一定是越长越短了;我还清楚记得,上一次我看见它的时候,它尾巴上的毛比我脸上的毛多得多哩。

老高波　上帝啊! 你真是变了样子啦! 你跟主人合得来吗? 我给他带了点儿礼物来了。你们现在合得来吗?

朗斯洛特　合得来,合得来;可是从我自己这一方面讲,我既然已经决定逃跑,那么非到跑了一程路之后,我是决不会停下来的。我的主人是个十足的犹太人;给他礼物! 还是给他一根上吊的绳子吧。我替他做事情,把身体都饿瘦了;您可以用我的肋骨摸出我的每一条手指来。爸爸,您来了我很高兴。把您的礼物送给一位巴萨尼奥大爷吧,他是会赏漂亮的新衣服给用人穿的。我要是不能服侍他,我宁愿跑到地球的尽头去。啊,运气真好! 正是他来了。到他跟前去,爸爸。我要是再继续服侍这个犹太人,连我自己都要变做犹太人了。

　　　　巴萨尼奥率里奥那多及其他侍从上。

巴萨尼奥　你们就这样做吧,可是要赶快点儿,晚饭顶迟必须在五点钟预备好。这几封信替我分别送出;叫裁缝把制服做起来;回头再请葛莱西安诺立刻到我的寓所里来。(一仆下。)

朗斯洛特　上去,爸爸。

老高波　上帝保佑大爷!

巴萨尼奥　谢谢你,有什么事?

老高波　大爷,这一个是我的儿子,一个苦命的孩子——

朗斯洛特　不是苦命的孩子,大爷,我是犹太富翁的跟班,不瞒大爷说,我想要——我的父亲可以给我证明——

老高波　大爷,正像人家说的,他一心一意地想要侍候——

朗斯洛特　总而言之一句话,我本来是侍候那个犹太人的,可是我很想要——我的父亲可以给我证明——

老高波　不瞒大爷说,他的主人跟他有点儿意见不合——

朗斯洛特　干脆一句话,实实在在说,这犹太人欺侮了我,他叫我——我的父
　　亲是个老头子,我希望他可以替我向您证明——

老高波　我这儿有一盘烹好的鸽子送给大爷,我要请求大爷一件事——

朗斯洛特　废话少说,这请求是关于我的事情,这位老实的老人家可以告诉
　　您;不是我说一句,我这父亲虽然是个老头子,却是个苦人儿。

巴萨尼奥　让一个人说话。你们究竟要什么?

朗斯洛特　侍候您,大爷。

老高波　正是这一件事,大爷。

巴萨尼奥　我认识你;我可以答应你的要求;你的主人夏洛克今天曾经向我说
　　起,要把你举荐给我。可是你不去侍候一个有钱的犹太人,反要来做一个
　　穷绅士的跟班,恐怕没有什么好处吧。

朗斯洛特　大爷,一句老古话刚好说着我的主人夏洛克跟您:他有的是钱,您
　　有的是上帝的恩惠。

巴萨尼奥　你说得很好。老人家,你带着你的儿子,先去向他的旧主人告别,
　　然后再来打听我的住址。(向侍从)给他做一身比别人格外鲜艳一点的制
　　服,不可有误。

朗斯洛特　爸爸,进去吧。我不能得到一个好差使吗?我生了嘴不会说话吗?
　　好,(视手掌)在意大利要是有谁生得一手比我还好的掌纹,我一定会交好
　　运的。好,这儿是一条笔直的寿命线;这儿有不多几个老婆;唉!十五个

老婆算得什么,十一个寡妇,再加上九个黄花闺女,对于一个男人也不算太多啊。还要三次溺水不死,有一次几几乎在一张天鹅绒的床边送了性命,好险呀好险! 好,要是命运之神是个女的,这一回她倒是个很好的娘儿。爸爸,来,我要用一霎眼的工夫向那犹太人告别。(朗斯洛特及老高波下。)

巴萨尼奥　好里奥那多,请你记好,这些东西买到以后,把它们安排停当,就赶紧回来,因为我今晚要宴请我的最有名望的相识;快去吧。

里奥那多　我一定给您尽力办去。

　　　　　葛莱西安诺上。

葛莱西安诺　你家主人呢?

里奥那多　他就在那边走着,先生。(下。)

葛莱西安诺　巴萨尼奥大爷!

巴萨尼奥　葛莱西安诺!

葛莱西安诺　我要向您提出一个要求。

巴萨尼奥　我答应你。

葛莱西安诺　您不能拒绝我;我一定要跟您到贝尔蒙特去。

巴萨尼奥　啊,那么我只好让你去了。可是听着,葛莱西安诺,你这个人太随便,太不拘礼节,太爱高声说话了;这几点本来对于你是再合适不过的,在我们的眼睛里也不以为嫌,可是在陌生人家里,那就好像有点儿放肆啦。请你千万留心在你的活泼的天性里尽力放进几分冷静去,否则人家见了你这样狂放的行为,也许会对我发生误会,害我不能达到我的希望。

葛莱西安诺　巴萨尼奥大爷,听我说。我一定会装出一副安详的态度,说起话来恭而敬之,难得赌一两句咒,口袋里放一本祈祷书,脸孔上堆满了庄严;不但如此,在念食前祈祷的时候,我还要把帽子拉下来遮住我的眼睛,叹一口气,说一句“阿门”;我一定遵守一切礼仪,就像人家有意装得循规蹈矩去讨他老祖母的欢喜一样。要是我不照这样的话做去,您以后不用相信我好了。

巴萨尼奥　好,我们倒要瞧瞧你装得像不像。

葛莱西安诺　今天晚上可不算;您不能按照我今天晚上的行动来判断我。

巴萨尼奥　不,今天晚上就这样做,那未免太杀风景了。我倒要请你今天晚上痛痛快快地欢畅一下,因为我已经跟几个朋友约定,大家都要尽兴狂欢。

现在我还有点事情,等会儿见。

葛莱西安诺　我也要去找罗兰佐,还有那些人;晚饭的时候我们一定来看您。

(各下。)

第三场　同前。夏洛克家中一室

杰西卡及朗斯洛特上。

杰西卡　你这样离开我的父亲,使我很不高兴;我们这个家是一座地狱,幸亏有你这淘气的小鬼,多少解除了几分闷气。可是再会吧,朗斯洛特,这一块钱你且拿了去;你在晚饭的时候,可以看见一位叫做罗兰佐的,是你新主人的客人,这封信你替我交给他,留心别让旁人看见。现在你快去吧,我不敢让我的父亲瞧见我跟你谈话。

朗斯洛特　再见！眼泪哽住了我的舌头。顶美丽的异教徒,顶温柔的犹太人!
要不是有个基督徒来把你拐跑,就算我有眼无珠。再会吧! 这些傻气的
泪点,快要把我的男子气概都淹没啦。再见!

杰西卡　再见,好朗斯洛特。(朗斯洛特下)唉,我真是罪恶深重,竟会羞于做
我父亲的孩子! 可是虽然我在血统上是他的女儿,在行为上却不是他的
女儿。罗兰佐啊! 你要是能够守信不渝,我将要结束我内心的冲突,皈依
基督教,做你的亲爱的妻子。(下。)

第四场　同前。街道

葛莱西安诺、罗兰佐、萨拉里诺及萨莱尼奥同上。

罗兰佐　不,咱们就在吃晚饭的时候溜了出去,在我的寓所里化装好了,只消
一点钟工夫就可以把事情办好回来。

葛莱西安诺　咱们还没有好好儿准备呢。

萨拉里诺　咱们还没有提到过拿火炬的人。

萨莱尼奥　那一定要经过一番训练,否则叫人瞧着笑话;依我看来,还是不用
了吧。

罗兰佐　现在还不过四点钟;咱们还有两个钟头可以准备起来。

朗斯洛特持函上。

罗兰佐　朗斯洛特朋友,你带什么消息来了?

朗斯洛特　请您把这封信拆开来,好像它会告诉您。

罗兰佐　我认识这笔迹;这几个字写得真好看;写这封信的那双手,是比这信
纸还要洁白的。

葛莱西安诺　一定是情书。

朗斯洛特　大爷,小的告辞了。

罗兰佐　你还要到哪儿去?

朗斯洛特　呃,大爷,我要去请我的旧主人犹太人今天晚上陪我的新主人基督
徒吃饭。

罗兰佐　慢着,这几个钱赏给你;你去回复温柔的杰西卡,我不会误她的约;留
心说话的时候别给旁人听见。各位,去吧。(朗斯洛特下)你们愿意去准
备今天晚上的假面跳舞会吗? 我已经有了一个拿火炬的人了。

萨拉里诺　是,我立刻就去准备起来。

萨莱尼奥　我也就去。

罗兰佐　再过一点钟左右,咱们大家在葛莱西安诺的寓所里相会。

萨拉里诺　很好。(萨拉里诺、萨莱尼奥同下。)

葛莱西安诺　那封信不是杰西卡写给你的吗?

罗兰佐　我必须把一切都告诉你。她已经教我怎样带着她逃出她父亲的家,
　　告诉我她随身带了多少金银珠宝,已经准备好怎样一身小童的服装。要
　　是她的父亲那个犹太人有一天会上天堂,那一定因为上帝看在他善良的
　　女儿面上特别开恩;恶运再也不敢侵犯她,除非因为她的父亲是一个奸诈
　　的犹太人。来,跟我一块儿去;你可以一边走一边读这封信。美丽的杰西
　　卡将要替我拿着火炬。(同下。)

第五场　同前。夏洛克家门前

　　　　　夏洛克及朗斯洛特上。

夏洛克　好,你就可以知道,你就可以亲眼瞧瞧夏洛克老头子跟巴萨尼奥有什
　　么不同啦。——喂,杰西卡!——我家里容得你狼吞虎咽,别人家里是不
　　许你这样放肆的——喂,杰西卡!——我家里还让你睡觉打鼾,把衣服胡
　　乱撕破——喂,杰西卡!

朗斯洛特　喂,杰西卡!

夏洛克　谁叫你喊的?我没有叫你喊呀。

朗斯洛特　您老人家不是常常怪我一定要等人家吩咐了才做事吗?

　　　　　杰西卡上。

杰西卡　您叫我吗?有什么吩咐?

夏洛克　杰西卡,人家请我去吃晚饭;这儿是我的钥匙,你好生收管着。可是
　　我去干吗呢?人家又不是真心邀请我,他们不过拍拍我的马屁而已。可
　　是我因为恨他们,倒要去这一趟,受用受用这个浪子基督徒的酒食。杰西
　　卡,我的孩子,留心照看门户。我实在有点不愿意去;昨天晚上我做梦看
　　见钱袋,恐怕不是个吉兆,叫我心神难安。

朗斯洛特　老爷,请您一定去;我家少爷在等着您赏光呢。

夏洛克　我也在等着他赏我一记耳光哩。

朗斯洛特　他们已经商量好了;我并不说您可以看到一场假面跳舞,可是您要
　　是果然看到了,那就怪不得我在上一个黑曜日①早上六点钟会流起鼻血
　　来啦,那一年正是在圣灰节星期三第四年的下午。

夏洛克　怎么! 还有假面跳舞吗? 听好,杰西卡,把家里的门锁上了;听见鼓
　　声和弯笛子的怪叫声音,不许爬到窗槅子上张望,也不要伸出头去,瞧那
　　些脸上涂得花花绿绿的傻基督徒们打街道上走过。把我这屋子的耳朵都
　　封起来——我说的是那些窗子;别让那些无聊的胡闹的声音钻进我的清
　　静的屋子。凭着雅各的牧羊杖发誓,我今晚真有点不想出去参加什么宴
　　会。可是就去这一次吧。小子,你先回去,说我就来了。

朗斯洛特　那么我先去了,老爷。小姐,留心看好窗外;"跑来一个基督徒,不
　　要错过好姻缘。"(下。)

---

①　黑曜日(Black-Monday)即复活节礼拜一。此名的由来,据说是因一三六○年四月十四日的复活
　　节礼拜一,英王爱德华三世进攻巴黎,正值暴风雨,兵士多冻死。流鼻血为不吉之兆,故云。

夏洛克　嘿,那个夏甲的傻瓜后裔①说些什么?

杰西卡　没有说什么,他只是说:"再会,小姐。"

夏洛克　这蠢才人倒还好,就是食量太大;做起事来,慢腾腾的像条蜗牛一般;白天睡觉的本领,比野猫还胜过几分;我家里可容不得懒惰的黄蜂,所以才打发他走了,让他去跟着那个靠借债过日子的败家精,正好帮他消费。好,杰西卡,进去吧;也许我一会儿就回来。记住我的话,把门随手关了。"缚得牢,跑不了",这是一句千古不磨的至理名言。(下。)

杰西卡　再会;要是我的命运不跟我作梗,那么我将要失去一个父亲,你也要失去一个女儿了。(下。)

第六场　同　前

葛莱西安诺及萨拉里诺戴假面同上。

葛莱西安诺　这儿屋檐下便是罗兰佐叫我们守望的地方。

萨拉里诺　他约定的时间快要过去了。

葛莱西安诺　他会迟到真是件怪事,因为恋人们总是赶在时钟的前面的。

萨拉里诺　啊!维纳斯的鸽子飞去缔结新欢的盟约,比之履行旧日的诺言,总是要快上十倍。

葛莱西安诺　那是一定的道理。谁在席终人散以后,他的食欲还像初入座时候那么强烈?哪一匹马在冗长的归途上,会像它起程时那么长驱疾驰?世间的任何事物,追求时候的兴致总要比享用时候的兴致浓烈。一艘新下水的船只扬帆出港的当儿,多么像一个娇养的少年,给那轻狂的风儿爱抚搂抱!可是等到它回来的时候,船身已遭风日的侵蚀,船帆也变成了百结的破衲,它又多么像一个落魄的浪子,给那轻狂的风儿肆意欺凌!

萨拉里诺　罗兰佐来啦;这些话你留着以后再说吧。

罗兰佐上。

罗兰佐　两位好朋友,累你们久等了,对不起得很;实在是因为我有点事情,

① 夏甲(Hagar)为犹太人始祖亚伯兰(后上帝改其名为亚伯拉罕)正妻撒拉的婢女,撒拉因无子,劝亚伯兰纳夏甲为次妻;夏甲生子后,遭撒拉之妒,与其子并遭斥逐。见《旧约·创世记》。此处所云"夏甲后裔",系表示"贱种"之意。

急切里抽身不出。等你们将来也要偷妻子的时候,我一定也替你们守
这么些时候。过来,这儿就是我的犹太岳父所住的地方。喂! 里面有
人吗?

　　　　杰西卡男装自上方上。

杰西卡　你是哪一个? 我虽然认识你的声音,可是为了免得错认人,请你把名
　　　字告诉我。

罗兰佐　我是罗兰佐,你的爱人。

杰西卡　你果然是罗兰佐,也的确是我的爱人;除了你,谁会使我爱得这个样
　　　子呢? 罗兰佐,除了你之外,谁还知道我究竟是不是属于你的呢?

罗兰佐　上天和你的思想,都可以证明你是属于我的。

杰西卡　来,把这匣子接住了,你拿了去会大有好处。幸亏在夜里,你瞧不见
　　　我,我改扮成这个怪样子,怪不好意思哩。可是恋爱是盲目的,恋人们瞧

不见他们自己所干的傻事;要是他们瞧得见的话,那么丘匹德瞧见我变成了一个男孩子,也会红起脸来哩。

罗兰佐　下来吧,你必须替我拿着火炬。

杰西卡　怎么!我必须拿着烛火,照亮自己的羞耻吗?像我这样子,已经太轻狂了,应该遮掩遮掩才是,怎么反而要在别人面前露脸?

罗兰佐　亲爱的,你穿上这一身漂亮的男孩子衣服,人家不会认出你来的。快来吧,夜色已经在不知不觉中浓了起来,巴萨尼奥在等着我们去赴宴呢。

杰西卡　让我把门窗关好,再收拾些银钱带在身边,然后立刻就来。(自上方下。)

葛莱西安诺　凭着我的头巾发誓,她真是个基督徒,不是个犹太人。

罗兰佐　我从心底里爱着她。要是我有判断的能力,那么她是聪明的;要是我的眼睛没有欺骗我,那么她是美貌的;她已经替自己证明她是忠诚的;像她这样又聪明、又美丽、又忠诚,怎么不叫我把她永远放在自己的灵魂里呢?

　　　　杰西卡上。

罗兰佐　啊,你来了吗?朋友们,走吧!我们的舞侣们现在一定在那儿等着我们了。(罗兰佐、杰西卡、萨拉里诺同下。)

　　　　安东尼奥上。

安东尼奥　那边是谁?

葛莱西安诺　安东尼奥先生!

安东尼奥　咦,葛莱西安诺!还有那些人呢?现在已经九点钟啦,我们的朋友们大家在那儿等着你们。今天晚上的假面跳舞会取消了;风势已转,巴萨尼奥就要立刻上船。我已经差了二十个人来找你们了。

葛莱西安诺　那好极了;我巴不得今天晚上就开船出发。(同下。)

第七场　贝尔蒙特。鲍西娅家中一室

　　　　喇叭奏花腔。鲍西娅及摩洛哥亲王各率侍从上。

鲍西娅　去把帐幕揭开,让这位尊贵的王子瞧瞧那几个匣子。现在请殿下自己选择吧。

摩洛哥亲王　第一只匣子是金的,上面刻着这几个字:"谁选择了我,将要得到众人所希求的东西。"第二只匣子是银的,上面刻着这样的约许:"谁选择了我,将要得到他所应得的东西。"第三只匣子是用沉重的铅打成的,上面刻着像铅一样冷酷的警告:"谁选择了我,必须准备把他所有的一切作为牺牲。"我怎么可以知道我选得错不错呢?

鲍西娅　这三只匣子中间,有一只里面藏着我的小像;您要是选中了那一只,我就是属于您的了。

摩洛哥亲王　求神明指示我! 让我看;我且先把匣子上面刻着的字句再推敲一遍。这一个铅匣子上面说些什么?"谁选择了我,必须准备把他所有的一切作为牺牲。"必须准备牺牲;为什么? 为了铅吗? 为了铅而牺牲一切吗? 这匣子说的话儿倒有些吓人。人们为了希望得到重大的利益,才会不惜牺牲一切;一颗贵重的心,决不会屈躬俯就鄙贱的外表;我不愿为了铅的缘故而作任何的牺牲。那个色泽皎洁的银匣子上面说些什么?"谁选择了我,将要得到他所应得的东西。"得到他所应得的东西! 且慢,摩洛哥,把你自己的价值作一下公正的估计吧。照你自己判断起来,你应该得到很高的评价,可是也许凭着你这几分长处,还不配娶到这样一位小姐;然而我要是疑心我自己不够资格,那未免太小看自己了。得到我所应得的东西! 当然那就是指这位小姐而说的;讲到家世、财产、人品、教养,我在哪一点上配不上她? 可是超乎这一切之上,凭着我这一片深情,也就应该配得上她了。那么我不必迟疑,就选了这一个匣子吧。让我再瞧瞧那金匣子上说些什么话:"谁选择了我,将要得到众人所希求的东西。"啊,那正是这位小姐了;整个儿的世界都希求着她,他们从地球的四角迢迢而来,顶礼这位尘世的仙真:赫坎尼亚的沙漠和广大的阿拉伯的辽阔的荒野,现在已经成为各国王子们前来瞻仰美貌的鲍西娅的通衢大道;把唾沫吐在天庭面上的傲慢不逊的海洋,也不能阻止外邦的远客,他们越过汹涌的波涛,就像跨过一条小河一样,为了要看一看鲍西娅的绝世姿容。在这三只匣子中间,有一只里面藏着她的天仙似的小像。难道那铅匣子里会藏着她吗? 想起这样一个卑劣的思想,就是一种亵渎;就算这是个黑暗的坟,里面放的是她的寿衣,也都嫌罪过。那么她是会藏在那价值只及纯金十分之一的银匣子里面吗? 啊,罪恶的思想! 这样一颗珍贵的珠宝,决不会装在比金子低贱的匣子里。英国有一种金子铸成的钱币,表面上刻

　　着天使的形象;这儿的天使,拿金子做床,却躲在黑暗里。把钥匙交给我;

　　我已经选定了,但愿我的希望能够实现!

鲍西娅　亲王,请您拿着这钥匙;要是这里边有我的小像,我就是您的了。(摩

　　洛哥亲王开金匣。)

摩洛哥亲王　哎哟,该死! 这是什么? 一个死人的骷髅,那空空的眼眶里藏着

　　一张有字的纸卷。让我读一读上面写着什么。

　　　　发闪光的不全是黄金,

　　　　古人的说话没有骗人;

　　　　多少世人出卖了一生,

　　　　不过看到了我的外形,

　　　　蛆虫占据着镀金的坟。

　　　　你要是又大胆又聪明,

　　　　手脚壮健,见识却老成,

　　　　就不会得到这样回音:

　　　　再见,劝你冷却这片心。

冷却这片心;真的是枉费辛劳!

永别了,热情! 欢迎,凛冽的寒飙!

再见,鲍西娅;悲伤塞满了心胸,

莫怪我这败军之将去得匆匆。(率侍从下;喇叭奏花腔。)

鲍西娅　他去得倒还知趣。把帐幕拉下。但愿像他一样肤色的人,都像他一样选不中。(同下。)

第八场　威尼斯。街道

萨拉里诺及萨莱尼奥上。

萨拉里诺　啊,朋友,我看见巴萨尼奥开船,葛莱西安诺也跟他同船去;我相信罗兰佐一定不在他们船里。

萨莱尼奥　那个恶犹太人大呼小叫地吵到公爵那儿去,公爵已经跟着他去搜巴萨尼奥的船了。

萨拉里诺　他去迟了一步,船已经开出。可是有人告诉公爵,说他们曾经看见罗兰佐跟他的多情的杰西卡在一艘平底船里;而且安东尼奥也向公爵证明他们并不在巴萨尼奥的船上。

萨莱尼奥　那犹太狗像发疯似的,样子都变了,在街上一路乱叫乱跳乱喊:"我的女儿! 啊,我的银钱! 啊,我的女儿! 跟一个基督徒逃走啦! 啊,我的基督徒的银钱! 公道啊! 法律啊! 我的银钱,我的女儿! 一袋封好的、两袋封好的银钱,给我的女儿偷去了!还有珠宝!两颗宝石,两颗珍贵的宝石,都给我的女儿偷去了!公道啊!把那女孩子找出来!她身边带着宝石,还有银钱。"

萨拉里诺　威尼斯城里所有的小孩子们,都跟在他背后,喊着:他的宝石呀,他的女儿呀,他的银钱呀。

萨莱尼奥　安东尼奥应该留心那笔债款不要误了期,否则他要在他身上报复的。

萨拉里诺　对了,你想起得不错。昨天我跟一个法国人谈天,他对我说起,在英、法两国之间的狭隘的海面上,有一艘从咱们国里开出去的满载着货物的船只出事了。我一听见这句话,就想起安东尼奥,但愿那艘船不是他的才好。

萨莱尼奥　你最好把你听见的消息告诉安东尼奥;可是你要轻描淡写地说,免得害他着急。

萨拉里诺　世上没有一个比他更仁厚的君子。我看见巴萨尼奥跟安东尼奥分别,巴萨尼奥对他说他一定尽早回来,他就回答说:"不必,巴萨尼奥,不要为了我的缘故而误了你的正事,你等到一切事情圆满完成以后再回来吧;至于我在那犹太人那里签下的约,你不必放在心上,你只管高高兴兴,一心一意地进行着你的好事,施展你的全副精神,去博得美人的欢心吧。"说到这里,他的眼睛里已经噙着一包眼泪,他就回转身去,把他的手伸到背后,亲亲热热地握着巴萨尼奥的手;他们就这样分别了。

萨莱尼奥　我看他只是为了他的缘故才爱这世界的。咱们现在就去找他,想些开心的事儿替他解解愁闷,你看好不好?

萨拉里诺　很好很好。(同下。)

第九场　贝尔蒙特。鲍西娅家中一室

尼莉莎及一仆人上。

尼莉莎　赶快,赶快,扯开那帐幕;阿拉贡亲王已经宣过誓,就要来选匣子啦。

喇叭奏花腔。阿拉贡亲王及鲍西娅各率侍从上。

鲍西娅　瞧,尊贵的王子,那三个匣子就在这儿;您要是选中了有我的小像藏在里头的那一只,我们就可以立刻举行婚礼;可是您要是失败了的话,那么殿下,不必多言,您必须立刻离开这儿。

阿拉贡亲王　我已经宣誓遵守三项条件:第一,不得告诉任何人我所选的是哪一只匣子;第二,要是我选错了匣子,终身不得再向任何女子求婚;第三,要是我选不中,必须立刻离开此地。

鲍西娅　为了我这微贱的身子来此冒险的人,没有一个不曾立誓遵守这几个条件。

阿拉贡亲王　我已经有所准备了。但愿命运满足我的心愿!一只是金的,一只是银的,还有一只是下贱的铅的。"谁选择了我,必须准备把他所有的一切作为牺牲。"你要我为你牺牲,应该再好看一点才是。那个金匣子上面说的什么?哈!让我来看吧:"谁选择了我,将要得到众人所希求的东西。"众人所希求的东西!那"众人"也许是指那无知的群众,他们只知道凭着外表取人,信赖着一双愚妄的眼睛,不知道窥察到内心,就像燕子把巢筑在风吹雨淋的屋外的墙壁上,自以为可保万全,不想到灾祸就会接踵而至。我不愿选择众人所希求的东西,因为我不愿随波逐流,与庸俗的群众为伍。那么还是让我瞧瞧你吧,你这白银的宝库;待我再看一遍刻在你上面的字句:"谁选择了我,将要得到他所应得的东西。"说得好,一个人要是自己没有几分长处,怎么可以妄图非分?尊荣显贵,原来不是无德之人所可以忝窃的。唉!要是世间的爵禄官职,都能够因功授赏,不藉钻营,那么多少脱帽侍立的人将会高冠盛服,多少发号施令的人将会唯唯听命,多少卑劣鄙贱的渣滓可以从高贵的种子中间筛分出来,多少隐暗不彰的贤才异能,可以从世俗的糠秕中间剔选出来,大放它们的光泽!闲话少说,还是让我考虑考虑怎样选择吧。"谁选择了我,将要得到他所应得的东西。"那么我就要取我分所应得的东西了。把这匣子上的钥匙给我,让我立刻打开藏在这里面的我的命运。(开银匣。)

鲍西娅　您在这里面瞧见些什么?怎么呆住了一声也不响?

阿拉贡亲王　这是什么?一个眯着眼睛的傻瓜的画像,上面还写着字句!让我读一下看。唉!你跟鲍西娅相去得多么远!你跟我的希望,跟我所应得的东西又相去得多么远!"谁选择了我,将要得到他所应得的东西。"难道我只应该得到一副傻瓜的嘴脸吗?那便是我的奖品吗?我不该得到好一点的东西吗?

鲍西娅　毁谤和评判,是两件作用不同、性质相反的事。

阿拉贡亲王　这儿写着什么？

> 这银子在火里烧过七遍；
> 那永远不会错误的判断，
> 也必须经过七次的试炼。
> 有的人终身向幻影追逐，
> 只好在幻影里寻求满足。
> 我知道世上尽有些呆鸟，
> 空有着一个镀银的外表；
> 随你娶一个怎样的妻房，
> 摆脱不了这傻瓜的皮囊；
> 去吧，先生，莫再耽搁时光！

> > 我要是再留在这儿发呆，
> > 愈显得是个十足的蠢才；
> > 顶一颗傻脑袋来此求婚，
> > 带两个蠢头颅回转家门。
> > 别了，美人，我愿遵守誓言，
> > 默忍着心头愤怒的熬煎。（阿拉贡亲王率侍从下。）

鲍西娅　正像飞蛾在烛火里伤身，
　　　　这些傻瓜们自恃着聪明，
　　　　免不了被聪明误了前程。

尼莉莎　古话说得好，上吊娶媳妇，
　　　　都是一个人注定的天数。

鲍西娅　来，尼莉莎，把帐幕拉下了。

　　　　一仆人上。

仆　人　小姐呢？

鲍西娅　在这儿；尊驾有什么见教？

仆　人　小姐，门口有一个年轻的威尼斯人，说是来通知一声，他的主人就要
　　　　来啦；他说他的主人叫他先来向小姐致意，除了一大堆恭维的客套以外，
　　　　还带来了几件很贵重的礼物。小的从来没有见过这么一位体面的爱神的
　　　　使者；预报繁茂的夏季快要来临的四月的天气，也不及这个为主人先驱的
　　　　俊仆温雅。

鲍西娅　请你别说下去了吧；你把他称赞得这样天花乱坠，我怕你就要说他是
　　　　你的亲戚了。来，来，尼莉莎，我倒很想瞧瞧这一位爱神差来的体面的
　　　　使者。

尼莉莎　爱神啊，但愿来的是巴萨尼奥！（同下。）

第 三 幕

第一场　威尼斯。街道

　　　　　萨莱尼奥及萨拉里诺上。

萨莱尼奥　交易所里有什么消息？

萨拉里诺　他们都在那里说安东尼奥有一艘满装着货物的船在海峡里倾覆了；那地方的名字好像是古德温，是一处很危险的沙滩，听说有许多大船的残骸埋葬在那里，要是那些传闻之辞是确实可靠的话。

萨莱尼奥　我但愿那些谣言就像那些吃饱了饭没事做、嚼嚼生姜或者一把鼻涕一把眼泪地假装为了她第三个丈夫死去而痛哭的那些婆子们所说的鬼话一样靠不住。可是那的确是事实——不说啰哩啰唆的废话，也不说枝枝节节的闲话——这位善良的安东尼奥，正直的安东尼奥——啊，我希望我有一个可以充分形容他的好处的字眼！——

萨拉里诺　好了好了，别说下去了吧。

萨莱尼奥　嘿！你说什么！总归一句话，他损失了一艘船。

萨拉里诺　但愿这是他最末一次的损失。

萨莱尼奥　让我赶快喊"阿门"，免得给魔鬼打断了我的祷告，因为他已经扮成一个犹太人的样子来啦。

　　　　　夏洛克上。

萨莱尼奥　啊，夏洛克！商人中间有什么消息？

夏洛克　有什么消息！我的女儿逃走啦，这件事情是你比谁都格外知道得详细的。

萨拉里诺　那当然啦，就是我也知道她飞走的那对翅膀是哪一个裁缝替她做的。

萨莱尼奥　夏洛克自己也何尝不知道,她羽毛已长,当然要离开娘家啦。

夏洛克　她干出这种不要脸的事来,死了一定要下地狱。

萨拉里诺　倘然魔鬼做她的判官,那是当然的事情。

夏洛克　我自己的血肉跟我过不去!

萨莱尼奥　说什么,老东西,活到这么大年纪,还跟你自己过不去?

夏洛克　我是说我的女儿是我自己的血肉。

萨拉里诺　你的肉跟她的肉比起来,比黑炭和象牙还差得远;你的血跟她的血
　　　比起来,比红葡萄酒和白葡萄酒还差得远。可是告诉我们,你听没听见人
　　　家说起安东尼奥在海上遭到了损失?

夏洛克　说起他,又是我的一桩倒霉事情。这个败家精,这个破落户,他不敢
　　　在交易所里露一露脸;他平常到市场上来,穿着得多么齐整,现在可变成
　　　一个叫化子啦。让他留心他的借约吧;他老是骂我盘剥取利;让他留心他

的借约吧;他是本着基督徒的精神,放债从来不取利息的;让他留心他的借约吧。

萨拉里诺　我相信要是他不能按约偿还借款,你一定不会要他的肉的;那有什么用处呢?

夏洛克　拿来钓鱼也好;即使他的肉不中吃,至少也可以出出我这一口气。他曾经羞辱过我,夺去我几十万块钱的生意,讥笑着我的亏蚀,挖苦着我的盈余,侮蔑我的民族,破坏我的买卖,离间我的朋友,煽动我的仇敌;他的理由是什么?只因为我是一个犹太人。难道犹太人没有眼睛吗?难道犹太人没有五官四肢、没有知觉、没有感情、没有血气吗?他不是吃着同样的食物,同样的武器可以伤害他,同样的医药可以疗治他,冬天同样会冷,夏天同样会热,就像一个基督徒一样吗?你们要是用刀剑刺我们,我们不是也会出血的吗?你们要是搔我们的痒,我们不是也会笑起来的吗?你们要是用毒药谋害我们,我们不是也会死的吗?那么要是你们欺侮了我们,我们难道不会复仇吗?要是在别的地方我们都跟你们一样,那么在这一点上也是彼此相同的。要是一个犹太人欺侮了一个基督徒,那基督徒怎样表现他的谦逊?报仇。要是一个基督徒欺侮了一个犹太人,那么照着基督徒的榜样,那犹太人应该怎样表现他的宽容?报仇。你们已经把残虐的手段教给我,我一定会照着你们的教训实行,而且还要加倍奉敬哩。

　　　　一仆人上。

仆　人　两位先生,我家主人安东尼奥在家里要请两位过去谈谈。

萨拉里诺　我们正在到处找他呢。

　　　　杜伯尔上。

萨莱尼奥　又是一个他的族中人来啦;世上再也找不到第三个像他们这样的人,除非魔鬼自己也变成了犹太人。(萨莱尼奥、萨拉里诺及仆人下。)

夏洛克　啊,杜伯尔!热那亚有什么消息?你有没有找到我的女儿?

杜伯尔　我所到的地方,往往听见人家说起她,可是总找不到她。

夏洛克　哎呀,糟糕!糟糕!糟糕!我在法兰克府出两千块钱买来的那颗金刚钻也丢啦!咒诅到现在才降落到咱们民族头上;我到现在才觉得它的厉害。那一颗金刚钻就是两千块钱,还有别的贵重的贵重的珠宝。我希望我的女儿死在我的脚下,那些珠宝都挂在她的耳朵上;我希望她就在我

的脚下入土安葬,那些银钱都放在她的棺材里!不知道他们的下落吗?
哼,我不知道为了寻访他们,又花去了多少钱。你这你这——损失上再加
损失!贼子偷了这么多走了,还要花这么多去寻访贼子,结果仍旧是一无
所得,出不了这一口怨气。只有我一个人倒霉,只有我一个人叹气,只有
我一个人流眼泪!

杜伯尔　倒霉的不单是你一个人。我在热那亚听人家说,安东尼奥——

夏洛克　什么?什么?什么?他也倒了霉吗?他也倒了霉吗?

杜伯尔　——有一艘从特里坡利斯来的大船,在途中触礁。

夏洛克　谢谢上帝!谢谢上帝!是真的吗?是真的吗?

杜伯尔　我曾经跟几个从那船上出险的水手谈过话。

夏洛克　谢谢你,好杜伯尔。好消息,好消息!哈哈!什么地方?在热那
　　　　亚吗?

杜伯尔　听说你的女儿在热那亚一个晚上花去八十块钱。

夏洛克　你把一把刀戳进我心里!我再也瞧不见我的银子啦!一下子就是八
　　　　十块钱!八十块钱!

杜伯尔　有几个安东尼奥的债主跟我同路到威尼斯来,他们肯定地说他这次
　　　　一定要破产。

夏洛克　我很高兴。我要摆布摆布他;我要叫他知道些厉害。我很高兴。

杜伯尔　有一个人给我看一个指环,说是你女儿拿它向他买了一只猴子。

夏洛克　该死该死!杜伯尔,你提起这件事,真叫我心里难过;那是我的绿玉

指环,是我的妻子莉娅在我们没有结婚的时候送给我的;即使人家把一大群猴子来向我交换,我也不愿把它给人。

杜伯尔　可是安东尼奥这次一定完了。

夏洛克　对了,这是真的,一点不错。去,杜伯尔,现在离开借约满期还有半个月,你先给我到衙门里走动走动,花费几个钱。要是他误了约,我要挖出他的心来;只要威尼斯没有他,生意买卖全凭我一句话了。去,去,杜伯尔,咱们在会堂里见面。好杜伯尔,去吧;会堂里再见,杜伯尔。(各下。)

第二场　贝尔蒙特。鲍西娅家中一室

巴萨尼奥、鲍西娅、葛莱西安诺、尼莉莎及侍从等上。

鲍西娅　请您不要太急,停一两天再赌运气吧;因为要是您选得不对,咱们就不能再在一块儿,所以请您暂时缓一下吧。我心里仿佛有一种什么感觉——可是那不是爱情——告诉我我不愿失去您;您一定也知道,嫌憎是不会向人说这种话的。一个女孩儿家本来不该信口说话,可是唯恐您不能懂得我的意思,我真想留您在这儿住上一两个月,然后再让您为我冒险一试。我可以教您怎样选才不会有错;可是这样我就要违犯了誓言,那是断断不可的;然而那样您也许会选错;要是您选错了,您一定会使我起了一个有罪的愿望,懊悔我不该为了不敢背誓而忍心让您失望。顶可恼的是您这一双眼睛,它们已经瞧透了我的心,把我分成两半:半个我是您的,还有那半个我也是您的——不,我的意思是说那半个我是我的,可是既然是我的,也就是您的,所以整个儿的我都是您的。唉!都是这些无聊的世俗礼法,使人们不能享受他们合法的权利;所以我虽然是您的,却又不是您的。要是结果真是这样,造孽的是那命运,不是我。我说得太噜苏了,可是我的目的是要尽量拖延时间,不放您马上就去选择。

巴萨尼奥　让我选吧;我现在这样提心吊胆,才像给人拷问一样受罪呢。

鲍西娅　给人拷问,巴萨尼奥!那么您给我招认出来,在您的爱情之中,隐藏着什么奸谋?

巴萨尼奥　没有什么奸谋,我只是有点怀疑忧惧,但恐我的痴心化为徒劳;奸谋跟我的爱情正像冰炭一样,是无法相容的。

鲍西娅　嗯,可是我怕你是因为受不住拷问的痛苦,才说这样的话。一个人给绑上了刑床,还不是要他怎样讲就怎样讲?

巴萨尼奥　您要是答应赦我一死,我愿意招认真情。

鲍西娅　好,赦您一死,您招认吧。

巴萨尼奥　"爱"便是我所能招认的一切。多谢我的刑官,您教给我怎样免罪的答话了!可是让我去瞧瞧那几个匣子,试试我的运气吧。

鲍西娅　那么去吧!在那三个匣子中间,有一个里面锁着我的小像;您要是真的爱我,您会把我找出来的。尼莉莎,你跟其余的人都站开些。在他选择的时候,把音乐奏起来,要是他失败了,好让他像天鹅一样在音乐声中死去;把这譬喻说得更确当一些,我的眼睛就是他葬身的清流。也许他会胜利的;那么那音乐又像什么呢?那时候音乐就像忠心的臣子俯伏迎迓新加冕的君王的时候所吹奏的号角,又像是黎明时分送进正在做着好梦的新郎的耳中,催他起来举行婚礼的甜柔的琴韵。现在他去了,他的沉毅的姿态,就像年轻的赫剌克勒斯奋身前去,在特洛亚人的呼叫声中,把他们祭献给海怪的处女拯救出来一样①,可是他心里却藏着更多的爱情;我站在这儿做牺牲,她们站在旁边,就像泪眼模糊的特洛亚妇女们,出来看这场争斗的结果。去吧,赫剌克勒斯!我的生命悬在你手里,但愿你安然生还;我这观战的人心中比你上场作战的人还要惊恐万倍!

　　　巴萨尼奥独白时,乐队奏乐唱歌。

歌

告诉我爱情生长在何方?

还是在脑海?还是在心房?

它怎样发生?它怎样成长?

　　回答我,回答我。

爱情的火在眼睛里点亮,

凝视是爱情生活的滋养,

它的摇篮便是它的坟堂。

让我们把爱的丧钟鸣响,

　　丁当!丁当!

---

①　希腊神话:特洛伊王答应向海怪献祭他的女儿赫西俄涅,最后希腊英雄赫剌克勒斯斩杀海怪,救出赫西俄涅。

丁当！丁当！（众和）

巴萨尼奥　外观往往和事物的本身完全不符,世人却容易为表面的装饰所欺骗。在法律上,哪一件卑鄙邪恶的陈诉不可以用娓娓动听的言辞掩饰它的罪状?在宗教上,哪一桩罪大恶极的过失不可以引经据典,文过饰非,证明它的确上合天心?任何彰明昭著的罪恶,都可以在外表上装出一副道貌岸然的样子。多少没有胆量的懦夫,他们的心其实软弱得就像下不去脚的流沙,他们的肝如果剖出来看一看,大概比乳汁还要白,可是他们的颊上却长着天神一样威武的须髯,人家只看着他们的外表,也就居然把他们当作英雄一样看待!再看那些世间所谓美貌吧,那是完全靠着脂粉装点出来的,愈是轻浮的女人,所涂的脂粉也愈重;至于那些随风飘扬像蛇一样的金丝鬈发,看上去果然漂亮,不知道却是从坟墓中死人的骷髅上借来的①。所以装饰不过是一道把船只诱进凶涛险浪的怒海中去的陷人的海岸,又像是遮掩着一个黑丑蛮女的一道美丽的面幕;总而言之,它是狡诈的世人用来欺诱智士的似是而非的真理。所以,你炫目的黄金,米达斯王的坚硬的食物②,我不要你;你惨白的银子,在人们手里来来去去的下贱的奴才,我也不要你;可是你,寒伧的铅,你的形状只能使人退走,一点没有吸引人的力量,然而你的质朴却比巧妙的言辞更能打动我的心,我就选了你吧,但愿结果美满!

鲍西娅　（旁白）一切纷杂的思绪;多心的疑虑、卤莽的绝望、战栗的恐惧、酸性的猜嫉,多么快地烟消云散了!爱情啊!把你的狂喜节制一下,不要让你的欢乐溢出界限,让你的情绪越过分寸;你使我感觉到太多的幸福,请你把它减轻几分吧,我怕我快要给快乐窒息而死了!

巴萨尼奥　这里面是什么?（开铅匣）美丽的鲍西娅的副本!这是谁的神化之笔,描画出这样一位绝世的美人?这双眼睛是在转动吗?还是因为我的眼球在转动,所以仿佛它们也在随着转动?她的微启的双唇,是因为她嘴里吐出来的甘美芳香的气息而分裂的;唯有这样甘美的气息才能分开这样甜蜜的朋友。画师在描画她的头发的时候,一定曾经化身为蜘蛛,织下了这么一个金丝的发网,来诱捉男子们的心;哪一个男子见了它,不会比

---

① 伊丽莎白时代妇女,有戴金色假发的风气。
② 米达斯(Midas),弗里吉亚(Phrygia)王,祷神求点金术,神允之,触指成金,食物亦成金。

飞蛾投入蛛网还快地陷下网罗呢？可是她的眼睛！他怎么能够睁着眼睛把它们画出来呢？他在画了一只眼睛以后，我想它的逼人的光芒一定会使他自己目眩神夺，再也描画不成其余的一只。可是瞧，我用尽一切赞美的字句，还不能充分形容出这一个画中幻影的美妙；然而这幻影跟它的实体比较起来，又是多么望尘莫及！这儿是一纸手卷，宣判着我的命运。

> 你选择不凭着外表，
> > 果然给你直中鹄心！
> 胜利既已入你怀抱，
> > 你莫再往别处追寻。
> 这结果倘使你满意，
> > 就请接受你的幸运，
> 赶快回转你的身体，
> > 给你的爱深深一吻。

> > 温柔的纶音！美人，请恕我大胆，（吻鲍西娅）
> > 我奉命来把彼此的深情交换。
> > 像一个夺标的健儿驰骋身手，
> > 耳旁只听见沸腾的人声如吼，
> > 虽然明知道胜利已在他手掌，
> > 却不敢相信人们在向他赞赏。
> > 绝世的美人，我现在神眩目晕，
> > 仿佛闯进了一场离奇的梦境；
> > 除非你亲口证明这一切是真，
> > 我再也不相信我自己的眼睛。

鲍西娅　巴萨尼奥公子，您瞧我站在这儿，不过是这样的一个人。虽然为了我自己的缘故，我不愿妄想自己比现在的我更好一点；可是为了您的缘故，我希望我能够六十倍胜过我的本身，再加上一千倍的美丽，一万倍的富有；我但愿我有无比的贤德、美貌、财产和亲友，好让我在您的心目中占据一个很高的位置。可是我这一身却是一无所有，我只是一个不学无术、没有教养、缺少见识的女子；幸亏她的年纪还不是顶大，来得及发愤学习；她的天资也不是顶笨，可以加以教导；尤其大幸的，她有一颗柔顺的心灵，愿意把它奉献给您，听从您的指导，把您当作她的主人、她的统治者和她的君王。我自己以及我所有的一切，现在都变成您的所有了；刚才我还拥有着这一座华丽的大厦，我的仆人都听从着我的指挥，我是支配我自己的女王，可是就在现在，这屋子、这些仆人和这一个我，都是属于您的了，我的夫君。凭着这一个指环，我把这一切完全呈献给您；要是您让这指环离开您的身边，或者把它丢了，或者把它送给别人，那就预示着您的爱情的毁灭，我可以因此责怪您的。

巴萨尼奥　小姐，您使我说不出一句话来，只有我的热血在我的血管里跳动着向您陈诉。我的精神是在一种恍惚的状态中，正像喜悦的群众在听到他们所爱戴的君王的一篇美妙的演辞以后那种心灵眩惑的神情，除了口头的赞叹和内心的欢乐以外，一切的一切都混和起来，化成白茫茫的一片模糊。要是这指环有一天离开这手指，那么我的生命也一定已经终结；那时候您可以放胆地说，巴萨尼奥已经死了。

尼莉莎　姑爷，小姐，我们站在旁边，眼看我们的愿望成为事实，现在该让我们来道喜了。恭喜姑爷！恭喜小姐！

葛莱西安诺　巴萨尼奥大爷和我的温柔的夫人，愿你们享受一切的快乐！因为我敢说，你们享尽一切快乐，也剥夺不了我的快乐。我有一个请求，要是你们决定在什么时候举行嘉礼，我也想跟你们一起结婚。

巴萨尼奥　很好，只要你能够找到一个妻子。

葛莱西安诺　谢谢大爷，您已经替我找到一个了。不瞒大爷说，我这一双眼睛瞧起人来，并不比您大爷慢；您瞧见了小姐，我也看中了使女；您发生了爱情，我也发生了爱情。大爷，我的手脚并不比您慢啊。您的命运靠那几个匣子决定，我也是一样；因为我在这儿千求万告，身上的汗出了一身又是一身，指天誓日地说到唇干舌燥，才算得到这位好姑娘的一句回音，答应我要是您能够得到她的小姐，我也可以得到她的爱情。

鲍西娅　这是真的吗，尼莉莎？

尼莉莎　是真的，小姐，要是您赞成的话。

巴萨尼奥　葛莱西安诺，你也是出于真心吗？

葛莱西安诺　是的，大爷。

巴萨尼奥　我们的喜宴有你们的婚礼添兴，那真是喜上加喜了。

葛莱西安诺　我们要跟他们打赌一千块钱，看谁先养儿子。

尼莉莎　什么，还要赌一笔钱？

葛莱西安诺　不,我们怕是赢不了的,还是不下赌注了吧。可是谁来啦?罗兰佐和他的异教徒吗?什么!还有我那威尼斯老朋友萨莱尼奥?

　　　　　罗兰佐、杰西卡及萨莱尼奥上。

巴萨尼奥　罗兰佐、萨莱尼奥,虽然我也是初履此地,让我僭用着这里主人的名义,欢迎你们的到来。亲爱的鲍西娅,请您允许我接待我这几个同乡朋友。

鲍西娅　我也是竭诚欢迎他们。

罗兰佐　谢谢。巴萨尼奥大爷,我本来并没有想到要到这儿来看您,因为在路上碰见萨莱尼奥,给他不由分说地硬拉着一块儿来啦。

萨莱尼奥　是我拉他来,大爷,我是有理由的。安东尼奥先生叫我替他向您致意。(给巴萨尼奥一信。)

巴萨尼奥　在我没有拆开这信以前,请你告诉我我的好朋友近来好吗?

萨莱尼奥　他没有病,除非有点儿心病;也并不轻松,除非打开了心结。您看了他的信,就可以知道他的近况。

葛莱西安诺　尼莉莎,招待招待那位客人。把你的手给我,萨莱尼奥。威尼斯有些什么消息?那位善良的商人安东尼奥怎样?我知道他听见了我们的成功,一定会十分高兴;我们是两个伊阿宋,把金羊毛取了来啦。

萨莱尼奥　我希望你们能够把他失去的金羊毛取了回来,那就好了。

鲍西娅　那信里一定有些什么坏消息,巴萨尼奥的脸色都变白了;多半是一个什么好朋友死了,否则不会有别的事情会把一个堂堂男子激动到这个样子的。怎么,越来越糟了!恕我冒渎,巴萨尼奥,我是您自身的一半,这封信所带给您的任何不幸的消息,也必须让我分一半去。

巴萨尼奥　啊,亲爱的鲍西娅!这信里所写的,是自有纸墨以来最悲惨的字句。好小姐,当我初次向您倾吐我的爱慕之忱的时候,我坦白地告诉您,我的高贵的家世是我仅有的财产,那时我并没有向您说谎;可是,亲爱的小姐,单单把我说成一个两袖清风的寒士,还未免夸张过分,因为我不但一无所有,而且还负着一身债务;不但欠了我的一个好朋友许多钱,还累他为了我的缘故,欠了他仇家的钱。这一封信,小姐,那信纸就像是我朋友的身体,上面的每一个字,都是一处血淋淋的创伤。可是,萨莱尼奥,那是真的吗?难道他的船舶都一起遭难了?竟没有一艘平安到港吗?从特里坡利斯、墨西哥、英国、里斯本、巴巴里和印度来的船只,没有一艘能够逃过那些毁害商船的礁石的可怕的撞击吗？

萨莱尼奥　一艘也没有逃过。而且即使他现在有钱还那犹太人，那犹太人也不肯收。我从来没有见过这种家伙，样子像人，却一心一意只想残害他的同类；他不分昼夜地向公爵絮叨，说是他们倘不给他主持公道，那么威尼斯根本不成其为自由邦。二十个商人、公爵自己，还有那些最有名望的士绅，都曾劝过他，可是谁也不能叫他回心转意，放弃他狠毒的控诉；他一口咬定，要求按照约文的规定，处罚安东尼奥违约。

杰西卡　我在家里的时候，曾经听见他向杜伯尔和丘斯，他的两个同族的人谈起，说他宁可取安东尼奥身上的肉，不愿收受比他的欠款多二十倍的钱。要是法律和威权不能阻止他，那么可怜的安东尼奥恐怕难逃一死了。

鲍西娅　遭到这样危难的人，是不是您的好朋友？

巴萨尼奥　我的最亲密的朋友，一个心肠最仁慈的人，热心为善，多情尚义，在他身上存留着比任何意大利人更多的古代罗马的侠义精神。

鲍西娅　他欠那犹太人多少钱？

巴萨尼奥　他为了我的缘故，向他借了三千块钱。

鲍西娅　什么，只有这一点数目吗？还他六千块钱，把那借约毁了；两倍六千块钱，或者照这数目再倍三倍都可以，可是万万不能因为巴萨尼奥的过失，害这样一位好朋友损伤一根毛发。先和我到教堂里去结为夫妇，然后你就到威尼斯去看你的朋友；鲍西娅决不让你抱着一颗不安宁的良心睡在她的身旁。你可以带偿还这笔小小借款的二十倍那么多的钱去；债务清了以后，就带你的忠心的朋友到这儿来。我的侍女尼莉莎陪着我在家里，仍旧像未嫁的时候一样，守候着你们的归来。来，今天就是你结婚的日子，大家快快乐乐，好好招待你的朋友们。你既然是用这么大的代价买来的，我一定格外爱你。可是让我听听你朋友的信。

巴萨尼奥　"巴萨尼奥挚友如握：弟船只悉数遇难，债主煎迫，家业荡然。犹太人之约，业已愆期；履行罚则，殆无生望。足下前此欠弟债项，一切勾销，惟盼及弟未死之前，来相临视。或足下燕婉情浓，不忍遽别，则亦不复相强，此信置之可也。"

鲍西娅　啊，亲爱的，快把一切事情办好，立刻就去吧！

巴萨尼奥　既然蒙您允许，我就赶快收拾动身；可是——此去经宵应少睡，长留魂魄系相思。（同下。）

第三场　威尼斯。街道

夏洛克、萨拉里诺、安东尼奥及狱吏上。

夏洛克　狱官,留心看住他;不要对我讲什么慈悲。这就是那个放债不取利息
　　的傻瓜。狱官,留心看住他。

安东尼奥　再听我说句话,好夏洛克。

夏洛克　我一定要照约实行;你倘然想推翻这一张契约,那还是请你免开尊口
　　的好。我已经发过誓,非得照约实行不可。你曾经无缘无故骂我狗,既然
　　我是狗,那么你可留心着我的狗牙齿吧。公爵一定会给我主持公道的。
　　你这糊涂的狱官,我真不懂你老是会答应他的请求,陪着他到外边来。

安东尼奥　请你听我说。

夏洛克　我一定要照约实行,不要听你讲什么鬼话;我一定要照约实行,所以
　　请你闭嘴吧。我不像那些软心肠流眼泪的傻瓜们一样,听了基督徒的几
　　句劝告,就会摇头叹气,懊悔屈服。别跟着我,我不要听你说话,我要照约
　　实行。(下。)

萨拉里诺　这是人世间一头最顽固的恶狗。

安东尼奥　别理他;我也不愿再费无益的唇舌向他哀求了。他要的是我的命,
　　我也知道他的原因。有好多次,人家落在他手里,还不出钱来,弄得走投

无路,跑来向我呼吁,是我帮助他们解除他的压迫,所以他才恨我。

萨拉里诺　我相信公爵一定不会允许他执行这一种处罚。

安东尼奥　公爵不能变更法律的规定,因为威尼斯的繁荣,完全倚赖着各国人民的来往通商,要是剥夺了异邦人应享的权利,一定会使人对威尼斯的法治精神发生重大的怀疑。去吧,这些不如意的事情,已经把我搅得心力交瘁,我怕到明天身上也许剩不满一磅肉来,偿还我这位不怕血腥气的债主了。狱官,走吧。求上帝,让巴萨尼奥来亲眼看见我替他还债,我就死而无怨了!(同下。)

第四场　贝尔蒙特。鲍西娅家中一室

鲍西娅、尼莉莎、罗兰佐、杰西卡及鲍尔萨泽上。

罗兰佐　夫人,不是我当面恭维您,您的确有一颗高贵真诚、不同凡俗的仁爱的心;尤其像这次敦促尊夫就道,宁愿割舍儿女的私情,这一种精神毅力,真令人万分钦佩。可是您倘使知道受到您这种好意的是个什么人,您所救援的是怎样一个正直的君子,他对于尊夫的交情又是怎样深挚,我相信您一定会格外因为做了这一件好事而自傲,一件寻常的善举不能让您得到那么大的快乐。

鲍西娅　我做了好事从来不后悔,现在也当然不会。因为凡是常在一块儿谈心游戏的朋友,彼此之间都有一重相互的友爱,他们在容貌上、风度上、习性上,也必定相去不远;所以在我想来,这位安东尼奥既然是我丈夫的心腹好友,他的为人一定很像我的丈夫。要是我的猜想果然不错,那么我把一个跟我的灵魂相仿的人从残暴的迫害下救赎出来,花了这一点儿代价,算得什么!可是这样的话,太近于自吹自擂了,所以别说了吧,还是谈些其他的事情。罗兰佐,在我的丈夫没有回来以前,我要劳驾您替我照管家里;我自己已经向天许下密誓,要在祈祷和默念中过着生活,只让尼莉莎一个人陪着我,直到我们两人的丈夫回来。在两哩路之外有一所修道院,我们就预备住在那儿。我向您提出这一个请求,不只是为了个人的私情,还有其他事实上的必要,请您不要拒绝我。

罗兰佐　夫人,您有什么吩咐,我无不乐于遵命。

鲍西娅　我的仆人们都已知道我的决心,他们会把您和杰西卡当作巴萨尼奥和我自己一样看待。后会有期,再见了。

罗兰佐　但愿美妙的思想和安乐的时光追随在您的身旁!

杰西卡　愿夫人一切如意!

鲍西娅　谢谢你们的好意,我也愿意用同样的愿望祝福你们。再见,杰西卡。(杰西卡、罗兰佐下)鲍尔萨泽,我一向知道你诚实可靠,希望你永远做一个诚实可靠的人。这一封信你给我火速送到帕度亚,交给我的表兄培拉里奥博士亲手收拆;要是他有什么回信和衣服交给你,你就赶快带着它们到码头上,乘公共渡船到威尼斯去。不要多说话,去吧;我会在威尼斯等你。

鲍尔萨泽　小姐,我尽快去就是了。(下。)

鲍西娅　来,尼莉莎,我现在还要干一些你没有知道的事情;我们要在我们的丈夫还没有想到我们之前去跟他们相会。

尼莉莎　我们要让他们看见我们吗?

鲍西娅　他们将会看见我们,尼莉莎,可是我们要打扮得叫他们认不出我们的本来面目。我可以拿无论什么东西跟你打赌,要是我们都扮成了少年男子,我一定比你漂亮点儿,带起刀子来也比你格外神气点儿;我会沙着喉咙讲话,就像一个正在发育的男孩子一样;我会把两个姗姗细步并成一个男人家的阔步;我会学着那些爱吹牛的哥儿们的样子,谈论一些击剑比武的玩意儿,再随口编造些巧妙的谎话,什么谁家的千金小姐爱上了我啦,我不接受她的好意,她害起病来死啦,我怎么心中不忍,后悔不该害了人家的性命啦,以及二十个诸如此类的无关紧要的谎话,人家听见了,一定以为我走出学校的门还不满一年。这些爱吹牛的娃娃们的鬼花样儿我有一千种在脑袋里,都可以搬出来应用。

尼莉莎　怎么,我们要扮成男人吗?

鲍西娅　为什么不?来,车子在林苑门口等着我们;我们上了车,我可以把我的整个计划一路告诉你。快去吧,今天我们要赶二十哩路呢。(同下。)

第五场　同前。花园

　　　　朗斯洛特及杰西卡上。

朗斯洛特　真的,不骗您,父亲的罪恶是要子女承当的,所以我倒真的在替您捏着一把汗呢。我一向喜欢对您说老实话,所以现在我也老老实实把我心里所担忧的事情告诉您;您放心吧,我想您总免不了下地狱。只有一个希望也许可以帮帮您的忙,可是那也是个不大高妙的希望。

杰西卡　请问你,是什么希望呢?

朗斯洛特　嗯,您可以存着一半儿的希望,希望您不是您的父亲所生,不是这个犹太人的女儿。

杰西卡　这个希望可真的太不高妙啦;这样说来,我的母亲的罪恶又要降到我的身上来了。

朗斯洛特　那倒也是真的,您不是为您的父亲下地狱,就是为您的母亲下地狱;逃过了凶恶的礁石,逃不过危险的漩涡。好,您下地狱是下定了。

杰西卡　我可以靠着我的丈夫得救;他已经使我变成一个基督徒了。

朗斯洛特　这就是他大大的不该。咱们本来已经有很多的基督徒,简直快要挤都挤不下啦;要是再这样把基督徒一批一批制造出来,猪肉的价钱一定会飞涨,大家吃起猪肉来,恐怕每人只好分到一片薄薄的咸肉了。

杰西卡　朗斯洛特,你这样胡说八道,我一定要告诉我的丈夫。他来啦。

　　　　罗兰佐上。

罗兰佐　朗斯洛特,你要是再拉着我的妻子在壁角里说话,我真的要吃起醋来了。

杰西卡　不,罗兰佐,你放心好了,我已经跟朗斯洛特翻脸啦。他老实不客气

地告诉我,上天不会对我发慈悲,因为我是一个犹太人的女儿;他又说你
不是国家的好公民,因为你把犹太人变成了基督徒,提高了猪肉的价钱。

罗兰佐　要是政府向我质问起来,我自有话说。可是,朗斯洛特,你把那黑人
的女儿弄大了肚子,这该是什么罪名呢?

朗斯洛特　那个摩尔姑娘会失去理智,给人弄大肚子,固然是件严重的事;可
是如果她算不上是个规矩女人,那么我才是看错人啦。

罗兰佐　看,连傻瓜都会说起俏皮话来啦!照这样下去,连口才最好的才子,
也只好哑口无言了。到时候就只听见八哥在那儿咕咕呱呱出风头!给我
进去,小鬼,叫他们准备好开饭了。

朗斯洛特　先生,他们早已准备好了;他们都是有肚子的呢。

罗兰佐　老天爷,你的嘴真尖利!那么关照他们把饭菜准备起来。

朗斯洛特　饭和菜,他们也准备好了,大爷。您应当说:把饭菜端上来。

罗兰佐　那么就有劳尊驾吩咐下去:把饭菜端上来。

朗斯洛特　小的可没有这样大的气派,不敢这样使唤人啊。

罗兰佐　要怎样才能跟你讲得清楚!你可是打算把你的看家本领在今天一齐
使出来?我求你啦——我是个老实人,不会跟你瞎扯。去对你那些同伴
们说,桌子可以铺起来,饭菜可以端上来,我们要进来吃饭啦。

朗斯洛特　是,先生,我就去叫他们把饭菜铺起来,桌子端上来;至于您进不进
来吃饭,那可悉随尊便。(下。)

罗兰佐　啊,看他心眼儿多"尖巧",说话多么"合拍"!这个傻瓜,脑子里塞
满了一大堆"动听"的字眼。我知道有好多傻瓜,地位比他高,跟他一样,
"满腹锦绣",一件事扯到哪儿他不管,只是卖弄了再说。你好吗,杰西
卡?亲爱的好人儿,现在告诉我,你对于巴萨尼奥的夫人有什么意见?

杰西卡　好到没有话说。巴萨尼奥大爷娶到这样一位好夫人,享尽了人世天
堂的幸福,自然应该不会走上邪路了。要是有两个天神打赌,各自拿一个
人间的女子做赌注,如其一个是鲍西娅,那么还有一个必须另外加上些什
么,才可以彼此相抵,因为这一个寒伧的世界还不能产生一个跟她同样好
的人来。

罗兰佐　他娶到了这么一个好妻子,你也嫁着了我这么一个好丈夫。

杰西卡　那可要先问问我的意见。

罗兰佐　可以可以,可是先让我们吃了饭再说。

杰西卡　不,让我趁着胃口没有倒之前,先把你恭维两句。

罗兰佐　不,你有话还是留到吃饭的时候说吧;那么不论你说得好说得坏,我
　　　　都可以连着饭菜一起吞下去。

杰西卡　好,你且等着听我怎样说你吧。(同下。)

第 四 幕

第一场　威尼斯。法庭

　　公爵、众绅士、安东尼奥、巴萨尼奥、葛莱西安诺、萨拉里诺、萨莱尼奥及余人等同上。

公　爵　安东尼奥有没有来？

安东尼奥　有，殿下。

公　爵　我很为你不快乐；你是来跟一个心如铁石的对手当庭质对，一个不懂得怜悯、没有一丝慈悲心的不近人情的恶汉。

安东尼奥　听说殿下曾经用尽力量劝他不要过为己甚，可是他一味坚执，不肯略作让步。既然没有合法的手段可以使我脱离他的怨毒的掌握，我只有用默忍迎受他的愤怒，安心等待着他的残暴的处置。

公　爵　来人，传那犹太人到庭。

萨拉里诺　他在门口等着；他来了，殿下。

　　夏洛克上。

公　爵　大家让开些，让他站在我的面前。夏洛克，人家都以为——我也是这样想——你不过故意装出这一副凶恶的姿态，到了最后关头，就会显出你的仁慈恻隐来，比你现在这种表面上的残酷更加出人意料；现在你虽然坚持着照约处罚，一定要从这个不幸的商人身上割下一磅肉来，到了那时候，你不但愿意放弃这一种处罚，而且因为受到良心上的感动，说不定还会豁免他一部分的欠款。你看他最近接连遭逢的巨大损失，足以使无论怎样富有的商人倾家荡产，即使铁石一样的心肠，从来不知道人类同情的野蛮人，也不能不对他的境遇发生怜悯。犹太人，我们都在等候你一句温和的回答。

夏洛克　我的意思已经向殿下告禀过了；我也已经指着我们的圣安息日起誓，一定要照约执行处罚；要是殿下不准许我的请求，那就是蔑视宪章，我要到京城里去上告，要求撤销贵邦的特权。您要是问我为什么不愿接受三千块钱，宁愿拿一块腐烂的臭肉，那我可没有什么理由可以回答您，我只能说我欢喜这样，这是不是一个回答？要是我的屋子里有了耗子，我高兴出一万块钱叫人把它们赶掉，谁管得了我？这不是回答了您吗？有的人不爱看张开嘴的猪，有的人瞧见一只猫就要发脾气，还有人听见人家吹风笛的声音，就忍不住要小便；因为一个人的感情完全受着喜恶的支配，谁也做不了自己的主。现在我就这样回答您：为什么有人受不住一头张开嘴的猪，有人受不住一只有益无害的猫，还有人受不住咿咿唔唔的风笛的声音，这些都是毫无充分的理由的，只是因为天生的癖性，使他们一受到刺激，就会情不自禁地现出丑相来；所以我不能举什么理由，也不愿举什么理由，除了因为我对于安东尼奥抱着久积的仇恨和深刻的反感，所以才会向他进行这一场对于我自己并没有好处的诉讼。现在您不是已经得到我的回答了吗？

巴萨尼奥　你这冷酷无情的家伙，这样的回答可不能作为你的残忍的辩解。

夏洛克　我的回答本来不是为了讨你的欢喜。

巴萨尼奥　难道人们对于他们所不喜欢的东西，都一定要置之死地吗？

夏洛克　哪一个人会恨他所不愿意杀死的东西？

巴萨尼奥　初次的冒犯，不应该就引为仇恨。

夏洛克　什么！你愿意给毒蛇咬两次吗？

安东尼奥　请你想一想，你现在跟这个犹太人讲理，就像站在海滩上，叫那大海的怒涛减低它的奔腾的威力，责问豺狼为什么害母羊为了失去它的羔羊而哀啼，或是叫那山上的松柏，在受到天风吹拂的时候，不要摇头摆脑，发出谡谡的声音。要是你能够叫这个犹太人的心变软——世上还有什么东西比它更硬呢？——那么还有什么难事不可以做到？所以我请你不用再跟他商量什么条件，也不用替我想什么办法，让我爽爽快快受到判决，满足这犹太人的心愿吧。

巴萨尼奥　借了你三千块钱，现在拿六千块钱还你好不好？

夏洛克　即使这六千块钱中间的每一块钱都可以分做六份，每一份都可以变成一块钱，我也不要它们；我只要照约处罚。

公　爵　你这样一点没有慈悲之心,将来怎么能够希望人家对你慈悲呢?

夏洛克　我又不干错事,怕什么刑罚?你们买了许多奴隶,把他们当作驴狗骡马一样看待,叫他们做种种卑贱的工作,因为他们是你们出钱买来的。我可不可以对你们说,让他们自由,叫他们跟你们的子女结婚?为什么他们要在重担之下流着血汗?让他们的床铺得跟你们的床同样柔软,让他们的舌头也尝尝你们所吃的东西吧,你们会回答说:"这些奴隶是我们所有的。"所以我也可以回答你们:我向他要求的这一磅肉,是我出了很大的代价买来的;它是属于我的,我一定要把它拿到手里。您要是拒绝了我,那么你们的法律去见鬼吧!威尼斯城的法令等于一纸空文。我现在等候着判决,请快些回答我,我可不可以拿到这一磅肉?

公　爵　我已经差人去请培拉里奥,一位有学问的博士,来替我们审判这件案子;要是他今天不来,我可以有权宣布延期判决。

萨拉里诺　殿下,外面有一个使者刚从帕度亚来,带着这位博士的书信,等候着殿下的召唤。

公　爵　把信拿来给我;叫那使者进来。

巴萨尼奥　高兴起来吧,安东尼奥!喂,老兄,不要灰心!这犹太人可以把我的肉、我的血、我的骨头、我的一切都拿去,可是我决不让你为了我的缘故流一滴血。

安东尼奥　我是羊群里一头不中用的病羊,死是我的应分;最软弱的果子最先落到地上,让我也就这样结束了我的一生吧。巴萨尼奥,我只要你活下去,将来替我写一篇墓志铭,那你就是做了再好不过的事。

　　　　　尼莉莎扮律师书记上。

公　爵　你是从帕度亚培拉里奥那里来的吗?

尼莉莎　是,殿下。培拉里奥叫我向殿下致意。(呈上一信。)

巴萨尼奥　你这样使劲儿磨着刀干吗?

夏洛克　从那破产的家伙身上割下那磅肉来。

葛莱西安诺　狠心的犹太人,你不是在鞋口上磨刀,你这把刀是放在你的心口上磨;无论哪种铁器,就连刽子手的钢刀,都赶不上你这刻毒的心肠一半的锋利。难道什么恳求都不能打动你吗?

夏洛克　不能,无论你说得多么婉转动听,都没有用。

葛莱西安诺　万恶不赦的狗,看你死后不下地狱!让你这种东西活在世上,真是公道不生眼睛。你简直使我的信仰发生摇动,相信起毕达哥拉斯①所说畜生的灵魂可以转生人体的议论来了;你的前生一定是一头豺狼,因为吃了人给人捉住吊死,它那凶恶的灵魂就从绞架上逃了出来,钻进了你那老娘的腌臜的胎里,因为你的性情正像豺狼一样残暴贪婪。

夏洛克　除非你能够把我这一张契约上的印章骂掉,否则像你这样拉开了喉咙直嚷,不过白白伤了你的肺,何苦来呢? 好兄弟,我劝你还是让你的脑子休息一下吧,免得它损坏了,将来无法收拾。我在这儿要求法律的裁判。

公　爵　培拉里奥在这封信上介绍一位年轻有学问的博士出席我们的法庭。他在什么地方?

尼莉莎　他就在这儿附近等着您的答复,不知道殿下准不准许他进来?

公　爵　非常欢迎。来,你们去三四个人,恭恭敬敬领他到这儿来。现在让我们把培拉里奥的来信当庭宣读。

书　记　(读)"尊翰到时,鄙人抱疾方剧;适有一青年博士鲍尔萨泽君自罗马来此,致其慰问,因与详讨犹太人与安东尼奥一案,遍稽群籍,折衷是非,遂恳其为鄙人庖代,以应殿下之召。凡鄙人对此案所具意见,此君已深悉无遗;其学问才识,虽穷极赞辞,亦不足道其万一,务希勿以其年少而忽之,盖如此少年老成之士,实鄙人生平所仅见也。倘蒙延纳,必能不辱使命。敬祈钧裁。"

公　爵　你们已经听到了博学的培拉里奥的来信。这儿来的大概就是那位博士了。

　　　　　　鲍西娅扮律师上。

公　爵　把您的手给我。足下是从培拉里奥老前辈那儿来的吗?

鲍西娅　正是,殿下。

公　爵　欢迎欢迎;请上坐。您有没有明了今天我们在这儿审理的这件案子的两方面的争点?

鲍西娅　我对于这件案子的详细情形已经完全知道了。这儿哪一个是那商人,哪一个是犹太人?

公　爵　安东尼奥,夏洛克,你们两人都上来。

---

① 毕达哥拉斯(Pythagoras)为主张灵魂轮回说的古希腊哲学家。

鲍西娅　你的名字就叫夏洛克吗？

夏洛克　夏洛克是我的名字。

鲍西娅　你这场官司打得倒也奇怪，可是按照威尼斯的法律，你的控诉是可以
　　　成立的。(向安东尼奥)你的生死现在操在他的手里，是不是？

安东尼奥　他是这样说的。

鲍西娅　你承认这借约吗？

安东尼奥　我承认。

鲍西娅　那么犹太人应该慈悲一点。

夏洛克　为什么我应该慈悲一点？把您的理由告诉我。

鲍西娅　慈悲不是出于勉强，它是像甘霖一样从天上降下尘世；它不但给幸福
　　　于受施的人，也同样给幸福于施与的人；它有超乎一切的无上威力，比皇

冠更足以显出一个帝王的高贵:御杖不过象征着俗世的威权,使人民对于君上的尊严凛然生畏;慈悲的力量却高出于权力之上,它深藏在帝王的内心,是一种属于上帝的德性,执法的人倘能把慈悲调剂着公道,人间的权力就和上帝的神力没有差别。所以,犹太人,虽然你所要求的是公道,可是请你想一想,要是真的按照公道执行起赏罚来,谁也没有死后得救的希望;我们既然祈祷着上帝的慈悲,就应该按照祈祷的指点,自己做一些慈悲的事。我说了这一番话,为的是希望你能够从你的法律的立场上作几分让步;可是如果你坚持着原来的要求,那么威尼斯的法庭是执法无私的,只好把那商人宣判定罪了。

夏洛克　我自己做的事,我自己当! 我只要求法律允许我照约执行处罚。

鲍西娅　他是不是无力偿还这笔借款?

巴萨尼奥　不,我愿意替他当庭还清;照原数加倍也可以;要是这样他还不满足,那么我愿意签署契约,还他十倍的数目,拿我的手、我的头、我的心做抵押;要是这样还不能使他满足,那就是存心害人,不顾天理了。请堂上运用权力,把法律稍为变通一下,犯一次小小的错误,干一件大大的功德,别让这个残忍的恶魔逞他杀人的兽欲。

鲍西娅　那可不行,在威尼斯谁也没有权力变更既成的法律;要是开了这一个恶例,以后谁都可以借口有例可援,什么坏事情都可以干了。这是不行的。

夏洛克　一个但尼尔①来做法官了! 真的是但尼尔再世! 聪明的青年法官啊,我真佩服你!

鲍西娅　请你让我瞧一瞧那借约。

夏洛克　在这儿,可尊敬的博士;请看吧。

鲍西娅　夏洛克,他们愿意出三倍的钱还你呢。

夏洛克　不行,不行,我已经对天发过誓啦,难道我可以让我的灵魂背上毁誓的罪名吗? 不,把整个儿的威尼斯给我,我都不能答应。

鲍西娅　好,那么就应该照约处罚;根据法律,这犹太人有权要求从这商人的胸口割下一磅肉来。还是慈悲一点,把三倍原数的钱拿去,让我撕了这张约吧。

---

①　但尼尔(Daniel),以色列人的著名士师,以善于折狱称。

夏洛克　等他按照约中所载条款受罚以后,再撕不迟。您瞧上去像是一个很好的法官;您懂得法律,您讲的话也很有道理,不愧是法律界的中流砥柱,所以现在我就用法律的名义,请您立刻进行宣判,凭着我的灵魂起誓,谁也不能用他的口舌改变我的决心。我现在但等着执行原约。

安东尼奥　我也诚心请求堂上从速宣判。

鲍西娅　好,那么就是这样:你必须准备让他的刀子刺进你的胸膛。

夏洛克　啊,尊严的法官! 好一位优秀的青年!

鲍西娅　因为这约上所订定的惩罚,对于法律条文的涵义并无抵触。

夏洛克　很对很对! 啊,聪明正直的法官! 想不到你瞧上去这样年轻,见识却这么老练!

鲍西娅　所以你应该把你的胸膛袒露出来。

夏洛克　对了,"他的胸部",约上是这么说的;——不是吗,尊严的法官? ——"附近心口的所在",约上写得明明白白的。

鲍西娅　不错,称肉的天平有没有预备好?

夏洛克　我已经带来了。

鲍西娅　夏洛克,去请一位外科医生来替他堵住伤口,费用归你负担,免得他流血而死。

夏洛克　约上有这样的规定吗?

鲍西娅　约上并没有这样的规定;可是那又有什么相干呢? 肯做一件好事总是好的。

夏洛克　我找不到;约上没有这一条。

鲍西娅　商人,你还有什么话说吗?

安东尼奥　我没有多少话要说;我已经准备好了。把你的手给我,巴萨尼奥,再会吧! 不要因为我为了你的缘故遭到这种结局而悲伤,因为命运对我已经特别照顾了:她往往让一个不幸的人在家产荡尽以后继续活下去,用他凹陷的眼睛和满是皱纹的额角去挨受贫困的暮年;这一种拖延时日的刑罚,她已经把我豁免了。替我向尊夫人致意,告诉她安东尼奥的结局;对她说我怎样爱你,又怎样从容就死;等到你把这一段故事讲完以后,再请她判断一句,巴萨尼奥是不是曾经有过一个真心爱他的朋友。不要因为你将要失去一个朋友而懊恨,替你还债的人是死而无怨的;只要那犹太人的刀刺得深一点,我就可以在一刹那的时间把那笔债完全还清。

巴萨尼奥　安东尼奥,我爱我的妻子,就像我自己的生命一样;可是我的生命、我的妻子以及整个的世界,在我的眼中都不比你的生命更为贵重;我愿意丧失一切,把它们献给这恶魔做牺牲,来救出你的生命。

鲍西娅　尊夫人要是就在这儿听见您说这样话,恐怕不见得会感谢您吧。

葛莱西安诺　我有一个妻子,我可以发誓我是爱她的;可是我希望她马上归天,好去求告上帝改变这恶狗一样的犹太人的心。

尼莉莎　幸亏尊驾在她的背后说这样的话,否则府上一定要吵得鸡犬不宁了。

夏洛克　这些便是相信基督教的丈夫!我有一个女儿,我宁愿她嫁给强盗的子孙,不愿她嫁给一个基督徒,别再浪费光阴了;请快些儿宣判吧。

鲍西娅　那商人身上的一磅肉是你的;法庭判给你,法律许可你。

夏洛克　公平正直的法官!

鲍西娅　你必须从他的胸前割下这磅肉来;法律许可你,法庭判给你。

夏洛克　博学多才的法官!判得好!来,预备!

鲍西娅　且慢,还有别的话哩。这约上并没有允许你取他的一滴血,只是写明着"一磅肉";所以你可以照约拿一磅肉去,可是在割肉的时候,要是流下一滴基督徒的血,你的土地财产,按照威尼斯的法律,就要全部充公。

葛莱西安诺　啊,公平正直的法官!听着,犹太人;啊,博学多才的法官!

夏洛克　法律上是这样说吗?

鲍西娅　你自己可以去查查明白。既然你要求公道,我就给你公道,而且比你所要求的更地道。

葛莱西安诺　啊,博学多才的法官!听着,犹太人;好一个博学多才的法官!

夏洛克　那么我愿意接受还款;照约上的数目三倍还我,放了那基督徒。

巴萨尼奥　钱在这儿。

鲍西娅　别忙!这犹太人必须得到绝对的公道。别忙!他除了照约处罚以外,不能接受其他的赔偿。

葛莱西安诺　啊,犹太人!一个公平正直的法官,一个博学多才的法官!

鲍西娅　所以你准备着动手割肉吧。不准流一滴血,也不准割得超过或是不足一磅的重量;要是你割下来的肉,比一磅略微轻一点或是重一点,即使相差只有一丝一毫,或者仅仅一根汗毛之微,就要把你抵命,你的财产全部充公。

葛莱西安诺　一个再世的但尼尔,一个但尼尔,犹太人!现在你可掉在我的手

152

里了,你这异教徒!

鲍西娅　那犹太人为什么还不动手?

夏洛克　把我的本钱还我,放我去吧。

巴萨尼奥　钱我已经预备好在这儿,你拿去吧。

鲍西娅　他已经当庭拒绝过了;我们现在只能给他公道,让他履行原约。

葛莱西安诺　好一个但尼尔,一个再世的但尼尔! 谢谢你,犹太人,你教会我
　　说这句话。

夏洛克　难道我单单拿回我的本钱都不成吗?

鲍西娅　犹太人,除了冒着你自己生命的危险割下那一磅肉以外,你不能拿一
　　个钱。

夏洛克　好,那么魔鬼保佑他去享用吧! 我不打这场官司了。

鲍西娅　等一等,犹太人,法律上还有一点牵涉你。威尼斯的法律规定:凡是
　　一个异邦人企图用直接或间接手段,谋害任何公民,查明确有实据者,他
　　的财产的半数应当归受害的一方所有,其余的半数没入公库,犯罪者的生
　　命悉听公爵处置,他人不得过问。你现在刚巧陷入这一条法网,因为根据
　　事实的发展,已经足以证明你确有运用直接间接手段,危害被告生命的企
　　图,所以你已经遭逢着我刚才所说起的那种危险了。快快跪下来,请公爵
　　开恩吧。

葛莱西安诺　求公爵开恩,让你自己去寻死吧;可是你的财产现在充了公,一
　　根绳子也买不起啦,所以还是要让公家破费把你吊死。

公　爵　让你瞧瞧我们基督徒的精神,你虽然没有向我开口,我自动饶恕了你
　　的死罪。你的财产一半划归安东尼奥,还有一半没入公库;要是你能够诚
　　心悔过,也许还可以减处你一笔较轻的罚款。

鲍西娅　这是说没入公库的一部分,不是说划归安东尼奥的一部分。

夏洛克　不,把我的生命连着财产一起拿了去吧,我不要你们的宽恕。你们拿
　　掉了支撑房子的柱子,就是拆了我的房子;你们夺去了我的养家活命的根
　　本,就是活活要了我的命。

鲍西娅　安东尼奥,你能不能够给他一点慈悲?

葛莱西安诺　白送给他一根上吊的绳子吧;看在上帝的面上,不要给他别的
　　东西!

安东尼奥　要是殿下和堂上愿意从宽发落,免予没收他的财产的一半,我就十

分满足了;只要他能够让我接管他的另外一半的财产,等他死了以后,把它交给最近和他的女儿私奔的那位绅士;可是还要有两个附带的条件:第一,他接受了这样的恩典,必须立刻改信基督教;第二,他必须当庭写下一张文契,声明他死了以后,他的全部财产传给他的女婿罗兰佐和他的女儿。

公　爵　他必须履行这两个条件,否则我就撤销刚才所宣布的赦令。

鲍西娅　犹太人,你满意吗?你有什么话说?

夏洛克　我满意。

鲍西娅　书记,写下一张授赠产业的文契。

夏洛克　请你们允许我退庭,我身子不大舒服。文契写好了送到我家里,我在上面签名就是了。

公　爵　去吧,可是临时变卦是不成的。

葛莱西安诺　你在受洗礼的时候,可以有两个教父;要是我做了法官,我一定给你请十二个教父①,不是领你去受洗,是送你上绞架。(夏洛克下。)

公　爵　先生,我想请您到舍间去用餐。

鲍西娅　请殿下多多原谅,我今天晚上要回帕度亚去,必须现在就动身,恕不奉陪了。

---

①　当时法庭审判罪犯,由十二人组成陪审团。

公　爵　您这样贵忙,不能容我略尽寸心,真是抱歉得很。安东尼奥,谢谢这位先生,你这回全亏了他。(公爵、众士绅及侍从等下。)

巴萨尼奥　最可尊敬的先生,我跟我这位敝友今天多赖您的智慧,免去了一场无妄之灾;为了表示我们的敬意,这三千块钱本来是预备还那犹太人的,现在就奉送给先生,聊以报答您的辛苦。

安东尼奥　您的大恩大德,我们是永远不忘记的。

鲍西娅　一个人做了心安理得的事,就是得到了最大的酬报;我这次帮两位的忙,总算没有失败,已经引为十分满足,用不着再谈什么酬谢了。但愿咱们下次见面的时候,两位仍旧认识我。现在我就此告辞了。

巴萨尼奥　好先生,我不能不再向您提出一个请求,请您随便从我们身上拿些什么东西去,不算是酬谢,只算是留个纪念。请您答应我两件事儿:既不要推却,还要原谅我的要求。

鲍西娅　你们这样殷勤,倒叫我却之不恭了。(向安东尼奥)把您的手套送给我,让我戴在手上留个纪念吧;(向巴萨尼奥)为了纪念您的盛情,让我拿了这戒指去。不要缩回您的手,我不再向您要什么了;您既然是一片诚意,想来总也不会拒绝我吧。

巴萨尼奥　这指环吗,好先生?唉!它是个不值钱的玩意儿;我不好意思把这东西送给您。

鲍西娅　我什么都不要,就是要这指环;现在我想我非把它要来不可了。

巴萨尼奥　这指环的本身并没有什么价值,可是因为有其他的关系,我不能把它送人。我愿意搜访威尼斯最贵重的一枚指环来送给您,可是这一枚却只好请您原谅了。

鲍西娅　先生,您原来是个口头上慷慨的人;您先教我怎样伸手求讨,然后再教我懂得了一个叫化子会得到怎样的回答。

巴萨尼奥　好先生,这指环是我的妻子给我的;她把它套上我的手指的时候,曾经叫我发誓永远不把它出卖、送人或是遗失。

鲍西娅　人们在吝惜他们的礼物的时候,都可以用这样的话做推托的。要是尊夫人不是一个疯婆子,她知道了我对于这指环是多么受之无愧,一定不会因为您把它送掉了而跟您长久反目的。好,愿你们平安!(鲍西娅、尼莉莎同下。)

安东尼奥　我的巴萨尼奥少爷,让他把那指环拿去吧;看在他的功劳和我的交情分上,违犯一次尊夫人的命令,想来不会有什么要紧。

巴萨尼奥　葛莱西安诺,你快追上他们,把这指环送给他;要是可能的话,领他到安东尼奥的家里去。去,赶快!(葛莱西安诺下)来,我就陪着你到你府上;明天一早咱们两人就飞到贝尔蒙特去。来,安东尼奥。(同下。)

第二场　同前。街道

鲍西娅及尼莉莎上。

鲍西娅　打听打听这犹太人住在什么地方,把这文契交给他,叫他签了字。我们要比我们的丈夫先一天到家,所以一定得在今天晚上动身。罗兰佐拿到了这一张文契,一定高兴得不得了。

葛莱西安诺上。

葛莱西安诺　好先生,我好容易追上了您。我家大爷巴萨尼奥再三考虑之下,决定叫我把这指环拿来送给您,还要请您赏光陪他吃一顿饭。

鲍西娅　那可没法应命;他的指环我受下了,请你替我谢谢他。我还要请你给我这小兄弟带路到夏洛克老头儿的家里。

葛莱西安诺　可以可以。

尼莉莎　大哥,我要向您说句话儿。(向鲍西娅旁白)我要试一试我能不能把我丈夫的指环拿下来。我曾经叫他发誓永远不离手。

鲍西娅　你一定能够。我们回家以后,一定可以听听他们指天誓日,说他们是把指环送给男人的;可是我们要压倒他们,比他们发更厉害的誓。你快去吧,你知道我会在什么地方等你。

尼莉莎　来,大哥,请您给我带路。(各下。)

第 五 幕

第一场　贝尔蒙特。通至鲍西娅住宅的林荫路

罗兰佐及杰西卡上。

罗兰佐　好皎洁的月色！微风轻轻地吻着树枝,不发出一点声响;我想正是在这样一个夜里,特洛伊罗斯登上了特洛亚的城墙,遥望着克瑞西达所寄身的希腊人的营幕,发出他的深心中的悲叹。

杰西卡　正是在这样一个夜里,提斯柏心惊胆战地踩着露水,去赴她情人的约会,因为看见了一头狮子的影子,吓得远远逃走。

罗兰佐　正是在这样一个夜里,狄多手里执着柳枝,站在辽阔的海滨,招她的爱人回到迦太基来。

杰西卡　正是在这样一个夜里,美狄亚采集了灵芝仙草,使衰迈的埃宋返老还童。①

罗兰佐　正是在这样一个夜里,杰西卡从犹太富翁的家里逃了出来,跟着一个不中用的情郎从威尼斯一直走到贝尔蒙特。

杰西卡　正是在这样一个夜里,年轻的罗兰佐发誓说他爱她,用许多忠诚的盟言偷去了她的灵魂,可是没有一句话是真的。

罗兰佐　正是在这样一个夜里,可爱的杰西卡像一个小泼妇似的,信口毁谤她的情人,可是他饶恕了她。

杰西卡　倘不是有人来了,我可以搬弄出比你所知道的更多的夜的典故来。可是听！这不是一个人的脚步声吗？

---

① 埃宋(Aeson)即伊阿宋之父,得伊阿宋的妻子美狄亚(Medea)之灵药而返老还童。故事见奥维德《变形记》第七章。

斯丹法诺上。

罗兰佐　谁在这静悄悄的深夜里跑得这么快？

斯丹法诺　一个朋友。

罗兰佐　一个朋友！什么朋友？请问朋友尊姓大名？

斯丹法诺　我的名字是斯丹法诺，我来向你们报个信，我家女主人在天明以
　　前，就要到贝尔蒙特来了；她一路上看见圣十字架，便停步下来，长跪祷
　　告，祈求着婚姻的美满。

罗兰佐　谁陪她一起来？

斯丹法诺　没有什么人，只是一个修道的隐士和她的侍女。请问我家主人有
　　没有回来？

罗兰佐　他没有回来，我们也没有听到他的消息。可是，杰西卡，我们进去吧；
　　让我们按照着礼节，准备一些欢迎这屋子的女主人的仪式。

　　　朗斯洛特上。

朗斯洛特　索拉！索拉！哦哈呵！索拉！索拉！

罗兰佐　谁在那儿嚷？

朗斯洛特　索拉！你看见罗兰佐大爷吗？罗兰佐大爷！索拉！索拉！

罗兰佐　别嚷啦，朋友；他就在这儿。

朗斯洛特　索拉！哪儿？哪儿？

罗兰佐　这儿。

159

朗斯洛特　对他说我家主人差一个人带了许多好消息来了;他在天明以前就
　　　　要回家来啦。(下。)

罗兰佐　亲爱的,我们进去,等着他们回来吧。不,还是不用进去。我的朋友
　　　　斯丹法诺,请你进去通知家里的人,你们的女主人就要来啦,叫他们准备
　　　　好乐器到门外来迎接。(斯丹法诺下)月光多么恬静地睡在山坡上! 我们
　　　　就在这儿坐下来,让音乐的声音悄悄送进我们的耳边;柔和的静寂和夜
　　　　色,是最足以衬托出音乐的甜美的。坐下来,杰西卡。瞧,天宇中嵌满了
　　　　多少灿烂的金钹;你所看见的每一颗微小的天体,在转动的时候都会发出
　　　　天使般的歌声,永远应和着嫩眼的天婴的妙唱。在永生的灵魂里也有这
　　　　一种音乐,可是当它套上这一具泥土制成的俗恶易朽的皮囊以后,我们便
　　　　再也听不见了。

　　　　　众乐工上。

罗兰佐　来啊! 奏起一支圣歌来唤醒狄安娜女神;用最温柔的节奏倾注到你
　　　　们女主人的耳中,让她被乐声吸引着回来。(音乐。)

杰西卡　我听见了柔和的音乐,总觉得有些惆怅。

罗兰佐　这是因为你有一个敏感的灵魂。你只要看一群不服管束的畜生,或
　　　　是那野性未驯的小马,逗着它们奔放的血气,乱跳狂奔,高声嘶叫,倘然偶
　　　　尔听到一声喇叭,或是任何乐调,就会一齐立定,它们狂野的眼光,因为中
　　　　了音乐的魅力,变成温和的注视。所以诗人会造出俄耳甫斯用音乐感动
　　　　木石、平息风浪的故事,因为无论怎样坚硬顽固狂暴的事物,音乐都可以
　　　　立刻改变它们的性质;灵魂里没有音乐,或是听了甜蜜和谐的乐声而不会
　　　　感动的人,都是擅于为非作恶、使奸弄诈的;他们的灵魂像黑夜一样昏沉,
　　　　他们的感情像鬼域一样幽暗;这种人是不可信任的。听这音乐!

　　　　　鲍西娅及尼莉莎自远处上。

鲍西娅　那灯光是从我家里发出来的。一枝小小的蜡烛,它的光照耀得多么
　　　　远! 一件善事也正像这枝蜡烛一样,在这罪恶的世界上发出广大的光辉。

尼莉莎　月光明亮的时候,我们就瞧不见灯光。

鲍西娅　小小的荣耀也正是这样给更大的光荣所掩。国王出巡的时候摄政的
　　　　威权未尝不就像一个君主,可是一到国王回来,他的威权就归于乌有,正
　　　　像溪涧中的细流注入大海一样。音乐! 听!

尼莉莎　小姐,这是我们家里的音乐。

鲍西娅　没有比较,就显不出长处;我觉得它比在白天好听得多哪。

尼莉莎　小姐,那是因为晚上比白天静寂的缘故。

鲍西娅　如果没有人欣赏,乌鸦的歌声也就和云雀一样;要是夜莺在白天杂在群鹅的聒噪里歌唱,人家决不以为它比鹪鹩唱得更美。多少事情因为逢到有利的环境,才能够达到尽善的境界,博得一声恰当的赞赏!喂,静下来!月亮正在拥着她的情郎酣睡,不肯就醒来呢。(音乐停止。)

罗兰佐　要是我没有听错,这分明是鲍西娅的声音。

鲍西娅　我的声音太难听,所以一下子就给他听出来了,正像瞎子能够辨认杜鹃一样。

罗兰佐　好夫人,欢迎您回家来!

鲍西娅　我们在外边为我们的丈夫祈祷平安,希望他们能够因我们的祈祷而多福。他们已经回来了吗?

罗兰佐　夫人,他们还没有来;可是刚才有人来送过信,说他们就要来了。

鲍西娅　进去,尼莉莎,吩咐我的仆人们,叫他们就当我们两人没有出去过一样;罗兰佐,您也给我保守秘密;杰西卡,您也不要多说。(喇叭声。)

罗兰佐　您的丈夫来啦,我听见他的喇叭的声音。我们不是搬嘴弄舌的人,夫人,您放心好了。

鲍西娅　这样的夜色就像一个昏沉的白昼,不过略微惨淡点儿;没有太阳的白天,瞧上去也不过如此。

　　　　巴萨尼奥、安东尼奥、葛莱西安诺及侍从等上。

巴萨尼奥　要是您在没有太阳的地方走路,我们就可以和地球那一面的人共同享有着白昼。

鲍西娅　让我发出光辉,可是不要让我像光一样轻浮;因为一个轻浮的妻子,是会使丈夫的心头沉重的,我决不愿意巴萨尼奥为了我而心头沉重。可是一切都是上帝做主!欢迎您回家来,夫君!

巴萨尼奥　谢谢您,夫人。请您欢迎我这位朋友;这就是安东尼奥,我曾经受过他无穷的恩惠。

鲍西娅　他的确使您受惠无穷,因为我听说您曾经使他受累无穷呢。

安东尼奥　没有什么,现在一切都已经圆满解决了。

鲍西娅　先生,我们非常欢迎您的光临;可是口头的空言不能表示诚意,所以一切客套的话,我都不说了。

葛莱西安诺　（向尼莉莎）我凭着那边的月亮起誓,你冤枉了我;我真的把它送给了那法官的书记。好人,你既然把这件事情看得这么重,那么我但愿拿了去的人是个割掉了鸡巴的。

鲍西娅　啊!已经在吵架了吗?为了什么事?

葛莱西安诺　为了一个金圈圈儿,她给我的一个不值钱的指环,上面刻着的诗句,就跟那些刀匠们刻在刀子上的差不多,什么"爱我毋相弃"。

尼莉莎　你管它什么诗句,什么值钱不值钱?我当初给你的时候,你曾经向我发誓,说你要戴着它直到死去,死了就跟你一起葬在坟墓里;即使不为我,为了你所发的重誓,你也应该把它看重,好好儿地保存着。送给一个法官的书记!呸!上帝可以替我判断,拿了这指环去的那个书记,一定是个脸上永远不会出毛的。

葛莱西安诺　他年纪长大起来,自然会出胡子的。

尼莉莎　一个女人也会长成男子吗?

葛莱西安诺　我举手起誓,我的确把它送给一个少年人,一个年纪小小、发育不全的孩子;他的个儿并不比你高,这个法官的书记。他是个多话的孩子,一定要我把这指环给他做酬劳,我实在不好意思不给他。

鲍西娅　恕我说句不客气的话,这是你的不对;你怎么可以把你妻子的第一件礼物随随便便给了人?你已经发过誓把它套在你的手指上,它就是你身体上不可分的一部分。我也曾经送给我的爱人一个指环,使他发誓永不把它抛弃;他现在就在这儿,我敢代他发誓,即使把世间所有的财富向他交换,他也不肯丢掉它或是把它从他的手指上取下来的。真的,葛莱西安诺,你太对不起你的妻子了;倘然是我的话,我早就发起脾气来啦。

巴萨尼奥　（旁白）嗳哟,我应该把我的左手砍掉了,那就可以发誓说,因为强盗要我的指环,我不肯给他,所以连手都给砍下来了。

葛莱西安诺　巴萨尼奥大爷也把他的指环给那法官了,因为那法官一定要向他讨那指环;其实他就是拿了指环去,也一点不算过分。那个孩子、那法官的书记,因为写了几个字,也就讨了我的指环去做酬劳。他们主仆两人什么都不要,就是要这两个指环。

鲍西娅　我的爷,您把什么指环送了人哪?我想不会是我给您的那一个吧?

巴萨尼奥　要是我可以用说谎来加重我的过失,那么我会否认的;可是您瞧我的手指上已没有指环;它已经没有了。

鲍西娅　正像您的虚伪的心里没有一丝真情一样。我对天发誓,除非等我见了这指环,我再也不跟您同床共枕。

尼莉莎　要是我看不见我的指环,我也再不跟你同床共枕。

巴萨尼奥　亲爱的鲍西娅,要是您知道我把这指环送给什么人,要是您知道我为了谁的缘故把这指环送人,要是您能够想到为了什么理由我把这指环送人,我又是多么舍不下这个指环,可是人家偏偏什么也不要,一定要这个指环,那时候您就不会生这么大的气了。

鲍西娅　要是您知道这指环的价值,或是识得了把这指环给您的那人的一半好处,或是懂得了您自己保存着这指环的光荣,您就不会把这指环抛弃。只要你肯稍为用诚恳的话向他解释几句,世上哪有这样不讲理的人,会好意思硬要人家留作纪念的东西?尼莉莎讲的话一点不错,我可以用我的生命赌咒,一定是什么女人把这指环拿去了。

巴萨尼奥　不,夫人,我用我的名誉、我的灵魂起誓,并不是什么女人拿去,的确是送给那位法学博士的;他不接受我送给他的三千块钱,一定要讨这指环,我不答应,他就老大不高兴地去了。就是他救了我的好朋友的性命;我应该怎么说呢,好太太?我没有法子,只好叫人追上去送给他;人情和礼貌逼着我这样做,我不能让我的名誉沾上忘恩负义的污点。原谅我,好夫人;凭着天上的明灯起誓,要是那时候您也在那儿,我想您一定会恳求我把这指环送给这位贤能的博士的。

鲍西娅　让那博士再也不要走近我的屋子。他既然拿去了我所珍爱的宝物,又是您所发誓永远为我保存的东西,那么我也会像您一样慷慨;我会把我所有的一切都给他,即使他要我的身体,或是我的丈夫的眠床,我都不会拒绝他。我总有一天会认识他的,那是我完全有把握的;您还是一夜也不要离开家里,像个百眼怪物那样看守着我吧;否则我可以凭着我的尚未失去的贞操起誓,要是您让我一个人在家里,我一定要跟这个博士睡在一床的。

尼莉莎　我也要跟他的书记睡在一床;所以你还是留心不要走开我的身边。

葛莱西安诺　好,随你的便,只要不让我碰到他;要是他给我捉住了,我就折断这个少年书记的那支笔。

安东尼奥　都是我的不是,引出你们这一场吵闹。

鲍西娅　先生,这跟您没有关系;您来我们是很欢迎的。

巴萨尼奥　鲍西娅,饶恕我这一次出于不得已的错误,当着这许多朋友们的面前,我向您发誓,凭着您这一双美丽的眼睛,在它们里面我可以看见我自己——

鲍西娅　你们听他的话!我的左眼里也有一个他,我的右眼里也有一个他;您用您的两重人格发誓,我还能够相信您吗?

巴萨尼奥　不,听我说。原谅我这一次错误,凭着我的灵魂起誓,我以后再不违背对您发出的誓言。

安东尼奥　我曾经为了他的幸福,把我自己的身体向人抵押,倘不是幸亏那个把您丈夫的指环拿去的人,几乎送了性命;现在我敢再立一张契约,把我的灵魂作为担保,保证您的丈夫决不会再有故意背信的行为。

鲍西娅　那么就请您做他的保证人,把这个给他,叫他比上回那一个保存得牢一些。

安东尼奥　拿着,巴萨尼奥;请您发誓永远保存这一个指环。

巴萨尼奥　天哪!这就是我给那博士的那一个!

鲍西娅　我就是从他手里拿来的。原谅我,巴萨尼奥,因为凭着这个指环,那博士已经跟我睡过觉了。

尼莉莎　原谅我,我的好葛莱西安诺;就是那个发育不全的孩子,那个博士的书记,因为我问他讨这个指环,昨天晚上已经跟我睡在一起了。

葛莱西安诺　嗳哟,这就像是在夏天把铺得好好的道路重新翻造。嘿!我们就这样冤冤枉枉地做起忘八来了吗?

鲍西娅　不要说得那么难听。你们大家都有点莫名其妙;这儿有一封信,拿去慢慢地念吧,它是培拉里奥从帕度亚寄来的,你们从这封信里,就可以知道那位博士就是鲍西娅,她的书记便是这位尼莉莎。罗兰佐可以向你们证明,当你们出发以后,我就立刻动身;我回家来还没有多少时候,连大门也没有进去过呢。安东尼奥,我们非常欢迎您到这儿来;我还带着一个您所意料不到的好消息给您,请您拆开这封信,您就可以知道您有三艘商船,已经满载而归,马上要到港了。您再也想不出这封信怎么会那么巧地到了我的手里。

安东尼奥　我没有话说了。

巴萨尼奥　您就是那个博士,我还不认识您吗?

葛莱西安诺　你就是要叫我当忘八的那个书记吗?

尼莉莎　是的,可是除非那书记会长成一个男子,他再也不能叫你当忘八。

巴萨尼奥　好博士,你今晚就陪着我睡觉吧;当我不在的时候,您可以睡在我妻子的床上。

安东尼奥　好夫人,您救了我的命,又给了我一条活路;我从这封信里得到了确实的消息,我的船只已经平安到港了。

鲍西娅　喂,罗兰佐! 我的书记也有一件好东西要给您哩。

尼莉莎　是的,我可以送给他,不收一些费用。这儿是那犹太富翁亲笔签署的一张授赠产业的文契,声明他死了以后,全部遗产都传给您和杰西卡,请你们收下吧。

罗兰佐　两位好夫人,你们像是散布玛哪①的天使,救济着饥饿的人们。

鲍西娅　天已经差不多亮了,可是我知道你们还想把这些事情知道得详细一点。我们大家进去吧;你们还有什么疑惑的地方,尽管再向我们发问,我们一定老老实实地回答一切问题。

葛莱西安诺　很好,我要我的尼莉莎宣誓答复的第一个问题,是现在离白昼只有两小时了,我们还是就去睡觉呢,还是等明天晚上再睡? 正是——

　　　　　　不惧黄昏近,但愁白日长;

　　　　　　翩翩书记俊,今夕喜同床。

　　　　　　金环束指间,灿烂自生光,

　　　　　　唯恐娇妻骂,莫将弃道旁。(众下。)

---

①　玛哪(manna),天粮,见《旧约·出埃及记》。

亨利四世

（上篇）

剧 中 人 物

亨利四世

亨利　威尔士亲王　⎫
约翰·兰开斯特　　⎬　亨利王之子

威斯摩兰伯爵

华特·勃伦特爵士

托马斯·潘西　华斯特伯爵

亨利·潘西　诺森伯兰伯爵

亨利·潘西·霍茨波　诺森伯兰之子

爱德蒙·摩提默　马契伯爵

理查·斯克鲁普　约克大主教

阿契包尔德　道格拉斯伯爵

奥温·葛兰道厄

理查·凡农爵士

约翰·福斯塔夫爵士

迈克尔道长　约克大主教之友

波因斯

盖兹希尔

皮多

巴道夫

潘西夫人　霍茨波之妻,摩提默之妹

摩提默夫人　葛兰道厄之女,摩提默之妻

快嘴桂嫂　开设于依斯特溪泊之野猪头酒店主妇

群臣、军官、郡吏、酒店主、掌柜、酒保、二脚夫、旅客及
侍从等

地　点

英国

第 一 幕

第一场　伦敦。王宫

亨利王、威斯摩兰及余人等上。

亨利王　在这风雨飘摇、国家多故的时候,我们惊魂初定,喘息未复,又要用我们断续的语音,宣告在辽远的海外行将开始新的争战。我们决不让我们的国土用她自己子女的血涂染她的嘴唇;我们决不让战壕毁坏她的田野,决不让战马的铁蹄蹂躏她的花草。那些像扰乱天庭的流星般的敌对的眼睛,本来都是同种同源,虽然最近曾经演成阋墙的惨变,今后将要敌忾同仇,步伐一致,不再蹈同室操戈的覆辙;我们决不再让战争的锋刃像一柄插在破鞘里的刀子一般,伤害它自己的主人。所以,朋友们,我将要立即征集一支纯粹英格兰土著的军队,开往基督的圣陵;在他那神圣的十字架之下,我是立誓为他作战的兵士,我们英国人生来的使命就是要用武器把那些异教徒从那曾经被救主的宝足所践踏的圣地上驱逐出去,在一千四百年以前,他为了我们的缘故,曾经被钉在痛苦的十字架上。可是这是一年前就已定下的计划,无须再向你们申述我出征的决心,所以这并不是我们今天集会的目的。威斯摩兰贤卿,请你报告在昨晚的会议上,对于我们进行这次意义重大的战役有些什么决定。

威斯摩兰　陛下,我们昨晚正在热烈讨论着这个问题,并且已就各方面的指挥做出部署,不料出人意外地从威尔士来了一个急使,带来许多不幸的消息;其中最坏的消息是,那位尊贵的摩提默率领着海瑞福德郡的民众向那乱法狂悖的葛兰道厄作战,已经被那残暴的威尔士人捉去,他手下的一千兵士,都已尽遭屠戮,他们的尸体被那些威尔士妇女们用惨无人道的手段横加凌辱,那种兽行简直叫人无法说出口来。

亨利王　这样看来，我们远征圣地的壮举，又要被这方面的乱事耽搁下来了。

威斯摩兰　不但如此，陛下，从北方传来了更严重的消息：在圣十字架日①那
　　一天，少年英武的亨利·潘西·霍茨波和勇猛的阿契包尔德，那以善战知
　　名的苏格兰人，在霍美敦交锋，进行一场非常惨烈的血战；传报这消息的
　　人，就在他们争斗得最紧张的时候飞骑南下，还不知道究竟谁胜谁败。

亨利王　这儿有一位忠勤的朋友，华特·勃伦特爵士，新近从霍美敦一路到
　　此，征鞍甫卸，他的衣衫上还染着各地的灰尘；他给我们带来了可喜的消
　　息。道格拉斯伯爵已经战败了；华特爵士亲眼看见一万个勇敢的苏格兰
　　人和二十二个骑士倒毙在霍美敦战场上，他们的尸体堆积在他们自己的

---

①　圣十字架日(Holy-rood day)，九月十四日，罗马教徒之祭日。

血泊之中。被霍茨波擒获的俘虏有法辅伯爵摩代克,他就是战败的道格拉斯的长子,还有亚索尔伯爵、茂雷伯爵、安格斯伯爵和曼梯斯伯爵。这不是赫赫的战果吗?哈,贤卿,你说是不是?

威斯摩兰　真的,这是一次值得一位君王夸耀的胜利。

亨利王　嗯,提起这件事,就使我又是伤心,又是妒忌,妒忌我的诺森伯兰伯爵居然会有这么一个好儿子,他的声名流传众口,就像众木丛中一株最挺秀卓异的佳树,他是命运的骄儿和爱宠。当我听见人家对他的赞美的时候,我就看见放荡和耻辱在我那小儿亨利的额上留下的烙印。啊!要是可以证明哪一个夜游的神仙在襁褓之中交换了我们的婴孩,使我的儿子称为潘西,他的儿子称为普兰塔琪纳特,那么我就可以得到他的亨利,让他把我的儿子领了去。可是让我不要再想起他了吧。贤卿,你觉得这个年轻的潘西是不是骄傲得太过分了?他把这次战役中捉到的俘虏一起由他自己扣留下来,却寄信给我说,除了法辅伯爵摩代克以外,其余的他都不准备交给我。

威斯摩兰　他的叔父华斯特在各方面都对您怀着恶意,他这回一定是受了他的教唆才会鼓起他的少年的意气,干犯陛下的威严。

亨利王　可是我已经召唤他来解释他这一次的用意了;为了这件事情,我们只好暂时搁置我们远征耶路撒冷的计划。贤卿,下星期三我将要在温莎举行会议,你去向众大臣通知一声,然后赶快回来见我,因为我在一时愤怒之中,有许多应当说的话没说、应当做的事没做哩。

威斯摩兰　我就去就来,陛下。(各下。)

第二场　同前。亲王所居一室

　　　　　亲王及福斯塔夫上。

福斯塔夫　哈尔,现在什么时候啦,孩子?

亲　王　你只知道喝好酒,吃饱了晚餐把钮扣松开,一过中午就躺在长椅子上打鼾;你让油脂蒙住了心,所以才会忘记什么是你应该问的问题。见什么鬼你要问起时候来?除非每一点钟是一杯白葡萄酒,每一分钟是一只阉鸡,时钟是鸨妇们的舌头,日晷是妓院前的招牌,那光明的太阳自己是一个穿着火焰色软缎的风流热情的姑娘,我不知道为什么你会这样多事,问起现在是什么时候来。

福斯塔夫　真的,你说中我的心病啦,哈尔;因为我们这种靠着偷盗过日子的人,总是在月亮和七星之下出现,从来不会在福玻斯,那漂亮的游行骑士的威光之下露脸。乖乖好孩子,等你做了国王以后——上帝保佑你殿下——不,我应当说陛下才是——其实犯不上为你祈祷——

亲　王　什么! 犯不上为我祈祷?

福斯塔夫　可不是吗? 就连吃鸡蛋黄油之前的那点儿祷词也不值得花在你身上。

亲　王　好,怎么样? 来,快说,快说。

福斯塔夫　呃,我说,乖乖好孩子,等你做了国王以后,不要让我们这些夜间的绅士们被人称为掠夺白昼的佳丽的窃贼;让我们成为狄安娜的猎户,月亮的嬖宠;让人家说,我们都是很有节制的人,因为正像海水一般,我们受着我们高贵纯洁的女王月亮的节制,我们是在她的许可之下偷窃的。

亲　王　你说得好,一点儿不错,因为我们这些月亮的信徒们既然像海水一般受着月亮的节制,我们的命运也像海水一般起伏无定。举个例说,星期一晚上出了死力抢下来的一袋金钱,星期二早上便会把它胡乱花去;凭着一声吆喝"放下"把它抓到手里,喊了几回"酒来"就花得一文不剩。有时潦倒不堪,可是也许有一天时来运转,两脚腾空,高升绞架。

福斯塔夫　天哪,你说得有理,孩子。咱们那位酒店里的老板娘不是一个最甜蜜的女人吗?

亲　王　正像上等的蜂蜜一样,我的城堡里的老家伙。弄一件软皮外套不是最舒服的囚衣吗?

福斯塔夫　怎么,怎么,疯孩子! 嘿,又要说你的俏皮话了吗? 一件软皮外套跟我有什么相干?

亲　王　嘿,酒店里的老板娘跟我又有什么相干?

福斯塔夫　噢,你不是常常叫她来算账吗?

亲　王　我有没有叫你付过你自己欠下的账?

福斯塔夫　不,那倒要说句良心话,我的账都是你替我付清的。

亲　王　嗯,我有钱就替你付钱;没钱的时候,我也曾凭着我的信用替你担保。

福斯塔夫　嗯,你把你的信用到处滥用,倘不是谁都知道你是当今亲王——可是,乖乖好孩子,等你做了国王以后,英国是不是照样有绞架,老朽的法律会不会照样百般刁难刚勇的好汉？你要是做了国王,千万不要吊死一个偷儿。

亲　王　不,我让你去。

福斯塔夫　让我去,那太难得了,我当起审判官来准保威风十足。

亲　王　你现在已经审判错了。我是说让你去吊死那些贼,当个难得的刽子手。

福斯塔夫　好,哈尔,好;与其在宫廷里奔走侍候,倒还是做个刽子手更合我的胃口。

亲　王　奔走个什么劲儿？等御赏?

福斯塔夫　不,等衣裳,一当刽子手,衣囊就得肥了。他妈的,我简直像一只老雄猫或是一头给人硬拖着走的熊一般闷闷不乐。

亲　王　又像一头衰老的狮子,一张恋人的琴。

福斯塔夫　嗯,又像一支风笛的管子。

亲　王　你说你的忧郁像不像一只野兔,或是一道旷野里的荒沟?

福斯塔夫　你就会做这种无聊的比喻,真是一个坏透了的可爱的少年王子;可是,哈尔,请你不要再跟我多说废话了吧。但愿上帝指示我们什么地方有好名誉出卖。一个政府里的老大臣前天在街上当着我的面前骂你,可是我听也没有听他;然而他讲的话倒是很有理的,我就是没有理他;虽然他的话讲得很有理,而且是在街上讲的。

亲　王　你不理他很好,因为智慧在街道上高呼,谁也不会去理会它的声音。

福斯塔夫　嗳哟!你满口都是些该死的格言成语,真的,一个圣人也会被你引诱坏了。我受你的害才不浅哩,哈尔;愿上帝宽恕你!我在没有认识你以前,哈尔,我是什么都不知道的;现在呢,说句老实话,我简直比一个坏人好不了多少。我必须放弃这种生活,我一定要放弃这种生活;上帝在上,要是我再不悔过自新,我就是一个恶徒,一个基督教的罪人,什么国王的儿子都不能使我免除天谴。

亲　王　杰克,我们明天到什么地方去抢些钱来?

福斯塔夫　他妈的!随你的便,孩子,我一定参加就是了;不然的话,你就骂我是个坏人,当场揭去我的脸皮好啦。

亲　王　好一个悔过自新!祷告方罢,又要打算做贼了。

　　　　　　波因斯自远处上。

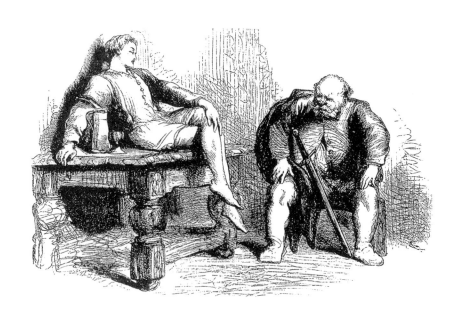

福斯塔夫　嘿,哈尔,这是我的职业哩,哈尔;一个人为他的职业而工作,难道
　　　　　也是罪恶吗? 波因斯! 现在我们可以知道盖兹希尔有没有接到一注生意
　　　　　啦。啊! 要是人们必须靠着行善得救,像他这样的家伙,就是地狱里也没
　　　　　有一个够热的火洞可以安置他的灵魂的。在那些拦路行劫的强盗中间,
　　　　　他是一个最了不得的恶贼。

亲　　王　早安,奈德。

波因斯　早安,亲爱的哈尔。忏悔先生怎么说? 甜酒约翰爵士怎么说? 杰克!
　　　　　你在上次耶稣受难日那天为了一杯马得拉酒和一只冷鸡腿,把你的灵魂
　　　　　卖给魔鬼,那时候你们是怎么讲定的?

亲　　王　约翰爵士言而有信,决不会向魔鬼故弄玄虚。常言说得好,是魔鬼的
　　　　　东西就该归于魔鬼,他对于这句古训是服膺弗替的。

波因斯　那么你因为守着你和魔鬼所订的约,免不了要下地狱啦。

亲　　王　要是他欺骗了魔鬼,他也一样要下地狱的。

波因斯　可是我的孩儿们,我的孩儿们,明儿早上四点钟,在盖兹山有一群进
　　　　　香人带着丰盛的祭品要到坎特伯雷去,还有骑马上伦敦的钱囊饱满的商
　　　　　人。我已经替你们各人备下了面具;你们自己有的是马匹。盖兹希尔今
　　　　　晚在洛彻斯特过夜。明儿的晚餐我已经在依斯特溪泊预先订下了。咱们
　　　　　可以放手干去,就像睡觉一样安心。要是你们愿意去的话,我一定叫你们
　　　　　的口袋里塞满了闪亮的金钱;要是你们不愿意去,那么还是给我躲在家里

上吊吧。

福斯塔夫　听我说,爱德华,我要是躲在家里,少不了要叫你上吊。

波因斯　你也敢,肥猪?

福斯塔夫　哈尔,你也愿意参加吗?

亲　　王　什么,我去做强盗?不,那可办不到。

福斯塔夫　你这人毫无信义,既没有胆量,又不讲交情;要是这点点勇气都没有,还算得了什么王家的子孙?

亲　　王　好,那么我就姑且干一回荒唐的事吧。

福斯塔夫　对了,那才是句话。

亲　　王　呃,无论如何,我还是躲在家里的好。

福斯塔夫　上帝在上,等你做了国王以后,我一定要造反。

亲　　王　我不管。

波因斯　约翰爵士,请你让亲王跟我谈谈,我要向他提出充分的理由,使他非去不可。

福斯塔夫　好,愿上帝给你一条循循善诱的舌头,给他一双从善如流的耳朵;让你所说的话可以打动他的心,让他听了你的话,可以深信不疑;让一个堂堂的王子逢场作戏,暂时做一回贼。因为鼠窃狗盗之流,是需要一个有地位的人做他们的护法的。再见;你们到依斯特溪泊找我好了。

亲　　王　再见,你迟暮的残春!再见,落叶的寒夏!(福斯塔夫下。)

波因斯　听我说,我的可爱的好殿下,明儿跟我们一起上马吧。我打算开一场玩笑,可是独力不能成事。我们已经设下埋伏等候着那批客商,就让福斯塔夫、巴道夫、皮多和盖兹希尔他们去拦劫,你我却不要跟他们在一块儿;等到他们赃物到手以后,要是我们两人不把它抢下来,您就把这颗头颅从我的肩膀上搬下来吧。

亲　　王　可是我们一同出发,怎么和他们中途分手呢?

波因斯　那很容易,我们只要比他们先一步或者晚一步出发,跟他们约定一个会面的所在,我们却偏不到那里去;他们不见我们,一定等得不耐烦,自去干他们的事;我们一看见他们的目的已经达到,就立刻上去袭击他们。

亲　　王　嗯,可是他们多半会从我们的马匹、我们的装束和其他服饰上认出我们来的。

波因斯　嘿!他们不会瞧见我们的马匹,我可以把它们拴在林子里;我们跟他们分手以后,就把我们的面具重新换过,而且我还有两套麻布衣服,可以临时套在身上,遮住我们原来的装束。

亲　王　嗯,可是我怕他们人多,我们抵挡不了。

波因斯　呃,我知道他们中间有两个人是一对十足的懦夫;还有一个是把生命的安全看得重于一切的,要是他会冒险跟人拼命,我愿意从此以后再不舞刀弄剑。这一场玩笑最精彩的部分,就是我们在晚餐时候大家聚在一起,听听这无赖的胖汉会向我们讲些什么海阔天空的谎话;他会告诉我们,他怎样和三十个人——这是最少的数目——奋勇交战,怎样招架,怎样冲刺,怎样被敌人团团围住,受困垓心;然后让我们揭穿真相,把他痛痛快快地羞辱一番。

亲　王　好,我愿意跟你去。把一切需要的物件预备好了,明儿晚上我们在依斯特溪泊会面,我就在那里进餐。再见。

波因斯　再见,殿下。(下。)

亲　王　我完全知道你们,现在虽然和你们在一起无聊鬼混,可是我正在效法着太阳,它容忍污浊的浮云遮蔽它的庄严的宝相,然而当它一旦穿破丑恶的雾障,大放光明的时候,人们因为仰望已久,将要格外对它惊奇赞叹。要是一年四季,全是游戏的假日,那么游戏也会变得像工作一般令人烦厌;惟其因为它们是不常有的,所以人们才会盼望它们的到来;只有偶然难得的事件,才有勾引世人兴味的力量。所以当我抛弃这种放荡的行为,偿付我所从来不曾允许偿还的欠债的时候,我将要推翻人们错误的成见,证明我自身的价值远在平日的言行之上;正像明晃晃的金银放在阴暗的底面上一样,我的改变因为被我往日的过失所衬托,将要格外耀人眼目,格外容易博取国人的好感。我要利用我的放荡的行为,作为一种手段,在人们意料不及的时候一反我的旧辙。(下。)

第三场　同前。王宫

亨利王、诺森伯兰、华斯特、霍茨波、华特·勃伦特及余人等上。

亨利王　我的秉性太冷静、太温和了,对于这些侮辱总是抱着默忍的态度;你们见我这样,以为我是可以给你们欺凌的,所以才会放肆到这等地步。可是,告诉你们吧,从此以后,我要放出我的君主的威严,使人家见了我凛然生畏,因为我的平和柔弱的性情,已经使我失去臣下对我的敬意;只有骄傲才可以折服骄傲。

华斯特 陛下,我不知道我们家里的人犯了什么大不敬的重罪,应该俯受陛下谴责的严威;陛下能够有今天这样巍峨的地位,说起来我们也曾出过不少的力量。

诺森伯兰 陛下——

亨利王 华斯特,你去吧,因为我看见奸谋和反抗在你的眼睛里闪耀着凶光。你当着我的面这样大胆而专横,一个堂堂的君主是不能忍受他的臣下怒目横眉的。请便吧;我需要你的助力和意见的时候,会再来请教你的。(华斯特下。向诺森伯兰)你刚才正要说话。

诺森伯兰 是,陛下。陛下听信无稽的传言,以为亨利·潘西违抗陛下的命令,拒绝交出他在霍美敦擒获的战俘,其实据他自己说来,这是和事实的真相并不符合的。不是有人恶意中伤,就是出于一时的误会,我的儿子不能负这次过失的责任。

霍茨波 陛下,我并没有拒交战俘,可是我记得,就在战事完了以后,我因为苦斗多时,累得气喘吁吁,乏力不堪,正在倚剑休息,那时候来了一个衣冠楚楚的大臣,打扮得十分整洁华丽,仿佛像个新郎一般;他的颔下的胡子新薙不久,那样子就像收获季节的田亩里留着一株株割剩的断梗;他的身上像一个化妆品商人似的洒满了香水;他用两只手指撮着一个鼻烟匣子,不时放在他的鼻子上嗅着,一边笑,一边滔滔不绝地说话;他看见一队兵士抬着尸体经过他的面前,就骂他们是没有教育、不懂规矩的家伙,竟敢把丑恶污秽的骸骨冒渎他的尊严的鼻官。他用许多文绉绉的妇人气的语句向我问这样问那样,并且代表陛下要求我把战俘交出。那时我创血初干,遍身痛楚,这饶舌的鹦鹉却向我缠扰不休,因为激于气愤,不经意地回答了他两句,自己也记不起来说了些什么话。他简直使我发疯,瞧着他那种美衣华服、油头粉面的样子,夹着一阵阵脂粉的香味,讲起话来活像一个使女的腔调,偏要高谈什么枪炮战鼓、杀人流血——上帝恕我这样说!他还告诉我鲸脑是医治内伤的特效秘方;人们不该把制造火药的硝石从善良的大地的腹中发掘出来,使无数大好的健儿因之都遭到暗算,一命呜呼;他自己倘不是因为憎厌这些万恶的炮火,也早就做一个军人了。陛下,他这一番支离琐碎的无聊废话,我是用冷嘲热骂的口气回答他的;请

179

陛下不要听信他的一面之辞,怀疑我的耿耿的忠诚。

勃伦特　陛下,衡情度理,亨利·潘西在那样一个地点、那样一个时候,对那样一个人讲的无论什么话,都可以不必计较,只要他现在声明取消前言,那就什么事情都没有了。

亨利王　嘿,可是他明明拒绝把他的战俘交给我,除非我答应他所要挟的条件,由王家备款立刻替他的妻舅,那愚蠢的摩提默,赎回自由。凭着我的灵魂起誓,这次跟随摩提默向那可恶的妖巫葛兰道厄作战的兵士,都是被他存心出卖而牺牲了生命的;听说这位马契伯爵最近已经和葛兰道厄的女儿结了婚了。难道我们必须罄我们国库中的资财去赎回一个叛徒吗?我们必须用重价购买一个已经失身附逆的人、留作自己心腹间的祸患吗?不,让他在荒凉的山谷之间饿死吧;谁要是开口要求我拿出一个便士来赎回叛逆的摩提默,我将要永远不把他当做我的朋友。

霍茨波　叛逆的摩提默!他从来不曾潜蓄贰心,陛下,这次战争失利,并不是他的过失;他的遍体的鳞伤便是他的忠勇的唯一的证明,这些都是他在芦苇丛生的温柔的塞汶河畔单身独力和那伟大的葛兰道厄鏖战大半个时辰所留下的痕迹。他们曾经三次停下来喘息,经过双方的同意,三次放下武器,吸饮塞汶河中滚滚的流水;那河水因为看见他们血污的容颜,吓得惊惶万分,急忙向战栗的芦苇之中奔走逃窜,它的一道道的涟漪纷纷后退,向那染着这两个英勇的斗士之血的堤岸下面躲避。卑劣而邪恶的权谋决不会用这种致命的巨创掩饰它的行动;忠义的摩提默要是心怀异志,也决不会甘心让他的身体上蒙受这许多的伤痕;所以让我们不要用莫须有的叛逆的罪名毁谤他吧。

亨利王　潘西,你全然在用无稽的妄语替他曲意回护。他从不曾和葛兰道厄交过一次锋;我告诉你吧,他宁愿和魔鬼面面相对,也不敢和奥温·葛兰道厄临阵一战的。你这样公然说谎,不觉得惭愧吗?可是,小子,从此以后,让我再也不要听见你提起摩提默的名字了。尽快把你的俘虏交给我,否则你将要从我这里听到一些使你不愉快的事情。诺森伯兰伯爵,我允许你和你的儿子同去。把你的俘虏交给我,免得自贻后悔。(亨利王、勃伦特及扈从等下。)

霍茨波　即使魔鬼来向我大声咆哮,索取这些俘虏,我也不愿意把他们交出;我要立刻追上去这样告诉他,因为我必须发泄我的心头的气愤,拼着失去这一颗头颅。

诺森伯兰　什么!你气疯了吗?不要走,定一定心吧。你的叔父来了。

　　　　　华斯特重上。

霍茨波　不准提起摩提默的名字!他妈的!我偏要提起他;我要和他同心合作,否则让我的灵魂得不到上天的怨宥。我这全身血管里的血拼着为他流尽,一点一滴地洒在泥土上,我也要把这受人践踏的摩提默高举起来,让他成为和这负心的国王、这忘恩而奸恶的波林勃洛克同样高贵的人物。

诺森伯兰　弟弟,国王把你的侄子激得发疯了。

华斯特　谁在我走了以后煽起这把火来?

霍茨波　哼,他要我交出我的全部俘虏;当我再度替我的妻舅恳求赎身的时候,他的脸就变了颜色,向我死命地瞧了一眼;一听见摩提默的名字,他就发抖了。

华斯特　我倒不能怪他;那已故的理查不是说过,摩提默是他最近的血亲吗?

诺森伯兰　正是,我听见他这样说的。说那句话的时候,这位不幸的国王——
　　　　上帝恕宥我们对他所犯的罪恶!——正在出征爱尔兰的途中,可是他在
　　　　半路上被人拦截回来,把他废黜,不久以后,他就死在暴徒的手里。

华斯特　因为他的死于非命,我们在世人悠悠之口里,永远遭到无情的毁谤和
　　　　唾骂。

霍茨波　可是且慢!请问一声,理查王当时有没有宣布我的妻舅爱德蒙·摩
　　　　提默是他的王冠的继承者?

诺森伯兰　他曾经这样宣布;我自己亲耳听见的。

霍茨波　啊,那就难怪他那位做了国王的叔父恨不得要让摩提默在荒凉的山
　　　　谷之间饿死了。可是你们把王冠加在这个健忘的人的头上,为了他的缘
　　　　故,蒙上教唆行弑的万恶的罪名,难道你们就这样甘心做一个篡位者的卑
　　　　鄙的帮凶,一个弑君的剑子手,受尽无穷的诅咒吗?啊!恕我这样不知忌
　　　　讳,直言指出你们在这狡诈的国王手下充任了何等的角色。难道你们愿
　　　　意让当世的舆论和未来的历史提起这一件可羞的事实,说是像你们这样
　　　　两个有地位有势力的人,却会做出那样不义之事——上帝恕宥你们的罪
　　　　恶!——把理查,那芬芳可爱的蔷薇拔了下来,却扶植起波林勃洛克,这
　　　　一棵刺人的荆棘?难道你们愿意让它们提起这一件更可羞的事实,说是
　　　　你们为了那个人蒙受这样的耻辱,结果却被他所愚弄、摈斥和抛弃?不,
　　　　现在你们还来得及赎回你们被放逐的荣誉,恢复世人对你们的好感;报复

这骄傲的国王所加于你们的侮蔑吧,他每天每晚都在考虑着怎样酬答你们的辛劳,他是不会吝惜用流血的手段把你们处死的。所以,我说——

华斯特　静下来,侄儿! 别多说了。现在我要展开一卷禁书,向你愤激不平的耳中诵读一段秘密而危险的文字,正像踏着一杆枪渡过汹涌的急流一样惊心动魄。

霍茨波　要是他跌到水里,那就完了,不论他是沉是浮。让危险布满在自东至西的路上,荣誉却从北至南与之交错,让它们互相搏斗;啊! 激怒一头雄狮比追赶一只野兔更使人热血沸腾。

诺森伯兰　他幻想着一件轰轰烈烈的行动,全然失去了耐性。

霍茨波　凭着上天起誓,我觉得从脸色苍白的月亮上摘下光明的荣誉,或是跃入深不可测的海底,揪住溺死的荣誉的头发,把它拉出水面,这不算是一件难事;只是:这样把荣誉夺了回来的,就该独享它的一切的尊严,谁也不能和他瓜分。可是谁稀罕这种假惺惺的合作!

华斯特　他正在耽于想像,所以才会这样忘形。好侄儿,听我说几句话吧。

霍茨波　请您原谅我。

华斯特　被你俘获的那些高贵的苏格兰人——

霍茨波　我要把他们一起留下;凭着上帝起誓,他不能得到这些苏格兰人中间的一个。不,要是他的灵魂必须依仗一个苏格兰人得救,他也不能得到他。我举手为誓,我要把他们留下。

华斯特　你又说下去了,不肯听听我有些什么话说。你可以留下这些俘虏。

霍茨波　哼,我要留下他们,那是不用说的。他说他不愿意赎出摩提默;他不许我提起摩提默的名字,可是我要等他熟睡的时候,在他的耳旁高呼,"摩提默!"哼,我要养一只能言的鹦鹉,仅仅教会它说"摩提默"三个字,然后把这鸟儿送给他,让它一天到晚激动他的怒火。

华斯特　侄儿,听我说一句话。

霍茨波　我现在郑重声明我要抛弃一切的学问,用我的全副心力思索一些谑弄这波林勃洛克的方法;还有他那个荒唐胡闹的亲王,倘不是我相信他的父亲不爱他,但愿他遭到什么灾祸,我一定要用一壶麦酒把他毒死。

华斯特　再见,侄儿;等你的火气平静一点儿的时候,我再来跟你谈吧。

诺森伯兰　嗳哟,哪一只黄蜂刺痛了你,把你激成了这么一个暴躁的傻瓜,像一个老婆子似的唠唠叨叨,只顾说你自己的话!

霍茨波　嘿,你们瞧,我一听见人家提起这个万恶的政客波林勃洛克,就像受到一顿鞭挞,浑身仿佛给虫蚁咬着似的难受。在理查王的时候——该死! 你们把那地方叫做什么名字? 它就在葛罗斯特郡,那鲁莽的公爵,他的叔父约克镇守的所在;就在那地方,我第一次向这满脸堆笑的国王,这波林勃洛克,屈下我的膝盖,他妈的! 那时候你们跟他刚从雷文斯泊回来。

诺森伯兰　那是在勃克雷堡。

霍茨波　您说得对。嘿,那时候这条摇尾乞怜的猎狗用一股怎样的甜蜜劲儿向我曲献殷勤! 瞧,"万一我有得志的一天",什么"亲爱的亨利·潘西",什么"好兄弟"。啊! 魔鬼把这些骗子抓了去! 上帝恕我! 好叔父,说您的话吧,我已经说完了。

华斯特　不,要是你还有话说,请再说下去吧;我们等着你就是了。

霍茨波　真的,我已经说完了。

华斯特　那么再来谈你的苏格兰的俘虏吧。把他们立刻释放,也不要勒索什么赎金,单单留下道格拉斯的儿子,作为要求苏格兰出兵的条件;为了种种的理由,我可以担保他们一定乐于从命,其中的缘故,等一天我会写信告诉你的。(向诺森伯兰)你,我的伯爵,当你的儿子在苏格兰进行他的任务的时候,你就悄悄地设法取得那位被众人所敬爱的尊贵的大主教的信任。

霍茨波　是约克大主教吗?

华斯特　正是;他因为他的兄弟斯克鲁普爵士在勃列斯托尔被杀,怀着很大的怨恨。这并不是我的任意猜测之谈,我知道他已经在那儿处心积虑,蓄谋报复,所以迟迟未发,不过等待适当的机会而已。

霍茨波　我已经嗅到战争的血腥味了。凭着我的生命发誓,这一次一定要闹得日月无光,风云变色。

诺森伯兰　事情还没有动手,你总是这样冒冒失失地泄露了机密。

霍茨波　哈,这没有话说,准是一个绝妙的计策。那么苏格兰和约克都要集合他们的军力,策应摩提默吗,哈?

华斯特　正是。

霍茨波　妙极,妙极!

华斯特　就是为了保全我们自己的头颅起见,我们也有充分的理由督促我们赶快举兵起事;因为无论我们怎样谨慎小心,那国王总以为他欠了我们的

债,疑心我们自恃功高,意怀不满。你们瞧他现在已经不再用和颜悦色对
待我们了。

霍茨波　他正是这样,他正是这样;我们非得向他报复不可。

华斯特　侄儿,再会吧。你不要轻举妄动,一切必须依照我在书信上吩咐你的
办法做去。等到时机成熟——那一天是不会远的——我就悄悄地到葛兰
道厄和摩提默伯爵那儿去;你和道格拉斯以及我们的军队,将要按照我的
布置,在那里同时集合;我们现在前程未卜的命运,将要被我们用坚强的
腕臂把它稳定下来。

诺森伯兰　再会吧,兄弟,我相信我们一定会成功的。

霍茨波　叔父,再会!啊!但愿时间赶快过去,让我们立刻听见刀枪的交触,
人马的嘶号,为我们喝彩助威!(同下。)

第 二 幕

第一场　洛彻斯特。旅店庭院

> 一脚夫提灯笼上。

脚夫甲　嗨呵！我敢打赌现在一定有四点钟啦；北斗星已经高悬在新烟囱上，咱们的马儿却还没有套好。喂，马夫！

马　夫　（在内）就来，就来。

脚夫甲　汤姆，请你把马鞍拍一拍，放点儿羊毛进去，这可怜的畜生几乎把肩骨都压断了。

> 另一脚夫上。

脚夫乙　这儿的豌豆蚕豆全都是潮湿霉烂的，可怜的马儿吃了这种东西，怎么会不长疮呢？自从马夫罗宾死了以后，这家客店简直糟得不成样子啦。

脚夫甲　可怜的家伙！自从燕麦涨价以后，他就没有快乐过一天；他是为这件事情急死的。

脚夫乙　我想在整个的伦敦路上，只有这一家客店里的跳蚤是最凶的；我简直给它们咬得没有办法。

脚夫甲　嘿，自从第一遍鸡啼以后，它们就把我拼命乱叮，这滋味真够受哩。

脚夫乙　房里连一把便壶也没有，咱们只好往火炉里撒尿；让尿里生出很多很多的跳蚤来。

脚夫甲　喂，马夫！快来吧，该死的！

脚夫乙　我有一只火腿，两块生姜，一直要送到查林克洛斯去呢。

脚夫甲　他妈的！我筐子里的火鸡都快要饿死了。喂，马夫！遭瘟的！你头上不生眼睛吗？你聋了吗？要是打碎你的脑壳不是一件跟喝酒同样的好事，我就是个大大的恶人。快来吧，该死的！你不相信上帝吗？

盖兹希尔上。

盖兹希尔　早安,伙计们。几点钟啦?

脚夫甲　我想是两点钟吧。

盖兹希尔　谢谢你,把你的灯笼借我用一用,让我到马棚里去瞧瞧我的马。

脚夫甲　不,且慢;老实说吧,你这套戏法是瞒不了我的。

盖兹希尔　谢谢你,把你的借我吧。

脚夫乙　哼,你倒想得不错。把你的灯笼借给我,说得挺容易,嘿,我看你还是
　　　　去上吊吧。

盖兹希尔　脚夫,你们预备什么时候到伦敦?

脚夫乙　告诉你吧,咱们到了伦敦,还可以点起蜡烛睡觉哩。来,马格斯伙计,
　　　　咱们去把那几位客人叫醒;他们必须结伴同行,因为他们带着不少的财物
　　　　呢。(二脚夫下。)

盖兹希尔　喂!掌柜的!

掌　　柜　(在内)偷儿说的好:离你不远。

盖兹希尔　说起来掌柜和偷儿还不是一样,你吩咐怎么做,让别人去动手;咱
　　　　们不是全靠你设谋定计吗?

　　　　掌柜上。

掌　柜　早安,盖兹希尔大爷。我昨晚就告诉你的,有一个从肯特乡下来的小地主,身边带着三百个金马克;昨天晚餐的时候,我听见他这样告诉他的一个随行的同伴;那家伙像是个查账的,也有不少货色,不知是些什么东西。他们早已起来,嚷着要鸡蛋牛油,吃罢了就要赶路的。

盖兹希尔　小子,要是他们在路上不碰见圣尼古拉斯的信徒①,我就让你把我这脖子拿了去。

掌　柜　不,我不要;请你还是保留下来,预备将来送给刽子手吧;因为我知道你是一个虔诚地信仰圣尼古拉斯的坏人。

盖兹希尔　你跟我讲什么刽子手不刽子手? 要是我上刑场,可得预备一双结实一点儿的绞架;因为我不上绞架则已,要上,老约翰爵士总要陪着我的,你知道他可不是一个皮包骨头的饿鬼哩。嘿! 咱们一伙里还有几个大大有名的好汉,你做梦也想不到的,他们为了逢场作戏的缘故,愿意赏给咱们这一个天大的面子,真是咱们这一行弟兄们的光荣;万一官府查问起来,他们为了自己的名誉,也会设法周旋,不会闹出事情来的。我可不跟那些光杆儿的土贼,那些抢长棍的鼠窃狗盗,那些留着大胡子的青面酒鬼们在一起鬼混。跟我来往的人,全都是些达官贵人,他们都是很有涵养工夫的,未曾开口就打人,不等喝酒就谈天,没有祷告就喝酒;可是我说错了,他们时时刻刻都在为国家人民祈祷,虽然一方面他们却把国家人民放在脚底下踩,就像是他们的靴子一般。

掌　柜　什么! 国家人民是他们的靴子吗? 要是路上潮湿泥泞,这双靴子会不会透水?

盖兹希尔　不会的,不会的;法律已经替它抹上油了。咱们做贼就像安坐在城堡里一般万无一失;咱们已经得到羊齿草子的秘方,可以隐身来去。

掌　柜　不,凭良心说,我想你的隐身妙术,还是靠着黑夜的遮盖,未必是羊齿草子的功劳。

盖兹希尔　把你的手给我;我用我的正直的人格向你担保,咱们这笔买卖成功以后,不会缺少你的一份。

掌　柜　不,我倒宁愿你用你的臭贼的身份向我担保的好。

---

① 拦路行劫的强盗。

188

盖兹希尔　算了吧,圣人也好,大盗也好,都是一样的人,何分彼此。叫那马夫把我的马儿牵出来。再会,你这糊涂的家伙!(各下。)

第二场　盖兹山附近公路

　　　　亲王及波因斯上。

波因斯　来,躲起来,躲起来。我已经把福斯塔夫的马儿偷走,他气得像一块上了胶的毛茸茸的天鹅绒一般。

亲　王　你快躲起来。

　　　　福斯塔夫上。

福斯塔夫　波因斯!波因斯,该死的!波因斯!

亲　王　别闹,你这胖汉!大惊小怪的吵些什么呀?

福斯塔夫　波因斯呢,哈尔?

亲　王　他到山顶上去了;我去找他。(伪作寻波因斯状,退至隐处。)

福斯塔夫　算我倒楣,结了这么一个贼伴儿;那坏蛋偷了我的马去,不知把它拴在什么地方了。我只要多走四步路,就会喘得透不过气来。好,我相信要是现在我把这恶贼杀了,万一幸逃法网,为了这一件功德,一定可以寿终正寝。这二十二年以来,我时时刻刻都想和他断绝来往,可是总是像着了鬼迷似的离不开这恶棍。我敢打赌这坏蛋一定给我吃了什么迷魂药,叫我不能不喜欢他;准是这个缘故;我已经吃了迷魂药了。波因斯!哈尔!瘟疫抓了你们两人去!巴道夫!皮多!我宁愿挨饿,再也不愿多走一步路,做他妈的什么鬼强盗了。从此以后,我要做个规规矩矩的好人,不再跟这些恶贼们在一起,这跟喝酒一样,是件好事。否则我就是有齿之伦中间一个最下贱的奴才。八码高低不平的路,对于我就像徒步走了七十英里的长途一般,这些铁石心肠的恶人们不是不知道的。做贼的人这样不顾义气,真该天诛地灭!(亲王及波因斯吹口哨)嗨!瘟疫把你们一起抓了去!把我的马给我,你们这些恶贼;把我的马给我,再去上吊吧。

亲　王　(上前)别闹,胖家伙!躺下来,把你的耳朵靠在地上,听听有没有行路人的脚步声。

福斯塔夫　你叫我躺了下去,你有没有什么杠子可以重新把我抬起来?他妈的!即使把你父亲国库里的钱一起给我,我也发誓再不走这么多的路了。

你们这不是无理欺人吗？

亲　　王　　胡说，不是我们要"欺人"，是你要"骑马"。

福斯塔夫　　谢谢你，好哈尔亲王，帮帮忙把我的马牵了来吧，国王的好儿子！

亲　　王　　呸，混账东西！我是你的马夫吗？

福斯塔夫　　去，把你自己吊死在你那亲王爷的袜带上吧！要是我被官家捉去了，我一定要控诉你们欺人太甚。要是我不替你们编造一些歌谣，用下流的调子把它们唱起来，让一杯葡萄酒成为我的毒药吧。我顶恨那种开得太过分的玩笑，尤其可恶的是叫我提着两只脚走路！

　　　　　　盖兹希尔上。

盖兹希尔　　站住！

福斯塔夫　　站住就站住，不愿意也没有办法。

波因斯　　啊！这是我们的眼线；我听得出他的声音。

　　　　　　巴道夫及皮多上。

巴道夫　　打听到什么消息没有？

盖兹希尔　　戴上你们的面具，戴上你们的面具；有一批国王的钱打这儿山下经过；它是要送到国王的金库里去的。

福斯塔夫　　你说错了，你这混蛋；它是要送到国王的酒店里去的。

盖兹希尔　　咱们抢到了这笔钱，大家可以发财了。

福斯塔夫　大家可以上绞架了。

亲　王　各位听着,你们四个人就在那条狭路上迎着他们;奈德·波因斯跟我两人在下边把守;要是他们从你们的手里逃走了,我们会把他们拦住的。

皮　多　他们一共有多少人?

盖兹希尔　大概八个十个的样子。

福斯塔夫　他妈的!咱们不会反倒给他们抢了吗?

亲　王　嘿!你胆怯了吗,大肚子约翰爵士?

福斯塔夫　虽然我不是你的祖父约翰·刚特,可是我还不是一个懦夫哩,哈尔。

亲　王　好,咱们等着瞧吧。

波因斯　杰克,你那马就在那篱笆的后面,你需要它的时候,可以到那里去找它。再见,不要退却。

福斯塔夫　如果我得上绞架,想揍他也揍不着了。

亲　王　(向波因斯旁白)奈德,我们化装的物件在什么地方?

波因斯　就在那里;过来。(亲王及波因斯下。)

福斯塔夫　现在,弟兄们,大家试试各人的运气吧;每一个人都要出力。

　　　　　众旅客上。

旅客甲　来,伙计;叫那孩子把我们的马牵到山下去;我们步行一会儿,舒展舒展我们的腿骨。

众　盗　站住!

众旅客　耶稣保佑我们!

福斯塔夫　打!打倒他们!割断这些恶人们的咽喉!啊,婊子生的毛虫!大鱼肥肉吃得饱饱的家伙!他们恨的是我们年轻人。打倒他们!把他们的银钱抢下来!

众旅客　啊!我们从此完了!

福斯塔夫　哼,你们这些大肚子的恶汉,你们完了吗?不,你们这些胖胖的蠢货;我但愿你们的家当一起在这儿!来,肥猪们,来!嘿!混账东西,年轻人是要活命的。你们作威作福作够了,现在可掉在咱们的手里啦。(众盗劫旅客钱财,并缚其手足,同下。)

　　　　　亲王及波因斯重上。

亲　王　强盗们已经把良善的人们缚起来了。你我要是能够从这批强盗的手

里抢下他们的贼赃，快快活活地回到伦敦去，这件事情一定可以成为整整
一个星期的话题，足足一个月的笑柄，而且永远是一场绝妙的玩笑。

波因斯　躲一躲；我听见他们来了。

　　　　众盗重上。

福斯塔夫　来，弟兄们；让我们各人分一份去，然后趁着天色还没有大亮，大家
上马出发。亲王和波因斯倘不是两个大大的懦夫，这世上简直没有公道
了。那波因斯是一只十足的没有胆量的野鸭。

亲　王　留下你们的钱来！

波因斯　混账东西！（众盗分赃时，亲王及波因斯突前袭击；盗党逃下；福斯塔夫
稍一交手后亦遗弃赃银逃走。）

亲　王　全不费力地得到了。现在让我们高高兴兴地上马回去。这些强盗们

已经四散逃走,吓得心惊胆战,看见自己的同伴,也会疑心他是警士。走吧,好奈德。福斯塔夫流着满身的臭汗,一路上浇肥了那瘦瘠的土地;倘不是瞧着他太可笑了,我一定会怜悯他的。

波因斯　　听那恶棍叫得多么惨!(同下。)

第三场　华克渥斯。堡中一室

霍茨波上,读信。

霍茨波　　"弟与君家世敦友谊,本当乐于从命。"既然乐于从命,为什么又变了卦? 说什么世敦友谊;他是把他的堆房看得比我们的家更重的。让我再看下去。"惟阁下此举,未免过于危险——"嘿,那还用说吗? 受寒、睡觉、喝酒,哪一件事情不是危险的? 可是我告诉你吧,我的傻瓜老爷子,我们要从危险的荆棘里采下完全的花朵。"惟阁下此举,未免过于危险;尊函所称之各友人,大多未可深恃;目前又非适于行动之时机,全盘谋略可以'轻率'二字尽之,以当实力雄厚之劲敌,窃为阁下不取也。"你这样说吗? 你这样说吗? 我再对你说吧,你是一个浅薄怯懦的蠢材,你说谎! 好一个没有头脑的东西! 上帝在上,我们的计策是一个再好没有的计策,我们的朋友是忠心而可靠的;一个好计策,许多好朋友,希望充满着我们的前途;绝妙的计策,很好的朋友。好一个冷血的家伙! 嘿,约克大主教也赞成我们的计策,同意我们的行动方针哩。他妈的! 要是现在我就在这混蛋的身边,我只要拿起他太太的扇子来,就可以敲破他的脑袋。我的父亲,我的叔父,不是都跟我在一起吗? 还有爱德蒙·摩提默伯爵、约克大主教、奥温·葛兰道厄? 此外不是还有道格拉斯也在我们这边? 他们不是都已经来信约定在下月九日跟我武装相会,有几个不是早已出发了吗? 好一个不信神明的恶汉,一个异教徒! 嘿! 你们看他抱着满心的恐惧,就要到国王面前去告发我们的全部计划了。啊! 我恨不得把我的身体一分为二,自己把自己痛打一顿,因为我瞎了眼睛,居然会劝诱这么一个渣滓废物参加我们的壮举。哼! 让他去告诉国王吧;我们已经预备好了。我今晚就要出发。

潘西夫人上。

霍茨波　　啊,凯蒂! 在两小时以内,我就要和你分别了。

潘西夫人　啊,我的夫主!为什么您这样耽于孤独?我究竟犯了什么过失,这
　　　半个月来我的亨利没有跟我同衾共枕?告诉我,亲爱的主,什么事情使你
　　　废寝忘餐,失去了一切的兴致?为什么你的眼睛老是瞧着地上,一个人坐
　　　着的时候,常常突然惊跳起来?为什么你的脸上失去了鲜润的血色,不让
　　　我享受你的温情的抚爱,却去和两眼朦胧的沉思,怏怏不乐的忧郁做伴?
　　　在你小睡的时候,我曾经坐在你的旁边看守着你,听见你梦中的呓语,讲
　　　的都是关于战争方面的事情,有时你会向你奔跃的战马呼叱,"放出勇气
　　　来!上战场去!"你讲着进攻和退却,什么堑壕、营帐、栅栏、防线、土墙,
　　　还有各色各样的战炮、俘虏的赎金、阵亡的兵士以及一场血战中的种种情
　　　形。你的内心在进行着猛烈的交战,使你在睡梦之中不得安宁,你的额上
　　　满是一颗颗的汗珠,正像一道被激动的河流乱泛着泡沫一般;你的脸上现
　　　出奇异的动作,仿佛人们在接到了突如其来的非常的命令的时候屏住了
　　　他们呼吸的那种神情。啊!这些预兆着什么呢?我的主一定有些什么重
　　　要的事情要做,我必须知道它的究竟,否则他就是不爱我。
霍茨波　喂,来!
　　　　仆人上。
霍茨波　吉廉斯带着包裹走了没有?
仆　人　回大爷,他在一小时以前就走了。
霍茨波　勃特勒有没有从郡吏那里把那些马带来?
仆　人　大爷,他刚才带了一匹来。
霍茨波　一匹什么马?斑色的,短耳朵的,是不是?
仆　人　正是,大爷。
霍茨波　那匹斑马将要成为我的王座。好,我要立刻骑在它的背上;叫勃特勒
　　　把它牵到院子里来。(仆人下。)
潘西夫人　可是听我说,我的老爷。
霍茨波　你说什么,我的太太?
潘西夫人　您为什么这样紧张兴奋?
霍茨波　因为我的马在等着我,我的爱人。
潘西夫人　啐,你这疯猴子!谁也不像你这样刚愎任性。真的,亨利,我一定
　　　要知道你的事情。我怕我的哥哥摩提默想要争夺他的权力,是他叫你去
　　　帮助他起事的。不过要是你去的话——

霍茨波　要去得太远,我腿就要酸了,爱人。

潘西夫人　得啦,得啦,你这假作痴呆的人儿,直截痛快地回答我的问题吧。真的,亨利,要是你不把一切事情老老实实告诉我,我要把你的小手指头都拗断了。

霍茨波　走开,走开,你这无聊的东西!爱!我不爱你,我一点儿都不关心你,凯蒂。这不是一个容许我们戏弄玩偶、拥抱接吻的世界;我们必须让鼻子上挂彩,脑袋上开花,还要叫别人陪着我们流血。嗳哟!我的马呢?你怎么说,凯蒂?你要我怎么样?

潘西夫人　您不爱我吗?您真的不爱我吗?好,不爱就不爱;您既然不爱我,我也不愿爱我自己。您不爱我吗?哎,告诉我您说的是假话还是真话。

霍茨波　来,你要不要看我骑马?我一上了马,就会发誓我是无限地爱你的。可是听着,凯蒂,从此以后,我不准你问我到什么地方去,或是为了什么理由。我要到什么地方去就到什么地方去。总之一句话,今晚我必须离开你,温柔的凯蒂。我知道你是个聪明人,可是不论你怎样聪明,你总不过是亨利·潘西的妻子;我知道你是忠实的,可是你总是一个女人;没有别的女人比你更能保守秘密了,因为我相信你决不会泄漏你所不知道的事情,在这一个限度之内,我是可以完全信任你的,温柔的凯蒂。

潘西夫人　啊！您对我的信任仅限于此吗？

霍茨波　不能再过于此了。可是听着,凯蒂,我到什么地方去,你也要跟着我到什么地方去;今天我去了,明天就叫人来接你。这可以使你满意了吧,凯蒂？

潘西夫人　既然必须这样安排,我也只好认为满意了。(同下。)

第四场　依斯特溪泊。野猪头酒店中一室

　　亲王及波因斯上。

亲　王　奈特,请你从那间气闷的屋子里出来,帮助我笑一会儿吧。

波因斯　你到哪里去了,哈尔？

亲　王　我在七八十只酒桶之间,跟三四个蠢虫在一起。我已经极卑躬屈节的能事。小子,我跟那批酒保们认了把兄弟啦;我能够叫得出他们的小名,什么汤姆、狄克和弗兰西斯。他们已经凭着他们灵魂的得救起誓,说我虽然不过是一个威尔士亲王,却是世上最有礼貌的人。他们坦白地告诉我,我不是一个像福斯塔夫那样一味摆臭架子的家伙,却是一个文雅风流、有骨气的男儿,一个好孩子——上帝在上,他们是这样叫我的——要是我做了英国国王,依斯特溪泊所有的少年都会听从我的号令。他们把喝酒称为红一红面孔;灌下酒去的时候,要是你透了口气,他们就会嚷一声"哼!"叫你把杯子里的酒喝干了。总而言之,我在一刻钟之内,跟他们混得烂熟,现在我已经可以陪着无论哪一个修锅补镀的在一块儿喝酒,用他们自己的语言跟他们谈话了。我告诉你,奈德,你刚才不跟我在一起真是失去了一个得到荣誉的好机会。可是,亲爱的奈德——为了让你这名字听上去格外甜蜜起见,我送给你这一块不值钱的糖,那是一个酒保刚才塞在我的手里的,他一生之中,除了"八先令六便士"、"您请进来",再加上这一句尖声的叫喊,"就来,就来,先生！七号房间一品脱西班牙甜酒记账"诸如此类的话以外,从来不曾说过一句别的话。可是,奈德,现在福斯塔夫还没有回来,为了消磨时间起见,请你到隔壁房间里站一会儿,

我要问问我这个小酒保他送给我这块糖是什么意思;你却在一边不断地叫"弗兰西斯!"让他除了满口"就来,就来"以外,来不及回答我的问话。站在一旁,我要做给你瞧瞧。

波因斯　弗兰西斯!

亲　王　好极了。

波因斯　弗兰西斯!(下。)

　　　　弗兰西斯上。

弗兰西斯　就来,就来,先生。劳尔夫,下面"石榴"房间你去照料照料。

亲　王　过来,弗兰西斯。

弗兰西斯　殿下有什么吩咐?

亲　王　你在这儿干活,还得干多久呀,弗兰西斯?

弗兰西斯　不瞒您说,还得五个年头——

波因斯　(在内)弗兰西斯!

弗兰西斯　就来,就来,先生。

亲　王　五个年头!嗳哟,干这种提壶倒酒的活儿,这可是一段很长的时间哩。可是,弗兰西斯,难道你不会放大胆子,做一个破坏契约的懦夫,拔起一双脚逃走吗?

弗兰西斯　嗳哟,殿下!我可以凭着英国所有的《圣经》起誓,我心里恨不得——

波因斯　(在内)弗兰西斯!

弗兰西斯　就来,先生。

亲　王　你多大年纪啦,弗兰西斯?

弗兰西斯　让我想一想,——到下一个米迦勒节①,我就要——

波因斯　(在内)弗兰西斯!

弗兰西斯　就来,先生。殿下,请您等一等。

亲　王　不,你听着,弗兰西斯。你给我的那块糖,不是一便士买来的吗?

弗兰西斯　嗳哟,殿下!我希望它值两便士就好了。

亲　王　因为你给我糖,我要给你一千镑钱,你什么时候要,尽管来问我拿好了。

_____

① 米迦勒节(Michaelmas),九月二十九日,纪念圣米迦勒之节日。

波因斯　（在内）弗兰西斯！

弗兰西斯　就来,就来。

亲　　王　就来吗,弗兰西斯?不,弗兰西斯;还是明天来吧,弗兰西斯;或者,弗
　　　　　兰西斯,星期四也好;真的,你随便几时来好了。可是,弗兰西斯。

弗兰西斯　殿下?

亲　　王　你愿意去偷那个身披皮马甲、衣缀水晶钮扣、剃着平头、手戴玛瑙戒
　　　　　指、足穿酱色长袜、吊着毛绒袜带、讲起话来软绵绵的、腰边挂着一只西班
　　　　　牙式的钱袋——

弗兰西斯　嗳哟,殿下,您说的是什么人呀?

亲　　王　啊,那么你只好喝喝西班牙甜酒啦;因为你瞧,弗兰西斯,你这白帆布
　　　　　紧身衣是很容易沾上污渍的。在巴巴里,朋友,那价钱可不会这样贵。

弗兰西斯　什么,殿下?

波因斯　（在内）弗兰西斯！

亲　王　去吧,你这混蛋！你没有听见他们叫吗？（二人同时呼叫,弗兰西斯不知所措。）

　　　　　　酒店主上。

店　主　什么！你听见人家这样叫喊,却在这儿待着不动吗？到里边去看看客人们要些什么。（弗兰西斯下）殿下,老约翰爵士带着五六个人在门口,我要不要让他们进来？

亲　王　让他们等一会儿,再开门吧。（店主下）波因斯！

　　　　　　波因斯上。

波因斯　就来,就来,先生。

亲　王　小子,福斯塔夫和那批贼党都在门口;我们要不要乐一乐？

波因斯　咱们要乐得像蟋蟀一般,我的孩子。可是我说,你对这酒保开这场玩笑,有没有什么巧妙的用意？来,告诉我。

亲　王　我现在充满了自从老祖宗亚当的时代以来直到目前夜半十二点钟为止所有各色各样的奇思异想。（弗兰西斯携酒自台前经过）几点钟了,弗兰西斯？

弗兰西斯　就来,就来,先生。（下。）

亲　王　这家伙会讲的话,还不及一只鹦鹉那么多,可是他居然也算是一个妇人的儿子！他的工作就是上楼下楼,他的口才就是算账报账。我还不能抱着像潘西,那北方的霍茨波那样的心理;他会在一顿早餐的时间杀了七八十个苏格兰人,洗了洗他的手,对他的妻子说,"这种生活太平静啦！我要的是活动。""啊,我的亲爱的亨利,"她说,"你今天杀了多少人啦？""给我的斑马喝点儿水,"他说,"不过十四个人;"这样沉默了一小时,他又接着说,"不算数,不算数。"请你去叫福斯塔夫进来;我要扮演一下潘西,让那该死的肥猪权充他的妻子摩提默夫人。用醉鬼的话说:就是"酒来呀！"叫那些瘦肉肥肉一起进来。

　　　　　　福斯塔夫、盖兹希尔、巴道夫、皮多及弗兰西斯上。

波因斯　欢迎,杰克！你从什么地方来？

福斯塔夫　愿一切没胆的懦夫们都给我遭瘟,我说,让天雷劈死他们！嘿,阿门！替我倒一杯酒来,堂倌。日子要是像这样过下去,我要自己缝袜自己补袜自己上袜底哩。愿一切没胆的懦夫们都给我遭瘟！替我倒一杯酒来,混蛋！——世上难道没有勇士了吗？（饮酒。）

亲　王　你见过太阳和一盆牛油接吻没有？软心肠的牛油,一听见太阳的花言巧语,就溶化了？要是你见过,那么眼前就正是这个混合物。

福斯塔夫　混蛋,这酒里也搀着石灰水;坏人总不会干好事;可是一个懦夫却比一杯搀石灰水的酒更坏,一个刁恶的懦夫！走你自己的路吧,老杰克;愿意什么时候死,你就什么时候死吧。要是在这地面之上,还有人记得什么是男子汉的精神、什么是堂堂大丈夫的气概的话,我就是一条排了卵的鲱鱼。好人都上了绞架了,剩在英国的总共还不到三个,其中的一个已经发了胖,一天老似一天。上帝拯救世人！我说这是一个万恶的世界。我希望我是一个会唱歌的织工;我真想唱唱圣诗,或是干些这一类的事情。愿一切懦夫们都给我遭瘟！我还是这样说。

亲　王　怎么,你这披毛戴发的脓包！你在咕噜些什么？

福斯塔夫　一个国王的儿子！要是我不用一柄木刀把你打出你的国境,像驱逐一群雁子一般把你的臣民一起赶散,我就不是一个须眉男子。你这威尔士亲王！

亲　王　嗳哟,你这下流的胖汉,这是怎么一回事？

福斯塔夫　你不是一个懦夫吗？回答我这一个问题。还有这波因斯,他不也是一个懦夫吗？

波因斯　他妈的！你这胖皮囊,你再骂我懦夫,我就用刀子戳死你。

福斯塔夫　我骂你懦夫！我就是眼看着你掉下地狱,也不来骂你懦夫哩;可是我要是逃跑起来两条腿能像你一样快,那么我情愿出一千镑。你是肩直背挺的人,也不怕人家看见你的背;你以为那样便算是做你朋友的后援吗？算了吧,这种见鬼的后援！那些愿意跟我面对面的人,才是我的朋友。替我倒一杯酒来。我今天要是喝过一口酒,我就是个混蛋。

亲　王　嗳哟,这家伙！你刚才喝过的酒,还在你的嘴唇上留着残沥,没有擦干哩。

福斯塔夫　那反正一样。（饮酒）愿一切懦夫们都给我遭瘟！我还是这么一句话。

亲　王　这是怎么一回事？

福斯塔夫　怎么一回事？咱们四个人今天早上抢到了一千镑钱。

亲　王　在哪儿,杰克？在哪儿？

福斯塔夫　在哪儿！又给人家抢去了;一百个人把我们四人团团围住。

亲　　王　什么,一百个人?

福斯塔夫　我一个人跟他们十二个人短兵相接,足足战了两个时辰,要是我说了假话,我就是个混蛋。我这条性命逃了出来,真算是一件奇迹哩。他们的刀剑八次穿透我的紧身衣,四次穿透我的裤子;我的盾牌上全是洞,我的剑口砍得像一柄手锯一样,瞧! 我平生从来不曾打得这样有劲。愿一切懦夫们都给我遭瘟! 叫他们说吧,要是他们说的话不符事实,他们就是恶人,魔鬼的儿子。

亲　　王　说吧,朋友们;是怎么一回事?

盖兹希尔　咱们四个人向差不多十二个人截击——

福斯塔夫　至少有十六个,我的殿下。

盖兹希尔　还把他们绑了起来。

皮　　多　不,不,咱们没有绑住他们。

福斯塔夫　你这混蛋,他们一个个都给咱们绑住的,否则我就是个犹太人,一个希伯来的犹太人。

盖兹希尔　咱们正在分赃的时候,又来了六七个人向咱们攻击——

福斯塔夫　他们替那几个人松了绑,接着又来了一批人。

亲　　王　什么,你们跟这许多人对敌吗?

福斯塔夫　这许多! 我不知道什么叫做这许多。可是我要不曾一个人抵挡了他们五十个,我就是一捆萝卜;要是没有五十二三个人向可怜的老杰克同时攻击,我就不是两条腿的生物。

亲　　王　求求上帝,但愿你不曾杀死他们几个人。

福斯塔夫　哼,求告上帝已经来不及了。他们中间有两个人身受重伤;我相信有两个人已经在我手里送了性命,两个穿麻布衣服的恶汉。我告诉你吧,哈尔,要是我向你说了谎,你可以唾我的脸,骂我是马。你知道我的惯用的防势;我把身子伏在这儿,这样挺着我的剑。四个穿麻衣的恶汉向我冲了上来——

亲　　王　什么,四个? 你刚才说只有两个。

福斯塔夫　四个,哈尔,我对你说四个。

波因斯　嗯,嗯,他是说四个。

福斯塔夫　这四个人迎头跑来,向我全力进攻。我不费吹灰之力,把我的盾牌这么一挡,他们七个剑头便一齐钉住在盾牌上了。

亲　王　七个? 咦,刚才还只有四个哩。

福斯塔夫　都是穿麻衣的。

波因斯　嗯,四个穿麻衣的人。

福斯塔夫　凭着这些剑柄起誓,他们一共有七个,否则我就是个坏人。

亲　王　让他去吧;等一会儿我们还要听到更多的人数哩。

福斯塔夫　你在听我吗,哈尔?

亲　王　嗯,杰克,我正在全神贯注,洗耳恭听。

福斯塔夫　很好,因为这是值得一听的。我刚才告诉你的这九个穿麻衣
　　　的人——

亲　王　好,又添了两个了。

福斯塔夫　他们的剑头已经折断——

波因斯　裤子就掉下来了。

福斯塔夫　开始向后退却;可是我紧紧跟着他们,拳脚交加,一下子这十一个
　　　人中间就有七个人倒在地上。

亲　王　嗳哟,奇事奇事! 两个穿麻衣的人,摇身一变就变成十一个了。

福斯塔夫　可是偏偏魔鬼跟我捣蛋,三个穿草绿色衣服的杂种从我的背后跑
　　　了过来,向我举刀猛刺;那时候天是这样的黑,哈尔,简直瞧不见你自己
　　　的手。

亲　王　这些荒唐怪诞的谎话,正像只手掩不住一座大山一样,谁也骗不了
　　　的。嘿,你这头脑里塞满泥土的胖家伙,你这糊涂的傻瓜,你这下流龌龊、
　　　脂油蒙住了心窍的东西——

福斯塔夫　什么,你疯了吗? 你疯了吗? 事实不就是事实吗?

亲　王　嘿,既然天色黑得瞧不见你自己的手,你怎么知道这些人穿的衣服是
　　　草绿色的? 来,告诉我们你的理由。你还有什么话说?

波因斯　来,你的理由,杰克,你的理由。

福斯塔夫　什么,这是可以强迫的吗? 他妈的! 即使你们把我双手反绑吊起
　　　来,或是用全世界所有的刑具拷问我,你们也不能从我的嘴里逼出一个理
　　　由来。强迫我给你们一个理由! 即使理由多得像乌莓子一样,我也不愿
　　　在人家的强迫之下给他一个理由。

亲　王　我不愿再负这蒙蔽事实的罪名了;这满脸红光的懦夫,这睡破床垫、

坐断马背的家伙,这庞大的肉山——

福斯塔夫　他妈的!你这饿鬼,你这小妖精的皮,你这干牛舌,你这干了的公
　　　牛鸡巴,你这干瘪的腌鱼!啊!我简直说得气都喘不过来了;你这裁缝的
　　　码尺,你这刀鞘,你这弓袋,你这倒插的锈剑——

亲　王　好,休息一会儿再说下去吧;等你搬完了这些下贱的比喻以后,听我
　　　说这么几句话。

波因斯　听着,杰克。

亲　王　我们两人看见你们四人袭击四个旅客,看见你们把他们捆了,夺下他
　　　们的银钱。现在听着,几句简单的话,就可以把你驳倒。那时我们两人就
　　　向你们攻击,不消一声吆喝,你们早已吓得抛下了赃物,让我们把它拿去;
　　　原赃就在这屋子里,尽可当面验明。福斯塔夫,你抱着你的大肚子跑得才
　　　快呢,你还高呼饶命,边走边叫,听着就像一条小公牛似的。好一个不要
　　　脸的奴才,自己把剑砍了几个缺口,却说是跟人家激战砍坏了的!现在你
　　　还有什么鬼话,什么巧计,什么藏身的地窟,可以替你遮盖这场公开的羞
　　　辱吗?

波因斯　来,让我们听听吧,杰克;你现在还有什么鬼话?

福斯塔夫　上帝在上,我一眼就认出了你们。嗨,你们听着,列位朋友们,我是什么人,胆敢杀死当今的亲王?难道我可以向金枝玉叶的亲王行刺吗?嘿,你知道我是像赫刺克勒斯一般勇敢的;可是本能可以摧毁一个人的勇气;狮子无论怎样凶狠,也不敢碰伤一个堂堂的亲王。本能是一件很重要的东西,我是因为基于本能而成为一个懦夫的。我将要把这一回事情终身引为自豪,并且因此而格外看重你;我是一头勇敢的狮子,你是一位货真价实的王子。可是,上帝在上,孩子们,我很高兴钱在你们的手里。喂,老板娘,好生看守门户;今晚不要睡觉,明天一早祈祷。好人儿们,孩子们,哥儿们,心如金石的兄弟们,愿你们被人称誉为世间最有义气的朋友!怎样?咱们要不要乐一乐?要不要串演一出即景的戏剧?

亲　　王　　很好,就把你的逃走作为主题吧。

福斯塔夫　　啊!哈尔,要是你爱我的话,别提起那件事了!

　　　　　　快嘴桂嫂上。

桂　　嫂　　耶稣啊!我的亲王爷!

亲　　王　　啊,我的店主太太!你有什么话要对我说?

桂　　嫂　　呃,我的爷,有一位宫里来的老爷等在门口,要见您说话;他说是您的父王叫他来的。

亲　　王　　你就尊他一声老太爷,叫他回到我的娘亲那儿去吧。

福斯塔夫　　他是个怎么样的人?

桂　　嫂　　一个老头儿。

福斯塔夫　　老人家半夜里从床上爬起来干吗呢?要不要我去回答他?

亲　　王　　谢谢你,杰克,你去吧。

福斯塔夫　　我要叫他滚回去。(下。)

亲　　王　　列位,凭着圣母起誓,你们打得很好;你也打得不错,皮多;你也打得不错,巴道夫。你们全都是狮子,因为本能的冲动而逃走;你们是不愿意碰伤一位堂堂的王子的。呸!呸!

巴道夫　　不瞒您说,我因为看见别人逃走,所以也跟着逃走了。

亲　　王　　现在老实告诉我,福斯塔夫的剑怎么会有这许多缺口?

皮　　多　　他用他的刀子把它砍成这个样儿;他说他要发漫天的大誓,把真理撵出英国,非得让您相信它是在激战中砍坏了的不可;他还劝我们学他的样子哩。

巴道夫　　是的,他又叫我们用尖叶草把我们的鼻子擦出血来,涂在我们的衣服上，发誓说那是勇士的热血。我已经七年没有干这种把戏了；听见他这套鬼花样，我的脸也红啦。

亲　王　啊，混蛋！你在十八年前偷了一杯酒喝，被人当场捉住，从此以后，你的脸就一直是红的。你又有火性又有剑，可是你却临阵逃走，这是为了哪一种本能？

巴道夫　（指己脸）殿下，您看见这些流星似的火点儿吗？

亲　王　我看见。

巴道夫　您想它们表示着什么？

亲　王　热辣辣的情欲，冷冰冰的钱袋。

巴道夫　殿下，照理说来，它应该表示一副躁急的脾气。

亲　王　不，照理说来，它应该表示一条绞刑的绳索。

　　　　　福斯塔夫重上。

亲　王　瘦得只剩一把骨头的杰克来了——啊，我的亲爱的法螺博士！杰克，你已经有多少时候看不见你自己的膝盖了？

福斯塔夫　我自己的膝盖！我在像你这样年纪的时候，哈尔，我的腰身还没有鹰爪那么粗；我可以钻进套在无论哪一个县佐的大拇指上的指环里去。都是那些该死的叹息忧伤，把一个人吹得像气泡似的膨胀起来！外边消息不大好；刚才来的是约翰·勃莱西爵士，奉着你父亲的命令，叫你明天早上进宫去。那北方的疯子潘西，还有那个曾经用手杖敲过亚迈蒙①的足胫、和路锡福的妻子通奸、凭着一柄弯斧叫魔鬼向他宣誓尽忠的威尔士人——该死的，你们叫他什么名字？

波因斯　奥温·葛兰道厄。

福斯塔夫　奥温，奥温，正是他；还有他的女婿摩提默和诺森伯兰那老头儿；还有那个能够骑马奔上悬崖、矫健的苏格兰英雄魁首道格拉斯。

亲　王　他能够在跃马疾奔的时候，用他的手枪打死一只飞着的麻雀。

福斯塔夫　你说得正是。

亲　王　可是那麻雀并没有被他打中。

福斯塔夫　啾，那家伙有种；他不会见了敌人奔走。

亲　王　咦，那么你为什么刚才还称赞他奔走的本领了不得呢？

---

①　亚迈蒙（Amaimon），中古时代传说中的一个恶魔。

福斯塔夫　我说的是他骑在马上的时候,你这呆鸟!可是下了马他就会站住了一步也不动。

亲　王　不然,杰克,他也得看本能。

福斯塔夫　我承认:他也得看本能。好,他也在那里,还有一个叫做摩代克的和一千个其余的蓝帽骑士。华斯特已经在今晚溜走;你父亲听见这消息,急得胡须都白了。现在你可以收买土地,像买一条臭青鱼一般便宜。

亲　王　啊,那么今年要是有一个炎热的六月,而且这场内战还要继续下去的话,看来我们可以把处女的贞操整百地收买过来,像人家买钉子一般了。

福斯塔夫　真的,孩子,你说得对;咱们在那方面倒可以做一笔很好的生意,可是告诉我,哈尔,你是不是怕得厉害呢?你是当今的亲王,这世上还能有像那煞神道格拉斯、恶鬼潘西和妖魔葛兰道厄那样的三个敌人吗?你是不是怕得厉害,听了这样的消息,你的全身的血都会跳动起来呢?

亲　王　一点儿不,真的;我没有像你那样的本能。

福斯塔夫　好,你明儿见了你父亲,免不了要挨一顿臭骂;要是你爱我的话,还是练习练习怎样回答吧。

亲　王　你就权充我的父亲,向我查问我的生活情形。

福斯塔夫　我充你的父亲?很好。这一张椅子算是我的宝座,这一把剑算是我的御杖,这一个垫子算是我的王冠。

亲　王　你的宝座是一张折凳,你的黄金的御杖是一柄铅剑,你的富丽的王冠是一个寒伧的秃顶!

福斯塔夫　好,要是你还有几分天良的话,现在你将要被感动了。给我一杯酒,让我的眼睛红红的,人家看了会以为我流过眼泪;因为我讲话的时候必须充满情感。(饮酒)我就用《坎拜西斯王》的那种腔调。

亲　王　好,我在这儿下跪了。(行礼。)

福斯塔夫　听我的话。各位贵爵,站在一旁。

桂　嫂　耶稣啊!这才好玩呢!

福斯塔夫　不要哭,亲爱的王后,因为流泪是徒然的。

桂　嫂　天父啊!瞧他一本正经的样子!

福斯塔夫　为了上帝的缘故,各位贤卿,请把我的悲哀的王后护送回宫,因为眼泪已经遮住她的眼睛的水门了。

桂　嫂　耶稣啊!他扮演得活像那些走江湖的戏子。

福斯塔夫　别闹,好酒壶儿!别闹,老白干!哈利,我不知道你在什么地方消磨你的光阴,更不知道有些什么人跟你做伴。虽然紫菀草越被人践踏越长得快,可是青春越是浪费,越容易消失。你是我的儿子,这不但你的母亲这么说,我也这么相信;可是最重要的证据,却是你眼睛里有一股狡狯的神气,还有你那垂着下唇的那股傻样子。既然你是我的儿子,那么问题就来了:为什么你做了我的儿子,却要受人家这样指摘?天上光明的太阳会不会变成一个游手好闲之徒,吃起乌莓子来?这是一个不必问的问题。英格兰的亲王会不会做贼,偷起人家的钱袋来?这是一个值得问的问题。有一件东西,亨利,是你常常听到的,说起来大家都知道,它的名字叫做沥青;这沥青据古代著作家们说,一沾上身就会留下揩不掉的污点;你所来往的那帮朋友也是这样。亨利,现在我对你说话,不是喝醉了酒,而是流着眼泪;不是抱着快乐的情绪,而是怀着满腹的悲哀;不是口头的空言,而是内心的忧愁的流露。可是我常常注意到在你的伴侣之中,有一个很有德行的人,我不知道他的名字。

亲　　王　请问陛下,他是怎样的一个人?

福斯塔夫　这人长得仪表堂堂,体格魁梧,是个胖胖的汉子;他有一副愉快的容貌,一双有趣的眼睛和一种非常高贵的神采;我想他的年纪约摸有五十来岁,或许快要近六十了;现在我记起来啦,他的名字叫做福斯塔夫。要是那个人也会干那些荒淫放荡的事,那除非是我看错了人,因为,亨利,我从他的脸上可以看出他是一个有德之人。是什么树就会结什么果子,我可以断然说一句,那福斯塔夫是有德行的,你应该跟他多多来往,不要再跟其余的人在一起胡闹。现在告诉我,你这不肖的奴才,告诉我,这一个月来你在什么地方?

亲　　王　你说得像一个国王吗?现在你来代表我,让我扮演我的父亲吧。

福斯塔夫　你要把我废黜吗?要是你在言语之间,能够及得上我一半的庄重严肃,我愿意让你把我像一只兔子般倒挂起来。

亲　　王　好,我在这儿坐下了。

福斯塔夫　我在这儿站着。各位,请你们评判评判。

亲　　王　喂,亨利!你从什么地方来?

福斯塔夫　启禀父王,我从依斯特溪泊来。

亲　　王　我听到许多人对你啧啧不满的怨言。

福斯塔夫　他妈的！陛下,他们都是胡说八道。嘿,我扮演年轻的亲王准保叫你拍手称好!

亲　王　你开口就骂人吗,没有礼貌的孩子?从此以后,再也不要见我的面。你全然野得不成样子啦;一个魔鬼扮成一个胖老头儿的样子迷住了你;一只人形的大酒桶做了你的伴侣。为什么你要结交那个充满着怪癖的箱子,那个塞满着兽性的柜子,那个水肿的脓包,那个庞大的酒囊,那个堆叠着脏腑的衣袋,那头肚子里填着腊肠的烤牛,那个道貌岸然的恶徒,那个须发苍苍的罪人,那个无赖的老头儿,那个空口说白话的老家伙?他除了辨别酒味和喝酒以外,还有什么擅长的本领?除了用刀子割鸡、把它塞进嘴里去以外,还会干什么精明灵巧的事情?除了奸谋诡计以外,他有些什么聪明?除了为非作歹以外,他有些什么计谋?他干的哪一件不是坏事?哪一件会是好事?

福斯塔夫　我希望陛下让我知道您的意思;陛下说的是什么人?

亲　王　那邪恶而可憎的诱惑青年的福斯塔夫,那白须的老撒旦。

福斯塔夫　陛下,这个人我认识。

亲　王　我知道你认识。

福斯塔夫　可是要是说他比我自己有更多的坏处,那就不是我所知道的了。他老了,这是一件值得惋惜的事情,他的白发可以为他证明;可是恕我这么说,谁要是说他是个放荡的淫棍,那我是要全然否认的。如其喝几杯搀糖的甜酒算是一件过失,愿上帝拯救罪人!如其老年人寻欢作乐是一件罪恶,那么我所认识的许多老人家都要下地狱了;如其胖子是应该被人憎恶的,那么法老王的瘦牛才是应该被人喜爱的了。不,我的好陛下;撵走皮多,撵走巴道夫,撵走波因斯;可是讲到可爱的杰克·福斯塔夫,善良的杰克·福斯塔夫,忠实的杰克·福斯塔夫,勇敢的杰克·福斯塔夫,老当益壮的杰克·福斯塔夫,千万不要让他离开你的亨利的身边;撵走了肥胖的杰克,就是撵走了整个的世界。

亲　王　我偏要撵走他。(敲门声。桂嫂、弗兰西斯、巴道夫同下。)
　　　　巴道夫疾奔重上。

巴道夫　啊!殿下,殿下,郡吏带着一队恶狠狠的警士到了门口了。

福斯塔夫　滚出去,你这混蛋!把咱们的戏演下去;我还有许多替那福斯塔夫辩护的话要说哩。

快嘴桂嫂重上。

桂　嫂　耶稣啊!我的爷,我的爷!

亲　王　嗨,嗨!魔鬼腾空而来。什么事情?

桂　嫂　郡吏和全队警士都在门口,他们要到这屋子里来搜查。我要不要让他们进来?

福斯塔夫　你听见吗,哈尔?再不要把一块真金叫做赝物。你根本是个疯子,虽然外表上瞧不出来。

亲　王　你就是没有本能,也是个天生的懦夫。

福斯塔夫　我否认你的论点。要是你愿意拒绝那郡吏,很好;不然的话,就让他进来吧。要是我坐在囚车里,比不上别人神气,那我就是白活了这一辈子。我希望早一点儿让一根绳子把我绞死,不要落在别人后面才好。

亲　王　去,躲在那帷幕的背后;其余的人都到楼上去。现在,我的朋友们,装出一副正直的面孔和一颗无罪的良心来。

福斯塔夫　这两件东西我本来都有;可是它们现在已经寿终正寝了,所以我只好躲藏一下。(除亲王及皮多外均下。)

亲　王　叫郡吏进来。

郡吏及脚夫上。

亲　王　啊,郡吏先生,你有什么赐教?

郡　吏　殿下,我先要请您原谅。外边有一群人追捕逃犯,看见他们走进这家酒店。

亲　王　你们要捉些什么人?

郡　吏　回殿下的话,其中有一个人是大家熟悉的,一个大胖子。

脚　夫　肥得像一块牛油。

亲　王　我可以确实告诉你,这个人不在这儿,因为我自己刚才叫他干一件事情去了。郡吏先生,我愿意向你担保,明天午餐的时候,我一定叫他来见你或是无论什么人,答复人家控告他的罪名。现在我要请你离开这屋子。

郡　吏　是,殿下。有两位绅士在这件盗案里失去三百个马克。

亲　王　也许有这样的事。要是他果然抢劫了这些人的钱,当然要依法惩办的。再见。

郡　吏　晚安,殿下。

亲　王　我想现在已经是早上了,是不是?

郡　吏　　真的,殿下,我想现在有两点钟了。(郡吏及脚夫下。)

亲　王　　这老滑头就跟圣保罗大教堂一样,没有人不知道。去,叫他出来。

皮　多　　福斯塔夫!嗳哟!他在帏幕后面睡熟了,像一匹马一般打着鼾呢。

亲　王　　听,他的呼吸多么沉重。搜搜他衣袋里有些什么东西。(皮多搜福斯塔夫衣袋,得到若干纸片)你找到些什么?

皮　多　　只有一些纸片,殿下。

亲　王　　让我看看上面写些什么话。你读给我听。

皮　多　　付阉鸡一只　　　　二先令二便士

　　　　　付酱油　　　　　　四便士

　　　　　付白葡萄酒二加仑　五先令八便士

　　　　　付晚餐后鱼、酒　　二先令六便士

　　　　　付面包　　　　　　半便士

亲　王　　啊,该死!只有半便士的面包,却要灌下这许多的酒!其余的你替他保藏起来,我们有机会再读吧。让他就在那儿睡到天亮。我一早就要到宫里去。我们大家都要参加战争,你将要得到一个很光荣的地位。这胖家伙我要设法叫他带领一队步兵;我知道二百几十英里路程的行军,准会把他累死的。这笔钱将要加利归还原主。明天早一点儿来见我;现在再会吧,皮多。

皮　多　再会,我的好殿下。(各下。)

第 三 幕

第一场　班谷。副主教府中一室

霍茨波、华斯特、摩提默及葛兰道厄上。

摩提默　前途大可乐观,我们的同盟者都是可靠的,在这举事之初,就充满了成功的朕兆。

霍茨波　摩提默伯爵,葛兰道厄姻丈,你们都请坐下来;华斯特叔父,您也请坐。该死! 我又忘记把地图带来了。

葛兰道厄　不,这儿有。请坐,潘西贤侄,请坐。兰开斯特每次提起您那霍茨波的雄名的时候,总是面无人色,长叹一声,希望您早早归天。

霍茨波　他每次听见人家说起奥温·葛兰道厄的时候,就希望您落下地狱。

葛兰道厄　这也怪不得他;在我诞生的时候,天空中充满了一团团的火块,像灯笼火把似的照耀得满天通红;我一下母胎,大地的庞大的基座就像懦夫似的战栗起来。

霍茨波　要是令堂的猫在那时候生产小猫,这现象也同样会发生的,即使世上从来不曾有您这样一个人。

葛兰道厄　我说在我诞生的时候,大地都战栗了。

霍茨波　要是您以为大地是因为惧怕您而战栗的,那么我就要说它的意见并不跟我一致。

葛兰道厄　满天烧着火,大地吓得发抖。

霍茨波　啊! 那么大地是因为看见天上着了火而战栗的,不是因为害怕您的诞生。失去常态的大自然,往往会发生奇异的变化;有时怀孕的大地因为顽劣的风儿在她的腹内作怪,像疝痛一般转侧不宁;那风儿只顾自己的解放,把大地老母拼命摇撼,尖塔和高楼都在它的威力之下纷纷倒塌。在您诞生的时候,我们的老祖母大地多半正在害着这种怪病,所以痛苦得战栗起来。

葛兰道厄　贤侄,别人要是把我这样顶撞,我是万万不能容忍的。让我再告诉你一次,在我诞生的时候,天空中充满了一团团的火块,山羊从山上逃了下来,牛群发出奇异的叫声,争先恐后地向田野奔窜。这些异象都表明我是非常的人物;我的一生的经历也可以显出我不是一个碌碌的庸才。在那撞击着英格兰、苏格兰和威尔士海岸的怒涛的环抱之中,哪一个人曾经做过我的老师,教我念过一本书?我的神奇而艰深的法术,哪一个妇人的儿子能够追步我的后尘?

霍茨波　我想您的威尔士语讲得比谁都好。我要吃饭去了。

摩提默　得啦,潘西贤弟!不要激得他发起疯来。

葛兰道厄　我可以召唤地下的幽魂。

霍茨波　啊,这我也会,什么人都会;可是您召唤它们的时候,它们果然会应召而来吗?

葛兰道厄　嘿,老侄,我可以教你怎样驱役魔鬼哩。

霍茨波　老伯,我也可以教你怎样用真理来羞辱魔鬼的方法;魔鬼听见人家说真话,就会羞得无地自容。要是你有召唤魔鬼的法力,叫它到这儿来吧,我可以发誓我有本领把它羞走。啊!一个人活在世上,应该时时刻刻说真话羞辱魔鬼!

摩提默　得啦,得啦;不要再说这种无益的闲话吧。

葛兰道厄　亨利·波林勃洛克曾经三次调兵向我进攻,三次都被我从威伊河之旁和砂砾铺底的塞汶河上杀得他丢盔卸甲,顶着恶劣的天气狼狈而归。

霍茨波　丢盔卸甲,又赶上恶劣的天气!凭着魔鬼的名义,他怎么没冻得发疟疾呢?

葛兰道厄　来,这儿是地图;我们要不要按照我们各人的权利,把它一分为三?

摩提默　副主教已经把它很平均地分为三份。从特兰特河起直到这儿塞汶河为止,这东南一带的英格兰疆土都归属于我;由此向西,塞汶河岸以外的全部威尔士疆土,以及在那界限以内的所有沃壤,都是奥温·葛兰道厄所有;好兄弟,你所得到的是特兰特河以北的其余的土地。我们三方面的盟约已经写好,今晚就可以各人交换签印。明天,潘西贤弟,你、我,还有我的善良的华斯特伯爵,将要按照约定,动身到索鲁斯伯雷去迎接你的父亲

和苏格兰派来的军队。我的岳父葛兰道厄还没有准备完成,我们在这十
四天内,也无须他帮助。(向葛兰道厄)在这时间以内,也许您已经把您的
佃户们、朋友们和邻近的绅士们征集起来了。

葛兰道厄　各位贵爵,不用那么多的时间,我就会来跟你们相会的;你们两位
的夫人都可以由我负责护送,现在你们却必须从她们的身边悄悄溜走,不
用向她们告别;因为你们夫妇相别,免不了又要淌一场淌不完的眼泪。

霍茨波　我想你们分给我的勃敦以北这一份土地,讲起大小来是比不上你们
那两份的;瞧这条河水打这儿弯了进来,硬生生从我的最好的土地上割去
了半月形的一大块。我要把这道河流在这地方填塞起来,让澄澈明净的
特兰特河更换一条平平正正的新的水道;我可不能容许它弯进得这么深,
使我失去这么一块大好的膏腴之地。

葛兰道厄　不让它弯进去! 这可不能由你做主。

摩提默　是的,可是你瞧它的水流的方向,在这一头它也使我遭到同样的损
失;它割去了我同样大的一块土地,正像它在那一头割去你的土地一样。

华斯特　是的,可是我们只要稍微花些钱,就可以把河道搬到这儿来,腾出它
北岸的这一角土地;然后它就可以顺流直下,不必迂回绕道了。

霍茨波　我一定要这么办;只要稍微花些钱就行了。

葛兰道厄　这件擅改河道的事,我是不能同意的。

霍茨波　你不同意吗?

葛兰道厄　我不同意,我不让你这样干。

霍茨波　谁敢向我说一个不字?

葛兰道厄　嘿,我就要向你说不。

霍茨波　那么不要让我听懂你的话;你用威尔士语说吧。

葛兰道厄　阁下,我的英语讲得跟你一样好,因为我是在英国宫廷里教养长大的;我在年轻的时候,就会把许多英国的小曲在竖琴上弹奏得十分悦耳,使我的歌喉得到一个美妙的衬托;这一种本领在你身上是找不到的。

霍茨波　呃,谢天谢地,我没有这种本领。我宁愿做一只小猫,向人发出喵喵的叫声;我可不愿做这种吟风弄月的卖唱者。我宁愿听一只干燥的车轮在轮轴上吱轧吱轧地磨擦;那些扭扭捏捏的诗歌,是比它更会使我的牙齿发痒的;它正像一匹小马踏着款段的细步一样装腔作势得可厌。

葛兰道厄　算啦,你就把特兰特河的河道变更一下好了。

霍茨波　我并不真的计较这些事情;我愿意把三倍多的土地送给无论哪一个真正值得我敬爱的朋友;可是你听着,要是真正斤斤较量起来的话,我是连一根头发的九分之一也不肯放松的。盟约已经写下了吗?我们就要出发了吗?

葛兰道厄　今晚月色很好,你们可以乘夜上路。我就去催催书记,叫他把盟书赶紧办好,同时把你们动身的消息通知你们的妻子;我怕我的女儿会发起疯来,她是那样钟情于她的摩提默。(下。)

摩提默　嗳哟,潘西兄弟!你把我的岳父顶撞得太过分啦!

霍茨波　我自己也做不了主。有时候他使我大大生气,跟我讲什么鼹鼠蚂蚁,那术士梅林和他的预言,还有什么龙,什么没有鳍的鱼,什么剪去翅膀的鹰喙怪兽,什么脱毛的乌鸦,什么蜷伏的狮子,什么咆哮的猫,以及诸如此类荒唐怪诞的胡说八道。我告诉你吧,昨晚他拉住我至少谈了九个钟头,向我列举一个个为他供奔走的魔鬼的名字。我只是嘴里"哼"呀"哈"地答应他,可是一个字也没有听进去。啊!他正像一匹疲乏的马、一个长舌的妻子一般令人厌倦,比一间烟熏的屋子还要闷人。我宁愿住在风磨里吃些干酪大蒜过活,也不愿在无论哪一所贵人的别墅里饱啖着美味的佳肴,听他刺刺不休的谈话。

摩提默　真的,他是一位很可尊敬的绅士,学问渊博,擅长异术,狮子一般勇敢,对人却又和蔼可亲;他的慷慨可以比得上印度的宝山。要不要我告诉你,兄弟? 他非常看重你的高傲的性格,虽然你这样跟他闹别扭,他还是竭力忍住了他的天生的火性,不向你发作出来;真的,他对你是特别容忍的。我告诉你吧,要是别人也像你这样撩拨他,他早就大发雷霆,给他领略一些厉害了。可是让我请求你,不要老用这种态度对待他。

华斯特　真的,我的少爷,你太任性了;自从你到此以后,屡次在言语和举动上触犯他,已经到了使人家忍无可忍的地步。你必须设法改正这一种过失;虽然它有时可以表示勇气和魄力——那是人生最高贵的品质——可是往往它会给人粗暴、无礼、躁急、傲慢、顽固的印象;一个贵人如果有了一点点这样的缺点,就会失去人们的信心,在他其余一切美好的德性上留下一个污迹,遮掩了它们值得赞叹的特色。

霍茨波　好,我领教了;愿殷勤的礼貌帮助你们成功! 我们的妻子来了,让我们向她们告别吧。

　　　　　葛兰道厄率摩提默夫人及潘西夫人重上。

摩提默　这是一件最使我恼恨的事,我的妻子不会说英语,我也不会说威尔士语。

葛兰道厄　我的女儿在哭了;她舍不得和你分别;她也要做一个军人,跟着你上战场去。

摩提默　好岳父,告诉她您不久就可以护送她跟我的姑母潘西夫人来和我们重聚的。(葛兰道厄用威尔士语向摩提默夫人谈话,后者亦以威尔士语作答。)

葛兰道厄　她简直在这儿发疯啦;好一个执拗使性的贱人,什么劝告对她都不能发生效力。(摩提默夫人以威尔士语向摩提默谈话。)

摩提默　我懂得你的眼光;从这一双泛滥的天体中倾注下来的美妙的威尔士的语言,我能够完全懂得它的意思;倘不是为了怕人笑话,我也要用同样的言语回答你。(摩提默夫人又发言)我懂得你的吻,你也懂得我的吻,那是一场感情的辩论。可是爱人,我一定要做一个发愤的学生,直到我学会你的语言;因为你的妙舌使威尔士语仿佛就像一位美貌的女王在夏日的园亭里弹弄丝弦,用抑扬婉转的音调,歌唱着辞藻雅丽的小曲一般美妙动听。

葛兰道厄　不要这样,如果你也是柔情脉脉,她准得发疯了。(摩提默夫人又发言。)

摩提默　啊!我全然不懂你说的话。

葛兰道厄　她叫你躺在软绵绵的茵荐上,把你温柔的头靠着她的膝,她要唱一支你所喜爱的歌曲,让睡眠爬上你的眼睑,用舒适的倦怠迷醉你的血液,使你陶然于醒睡之间,充满了朦胧的情调,正像当天马还没有从东方开始它的金色的行程以前那晨光熹微的时辰一样。

摩提默　我满心愿意坐下来听她唱歌。我想我们的盟书到那时候多半已经抄写好了。

葛兰道厄　你坐下吧;在几千英里外云游的空中的乐师,立刻就会到这儿来为你奏乐;坐下来听吧。

霍茨波　来,凯蒂,你睡下的姿势是最好看的;来,快些,快些,让我好把我的头靠在你的膝上。

潘西夫人　去,你这呆鹅!(葛兰道厄作威尔士语,乐声起。)

霍茨波　现在我才知道魔鬼是懂得威尔士语的;无怪他的脾气这么古怪。凭着圣母起誓,他是个很好的音乐家哩。

潘西夫人　那么你也应该精通音乐了,因为你的脾气是最变化莫测的。静静地躺着,你这贼,听那位夫人唱威尔士歌吧。

霍茨波　我宁愿听我的母狗用爱尔兰调子吠叫。

潘西夫人　你要我敲破你的头吗?

霍茨波　不。

潘西夫人　那么不要作声。

霍茨波　我也不愿;那是一个女人的缺点。

潘西夫人　好,上帝保佑你!

霍茨波　保佑我到那威尔士女人的床上去。

潘西夫人　什么话?

霍茨波　不要出声!她唱了。(摩提默夫人唱威尔士歌)来,凯蒂,我也要听你唱歌。

潘西夫人　我不会,真的不骗你。

霍茨波　你不会,"真的不骗你"!心肝!你从哪一个糖果商人的妻子学会了这些口头禅?你不会用"真的不骗你"、"死人才说谎"、"上帝在我的头上"、"天日为证",你总是用这些软绵绵的字句作为你所发的誓,好像你从来没有走过一步远路似的。凯蒂,你是一个堂堂的贵妇,就应该像一个贵妇的样子,发几个响响亮亮痛痛快快的誓;让那些穿着天鹅绒衬衣的人们和在星期日出风头的市民去说什么"真的"不"真的",以及这一类胡椒姜糖片似的辣不死人的言语吧。来,唱呀。

潘西夫人　我偏不唱。

霍茨波　其实你满可以做裁缝师傅或是知更鸟的教师。要是盟书已经写好,我在这两小时内就要出发,随你什么时候进来吧。(下。)

葛兰道厄　来,来,摩提默伯爵;烈性的潘西火急着要去,你却这样慢腾腾地不想动身。我们的盟书这时候总该写好了,我们只要签印以后,就可以立刻上马。

摩提默　那再好没有啦。(同下。)

第二场　伦敦。宫中一室

　　　　亨利王、亲王及众臣上。

亨利王　各位贤卿,请你们退下,亲王跟我要做一次私人的谈话;可是不要走远,因为我立刻就需要你们。(众臣下)我不知道这是不是上帝的意思,因为我干了些使他不快的事情,他才给我这种秘密的处分,使我用自己的血液培养我的痛苦的祸根;你的一生的行事,使我相信你是上天注定惩罚我的过失的灾殃。否则像这种放纵的下流的贪欲,这种卑鄙荒唐、恶劣不堪的行动,这种无聊的娱乐、粗俗的伴侣,怎么会跟你的伟大的血统结合起来,使你尊贵的心成为所有这一切的同侪呢?

亲　王　请陛下恕我,我希望我能够用明白的辩解解脱我的一切过失,可是我相信我能够替自己洗涤许多人家所加在我身上的罪名。让我向您请求这一个恩典:一方面唾斥那些笑脸的佞人和那些无中生有的人们所捏造的谣言,他们是惯爱在大人物的耳边搬弄是非的;一方面接受我的真诚的服罪,原宥我那些无可讳言的少年的错误。

亨利王　上帝宽恕你!可是我不懂,亨利,你的性情为什么和你的祖先们大不相同。你已经大意地失去了你在枢密院里的地位,那位置已经被你的兄弟取而代之了;整个宫廷和王族都把你视同路人;世人对你的希望和期待已经毁灭,每一个人的心里都在预测着你的倾覆。要是我也像你这样不知自爱,因为过度的招摇而引起人们的轻视;要是我也像你这样结交匪类,自贬身价;那帮助我得到这一顶王冠的舆论,一定至今拥戴着旧君,让我在默默无闻的放逐生涯中做一个庸庸碌碌毫无希望的人物。因为我在平时是深自隐藏的,所以不动则已,一有举动,就像一颗彗星一般,受到众人的惊愕;人们会指着我告诉他们的孩子,"这就是他,"还有的人会说,"在哪儿?哪一个是波林勃洛克?"然后我就利用一切的礼貌,装出一副非常谦恭的态度,当着他们正式的国王的面前,我从人们的心头取得了他们的臣服,从人们的嘴里博到了他们的欢呼。我用这一种方法,使人们对我留下一个新鲜的印象;就像一件主教的道袍一般,我每一次露脸的时候,总是受尽人们的注目。这样我维持着自己的尊严,避免和众人做频繁的接触,只有在非常难得的机会,才一度显露我的华贵的仪态,使人们像置身于一席盛筵之中一般,感到由衷的满足。至于那举止轻浮的国王,他总是终日嬉游、无所事事,陪伴他的都是一些浅薄的弄臣和卖弄才情的妄人,他们的机智是像枯木一般易燃易灭的;他把他的君主的尊严作为赌注,自侪于那些嬉戏跳跃的愚人之列,不惜让他的伟大的名字被他们的嘲笑所亵渎,任何的戏谑都可以使他展颜大笑,每一种无聊的辱骂都可以加在他的头上;他常常在市街上游逛,使他自己为民众所狎习;人们的眼睛因为每天饱餍着他,就像吃了太多的蜂蜜一般,对任何的甜味都发生厌恶起来;世间的事情,往往失之毫厘,就会造成莫大的差异。所以当他有什么正式的大典接见臣民的时候,他就像六月里的杜鹃鸟一般,人家都对他抱着听而不闻的态度;他受到的只是一些漠然的眼光,不再像庄严的太阳一样为众目所瞻仰;人们因为厌倦于他的声音笑貌,不是当着他的面前闭目入睡,就是像看见敌人一般颦眉蹙额。哈利,你现在的情形正是这样;因为你自甘下流,已经失去你的王子的身份,谁见了你都生厌,只有我却希望多看见你几面;我的眼睛不由我自己做主,现在已经因为满含着痴心的热泪而昏花了。

亲　王　我的最仁慈的父王,从此以后,我一定痛改前非。

亨利王　如今的你,就像当我从法国出发在雷文斯泊登岸那时候的理查一样;那时的我,正就是现在的潘西。凭着我的御杖和我的灵魂起誓,他才有充分的跃登王座的资格,你的继承大位的希望,却怕只是一个幻影;因为他以一个毫无凭借的匹夫,使我们的国土之内充满了铁骑的驰骤,凭着一往无前的锐气,和张牙舞爪的雄狮为敌,虽然他的年纪和你一样轻,年老的贵族们和高龄的主教们都服从他的领导,参加杀人流血的战争。他和素著威名的道格拉斯的鏖战,使他获得了多大的不朽的荣誉!那道格拉斯的英勇的战绩和善斗的名声,在所有基督教国家中是被认为并世无敌的。这霍茨波,襁褓中的战神,这乳臭的骑士,却三次击败这伟大的道格拉斯,一次把他捉住了又释放,和他结为朋友,为了进一步表示他的强悍无忌,并且摇撼我的王座的和平与安全。你有什么话说?潘西、诺森伯兰、约克大主教、道格拉斯、摩提默,都联合起来反抗我了。可是我为什么要把这种消息告诉你呢?哈利,你才是我的最亲近最危险的敌人,我何必告诉你我有些什么敌人呢?也许你因为出于卑劣的恐惧、下贱的习性和一时意志的动摇,会去向潘西卖身投靠,帮助他和我作战,追随在他的背后,当他发怒的时候,忙不迭地打躬作揖,表示你已经堕落到怎样的地步。

亲　王　不要这样想;您将会发现事实并不如此。上帝恕宥那些煽惑陛下的圣听、离间我们父子感情的人们!我要在潘西身上赎回我所失去的一切,在一个光荣的日子结束的时候,我要勇敢地告诉您我是您的儿子;那时候我将要穿着一件染满了血的战袍,我的脸上涂着一重殷红的脸谱,当我洗清我的血迹的时候,我的耻辱将要随着它一起洗去;不论这一个日子是远是近,这光荣和名誉的宠儿,这英勇的霍茨波,这被众人所赞美的骑士,将要在这一天和您的被人看不起的亨利狭路相逢。但愿他的战盔上顶着无数的荣誉,但愿我的头上蒙着双倍的耻辱!总有这么一天,我要使这北方的少年用他的英名来和我的屈辱交换。我的好陛下,潘西不过是在替我争取光荣的名声;我要和他算一次账,让他把生平的荣誉全部缴出,即使世人对他最轻微的钦佩也不在例外,否则我就要直接从他的心头挖取下来。凭着上帝的名义,我立愿做到这一件事情;要是天赐我这样的机会,请陛下恕免我这一向放浪形骸的过失;否则生命的终结可以打破一切的约束,我宁愿死十万次,也决不破坏这誓言中的最微细的一部分。

亨利王　你能够下这样的决心,十万个叛徒也将要因此而丧生。你将要独当一面,受我的充分的信任。

华特·勃伦特爵士上。

亨利王　啊,好勃伦特! 你脸上充满了一股急迫的神色。

勃伦特　我现在要来说起的事情,也是同样的急迫。苏格兰的摩提默伯爵已
　　　经通知道格拉斯和英国的叛徒们本月十一日在索鲁斯伯雷会合,要是各
　　　方面都能够践约,这一支叛军的声势是非常雄壮而可怕的。

亨利王　威斯摩兰伯爵今天已经出发,我的儿子约翰·兰开斯特也跟着他同
　　　去了;因为我们在五天以前就得到这样的消息。亨利,下星期三应该轮到
　　　你出发;我自己将要在星期四御驾亲征;我们在勃力琪诺斯集合;哈利,你
　　　必须取道葛罗斯特郡进军,这样兼程行进,大概十二天以后,我们的大军
　　　便可以在勃力琪诺斯齐集了。我们现在还有许多事情要办;让我们去吧,
　　　因循迟延的结果,徒然替别人造成机会。(同下。)

第三场　依斯特溪泊。野猪头酒店中一室

　　福斯塔夫及巴道夫上。

福斯塔夫　巴道夫,自从最近干了那桩事以来,我的精力不是大不如前了吗?我不是一天一天消瘦,一天一天憔悴了吗?嘿,我的身上的皮肤宽得就像一件老太太的宽罩衫一样;我的全身皱缩得活像一只干瘪的熟苹果。好,我要忏悔,我要赶紧忏悔,趁着现在还有一些勇气的时候;等不多久,我就要心灰意懒,再也提不起精神来忏悔了。要是我还没有忘记教堂的内部是个什么样儿,我就是一粒胡椒、一匹制酒人的马;教堂的内部! 都是那些朋友,那些坏朋友害了我!

巴道夫　约翰爵士,您动不动就发脾气,看来您是活不长久的了。

福斯塔夫　哎,对了。来,唱一支淫荡的歌儿给我听听,让我快活快活。我本来是一个规规矩矩的绅士:难得赌几次咒;一星期顶多也不过掷七回骰子;一年之中,也不过逛三四——百回窑子;借了人家的钱,十次中间有三四次是还清的。那时候我过着很好很有规律的生活,现在却糟成这个样子,简直不成话了。

巴道夫　哎,约翰爵士,您长得这样胖,狭窄的规律怎么束缚得了您,约翰爵士。

福斯塔夫　你只要把你的脸修改修改,我也可以矫正我的生活。你是我们的海军旗舰,在舵楼上高举你的灯笼,可是那灯笼却在你的鼻子上;你是我们的“明灯骑士”。

巴道夫　哎,约翰爵士,我的脸可没有妨害您什么呀。

福斯塔夫　没有,我可以发誓;我常常利用它,正像人们利用骷髅警醒痴愚一样;我只要一看见你的脸,就会想起地狱里的烈火,还有那穿着紫袍的财主怎样在烈火中燃烧。假如你是一个好人,我一定会凭着你的脸发誓;我会这样说,“凭着这团火,那是上帝的天使;”可是你却是一个堕落透顶的人,除了你脸上的光亮以外,全然是黑暗的儿子。那一天晚上你奔到盖兹山上去替我捉马的时候,我真把你当做了一团鬼火。啊! 你是一把凯旋游行中的不灭的火炬。你在夜里陪着我从这一家酒店走到那一家酒店的时候,曾经省去我一千多马克的灯火费;可是你在我这儿所喝的酒,算起

价钱来,即使在全欧洲售价最贵的蜡烛店里,也可以买到几百捆蜡烛哩。这三十二年来,我每天用火喂饱你这一条火蛇,愿上帝褒赏我做的这一件善事!

巴道夫　他妈的!我倒愿意把我的脸放进您的肚子里去。

福斯塔夫　慈悲的上帝!那可要把我的心都烧坏了。

快嘴桂嫂上。

福斯塔夫　啊,老母鸡太太!你调查了谁掏过我的衣袋没有?

桂　嫂　嗳哟,约翰爵士,您在想些什么呀,约翰爵士?您以为我的屋子里养着贼吗?我搜也搜过了,问也问过了;我的丈夫也帮着我把每一个人、每一个孩子、每一个仆人都仔细查问过。咱们屋子里是从来不曾失落过半根头发的。

福斯塔夫　你说谎,老板娘。巴道夫曾经在这儿剃过头,失去了好多的头发;而且我可以发誓我的衣袋的的确确给人掏过了。哼,你是个女流之辈,去吧!

桂　嫂　谁?我吗?不,我偏不走。天日在上,从来不曾有人在我自己的屋子里这样骂过我。

福斯塔夫　得啦,我知道你是个什么货色。

桂　嫂　不,约翰爵士;您不知道我,约翰爵士;我才知道您,约翰爵士。您欠了我的钱,约翰爵士,现在您又来跟我寻事吵架,想要借此赖债。我曾经给您买过一打衬衫。

福斯塔夫　谁要穿这种肮脏的粗麻布?我早已把它们送给烘面包的女人,让她们拿去筛粉用了。

桂　嫂　凭着我的良心起誓,那些都是八先令一码的上等荷兰麻布。您还欠着这儿的账,约翰爵士,饭钱、酒钱,连借给您的钱,一共是二十四镑。

福斯塔夫　他也有份;叫他付好了。

桂　嫂　他!唉!他是个穷光蛋;他什么都没有。

福斯塔夫　怎么!穷光蛋?瞧瞧他的脸吧;哪一个有钱人比得上他这样满面红光?让他们拿他的鼻子、拿他的嘴巴去铸钱好啦!我是一个子儿也不付的。嘿!你们把我当做小孩子看待吗?难道我在自己的旅店里也不能舒舒服服地歇息一下,一定要让人家来掏我的衣袋吗?我已经失去一颗我祖父的图章戒指,估起价来要值四十马克哩。

桂　嫂　耶稣啊！我听见亲王不知对他说过多少次,那戒指是铜的。

福斯塔夫　什么话！亲王是个坏家伙鬼东西;他妈的！要是他在这儿向我说
　　　这句话,我要像打一条狗似的把他打个半死。

　　　　亲王及波因斯作行军步伐上;福斯塔夫以木棍横举口旁作吹笛状迎接
　　　二人。

福斯塔夫　啊,孩子！风在那儿门里吹着吗？咱们大家都要开步走了吗？

巴道夫　是的,两个人一排,就像新门监狱里的囚犯的样子。

桂　嫂　亲王爷,请您听我说。

亲　王　你怎么说,桂嫂？你的丈夫好吗？我很喜欢他,他是个好人。

桂　嫂　我的好亲王爷,听我说。

福斯塔夫　不要理她,听我说。

亲　王　你怎么说,杰克？

福斯塔夫　前天晚上我在这儿帏幕后面睡着了,不料被人把我的口袋掏了一
　　　个空。这一家酒店已经变成窑子啦,他们都是扒手。

亲　王　你不见了什么东西,杰克？

福斯塔夫　你愿意相信我吗,哈尔？三四张钱票,每张票面都是四十镑,还有
　　　一颗我祖父的图章戒指。

亲　王　一件小小的玩意儿,八便士就可以买到。

桂　嫂　我也是这样告诉他,亲王爷;我说我听见您殿下说过这一句话;可是,亲王爷,他就满嘴胡言地骂起您来啦,他说他要把您打个半死。

亲　王　什么! 他这样说吗?

桂　嫂　我要是说了谎,我就是个没有信心、没有良心、不守妇道的女人。

福斯塔夫　你要是有信心,一颗煮熟的梅子也会有信心了;你要是有良心,一头出洞的狐狸也会有良心了;你要是懂得妇道,玛利痕姑娘①也可以做起副典狱长的妻子来了。滚,你这东西,滚!

桂　嫂　说,什么东西? 什么东西?

福斯塔夫　什么东西! 嘿,一件可以感谢上帝的东西。

桂　嫂　我不是什么可以感谢上帝的东西,你得放明白点儿,我是一个正经人的妻子;把你的骑士身份搁在一边,你这样骂我,你就是个恶棍。

福斯塔夫　把你的女人身份搁在一边,你要是否认你是件下贱的东西,你就是一头畜生。

桂　嫂　说,什么畜生,你这恶棍?

福斯塔夫　什么畜生! 嘿,你是一个水獭。

亲　王　水獭,约翰爵士! 为什么是一个水獭?

福斯塔夫　为什么? 因为她既不是鱼,又不是肉,是一件不可捉摸的东西。

桂　嫂　你这样说我,真太冤枉人啦。你们谁都知道我是个老老实实的女人,从来不会藏头盖脸的,你这恶棍!

亲　王　你说得不错,店主妇;他把你骂得太过分啦。

桂　嫂　他还造您的谣言哪,亲王爷;前天他说您欠他一千镑钱。

亲　王　喂! 我欠你一千镑钱吗?

福斯塔夫　一千镑,哈尔! 一百万镑;你的友谊是值一百万镑的;你欠我你的友谊哩。

桂　嫂　不,亲王爷,他骂您坏家伙,说要把您打个半死。

福斯塔夫　我说过这样的话吗,巴道夫?

巴道夫　真的,约翰爵士,您说过这样的话。

福斯塔夫　是的,我说要是他说我的戒指是铜的,我就打他。

---

①　玛利痕姑娘(Maid Marian),是往时一种滑稽剧中由男人扮演的荡妇角色。

226

亲　　王　我说它是铜的;现在你有胆量实行你所说的话吗?

福斯塔夫　哎,哈尔,你知道,假如你不过是一个平常的人,我当然有这样的胆
　　　　　量;可是因为你是一位王子,我怕你就像怕一头乳狮的叫吼一般。

亲　　王　为什么是乳狮?

福斯塔夫　国王本人才是应该像一头老狮子一般被人畏惧的;你想我会怕你
　　　　　像怕你的父亲一样吗?不,要是这样的话,求上帝让我的腰带断了吧!

亲　　王　啊!要是它真的断了的话,你的肠子就要掉到你的膝盖下面去了。
　　　　　可是,家伙,在你这胸膛里面,是没有信义、忠诚和正直的地位的;它只是
　　　　　塞满了一腔子的脏腑和横膜。冤枉一个老实女人掏你的衣袋!嘿,你这
　　　　　下流无耻、痴肥臃肿的恶棍!你的衣袋里除了一些酒店的账单、妓院的条
　　　　　子以及一小块给你润喉用的值一便士的糖以外,要是还有什么别的东西,
　　　　　那么我就是个恶人。可是你却不肯甘休,你不愿受这样的委屈。你不害
　　　　　臊吗?

福斯塔夫　你愿意听我解释吗,哈尔?你知道在天真纯朴的太初,亚当也会犯
　　　　　罪堕落;那么在眼前这种人心不古的万恶的时代,可怜的杰克·福斯塔夫
　　　　　还有什么办法呢?你看我的肉体比无论哪一个人都要丰满得多,所以我
　　　　　的意志也比无论哪一个人都要薄弱一些。这样说来,你承认是你掏了我
　　　　　的衣袋吗?

亲　　王　照情节看起来,大概是的。

福斯塔夫　老板娘,我宽恕你。快去把早餐预备起来;敬爱你的丈夫,留心你
　　　　　的仆人,好好招待你的客人。我对任何一个正当理由总是心悦诚服的。
　　　　　你看我的气已经平下来了。不要作声!你去吧。(桂嫂下)现在,哈尔,让
　　　　　我们听听宫廷里的消息;关于那件盗案,孩子,是怎样解决的?

亲　　王　啊!我的美味的牛肉,我必须永远做你的保护神;那笔钱已经归还失
　　　　　主了。

福斯塔夫　啊!我不赞成还钱;那是双倍的徒劳。

亲　　王　我的父亲已经跟我和好了,什么事情我都可以办到。

福斯塔夫　我要你做的第一件事情,就是去抢劫国库,而且要明目张胆地干,
　　　　　别怕弄脏了你自己的手。

巴道夫　干它一下吧,殿下。

亲　　王　杰克,我已经替你谋到一个军职,让你带领一队步兵。

福斯塔夫　我希望是骑兵就好了。什么地方我可以找到一个有本领的偷儿呢？啊！一个二十一二岁左右的机灵的偷儿，那才是我所迫切需要的。好吧，感谢上帝赐给我们这一批叛徒；他们不过得罪了一些正人君子；我赞美他们，我佩服他们。

亲　王　巴道夫！

巴道夫　殿下？

亲　王　把这封信拿去送给约翰·兰开斯特殿下，我的兄弟约翰；这封信送给威斯摩兰伯爵。去，波因斯，上马，上马！你我在中午以前，还有三十英里路要赶哩。杰克，明天下午两点钟，你到圣堂的大厅里来会我；在那里你将要接受你的任命，并且领到配备武装的费用和训令。战火已经燃烧着全国；潘西的威风不可一世；不是我们，就是他们，总有一方面要从高处跌落下来。（亲王及波因斯、巴道夫同下。）

福斯塔夫　痛快的话语！壮烈的世界！老板娘，我的早餐呢？来！这个店要是我的战鼓，那够多好！（下。）

第 四 幕

第一场　索鲁斯伯雷附近叛军营地

　　　　霍茨波、华斯特及道格拉斯上。

霍茨波　说得好,高贵的苏格兰人。要是在这吹毛求疵的时代,说老实话不至
　　　　于被人认为谄媚,那么在当今武人之中,这种称誉只有道格拉斯才可以受
　　　　之无愧。上帝在上,我不会说恭维人的话;我顶反对那些阿谀献媚的家
　　　　伙;可是您的确是我衷心敬爱的唯一的人物。请您吩咐我用事实证明我
　　　　的诚意吧,将军。

道格拉斯　我也素仰你是个最重视荣誉的好汉。说句不逊的话,世上无论哪
　　　　一个势力强大的人,我都敢当面捋他的虎须。

霍茨波　那才是英雄的举动。

　　　　　一使者持书信上。

霍茨波　你拿着的是什么书信?(向道格拉斯)我对于您的好意只有感谢。

使　者　这封信是您老太爷写来的。

霍茨波　他写来的信! 为什么他不自己来?

使　者　他不能来,将军;他病得很厉害。

霍茨波　他妈的! 在这样的紧急关头,他怎么有工夫害起病来? 那么他的军
　　　　队归谁指挥? 哪一个人带领他们到这儿来?

使　者　将军,他的意思都写在信里,我什么也不知道。

华斯特　请你告诉我,他现在不能起床吗?

使　者　是的,爵爷,在我出发以前,他已经四天不能起床了;当我从那里动身
　　　　的时候,他的医生对他的病状非常焦虑。

华斯特　我希望我们把事情整个安排好了,然后他再害起病来才好;他的健康

再也不会比现在更关紧要。

霍茨波　在现在这种时候害病！这一种病是会影响到我们这一番行动的活力的；我们的全军都要受到它的传染。他在这儿写着，他已经病入膏肓；并且说他一时不容易找到可以代替他负责的友人，他以为除了他自己以外，把这样重大而危险的任务委托给无论哪一个人，都不是最妥当的。可是他勇敢地勗勉我们联合我们少数的友军努力前进，试一试我们前途的命运；因为据他在信上所写的，现在已经没有退缩的可能，国王毫无疑问地已经完全知道我们的企图了。你们有什么意见？

华斯特　你父亲的病，对于我们是一个极大的打击。

霍茨波　一个危险的伤口，简直就像砍去我们一只手臂一样。可是话又要说回来了，我们现在虽然觉得缺少他的助力是一个巨大的损失，不久也许会发现这损失并不十分严重。把我们全部的实力孤注一掷，这可以算是得策吗？我们应该让这么一支雄厚的主力参加这一场胜负不可知的冒险吗？那不是好办法，因为那样一来，我们的希望和整个的命运就等于翻箱到底、和盘托出了。

道格拉斯　不错,我们现在可以预先留下一个挽回的余地,奋勇向前;万一一
　　　　战而败,还可以重整旗鼓,把希望寄托于将来。

霍茨波　要是魔鬼和厄运对我们这一次初步的尝试横加压迫,我们多少还有
　　　　一条退路,一个可以遁迹的巢穴。

华斯特　可是我还是希望你的父亲在我们这儿。我们这一次的壮举是不容许
　　　　出现内部分裂的现象的。那些不明真相的人们看见他不来,多半会猜想
　　　　这位伯爵的深谋远虑、他对于国王的忠心以及对于我们的行动所抱的反
　　　　感,是阻止他参与我们阵线的原因。这一种观念也许会分化我们自己的
　　　　军心,使他们对我们的目标发生怀疑;因为你们知道,站在攻势方面的我
　　　　们,必须避免任何人对我们的批判;我们必须填塞每一个壁孔和隙缝,使
　　　　理智的眼睛不能窥探我们;你的父亲不来,就等于拉开了一道帐幔,向无
　　　　知的人们显示了一种他们以前所没有梦想到的可怕的事实。

霍茨波　您太过虑了。我却认为他的缺席倒可以给我们一个机会,使我们这
　　　　一次伟大的壮举格外增加光彩,博得人们更大的称誉,显出我们更大的勇
　　　　气;因为人们一定会这样想,要是我们没有他的助力,尚且能够进攻一个
　　　　堂堂的王国,那么要是我们得到他的助力,一定可以把这王国根本推翻。
　　　　现在一切都还进行得顺利,我们全身的骨节都还完好。

道格拉斯　我们还能抱什么奢望呢?在苏格兰是从来没有人提起恐惧这两个
　　　　字的。

　　　　　　　理查·凡农上。

霍茨波　我的表兄凡农!欢迎欢迎!

凡　农　但愿我的消息是值得欢迎的,将军。威斯摩兰伯爵带着七千人马,正
　　　　向这儿进发;约翰王子也跟他在一起。

霍茨波　不要紧;还有什么消息?

凡　农　我又探听到国王已经亲自出马,就要到这儿来了,他的军力准备得非
　　　　常雄厚。

霍茨波　我们也同样欢迎他来。他的儿子,那个善于奔走、狂野不羁的威尔士
　　　　亲王和他的那班放浪形骸的同伴呢?

凡　农　一个个顶盔戴甲、全副武装,就像一群展翅风前羽毛鲜明的鸵鸟,又
　　　　像一群新浴过后喂得饱饱的猎鹰;他们的战袍上闪耀着金光,就像一尊尊

231

庄严的塑像;他们像五月天一般精神抖擞,像仲夏的太阳一般意态轩昂,像小山羊般放浪,像小公牛般狂荡。我看见年轻的哈利套着脸甲,他的腿甲遮住他的两股,全身披戴着壮丽的戎装,有如插翼的麦鸠利从地上升起,悠然地跃登马背,仿佛一个从云中下降的天使,驯伏一头倔强的天马,用他超人的骑术眩惑世人的眼目一般。

霍茨波　别说下去了,别说下去了;你这段赞美的话,比三月的太阳更容易引起疟疾。让他们来吧;他们来得就像一批装饰得整整齐齐的献祭的牺牲,我们要叫他们浑身流血,热气腾腾地把他们奉献给战争的火眼女神,戎装的马斯将要高坐在他的祭坛之上,没头没脑地浸在血里。我听见这样重大的战利品近在眼前,却还是可望而不可即,真把我急得像在火上似的。来,让我试一试我的马儿,它将要载着我像一个霹雳一般打进那威尔士亲王的胸头;亨利和亨利将要两骑交战,非等两人中的一人坠马殒命,决不中途分手。啊!要是葛兰道厄来了就好了。

凡　农　消息还有呢。当我骑马经过华斯特郡的时候,我听说他在这十四天之内,还不能把他的军队征集起来。

道格拉斯　那是我听到的最坏的消息。

华斯特　嗯,凭着我的良心发誓,这消息听上去很刺心。

霍茨波　国王一共有多少军力?

凡　农　三万。

霍茨波　四万也不怕他。我的父亲和葛兰道厄既然都不能来,我们现有的军力尽够应付这一场伟大的决战。来,让我们赶快集合队伍。末日已经近了,大家快快乐乐地同归于尽吧。

道格拉斯　不要说这种丧气的话;我在这半年里头是不怕死神的照顾的。

　　(同下。)

第二场　科文特里附近公路

福斯塔夫及巴道夫上。

福斯塔夫　巴道夫,你先到科文特里去,替我装满一瓶酒。咱们的军队要从那儿开过,今天晚上要到塞登·考菲尔。

巴道夫　您肯不肯给我几个钱,队长?

福斯塔夫　尽管用公款吧,用公款吧。

巴道夫　这么一瓶酒足值一个金币。

福斯塔夫　要是它值这么多钱,就把那钱赏给你吧;要是它值二十个金币,你也可以一起拿了去,那造币的费用都记在我账上好了。叫我的副官皮多在市梢头会我。

巴道夫　是,队长;再见。(下。)

福斯塔夫　要是我见了我的兵士不觉得惭愧,我就是一条干瘪的腌鱼。我把官家的征兵命令任意滥用。我已经把一百五十个兵士换到了三百多镑钱。我在征兵的时候,一味拣那些有身家的人们,小地主的儿子们;到处探问那些已经两次预告结婚的订了婚的单身汉子们;诸如此类的贪生怕死的奴才,他们宁愿听见魔鬼叫,也不愿听战鼓的声音;枪声一响,就会把他们吓得像一只打伤了的野鸭。我一味拣这些吃惯牛油涂面包的家伙,他们的胆子装在他们的肚子里,只有针尖那么大;他们为了避免兵役的缘故,一个个拿出钱来给我。现在我的队伍里净是些军曹、伍长、副官、小队长之流,衣衫褴褛得活像那些被狗儿舐着疮口的叫花子;他们的的确确从来没有当过兵,无非是些被主人辞歇的不老实的仆人、小兄弟的小儿子、捣乱的酒保、失业的马夫,这一类太平时世的蠹虫病菌。我把这些东西搜罗下来,代替那些出钱免役的人们,人家一定会奇怪我不知从哪儿找来了这一百五十个衣服破碎无家可归的浪子,准以为他们新近还在替人看猪,吃些渣滓皮壳过活。一个疯汉在路上碰见我,对我说我已经把绞架上的死人一起放下来,叫他们当了兵了。谁也没有瞧见过瘦得这么可怜的家伙。我不愿带着他们列队经过科文特里,那是不用说的;他们开步走的时候,两腿左右分开,仿佛戴着脚镣一般,因为说句老实话,他们中间倒有一大半是我从监牢里访寻得来的。在我的整个队伍之中,只有一件半衬衫;那半件是用两块毛巾缝了起来,披在肩上,就像一件没有袖口的传令官的制服;讲到那整件的衬衫,说句老实话,是我从圣奥尔本的那位店主,也许是台文特里的那个红鼻子的旅店老板手里偷来的。可是那没有关系,他们在每一家人家的篱笆里,都可以趁便拿些衣服来穿穿。

　　　　　亲王及威斯摩兰上。

亲　王　啊,膨胀的杰克!你好,肉棉絮被子?

福斯塔夫　嘿,哈尔!怎么,疯孩子!见鬼的,你到华列克郡来干吗?我的好

威斯摩兰伯爵,恕我失礼了;我以为尊驾已经到索鲁斯伯雷去啦。

威斯摩兰　真的,约翰爵士,我早就应该在那里,您也一样;可是我的军队已经
　　　到了那里了。我可以告诉您,王上在盼着我们呢;我们必须连夜出发。

福斯塔夫　咄,您不用担心我;我是像一头偷乳酪的猫儿一般警醒的。

亲　　王　你偷的果然是乳酪,因为你的偷窃已经使你变成一堆牛油啦。可是
　　　告诉我,杰克,这些跟随在你后面的家伙都是谁的人?

福斯塔夫　我的,哈尔,我的。

亲　　王　我从来没有见过这样可怜相的流氓。

福斯塔夫　咄,咄!供枪挑,像这样的人也就行了;都是些炮灰,都是些炮灰;
　　　叫他们填填地坑,倒是再好没有的。咄,朋友,人都是要死的,人都是要
　　　死的。

威斯摩兰　嗯,可是,约翰爵士,我想他们穷得太不成样子啦,衣服也没有一件
　　　好的,可真够受。

福斯塔夫　凭良心说,讲到他们的贫穷,我不知道他们是从什么地方得来的;

讲到他们真够"瘦",那我可以确定他们并没有学我的榜样。

亲　王　一点儿也不错,我敢发誓,除非肋骨上带着三指厚的肥肉也可以算"瘦"。不过,你这家伙,赶紧点儿吧;潘西已经在战场上了。

福斯塔夫　嘿,国王已经安下营了吗?

威斯摩兰　是的,约翰爵士;我怕我们耽搁得太久了。

福斯塔夫　好,一场战斗的残局,一席盛筵的开始,对于一个懒惰的战士和一个贪馋的宾客是再合适不过的。(同下。)

第三场　索鲁斯伯雷附近叛军营地

　　　　　霍茨波、华斯特、道格拉斯及凡农上。

霍茨波　我们今天晚上就要跟他交战。

华斯特　那不行。

道格拉斯　这样你们就要给他一个机会了。

凡　农　一点儿不。

霍茨波　你们为什么这样说?他不是在等待援军吗?

凡　农　我们也是一样。

霍茨波　他的援军是靠得住的,我们的确毫无把握。

华斯特　贤侄,听我的话吧,今晚不要行动。

凡　农　不要行动,将军。

道格拉斯　你们出的不是好主意;你们因为胆怯害怕,所以才这样说的。

凡　农　不要侮辱我,道格拉斯;凭着我的生命起誓,并且我也敢拿我的生命证实:只要是经过缜密的考虑,荣誉吩咐我上前,我也会像您将军或是无论哪一个活着的苏格兰人一样不把怯弱的恐惧放在心上的。让明天的战争证明我们中间哪一个人胆怯吧。

道格拉斯　好,或者就在今晚。

凡　农　好。

霍茨波　我说是今晚。

凡　农　得啦,得啦,这是不可能的。我不懂像你们两位这样伟大的领袖人物,怎么会看不到有些什么阻碍在牵制着我们的行动。我的一个族兄的几匹马还没有到来;您的叔父华斯特的马今天才到,它们疲乏的精力还没有恢复,因为多赶了路程,它们的勇气再也振作不起来,没有一匹马及得上它平日四分之一的壮健。

霍茨波　敌人的马大部分也是这样的,因为路上辛苦而精神疲弱;我们的马多数已经充分休息过来了。

华斯特　国王的军队人数超过我们;为了上帝的缘故,侄儿,还是等我们的人马到齐了再说吧。(喇叭吹谈判信号。)

　　　　华特·勃伦特上。

勃伦特　要是你们愿意静听我的话,我要向你们宣布王上对你们提出的宽大的条件。

霍茨波　欢迎,华特·勃伦特爵士;但愿上帝使您站在我们这一方面!我们中间很有人对您抱着好感;即使那些因为您跟我们意见不合、站在敌对的地位而嫉妒您的伟大的才能和美好的名声的人,也不能不敬爱您的为人。

勃伦特　你们要是逾越你们的名分,反抗上天所膏沐的君王,愿上帝保佑我决不改变我的立场!可是让我传达我的使命吧。王上叫我来请问你们有些什么怨恨,为什么你们要兴起这一场大胆的敌对行为,破坏国内的和平,在他的奉公守法的国土上留下一个狂悖残酷的榜样。王上承认你们对国家有极大的功劳,要是他在什么地方辜负了你们,他吩咐你们把你们的怨恨明白申诉,他就会立刻加倍满足你们的愿望,你自己和这些被你导入歧途的人们都可以得到无条件的赦免。

霍茨波　王上果然非常仁慈;我们知道他会在什么时候向人许愿,什么时候履行他的诺言。我的父亲、我的叔父跟我自己合力造成了他现在这一种尊严的地位。当时他的随从还不满二十六个人,他自己受尽世人的冷眼,困苦失意,全然是个被人遗忘的亡命之徒;那时候他偷偷地溜回国内,我的父亲是第一个欢迎他上岸的人;他口口声声向上帝发誓,说他回来的目的,不过是要承袭兰开斯特公爵的勋位,要求归还他的财产,并且准许他平安地留在国内;他一边流着纯真的眼泪,一边吐露热诚的字句,我的父亲心肠一软,受到他的感动,就宣誓尽力帮助他,并且实行了他的誓言。国内的大臣贵爵们看见诺森伯兰倾心于他,三三两两地都来向他呈献殷勤;他们在市镇、城市和乡村里迎接他,在桥上侍候他,站在小路的旁边等待他的驾临,用礼物陈列在他的面前,向他宣誓效忠,把他们的嗣子送给他做侍童,插身在群众的中间,紧紧地跟随他的背后。他知道自己的地位已经今非昔比,立刻就跨上了一步,不再遵守他失意时在雷文斯泊的岸边向我父亲所做的誓言;他堂而皇之地以改革那些压迫民众的苛法峻令自任,大声疾呼地反对乱政,装出一副为他的祖国所受的屈辱而痛哭流涕的样子;凭着这一副面目,这一副正义公道的假面具,果然被他赢得了他所兢兢求取的全国的人心。于是他更进一步,乘着国王因为亲征爱尔兰而去国的当儿,把他留在国内的那些宠臣一个个捉来杀头。

勃伦特　咄,我不是来听这种话的。

霍茨波　那么,我就说到要点上来。不久以后,他把国王废黜了,接着就谋害了他的性命;等不多时,他就把全国置于他的虐政之下。尤其不应该的,他让他的亲戚马契伯爵出征威尔士,当他战败被俘以后,也不肯出赎金赎他回来;要是每一个人都能够享有合法的主权的话,那么这位马契伯爵照名分说起来应该是他的君王。我好容易打了光荣的胜仗,非但不蒙褒赏,反而受到他的斥辱;他还要设计陷害我,把我的叔父骂了一顿逐出了枢密院,在一场盛怒之中,把我的父亲叱退宫廷。他这样的重重毁誓,层层侮辱,使我们迫不得已,只好采取这种自谋安全的行动;而且他这非分的王位,也已经霸占得太久了,应该腾出来让给人家才是。

勃伦特　我就用这样的回答禀复王上吗?

霍茨波　不,华特爵士;我们还要退下去商议一会儿。您先回去见你们的王上,请他给我们一个人质,作为放我们的使节安全回营的保证,明天一早我的叔父就会来向他说明我们的意思。再会吧。

勃伦特　我希望你们能够接受王上的好意。

霍茨波　也许我们会的。

勃伦特　求上帝,但愿如此!(各下。)

第四场　约克。大主教府中一室

约克大主教及迈克尔道长上。

约　克　快去,好迈克尔道长;飞快地把这密封的短简送给司礼大臣;这一封给我的族弟斯克鲁普,其余的都照信面上所写的名字送去。要是你知道它们的性质是多么重要,你一定会赶快把它们送去的。

迈克尔　大主教,我猜得到它们的内容。

约　　克　你多半可以猜想得到。明天,好迈克尔道长,是一万个人的命运将要
　　　　　遭受试验的日子;因为,道长,照我所确实听到的消息,国王带着他的迅速
　　　　　征集的强大的军队,将要在索鲁斯伯雷和哈利将军相会。我担心的是,迈
　　　　　克尔道长,诺森伯兰既然因病不能前往——他的军队比较起来是实力最
　　　　　为雄厚的——同样被他们认为重要的中坚分子的奥温·葛兰道厄又因为
　　　　　惑于预言,迟迟不发,我怕潘西的军力太薄弱了,抵挡不了王军的优势。

迈克尔　哎,大主教,您不用担心;道格拉斯和摩提默伯爵都在一起哩。

约　　克　不,摩提默没有在。

迈克尔　可是还有摩代克、凡农、亨利·潘西将军,还有华斯特伯爵和一群勇
　　　　　武的英雄,高贵的绅士。

约　　克　是的,可是国王却已经调集了全国卓越的人物;威尔士亲王、约翰·
　　　　　兰开斯特王子、尊贵的威斯摩兰和善战的勃伦特,还有许多声名卓著、武
　　　　　艺超群的战士。

迈克尔　您放心吧,大主教,他们一定会遭逢劲敌的。

约　　克　我也这样希望,可是却不能不担着几分心事;为了预防万一起见,迈

克尔道长,请你赶快就去。要是这一次潘西将军失败了,国王在遣散他的军队以前,一定会来声讨我的罪名,因为他已经知道我们都是同谋;为了策划自身的安全,我们必须加强反对他的实力,所以你赶快去吧。我必须再写几封信给别的朋友们。再见,迈克尔道长。(各下。)

第　五　幕

第一场　索鲁斯伯雷附近国王营地

　　　　　亨利王、亲王、约翰·兰开斯特、华特·勃伦特及约翰·福斯塔夫上。

亨利王　太阳开始从那边树木蓊郁的山上升起,露出多么血红的脸色! 白昼
　　　因为他的愤怒而吓得面如死灰。

亲　王　南风做了宣告他的意志的号角,他在树叶间吹起了空洞的啸声,预报
　　　着暴风雨的降临和严寒的日子。

亨利王　那么让它向失败者表示同情吧,因为在胜利者的眼中,一切都是可喜
　　　的。(喇叭声。)

　　　　　华斯特及凡农上。

亨利王　啊,华斯特伯爵! 你我今天在这样的情形之下相遇,真是一件不幸的
　　　事。你已经辜负了我的信任,使我脱下了太平时候的轻衫缓带,在我这衰
　　　老的筋骨之上披起了笨重的铁甲。这真是不大好,伯爵;这真是不大好。
　　　你怎么说? 你愿意重新解开这可憎的战祸的纽结,归返臣子的正道,做一
　　　颗拱卫主曜的列宿,射放你温和而自然的光辉,不再做一颗出了轨道的流
　　　星,使世人见了你惴惴不安,忧惧着临头的大祸吗?

华斯特　陛下请听我说。以我自己而论,我是很愿意让我的生命的余年在安
　　　静的光阴中间消度过去的;我声明这一次发生这种双方交恶的现象,绝对
　　　不是我的本意。

亨利王　不是你的本意! 那么它怎么会发生的?

福斯塔夫　叛乱躺在他的路上,给他找到了。

亲　王　别说话,乌鸦,别说话!

华斯特　陛下不愿意用眷宠的眼光看顾我和我们一家的人,这是陛下自己的

事;可是我必须提醒陛下,我们是您最初的最亲密的朋友。在理查的时候,我为了您的缘故,折弃我的官杖,昼夜兼程地前去迎接您,向您吻手致敬,那时我的地位和势力还比您强得多哩。是我自己、我的兄弟和他的儿子三人拥护您回国,大胆地不顾当时的危险。您向我们发誓,在唐开斯特您做了那一个誓言,说是您没有危害邦国的图谋,您所要求的只是您的新享的权利,刚特所遗下的兰开斯特公爵的爵位和采地。对于您这一个目的,我们是宣誓尽力给您援助的。可是在短短的时间之内,幸运像阵雨一般降临在您的头上,无限的尊荣集于您的一身,一方面靠着我们的助力,一方面趁着国王不在的机会,另一方面为了一个荒淫的时代所留下的疮痍,您自己所遭受的那些表面上的屈辱,以及那一阵把国王久羁在他的不幸的爱尔兰战争中的逆风,使全英国的人民传说他已经死去。您利用这许多大好的机会,把大权一手抓住,忘记您在唐开斯特向我们所发的誓;受了我们的培植,您却像那凶恶的杜鹃的雏鸟对待抚养它的麻雀一般对待我们。您霸占了我们的窠,您的身体被我们哺得这样大,我们虽然怀着一片爱心,也不敢走近您的面前,因为深恐被您一口吞噬;为了自身的安全,我们只好被迫驾起我们敏捷的翅膀高飞远遁,兴起这一支自卫的军队。是您自己的冷酷寡恩、阴险刻毒,不顾信义地毁弃一切当初您向我们所发的誓言,激起了我们迫不得已的反抗。

亨利王　你们曾经在市集上、在教堂里,振振有词地用这一类的话煽动群众,假借一些美妙的色彩涂染叛逆的外衣,取悦那些心性无常的轻薄小儿和不满现状的失意分子,他们一听见发生了骚乱的变动,就会瞪眼结舌,擦肘相视。叛乱总不会缺少这一类渲染它的宗旨的水彩颜料,也总不会缺少唯恐天下不乱的无赖贱民为它推波助澜。

亲　王　在我们双方的军队里,有不少人将要在这次交战之中付下重大的代价,要是他们一度参加了这场比赛。请您转告令侄,威尔士亲王钦佩亨利·潘西,正像所有的世人一样;凭着我的希望起誓,如果这一场叛乱不算在他头上,我想在这世上再没有一个比他更勇敢、更矫健、更大胆而豪放的少年壮士,用高贵的行为装点这衰微的末世。讲到我自己,我必须惭愧地承认,我在骑士之中曾经是一个不长进的败类;我听说他也认为我是这样一个人,可是当着我的父王陛下的面前,我要这样告诉他:为了他的伟大的声名,我甘愿自居下风,和他举行一次单独的决战,一试我们的命运,同时也替彼此双方保全一些人力。

亨利王　威尔士亲王,虽然种种重大的顾虑反对你的冒险,可是我敢让你做这一次尝试。不,善良的华斯特,不,我是深爱我的人民的;即使那些误入歧途、帮同你的侄儿作乱的人们,我也同样爱着他们;只要他们愿意接受我的宽大的条件,他、他们、你以及每一个人,都可以重新成为我的朋友,同样我也将要成为他的朋友。这样回去告诉你的侄儿,他决定了行止以后,再给我一个回音;可是假如他不肯投降的话,谴责和可怕的惩罚将要为我履行它们的任务。好,去吧;现在我不要再听什么答复,我对你们已经仁至义尽,不要再执迷不悟吧。(华斯特、凡农同下。)

亲　王　凭着我的生命发誓,他们一定不会接受我们的条件。道格拉斯和霍茨波两人在一起,是会深信全世界没有人可以和他们为敌的。

亨利王　所以每一个将领快去把他的队伍部署起来吧;我们一得到他们的答复,就立刻向他们进攻;上帝卫护我们,因为我们是为正义而战!(亨利王、勃伦特及约翰·兰开斯特下。)

福斯塔夫　哈尔,要是你看见我在战场上负伤倒地,为了保护我,跨在我身上,苦战不舍,那就没得说的了,论朋友交情本该如此。

亲　王　只有脚跨海港的大石像才能对你尽那么一份交情。念你的祷告去,再会吧。

福斯塔夫　我希望现在是上床睡觉的时间,哈尔,一切平安无事,那就好了。

亲　　王　哎,只有一死你才好向上帝还账哩。(下。)

福斯塔夫　这笔账现在还没有到期;我可不愿意在期限未满以前还给他。他既然没有叫到我,我何必那么着急?好,那没有关系,是荣誉鼓励着我上前的。嗯,可是假如当我上前的时候,荣誉把我报销了呢?那便怎么样?荣誉能够替我重装一条腿吗?不。重装一条手臂吗?不。解除一个伤口的痛楚吗?不。那么荣誉一点儿不懂得外科的医术吗?不懂。什么是荣誉?两个字。那两个字荣誉又是什么?一阵空气。好聪明的算计!谁得到荣誉?星期三死去的人。他感觉到荣誉没有?不。他听见荣誉没有?不。那么荣誉是不能感觉的吗?嗯,对于死人是不能感觉的。可是它不会和活着的人生存在一起吗?不。为什么?讥笑和毁谤不会容许它的存在。这样说来,我不要什么荣誉;荣誉不过是一块铭旌;我的自问自答,也就这样结束了。(下。)

第二场　索鲁斯伯雷附近叛军营地

华斯特及凡农上。

华斯特　啊,不!理查爵士,我们不能让我的侄儿知道国王这一种宽大温和的条件。

凡　　农　最好还是让他知道。

华斯特　那么我们都要一起完了。国王不会守他的约善待我们,那是不可能的事;他要永远怀疑我们,找到了机会,就会借别的过失来惩罚我们这一次的罪愆。我们将要终身被怀疑的眼光所眈眈注视;因为对于叛逆的人,人家是像对待狐狸一般不能加以信任的,无论它怎样驯良,怎样习于豢养,怎样关锁在笼子里,总不免存留着几分祖传的野性。我们脸上无论流露着悲哀的或是快乐的神情,都会被人家所曲解;我们将要像豢养在棚里的牛一样,越是喂得肥胖,越是接近死亡。我的侄儿的过失也许可以被人忘记,因为人家会原谅他的年轻气盛;而且他素来是出名鲁莽的霍茨波,一切都是任性而行,凭着这一种特权,人家也不会和他过分计较。他的一切过失都要归在我的头上和他父亲的头上,因为他的行动是受了我们的教唆;他既然是被我们诱导坏了的,所以我们是罪魁祸首,应该负一切的责任。所以,贤侄,无论如何不要让亨利知道国王的条件吧。

凡　农　随您怎样说,我都照您的话说就是了。您的侄儿来啦。

　　　　　霍茨波及道格拉斯上;军官兵士等随后。

霍茨波　我的叔父回来了;把威斯摩兰伯爵放了。叔父,什么消息?

华斯特　国王要和你立刻开战。

道格拉斯　叫威斯摩兰伯爵回去替我们下战书吧。

霍茨波　道格拉斯将军,就请您去这样告诉他。

道格拉斯　很好,我就去对他说。(下。)

华斯特　国王简直连一点儿表面上的慈悲都没有。

霍茨波　您向他要求慈悲吗?上帝不容许这样的事!

华斯特　我温和地告诉他我们的怨愤不平和他的毁誓背信,他却一味狡赖;他骂我们叛徒奸贼,说是要用盛大的武力痛惩我们这一个可恨的姓氏。

　　　　　道格拉斯重上。

道格拉斯　拿起武器来,朋友们!拿起武器来!因为我已经向亨利王做了一次大胆的挑战,抵押在我们这儿的威斯摩兰已经把它带去了;他接到我们的挑战,一定很快就会来向我们进攻的。

华斯特　侄儿,那威尔士亲王曾经站在国王的面前,要求和你举行一次单独的决战。

霍茨波　啊!但愿这一场争执是我们两人的事,今天除了我跟哈利·蒙穆斯以外,谁都是壁上旁观的人。告诉我,告诉我,他挑战时候的态度怎样?是不是带着轻蔑的神气?

凡　农　不,凭着我的灵魂起誓;像这样谦恭的挑战,我生平还是第一次听见,除非那是一个弟弟要求他的哥哥举行一次观摩的比武。他像一个堂堂男子似的向您表示竭诚的敬佩,用他尊贵的舌头把您揄扬备至,反复称道您的过人的才艺,说是任何的赞美都不能充分表现您的价值;尤其难得的,他含着羞愧自认他的缺点,那样坦白而直率地咎责他自己的少年放荡,好像他的一身中具备着双重的精神,一方面是一个疾恶如仇的严师,一方面是一个从善如流的学生。此外他没有再说什么话。可是让我告诉世人,要是他能够在这次战争中安然无恙,他就是英国历代以来一个最美妙的希望,同时也是因为他的放浪而受到世人最大的误解的一位少年王子。

244

霍茨波　老兄，我想你是对他的荒唐着了迷啦；我从来没有听见过哪一个王子
　　　　像他这样放荡胡闹。可是不管他是怎样一个人，在日暮之前，我要用一个
　　　　军人的手臂拥抱他，让他在我的礼貌之下消缩枯萎。举起武器来，举起武
　　　　器来，赶快！同胞们，兵士们，朋友们，我是个没有口才的人，不能用动人
　　　　的言语鼓起你们的热血，你们还是自己考虑一下你们所应该做的事吧。

　　　　　　　一使者上。

使　　者　将军，这封信是给您的。
霍茨波　我现在没有工夫读它们。啊，朋友们！生命的时间是短促的；但是即
　　　　使生命随着时钟的指针飞驰，到了一小时就要宣告结束，要卑贱地消磨这
　　　　段短时间却也嫌太长。要是我们活着，我们就该活着把世上的君王们放
　　　　在我们足下践踏；要是死了，也要让王子们陪着我们一起死去，那才是勇
　　　　敢的死！我们举着我们的武器，自问良心，只要我们的目的是正当的，不

怕我们的武器不犀利。

　　　　　另一使者上。

使　者　将军,预备起来;国王的军队马上就要攻过来了。

霍茨波　我谢谢他打断了我的话头,因为我声明过我不会说话。只有这一句
　　　话:大家各自尽力。这儿我拔出这一柄剑,准备让它染上今天这一场恶战
　　　里我所能遇到的最高贵的血液。好,潘西! 前进吧。把所有的军乐大声
　　　吹奏起来,在乐声之中,让我们大家拥抱,因为上天下地,我们中间有些人
　　　将要永远不再有第二次表示这样亲热的机会了。(喇叭齐鸣;众人拥抱,
　　　同下。)

第三场　　两军营地之间

　　　　　双方冲突接战;吹战斗信号;道格拉斯及华特·勃伦特上,相遇。

勃伦特　你叫什么名字,胆敢在战场上这样拦住我的去路? 你想要在我的头
　　　上追寻一些什么荣誉?

道格拉斯　告诉你吧,我就叫道格拉斯;我这样在战场上把你追随不舍,因为
　　　有人对我说你是一个国王。

勃伦特　他们对你说得一点儿不错。

道格拉斯　史泰福勋爵因为模样和你仿佛,今天已经付了重大的代价;因为,
　　　亨利王,这一柄剑没有杀死你,却已经把他结果了。你也难免死在我的剑
　　　下,除非你束手投降,做我的俘虏。

勃伦特　我不是一个天生下来向人屈服的人,你这骄傲的苏格兰人,你瞧着
　　　吧,一个国王将要为史泰福勋爵的死复仇。(二人交战,勃伦特中剑死。)

　　　　　霍茨波上。

霍茨波　啊,道格拉斯! 要是你在霍美敦也打得这般凶狠,我再也不会战胜一
　　　个苏格兰人的。

道格拉斯　什么事都没有了,我们已经大获全胜;国王就在这儿毫无气息地
　　　躺着。

霍茨波　在哪儿?

道格拉斯　这儿。

霍茨波　这一个,道格拉斯! 不;我很熟悉这一张脸;他是一个勇敢的骑士,他

的名字是勃伦特,外貌上装扮得像国王本人一样。

道格拉斯　让愚蠢到处追随着你的灵魂！你已经用太大的代价买到了一个借来的名号;为什么你要对我说你是一个国王呢？

霍茨波　国王手下有许多人都穿着他的衣服临阵应战。

道格拉斯　凭着我的宝剑发誓,我要杀尽他的衣服,杀得他的御衣橱里一件不留,直到我遇见那个国王。

霍茨波　起来,去吧！我们的兵士今天打仗非常出力。(同下。)

　　　　号角声。福斯塔夫上。

福斯塔夫　虽然我在伦敦喝酒从来不付账,这儿打起仗来可和付账不一样,每一笔都是往你的脑袋上记。且慢！你是谁？华特·勃伦特爵士！您有了荣誉啦！这可不是虚荣！我热得像在炉里熔化的铅块一般,我的身体也像铅块一般重;求上帝不要让铅块打进我的胸膛里！我自己的肚子已经够重了。我带着我这一群叫花兵上阵,一个个都给枪弹打了下来;一百五十个人中间,留着活命的不满三个,他们这一辈子是要在街头乞食过活的了。可是谁来啦？

　　　　亲王上。

亲　　王　什么！你在这儿待着吗？把你的剑借我。多少贵人在骄敌的铁蹄之下捐躯,还没有人为他们复仇。请把你的剑借我。

福斯塔夫　啊,哈尔！我求求你,让我喘一口气吧。谁也没有立过像我今天这样的赫赫战功。我已经教训过潘西,送他归了天啦。

亲　　王　果真;他没有杀,还不想就死呢。请把你的剑借我吧。

福斯塔夫　不,上帝在上,哈尔,要是潘西还没有死,你就不能拿我的剑去;要是你愿意的话,把我的手枪拿去吧。

亲　　王　把它给我。嘿！它是在盒子里吗？

福斯塔夫　嗯,哈尔;热得很,热得很;它可以扫荡一座城市哩。(亲王取出一个酒瓶。)

亲　　王　嘿！现在是开玩笑的时候吗？(掷酒瓶于福斯塔夫前,下。)

福斯塔夫　好,要是潘西还没有死,我要一剑刺中他的心窝。要是他碰到了我,很好;要是他碰不到我,可是我偏偏自己送上门去,就让他把我剁成一堆肉酱吧。我不喜欢华特爵士这一种咧着嘴的荣誉。给我生命吧。要是我能够保全生命,很好;要不然的话,荣誉不期而至,那也就算了。(下。)

第四场 战场上的另一部分

  号角声;两军冲突。亨利王、亲王、约翰·兰开斯特及威斯摩兰上。

亨利王 亨利,你退下去吧;你流血太多了。约翰·兰开斯特,你陪着他去吧。

兰开斯特 我不去,陛下,除非我也流着同样多的血。

亲 王 请陛下快上前线去,不要让您的朋友们看见您的退却而惊惶。

亨利王 我这就去。威斯摩兰伯爵,你带他回营去吧。

威斯摩兰 来,殿下,让我带着您回到您的营帐里去。

亲 王 带我回去,伯爵?我用不着您的帮助;血污的贵人躺在地上受人践踏,叛徒的武器正在肆行屠杀,上帝不容许因为一点儿小小的擦伤就把威尔士亲王逐出战场!

兰开斯特 我们休息得太长久了。来,威斯摩兰贤卿,这儿是我们应该走的路;为了上帝的缘故,来吧。*(约翰·兰开斯特及威斯摩兰下。)*

亲 王 上帝在上,兰开斯特,我一向错看了你了;想不到你竟有这样的肝胆。以前我因为你是我的兄弟而爱你,约翰,现在我却把你当做我的灵魂一般敬重你了。

亨利王 虽然他只是一个羽毛未丰的战士,可是我看见他和潘西将军奋勇相持,那种坚强的毅力远超过我的预料。

亲　王　啊！这孩子增添了我们每一个人的勇气。（下。）

　　　　　号角声；道格拉斯上。

道格拉斯　又是一个国王！他们就像千首蛇的头一般生生不绝。我就是道格
　　　拉斯，穿着你身上这一种装束的人，谁都要死在我的手里。你是什么人，
　　　假扮着国王的样子？

亨利王　我就是国王本人；我从心底抱歉，道格拉斯，你遇见了这许多国王的
　　　影子，却还没有和真正的国王会过一面。我有两个孩子，正在战场上到处
　　　寻访潘西和你的踪迹；可是你既然凑巧遇到了我，我就和你交手一番吧，
　　　你可得好好防卫你自己。

道格拉斯　我怕你又是一个冒牌的；可是说老实话，你的神气倒像是一个国
　　　王；不管你是谁，你总是我手里的人，瞧我怎样战胜你吧。（二人交战；亨
　　　利王陷于险境，亲王重上。）

亲　王　抬起你的头来，万恶的苏格兰人，否则你要从此抬不起头了！勇敢
　　　的萨立、史泰福和勃伦特的英灵都依附在我的两臂之上；在你面前的是
　　　威尔士亲王，他对人答应了的事总是要做到了才算的。（二人交战；道
　　　格拉斯逃走）鼓起勇气来，陛下；您安好吗？尼古拉斯·高绥爵士已经
　　　派人来求援了，克里福顿也派了人来求援。我马上援助克里福顿去。

亨利王　且慢，休息一会儿。你已经赎回了你失去的名誉，这次你救我脱险，
　　　足见你对我的生命还是有几分关切的。

亲　王　上帝啊！那些说我盼望您死的人们真是太欺人啦。要是果然有这样
　　　的事，我就该听任道格拉斯的毒手把您伤害，他会很快结果您的生命，就
　　　像世上所有的毒药一样，也可以免得您的儿子亲自干那种叛逆的行为。

亨利王　快到克里福顿那儿去；我就去和尼古拉斯·高绥爵士相会。（下。）

　　　　　霍茨波上。

霍茨波　要是我没有认错的话，你就是哈利·蒙穆斯。

亲　王　你说得仿佛我会否认自己的名字似的。

霍茨波　我的名字是亨利·潘西。

亲　王　啊，那么我看见一个名叫亨利·潘西的非常英勇的叛徒了。我是威
　　　尔士亲王；潘西，你不要再想平分我的光荣了吧：一个轨道上不能有两颗
　　　星球同时行动；一个英格兰也不能容纳亨利·潘西和威尔士亲王并峙
　　　称雄。

霍茨波　不会有这样的事,亨利;因为我们两人中间有一个人的末日已经到了;但愿你现在也有像我这样伟大的威名!

亲　王　在我离开你以前,我要使我的威名比你更大;我要从你的头顶上剪下荣誉的花葩,替我自己编一个胜利的荣冠。

霍茨波　我再也忍受不住你的狂妄的夸口了。(二人交战。)

　　　　福斯塔夫上。

福斯塔夫　说得好,哈尔!出力,哈尔!哎,这儿可没有儿戏的事情哪,我可以告诉你们。

　　　　道格拉斯重上,与福斯塔夫交战,福斯塔夫倒地佯死,道格拉斯下。霍茨波受伤倒地。

霍茨波　啊,哈利!你已经夺去我的青春了。我宁愿失去这脆弱易碎的生命,却不能容忍你从我手里赢得了不可一世的声名;它伤害我的思想,甚于你的剑伤害我的肉体。可是思想是生命的奴隶,生命是时间的弄人;俯瞰全世界的时间,总会有它的停顿。啊!倘不是死亡的阴寒的手已经压住我的舌头,我可以预言——不,潘西,你现在是泥土了,你是——(死。)

亲　王　蛆虫的食粮,勇敢的潘西。再会吧,伟大的心灵!谬误的野心,你现在显得多么渺小!当这个躯体包藏着一颗灵魂的时候,一个王国对于它还是太小的领域;可是现在几尺污秽的泥土就足够做它的容身之地。在这载着你的尸体的大地之上,再也找不到一个比你更刚强的壮士。要是你还能感觉到别人对你所施的敬礼,我一定不会这样热烈地吐露我的情怀;可是让我用一点儿纪念品遮住你的血污的双颊吧,同时我也代表你感谢我自己,能够向你表示这样温情的敬意。再会,带着你的美誉到天上去吧!你的耻辱陪着你长眠在坟墓里,却不会铭刻在你的墓碑之上!(见福斯塔夫卧于地上)呀!老朋友!在这一大堆肉体之中,却不能保留一丝小小的生命吗?可怜的杰克,再会吧!死了一个比你更好的人,也不会像死了你一样使我老大不忍。啊!假如我真是那么一个耽于游乐的浪子,你的死对于我将是怎样重大的损失!死神在今天的血战中,虽然杀死了许多优秀的战士,却不曾射中一头比你更肥胖的牡鹿。你的脏腑不久将要被鸟兽掏空;现在你且陪着高贵的潘西躺在血泊里吧。(下。)

福斯塔夫　(起立)掏空我的脏腑!要是你今天掏空我的脏腑,明天我还要让你把我腌起来吃下去哩。他妈的!幸亏我假扮得好,不然那杀气腾腾的苏格兰恶汉早就把我的生命一笔勾销啦。假扮吗？我说谎,我没有假扮;死了才是假扮,因为他虽然样子像个人,却没有人的生命;活人扮死人却不算是假扮,因为他的的确确是生命的真实而完全的形体。智虑是勇敢的最大要素,凭着它我才保全了我的生命。他妈的!这火药般的潘西虽然死了,我见了他还是有些害怕;万一他也是诈死,突然立起身来呢?凭良心说,我怕在我们这两个装死的人中间,他要比我强得多呢。所以我还是再戳他一剑,免生意外;对了,我要发誓说他是被我杀死的。为什么他不会像我一般站起来呢?只有亲眼瞧见的人,才可以驳斥我的虚伪,好在这儿一个人也没有;所以,小子,(刺霍茨波)让我在你的大腿上添加一个新的伤口,跟着我来吧。(负霍茨波于背。)

亲王及约翰·兰开斯特重上。

亲　王　来,约翰老弟;你初次出战,已经充分表现了你的勇敢。

兰开斯特　可是且慢!这是什么人?您不是告诉我这胖子已经死了吗?

亲　王　是的,我看见他死了,气息全无,流着血躺在地上。你是活人吗?还是跟我们的眼睛作怪的一个幻象?请你说句话;我们必须听见你的声音,才可以相信我们的眼睛。你不是我们所看见的那样一个东西。

福斯塔夫　那还用说吗?我不是一个两头四臂的人哩;可是我倘然不是杰克·福斯塔夫,我就是一个混小子。潘西就在这儿;(将尸体掷下)要是你的父亲愿意给我一些什么封赏,很好;不然的话,请他以后碰到第二个潘西的时候,自己去把他杀死吧。老实告诉你们,我希望我这一回不是晋封伯爵,就是晋封公爵哩。

亲　王　怎么,潘西是我自己杀死的,我也亲眼看见你死了。

福斯塔夫　真的吗?主啊,主啊!世人都是怎样善于说谎!我承认我倒在地上喘不过气来,他也是一样;可是后来我们两人同时立起,恶战了足足一个钟头。要是你们相信我的话,很好;不然的话,让那些论功行赏的人们担负他们自己的罪恶吧。我到死都要说,他这大腿上的伤口是我给他的;要是他活了过来否认这一句话,他妈的!我一定要叫他把我的剑吃下去。

兰开斯特　这是我所听到过的最奇怪的故事。

亲　王　这是一个最奇怪的家伙,约翰兄弟。来,把你那件东西勇敢地负在你的背上吧;拿我自己来说,要是一句谎话可以使你得到荣誉,我是很愿意用最巧妙的字句替你装点门面的。(吹归营号)喇叭在吹归营号;胜利已经属于我们。来,兄弟,让我们到战场上最高的地方去,看看我们的朋友哪几个还活着,哪几个已经死了。(亲王及约翰·兰开斯特同下。)

福斯塔夫　我也要跟上去,正像人家说的,为的是要讨一些封赏。给我重赏的人,愿上帝也重赏他!要是我做起大人物来,我一定要把身体长得瘦一点儿;因为我要痛改前非,不再喝酒,像一个贵人一般过着清清白白的生活。(下。)

第五场　战场上的另一部分

　　喇叭齐鸣。亨利王、亲王、约翰·兰开斯特、威斯摩兰及余人等上;华斯特及凡农被俘随上。

亨利王　叛逆总是这样受到它的惩罚。居心不良的华斯特!我不是向你们全体提出仁慈的条件,很慷慨地允许赦免你们的过失吗?你怎么敢伪传我的旨意,虚词谎报,辜负你侄儿对你的信任?我们这方面今天阵亡了三个骑士、一位尊贵的伯爵,还有许多卫国的健儿;要是你像一个基督徒似的早早沟通了我们双方的真意,他们现在还会好好地活着的。

华斯特　我所干的事,都是为我自己的安全打算;我安然忍受这一种命运,因为它已无可避免地临到我的头上。

亨利王　把华斯特和凡农两人带出去杀了;其余的罪犯待我斟酌定罪。(卫士押华斯特、凡农下)战场上情形怎样?

亲　王　那高贵的苏格兰人道格拉斯因为看见战局不利,英勇的潘西已经殒命,他手下的兵士一个个无心恋战,只好跟着其余的人一起逃走;谁料一个失足,从一座山顶上跌了下来,身受重伤,被追兵擒住了。道格拉斯现在就在我的帐内,请陛下准许我把他随意处置。

亨利王　可以可以。

亲　王　那么,约翰·兰开斯特兄弟,你去执行这一个光荣的慷慨的使命吧。去把道格拉斯释放了,不要什么赎金;他今天对我们所表现的勇气,已经教训我们即使从我们的敌人那里,像这样英武的精神也是值得我们钦佩的。

兰开斯特　感谢殿下给我这一个荣幸,我就去执行您的意志。

亨利王　那么我们剩下来的工作,就是要分开我们的军队。你,约翰我儿,跟

　　威斯摩兰贤卿火速到约克去，讨伐诺森伯兰和那主教斯克鲁普，照我们所听到的消息，他们正在那儿积极备战。我自己和你，亨利我儿，就到威尔士去，向葛兰道厄和马契伯爵作战。叛逆只要再遇到像今天这样一次重大的打击，就会在这国土上失掉它的声势；让我们乘着战胜的威风，一鼓作气，继续取得我们全部的胜利。（同下。）

亨利四世

（下篇）

剧 中 人 物

谣言　在楔子中登场

亨利四世

亨利　威尔士亲王,即位后称亨利五世 ⎫

托马斯　克莱伦斯公爵　　　　　　　　⎬ 亨利王之子

约翰·兰开斯特　　　　　　　　　　　⎪

亨弗雷　葛罗斯特公爵　　　　　　　　⎭

华 列 克 伯 爵 ⎫

威斯摩兰伯爵 ⎪

萨 立 伯 爵 ⎬ 保王党

高　　　厄 ⎪

哈　科　特 ⎪

勃　伦　特 ⎭

王家法庭大法官

大法官的仆人

诺森伯兰伯爵 ⎫

理查·斯克鲁普　约克大主教 ⎪

毛勃雷勋爵 ⎬ 反王党

海司丁斯勋爵 ⎪

巴道夫勋爵 ⎪

约翰·科尔维尔爵士 ⎭

特拉佛斯 ⎫

毛　　顿 ⎬ 诺森伯兰的从仆

约翰·福斯塔夫爵士

福斯塔夫的侍童

巴道夫

毕斯托尔

波因斯

皮多

夏　　禄
　　　　　} 乡村法官
赛伦斯

台维　夏禄之仆

霉老儿
影　　子
肉　　瘤 } 福斯塔夫招募的兵士
弱　　汉
小公牛

爪牙
　　} 捕役
罗网

司阍

跳舞者　致收场白者

诺森伯兰夫人

潘西夫人

快嘴桂嫂　野猪头酒店女店主

桃儿·贴席

群臣、侍从、军官、兵士、使者、司阍、酒保、差役、内侍等

地　点

英国

258

楔子　华克渥斯。诺森伯兰城堡前

谣言上,脸绘多舌。

谣　言　张开你们的耳朵;当谣言高声讲话的时候,你们有谁肯掩住自己的耳朵呢?我从东方到西方,借着天风做我的驿马,到处宣扬这地球上所发生的种种事情;我的舌头永远为诽谤所驾驭,我用每一种语言把它向世间公布,使每个人的耳朵里充满着虚伪的消息。当隐藏的敌意佯装着安全的笑容,在暗中伤害这世界的时候,我却在高谈和平;当人心惶惶的多事之秋、大家恐惧着战祸临头、实际却并没有这么一回事的时候,除了谣言,除了我,还有谁在那儿煽动他们招兵买马,设防备战?谣言是一支凭着推测、猜疑和臆度吹响的笛子,它是那样容易上口,即使那长着无数头颅的鲁莽的怪物,那永不一致的动摇的群众,也可以把它信口吹奏。可是我何必这样向自家人分析我自己呢?谣言为什么来到这里?我的目的是要趁亨利王的捷报没有传到以前,先弄一些玄虚。他在索鲁斯伯雷附近的一个血流遍野的战场上,已经打败了年轻的霍茨波和他的军队,用叛徒的血浇熄了叛逆的火焰。可是我为什么一开始就说真话呢?我的使命是要向世人散播这样的消息:哈利·蒙穆斯已经在尊贵的霍茨波的宝剑的雄威之下殒命,国王当着道格拉斯的盛怒之前,也已经俯下他的受过膏沐的头,和死亡长眠在一起了。我从索鲁斯伯雷的战场上一路行来,已经把这样的谣言传遍了每一个乡村;现在来到这一座古老的顽石的城堡之前,正就是霍茨波的父亲老诺森伯兰诈病不出的所在。那些报信的使者,一个个拖着疲乏的脚步,他们的消息都是从我这儿探听到的。他们从谣言的嘴里带来了虚伪的喜讯,它将要比真实的噩耗给人更大的不幸。(下。)

第 一 幕

第一场　华克渥斯。诺森伯兰城堡前

　　　　巴道夫上。

巴道夫　看门的是哪一个？喂！（司阍开门）伯爵呢？

司　阍　请问您是什么人？

巴道夫　你去通报伯爵，说巴道夫勋爵在这儿恭候他。

司　阍　爵爷到花园里散步去了；请大人敲那边的园门，他自己会来开门的。

　　　　诺森伯兰上。

巴道夫　伯爵来了。（司阍下。）

诺森伯兰　什么消息，巴道夫大人？现在每一分钟都会产生流血的事件。时
　　　局这样混乱，斗争就像一匹喂得饱饱的脱缰的怒马，碰见什么都要把它
　　　冲倒。

巴道夫　尊贵的伯爵，我报告您一些从索鲁斯伯雷传来的消息。

诺森伯兰　但愿是好消息！

巴道夫　再好没有。国王受伤濒死；令郎马到功成，已经把亨利亲王杀了；两
　　　个勃伦特都死在道格拉斯的手里；小王子约翰和威斯摩兰、史泰福，全逃
　　　得不知去向；哈利·蒙穆斯的伙伴，那胖子约翰爵士，做了令郎的俘虏。
　　　啊！自从恺撒以来，像这样可以为我们这时代生色的壮烈伟大的胜利，简
　　　直还不曾有过。

诺森伯兰　这消息是怎么得到的？您看见战场上的情形吗？您是从索鲁斯伯
　　　雷来的吗？

巴道夫　伯爵，我跟一个刚从那里来的人谈过话；他是一个很有教养名誉很好
　　　的绅士，爽直地告诉了我这些消息，说是完全确实的。

诺森伯兰　我的仆人特拉佛斯回来了,他是我在星期二差去探听消息的。

巴道夫　伯爵,我的马比他的跑得快,在路上追过了他;他除了从我嘴里偶然听到的一鳞半爪以外,并没有探到什么确实的消息。

　　　　特拉佛斯上。

诺森伯兰　啊,特拉佛斯,你带了些什么好消息来啦?

特拉佛斯　爵爷,我在路上碰见约翰·恩弗莱维尔爵士,他告诉我可喜的消息,我听见了就拨转马头回来;因为他的马比我的好,所以他比我先过去了。接着又有一位绅士加鞭策马而来,因为急于赶路的缘故,显得疲乏不堪;他在我的身旁停了下来,休息休息他那满身浴血的马;他问我到彻斯特去的路,我也问他索鲁斯伯雷那方面的消息。他告诉我叛军已经失利,年轻的亨利·潘西的热血冷了。说了这一句话,等不及我追问下去,他就把缰绳一抖,俯下身去用马刺使劲踢他那匹可怜的马喘息未定的腹部,直到轮齿都陷进皮肉里去了,就这样一溜烟飞奔而去。

诺森伯兰　嘿!再说一遍。他说年轻的亨利·潘西的热血冷了吗?霍茨波死了吗?他说叛军已经失利了吗?

巴道夫　伯爵,我告诉您吧:要是您的公子没有得到胜利,凭着我的荣誉发誓,我愿意把我的爵位交换一个丝线的带穗。那些话理它作甚!

诺森伯兰　那么特拉佛斯在路上遇见的那个骑马的绅士为什么要说那样丧气的话？

巴道夫　谁，他吗？他一定是个什么下贱的家伙，他所骑的那匹马准是偷来的；凭着我的生命发誓，他的话全是信口胡说。瞧，又有人带消息来了。

　　　　毛顿上。

诺森伯兰　嗯，这个人的脸色就像一本书籍的标题页，预示着它的悲惨的内容；当蛮横的潮水从岸边退去，留下一片侵凌过的痕迹的时候，那种凄凉的景况，正和他脸上的神情相仿。说，毛顿，你是从索鲁斯伯雷来的吗？

毛　顿　启禀爵爷，我是从索鲁斯伯雷一路奔来的；可恶的死神戴上他的最狰狞的面具，正在那里向我们的军队大肆淫威。

诺森伯兰　我的儿子和弟弟怎么样了？你在发抖，你脸上惨白的颜色，已经代替你的舌头说明了你的来意。正是这样一个人，这样没精打采，这样垂头丧气，这样脸如死灰，这样满心忧伤，在沉寂的深宵揭开普里阿摩斯的帐子，想要告诉他他的半个特洛亚已经烧去；可是他还没有开口，普里阿摩斯已经看见火光了；你还没有告诉我你的消息，我已经知道我的潘西死了。你将要这样说，"您的儿子干了这样这样的事；您的弟弟干了这样这样的事；英武的道格拉斯打得怎样怎样勇敢，"用他们壮烈的行为充塞我的贪婪的耳朵；可是到了最后，你却要用一声叹息吹去这些赞美，给我的耳朵一下致命的打击，说，"弟弟、儿子和一切的人，全都死了"。

毛　顿　道格拉斯活着，您的弟弟也没有死；可是公子爷——

诺森伯兰　啊，他死了。瞧，猜疑有一条多么敏捷的舌头！谁只要一担心到他所不愿意知道的事情，就会本能地从别人的眼睛里知道他所忧虑的已经实现。可是说吧，毛顿，告诉你的伯爵说他的猜测是错误的，我一定乐于引咎，并且因为你指斥我的错误而给你重赏。

毛　顿　我是一个太卑微的人，怎么敢指斥您的错误；您的预感太真实了，您的忧虑已经是太确定的事实。

诺森伯兰　可是，虽然如此，你不要说潘西死了。我看见你眼睛里流露出一种异常的神色，供认你所不敢供认的事情；你摇着头，害怕把真话说出，也许你以为那是罪恶。要是他果然死了，老实说吧；报告他的死讯的舌头是无罪的。用虚伪的谰言加在死者的身上才是一件罪恶，说已死的人不在人世，却不是什么过失。可是第一个把不受人欢迎的消息带来的人，不过干了一件劳而无功的工作;他的舌头将要永远像一具悲哀的丧钟,人家一听见它的声音,就会记得它曾经报告过一个逝世的友人的噩耗。

巴道夫　伯爵,我不能想像令郎会这样死了。

毛　顿　我很抱歉我必须强迫您相信我的眼睛所不愿意看见的事情;可是我亲眼看见他血淋淋地在哈利·蒙穆斯之前力竭身亡,他的敌人的闪电般的威力,打倒了纵横无敌的潘西,从此他魂归泉壤,再也不会挺身而起了。总之,他的烈火般的精神,曾经燃烧起他的军中最冥顽的村夫的心灵,现在他的死讯一经传布,最勇锐的战士也立刻消失了他们的火焰和热力;因为他的军队是借着他的钢铁般的意志团结起来的,一旦失去主脑,就像一块块钝重的顽铅似的,大家各自为政;笨重的东西在巨大的压力之下,会用最大的速度飞射出去,我们的兵士失去霍茨波的指挥,他们的恐惧使他们的腿上生了翅膀,飞行的箭还不及他们从战场上逃得快。接着尊贵的华斯特又被捉了去;那勇猛的苏格兰人,嗜血的道格拉斯,他的所向披靡的宝剑曾经接连杀死了三个假扮国王的将士,这时他的勇气也渐渐不支,跟着其余的人一起转背逃走,在惊惶之中不慎失足,也被敌人捉去了。总结一句话,国王已经得胜,而且,爵爷,他已经派遣一支军队,在少年的兰开斯特和威斯摩兰的统率之下,迅速地要来向您进攻了。这就是我所知道的全部消息。

诺森伯兰　我将要有充分的时间为这些消息而悲恸。毒药有时也能治病;在我健康的时候,这些消息也许会使我害起病来;可是因为我现在有病,它们却已经把我的病治愈了几分。正像一个害热病的人,他的衰弱无力的筋骨已经像是破落的门枢,勉强撑持着生命的重担,但是在寒热发作的时候,也会像一阵火一般冲出他的看护者的手臂,我的肢体也是因忧伤而衰弱的,现在却因为被忧伤所激怒,平添了三倍的力气。所以,去吧,你纤细的拐杖!现在我的手上必须套起钢甲的臂鞲;去吧,你病人的小帽!你是个太轻薄的卫士,不能保护我的头颅,使它避免那些乘着战胜之威的王子们的锋刃。现在让钢铁包住我的额角,让这敌意的时代所能带给我的最恶劣的时辰向愤激的诺森伯兰怒目而视吧!让苍天和大地接吻!让造化的巨手放任洪水泛滥!让秩序归于毁灭!让这世界不要再成为一个相持不下的战场!让该隐的精神统治着全人类的心,使每个人成为嗜血的凶徒,这样也许可以提早结束这残暴的戏剧!让黑暗埋葬了死亡!

特拉佛斯　爵爷,这种过度的悲愤会伤害您的身体的。

巴道夫　好伯爵,不要让智慧离开您的荣誉。

毛　顿　您的一切亲爱的同伴们的生命,都依赖着您的健康;要是您在狂暴的感情冲动之下牺牲了您的健康,他们的生命也将不免于毁灭。我的尊贵的爵爷,您在说"让我们前进吧"以前,曾经考虑过战争的结果和一切可能的意外。您早就预料到公子爷也许会在无情的刀剑之下丧生;您知道他是在一道充满着危险的悬崖的边上行走,多半会在中途失足;您明白他的肉体是会受伤流血的,他的一往直前的精神会驱策他去冒出生入死的危险;可是您还是说,"上去!"这一切有力的顾虑,都不能阻止你们坚决的行动。这以后所发生的种种变化,这次大胆的冒险所招致的结果,哪一桩不是在您的意料之中?

巴道夫　我们准备接受这种损失的人全都知道我们是在危险的海上航行,我们的生命只有十分之一的把握;可是我们仍然冒险前进,因为想望中的利益使我们不再顾虑可能的祸害;虽然失败了,还是要再接再厉。来,让我们把身体财产一起捐献出来,重振我们的声威吧。

毛　顿　这是刻不容缓的了。我的最尊贵的爵爷,我听到千真万确的消息,善良的约克大主教已经征集了一支优秀的军队,开始行动;他是一个能够用双重的保证约束他的部下的人。在公子爷手下作战的兵士,不过是一些行尸走肉、有影无形的家伙,因为叛逆这两个字横亘在他们的心头,就可以使他们的精神和肉体在行动上不能一致;他们勉勉强强上了战阵,就像人们在服药的时候一般做出苦脸,他们的武器不过是为我们虚张声势的幌子,可是他们的精神和灵魂却像池里的游鱼一般,被这"叛逆"二字冻结了。可是现在这位大主教却把叛乱变成了宗教的正义;他的虔诚圣洁为众人所公认,谁都用整个的身心服从他的驱策;他从邦弗雷特的石块上刮下理查王的血,加强他的起兵的理由;说他的行动是奉着上天的旨意;他告诉他们,他要尽力拯救这一个正在强大的波林勃洛克的压力之下奄奄垂毙的流血的国土;这样一来,已有不少人归附他。

诺森伯兰　这我早就知道了;可是不瞒你们说,当前的悲哀已经把它从我的脑中扫去。跟我进来,大家商量一个最妥当的自卫的计划和复仇的方策。备好几匹快马,赶快写信,尽量罗致我们的友人;现在是我们最感到孤立、也最需要援助的时候。(同下。)

第二场　伦敦。街道

约翰·福斯塔夫上，其侍童持剑荷盾后随。

福斯塔夫　喂，你这大汉，医生看了我的尿怎么说？

侍　童　他说，爵爷，这尿的本身是很好很健康的尿；可是撒这样尿的人，也许有比他所知道的更多的病症。

福斯塔夫　各式各样的人都把嘲笑我当做一件得意的事情；这一个愚蠢的泥块——人类——虽然长着一颗脑袋，除了我所制造的笑料和在我身上制造的笑料以外，却再也想不出什么别的笑话来；我不但自己聪明，并且还把我的聪明借给别人。这儿我走在你的前面，就像一头胖大的老母猪，把她整窠的小猪一起压死了，只剩一个在她的背后伸头探脑。那亲王叫你来侍候我，倘不是有意把你跟我做一个对比，就算我是个不会料事的人。你这婊子生的人参，让你跟在我的背后，还不如把你插在我的帽子上。我活了这么大年纪，现在却让一颗玛瑙坠子做起我的跟班来；可是我却不愿意用金银把你镶嵌，我要叫你穿了一身污旧的破衣，把你当做一颗珠宝似的送还给你的主人，那个下巴上还没有生毛的小孩子，你那亲王爷。我的手掌里长出一根胡子来，也比他的脸上长出一根须快一些；可是他偏要说什么他的脸是一副君王之相；上帝也许会把它修改修改，现在它还没有失掉一根毛哩；他可以永远保存这一副君王之相，因为理发匠再也不会从它上面赚六个便士去；可是他却自鸣得意，仿佛他的父亲还是一个单身汉的时候他就是一个汉子了。他可以顾影自怜，可是他已经差不多完全失去我的好感了，我可以老实告诉他。唐勃尔顿对于我做短外套和套裤要用的缎子怎么说？

侍　童　他说，爵爷，您应该找一个比巴道夫更靠得住的保人；他不愿意接受你们两人所立的借据；他不满意这一种担保。

福斯塔夫　让他落在饿鬼地狱里！愿他的舌头比饿鬼的舌头还要烫人！一个婊子生的魔鬼！一个嘴里喊着是呀是的恶奴！一个绅士照顾他的生意，他却要什么担保不担保。这种婊子生的油头滑脑的家伙现在都穿起高底靴来，腰带上挂着一串钥匙；谁要是凭信用向他们赊账，他们就向你要担保。与其让他们用担保堵住我的舌头，我宁愿他们把毒耗子的药塞在我的嘴里。凭着我的骑士的人格,我叫他送来二十二码缎子,他却用担保"二字"答复我。好,让他安安稳稳地睡在担保里吧;因为谁也不能担保他的妻子不偷汉子,头上出了角,自己还不知道哩。巴道夫呢?

侍　童　他到史密斯菲尔去给您老人家买马去了。

福斯塔夫　我从圣保罗教堂那里把他买来,他又要替我在史密斯菲尔买一匹马;要是我能够在窑子里再买一个老婆,那么我就跟班、马儿、老婆什么都有了。

　　　　　大法官及仆人上。

侍　童　爵爷,这儿来的这位贵人,就是把亲王监禁起来的那家伙,因为亲王为了袒护巴道夫而打了他。

福斯塔夫　你别走开;我不要见他。

大法官　走到那里去的是什么人?

仆　人　回大人,他就是福斯塔夫。

大法官　就是犯过盗案嫌疑的那个人吗?

仆　人　正是他,大人;可是后来他在索鲁斯伯雷立了军功,听人家说,现在正要带一支军队到约翰·兰开斯特公爵那儿去。

大法官　什么,到约克去吗?叫他回来。

仆　人　约翰·福斯塔夫爵士!

福斯塔夫　孩子,对他说我是个聋子。

侍　童　您必须大点儿声说,我的主人是个聋子。

大法官　我相信他是个聋子,他的耳朵是从来不听好话的。去,揪他袖子一把,我必须跟他说话。

仆　人　约翰爵士!

福斯塔夫　什么!一个年轻的小子,却做起叫花来了吗?外边不是在打仗吗?难道你找不到一点儿事情做?国王不是缺少着子民吗?叛徒们不是需要着兵士吗?虽然跟着人家造反是一件丢脸的事,可是做叫花比造反还要丢脸得多哩。

仆　人　爵士,您看错人了。

福斯塔夫　啊,难道我说你是个规规矩矩的好人吗?把我的骑士的身份和军人的资格搁在一旁,要是我果然说过这样的话,我就是撒了个大大的谎。

仆　人　那么,爵士,就请您把您的骑士身份和军人资格搁在一旁,允许我对

266

您说您撒了个大大的谎，要是您说我不是一个规规矩矩的好人。

福斯塔夫　我允许你对我说这样的话！我把我的天生的人格搁在一旁！哼，
　　　就是绞死我，也不会允许你。你要想得到我的允许，还是自己去挨绞吧！
　　　你这认错了方向的家伙，去！滚开！

仆　人　爵士，我家大人要跟您说话。

大法官　约翰·福斯塔夫爵士，让我跟您说句话。

福斯塔夫　我的好大人！上帝祝福您老人家！我很高兴看见您老人家到外边
　　　来走走；我听说您老人家有病；我希望您老人家是听从医生的劝告才到外
　　　面来走动走动的。您老人家虽说还没有完全度过青春时代，可是总也算
　　　上了点儿年纪了，有那么点儿老气横秋的味道。我要恭恭敬敬地劝告您
　　　老人家务必多多注意您的健康。

大法官　约翰爵士，在您出发到索鲁斯伯雷去以前，我曾经差人来请过您。

福斯塔夫　不瞒您老人家说，我听说王上陛下这次从威尔士回来，有点儿不大舒服。

大法官　我不跟您讲王上陛下的事。上次我叫人来请您的时候，您不愿意来见我。

福斯塔夫　而且我还听说王上陛下害的正是那种可恶的中风病。

大法官　好，上帝保佑他早早痊愈！请您让我跟您说句话。

福斯塔夫　不瞒大人说，这一种中风病，照我所知道的，是昏睡病的一种，是一种血液麻痹和刺痛的病症。

大法官　您告诉我这些话做什么呢？它是什么病，就让它是什么病吧。

福斯塔夫　它的原因，是过度的忧伤和劳心，头脑方面受到太大的刺激。我曾经从医书上读到他的病源；害这种病的人，他的耳朵也会变聋。

大法官　我想您也害这种病了，因为您听不见我对您说的话。

福斯塔夫　很好，大人，很好。不瞒大人说，我害的是一种听而不闻的病。

大法官　给您的脚跟套上脚镣，就可以把您的耳病治好；我倒很愿意做一次您的医生。

福斯塔夫　我是像约伯①一样穷的，大人，可是却不像他那样好耐性。您老人家因为看我是个穷光蛋，也许可以开下您的药方，把我监禁起来；可是我愿不愿意做一个受您诊视的病人，却是一个值得聪明人考虑一下的问题。

大法官　我因为您犯着按律应处死刑的罪案嫌疑，所以叫您来跟我谈谈。

福斯塔夫　那时候我因为听从我的有学问的陆军法律顾问的劝告，所以没有来见您。

大法官　好，说一句老实话，约翰爵士，您的名誉已经扫地啦。

福斯塔夫　我看我长得这样胖，倒是肚子快扫地啦。

大法官　您的收入虽然微薄，您的花费倒很可观。

福斯塔夫　我希望倒转过来就好了。我希望我的收入很肥，我的腰细一点儿。

大法官　您把那位年轻的亲王导入歧途。

福斯塔夫　不，是那位年轻的亲王把我导入歧途。我就是那个大肚子的家伙，

---

①　约伯（Job），以忍耐贫穷著称的圣徒，见《圣经·约伯记》。

他是我的狗。

大法官　好,我不愿意重新挑拨一个新愈的痛疮;您在索鲁斯伯雷白天所立的军功,总算把您在盖兹山前黑夜所干的坏事遮盖过去了。您应该感谢这动乱的时世,让您轻轻地逃过了这场官司。

福斯塔夫　大人!

大法官　可是现在既然一切无事,您也安分点儿吧;留心不要惊醒一头睡着的狼。

福斯塔夫　惊醒一头狼跟闻到一头狐狸是同样糟糕的事。

大法官　嘿!您就像一支蜡烛,大部分已经烧去了。

福斯塔夫　我是一支狂欢之夜的长明烛,大人,全是脂油做成的。——我说"脂油"一点儿也不假,我这股胖劲儿就可以证明。

大法官　您头上每一根白发都应该提醒您做一个老成持重的人。

福斯塔夫　它提醒我生命无常,应该多吃吃喝喝。

大法官　您到处跟随那少年的亲王,就像他的恶神一般。

福斯塔夫　您错了,大人;恶神是个轻薄小儿,我希望人家见了我,不用磅秤也可以看出我有多重。可是我也承认在某些方面我不大吃得开,我也不知道是怎么回事。在这市侩得志的时代,美德是到处受人冷眼的。真正的勇士都变成了管熊的役夫;智慧的才人屈身为酒店的侍者,把他的聪明消耗在算账报账之中;一切属于男子的天赋的才能,都在世人的嫉视之下成为不值分文。你们这些年老的人是不会替我们这辈年轻人着想的;你们凭着你们冷酷的性格,评量我们热烈的情欲;我必须承认,我们这些站在青春最前列的人,也都是天生的荡子哩。

大法官　您的身上已经写满了老年的字样,您还要把您的名字登记在少年人的名单里吗?您不是有一双昏花的眼、一对干瘪的手、一张焦黄的脸、一把斑白的胡须、两条瘦下去的腿、一个胖起来的肚子吗?您的声音不是已经嘎哑,您的呼吸不是已经短促,您的下巴上不是多了一层肉,您的智慧不是一天一天空虚,您的全身每一部分不是都在老朽腐化,您却还要自命为青年吗?啐,啐,啐,约翰爵士!

福斯塔夫　大人,我是在下午三点钟左右出世的,一生下来就有一头白发和一个圆圆的肚子。我的喉咙是因为高声嚷叫和歌唱圣诗而嘎哑的。我不愿再用其他的事实证明我的年轻;说句老实话,只有在识见和智力方面,我才是个老成练达的人。谁要是愿意拿出一千马克来跟我赛跳舞,让他把那笔钱借给我,我一定奉陪。讲到那亲王给您的那记耳光,他打得固然像一个野蛮的王子,您挨他的打,却也不失为一个贤明的大臣。关于那回事情,我已经责备过他了,这头小狮儿也自知后悔;呃,不过他并不穿麻涂灰,却是用新鲜的绸衣和陈年的好酒表示他的忏悔。

大法官　好,愿上帝赐给亲王一个好一点儿的伴侣!

福斯塔夫　愿上帝赐给那伴侣一个好一点儿的亲王! 我简直没有法子把他甩开。

大法官　好,王上已经把您和哈尔亲王两下分开了。我听说您正要跟随约翰·兰开斯特公爵去讨伐那大主教和诺森伯兰伯爵。

福斯塔夫　嗯,我谢谢您出这好聪明的主意。可是你们这些坐在家里安享和平的人们,你们应该祷告上天,不要让我们两军在大热的天气交战,因为凭着上帝起誓,我只带了两件衬衫出来,我是不预备流太多的汗的;要是碰着大热的天气,我手里挥舞的不是一个酒瓶,但愿我从此以后再不口吐白沫。只要有什么危险的行动胆敢探出头来,总是把我推上前去。好,我不是能够长生不死的。可是咱们英国人有一种怪脾气,要是他们有了一件好东西,总要使它变得平淡无奇。假如你们一定要说我是个老头子,你们就该让我休息。我但求上帝不要使我的名字在敌人的耳中像现在这样可怕;我宁愿我的筋骨在懒散中生锈而死去,不愿让不断的劳动磨空了我的身体。

大法官　好,做一个规规矩矩的好人;上帝祝福您出征胜利!

福斯塔夫　您老人家肯不肯借我一千镑钱,壮壮我的行色?

大法官　一个子儿也没有,一个子儿也没有。再见;请向我的表兄威斯摩兰代言致意。(大法官及仆人下。)

福斯塔夫　要是我会替你代言致意,让三个汉子用大槌把我捣烂吧。老年人总是和贪心分不开的,正像年轻人个个都是色鬼一样;可是一个因为痛风病而愁眉苦脸,一个因为杨梅疮而遍身痛楚,所以我也不用诅咒他们了。孩子!

侍　童　爵爷!

福斯塔夫　我钱袋里还有多少钱?

侍　童　七格罗①二便士。

福斯塔夫　我这钱袋的消瘦病简直无药可医;向人告借,不过使它苟延残喘,
　　　那病是再也没有起色的了。把这封信送给兰开斯特公爵;这一封送给亲
　　　王;这一封送给威斯摩兰伯爵;这一封送给欧苏拉老太太,自从我发现我
　　　的下巴上的第一根白须以后,我就每星期发誓要跟她结婚。去吧,你知道
　　　什么地方可以找到我。(侍童下)这该死的痛风! 这该死的梅毒! 不是痛
　　　风,就是梅毒,在我的大拇脚趾上作怪。好,我就跛着走也罢;战争可以作
　　　为我的掩饰,我拿那笔奖金理由也可以显得格外充足。聪明人善于利用
　　　一切;我害了这一身病,非得靠它发一注利市不可。(下。)

第三场　约克。大主教府中一室

　　　　　约克大主教、海司丁斯、毛勃雷及巴道夫上。

约　　克　我们这一次起事的原因,你们各位都已经听见了;我们有多少的人力
　　　物力,你们也都已知道了;现在,我的最尊贵的朋友们,请你们坦白地发表
　　　你们对于我们这次行动前途的意见。第一,司礼大人,您怎么说?

毛勃雷　我承认我们这次起兵的理由非常正大;可是我很希望您给我一个明
　　　白的指示:凭着我们这一点实力,我们怎么可以大胆而无畏地挺身迎击国
　　　王的声势浩大的军队。

海司丁斯　我们目前已经征集了两万五千名优秀的士卒;我们的后援大部分
　　　依靠着尊贵的诺森伯兰,他的胸中正在燃烧着仇恨的怒火。

巴道夫　问题是这样的,海司丁斯勋爵:我们现有的两万五千名兵士,要是没
　　　有诺森伯兰的援助,能不能支持作战?

海司丁斯　有他做我们的后援,我们当然可以支持作战。

巴道夫　嗯,对了,关键就在这里。可是假如没有他的援助,我们的实力就会
　　　觉得过于微弱的话,那么,照我的意思看来,在他的援助没有到达以前,我
　　　们还是不要操之过急的好;因为像这样有关生死存亡的大事,是不能容许
　　　对于不确定的援助抱着过分乐观的推测和期待的。

约　　克　您说得很对,巴道夫勋爵;因为年轻的霍茨波在索鲁斯伯雷犯的就是

---

① 格罗(Groat),英国古银币名,合四便士。

这一种错误。

巴道夫　正是,大主教;他用希望增强他自己的勇气,用援助的空言作为他的食粮,想望着一支虚无缥缈的军队,作为他的精神上的安慰;这样,他凭着只有疯人才会有的广大的想像力,把他的军队引到死亡的路上,闭着眼睛跳下了毁灭的深渊。

海司丁斯　可是,恕我这样说,把可能的希望列入估计,总不见得会有什么害处。

巴道夫　要是我们把这次战争的命运完全寄托在希望上,那希望对于我们却是无益而有害的,正像我们在早春时候所见的初生的蓓蕾一般,希望不能保证它们开花结实,无情的寒霜却早已摧残了它们的生机。当我们准备建筑房屋的时候,我们第一要测量地基,然后设计图样;打好图样以后,我们还要估计建筑的费用,要是那费用超过我们的财力,就必须把图样重新改绘,设法减省一些人工,或是根本放弃这一项建筑计划。现在我们所进行的这件伟大的工作,简直是推翻一个旧的王国,重新建立一个新的王国,所以我们尤其应该熟察环境,详定方针,确立一个稳固的基础,询问测量师,明了我们自身的力量,是不是能够从事这样的工作,对抗敌人的压迫;否则要是我们徒然在纸上谈兵,把战士的名单代替了实际上阵的战士,那就像一个人打了一幅他的力量所不能建筑的房屋的图样,造了一半就中途停工,丢下那未完成的屋架子,让它去受凄风苦雨的吹淋。

海司丁斯　我们的希望现在还是很大的,即使它果然成为泡影,即使我们现有的人数已经是我们所能期待的最大限度的军力,我想凭着这一点儿力量,也尽可和国王的军队互相匹敌。

巴道夫　什么!国王也只有两万五千个兵士吗?

海司丁斯　来和我们交战的军力不过如此;也许还不满此数哩,巴道夫勋爵。为了应付乱局,他的军队已经分散在三处:一支攻打法国,一支讨伐葛兰道厄,那第三支不用说是对付我们的。这地位动摇的国王必须三面应敌,他的国库也已经罗掘俱空了。

约　克　他决不会集合他的分散的军力,向我们全力进攻,这一点我们是尽可放心的。

海司丁斯　要是他出此一策,他的背后毫无防御,法国人和威尔士人就会乘虚进袭;那是不用担心的。

巴道夫　　看来他会派什么人带领他的军队到这儿来？

海司丁斯　兰开斯特公爵和威斯摩兰；他自己和哈利·蒙穆斯去打威尔士；可是我还没有得到确实的消息，不知道进攻法国的军队归哪一个人带领。

约　　克　让我们前进，把我们起兵的理由公开宣布。民众已经厌倦于他们自己所选择的君王；他们过度的热情已经感到逾量的饱足。在群众的好感上建立自己的地位，那基础是易于动摇而不能巩固的。啊，你痴愚的群众！当波林勃洛克还不曾得到你所希望于他的今日这一种地位以前，你曾经用怎样的高声喝彩震撼天空，为他祝福；现在你的愿望已经满足，你那饕餮的肠胃里却又容不下他，要把他呕吐出来了。你这下贱的狗，你正是这样把尊贵的理查吐出你的馋腹，现在你又想吞食你呕下的东西，因为找不到它而猖猖吠叫了。在这种覆雨翻云的时世，还有什么信义？那些在理查活着的时候但愿他死去的人们，现在却对他的坟墓迷恋起来；当他跟随着为众人所爱慕的波林勃洛克的背后，长吁短叹地经过繁华的伦敦的时候，你曾经把泥土丢掷在他的庄严的头上，现在你却在高呼，"大地啊！把那个国王还给我们，把这一个拿去吧！"啊，可诅咒的人们的思想！过去和未来都是好的，现在的一切却为他们所憎恶。

　毛勃雷　我们要不要就去把军队集合起来,准备出发?

　海司丁斯　我们是受时间支配的,时间命令我们立刻前去。(同下。)

第 二 幕

第一场　伦敦。街道

快嘴桂嫂率爪牙带一童儿上，罗网随后。

桂　嫂　爪牙大爷，您把状纸递上去没有？

爪　牙　递上去了。

桂　嫂　您那伙计呢？他是不是一个强壮的汉子？他不会给人吓退吗？

爪　牙　喂，罗网呢？

桂　嫂　主啊，噢！好罗网大爷！

罗　网　有，有。

爪　牙　罗网，咱们必须把约翰·福斯塔夫爵士逮捕起来。

桂　嫂　是，好罗网大爷；我已经把他和他的同党们一起告下啦。

罗　网　说不定咱们有人要送了性命，因为他会拔出剑来刺人的。

桂　嫂　嗳哟！你们可得千万小心；他在我自己屋子里也会拔出剑来刺我，全
　　　　然像一头畜生似的不讲道理。不瞒两位说，他只要一拔出他的剑，什么事
　　　　情他都干得出来；他会像恶鬼一般逢人乱刺，无论男人、女人、孩子，他都
　　　　会不留情的。

爪　牙　要是我能够和他交手，我就不怕他的剑有多么厉害。

桂　嫂　我也不怕；我可以在一旁帮您的忙。

爪　牙　我只要能揪住他，把他一把抓住——

桂　嫂　他这一去我就完啦；不瞒两位说，他欠我的账是算也算不清的。好爪
　　　　牙大爷，把他牢牢抓住；好罗网大爷，别让他逃走。不瞒两位说，他常常到
　　　　派亚街去买马鞍；那绸缎铺子里的史密斯大爷今天请他在伦勃特街的野
　　　　猪头酒店里吃饭。我的状纸既然已经递上去，这件官司闹得大家都知道

了,千万求求两位把他送官究办。一百个马克对于一个孤零零的苦女人是一笔太大的数目,欠了不还,叫人怎么过日子?我已经忍了又忍,忍了又忍;他却今天推明天,明天推后天,一味胡赖,简直不要脸。这个人一点儿良心都没有;女人又不是驴子,又不是畜生,可以给随便哪一个混蛋欺负的。那边来的就是他;那个酒糟鼻子的恶棍巴道夫也跟他在一起。干你们的公事吧,干你们的公事吧,爪牙大爷和罗网大爷;替我,替我,替我干你们的公事吧。

　　　约翰·福斯塔夫、侍童及巴道夫上。

福斯塔夫　啊!谁家的母马死了?什么事?

爪　牙　约翰爵士,快嘴桂嫂把您告了,我要把您逮捕起来。

福斯塔夫　滚开,奴才!拔出剑来,巴道夫,替我割下那混蛋的头;把这泼妇扔在水沟里。

桂　嫂　把我扔在水沟里!我才要把你扔在水沟里呢。你敢?你敢?你这不要脸的光棍!杀人啦!杀人啦!啊,你这采花蜂!你要杀死上帝和王上的公差吗?啊,你这害人的混蛋!你专会害人,你要男人的命,也要女人的命。

福斯塔夫　别让他们走近,巴道夫。

爪　牙　劫犯人啦!劫犯人啦!

桂　嫂　好人,快劫几个犯人来吧①! 你敢? 你敢? 你敢? 你敢? 好,好,你
　　　这流氓! 好,你这杀人犯!

福斯塔夫　滚开,你这贱婆娘! 你这烂污货! 你这臭花娘! 我非得掏你后门
　　　不可!

　　　　　大法官率侍从上。

大法官　什么事? 喂,不要吵闹!

桂　嫂　我的好老爷,照顾照顾我! 我求求您,帮我讲句公道话儿!

大法官　啊,约翰爵士! 怎么! 凭您这样的身份、年纪、职位,却在这儿吵架
　　　吗? 您早就应该到约克去了。站开,家伙;你为什么拉住他?

桂　嫂　啊,我的大老爷,启禀老爷,我是依斯特溪泊的一个穷苦的寡妇,我已
　　　经告了他一状,他们两位是来把他捉到官里去的。

大法官　他欠你多少钱?

桂　嫂　钱倒还是小事,老爷;我的一份家业都给他吃光啦。他把我的全部家
　　　私一起装进他那胖肚子里去;可是我一定要问你要回一些来,不然我会像
　　　噩梦一般缠住你不放的。

福斯塔夫　要是叫我占了上风,我还得缠住你呢。

大法官　怎么会有这样的事,约翰爵士? 哼! 哪一个好性子的人受得住这样
　　　的叫骂? 您把一个可怜的寡妇逼得走投无路,不觉得惭愧吗?

福斯塔夫　我一共欠你多少钱?

桂　嫂　呃,你要是有良心的话,你不但欠我钱,连你自己也是我的。在圣灵
　　　降临节②后的星期三那天,你在我的房间里靠着煤炉,坐在那张圆桌子的
　　　一旁,曾经凭着一盏金边的酒杯向我起誓;那时候你因为当着亲王的面前
　　　说他的父亲像一个在温莎卖唱的人,被他打破了头,我正在替你揩洗伤
　　　口,你就向我发誓,说要跟我结婚,叫我做你的夫人。你还赖得了吗? 那
　　　时候那个屠夫的妻子胖奶奶不是跑了进来,喊我快嘴桂嫂吗? 她来问我
　　　要点儿醋,说她已经煮好了一盆美味的龙虾;你听了就想分一点儿尝尝,
　　　我就告诉你刚受了伤,这些东西还是忌嘴的好;你还记得吗? 她下楼以
　　　后,你不是叫我不要跟这种下等人这样亲热,说是不久她们就要尊我一声

①　桂嫂听不懂"劫犯人"这一法律用语,误以为是"找帮手",所以说"快劫几个犯人来吧"。
②　圣灵降临节(Wheeson week),复活节后第七个星期。

太太吗？你不是搂住我亲了个嘴,叫我拿三十个先令给你吗？现在我要叫你按着《圣经》发誓,看你还能抵赖不能。

福斯塔夫　　大人,这是一个可怜的疯婆子;她在市上到处告诉人家,说您像她的大儿子。她本来是个有头有脑的人,不瞒您说,是贫穷把她逼疯啦。至于这两个愚笨的公差,我要请您把他们重重惩处。

大法官　　约翰爵士,约翰爵士,您这种颠倒是非的手段,我是素来领教的。一副若无其事的神气,一串厚颜无耻的谎话,都不能使我改变我的公正的立场。照我看来,是您用诡计欺骗了这个容易受骗的女人,一方面拐了她的钱,一方面奸占了她的身体。

桂　嫂　　是的,一点儿不错,老爷。

大法官　　你不要说话——把您欠她的钱还给她,痛痛忏悔您对她所犯的罪恶。

福斯塔夫　　大人,我不能默忍这样的辱骂。您把堂堂的直言叫做厚颜无耻;要是有人除了打躬作揖以外,一言不发,那才是一个正直的好人。不,大人,我知道我自己的身份,不敢向您有什么渎请;可是我现在王命在身,急如星火,请您千万叫这两个公差把我放了。

大法官　　听您说来,好像您有干坏事的特权似的;可是为了您的名誉起见,还是替这可怜的女人想想办法吧。

福斯塔夫　　过来,老板娘。(拉桂嫂至一旁。)

　　　　　高厄上。

大法官　　啊,高厄先生! 什么消息?

高　厄　　大人,王上和亨利亲王就要到来了;其余的话都写在这纸上。(以信授大法官。)

福斯塔夫　　凭着我的绅士的身份——

桂　嫂　　哎,这些话您都早已说过了。

福斯塔夫　　好了,那种事情咱们不用再提啦。

桂　嫂　　凭着我脚底下踹着的这块天堂一般的土地起誓,我可非得把我的盘子跟我那餐室里的织锦挂帷一起当掉不可啦。

福斯塔夫　　留下几只杯子喝喝酒,也就够了。你的墙壁上要是需要一些点缀,那么一幅水彩的滑稽画,或是浪子回家的故事,或是德国人出猎的图画,尽可以抵得上一千幅这种破床帘和给虫咬过的挂帷。你有本领就去当十镑钱吧。来,倘不是你的脾气太坏,全英国都找不到一个比你更好的娘儿

们。去把你的脸洗洗,把你的状纸撤回来吧。来,你不能对我发这样的脾气;你还不知道我吗?来,来,我知道你这回一定是受了人家的撺掇。

桂　嫂　约翰爵士,您还是拿二十个诺勃尔①去吧。不瞒您说,我真舍不得当掉我的盘子呢,上帝保佑我!

福斯塔夫　让它去吧;我会向别处设法的。你到底还是一个傻子。

桂　嫂　好,我一定如数给您,即使我必须当掉我的罩衫。我希望您会到我家里来吃晚饭。您会一起还给我吗?

福斯塔夫　我不是死人,会骗你吗?(向巴道夫)跟她去,跟她去;钉紧了,钉紧了。

桂　嫂　晚餐的时候您要不要叫桃儿·贴席来会会您?

福斯塔夫　不必多说;叫她来吧。(桂嫂、巴道夫、捕役及侍童下。)

大法官　消息可不大好。

福斯塔夫　什么消息,我的好大人?

大法官　王上昨晚驻跸在什么地方?

高　厄　在巴辛斯多克,大人。

福斯塔夫　大人,我希望一切顺利;您听到什么消息?

---

①　诺勃尔(Noble),英国古金币名。

大法官　他的军队全部回来了吗？

高　厄　不，一千五百个步兵，还有五百骑兵，已经调到兰开斯特公爵那里，帮着打诺森伯兰和那大主教去了。

福斯塔夫　王上从威尔士回来了吗，我的尊贵的大人？

大法官　我不久就把信写好给您。来，陪着我去吧，好高厄先生。

福斯塔夫　大人！

大法官　什么事？

福斯塔夫　高厄先生，我可以请您赏光陪我用一次晚餐吗？

高　厄　我已经跟这位大人有约在先了；谢谢您，好约翰爵士。

大法官　约翰爵士，您在这儿逗留得太久了，您是要带领军队出征去的。

福斯塔夫　您愿意陪我吃一顿晚饭吗，高厄先生？

大法官　约翰爵士，哪一个傻瓜老师教给您这些礼貌？

福斯塔夫　高厄先生，要是这些礼貌不合我的身份，那么教我这些礼貌的人一定是个傻瓜。（向大法官）比起剑来就是这个劲儿，大人，一下还一下，谁也不吃亏。

大法官　愿上帝开导你的愚蒙！你是个大大的傻瓜。（各下。）

第二场　同前。另一街道

亲王及波因斯上。

亲　王　当着上帝的面前起誓，我真是疲乏极了。

波因斯　会有那样的事吗？我还以为疲乏是不敢侵犯像您这样一位血统高贵的人的。

亲　王　真的，它侵犯到我的身上了，虽然承认这一件事是会损害我的尊严的。要是我现在想喝一点儿淡啤酒，算不算有失身份？

波因斯　一个王子不应该这样自习下流，想起这种淡而无味的贱物。

亲　王　那么多半我有一副下贱的口味，因为凭良心说，我现在的确想起这贱东西淡啤酒。可是这种卑贱的思想，真的已经使我厌倦于我的高贵的地位了。记住你的名字，或是到明天还认识你的脸，这对于我是多么丢脸的事！还要记着你有几双丝袜：一双是你现在穿的，还有一双本来是桃红色的；或者你有几件衬衫：哪一件是穿着出风头的，哪一件是家常穿的！可

是那网球场的看守人比我还要明白你的底细,因为你不去打球的日子,他就知道你正在闹着衬衫的恐慌;你的荷兰麻布衬衫已经遭到瓜分的惨祸,所以你也好久不上网球场去了。天晓得那些裹着你的破衬衫当尿布的小家伙们会不会继承王国;但是接生婆都说不是孩子的过错,这样一来世界人口自然不免增多,子弟们的势力也就越来越大了。

波因斯　您在干了那样辛苦的工作以后,却讲起这些无聊的废话来,真太不伦不类啦!告诉我,您的父亲现在病得这样厉害,有几个孝顺的少年王子会在这种时候像您一样跟人家闲聊天?

亲　王　我要不要告诉你一件事情,波因斯?

波因斯　您说吧,我希望它是一件很好的事情。

亲　王　对你这样低级的头脑来说,就得算不错了。

波因斯　得了,你要讲的不过一句话,我总还招架得住。

亲　王　好,我告诉你,现在我的父亲有病,我是不应该悲哀的;虽然我可以告
　　　　诉你——因为没有更好的人,我只好把你当做朋友——我不是不会悲哀,
　　　　而且的的确确是真心的悲哀。

波因斯　为了这样一个题目而悲哀,恐怕未必见得。

亲　王　哼,你以为我也跟你和福斯塔夫一样,立意为非,不知悔改,已经在魔
　　　　鬼的簿上挂了名,再也没有得救的希望了;让结果评定一个人的真正价值
　　　　吧。告诉你吧,我的心因为我的父亲害着这样的重病,正在悲伤泣血;可
　　　　是当着你这种下流的伙伴的面前,我只好收起一切悲哀的外貌。

波因斯　请问您的理由?

亲　王　要是我流着眼泪,你会觉得我是一个何等之人?

波因斯　我要说您是一个最高贵的伪君子。

亲　王　每一个人都会这样想,你是一个有福的人,能够和众人思想一致;世
　　　　上再没有人比你更善于随波逐流了。真的谁都要说我是个伪君子。什么
　　　　理由使你的最可敬的思想中发生这一种意见呢?

波因斯　因为您素来的行为是那么放荡,老是跟福斯塔夫那种家伙在一起。

亲　王　还有你。

波因斯　天日在上,人家对于我的批评倒是很好的,我自己的耳朵还听得见
　　　　呢;他们所能指出的我的最大的弱点,也不过说我是我的父亲的第二个儿
　　　　子,而且我是一个能干的汉子;这两点我承认都是我无能为力的。啊,巴
　　　　道夫来了。

　　　　　　巴道夫及侍童上。

亲　王　还有我送给福斯塔夫的那个童儿;我把他送去的时候,他还是个基督
　　　　徒,现在瞧,那胖贼不是把他变成一头小猴子了吗?

巴道夫　上帝保佑殿下!

亲　王　上帝保佑你,最尊贵的巴道夫。

巴道夫　(向侍童)来,你这善良的驴子,你这害羞的傻瓜,干吗又要脸红了?
　　　　有什么难为情的?你全然变成了个大姑娘般的骑士啦!喝了一口半口酒
　　　　儿又有什么关系?

侍　童　殿下,他从一扇红格子窗里叫我,我望着窗口,怎么也瞧不清他的脸;
　　　　好容易才被我发现了他的眼睛,我还以为他在卖酒婆子新做的红裙上剪
　　　　了两个窟窿,他的眼睛就在那窟窿里张望着呢。

亲　王　这孩子不是进步了吗？

巴道夫　去你的，你这婊子养的两只腿站着的兔子，去你的。

侍　童　去你的，你这不成材的阿尔西亚的梦，去你的。

亲　王　给我们说说，孩子；什么梦，孩子？

侍　童　殿下，阿尔西亚不是梦见自己生下一个火把吗？所以我叫他阿尔西亚的梦。

亲　王　因为你说得好，赏你这一个克郎；拿去，孩子。（以钱给侍童。）

波因斯　啊！但愿这朵鲜花不要给毛虫蛀了。好，我也给你六便士。

巴道夫　你们总要叫他有一天陪着你们一起上绞架的。

亲　王　你的主人好吗，巴道夫？

巴道夫　很好，殿下。他听说殿下回来了，有一封信给您。

波因斯　这封信送得很有礼貌。你的肥猪主人好吗？

巴道夫　他的身体很健康，先生。

波因斯　呃，他的灵魂需要一个医生；可是他对于这一点却不以为意，灵魂即使有病也不会死的。

亲　王　这一块大肉瘤跟我亲热得就像他是我的狗儿一般；他不忘记他自己的身份，你瞧他怎样写着。

波因斯　“骑士约翰·福斯塔夫”——他一有机会，就向每一个人卖弄他这一个头衔；正像那些和国王有同宗之谊的人们一样，每一次刺伤了手指，就要说，“又流了一些国王的血了”。你要是假装不懂他的意思，问他为什么，他就会立刻回答你，正像人们要向别人借钱的时候连忙脱帽子一样爽快，“我是王上的不肖的侄子，先生。”

亲　王　可不是吗？那帮人专门要和我们攀亲戚，哪怕得一直往上数到老祖宗雅弗。算了，读信吧。

波因斯　“骑士约翰·福斯塔夫爵士敬问皇太子威尔士亲王亨利安好。”哎哟，这简直是一张证明书。

亲　王　别插嘴！

波因斯　“我要效法罗马人的简洁”：——他的意思准是指说话接不上气，不是文章简洁——“我问候您，我赞美您，我向您告别。不要太和波因斯亲热，因为他自恃恩宠，到处向人发誓说您要跟他的妹妹耐儿结婚。有空请自己忏悔忏悔，再会了。您的朋友或者不是您的朋友，那要看您怎样对待

283

他而定,杰克·福斯塔夫——这是我的知交们对我的称呼;约翰——我的兄弟姊妹是这样叫我的;约翰爵士——全欧洲都知道这是我的名号。"殿下,我要把这封信浸在酒里叫他吃下去。

亲　王　他是食言而肥的好手,吃几个字儿是算不了什么的。可是奈德,你也这样对待我吗?我必须跟你的妹妹结婚吗?

波因斯　但愿上帝赐给那丫头这么好的福气!可是我从来没有说过这句话。

亲　王　好,我们不要再像呆子一般尽在这儿浪费时间了,智慧的天使还坐在云端嘲笑我们呢。你的主人就在伦敦吗?

巴道夫　是,殿下。

亲　王　他在什么地方吃晚饭?那老野猪还是钻在他那原来的猪圈里吗?

巴道夫　还在老地方,殿下,依斯特溪泊。

亲　王　有些什么人跟他做伴?

侍　童　几个信仰旧教的酒肉朋友,殿下。

亲　王　有没有什么女人陪他吃饭?

侍　童　没有别人,殿下,只有桂大妈和桃儿·贴席姑娘。

亲　王　那是个什么娼妇?

侍　童　一个良家女子,殿下,她是我的主人的亲戚。

亲　王　正像教区的小母牛跟镇上的老公牛同样的关系。奈德,我们要不要趁他吃晚饭的时候偷偷地跑到他们那里去?

波因斯　我是您的影子,殿下;您到哪儿我就跟到哪儿。

亲　王　喂,孩子,巴道夫,不要对你们主人说我已经到了城里;这是赏给你们的闭口钱。(以钱给巴道夫及侍童。)

巴道夫　我是个哑巴,殿下。

侍　童　我管住我的舌头就是了,殿下。

亲　王　再见,去吧。(巴道夫及侍童下)这桃儿·贴席准是个婊子。

波因斯　不瞒您说,她正像圣奥尔本到伦敦之间的公路一般,什么人都跟她有来往的。

亲　王　我们今晚怎样可以看看福斯塔夫的本来面目,而不让他看见我们呢?

波因斯　各人穿一件皮马甲,披一条围裙,我们可以权充酒保,在他的桌子上侍候。

亲　王　朱庇特曾经以天神之尊化为公牛,一个重大的堕落!我现在从王子

降为侍者,一个卑微的变化! 这正是所谓但问目的,不择手段。跟我来,
奈德。(同下。)

第三场 华克渥斯。诺森伯兰城堡前

诺森伯兰、诺森伯兰夫人及潘西夫人上。

诺森伯兰　亲爱的妻子,贤惠的儿媳,请你们安安静静地让我去进行我的危险
　　的任务;不要在你们的脸上反映这时代的骚乱,使我的繁杂的心绪受到更
　　大的搅扰。

诺森伯兰夫人　我已经灰了心,不愿再说什么了。照您的意思干吧;让您的智
　　慧指导您的行动。

诺森伯兰　唉! 亲爱的妻子,我的荣誉已经发生动摇,只有奋身前去,才可以
　　把它挽救回来。

潘西夫人　啊! 可是为了上帝的缘故,不要去参加这种战争吧。公公,您曾经
　　毁弃过对您自己更有切身关系的诺言;您的亲生的潘西,我那心爱的亨
　　利,曾经好多次引颈北望,盼他的父亲带着援兵到来,可是他终于望了个
　　空。那时候是谁劝您不要出兵的? 两重的荣誉已经丧失了,您自己的荣

誉和您儿子的荣誉。讲到您自己的荣誉,愿上帝扫清它的雾障吧!他的荣誉却是和他不可分的,正像太阳永远高悬在苍苍的天宇之上一样;全英国的骑士都在他的光辉鼓舞之下,表现了他们英雄的身手。他的确是高贵的青年们的一面立身的明镜;谁不曾学会他的步行的姿态,等于白生了两条腿;说话急速不清本来是他天生的缺点,现在却成为勇士们应有的语调,那些能够用低声而迁缓的调子讲话的人,都宁愿放弃他们自己的特长,模拟他这一种缺点;这样无论在语音上,在步态上,在饮食娱乐上,在性情气质上,在治军作战上,他的一言一动,都是他人效法的规范。然而他,啊,天神一般的他!啊,人类中的奇男子!这盖世无双的他,却得不到您的援助;你竟忍心让他在不利的形势中,面对着狰狞可怖的战神;让他孤军苦战,除了霍茨波的英名之外,再也没有可以抵御敌人的武力;您是这样离弃了他!千万不要,啊!千万不要再给他的亡魂这样的侮辱,把您对于别人的信誉看得比您对于他的信誉更重;让他们去吧。那司礼大臣和那大主教的实力是很强大的;要是我那亲爱的亨利有他们一半的军力,今天也许我可以攀住霍茨波的颈项,听他谈起蒙穆斯的死了。

诺森伯兰 嗳哟,贤媳!你用这样悲痛的申诉重新揭发我的往日的过失,使我的心都寸寸碎裂了。可是我必须到那里去和危险面面相对,否则危险将要在更不利的形势之下找到我。

诺森伯兰夫人 啊!逃到苏格兰去,且待这些贵族和武装的民众们一度试验过他们的军力以后,再决定您的行止吧。

潘西夫人 要是他们能够占到国王的上风,您就可以加入他们的阵线,使他们的实力因为得到您这一支铁军的支持而格外坚强;可是为了我们对您的爱心,先让他们自己去试一下吧。您的儿子就是因为轻于尝试而惨遭牺牲,我也因此而成为寡妇;我将要尽我一生的岁月,用我的眼泪浇灌他的遗念,使它发芽怒长,高插云霄,替我那英勇的丈夫永远留下一个记忆。

诺森伯兰 来,来,跟我进去吧。我的心正像涨到顶点的高潮一般,因为极度的冲激,反而形成静止的状态,决不定行动的方向。我渴想着去和那大主教相会,可是几千种理由阻止我前往。我还是决定到苏格兰去吧;在那里权且栖身,等有利的形势向我招手的时候再作道理。(同下。)

第四场　依斯特溪泊。野猪头酒店中一室

　　　　二酒保上。

酒保甲　见鬼的,你拿了些什么来呀?干苹果吗?你知道约翰爵士见了干苹果就会生气的。

酒保乙　嗳哟,你说得对。有一次亲王把一盘干苹果放在他面前,对他说又添了五位约翰爵士;他又把帽子脱下,说:"现在我要向你们这六位圆圆的干瘪的老骑士告别了。"他听了这话好不生气;可是现在他也把这回事情忘了。

酒保甲　好,那么铺上桌布,把那些干苹果放下来。你再去找找斯尼克的乐队;桃儿姑娘是要听一些音乐的。赶快;他们吃饭的房间太热啦,他们马上就要来的。

酒保乙　喂,亲王和波因斯大爷也就要到这儿来啦;他们要借咱们两件皮马甲和围裙穿在身上,可是不能让约翰爵士知道,巴道夫已经这样吩咐过了。

酒保甲　嘿,咱们又有热闹看啦;这准是一场有趣的恶作剧。

酒保乙　我去瞧瞧能不能把斯尼克找到。(下。)

　　　　快嘴桂嫂及桃儿·贴席上。

桂　嫂　真的,心肝,我看你现在身体很好;你的脉搏跳得再称心没有了;你的脸色红得就像一朵玫瑰花;真的,我不骗你!可是我要说句老实话,你还是少喝一点儿卡那利酒的好,那是一种刺激性极强的葡萄酒,你还来不及嚷一声"什么",它早已通到你全身的血管里去了。你现在好吗?

桃　儿　比从前好一点儿了;呃哼!

桂　嫂　啊,那很好;一颗好心抵得过黄金。瞧!约翰爵士来啦。

　　　　福斯塔夫唱歌上。

福斯塔夫　(唱)"亚瑟登位坐龙廷,"——去把夜壶倒了。(酒保甲下)——"圣明天子治凡民。"啊,桃儿姑娘!

桂　嫂　她闲着没事做,快要闷出病来啦,真的不骗您。

福斯塔夫　她们都是这样;只要一安静下来,就会害病的。

桃　儿　你这肮脏的坏家伙,这就是你给我的安慰吗?

福斯塔夫　咱们这种坏家伙都是被你们弄胖了的,桃儿姑娘。

287

桃　儿　我把你们弄胖了！谁叫你们自己贪嘴，又不知打哪儿染上了一身恶病，弄成这么一副又胖又肿的怪样子；干我什么事！

福斯塔夫　我的馋嘴是给厨子害的，我的病是给你害的，桃儿；这病是你传的，我的可怜的名门闺秀，这你可不能否认。

桃　儿　不错，把我的链子首饰全传给你了。

福斯塔夫　（唱）"浑身珠宝遍身疮，"——你也知道交战要凶，走道就得瘸着腿；在关口冲杀得起劲，长枪就弯了；完了还得若无其事地去找医生，吃点儿苦头——

桃　儿　你去上吊吧，你这肮脏的老滑头，你去上吊吧！

桂　嫂　嗳哟，你们老是这样子，一见面就要吵；真的，你们两人的火性躁得就像两片烘干的面包，谁也容不得谁。这算什么呀！正像人家说的，女人是一件柔弱中空的器皿，你应该容忍他几分才是。

桃　儿　一件柔弱中空的器皿容得下这么一只满满的大酒桶吗？他那肚子里的波尔多酒可以装满一艘商船呢；无论哪一间船舱里都比不上他那样装得结结实实。来，杰克，我愿意跟你做个朋友；你就要打仗去了，咱们以后还有没有见面的日子，那是谁也不会关心的。

　　　　　　酒保甲重上。

酒保甲　爵爷，毕斯托尔旗官在下边，他要见您说话。

桃　儿　该死的装腔作势的家伙！别让他进来；他是全英国最会说坏话的恶棍。

桂　嫂　要是他装腔作势，别让他到这儿来；不，凭着我的良心发誓，我必须跟我的邻居们住在一起，我不能让装腔作势的人走进我的屋子，破坏我的清白的名声。把门关上；什么装腔作势的人都别让他进来。我活了这么大岁数，现在却要让人家在我的面前装腔作势吗？请你把门关了。

福斯塔夫　你听我说，老板娘。

桂　嫂　您不要吵，约翰爵士；装腔作势的人是不能走进这间屋子里来的。

福斯塔夫　你听我说啊；他是我的旗官哩。

桂　嫂　啐，啐！约翰爵士，您不用说话，您那装腔作势的旗官是不能走进我的屋子里来的。前天我碰见典狱长铁锡克大爷，他对我说——那句话说来不远，就在上星期三——"桂大嫂子，"他说；——咱们的牧师邓勃先生那时也在一旁；——"桂大嫂子，"他说，"你招待客人的时候，要拣那些文

雅点儿的,因为,"他说,"你现在的名气不大好;"他说这句话,我知道是
为了什么缘故;"因为,"他说,"你是一个规规矩矩的女人,大家都很看重
你;所以你要留心你所招待的是些什么客人;不要,"他说,"不要让那种
装腔作势的家伙走进你的屋子。"我不能让那种家伙到这儿来——听了
他的话,才叫人佩服哩。不,我不能让装腔作势的家伙进来。

福斯塔夫　他不是个装腔作势的人,老板娘;凭良心说,他是一个不中用的骗子,
　　　　你可以轻轻地抚拍他,就像他是一个小狗一般。要是一只巴巴里母鸡竖
　　　　起羽毛,表示反抗的样子,他也不会向它装腔作势。叫他上来,酒保。(酒
　　　　保甲下。)

桂　嫂　您说他是个骗子吗?好人,骗子,我这儿一概来者不拒;可是不瞒你
　　　　们说,我顶恨的是装腔作势;人家一说起装腔作势来我就受不了。列位瞧
　　　　吧,我全身都在发抖,真的不骗你们。

桃　儿　你真的在发抖哩,店主太太。

桂　嫂　真的吗?是呀,我的的确确在发抖,就像一片白杨树叶似的;我一听
　　　　见装腔作势就受不了。

　　　　　　毕斯托尔、巴道夫及侍童上。

毕斯托尔　上帝保佑您,约翰爵士!

福斯塔夫　欢迎,毕斯托尔旗官。来,毕斯托尔,这儿我倒下一杯酒,你去劝我
　　　　那店主太太喝了。

毕斯托尔　我要请她吃两颗子弹哩,约翰爵士。

福斯塔夫　她是不怕子弹的,伙计。她决不会在乎。

桂　嫂　哼,我也不要吃子弹,也不要喝酒;我爱喝就喝,不爱喝就不喝,完全听我自己的便。

毕斯托尔　那么你来,桃儿姑娘;我就向你进攻。

桃　儿　向我进攻! 我瞧不起你,你这下流的家伙! 嘿! 你这穷鬼、贱奴、骗子,没有衬衫的光棍! 滚开,你这倒楣的无赖! 滚开! 我是你主人嘴里的肉,你不要发昏吧。

毕斯托尔　我认识你就是啦,桃儿姑娘。

桃　儿　滚开,你这扒手! 你这龌龊的小贼,滚开! 凭着这一杯酒发誓,要是你敢对我放肆无礼,我要把我的刀子插进你那倒楣的嘴巴里去。滚开,你这酒鬼! 你这耍刀弄剑的老江湖骗子,你! 从什么时候起你学会这么威风的,大爷? 天晓得,肩膀上又添了两根带子了,真了不起!

毕斯托尔　我不撕碎你的绉领,上帝不让我活命!

福斯塔夫　别闹了,毕斯托尔,我不准你在这儿闹事。离开我们,毕斯托尔。

桂　嫂　不,好毕斯托尔队长;不要在这儿闹事,好队长。

桃　儿　队长! 你这可恶的该死的骗子! 你好意思听人家叫你队长吗? 队长们要是都和我一样的心,他们一定会用军棍把你打出队伍,因为你胆敢冒用他们的称呼。你是个队长,你这奴才! 你立下什么功劳,做起队长来啦? 因为你在酒店里扯碎一个可怜的妓女的绉领吗? 他是个队长! 哼,恶棍! 他是靠着发霉的煮熟梅子和干面饽饽过活的。一个队长! 天哪,这些坏人们是会把队长两个字变成和“干事”一样难听。“干事”原来也是正正经经的话,后来全让人给用臭了。队长们可得留意点儿才是。

巴道夫　请你下去吧,好旗官。

福斯塔夫　你过来听我说,桃儿姑娘。

毕斯托尔　我不下去;我告诉你吧,巴道夫伍长,我可以把她撕成片片。我一定要向她复仇。

侍　童　请你下去吧。

毕斯托尔　我要先看她掉下地狱里去,到那阴司的寒冰湖里,叫她尝尝各种毒刑的味道。抓紧鱼钩和线,我说。下去吧,下去吧,畜生们;下去吧,命运。希琳不在这儿吗?

桂　嫂　好毕斯托尔队长,不要闹;天色已经很晚啦,真的。请您消一消您的怒气吧。

毕斯托尔　好大的脾气,哼！日行三十英里的下乘驽马,都要自命为恺撒、坎尼保①和特洛亚的希腊人了吗？还是让看守地狱的三头恶狗把它们咬死了吧。我们必须为了那些无聊的东西而动武吗？

桂　嫂　真的,队长,您太言重啦。

巴道夫　去吧,好旗官;这样下去准会闹出一场乱子来的。

毕斯托尔　让人们像狗一般死去！让王冠像别针一般可以随便送人！希琳不在这儿吗？

桂　嫂　不瞒您说,队长,这儿实在没有这么一个人。真是呢！您想我会不放她进来吗？看在上帝的面上,静一静吧！

毕斯托尔　那么吃吃喝喝,把你自己养得胖胖的,我的好人儿。来,给我点儿酒。"人生不得意,借酒且浇愁。"怕什么排阵的大炮？不,让魔鬼向我们开火吧。给我点儿酒;心肝宝剑,你躺在这儿吧。（将剑放下）事情就这样完了,没有下文吗？

福斯塔夫　毕斯托尔,我看你还是安静点儿吧。

毕斯托尔　亲爱的骑士,我吻你的拳头。嘿！咱们是见过北斗七星的呢。

桃　儿　为了上帝的缘故,把他丢到楼底下去吧！我受不了这种说大话的恶棍。

毕斯托尔　"把他丢到楼底下去！"这小马好大的威风！

福斯塔夫　巴道夫,像滚铜子儿一般把他推下去吧。哼,要是他一味胡说八道,咱们这儿可容不得他。

巴道夫　来,下去下去。

毕斯托尔　什么！咱们非动武不可吗？非流血不可吗？（将剑攫入手中）那么愿死神摇着我安眠,缩短我的悲哀的生命吧！让伤心惨目的创伤解脱命运女神的束缚！来吧,阿特洛波斯②!

桂　嫂　事情闹得越来越大啦！

福斯塔夫　把我的剑给我,孩子。

---

① 毕斯托尔误将罗马大将汉尼拔(Hannibal)说成坎尼保(cannibal),意思变成了"吃人者"。

② 阿特洛波斯(Atropos),希腊神话中三命运女神之一。

桃　儿　我求求你,杰克,我求求你,不要拔出剑来。

福斯塔夫　给我滚下去。(拔剑。)

桂　嫂　好大的一场乱子!我从此以后,再不开什么酒店啦,这样的惊吓我可
　　　　　受不了。这一回准要弄出人命来。唉!唉!收起你们的家伙,收起你们
　　　　　的家伙吧!(巴道夫、毕斯托尔下。)

桃　儿　我求求你,杰克,安静下来吧;那坏东西已经去了。啊!你这婊子生
　　　　　的勇敢的小杂种,你!

桂　嫂　您那大腿弯儿里有没有受伤?我好像看见他向您的肚子下面戳了
　　　　　一剑。

　　　　　　巴道夫重上。

福斯塔夫　你把他撵到门外去没有?

巴道夫　是,爵爷;那家伙喝醉了。您伤了他的肩部,爵爷。

福斯塔夫　混账东西,当着我面前撒起野来!

桃　儿　啊,你这可爱的小流氓,你!唉,可怜的猴子,你流多少汗哪!来,让
　　　　　我替你擦干了脸;来呀,你这婊子生的。啊,坏东西!真的,我爱你。你就
　　　　　像特洛亚的赫克托尔一般勇敢,抵得上五个阿伽门农,比九大伟人还要胜
　　　　　过十倍。啊,坏东西!

福斯塔夫　混账的奴才!我要把他裹在毯子里抛出去。

桃　儿　好的,要是你有这样的胆量;你要是把他裹在毯子里抛出去,我就把
　　　　　你裹在被子里卷起来。

　　　　　　乐队上。

侍　童　乐队来了,爵爷。

福斯塔夫　叫他们奏起来。列位,奏起来吧。坐在我的膝盖上,桃儿。好一个
　　　　　说大话的混账奴才!这恶贼见了我逃得就像水银一般快。

桃　儿　真的,你追赶他却像一座教堂一般动都不动。你这婊子生的漂亮的
　　　　　小野猪,什么时候你才白天不吵架,晚上不使剑,收拾起你的老皮囊来归
　　　　　天去呢?

　　　　　　亲王及波因斯乔装酒保自后上。

福斯塔夫　闭嘴,好桃儿!不要讲这种丧气话,不要向我提醒我的结局。

桃　儿　喂,那亲王是怎么一副脾气?

福斯塔夫　一个浅薄无聊的好小子;叫他在伙食房里当当差倒很不错,他一定

会把面包切得好好的。

桃　　儿　　他们说波因斯有很好的才情。

福斯塔夫　　他有很好的才情！哼,这猴子!他的才情有一粒芥末子那么大呢。
要是他会思想,一根木棒也会思想了。

桃　　儿　　那么亲王为什么这样喜欢他呢?

福斯塔夫　　因为他们两人的腿长得一般粗细;他掷得一手好铁环儿;他爱吃鳗
鱼和茴香;他会玩吞火龙的戏法;他会跟孩子们踏跷跷板;他会跳凳子;他
会发漂亮的誓;他的靴子擦得很亮,好像替他的腿做招牌似的;讲起那些
不雅的故事来,他总是津津不倦;诸如此类的玩意儿,都是他的看家本领,
它们表现着一颗孱弱的心灵和一副强壮的身手,因为亲王也正是这样一
个人,所以才把他引为同调。把他们两人放在天平上称起来,正是一个半
斤,一个八两。

亲　　王　　这家伙想要叫人家割掉他的耳朵吗?

波因斯　咱们当着他那婊子的面前揍他一顿吧。

亲　王　瞧这老头儿心痒难熬,把他的头发都搔得像鹦鹉头上的羽毛似的根根直竖了。

波因斯　一个已经多年不行此道的人,情欲还这样旺盛,这不是很奇怪的事吗?

福斯塔夫　吻我,桃儿。

亲　王　今年土星和金星①双星聚会!历书上怎么说?

波因斯　你看,侍候他的那个火光腾腾的红鼻子的第三颗行星也在跟主人的心腹、记事本和老鸨子说知心话呢。

福斯塔夫　你这样吻我,真使我受宠若惊了。

桃　儿　凭着我的良心发誓,我是用一颗不变的真心吻你的。

福斯塔夫　我老了,我老了。

桃　儿　我爱你胜过无论哪一个没出息的毛头小子。

福斯塔夫　你要用什么料子做裙子?我星期四就可以拿到钱,明天就给你买一顶帽子。唱一支快乐的歌儿!来,天已经很晚,咱们可以上床了。我走了以后,你会忘记我的。

桃　儿　凭着我的良心发誓,你要是说这样的话,我可要哭啦。在你没有回来以前,你瞧我会不会打扮得整整齐齐的。好,咱们日久见人心。

福斯塔夫　拿点儿酒来,弗兰西斯!

亲　王
波因斯　(上前)就来,就来,先生。

福斯塔夫　嘿!一个当今王上的私生子?你不是波因斯的兄弟吗?

亲　王　哼,你这满载着罪恶的地球!你在过着什么样的一种生活呀!

福斯塔夫　比你好一点儿;我是个绅士,你是个酒保。

亲　王　好一个绅士!我要揪住你的耳朵拉你出去。

桂　嫂　啊!上帝保佑殿下!凭着我的良心发誓,欢迎你回到伦敦来。上帝祝福你那可爱的小脸儿!耶稣啊!您是从威尔士来的吗?

福斯塔夫　你这下流的疯王子,凭着这一块轻狂淫污的血肉,(指桃儿)我欢迎你。

① 古人认为是相距最远的两颗行星。

桃　　儿　怎么,你这胖傻瓜!你是什么东西?

波因斯　殿下,要是您不趁此教训他一顿,他会用一副嬉皮笑脸把您的火气消下去,把一切变成一场玩笑的。

亲　　王　你这下流的烛油矿,你,你胆敢当着这一位贞洁贤淑、温柔文雅的姑娘面前把我信口滥骂!

桂　　嫂　祝福您的好心肠!凭着我的良心发誓,她真的是一位好姑娘哩。

福斯塔夫　我的话都给你听见了吗?

亲　　王　是的,而且正像你在盖兹山下逃走的时候一样,你明明知道我在你的背后,却故意用这种话惹我生气。

福斯塔夫　不,不,不,不是这样;我没想到你会听见我的话。

亲　　王　那么我要叫你承认存心把我侮辱,我知道怎样处置你。

福斯塔夫　凭着我的荣誉起誓,哈尔,一点儿没有侮辱的意思,一点儿没有侮辱的意思。

亲　　王　用不堪入耳的话诽谤我,说我是个伙食房里的听差,切面包的侍者,以及诸如此类的谩骂,这还不算侮辱吗?

福斯塔夫　不是侮辱,哈尔。

波因斯　不是侮辱!

福斯塔夫　不是侮辱,奈德;一点儿也没有侮辱的意思,好奈德。我当着恶人的面前诽谤他,为的是不让那些恶人爱上他,这是尽我一个关切的朋友和忠心的臣下的本分,你的父亲应该因此而感谢我的。不是侮辱,哈尔;不是侮辱,奈德,一点儿没有侮辱的意思;不,真的,孩子们,一点儿也没有侮辱的意思。

亲　　王　瞧,恐惧和怯懦不是使你为了取得我们谅解的缘故,竟把这位贤淑的姑娘都任意侮蔑起来了吗?难道她也是个恶人吗?难道你这位店主太太也是个恶人吗?你的童儿也是个恶人吗?正直的巴道夫,他的一片赤心在他的鼻子上发着红光,难道他也是个恶人吗?

波因斯　回答吧,你这枯树,回答吧。

福斯塔夫　魔鬼已经选中巴道夫,再也没法挽回了;他的脸是路锡福的私厨,他专爱在那儿烤酒鬼吃。讲到那童儿,他的身边是有一个善良的天使,可是魔鬼也已经出高价把他收买去了。

亲　　王　那么这两个女人呢?

福斯塔夫 一个已经在地狱里了,用她的孽火燃烧可怜的灵魂。还有一个我欠着她钱,不知道她会不会因此下地狱。

桂　嫂 不,您放心吧。

福斯塔夫 不,我想你不会的;我想你干了这件好事,一定可以超登天堂。呃,可是你还有一个罪名,就是违法犯禁,让人家在你屋子里吃肉;为了这一件罪恶,我想你还是免不了要在地狱里号啕痛哭。

桂　嫂 哪一家酒店菜馆不卖肉? 四旬斋的时候吃一两片羊肉,又有什么关系?

亲　王 你,姑娘——

桃　儿 殿下怎么说?

福斯塔夫 这位殿下嘴里所说的话,都是跟他肉体上的冲动相反的。(内敲门声。)

桂　嫂 谁在那儿把门打得这么响? 到门口瞧瞧去,弗兰西斯。

　　　　皮多上。

亲　王 皮多,怎么啦! 什么消息?

皮　多 您的父王在威司敏斯特;那边有二十个精疲力竭的急使刚从北方到来;我一路走来的时候,碰见十来个军官光着头,满脸流汗,敲着一家家酒店的门,逢人打听约翰·福斯塔夫的所在。

亲　王 天哪,波因斯,骚乱的狂飙像一阵南方的恶风似的挟着黑雾而来,已经开始降下在我们毫无防御的头上了,我真不该这样无聊地浪费着宝贵的时间。把我的剑和外套给我。福斯塔夫,晚安!(亲王、波因斯、皮多及巴道夫同下。)

福斯塔夫 现在正是一夜中间最可爱的一段时光,我们却必须辜负这大好的千金一刻。(内敲门声)又有人打门啦!

　　　　巴道夫重上。

福斯塔夫 啊! 什么事?

巴道夫 爵爷,您必须赶快上宫里去;十几个军官在门口等着您哩。

福斯塔夫 (向侍童)小子,把乐工们的赏钱发了。再会,老板娘;再会,桃儿! 你们瞧,我的好姑娘们,一个有本领的人是怎样的被人所求;庸庸碌碌的家伙可以安心睡觉,干事业的人却连打瞌睡的工夫也没有。再会,好姑娘们。要是他们不叫我马上出发,我在动身以前还会来瞧你们一次的。

桃　儿　我话都说不出来啦;要是我的心不会立刻碎裂——好,亲爱的杰克,
　　　　你自己保重吧。

福斯塔夫　再会,再会!（福斯塔夫及巴道夫下。）

桂　嫂　好,再会吧;到了今年豌豆生荚的时候,我跟你算来也认识了二十九
　　　　个年头啦;可是比你更老实,更真心的汉子——好,再会吧!

巴道夫　（在内）桃儿姑娘!

桂　嫂　什么事?

巴道夫　（在内）叫桃儿姑娘出来见我的主人。

桂　嫂　啊!快跑,桃儿,快跑;快跑,好桃儿。（各下。）

第 三 幕

第一场　威司敏斯特。宫中一室

　　　　亨利王披寝衣率侍童上。

亨利王　你去叫萨立伯爵和华列克伯爵来;在他们未来以前,先叫他们把这封
　　信读一读,仔细考虑一下。快去。(侍童下)我的几千个最贫贱的人民正
　　在这时候酣然熟睡! 睡眠啊! 柔和的睡眠啊! 大自然的温情的保姆,我
　　怎样惊吓了你,你才不愿再替我闭上我的眼皮,把我的感觉沉浸在忘河之
　　中? 为什么,睡眠,你宁愿栖身在烟熏的茅屋里,在不舒适的草荐上伸展
　　你的肢体,让嗡嗡作声的蚊虫催着你入梦,却不愿偃息在香雾氤氲的王侯
　　的深宫之中,在华贵的宝帐之下,让最甜美的乐声把你陶醉? 啊,你冥漠
　　的神灵! 为什么你在污秽的床上和下贱的愚民同寝,却让国王的卧榻变
　　成一个表盒子或是告变的警钟? 在巍峨高耸惊心炫目的桅杆上,你不是
　　会使年轻的水手闭住他的眼睛吗? 当天风海浪做他的摇篮,那巨大的浪
　　头被风卷上高高的云端,发出震耳欲聋的喧声,即使死神也会被它从睡梦
　　中惊醒的时候。啊,偏心的睡眠! 你能够在那样惊险的时候,把你的安息
　　给予一个风吹浪打的水手,可是在最宁静安谧的晚间,最温暖舒适的环境
　　之中,你却不让一个国王享受你的厚惠吗? 那么,幸福的卑贱者啊,安睡
　　吧! 戴王冠的头是不能安于他的枕席的。

　　　　华列克及萨立上。

华列克　陛下早安!

亨利王　现在是早上了吗,两位贤卿?

华列克　已经敲过一点钟了。

亨利王　啊,那么早安,两位贤卿。你们读过我给你们的信没有?

华列克　我们读过了,陛下。

亨利王　那么你们已经知道我们国内的情形是多么恶劣;这一个王国正在害
　　　　着多么危险的疾病,那毒气已经逼近它的心脏了。

华列克　它正像一个有病之身,只要遵从医生的劝告,调养得宜,略进药饵,就
　　　　可以恢复原来的康健。诺森伯兰伯爵虽然参加逆谋,可是他的热度不久
　　　　就会冷下来的。

亨利王　上帝啊!要是一个人可以展读命运的秘籍,预知时序的变迁将会
　　　　使高山夷为平地,使大陆化为沧海!要是他知道时间同样会使环绕大
　　　　洋的沙滩成为一条太宽的带子,束不紧海神消瘦的腰身!要是他知道
　　　　机会将要怎样把人玩弄,生命之杯里满注着多少不同的酒液!啊!要

是这一切能够预先见到,当他遍阅他自己的一生经历,知道他过去有过什么艰险,将来又要遭遇什么挫折,一个最幸福的青年也会阖上这一本书卷,坐下来安心等死的。不满十年以前,理查和诺森伯兰还是一对很好的朋友,常常在一起饮宴,两年以后,他们就以兵戎相见;仅仅八年之前,这潘西是我的最亲密的心腹,像一个兄弟一般为我尽瘁效劳,把他的忠爱和生命呈献在我的足下,为了我的缘故,甚至于当着理查的面前向他公然反抗。可是那时候你们两人中间哪一个在场?(向华列克)你,纳维尔贤卿,我记得是你。理查受到诺森伯兰的责骂以后,他含着满眶的眼泪,曾经说过这样的话,现在他的预言已经证实了:"诺森伯兰,"他说,"你是一道阶梯,我的族弟波林勃洛克凭着你升上我的王座;"虽然那时候上帝知道,我实在没有那样的存心,可是形势上的必要使我不得不接受这一个尊荣的地位。"总有一天,"他接着说,"总有一天卑劣的罪恶将会化脓而溃烂。"这样他继续说下去,预言着今天的局面和我们两人友谊的破裂。

华列克　各人的生命中都有一段历史,观察他以往的行为的性质,便可以用近似的猜测,预断他此后的变化,那变化的萌芽虽然尚未显露,却已经潜伏在它的胚胎之中。凭着这一种观察的方式,理查王也许可以做一个完全正确的推测,因为诺森伯兰既然在那时不忠于他,那奸诈的种子也许会长成更大的奸诈,而您就是他移植他的奸诈的一块仅有的地面。

亨利王　那么这些事实都是必然的吗?让我们就用无畏的态度面对这些必然的事实吧。他们说那主教和诺森伯兰一共有五万军力。

华列克　不会有的事,陛下!谣言会把人们所恐惧的敌方军力增加一倍,正像回声会把一句话化成两句一样。请陛下还是去安睡一会儿吧。凭着我的灵魂起誓,陛下,您已经派出去的军队,一定可以不费力地克奏朕功。我再报告陛下一个好消息,我已经得到确讯,葛兰道厄死了。陛下这两星期来御体违和,这样深夜不睡,对于您的病体是很有妨害的。

亨利王　我愿意听从你的劝告。要是这些内战能够平定下来,两位贤卿,我们就可以远征圣地了。(同下。)

第二场 葛罗斯特郡。夏禄法官住宅前庭院

夏禄及赛伦斯自相对方向上;霉老儿、影子、肉瘤、弱汉、小公牛及众仆等随后。

夏　禄　来,来,来,兄弟;把您的手给我,兄弟,把您的手给我,兄弟。凭着十字架起誓,您起来得真早! 我的赛伦斯贤弟,近来好吗?

赛伦斯　早安,夏禄老兄。

夏　禄　我那位贤弟妇,您的尊阃好吗? 您那位漂亮的令嫒也就是我的干女儿爱伦好吗?

赛伦斯　唉! 一只小鸟雀儿,夏禄老兄!

夏　禄　一定的,兄弟,我敢说我的威廉侄儿是个很有学问的人啦。他还是在牛津,不是吗?

赛伦斯　正是,老哥,我在他身上花的钱可不少哪。

夏　禄　那么他一定快要进法学院了。我从前是在克里门学院的,我想他们现在还在那边讲起疯狂的夏禄呢。

赛伦斯　那时候他们是叫您"浪子夏禄"的,老哥。

夏　禄　老实说,我什么绰号都被他们叫过;真的,我哪一件事情不会干,而且要干就要干得痛快。那时候一个是我,一个是史泰福郡的小约翰·杜易特,一个是黑乔治·巴恩斯,一个是弗兰西斯·匹克蓬,还有一个是考兹华德的威尔·斯奎尔,你在所有的法学院里再也找不出这么四个胡闹的朋友来。我可以告诉你,我们知道什么地方有花姑娘,顶好的几个都是给我们包定了的。现在已经成为约翰爵士的杰克·福斯塔夫,那时候还只是一个孩子,在诺福克公爵托马斯·毛勃雷的身边当一名侍童。

赛伦斯　这一位约翰爵士,老哥,就是要到这儿来接洽招兵事情的那个人吗?

夏　禄　正是这个约翰爵士,正是他。我看见他在学院门前打破了史谷根的头,那时候他还是个不满这么高的小顽皮鬼哩;就在那一天,我在葛雷学院的后门跟一个卖水果的参孙·斯多克菲希打架。耶稣! 耶稣! 我从前过的是多么疯狂的日子! 多少的老朋友我亲眼看见他们一个个地死了啦!

赛伦斯　我们大家都要跟上去的,老哥。

夏　禄　正是，一点儿不错；对得很，对得很。正像写诗篇的人说的，人生不免一死；大家都要死的。两头好公牛在斯丹福市集上可以卖多少钱？

赛伦斯　不骗您，老哥，我没有到那儿去。

夏　禄　死是免不了的。你们贵镇上的老德勃尔现在还活着吗？

赛伦斯　死了，老哥。

夏　禄　耶稣！耶稣！死了！他拉得一手好弓；死了！他射得一手好箭。约翰·刚特非常喜欢他，曾经在他头上下过不少赌注。死了！他会在二百四十步以外射中红心，瞧着才叫人佩服哩。二十头母羊现在要卖多少钱？

赛伦斯　要看情形而定，二十头好母羊也许可以值十镑钱。

夏　禄　老德勃尔死了吗？

赛伦斯　这儿来了两个人，我想是约翰·福斯塔夫爵士差来的。

　　　　巴道夫及另一人上。

巴道夫　早安，两位正直的绅士；请问哪一位是夏禄法官？

夏　禄　我就是罗伯特·夏禄，本郡的一个卑微的乡绅，忝任治安法官之职；尊驾有什么见教？

巴道夫　先生，咱们队长向您致意；咱们队长约翰·福斯塔夫爵士，凭着上天起誓，是个善战的绅士，最勇敢的领袖。

夏　禄　有劳他的下问。我知道他是一位用哨棒的好手。这位好骑士安好吗？我可以问问他的夫人安好吗？

巴道夫　先生，请您原谅，军人志不在家室。

夏　禄　您说得很好，真的，说得很好。"志不在家室！"好得很；真的，那很好；名言佳句，总是值得赞美的。"志不在家室，"这是有出典的，称得起是一句名言。

巴道夫　恕我直言，先生。我这话也是听来的。您管它叫"名言"吗？老实讲，我不懂得什么名言；可是我要凭我的剑证明那是合乎军人身份的话，是很正确的指挥号令的话。"家室"——这就是说，一个人有了家室，或者不妨认为他有了家室，反正怎么都挺好。

夏　禄　说得很对。

　　　　福斯塔夫上。

夏　禄　瞧，好约翰爵士来啦。把您的尊手给我，把您的尊手给我。不说假话，您的脸色很好，一点儿不显得苍老。欢迎，好约翰爵士。

福斯塔夫　我很高兴看见您安好，好罗伯特·夏禄先生。这一位是修尔卡德先生吧？

夏　禄　不，约翰爵士；他是我的表弟赛伦斯，也是我的同僚。

福斯塔夫　好赛伦斯先生，失敬失敬，您做治安工作再好没有。

赛伦斯　贵人光降，欢迎得很。

福斯塔夫　嗳呀！这天气好热，两位先生。你们替我找到五六个壮丁没有？

夏　禄　呃，找到了，爵士。您请坐吧。

福斯塔夫　请您让我瞧瞧他们。

夏　禄　名单呢？名单呢？名单呢？让我看，让我看，让我看。唔，唔，唔，唔，唔，唔，唔；好。霉老儿劳夫！我叫到谁的名字谁就出来，叫到谁的名字谁就出来。让我看，霉老儿在哪里？

霉老儿　有，老爷。

夏　禄　您看怎么样，约翰爵士？一个手脚粗健的汉子；年轻力壮，他的亲友都很靠得住。

福斯塔夫　你的名字就叫霉老儿吗？

霉老儿　正是，回老爷。

福斯塔夫　那么你应该多让人家用用才是。

夏　禄　哈哈哈！好极了！真的！不常用的东西容易发霉；妙不可言。您说得真妙,约翰爵士;说得好极了。

福斯塔夫　取了他。

霉老儿　我已经当过几次兵了,您开开恩,放了我吧。我一去之后,再没有人替我的老娘当家干活了,叫她怎么过日子? 您不用取我;比我更掮得起枪杆的人多着呢。

福斯塔夫　得啦,吵些什么,霉老儿! 你必须去。也该叫你伸伸腿了。

霉老儿　伸伸腿?

夏　禄　别闹,家伙,别闹! 站在一旁。你知道你在什么地方吗? 还有几个,约翰爵士,让我看。影子西蒙!

福斯塔夫　好,他可以让我坐着避避太阳。只怕他当起兵来也是冷冰冰的。

夏　禄　影子在哪里?

影　子　有,老爷。

福斯塔夫　影子,你是什么人的儿子?

影　子　我的母亲的儿子,老爷。

福斯塔夫　你的母亲的儿子! 那倒还是事实,而且你是你父亲的影子;女人的儿子是男人的影子,实在的情形往往是这样的,儿子不过是一个影子,在他身上找不出他父亲的本质。

夏　禄　您喜欢他吗,约翰爵士?

福斯塔夫　影子在夏天很有用处;取了他,因为在我们的兵员册子上,有不少影子充着数哩。

夏　禄　肉瘤托马斯!

福斯塔夫　他在哪儿?

肉　瘤　有,老爷。

福斯塔夫　你的名字叫肉瘤吗?

肉　瘤　是,老爷。

福斯塔夫　你是一个很难看的肉瘤。

夏　禄　要不要取他,约翰爵士?

福斯塔夫　不用;队伍里放着像他这样的人,是会有损军容的。

夏　禄　哈哈哈! 您说得很好,爵士;您说得很好,佩服,佩服。弱汉弗兰西斯!

弱　汉　有,老爷。

福斯塔夫　你是做什么生意的,弱汉?

弱　汉　女服裁缝,老爷。

夏　禄　要不要取他,爵士?

福斯塔夫　也好。可是他要是个男装裁缝,早就自动找上门来了。你会不会在敌人的身上戳满窟窿,正像你在一条女裙上所刺的针孔那么多?

弱　汉　我愿意尽我的力,老爷。

福斯塔夫　说得好,好女服裁缝!说得好,勇敢的弱汉!你将要像暴怒的鸽子或是最雄伟的小鼠一般勇猛。把这女服裁缝取了;好,夏禄先生。把他务必取上,夏禄先生。

弱　汉　老爷,我希望您也让肉瘤去吧。

福斯塔夫　我希望你是一个男人的裁缝,可以把他修改得像样点儿。现在他带着臭虫的队伍已经上千上万了,哪里还能派作普通兵士呢?就这样算了吧,勇气勃勃的弱汉!

弱　汉　好吧,算了,老爷!

福斯塔夫　我领情了,可敬的弱汉。底下该谁了?

夏　禄　小公牛彼得!

福斯塔夫　好,让我们瞧瞧小公牛。

小公牛　有,老爷。

福斯塔夫　凭着上帝起誓,好一个汉子!来,把小公牛取了,瞧他会不会叫起来。

小公牛　主啊！我的好队长爷爷——

福斯塔夫　什么！我们还没有牵着你走,你就叫起来了吗？

小公牛　嗳哟,老爷！我是一个有病的人。

福斯塔夫　你有什么病？

小公牛　一场倒楣的伤风,老爷,还带着咳嗽。就是在国王加冕那天我去打钟的时候得的,老爷。

福斯塔夫　来,你上战场的时候披上一件袍子就得了;我们一定会把你的伤风赶走。我可以想办法叫你的朋友们给你打钟。全都齐了吗？

夏　禄　这儿已经比您所需要的数目多两个人了,在我们这儿您只要取四个人就够啦,爵士;所以请您跟我进去用餐吧。

福斯塔夫　来,我愿意进去陪您喝杯酒儿,可是我没有时间等候用餐。我很高兴看见您,真的,夏禄先生。

夏　禄　啊,约翰爵士,您还记得我们睡在圣乔治乡下的风车里那一晚吗？

福斯塔夫　别提起那句话了,好夏禄先生,别提起那句话了。

夏　禄　哈！那真是一个有趣的晚上。那个琴·耐特渥克姑娘还活着吗？

福斯塔夫　她还活着,夏禄先生。

夏　禄　她总是想撵我走,可就是办不到。

福斯塔夫　啾,啾,她老是说她受不了夏禄先生的轻薄。

夏　禄　真的,我会逗得她发起怒来。那时候她是一个花姑娘。现在怎么样啦？

福斯塔夫　老了,老了,夏禄先生。

夏　禄　啾,她一定老了;她不能不老,她当然要老的;她跟她的前夫生下罗宾的时候,我还没有进克里门学院哩。

赛伦斯　那是五十五年以前的事了。

夏　禄　哈！赛伦斯兄弟,你才想不到这位骑士跟我当时所经历过的种种事情哩。哈！约翰爵士,我说得对吗？

福斯塔夫　我们曾经听过半夜的钟声,夏禄先生。

夏　禄　正是,正是,正是;真的,约翰爵士,我们曾听过半夜的钟声。我们的口号是"哼,孩子们！"来,我们用餐去吧;来,我们用餐去吧。耶稣,我们从前过的是些什么日子！来,来。(福斯塔夫、夏禄、赛伦斯同下。)

小公牛　好巴道夫伍长大爷,帮帮忙,我送您这四个十先令的法国克郎。不瞒您说,大爷,我宁愿给人吊死,大爷,也不愿去当兵;虽然拿我自己来说,大爷,我倒是满不在乎的;可是因为想着总有些不大愿意,而且拿我自己来说,我也很想跟我的亲友们住在一块儿;要不然的话,大爷,拿我自己来说,我倒是不大在乎的。

巴道夫　好,站在一旁。

霉老儿　好伍长爷爷,看在我那老娘的面上,帮帮忙吧;我一去以后,再也没有人替她做事了;她年纪这么老,一个人怎么过得了日子? 我也送给您四十先令,大爷。

巴道夫　好,站在一旁。

弱　汉　凭良心说,我倒并不在乎;死了一次不死第二次,我们谁都欠着上帝一条命。我决不存那种卑劣的心思;死也好,活也好,一切都是命中注定。为王上效劳是每一个人的天职;无论如何,今年死了明年总不会再死。

巴道夫　说得好;你是个好汉子。

弱　汉　真的,我可不存那种卑劣的心思。

　　　　　　福斯塔夫及二法官重上。

福斯塔夫　来,先生,我应该带哪几个人去?

夏　禄　四个,您可以随意选择。

巴道夫　(向福斯塔夫)爵爷,跟您说句话。我已经从霉老儿和小公牛那里拿到三镑钱,他们希望您把他们放走。

福斯塔夫　(向巴道夫)好的。

夏　禄　来,约翰爵士,您要哪四个人?

福斯塔夫　您替我选吧。

夏　禄　好,那么,霉老儿,小公牛,弱汉,影子。

福斯塔夫　霉老儿,小公牛,你们两人听着:你,霉老儿,好好住在家里,等过了兵役年龄再说吧;你,小公牛,等你长大起来,够得上兵役年龄的时候再来吧;我不要你们。

夏　禄　约翰爵士,约翰爵士,您别弄错了;他们是您的最适当的兵丁,我希望您手下都是些最好的汉子。

福斯塔夫　夏禄先生,您要告诉我怎样选择一个兵士吗? 我会注意那些粗壮的手脚、结实的肌肉、高大的身材、雄伟的躯干和一副庞然巨物的外表吗? 我要的是精神,夏禄先生。这儿是肉瘤,您瞧他的样子多么寒伧;可是他向你攻击起来，就会像锡镴匠的锤子一般敏捷，一来一往，比辘轳上的吊桶还快许多。还有这个阴阳怪气的家伙，影子，我要的正是这样的人；他不会被敌人认作目标，敌人再也瞄不准他，正像他们瞄不准一柄裁纸刀的锋口一般。要是在退却的时候，那么这女服裁缝弱汉逃走起来一定是多么迅速！啊！给我那些瘦弱的人，我不要高大的汉子。拿一杆枪给肉瘤，巴道夫。

巴道夫　拿着，肉瘤，冲上去；这样，这样，这样。

福斯塔夫　来，把你的枪拿好了。嗯，很好，很好，好得很。啊，给我一个瘦小苍老、皱皮秃发的射手，这才是我所需要的。说得好，真的，肉瘤；你是个好家伙，拿着，这是赏给你的六便士。

夏　禄　他不懂得拿枪的技术，他的姿势完全不对。我记得我在克里门学院的时候，在迈伦德草场上——那时我在亚瑟王的戏剧里扮演着窦谷纳特爵士——有一个小巧活泼的家伙，他会这样举起他的枪，走到这儿，走到那儿；他会这样冲过去，冲过去，嘴里嚷着"啦嗒嗒，砰！砰！"一下子他又去了，一下子他又来了；我再也看不到像他这样一个家伙。

福斯塔夫　这几个人很不错，夏禄先生。上帝保佑您，赛伦斯先生，我知道您不爱说话，所以也不跟您多说了。再会，两位绅士；我谢谢你们；今晚我还要赶十二英里路呢。巴道夫，把军衣发给这几个兵士。

夏　禄　约翰爵士，上帝祝福您，帮助您得胜荣归！上帝赐给我们和平！您回来的时候，请到我们家里来玩玩，重温我们旧日的交情；也许我会跟着您一起上一趟宫廷哩。

福斯塔夫　但愿如此，夏禄先生。

夏　禄　好，那么一言为定。上帝保佑您！

福斯塔夫　再会，善良的绅士们！（夏禄、赛伦斯下）巴道夫，带着这些兵士们前进。（巴道夫及新兵等同下）我回来的时候，一定要把这两个法官收拾一下；我已经看透了这个夏禄法官。主啊，主啊！我们有年纪的人多么容易犯这种说谎的罪恶。这个干瘦的法官一味向我夸称他年轻时候的放荡，每三个字里头就有一个是谎，送到人耳朵里比给土耳其苏丹纳贡还要快。我记得他在克里门学院的时候，他的样子活像一个晚餐以后用干酪削成的人形；要是脱光了衣服，他简直是一根有桠杈的萝卜，上面安着一颗用刀子刻的稀奇古怪的头颅。他瘦弱得那样厉害，眼睛近视的人简直瞧不见他的形状。他简直是个饿鬼,可是却像猴子一般贪淫。在时髦的事情上他样样落伍;他把从车夫们嘴里学来的歌曲唱给那些老吃鞭子的婆婆奶奶们听,发誓说那是他所中意的曲子。现在这一柄小丑手里的短剑却做起乡绅来了,他提起约翰·刚特,亲密得好像是他的把兄弟一般;我可以发誓说他只在比武场上见过约翰·刚特一次,而且那时候他因为在司礼官的卫士身边挤来挤去,还被他们打破了头哩。我亲眼看见的,还和约翰·刚特说他尽管瘦也还是赶不上夏禄,因为你可以把他连衣服带身体一起塞进一条鳗鲡皮里;一管高音笛的套子对于他就是一所大厦,一座宫殿;现在他居然有田有地,牛羊成群了。好,要是我万一回来,我要跟他结识结识;我要叫他成为我的点金石。既然大鱼可以吞食小鱼,按照自然界的法则,我想不出为什么我不应该抽他几分油水。让时间安排一切吧,我就言止于此。(下。)

第 四 幕

第一场　约克郡—森林

　　　　约克大主教、毛勃雷、海司丁斯及余人等上。

约　　克　　这座森林叫什么名字？

海司丁斯　　这是高尔特里森林,大主教。

约　　克　　各位贵爵,让我们就在这儿站住,打发几个探子去探听我们敌人的
　　　　　　数目。

海司丁斯　　我们早已叫人探听去了。

约　　克　　那很好。我的共襄大举的朋友和同志们,我必须告诉你们我已经接
　　　　　　到诺森伯兰新近寄出的信,那语气十分冷淡,大意是这样说的:他希望他
　　　　　　能够征集一支实力强大的军队,亲自带领到我们这儿来;可是这目的并不
　　　　　　能达到,所以他已经退避到苏格兰去,在那里待机而动;最后他诚心祈祷
　　　　　　我们能够突破一切危险和敌人的可怕的阻力,实现我们的企图。

毛勃雷　　这样说来,我们寄托在他身上的希望,已经堕地而化为粉碎了。

　　　　　　一使者上。

海司丁斯　　现在你有什么消息？

使　　者　　在这森林之西不满一英里路以外,军容严整的敌人正在向前推进;根
　　　　　　据他们全军所占有的地面计算,我推测他们的人数在三万左右。

毛勃雷　　那正是我们所估计的数目。让我们迅速前进,和他们在战场上相见。

　　　　　　威斯摩兰上。

约　　克　　哪一位高贵的使臣访问我们来了？

毛勃雷　　我想那是威斯摩兰伯爵。

威斯摩兰　　我们的主帅兰开斯特公爵约翰王子敬问你们各位安好。

约　　克　威斯摩兰伯爵,请您和平地告诉我们您的来意。

威斯摩兰　那么,大主教,我要把您作为我的发言的主要的对象。要是叛乱不
　　　脱它的本色,不过是一群乌合之众的暴动,在少数嗜杀好乱的少年领导之
　　　下,获得那些无赖贱民的拥护;要是它果然以这一种适合于它的本性的面
　　　目出现,那么您,可尊敬的神父,以及这几位尊贵的勋爵,决不会厕身于他
　　　们的行列,用你们的荣誉替卑劣残暴的叛徒丑类张目。您,大主教,您的
　　　职位是借着国内的和平而确立的,您的须髯曾经为和平所吹拂,您的学问
　　　文章都是受着和平的甄陶,您的白袍象征着纯洁、圣灵与和平的精神,为
　　　什么您现在停止您的优美的和平的宣讲,高呼着粗暴喧嚣的战争的口号,
　　　把经典换了甲胄,把墨水换了鲜血,把短笔换了长枪,把神圣的辩舌化成
　　　了战场上的号角?

约　　克　为什么我要采取这样的行动?这是您对我所发的疑问。我的简单的

答案是这样的:我们都是害着重病的人;过度的宴乐和荒淫已经使我们遍身像火烧一般发热,我们必须因此而流血;我们的前王理查就是因为染上这一种疾病而不治身亡的。可是,我的最尊贵的威斯摩兰伯爵,我并不以一个医生自任,虽然我现在置身在这些战士们的中间,我并不愿做一个和平的敌人;我的意思不过是暂时借可怖的战争为手段,强迫被无度的纵乐所糜烂的身心得到一些合理的节制,对那开始遏止我们生命活力的障碍做一番彻底的扫除。再听我说得明白一些:我曾经仔细衡量过我们的武力所能造成的损害和我们自己所身受的损害,发现我们的怨愤比我们的过失更重。我们看见时势的潮流奔赴着哪一个方向,在环境的强力的挟持之下,我们不得不适应大势,离开我们平静安谧的本位。我们已经把我们的不满列为条款;在适当的时间,我们将要把它们公开宣布。这些条款在很久以前,我们曾想呈递给国王,但多方祈求仍不能邀蒙接受。当我们受到侮辱损害,准备申诉我们的怨苦的时候,我们总不能得到面谒国王的机会,而那些阻止我们看见他的人,也正就是给我们最大的侮辱与损害的人。新近过去的危机——它的用血写成的记忆还留着鲜明的印象——以及当前每一分钟所呈现的险象,使我们穿起了这些不合身的武装;我们不是要破坏和平,而是要确立一个名实相符的真正和平。

威斯摩兰　你们的请求什么时候曾经遭到拒绝?王上有什么对不起你们的地方?哪一个贵族曾经把你们排挤倾轧,使你们不得不用神圣的钤印,盖在这一本非法流血的叛逆的书册上,把暴动的残酷的锋刃当做了伸张正义的工具?

约　　克　我要解除我的同胞民众在他们自己家国之内所忍受的痛苦与迫害。

威斯摩兰　这一种拯救是不需要的,而且那也不是您的责任。

毛勃雷　这是他,也是我们大家的责任,因为我们都是亲身感觉到往日的创伤,而现今的局面又在用高压的手段剥夺我们每个人的荣誉。

威斯摩兰　啊!我的好毛勃雷勋爵,您只要把这时代中所发生的种种不幸解释为事实上不可避免的结果,您就会说,您所受到的伤害,都是时势所造成,不是国王给予您的。可是照我看来,无论对于王上或是对于当前的时势,您个人都没有任何可以抱怨的理由。您的高贵而遗念尚新的令尊诺福克公爵的采地,不是已经全部归还您了吗?

毛勃雷　我的父亲从来不曾丧失过他的尊荣,有什么必须在我身上恢复的?

当初先王对他十分爱重,可是为了不得已的原因把他放逐;那时亨利·波林勃洛克和他都已经跃马横枪,顶盔披甲,他们的眼睛里放射着火光,高声吹响的喇叭催召他们交锋,什么都不能阻止我的父亲把枪尖刺进波林勃洛克的胸中;啊! 就在那时候,先王掷下了他的御杖,他自己的生命也就在这一掷之中轻轻断送;他不但抛掷了自己的生命,无数的生命也相继在波林勃洛克的暴力之下成为牺牲。

威斯摩兰　毛勃雷勋爵,您现在都不知道自己在说些什么了。海瑞福德公爵当时在英国是被认为最勇敢的骑士的,谁知道那时候命运会向什么人微笑? 可是即使令尊在那次决斗中得到胜利,他也决不能把他的胜利带出科文特里以外去;因为全国人民都要一致向他怒斥,他们虔诚的祈祷和爱戴的忠诚,完全倾注在海瑞福德的身上,他受到人民的崇拜和祝福远过于那时的国王。可是这些都是题外闲文,和我此来的使命无涉。我奉我们高贵的主帅之命,到这儿来询问你们有什么愤懑不平;他叫我告诉你们,他准备当面接见你们,要是你们的要求在他看来是正当的,他愿意给你们满足,一切敌意的芥蒂都可以置之不问。

毛勃雷　这是他被迫向我们提出的建议,只是出于一时的权谋,并没有真实的诚意。

威斯摩兰　毛勃雷,你抱着这样的见解,未免太过于自负了。这一个建议是出于慈悲的仁心,并不是因为恐惧而提出的,瞧! 你们一眼望去,就可以看见我们的大军,凭着我的荣誉发誓,他们都抱着无限的自信,决不会让一丝恐惧的念头进入他们的心中。我们的队伍里拥有着比你们更多的知名人物,我们的兵士受过比你们更完善的训练,我们的甲胄和你们同样坚固,我们的名义是堂堂正正的,那么为什么我们的勇气会不及你们呢? 不要说我们是因被迫而向你们提出这样的建议。

毛勃雷　好,我们拒绝谈判,这是我的意思。

威斯摩兰　那不过表明你们罪恶昭彰,因为理屈词穷,才会这样一意孤行。

海司丁斯　约翰王子是不是有充分的权力,可以代表他的父亲对我们所提的条件做完全的决定?

威斯摩兰　凭着主将的身份,他当然有这样的权力。我奇怪您竟会发出这样琐细的问题。

约　克　那么,威斯摩兰伯爵,就烦您把这张单子带去,那上面载明着我们全

体的怨愤。照着我们在这儿所提出的每一个条款,给我们适当的补偿;凡
是参加我们这次行动的全体人员,不论以往现在,必须用确切可靠的形
式,赦免他们的罪名;把我们的愿望立刻付之实行,我们就会重新归返臣
下恭顺的本位,集合我们的力量,确保永久的和平。

威斯摩兰　我就把这单子拿去给主将看。请各位大人当着我们两军的阵前跟
我们相会;但愿上帝帮助我们缔结和平,否则我们必须用武力解决彼此的
争端。

约　克　伯爵,我们一定出场就是了。(威斯摩兰下。)

毛勃雷　我的心头有一种感觉告诉我,我们的和平条件是不能成立的。

海司丁斯　那您不用担心;要是我们能够在我们所坚持的那种范围广大的条
件上缔结和平,并且努力坚持它们的实现,我们的和平一定可以像山岩一
般坚固。

毛勃雷　是的,可是我们决不会得到信任;今后一切无聊的挑拨和借端寻衅的
指控都会使国王回忆起这次事件。即使我们是为王室而殉身的忠臣义
士,在暴风的簸扬之下,我们的谷粒和糠秕将要不分轻重,善恶将要混淆
无别。

约　克　不,不,大人。注意这一点:国王已经厌倦于这种吹毛求疵的责难,他
发现杀死一个他所疑虑的人,反而在活人中间树立了两个更大的敌人;所
以他要扫除一切芥蒂,免得不快的记忆揭起他失败的创伤;因为他充分明
白他不能凭着一时的猜疑,把国内的敌对势力根除净尽;他的敌人和他的
友人是固结而不可分的,拔去一个敌人,也就是使一个友人离心。正像一
个被他的凶悍的妻子所激怒的丈夫一样,当他正要动手打她的时候,她却
把他的婴孩高高举起,使他不能不存着投鼠忌器的戒心。

海司丁斯　而且,国王最近因为诛锄异己,耗尽了他所有的力量,现在已经连
惩罚的工具都没有了;正像一头失去爪牙的雄狮,不再有扑人的能力。

约　克　您说得很对;所以放心吧,我的好司礼大人,要是我们现在能够取得
我们满意的补偿,我们的和平一定会像一条重新接合的断肢折臂,因为经
过一度的折断而长得格外坚韧。

毛勃雷　但愿如此。威斯摩兰伯爵回来了。

　　　　威斯摩兰重上。

威斯摩兰　王子就在附近专候大驾,请大主教在两军阵地之间和他会面。

毛勃雷　那么凭着上帝的名义,约克大主教,您就去吧。

约　　克　请阁下先生去向王子殿下致意,我们就来了。(各下。)

第二场　森林的另一部分

　　　毛勃雷、约克大主教、海司丁斯及余人等自一方上;约翰·兰开斯特、威
斯摩兰、将校及侍从等自另一方上。

兰开斯特　久违了,毛勃雷贤卿;你好,善良的大主教? 你好,海司丁斯勋爵?
祝各位日安! 约克大主教,当你的信徒们听见钟声的呼召,围绕在你的周
围,虔诚地倾听你宣讲经文的时候,谁不敬仰你是一个道高德重的圣徒?
现在你却在这儿变成一个武装的战士,用鼓声激励一群乌合的叛徒,把
《圣经》换了宝剑,把生命换了死亡,这和你的身份未免太不相称了。那
高坐在一个君王的心灵深处,仰沐着他的眷宠的阳光的人,要是一旦和他
的君王翻脸为仇,唉! 凭借他那种尊荣的地位,他会造成多大的祸乱。对
于你,大主教,情形正是这样。谁不曾听人说起你是多么深通上帝的经
典? 对于我们,你就是上帝的发言人,是用天堂的神圣庄严开启我们愚蒙
的导师。啊! 谁能相信你竟会误用你的崇高的地位,像一个奸伪的宠人
僭窃他君王的名义一般,把上天的意旨作为非法横行的借口? 你凭着一
副假装对于上帝的热烈的信心,已经煽动了上帝的代理人——我的父
亲——的臣民,驱使他们到这儿来破坏上帝和他们的君王的和平。

约　　克　我的好兰开斯特公爵,我不是到这儿来破坏你父亲的和平;可是我已
经对威斯摩兰伯爵说过了,这一种颠倒混乱的时势,使我们为了图谋自身
的安全起见,不得不集合群力,采取这种非常的行动。我已经把我们的种
种不满,也就是酿成这次战事的原因,开列条款,送给殿下看过了,它们都
是曾经被朝廷所蔑视不顾的;要是我们正当的要求能够邀蒙接受,这一场
战祸就可以消弭于无形,我们将要回复我们臣下的常道,克尽我们忠诚服
从的天职。

毛勃雷　要不然的话,我们准备一试我们的命运,不惜牺牲到最后一人。

海司丁斯　即使我们这一次失败了,我们的后继者将要为了贯彻我们的初衷
而再接再厉;他们失败了,他们的后继者仍然会追踪他们而崛起;英国民
族一天存在,这一场祸乱一天不会终止,我们的子子孙孙将要继续为我们

的权利而力争。

兰开斯特　你这种见解太浅薄了,海司丁斯,未来的演变决不像你所想象的
　　　那样。

威斯摩兰　请殿下直接答复他们,您对于他们的条件有什么意见。

兰开斯特　它们都很使我满意;凭着我的血统的荣誉起誓,我的父亲是受人误
　　　会了的,他的左右滥窃威权,曲解上意,才会造成这样不幸的后果。大主
　　　教,你们的不满将要立刻设法补偿;凭着我的荣誉起誓,它们一定会得到
　　　补偿。要是这可以使你们认为满意,就请把你们的士卒各自遣还乡里,我
　　　们也准备采取同样的措置;在这儿两军之间,让我们杯酒言欢,互相拥抱,

使他们每个人的眼睛里留下我们复归和好的印象,高高兴兴地回到他们的家里去。

约　　克　我信任殿下向我们提出的尊贵的诺言。

兰开斯特　我已经答应了你们,决不食言。这一杯酒敬祝阁下健康!

海司丁斯　(向一将佐)去,队长,把这和平的消息传告全军;让他们领到饷银,各自回家;我知道他们听见了一定非常高兴。快去,队长。(将佐下。)

约　　克　这一杯酒祝尊贵的威斯摩兰伯爵健康!

威斯摩兰　我还敬阁下这一杯;要是您知道我曾经受了多少辛苦,造成这一次和平,您一定会放怀痛饮;可是我对于您的倾慕之诚,今后可以不用掩饰地向您表白出来了。

约　　克　我诚心感佩您的厚意。

威斯摩兰　辱蒙见信,欣愧交并。我的善良的表弟毛勃雷勋爵,祝您健康!

毛勃雷　您现在祝我健康,真是适当其时;因为我忽然觉得有点儿不舒服起来。

约　　克　人们在遭逢厄运以前,总是兴高采烈;喜事临头的时候,反而感觉到郁郁不快。

威斯摩兰　所以高兴起来吧,老弟;因为突然而至的悲哀,正是喜事临头的预兆。

约　　克　相信我,我的精神上非常愉快。

毛勃雷　照您自己的话说来,这就是不祥之兆了。(内欢呼声。)

兰开斯特　和平的消息已经宣布;听,他们多么热烈地欢呼着!

毛勃雷　在胜利以后,这样的呼声才是快乐的。

约　　克　和平本身就是一种胜利,因为双方都是光荣的屈服者,可是谁也不曾失败。

兰开斯特　去,贵爵,把我们的军队也遣散了。(威斯摩兰下)大主教,如果你同意,我想叫双方军队从这里开过,我们也好看一看贵军的阵容。

约　　克　去,好海司丁斯勋爵,在他们没有解散以前,叫他们排齐队伍,巡行一周。(海司丁斯下。)

兰开斯特　各位大人,我相信我们今晚可以在一处安顿了。

　　　　　　威斯摩兰重上。

兰开斯特　贤卿,为什么我们的军队站住不动?

威斯摩兰　那些军官们因为奉殿下的命令坚守阵地,必须听到殿下亲口宣谕,
　　　　才敢离开。

兰开斯特　他们知道他们的本分。

　　　　　海司丁斯重上。

海司丁斯　大主教,我们的军队早已解散了;像一群松了轭的小牛,他们向东
　　　　西南北四散奔走;又像一队放了学的儿童,回家的回家了,玩耍的玩耍
　　　　去了,走得一个也不剩。

威斯摩兰　好消息,海司丁斯勋爵;为了你叛国的重罪,反贼,我逮捕你;还有
　　　　你,大主教阁下,你,毛勃雷勋爵,你们都是叛逆要犯,我把你们两人一起
　　　　逮捕。

毛勃雷　这是正大光明的手段吗?

威斯摩兰　你们这一伙人的集合是正大光明的吗?

约　克　你愿意这样毁弃你的信义吗?

兰开斯特　我没有用我的信义向你担保。我答应你们设法补偿你们所申诉的
　　　　种种不满,凭着我的荣誉起誓,我一定尽力办到;可是你们这一群罪在不
　　　　赦的叛徒,却必须受到你们应得的处分。你们愚蠢地遣散你们自己的军
　　　　队,这正是你们轻举妄动的下场。敲起我们的鼓来!驱逐那些散乱的逃
　　　　兵;今天并不是我们,而是上帝奠定了这次胜利。来人,把这几个反贼押
　　　　上刑场,那是叛逆者最后归宿的眠床。(同下。)

第三场　森林的另一部分

　　　　　号角声;两军冲突。福斯塔夫及科尔维尔上,相遇。

福斯塔夫　尊驾叫什么名字?请问你是个何等之人?出身何处?

科尔维尔　我是个骑士,将军;我的名字叫科尔维尔,出身山谷之间。

福斯塔夫　好,那么科尔维尔是你的名字,骑士是你的品级,你的出身的所在
　　　　是山谷之间;科尔维尔将要继续做你的名字,叛徒是你新添的头衔,牢狱
　　　　是你安身的所在,它是像山谷一般幽深的,所以你仍然是山谷里的科尔
　　　　维尔。

科尔维尔　您不是约翰·福斯塔夫爵士吗?

福斯塔夫　不管我是谁,我是跟他同样的一条好汉。你愿意投降呢,还是一定

要我为你而流汗？要是我流起汗来,那是你亲友们的眼泪,悲泣着你的死亡。所以提起你的恐惧来,向我战栗求命吧。

科尔维尔　我想您是约翰·福斯塔夫爵士,所以我向您投降。

福斯塔夫　我这肚子上长着几百条舌头,每一条舌头都在通报我的名字。要是我有一个平平常常的肚子,我就是全欧洲最活动的人物;都是我这肚子,我这肚子,我这肚子害了我。咱们的主将来啦。

　　　　约翰·兰开斯特、威斯摩兰、勃伦特及余人等上。

兰开斯特　激战已经过去,现在不用再追赶他们了。威斯摩兰贤卿,你去传令各军归队。(威斯摩兰下)福斯塔夫,你这些时候躲在什么地方？等到事情完结,于是你就来了。像你这样玩忽军情,总有一天会有一座绞架被你压坏的。

福斯塔夫　对您说的这番话,殿下,我早就有心理准备;我知道谴责和非难永远是勇敢的报酬。您以为我是一只燕子、一支箭或是一颗弹丸吗？像我这样行动不便的老头子,也会像思想一般飞奔吗？我已经用尽我所有的能力赶到这儿来;我已经坐翻了一二百匹驿马;经历了这样的征途劳苦,我还居然凭着我的纯洁无瑕的勇气,一手擒获了约翰·科尔维尔爵士,一个最凶猛的骑士和勇敢的敌人。可是那算得了什么？他一看见我就吓得投降了;我正可以像那个罗马的鹰钩鼻的家伙一般说着这样的豪语,"我来,我看见,我征服"。

兰开斯特　那多半是他给你的面子,未必是你自己的力量。

福斯塔夫　我不知道。这儿就是他本人,我把他交给您了;请殿下把这件事情写在今天的记功簿上;否则上帝在上,我要把它编成一首歌谣,封面上印着我自己的肖像,科尔维尔跪着吻我的脚。要是我被迫采取这一种办法,你们大家在相形之下,都要变成不值钱的镀金赝币,我要在荣誉的晴空之中用我的光芒掩盖你们,正像一轮满月使众星黯然无光一样;否则你们再不用相信一个高贵的人所说的话。所以让我享受我的应得的权利,让有功的人高步青云吧。

兰开斯特　你的身子太重了,我看你爬不上去。

福斯塔夫　那么让我的功劳大放光明吧。

兰开斯特　你的皮太厚了,透不出光明来。

福斯塔夫　无论如何,我的好殿下,让我因此而得到一些好处吧。

兰开斯特　你的名字就叫科尔维尔吗？

科尔维尔　正是，殿下。

兰开斯特　你是一个有名的叛徒，科尔维尔。

福斯塔夫　一个有名的忠臣把他捉住了。

科尔维尔　殿下，我的行动是受比我地位更高的人所支配的；要是他们听从我
　　　的指挥，你们这一次未必就会这么容易得到胜利。

福斯塔夫　我不知道他们是怎样出卖了自己的；可是你却像一个好心的汉子
　　　一般，把你自己白送给了我，我真要谢谢你的厚赐哩。

　　　　　威斯摩兰重上。

兰开斯特　你已经吩咐他们停止追逐了吗？

威斯摩兰　将士们已经各自归队，囚犯们等候着处决。

兰开斯特　把科尔维尔和他的同党一起送到约克去，立刻处死。勃伦特，你把
　　　他带走，留心别让他逃了。(勃伦特及余人等押科尔维尔下)现在，各位大
　　　人，我们必须赶快到宫廷里去；我听说我的父王病得很重；我们的消息必
　　　须在我们未到以前传进他的耳中，贤卿，(向威斯摩兰)烦你先走一步，把
　　　这喜讯带去安慰安慰他，我们跟着就可以从从容容地奏凯归朝。

福斯塔夫　殿下，请您准许我取道葛罗斯特郡回去；您一到了宫里，我的好殿
　　　下，千万求您替我说两句好话。

兰开斯特　再会，福斯塔夫；我在我的地位上，将要给你超过你所应得的揄扬。

　　　(除福斯塔夫外均下。)

福斯塔夫　我希望你有一点儿才情；那是比你公爵的地位好得多的。说老实
　　　话，这个年轻冷静的孩子对我并没有好感；谁也不能逗他发笑，不过那也
　　　不足为奇，因为他是不喝酒的。这种不苟言笑的孩子们从来不会有什么
　　　出息；因为淡而无味的饮料冷却了他们的血液，他们平常吃的无非是些鱼
　　　类，所以他们都害着一种贫血症；要是他们结起婚来，也只会生下一些女
　　　孩子。他们大多是愚人和懦夫；倘不是因为有什么东西燃烧我们的血液，
　　　我们中间有些人也免不了要跟他们一样。一杯上好的白葡萄酒有两重的
　　　作用。它升上头脑，把包围在头脑四周的一切愚蠢沉闷混浊的乌烟瘴气
　　　一起驱散，使它变得敏悟机灵，才思奋发，充满了活泼热烈而有趣的意象，
　　　把这种意象形之唇舌，便是绝妙的辞锋。好白葡萄酒的第二重作用，就是
　　　使血液温暖；一个人的血液本来是冰冷而静止的，他的肝脏显着苍白的颜

色,那正是孱弱和怯懦的标记;可是白葡萄酒会使血液发生热力,使它从内部畅流到全身各处。它会叫一个人的脸上发出光来,那就像一把烽火一样,通知他全身这一个小小的王国里的所有人民武装起来;那时候分散在各部分的群众,无论是适处要冲的或者是深居内地的细民、贱隶,都会集合在他们的主帅心灵的麾下,那主帅拥有这样雄厚的军力,立刻精神百倍,什么勇敢的事情都做得出来;而这一种勇气却是从白葡萄酒得来的。所以武艺要是没有酒,就不算一回事,因为它是靠着酒力才会发挥它的威风的;学问不过是一堆被魔鬼看守着的黄金,只有好酒才可以给它学位,把它拿出来公之人世。所以亨利亲王是勇敢的;因为他从父亲身上遗传来的天生的冷血,像一块瘦瘠不毛的土地一般,已经被他用极大的努力,喝下很好很多的白葡萄酒,作为灌溉的肥料,把它耕垦过了,所以他才会变得热烈而勇敢。要是我有一千个儿子,我所要教训他们的第一条合乎人情的原则,就是戒绝一切没有味道的淡酒,把白葡萄酒作为他们终身的嗜好。

　　　　　巴道夫上。

福斯塔夫　怎么啦,巴道夫?

巴道夫　军队已经解散,全体回去了。

福斯塔夫　让他们去吧。我要经过葛罗斯特郡,拜访拜访那位罗伯特·夏禄先生;我已经可以把他放在我的指掌之间随意搓弄,只消略费工夫,准叫他落进我的圈套。来。(同下。)

第四场　威司敏斯特。耶路撒冷寝宫

　　　　　亨利王、克莱伦斯、葛罗斯特、华列克及余人等上。

亨利王　各位贤卿,要是上帝使这一场在我们的门前流着热血的争执得到一个圆满的结果,我一定要领导我们的青年踏上更崇高的战场,让我们的刀剑只为护持圣教而高挥。我们的战舰整装待发,我们的军队集合待命,我去国以后的摄政人选也已经确定,一切都符合我的意愿。现在我只需要一点儿身体上的健康,同时还要等待这些作乱的叛徒们束手就缚的消息。

华列克　我们深信陛下在这两方面不久都可以如愿以偿。

亨利王　亨弗雷我儿,你的亲王哥哥呢?

葛罗斯特　陛下,我想他到温莎打猎去了。

亨利王　哪几个人陪伴着他?

葛罗斯特　我不知道,陛下。

亨利王　他的兄弟托马斯·克莱伦斯不跟他在一起吗?

葛罗斯特　不,陛下;他在这儿。

克莱伦斯　父王有什么吩咐?

亨利王　没有什么,我只希望你好,托马斯·克莱伦斯。你怎么不跟你的亲王哥哥在一起?他爱你,你却这样疏远他,克莱伦斯。你在你的兄弟们中间是他最喜欢的一个,你应该珍重他对你的这番心意,我的孩子,也许我死了以后,你可以在他的尊荣的地位和你的其余的兄弟们之间尽你调和沟通的责任;所以不要疏远他,不要冷淡了他对你的好感,也不要故意漠视他的意志,他的恩眷是不可失去的。只要他的意志被人尊重,他就是一个宽仁慈爱的人,他有为怜悯而流的眼泪,也有济弱扶困的慷慨的手;可是谁要是激怒了他,他就会变成一块燧石,像严冬一般阴沉,像春朝的冰雪一般翻脸无情。所以你必须留心看准他的脾气。当他心里高兴的时候,你可以用诚恳的态度指斥他的过失;可是在他心情恶劣的时候,你就该让他逞意而行,直到他的怒气发泄完毕,正像一条离水的鲸鱼在狂跳怒跃以后,终于颓然倒卧一样。听我的话,托马斯,你将要成为你的友人的庇护者、一道结合你的兄弟们的金箍,这样尽管将来不免会有恶毒的谗言倾注进去,和火药或者乌头草一样猛烈,你们骨肉的血液也可以永远汇合在一起,毫无渗漏。

克莱伦斯　我一定尽心尽力尊敬他就是。

亨利王　你为什么不跟他一起到温莎去,托马斯?

克莱伦斯　他今天不在那里;他要在伦敦用午餐。

亨利王　什么人和他做伴?你知道吗?

克莱伦斯　还是波因斯和他那批寸步不离的随从们。

亨利王　最肥沃的土壤上最容易生长莠草;他,我的青春的高贵的影子,是被莠草所掩覆了;所以我不能不为我的身后而忧虑。当我想像到我永离人世、和列祖同眠以后,你们将要遇到一些什么混乱荒唐的日子,我的心就不禁悲伤而泣血。因为他的任性的胡闹要是不知检束,一味逞着他的热情和血气,一旦大权在握,可以为所欲为,啊!那时候他将要怎样的张开

翅膀,向迎面而来的危险和灭亡飞扑过去。

华列克　陛下,您太过虑了。亲王跟那些人在一起,不过是要观察观察他们的
　　　　性格行为,正像研究一种外国话一样,为了精通博谙起见,即使最秽亵的
　　　　字眼儿也要寻求出它的意义,可是一朝通晓以后,就会把它深恶痛绝,不
　　　　再需用它,这点陛下当然明白。正像一些粗俗的名词那样,亲王到了适当
　　　　的时候,一定会摈弃他手下的那些人们;他们的记忆将要成为一种活的标
　　　　准和量尺,凭着它他可以评断世人的优劣,把以往的过失作为有益的
　　　　借镜。

亨利王　蜜蜂把蜂房建造在腐朽的死尸躯体里,恐怕是不会飞开的。

　　　　　威斯摩兰上。

亨利王　这是谁? 威斯摩兰!

威斯摩兰　敬祝吾王健康,当我把我的喜讯报告陛下以后,愿新的喜事接踵而
　　　　至! 约翰王子敬吻陛下御手。毛勃雷、斯克鲁普主教、海司丁斯和他们的
　　　　党徒已经全体受到陛下法律的惩治。现在不再有一柄叛徒的剑拔出鞘

外,和平女神已经把她的橄榄枝遍插各处。这一次讨乱的经过情形,都详详细细写在这一本奏章上,恭呈御览。

亨利王　啊,威斯摩兰!你是一只报春的候鸟,总是在冬残寒尽的时候,歌唱着阳春的消息。

　　　　哈科特上。

亨利王　瞧!又有消息来了。

哈科特　上天保佑陛下不受仇敌的侵凌;当他们向您反抗的时候,愿他们遭到覆亡的命运,正像我所要告诉您的那些人们一样!诺森伯兰伯爵和巴道夫勋爵带着一支英国人和苏格兰人的大军,图谋不轨,却被约克郡的郡吏一举击败。战争的经过情形,都写明在这本奏章上,请陛下御览。

亨利王　为什么这些好消息却使我不舒服呢?难道命运总不会两手挟着幸福而来,她的喜讯总是用最恶劣的字句写成的吗?她有时给人很好的胃口,却不给他食物,这是她对健康的穷人们所施的恩惠;有时给人美味的盛筵,却使他食欲不振,这是富人们的情形,有了充分的福泽不能享受。我现在应该为这些快乐的消息而高兴,可是我的眼前一片模糊,我的头脑摇摇欲晕。嗳哟!你们过来,我可支持不住了。

葛罗斯特　陛下宽心!

克莱伦斯　啊,我的父王!

威斯摩兰　陛下,提起您的精神,抬起您的头来!

华列克　安心吧,各位王子;你们知道这是陛下常有的病象。站开一些,给他一些空气,他一会儿就会好的。

克莱伦斯　不,不,他不能把这种痛苦长久支持下去;不断的忧虑和操心把他心灵的护墙打击得这样脆弱,他的生命将要突围而出了。

葛罗斯特　民间的流言使我惊心,他们已经看到自然界反常可怖的现象。季候起了突变,仿佛一下子跳过了几个月似的。

克莱伦斯　河水三次涨潮,中间并没有退落;那些饱阅沧桑的老年人都说在我们的曾祖父爱德华得病去世以前,也发生过这种现象。

华列克　说话轻一些,王子们,王上醒过来了。

葛罗斯特　这一次中风病准会送了他的性命。

亨利王　请你们扶我起来,把我搀到另外一个房间里去。轻轻地。(同下。)

第五场　另一寝宫

亨利王卧床上；克莱伦斯、葛罗斯特、华列克及余人等侍立。

亨利王　不要有什么声音，我的好朋友们；除非有人愿意为我的疲乏的精神轻
　　　轻奏一些音乐。

华列克　叫乐工们在隔室奏乐。

亨利王　替我把王冠放在我的枕上。

克莱伦斯　他的眼睛凹陷，他大大变了样了。

华列克　轻点儿声！轻点儿声！

亲王上。

亲　王　谁看见克莱伦斯公爵吗？

克莱伦斯　我在这儿，哥哥，心里充满着悲哀。

亲　王　怎么! 外边好好的天气,屋里倒下起雨来了? 王上怎么样啦?

葛罗斯特　病势非常险恶。

亲　王　他听到好消息没有? 告诉他。

葛罗斯特　他听到捷报,人就变了样子。

亲　王　要是他因为乐极而病,一定可以不药而愈。

华列克　不要这样高声谈话,各位王子们。好殿下,说话轻点儿声;您的父王想睡一会儿。

克莱伦斯　让我们退到隔室里去吧。

华列克　殿下也愿意陪我们同去吗?

亲　王　不,我要坐在王上身边看护他。(除亲王外均下)这一顶王冠为什么放在他的枕上,扰乱他魂梦的安宁? 啊,光亮的烦恼! 金色的忧虑! 你曾经在多少觉醒的夜里,打开了睡眠的门户! 现在却和它同枕而卧! 可是那些戴着粗劣的睡帽酣睡通宵的人们,他们的睡眠是要酣畅甜蜜得多了。啊,君主的威严! 你是一身富丽的甲胄,在骄阳的逼射之下,灼痛了那披戴你的主人。在他的嘴边有一根轻柔的绒毛,静静地躺着不动;要是他还有呼吸,这绒毛一定会被他的气息所吹动。我的仁慈的主! 我的父亲! 他真的睡熟了;这一种酣睡曾经使多少的英国国王离弃这一顶金冠。我所要报答你的,啊,亲爱的父亲! 是发自天性至情和一片孺爱之心的大量的热泪和沉重的悲哀。你所要交付我的,就是这一顶王冠;因为我是你的最亲近的骨肉,这是我当然的权利。瞧! 它戴在我的头上,(以冠戴于头上)上天将要呵护它;即使把全世界所有的力量集合在一支雄伟的巨臂之上,它也不能从我头上夺去这一件世袭的荣誉。你把它传给我,我也要同样把它传给我的子孙。(下。)

亨利王　(醒)华列克! 葛罗斯特! 克莱伦斯!

　　　　　华列克、葛罗斯特、克莱伦斯及余人等重上。

克莱伦斯　王上在叫吗?

华列克　陛下有什么吩咐? 您安好吗?

亨利王　你们为什么丢下我一个人在这儿?

克莱伦斯　我们出去的时候,陛下,我的亲王哥哥答应在这儿坐着看护您。

亨利王　亲王! 他在哪儿? 让我见见他。他不在这儿。

华列克　这扇门开着;他是打这儿出去的。

葛罗斯特　他没有经过我们所在的那个房间。

亨利王　王冠呢？谁把它从我的枕上拿去了？

华列克　我们出去的时候,陛下,它还好好地放在这儿。

亨利王　一定是亲王把它拿去了；快去找他来。难道他这样性急,看见我睡着,就以为我死了吗？找他去,华列克贤卿；把他骂回来。(华列克下)我害着不治的重病,他还要这样气我,这明明是催我快死。瞧,孩子们,你们都是些什么东西！亮晃晃的黄金放在眼前,天性就会很快地变成悖逆了！那些痴心溺爱的父亲们魂思梦想,绞尽脑汁,费尽气力,积蓄下大笔肮脏的家财,供给孩子们读书学武,最后不过落得这样一个下场；正像采蜜的工蜂一样,它们辛辛苦苦地采集百花的精髓,等到满载而归,它们的蜜却给别人享用,它们自己也因此而丧了性命。

　　　　華列克重上。

亨利王　啊,那个等不及让疾病把我磨死的家伙在什么地方？

华列克　陛下,我看见亲王在隔壁房间里,非常沉痛而悲哀地用他真诚的眼泪浴洗他的善良的面颊,即使杀人不眨眼的暴君,看了他那种样子,也会让温情的泪滴沾上他的刀子的。他就来了。

亨利王　可是他为什么把王冠拿去呢？

　　　　亲王重上。

亨利王　瞧,他来了。到我身边来,亨利。你们都出去,让我们两人在这儿谈谈。(华列克及余人等下。)

亲　王　我再也想不到还会听见您说话。

亨利王　你因为存着那样的愿望,亨利,所以才会发生那样的思想；我耽搁得太长久,害你等得厌倦了。难道你是那样贪爱着我的空位,所以在时机还没有成熟以前,就要攫取我的尊荣吗？啊,傻孩子！你所追求的尊荣,是会把你压倒的。略微再等一会儿；因为我的尊严就像一片乌云,只有一丝微风把它托住,一下子就会降落下来；我的白昼已经昏暗了。你所偷去的东西,再过几小时就可以名正言顺地归你所有；可是你却在我临死的时候,充分证实了我对你的想法。你的平生行事,都可以表明你没有一点儿爱父之心,现在我离死不远了,你还要向我证实你的不孝。你把一千柄利刃藏在你的思想之中,把它们在你那石块一般的心上磨得雪亮锋快,要来谋刺我的只剩半小时的生命。嘿！难道你不能容忍我再活半小时吗？那么你就去亲手掘下我的坟墓吧；叫那快乐的钟声响起来，报知你加冕的喜讯，而不是我死亡的噩耗。让那应该洒在我的灵榇上的所有的眼泪，都变成涂抹你的头顶的圣油；让我和被遗忘的泥土混合在一起，把那给你生命的人丢给蛆虫吧。贬斥我的官吏，废止我的法令，因为一个无法无天的新时代已经到来了。亨利五世已经加冕为王！起来吧，浮华的淫乐！没落吧，君主的威严！你们一切深谋远虑的老臣，都给我滚开！现在要让四方各处游手好闲之徒聚集在英国的宫廷里了！邻邦啊，把你们的莠民败类淘汰出来吧；你们有没有什么酗酒谩骂、通宵作乐、杀人越货、无所不为的流氓恶棍？放心吧，他不会再来烦扰你们了；英国将要给他不次的光荣，使他官居要职，爵登显秩，手握大权，因为第五代的亨利将要松开奢淫这条野犬的羁勒，让它向每一个无辜的人张牙舞爪了。啊，我的疮痍未复的可怜的王国！我用尽心力，还不能戡定你的祸乱；在朝纲败坏、法纪荡然的时候，你又将怎样呢？啊！你将要重新变成一片荒野，豺狼将要归返它们的故居。

亲　王　啊！恕我，陛下；倘不是因为我的眼泪使我哽咽得说不出话来，我决不会默然倾听您这番沉痛的严训而不加分辩的。这儿是您的王冠；但愿永生的上帝保佑您长久享有它！要是我对它怀着私心，并不只是因为它是您的尊荣的标记而珍重它，让我跪在地上，永远站不起来。上帝为我作证，当我进来的时候，看见陛下的嘴里没有一丝气息，我是怎样的感到寒心！要是我的悲哀是虚伪的，啊！让我就在我现在这一种荒唐的行为中死去，再没有机会给世人看看我将要怎样洗心革面，做一个堂堂的人物。我因为进来探望您，看见您仿佛死了的样子，我自己，主上，也几乎因悲痛而死去，当时我就用这样的话责骂这顶王冠，就像它是有知觉的一般，我说："追随着你的烦恼已经把我的父亲杀害了；所以你这最好的黄金却是最坏的黄金：别的黄金虽然在质地上不如你，却可以炼成祛病延年的药水，比你贵重得多了；可是你这最纯粹的，最受人尊敬重视的，却把你的主人吞噬下去。"我一面这样责骂它，陛下，一面就把它试戴在我的头上，认为它是当着我的面前杀死我的父亲的仇敌，我作为忠诚的继承者应该要和它算账。可是假如它使我的血液中感染着欢乐，或是使我的精神上充满着骄傲，假如我的悖逆虚荣的心灵对它抱着丝毫爱悦的情绪，愿上帝永远不让它加在我头上，使我像一个最微贱的奴隶一般向着它战栗下跪！

亨利王　啊,我儿!上帝让你把它拿了去,好叫你用这样贤明的辩解,格外博取你父亲的欢心。过来,亨利,坐在我的床边,听我这垂死之人的最后的遗命。上帝知道,我儿,我是用怎样诡诈的手段取得这一顶王冠;我自己也十分明白,它戴在我的头上,给了我多大的烦恼;可是你将要更安静更确定地占有它,不像我这样遭人嫉视,因为一切篡窃攘夺的污点,都将随着我一起埋葬。它在人们的心目之中,不过是我用暴力攫取的尊荣;那些帮助我得到它的人都在指斥我的罪状,他们的怨望每天都在酿成斗争和流血,破坏这粉饰的和平。你也看见我曾经冒着怎样的危险,应付这些大胆的威胁,我做了这么多年的国王,不过在反复串演着这一场争杀的武戏。现在我一死之后,情形就可以改变过来了,因为在我是用非法手段获得的,在你却是合法继承的权利。可是你的地位虽然可以比我稳定一些,然而人心未服,余憾尚新,你的基础还没有十分巩固。那些拥护我的人们,也就是你所必须认为朋友的,他们的锐牙利刺还不过新近拔去;他们用奸险的手段把我扶上高位,我不能不对他们怀着疑虑,怕他们会用同样的手段把我推翻;为了避免这一种危机,我才多方剪除他们的势力,并且正在准备把许多人带领到圣地作战,免得他们在国内闲居无事,又要发生觊觎王座的图谋。所以,我的亨利,你的政策应该是多多利用对外的战争,使那些心性轻浮的人们有了向外活动的机会,不至于在国内为非作乱,旧日的不快的回忆也可以因此而消失。我还有许多话要对你说,可是我的肺力不济,再也说不下去了。上帝啊!恕宥我用不正当的手段取得这一顶王冠;愿你能够平平安安享有它!

亲　　王　陛下,您好容易挣来这一顶王冠,好容易把它保持下来,现在您把它给了我,我当然对它有合法的所有权;我一定要用超乎一切的努力,不让它从我的手里失去。

　　　　　　　约翰·兰开斯特上。

亨利王　瞧,瞧,我的约翰儿来了。

兰开斯特　祝我的父王健康,平安和快乐!

亨利王　你带来了快乐和平安,我儿约翰;可是健康,唉,它已经振起青春的羽翼,从我这枯萎的衰躯里飞出去了。现在我看见了你,我在这世上的事情也可以告一段落。华列克伯爵呢?

亲　　王　华列克伯爵!

华列克及余人等重上。

亨利王　我刚才晕眩过去的那间屋子叫什么名字?

华列克　那是耶路撒冷寝宫,陛下。

亨利王　赞美上帝! 我必须还在那边等候死亡。多年以前,有人向我预言我
　　　　将要死在耶路撒冷,我的愚妄的猜想还以为他说的是圣地。可是抬我到
　　　　那间屋子里去睡吧,亨利必须在耶路撒冷终结他的生命。(同下。)

第 五 幕

第一场　葛罗斯特郡。夏禄家中厅堂

夏禄、福斯塔夫、巴道夫及侍童上。

夏　　禄　凭着鸡肉和面饼起誓,爵士,今晚一定不放您去。喂!台维!

福斯塔夫　您必须原谅我,罗伯特·夏禄先生。

夏　　禄　我不能原谅您;您不能得到我的原谅,什么原谅的话我都不要听;一
　　　　　切原谅的话都是白说;您不能得到我的原谅。喂,台维!

台维上。

台　　维　有,老爷。

夏　　禄　台维,台维,台维,台维,让我想一想,台维;让我想一想。啊,对了,你
　　　　　去把那厨子威廉叫来。约翰爵士,您不能得到我的原谅。

台　　维　呃,老爷,那几张传票无法送达;还有,老爷,我们要不要在田边的空
　　　　　地上种些小麦?

夏　　禄　种些赤小麦吧,台维。可是问一声厨子威廉,小鸽子还有没有?

台　　维　是,老爷。这儿是铁匠送来的装马蹄铁和打犁头的账单。

夏　　禄　算算多少钱,付给他。约翰爵士,您不能得到我的原谅。

台　　维　老爷,吊桶上要换一节新的链子;还有,老爷,威廉前天在辛克雷市场
　　　　　上失掉一个口袋,您要不要扣减他的工钱?

夏　　禄　那是一定要他赔的。台维,告诉厨子威廉,叫他预备几只鸽子、一对
　　　　　矮脚母鸡、一大块羊肉,再做几样无论什么可口一点儿的菜。

台　　维　那位军爷要在这儿过夜吗,老爷?

夏　　禄　是的,台维。我要好好招待他。宫廷里的朋友胜过口袋里的金钱。不要
　　　　　怠慢了他的跟班,台维,因为他们都是惹不得的坏人,他们会在背后骂人的。

台　维　老爷,我看还是叫他们看看自己的背上吧,他们的衬衫都脏得不成样
　　　子哩。

夏　禄　说得好,台维。干你的事情去吧,台维。

台　维　老爷,关于温科特村的威廉·维泽和山上的克里门·珀克斯涉讼的
　　　案件,请您对维泽多多照应。

夏　禄　我已经接到很多控诉这维泽的呈文,台维;照我所知道的,这维泽是
　　　个大大的坏人。

台　维　老爷说得不错,他是个坏人;可是老爷,一个坏人要是有朋友替他说
　　　情,是应该得到贵人的照应的。一个好人,老爷,可以为他自己辩护,坏人
　　　可不能。我已经忠心侍候您老爷八年了;要是在两三个月里帮一个坏人
　　　一两次忙都做不到,那您老爷真太信不过我啦。这坏人是我的好朋友,老
　　　爷,所以请老爷千万照应照应他。

夏　禄　得啦,我一定不冤屈他就是了。你到各处照料照料。(台维下)您在
　　　哪儿,约翰爵士?来,来,来;脱下您的靴子。把你的手给我,巴道夫朋友。

巴道夫　我很高兴看见您老人家。

夏　禄　多谢多谢,好巴道夫朋友。(向侍童)欢迎,我的高大的汉子。来,约
　　　翰爵士。

福斯塔夫　我就来,好罗伯特·夏禄先生。(夏禄下)巴道夫,照料照料我们的马儿。(巴道夫及侍童下)要是把我的身体一条一条锯解下来,也可以锯成四五十根像这位夏禄先生一般的叫花棒儿。奇怪的是他的仆人们的性格简直跟他一模一样;他们因为看惯他的日常的举动,所以都沾上了几分愚蠢的法官的神气;他因为每天跟他们谈话,受了他们的同化,也已经变成了法官似的奴才。他们在彼此互相感应之下,他们的精神完全若合符节,正像一群雁子一般,一只飞到东,大家都跟着飞到东,一只飞到西,大家都跟着飞到西。要是我有什么事情请托夏禄先生,我只要奉承奉承他的仆人,说他们是他的亲信;要是我要烦劳他的仆人们替我做事,我只要恭维恭维夏禄先生,说谁也不及他那样御下有方。正像瘟疫一般,智慧的外表和愚鲁的神情都是会互相传染的,所以人们必须留心他们的伴侣。我要从这夏禄的身上想出许多新鲜的把戏,让亨利亲王笑个不停,一直笑到流行的时尚换过了六种花样,——这也就是说等于法院开庭的四个季度,或者两场官司的时间——并且笑起来要中间没有间断。啊!用一句无足重轻的誓撒下的谎,或是一个板起了面孔讲的笑话,对于一个从来不曾害过腰酸背痛的人,多么容易逗得他捧腹大笑。啊!他一定会笑得满脸淌着眼泪,就像一件皱成一团的湿淋淋的外套一般。

夏　　禄　(在内)约翰爵士!

福斯塔夫　我来了,夏禄先生;我来了,夏禄先生。(下。)

第二场　威司敏斯特。宫中一室

　　　　华列克及大法官上。

华列克　啊,法官大人!您到哪儿去?

大法官　王上怎么样啦?

华列克　很好,他的烦恼现在已经全都消灭了。

大法官　我希望他还没有死吧?

华列克　他已经踏上了人生必经之路;在我们看来,他已经不再生存了。

大法官　我希望王上临死的时候招呼我一声,好让我跟着他同去;我在他生前尽忠服务,得罪了多少人,现在谁都可以加害于我了。

华列克　真的,我想新王对您很是不满。

大法官　我知道他不满意我,我已经准备迎接这一种新的环境了,它总不会比我所想像的更为可怕。

　　　　兰开斯特、克莱伦斯、葛罗斯特、威斯摩兰及余人等上。

华列克　这儿来了已故的亨利的悲哀的后裔;啊! 但愿现存的亨利有这三位王子中间脾气最坏的一位王子的性格,那么多少的贵族将要保全他们的位置,不至于向卑贱的人们俯首听命!

大法官　上帝啊! 我怕一切都要推翻了。

兰开斯特　早安,华列克贤卿,早安。

葛罗斯特
　　　　　早安,华列克。
克莱伦斯

兰开斯特　我们面面相对,就像一班忘记了说话的人们一样。

华列克　我们并没有忘记;可是我们的话题太伤心了,使我们不忍多言。

兰开斯特　好,愿那使我们伤心的人魂魄平安!

大法官　愿平安也和我们同在,不要使我们遭逢更大的悲哀!

葛罗斯特　啊! 我的好大人,您真的失去一位朋友了;我敢发誓您这满脸的悲哀确实是您真情的流露,不是假装出来的。

兰开斯特　虽然谁也不能确定他自己将要得到怎样的恩眷,您的希望是十分冷淡的。我很为您抱憾,但愿事实不是如此。

克莱伦斯　好,您现在必须奉承奉承约翰·福斯塔夫爵士,这和您的性格当然是格格不入的。

大法官　亲爱的王子们,我所干的事,都是一秉至公,受我的良心的驱使;你们决不会看见我向人觍颜求怜。要是忠直不能见容,我宁愿追随先王于地下,告诉他是谁驱我前来。

华列克　亲王来了。

　　　　亨利五世率侍从上。

大法官　早安,上帝保佑陛下!

亨利五世　这一件富丽的新衣,国王的尊号,我穿着并不像你们所想像的那样舒服。兄弟们,你们在悲哀之中夹杂着几分恐惧;这是英国,不是土耳其的宫廷,不是阿木拉继承另一个阿木拉①,而是亨利继承亨利。可是悲哀

---

① 阿木拉(Amurath),土耳其皇帝,一五九五年登位时,数兄弟都被绞死。

吧，好兄弟们，因为说老实话，那是很适合你们的身份的；你们所表现的崇高的悲感，使我深受感动，我将要在心头陪着你们哀悼。所以悲哀吧，好兄弟们；可是你们应该把这一种悲哀认为我们大家共同的负担，不要独自悲哀过分。凭着上天起誓，我要你们相信我将要同时做你们的父亲和长兄；让我享有你们的爱，我愿意为你们任劳任苦。为亨利的死而痛哭吧，我也要一挥我的热泪；可是活着的亨利将要把每一滴眼泪变成一个幸福的时辰。

兰开斯特　这正是我们所希望于陛下的。

亨利五世　你们大家都用异样的神情望着我；（向大法官）尤其是你，我想你一定以为我对你很为不满。

大法官　要是我能得到公正评断，陛下是没有理由恨我的。

亨利五世　没有！像我这样以堂堂亲王之尊，受到你那样重大的侮辱，难道是可以轻易忘记的吗？嘿！你把我申斥辱骂不算，竟敢把英国的储君送下监狱！这是一件小事，可以用忘河之水把它洗涤掉的吗？

大法官　那时候我是运用着您父王所赋予我的权力，代表您父王本人；陛下在我秉公执法的时候，忘记我所处的地位，公然蔑视法律的尊严和公道的力量，凌辱朝廷的命官，在我的审判的公座上把我殴打；我因为陛下犯了对您父王大不敬的重罪，所以大胆执行我的权力，把您监禁起来。要是我在这一件事情上做错了，那么请陛下想一想，陛下现在继登大位，假如陛下也有一个儿子,把陛下的律令视若弁髦,把陛下的法官拖下公座,违法乱纪,破坏治安,蔑视陛下神圣的威权,陛下能不能对他默然容忍? 请陛下设身处地,假定您自己是有这样一个儿子的父亲,听见您自己的尊严受到这样的亵渎,看见您神圣的法律受到这样的轻蔑,您自己的儿子公然对您这样侮慢,然后再请陛下想像我为了尽忠于陛下的缘故,运用您的权力,给您儿子的暴行以温和的制裁;在这样冷静的思考以后,请给我一个公正的判决,凭着您的君王的身份,告诉我我在什么地方犯了渎职欺君的罪恶。

亨利五世　你说得有理,法官;你能够衡量国法私情的轻重,所以继续执行你的秉持公道、挫折强梁的职务吧;但愿你的荣誉日增月进,直到有一天你看见我的一个儿子因为冒犯了你而向你服罪,正像我对你一样。那时候我也可以像我父亲一样说:"我何幸而有这样勇敢的一个臣子,敢把我的亲生的儿子依法定罪;我又何幸而有这样一个儿子,甘于放弃他的尊贵和身份,服从法律的制裁。"因为你曾经把我下狱监禁,所以我仍旧把你一向佩带着的无瑕的宝剑交在你的手里,愿你继续保持你的勇敢公正而无私的精神,正像你过去对待我一样。这儿是我的手;你将要成为我的青春的严父,我愿意依照你的提示发号施令,我愿意诚恳服从你的贤明的指导。各位王弟们,请你们相信我,我的狂放的感情已经随着我的父亲同时下葬,他的不死的精神却继续存留在我的身上,我要一反世人的期待,推翻一切的预料,把人们凭着我的外表所加于我的诽谤扫荡一空。今日以前,我的热血的浪潮是轻浮而躁进的;现在它已经退归大海,和浩浩的巨浸合流,从此以后,它的动荡起伏,都要按着正大庄严的节奏。现在我们要召集最高议会,让我们选择几个老成谋国的枢辅,使我们这伟大的国家可以和并世朝政清明的列邦媲美,无论战时平时,都可以应付裕如;你,老人家,将要受到我最大的倚重。加冕典礼举行过了以后,我就要大集臣僚,临朝视政;愿上帝鉴察我的诚意,不让一个王裔贵族找到任何理由,诅咒亨利早离人世。(同下。)

第三场　葛罗斯特郡。夏禄家中的花园

福斯塔夫、夏禄、赛伦斯、巴道夫、侍童及台维上。

夏　禄　不,您必须瞧瞧我的园子,我们可以在那儿的一座凉亭里吃几个我去

年手种的苹果,另外再随便吃些香菜子之类的东西;来吧,赛伦斯兄弟;然后再去睡觉。

福斯塔夫　上帝在上,您有一所很富丽的屋子哩。

夏　禄　简陋得很,简陋得很,简陋得很;我们都是穷人,我们都是穷人,约翰爵士。啊,多好的空气!铺起桌子来,台维;铺起桌子来,台维。好,台维。

福斯塔夫　这个台维对您很有用处;他是您的仆人,也给您照管田地。

夏　禄　一个好仆人,一个好仆人,一个很好的仆人,约翰爵士。真的,我在晚餐的时候酒喝得太多啦;一个好仆人。现在请坐,请坐。来,兄弟。

赛伦斯　啊,好小子!我们要(唱)

　　　　一天到晚吃喝玩笑,

　　　　感谢上帝,无愁无恼;

　　　　佳人难得,美肴易求,

　　　　青春年少随处嬉游。

　　　　快乐吧,

　　　　永远地快乐吧。

福斯塔夫　好一个快乐的人!好赛伦斯先生,等会儿我一定要敬您一杯哩。

夏　禄　台维,给巴道夫大哥倒一些酒。

台　维　好大哥,请坐;我去一下就来;最亲爱的大哥,请坐。小兄弟,好兄弟,您也请坐。请!请!虽然没有美肴,酒是尽你们喝的;请你们莫嫌怠慢,接受我的一片诚心。(下。)

夏　禄　快乐吧,巴道夫大哥;还有我那位小军人,你也快乐吧。

赛伦斯　(唱)

　　　　家有悍妻,且寻快活;

　　　　哪个女人不是长舌!

　　　　良友相逢,摇头摆脑,

　　　　满室生春,一堂欢笑。

　　　　快乐吧,

　　　　快乐吧,快乐吧。

福斯塔夫　我想不到赛伦斯先生也会有这样的豪情逸兴。

赛伦斯　谁,我吗?我以前也曾快乐过一两次哩。

　　　　台维重上。

338

台　维　请您尝尝这一盆粗皮苹果。(以盆置巴道夫前。)

夏　禄　台维!

台　维　老爷!——我一会儿就来奉陪。——您要一杯酒吗,老爷?

赛伦斯　(唱)

　　　　一杯好酒浓烈清香,

　　　　奉祝情人永驻韶光;

　　　　何以长年? 大笑千场。

福斯塔夫　说得好,赛伦斯先生。

赛伦斯　现在正是良宵美景,我们应该痛痛快快乐一番。

福斯塔夫　祝您长生健康,赛伦斯先生!

赛伦斯　(唱)

　　　　斟满酒杯递过来,

　　　　让我喝个满开怀。

夏　禄　好巴道夫,欢迎! 你要是需要什么东西,尽管开口好了。(向侍童)欢
　　　　迎,我的小贼,欢迎欢迎! 我要向巴道夫大哥和一切伦敦的好汉们奉敬
　　　　一杯。

台　维　我希望在未死之前见一见伦敦。

巴道夫　也许咱们可以在伦敦会面,台维——

夏　禄　啊,你们一定会在一块儿痛饮一场的;哈! 不是吗,巴道夫大哥?

巴道夫　是呀,老爷,我们要用大杯子喝个痛快哩。

夏　禄　那好极了。这家伙一定会一步也不离开你,那是我可以向你保证的;他不会丢弃他的朋友,他的心肠是很忠实的。

巴道夫　我也不愿离开他,老爷。

夏　禄　啊,那真像是一个国王说的话。随便请用吧,不要客气。(内敲门声)瞧瞧谁在门口。喂! 谁打门呀?(台维下。)

福斯塔夫　(向赛伦斯)好,真有你的,这才喝得痛快。

赛伦斯　(唱)

　　　　愿得醉乡封骑士,

　　　　不羡他人万户侯。

您说可不是吗?

福斯塔夫　正是。

赛伦斯　是吗? 那么您可以说,我这老头儿还不肯示弱哩。

　　　　台维重上。

台　维　禀老爷,有一个叫做毕斯托尔的,从宫廷里带了消息来了。

福斯塔夫　从宫廷里来! 让他进来。

　　　　毕斯托尔上。

福斯塔夫　啊,毕斯托尔!

毕斯托尔　约翰爵士,上帝保佑您!

福斯塔夫　什么风把你吹到这儿来了,毕斯托尔?

毕斯托尔　不是拔山倒树的狂风,也不是伤人害畜的瘴风。亲爱的骑士,你现在是国内最伟大的一个人物了。

赛伦斯　凭着圣母起誓,我想除了庄稼汉泼夫,他的确可以算最肥大的。

毕斯托尔　泼夫! 呸,你这卑怯的下贱的懦夫! 约翰爵士,我是你的毕斯托尔,你的朋友,我急急忙忙地骑马而来,带给你非常的消息、幸运的欢乐、黄金的时代和无价的喜讯。

福斯塔夫　请你用世人通用的语言把它们说出来吧。

毕斯托尔　哼,我才瞧不起下贱的世人哩! 我说的是非洲的宝山和黄金的欢乐。

福斯塔夫　啊,下贱的亚述骑士,有什么消息?请对考菲秋国王细讲一番。

赛伦斯　(唱)

　　　　罗宾汉、约翰和红衣。

毕斯托尔　粪堆上的野狗敢和诗神赌赛吗?传达好消息要受到扰乱吗?好,
　　　　毕斯托尔,该你发火的时候了。

夏　禄　老兄,我不知道您的来历。

毕斯托尔　那该你自怨命蹇。

夏　禄　对不起,您这位大哥,要是您从宫廷里带了消息来,那么照我的愚见,
　　　　您只有两个办法,不是把消息宣布出来,就是把它隐瞒起来。不瞒您说,
　　　　我在王上手下也是有几分权力的。

毕斯托尔　在哪一个王上手下,老奴?说出来,不然就叫你死。

夏　禄　在亨利王手下。

毕斯托尔　亨利四世还是亨利五世?

夏　禄　亨利四世。

毕斯托尔　呸,谁稀罕你这过时的官儿!约翰爵士,你那小羔羊儿现在做了国
　　　　王啦;亨利五世是当今的王上。我说的是真话;要是毕斯托尔撒了谎,你
　　　　们把我当做吹牛的西班牙人一般取笑吧。

福斯塔夫　什么!老王死了吗?

毕斯托尔　死得直挺挺的,就像门上的钉子一般;我说的话都是真的。

福斯塔夫　去,巴道夫!把我的马儿备好。罗伯特·夏禄先生,拣选你自己的
　　　　官职吧,一切包在我身上。毕斯托尔,我要给你双倍的尊荣。

巴道夫　啊,快活的日子!我才不高兴做一个起码的骑士哩。

毕斯托尔　嘿!我带来的不是好消息吗?

福斯塔夫　把赛伦斯先生掇到床上去。夏禄先生,我的夏禄大人,你可以随心
　　　　所欲,命运女神请我做她的管家去了。穿上你的靴子;咱们要骑着马赶整
　　　　夜的路呢。啊,亲爱的毕斯托尔!去,巴道夫!(巴道夫下)来,毕斯托尔,
　　　　告诉我更多的事情;仔细想一想你自己希望得到些什么好处。穿起靴子
　　　　来,穿起靴子来,夏禄先生;我知道那小王正在想我想得好苦呢。不管是
　　　　谁的马,咱们骑了就走;英国的法律都在我的支配之下。那些跟我要好的
　　　　人有福了,咱们那位大法官老爷这回却要大倒其霉!

毕斯托尔　让饿鹰把他的肺抓了去吧！人家说，"我以往所过的那种生活
呢？"喏，它就在这儿。欢迎这些快乐的日子！（同下。）

第四场　伦敦。街道

　　差役等拉快嘴桂嫂及桃儿·贴席上。

桂　嫂　不，你这恶人；我但愿自己死了，好让你抵我的命；你把我的肩胛骨都
　　　　拉断了。

差役甲　巡官们把她交给了我，她少不了要挨一顿鞭子，最近有一两个人为她
　　　　送了命呢。

桃　儿　差人，差人，你说谎！来，我告诉你吧，你这该死的丑鬼，要是我这肚
　　　　里的孩子小产下来，那可比打你自己的母亲还要罪孽深重哩，你这纸糊面
　　　　孔的坏人！

桂　嫂　主啊！但愿约翰爵士来了就好了；他今天要是在场，一定会叫什么人
　　　　流血的。但愿上帝能让她肚里的孩子小产下来。

差役甲　要是小产下来，你就又得揣起一打枕头了，这会儿才不过揣着十一
　　　　个。来，我命令你们两人跟着我去；因为被你们和毕斯托尔殴打的那个人
　　　　已经死了。

桃　儿　我告诉你吧，你这刻在香炉脚下的枯瘦的人像，我一定会让你知道点
　　　　儿厉害，叫你挨一顿痛打的，你这青衣的恶汉！你这饿鬼般的肮脏的刽子
　　　　手！要是你逃得过这一顿打，我也从此以后不穿短裙了。

差役甲　来，来，你这雌儿骑士，来。

桂　嫂　啊！公理竟会压倒强权吗？好，做人总要吃些苦，才会有舒服的日
　　　　子过。

桃　儿　来，你这恶汉，来；带我去见官吧。

桂　嫂　嗯，来吧，你这凶恶的饿狗！

桃　儿　死鬼！枯骨！

桂　嫂　你这没有皮肉的尸骸，你！

桃　儿　来，你这瘦东西；来，你这坏人！

差役甲　很好。（同下。）

第五场　威司敏斯特寺附近广场

　　　　二内侍上,以蔺草铺地。

内侍甲　再拿些蔺草来,再拿些蔺草来。

内侍乙　喇叭已经吹过两次了。

内侍甲　等他们加冕典礼完毕以后出来,总要过两点钟了。赶快,赶快。

　　　　(同下。)

　　　　　福斯塔夫、夏禄、毕斯托尔、巴道夫及侍童上。

福斯塔夫　站在我的一旁,罗伯特·夏禄先生;我要叫王上赐给您大大的恩宠。
　　　当他走近的时候,我要向他使一个眼色;留心看他会给我怎样一副面孔。

毕斯托尔　上帝祝福你,好骑士!

福斯塔夫　过来,毕斯托尔,站在我的背后。啊!要是我有时间做几套新的制
　　　服,我一定会把您借给我的一千镑钱花在衣服上面的。可是那没有关系;
　　　还是这样好,衣服虽然破旧,更可以显出我急于看见他的一片热忱。

夏　禄　正是。

福斯塔夫　那可以表现我的爱慕的诚意。

夏　禄　正是。

福斯塔夫　我的忠心。

夏　禄　正是,正是,正是。

福斯塔夫　为了瞻望他的颜色,不分昼夜地策马驰驱,不曾想到,不曾记起,也
　　　根本没有余暇更换我的装束。

夏　禄　一点儿不错。

福斯塔夫　征尘污面、汗流遍体的我,站在这儿一心一意地恭候着他,把世间
　　　万事一齐置于脑后,仿佛除了瞻望他以外,再没有什么应该做的事情。

毕斯托尔　正所谓念兹在兹,不知其他;那便是一切的一切。

夏　禄　正是,正是。

毕斯托尔　我的骑士,我要煽起你的高贵的肝火,使你勃然大怒。你的桃儿,
　　　你那高贵的心灵中的美人,被他们监禁在污秽恶臭的牢狱里了;最下贱而
　　　龌龊的手把她抓了去。从幽暗的洞府里唤醒那手持毒蛇的复仇女神吧,
　　　因为桃儿被他们抓去了。毕斯托尔说的完全是真话。

福斯塔夫　我会叫他们释放她出来。（内欢呼及喇叭声。）

毕斯托尔　海水在那儿咆哮，喇叭吹奏出嘹亮的声音。

　　　　亨利五世率扈从上，大法官亦在其内。

福斯塔夫　上帝保佑陛下，哈尔吾王！我的庄严的哈尔！

毕斯托尔　上天呵护你照顾你，最尊荣高贵的小子！

福斯塔夫　上帝保佑你，我的好孩子！

亨利五世　大法官，你去对那狂妄的家伙说话。

大法官　你疯了吗？你知道你自己在说些什么话？

福斯塔夫　我的王上！我的天神！我在对你说话，我的心肝！

亨利五世　我不认识你，老头儿。跪下来向上天祈祷吧；苍苍的白发罩在一个
　　　　弄人小丑的头上，是多么不称它的庄严！我长久梦见这样一个人，这样肠
　　　　肥脑满，这样年老而邪恶；可是现在觉醒过来，我就憎恶我自己所做的梦。
　　　　从此以后，不要尽让你的身体肥胖，多多勤修你的德行吧；不要贪图口腹
　　　　之欲，你要知道坟墓张着三倍大的阔口在等候着你。现在你也不要用无
　　　　聊的谐谑回答我；不要以为我还跟从前一样，因为上帝知道，世人也将要
　　　　明白，我已经丢弃了过去的我，我也要同样丢弃过去跟我在一起的那些伴
　　　　侣。当你听见我重新回复了我原来的本色的时候，你再来见我吧，你将要
　　　　仍旧和从前一样，成为我的放荡行为的教师和向导；在那一天没有到来以

前,你必须像其他引导我为非作歹的人们一样,接受我的放逐的宣判,凡是距离我所在的地方十英里之内,不准你停留驻足,倘敢妄越一步,一经发觉,就要把你处死。我可以供给你相当限度的生活费用,以免手头没钱驱使你们去为非作歹。要是我听见你果然悔过自新,我也可以按照你的能力和资格,把你特加拔擢。贤卿,就请你负责执行我的命令。去吧!

(亨利五世及扈从下。)

福斯塔夫　夏禄先生,我欠您一千镑钱。

夏　禄　嗯,正是,约翰爵士;请您现在还给我,让我带回去吧。

福斯塔夫　那可办不到,夏禄先生。您不用因此懊恼;他就会暗地里叫我去见他的。您瞧,他必须故意装出这一副样子,遮掩世人的耳目。您的升官晋爵是不成问题的;我一定可以叫您做一个大人物。

夏　禄　我不知道我怎么大得起来,除非您把您那件紧身衣借给我穿上,再用些稻草塞在里面。约翰爵士,请您在我那一千镑之中先还我五百吧。

福斯塔夫　老兄,我的话不会有错;您刚才所听见的话,不过是一种烟幕。

夏　禄　我怕您会死在这种烟幕里面,约翰爵士。

福斯塔夫　不用害怕烟幕;陪我吃饭去吧。来,毕斯托尔副官;来,巴道夫。今晚我一定就会被召进宫。

　　　　约翰·兰开斯特及大法官重上,警吏等随上。

大法官　来,把约翰·福斯塔夫爵士送到弗利特监狱里去;把他同伙的那班人也一起抓起来。

福斯塔夫　大人,大人!

大法官　现在我不能跟你说话;等会儿再听你说吧。把他们带下去。

毕斯托尔　人生不得意,借酒且浇愁。(福斯塔夫、夏禄、毕斯托尔、巴道夫、侍童及警吏等同下。)

兰开斯特　我很满意王上这一次贤明的处置。他本来的意思是要使他的旧日的同伴们个个得到充分的赡养;可是现在他决定把他们一起放逐,直到他们一反过去的言行,自知检束为止。

大法官　正是这样。

兰开斯特　王上已经召集议会了,大人。

大法官　正是。

兰开斯特　我可以打赌,在这一年终结以前,我们将要把国内的刀剑和民族的战火带到法国去。我听见一只小鸟这样歌唱,它的歌声仿佛使王上听了十分快乐。来,请吧。(同下。)

收 场 白

一跳舞者登场致辞。

第一,我的忧虑;第二,我的敬礼;最后,我的致辞。我的忧虑是怕各位看过了这出戏会生气;我的敬礼是我的应尽的礼貌;我的致词是要请各位原谅。要是你们现在等着听一段漂亮的话,那可难为了我啦;因为我所要说的话,都是我自己杜撰出来的,我怕它会叫我遭到一场大大的没趣。可是闲话少说,我就冒这么一次险吧。奉告各位——虽然是明人不必细说——我在不久之前赶上了一出枯燥无味的戏剧的结局,当时我请求各位多多包涵,还答应你们再编一出好一点儿的给你们看。我的原意是就用这出戏抵账了。如果这笔买卖也赔钱了,我当然是破产了,你们,我的好心肠的债主们,也要大失所望。可是我既然答应在这儿露面,所以我在这儿愿意把我这一身悉听各位的处置;要是你们慈悲为怀,肯对我略加宽贷,那么我也可以打个折扣偿还你们,并且像大多数的借债人一样,给你们无穷无尽的允诺。

要是我的舌头不能请求你们宽贷我,那么你们肯不肯命令我用我的双腿向你们乞恕?虽然跳一下舞就可以把债务轻轻跳去,世上没有这样容易的事,可是只要在良心上并不亏负人家,什么事情都是可以通融的,我也就这么办吧。这儿在座的各位夫人小姐都已经宽恕我了;要是在座的各位先生不肯饶我,那么各位先生就是和各位夫人小姐意见不合,在这样的嘉宾盛会之中,这一种怪事是未之前闻的。

我还要请各位耐心听我说一句话。要是你们的胃口还没有对肥肉生厌,我们的卑微的著者将要把本剧的故事继续搬演下去,让约翰爵士继续登场,还要贡献你们一位有趣的角色,法国的美貌的凯瑟琳公主。照我所知道的,福斯塔夫将要出汗而死,除非你们无情的批判早已把他杀死;因为欧尔卡苏①是为

---

① 欧尔卡苏(Oldcastle),十五世纪英国罗拉教派的领袖,亨利五世早年的伴侣,福斯塔夫的性格据说是依据他塑造的。

宗教而殉身的,我们演的不是他。我的舌头已经疲乏了;等我的腿儿也跳得不能动弹的时候,我要敬祝各位晚安。现在我就长跪在你们的面前,为我们的女王陛下祈祷康宁。

第 十 二 夜

剧 中 人 物

奥西诺　伊利里亚公爵

西巴斯辛　薇奥拉之兄

安东尼奥　船长,西巴斯辛之友

另一船长　薇奥拉之友

凡伦丁 ⎫
丘里奥 ⎬ 公爵侍臣

托比·培尔契爵士　奥丽维娅的叔父

安德鲁·艾古契克爵士

马伏里奥　奥丽维娅的管家

费边 ⎫
费斯特　小丑 ⎬ 奥丽维娅之仆

奥丽维娅　富有的伯爵小姐

薇奥拉　热恋公爵者

玛利娅　奥丽维娅的侍女

群臣、牧师、水手、警吏、乐工及其他侍从等

地　点

伊利里亚某城及其附近海滨

第 一 幕

第一场　公爵府中一室

公爵、丘里奥、众臣同上;乐工随侍。

公　爵　假如音乐是爱情的食粮,那么奏下去吧;尽量地奏下去,好让爱情因
　　　　过饱噎塞而死。又奏起这个调子来了!它有一种渐渐消沉下去的节奏。
　　　　啊!它经过我的耳畔,就像微风吹拂一丛紫罗兰,发出轻柔的声音,一面
　　　　把花香偷走,一面又把花香分送。够了!别再奏下去了!它现在已经不
　　　　像原来那样甜蜜了。爱情的精灵呀!你是多么敏感而活泼;虽然你有海
　　　　一样的容量,可是无论怎样高贵超越的事物,一进了你的范围,便会在顷
　　　　刻间失去了它的价值。爱情是这样充满了意象,在一切事物中是最富于
　　　　幻想的。

丘里奥　殿下,您要不要去打猎?

公　爵　什么,丘里奥?

丘里奥　去打鹿。

公　爵　啊,一点不错,我的心就像是一头鹿。唉!当我第一眼瞧见奥丽维娅
　　　　的时候,我觉得好像空气给她澄清了。那时我就变成了一头鹿;从此我的
　　　　情欲像凶暴残酷的猎犬一样,永远追逐着我。

　　　　凡伦丁上。

公　爵　怎样!她那边有什么消息?

凡伦丁　启禀殿下,他们不让我进去,只从她的侍女嘴里传来了这一个答复:
　　　　除非再过七个寒暑,就是青天也不能窥见她的全貌;她要像一个尼姑一
　　　　样,蒙着面幕而行,每天用辛酸的眼泪浇洒她的卧室:这一切都是为着纪
　　　　念对于一个死去的哥哥的爱,她要把对哥哥的爱永远活生生地保留在她

悲伤的记忆里。

公　爵　唉！她有这么一颗优美的心，对于她的哥哥也会挚爱到这等地步。
　　　　假如爱神那支有力的金箭把她心里一切其他的感情一齐射死；假如只有
　　　　一个唯一的君王占据着她的心肝头脑——这些尊严的御座，这些珍美的
　　　　财宝——那时她将要怎样恋爱着啊！

　　　　　　给我引道到芬芳的花丛；

　　　　　　相思在花荫下格外情浓。（同下。）

第二场 海 滨

薇奥拉、船长及水手等上。

薇奥拉　朋友们,这儿是什么国土?

船　长　这儿是伊利里亚,姑娘。

薇奥拉　我在伊利里亚干什么呢?我的哥哥已经到极乐世界里去了。也许他侥幸没有淹死。水手们,你们以为怎样?

船　长　您也是侥幸才保全了性命的。

薇奥拉　唉,我的可怜的哥哥!但愿他也侥幸无恙!

船　长　不错,姑娘,您可以用侥幸的希望来宽慰您自己。我告诉您,我们的船撞破了之后,您和那几个跟您一同脱险的人紧攀着我们那只给风涛所颠摇的小船,那时我瞧见您的哥哥很有急智地把他自己捆在一根浮在海面的桅樯上,勇敢和希望教给了他这个计策;我见他像阿里翁①骑在海豚背上似的浮沉在波浪之间,直到我的眼睛望不见他。

薇奥拉　你的话使我很高兴,请收下这点钱,聊表谢意。由于我自己脱险,使我抱着他也能够同样脱险的希望;你的话更把我的希望证实了几分。你知道这国土吗?

船　长　是的,姑娘,很熟悉;因为我就是在离这儿不到三小时旅程的地方生长的。

薇奥拉　谁统治着这地方?

船　长　一位名实相符的高贵的公爵。

薇奥拉　他叫什么名字?

船　长　奥西诺。

薇奥拉　奥西诺!我曾经听见我父亲说起过他;那时他还没有娶亲。

船　长　现在他还是这样,至少在最近我还不曾听见他娶亲的消息;因为只一个月之前我从这儿出发,那时刚刚有一种新鲜的风传——您知道大人物的一举一动,都会被一般人纷纷议论着的——说他在向美貌的奥丽维娅

---

①　阿里翁(Arion),希腊诗人和音乐家,传说他在某次乘船自西西里至科林多,途中为水手所迫害,因跃入海中,为海豚负至岸上,盖深感其音乐之力云。

求爱。

薇奥拉　她是谁呀？

船　长　她是一位品德高尚的姑娘；她的父亲是位伯爵，约莫在一年前死去，把她交给他的儿子，她的哥哥照顾，可是他不久又死了。他们说为了对于她哥哥的深切的友爱，她已经发誓不再跟男人们在一起或是见他们的面。

薇奥拉　唉！要是我能够侍候这位小姐，就可以不用在时机没有成熟之前泄露我的身份了。

船　长　那很难办到，因为她不肯接纳无论哪一种请求，就是公爵的请求她也是拒绝的。

薇奥拉　船长，你瞧上去是个好人；虽然造物常常用一层美丽的墙来围蔽住内中的污秽，但是我可以相信你的心地跟你的外表一样好。请你替我保守秘密，不要把我的真相泄露出去，我以后会重谢你的；你得帮助我假扮起来，好让我达到我的目的。我要去侍候这位公爵，你可以把我送给他作为一个净了身的侍童；也许你会得到些好处的，因为我会唱歌，用各种的音乐向他说话，使他重用我。

　　　　以后有什么事以后再说；

我会使计谋,你只须静默。

船　长　我便当哑巴,你去做近侍;

倘多话挖去我的眼珠子。

薇奥拉　谢谢你;领着我去吧。(同下。)

第三场　奥丽维娅宅中一室

托比·培尔契爵士及玛利娅上。

托　比　我的侄女见什么鬼把她哥哥的死看得那么重? 悲哀是要损寿的呢。

玛利娅　真的,托比老爷,您晚上得早点儿回来;您那侄小姐很反对您深夜不
归呢。

托　比　哼,让她去今天反对、明天反对,尽管反对下去吧。

玛利娅　噢,但是您总得有个分寸,不要太失身份才是。

托　比　身份! 我这身衣服难道不合身份吗? 穿了这种衣服去喝酒,也很有
身份的了;还有这双靴子,要是它们不合身份,就叫它们在靴带上吊死
了吧。

玛利娅　您这样酗酒会作践了您自己的,我昨天听见小姐说起过;她还说起您
有一晚带到这儿来向她求婚的那个傻骑士。

托　比　谁? 安德鲁·艾古契克爵士吗?

玛利娅　噢,就是他。

托　比　他在伊利里亚也算是一表人才了。

玛利娅　那又有什么相干?

托　比　哼,他一年有三千块钱收入呢。

玛利娅　噢,可是一年之内就把这些钱全花光了。他是个大傻瓜,而且是个
浪子。

托　比　呸! 你说出这种话来! 他会拉低音提琴;他会不看书本讲三四国文
字,一个字都不模糊;他有很好的天分。

玛利娅　是的,傻子都是得天独厚的;因为他除了是个傻瓜之外,又是一个惯
会惹是招非的家伙;要是他没有懦夫的天分来缓和一下他那喜欢吵架的
脾气,有见识的人都以为他就会有棺材睡的。

托　比　我举手发誓,这样说他的人,都是一批坏蛋,信口雌黄的东西。他们

是谁啊？

玛利娅　他们又说您每夜跟他在一块儿喝酒。

托　比　我们都喝酒祝我的侄女健康呢。只要我的喉咙里有食道，伊利里亚
　　　　有酒，我便要为她举杯祝饮。谁要是不愿为我的侄女举杯祝饮，喝到像抽
　　　　陀螺似的天旋地转，他就是个不中用的汉子，是个卑鄙小人。嘿，丫头！
　　　　放正经些！安德鲁·艾古契克爵士来啦。

　　　　　安德鲁·艾古契克爵士上。

安德鲁　托比·培尔契爵士！您好，托比·培尔契爵士！

托　比　亲爱的安德鲁爵士！

安德鲁　您好，美貌的小泼妇！

玛利娅　您好，大人。

托　比　寒暄几句,安德鲁爵士,寒暄几句。

安德鲁　您说什么?

托　比　这是舍侄女的丫环。

安德鲁　好寒萱姊姊,我希望咱们多多结识。

玛利娅　我的名字是玛丽,大人。

安德鲁　好玛丽·寒萱姊姊,——

托　比　你弄错了,骑士;"寒暄几句"就是跑上去向她应酬一下,招呼一下,客套一下,来一下的意思。

安德鲁　嗳哟,当着这些人我可不能跟她打交道。"寒暄"就是这个意思吗?

玛利娅　再见,先生们。

托　比　要是你让她这样走了,安德鲁爵士,你以后再不用充汉子了。

安德鲁　要是你这样走了,姑娘,我以后再不用充汉子了。好小姐,你以为你手边是些傻瓜吗?

玛利娅　大人,可是我还不曾跟您握手呢。

安德鲁　那很好办,让我们握手。

玛利娅　好了,大人,思想是无拘无束的。请您把这只手带到卖酒的柜台那里去,让它喝两盅吧。

安德鲁　这怎么讲,好人儿? 你在打什么比方?

玛利娅　我是说它怪没劲的。

安德鲁　是啊,我也这样想。不管人家怎么说我蠢,应该好好保养两手的道理我还懂得。可是你说的是什么笑话?

玛利娅　没劲的笑话。

安德鲁　你一肚子都是这种笑话吗?

玛利娅　不错,大人,满手里抓的也都是。得,现在我放开您的手了,我的笑料也都吹了。(下。)

托　比　骑士啊! 你应该喝杯酒儿。几时我见你这样给人愚弄过?

安德鲁　我想你从来没有见过;除非你见我给酒弄昏了头。有时我觉得我跟一般基督徒和平常人一样笨;可是我是个吃牛肉的老饕,我相信那对于我的聪明很有妨害。

托　比　一定一定。

安德鲁　要是我真那样想的话,以后我得戒了。托比爵士,明天我要骑马回家去了。

托　比　Pourquoi①,我的亲爱的骑士?

安德鲁　什么叫 Pourquoi? 好还是不好? 我理该把我花在击剑、跳舞和耍熊上面的工夫学几种外国话的。唉! 要是我读了文学多么好!

托　比　要是你花些工夫在你的鬈发钳②上头,你就可以有一头很好的头发了。

安德鲁　怎么,那跟我的头发有什么关系?

托　比　很明白,因为你瞧你的头发不用些工夫上去是不会鬈曲起来的。

安德鲁　可是我的头发不也已经够好看了吗?

托　比　好得很,它披下来的样子就像纺杆上的麻线一样,我希望有哪位奶奶把你夹在大腿里纺它一纺。

安德鲁　真的,我明天要回家去了,托比爵士。你侄女不肯接见我;即使接见我,多半她也不会要我。这儿的公爵也向她求婚呢。

托　比　她不要什么公爵不公爵;她不愿嫁给比她身份高、地位高、年龄高、智慧高的人,我听见她这样发过誓。嘿,老兄,还有希望呢。

安德鲁　我再耽搁一个月。我是世上心思最古怪的人;我有时老是喜欢喝酒跳舞。

托　比　这种玩意儿你很擅胜场的吗,骑士?

安德鲁　可以比得过伊利里亚无论哪个不比我高明的人;可是我不愿跟老手比。

托　比　你跳舞的本领怎样?

安德鲁　不骗你,我会旱地拔葱。

托　比　我会葱炒羊肉。

安德鲁　讲到我的倒跳的本事,简直可以比得上伊利里亚的无论什么人。

托　比　为什么你要把这种本领藏匿起来呢? 为什么这种天才要覆上一块幕布? 难道它们也会沾上灰尘,像大姑娘的画像一样吗? 为什么不跳着"加里阿"到教堂里去,跳着"科兰多"一路回家? 假如是我的话,我要走

---

① 法文:"为什么"之意。

② 原文鬈发钳(tongs)与外国话(tongues)音相近。

步路也是"捷格"舞,撒泡尿也是五步舞呢。你是什么意思?这世界上是应该把才能隐藏起来的吗?照你那双出色的好腿看来,我想它们是在一个跳舞的星光底下生下来的。

安德鲁　噢,我这双腿很有气力,穿了火黄色的袜子倒也十分漂亮。我们喝酒去吧?

托　比　除了喝酒,咱们还有什么事好做?咱们的命宫不是金牛星吗?

安德鲁　金牛星!金牛星管的是腰和心。

托　比　不,老兄,是腿和股。跳个舞给我看。哈哈!跳得高些!哈哈!好极了!(同下。)

第四场　公爵府中一室

　　　凡伦丁及薇奥拉男装上。

凡伦丁　要是公爵继续这样宠幸你,西萨里奥,你多半就要高升起来了;他认识你还只有三天,你就跟他这样熟了。

薇奥拉　看来你不是怕他的心性捉摸不定,就是怕我会玩忽职守,所以你才怀疑他会不会继续这样宠幸我。先生,他待人是不是有始无终的?

凡伦丁　不,相信我。

薇奥拉　谢谢你。公爵来了。

公爵、丘里奥及侍从等上。

公　爵　喂！有谁看见西萨里奥吗？

薇奥拉　在这儿，殿下，听候您的吩咐。

公　爵　你们暂时走开些。西萨里奥，你已经知道了一切，我已经把我秘密的
　　　　内心中的书册向你展示过了；因此，好孩子，到她那边去，别让他们把你摈
　　　　之门外，站在她的门口，对他们说，你要站到脚底下生了根，直等她把你延
　　　　见为止。

薇奥拉　殿下，要是她真像人家所说的那样沉浸在悲哀里，她一定不会允许我
　　　　进去的。

公　爵　你可以跟他们吵闹，不用顾虑一切礼貌的界限，但一定不要毫无结果
　　　　而归。

薇奥拉　假定我能够和她见面谈话了，殿下，那么又怎样呢？

公　爵　噢！那么就向她宣布我的恋爱的热情，把我的一片挚诚说给她听，让
　　　　她吃惊。你表演起我的伤心来一定很出色，你这样的青年一定比那些面
　　　　孔板板的使者们更能引起她的注意。

薇奥拉　我想不见得吧，殿下。

公　爵　好孩子，相信我的话；因为像你这样的妙龄，还不能算是个成人：狄安
　　　　娜的嘴唇也不比你的更柔滑而红润；你的娇细的喉咙像处女一样尖锐而
　　　　清朗；在各方面你都像个女人。我知道你的性格很容易对付这件事情。
　　　　四五个人陪着他去；要是你们愿意，就全去也好；因为我欢喜孤寂。你倘
　　　　能成功，那么你主人的财产你也可以有份。

薇奥拉　我愿意尽力去向您的爱人求婚。（旁白）

　　　　唉，怨只怨多阻碍的前程！

　　　　但我一定要做他的夫人。（各下。）

第五场　奥丽维娅宅中一室

玛利娅及小丑上。

玛利娅　不，你要是不告诉我你到哪里去来，我便把我的嘴唇抿得紧紧的，连
　　　　一根毛发也钻不进去，不替你说句好话。小姐因为你不在，要吊死你呢。

小　丑　让她吊死我吧；好好地吊死的人，在这世上可以不怕敌人。

玛利娅　把你的话解释解释。

小　丑　因为他看不见敌人了。

玛利娅　好一句无聊的回答。让我告诉你"不怕敌人"这句话是怎么来的吧。

小　丑　怎么来的,玛利娅姑娘?

玛利娅　是从打仗里来的;下回你再撒赖的时候,就可以放开胆子这样说。

小　丑　好吧,上帝给聪明与聪明人;至于傻子们呢,那只好靠他们的本事了。

玛利娅　可是你这么久在外边鬼混,小姐一定要把你吊死的,否则把你赶出去,那不是跟把你吊死一样好吗?

小　丑　好好地吊死常常可以防止坏的婚姻;至于赶出去,那在夏天倒还没甚要紧。

玛利娅　那么你已经下了决心了吗?

小　丑　不,没有;可是我决定了两端。

玛利娅　假如一端断了,一端还连着;假如两端都断了,你的裤子也落下来了。

小　丑　妙,真的很妙。好,去你的吧;要是托比老爷戒了酒,你在伊利里亚的雌儿中间也好算是个门当户对的调皮角色了。

玛利娅　闭嘴,你这坏蛋,别胡说了。小姐来啦;你还是好好地想出个推托来。(下。)

小　丑　才情呀,请你帮我好好地装一下傻瓜!那些自负才情的人,实际上往往是些傻瓜;我知道我自己没有才情,因此也许可以算做聪明人。昆那拍勒斯①怎么说的?"与其做愚蠢的智人,不如做聪明的愚人。"

　　　　奥丽维娅偕马伏里奥上。

小　丑　上帝祝福你,小姐!

奥丽维娅　把这傻子撵出去!

小　丑　喂,你们没听见吗?把这位小姐撵出去。

奥丽维娅　算了吧!你是个干燥无味的傻子,我不要再看见你了;而且你已经变得不老实起来了。

小　丑　我的小姐,这两个毛病用酒和忠告都可以治好。只要给干燥无味的傻子一点酒喝,他就不干燥了。只要劝不老实的人洗心革面,弥补他从前的过失:假如他能够弥补的话,他就不再不老实了;假如他不能弥补,那么

_____

① 似为杜撰的人名。

叫裁缝把他补一补也就得了。弥补者,弥而补之也:道德的失足无非补上了一块罪恶;罪恶悔改之后,也无非补上了一块道德。假如这种简单的论理可以通得过去,很好;假如通不过去,还有什么办法?当忘八是一件倒霉的事,美人好比鲜花,这都是无可怀疑的。小姐吩咐把傻子撵出去;因此我再说一句,把她撵出去吧。

奥丽维娅　尊驾,我吩咐他们把你撵出去呢。

小　丑　这就是大错而特错了!小姐,"戴了和尚帽,不定是和尚";那就好比是说,我身上虽然穿着愚人的彩衣,可是我并不一定连头脑里也穿着它呀。我的好小姐,准许我证明您是个傻子。

奥丽维娅　你能吗?

小　丑　再便当也没有了,我的好小姐。

奥丽维娅　那么证明一下看。

小　丑　小姐,我必须把您盘问;我的贤淑的小乖乖,回答我。

奥丽维娅　好吧,先生,为了没有别的消遣,我就等候着你的证明吧。

小　丑　我的好小姐,你为什么悲伤?

奥丽维娅　好傻子,为了我哥哥的死。

小　丑　小姐,我想他的灵魂是在地狱里。

奥丽维娅　傻子,我知道他的灵魂是在天上。

小　丑　这就越显得你的傻了,我的小姐;你哥哥的灵魂既然在天上,为什么要悲伤呢?列位,把这傻子撵出去。

奥丽维娅　马伏里奥,你以为这傻子怎样?是不是更有趣了?

马伏里奥　是的,而且会变得越来越有趣,一直到死。老弱会使聪明减退,可是对于傻子却能使他变得格外傻起来。

小　丑　大爷,上帝保佑您快快老弱起来,好让您格外傻得厉害! 托比老爷可以发誓说我不是狐狸,可是他不愿跟人家打赌两便士说您不是个傻子。

奥丽维娅　你怎么说,马伏里奥?

马伏里奥　我不懂您小姐怎么会喜欢这种没有头脑的混账东西。前天我看见他给一个像石头一样冥顽不灵的下等的傻子算计了去。您瞧,他已经毫无招架之功了;要是您不笑笑给他一点题目,他便要无话可说。我说,听见这种傻子的话也会那么高兴的聪明人们,都不过是些傻子们的应声虫罢了。

奥丽维娅　啊！你是太自命不凡了，马伏里奥；你缺少一副健全的胃口。你认为是炮弹的，在宽容慷慨、气度汪洋的人看来，不过是鸟箭。傻子有特许放肆的权利，虽然他满口骂人，人家不会见怪于他；君子出言必有分量，虽然他老是指摘人家的错处，也不能算为谩骂。

小　丑　麦鸠利赏给你说谎的本领吧，因为你给傻子说了好话！

　　　　玛利娅重上。

玛利娅　小姐，门口有一位年轻的先生很想见您说话。

奥丽维娅　从奥西诺公爵那儿来的吧？

玛利娅　我不知道，小姐；他是一位漂亮的青年，随从很盛。

奥丽维娅　我家里有谁在跟他周旋呢？

玛利娅　是令亲托比老爷，小姐。

奥丽维娅　你去叫他走开；他满口都是些疯话。不害羞的！（玛利娅下）马伏里奥，你给我去；假若是公爵差来的，说我病了，或是不在家，随你怎样说，把他打发走。（马伏里奥下）你瞧，先生，你的打诨已经陈腐起来，人家不喜欢了。

小　丑　我的小姐，你帮我说话就像你的大儿子也会是个傻子一般；愿上帝在他的头颅里塞满脑子吧！瞧你的那位有一副最不中用的头脑的令亲来了。

　　　　托比·培尔契爵士上。

奥丽维娅　哎哟，又已经半醉了。叔叔，门口是谁？

托　比　一个绅士。

奥丽维娅　一个绅士！什么绅士？

托　比　有一个绅士在这儿——这种该死的咸鱼！怎样，蠢货！

小　丑　好托比爷爷！

奥丽维娅　叔叔，叔叔，你怎么这么早就昏天黑地了？

托　比　声天色地！我打倒声天色地！有一个人在门口。

小　丑　是呀，他是谁呢？

托　比　让他是魔鬼也好，我不管；我说，我心里耿耿三尺有神明。好，都是一样。（下。）

奥丽维娅　傻子，醉汉像个什么东西？

小　丑　像个溺死鬼，像个傻瓜，又像个疯子。多喝了一口就会把他变成个傻瓜;再喝一口就发了疯;喝了第三口就把他溺死了。

奥丽维娅　你去找个验尸的来吧,让他来验验我的叔叔;因为他已经喝酒喝到了第三个阶段,他已经溺死了。瞧瞧他去。

小　丑　他还不过是发疯呢,我的小姐;傻子该去照顾疯子。(下。)

　　　　　马伏里奥重上。

马伏里奥　小姐,那个少年发誓说要见您说话。我对他说您有病;他说他知道,因此要来见您说话。我对他说您睡了;他似乎也早已知道了,因此要来见您说话。还有什么话好对他说呢,小姐? 什么拒绝都挡他不了。

奥丽维娅　对他说我不要见他说话。

马伏里奥　这也已经对他说过了;他说,他要像州官衙门前竖着的旗杆那样立在您的门前不去,像凳子脚一样直挺挺地站着,非得见您说话不可。

奥丽维娅　他是怎样一个人?

马伏里奥　呃,就像一个人那么的。

奥丽维娅　可是是什么样子的呢?

马伏里奥　很无礼的样子;不管您愿不愿意,他一定要见您说话。

奥丽维娅　他的相貌怎样? 多大年纪?

马伏里奥　说是个大人吧,年纪还太轻;说是个孩子吧,又嫌大些:就像是一颗没有成熟的豆荚,或是一只半生的苹果,又像大人又像小孩,所谓介乎两可之间。他长得很漂亮,说话也很刁钻;看他的样子,似乎有些未脱乳臭。

奥丽维娅　叫他进来。把我的侍女唤来。

马伏里奥　姑娘,小姐叫着你呢。(下。)

　　　　　玛利娅重上。

奥丽维娅　把我的面纱拿来;来,罩住我的脸。我们要再听一次奥西诺来使的说话。

　　　　　薇奥拉及侍从等上。

薇奥拉　哪一位是这里府中的贵小姐?

奥丽维娅　有什么话对我说吧;我可以代她答话。你来有什么见教?

薇奥拉　最辉煌的、卓越的、无双的美人! 请您指示我这位是不是就是这里府中的小姐,因为我没有见过她。我不大甘心浪掷我的言辞;因为它不但写得非常出色,而且我费了好大的辛苦才把它背熟。两位美人,不要把我取笑;我是个非常敏感的人,一点点轻侮都受不了的。

奥丽维娅　你是从什么地方来的,先生?

薇奥拉　除了我背熟了的以外,我不能说别的话;您那问题是我所不曾预备作答的。温柔的好人儿,好好儿地告诉我您是不是府里的小姐,好让我陈说我的来意。

奥丽维娅　你是个唱戏的吗?

薇奥拉　不,我的深心的人儿;可是我敢当着最有恶意的敌人发誓,我并不是我所扮演的角色。您是这府中的小姐吗?

奥丽维娅　是的,要是我没有篡夺了我自己。

薇奥拉　假如您就是她,那么您的确是篡夺了您自己了;因为您有权力给予别人的,您却没有权力把它藏匿起来。但是这种话跟我来此的使命无关;我要继续着恭维您的言辞,然后告知您我的来意。

奥丽维娅　把重要的话说出来;恭维免了吧。

薇奥拉　唉! 我好容易才把它背熟,而且它又是很有诗意的。

奥丽维娅　那么多半是些鬼话,请你留着不用说了吧。我听说你在我门口一味顶撞;让你进来只是为要看看你究竟是个什么人,并不是要听你说话。要是你没有发疯,那么去吧;要是你明白事理,那么说得简单一些:我现在没有那样心思去理会一段没有意思的谈话。

玛利娅　请你动身吧,先生;这儿便是你的路。

薇奥拉　不,好清道夫,我还要在这儿闲荡一会儿呢。亲爱的小姐,请您劝劝您这位"彪形大汉"别那么神气活现。

奥丽维娅　把你的尊意告诉我。

薇奥拉　我是一个使者。

奥丽维娅　你那种礼貌那么可怕,你带来的信息一定是些坏事情。有什么话说出来。

薇奥拉　除了您之外不能让别人听见。我不是来向您宣战,也不是来要求您臣服;我手里握着橄榄枝,我的话里充满了和平,也充满了意义。

奥丽维娅　可是你一开始就不讲礼。你是谁? 你要的是什么?

薇奥拉　我的不讲礼是我从你们对我的接待上学来的。我是谁,我要些什么,是个秘密;在您的耳中是神圣,别人听起来就是亵渎。

奥丽维娅　你们都走开吧;我们要听一听这段神圣的话。(玛利娅及侍从等下)现在,先生,请教你的经文?

薇奥拉　最可爱的小姐——

奥丽维娅　倒是一种叫人听了怪舒服的教理,可以大发议论呢。你的经文呢?

薇奥拉　在奥西诺的心头。

奥丽维娅　在他的心头!在他的心头的哪一章?

薇奥拉　照目录上排起来,是他心头的第一章。

奥丽维娅　噢!那我已经读过了,无非是些旁门左道。你没有别的话要说
　　了吗?

薇奥拉　好小姐,让我瞧瞧您的脸。

奥丽维娅　贵主人有什么事要差你来跟我的脸接洽的吗?你现在岔开你的正
　　文了;可是我们不妨拉开幕儿,让你看看这幅图画。(揭除面幕)你瞧,先
　　生,我就是这个样子;它不是画得很好吗?

薇奥拉　要是一切都出于上帝的手,那真是绝妙之笔。

奥丽维娅　它的色彩很耐久,先生,受得起风霜的侵蚀。

薇奥拉　那真是各种色彩精妙地调和而成的美貌;那红红的白白的都是造化
　　亲自用他的可爱的巧手敷上去的。小姐,您是世上最忍心的女人,要是您
　　甘心让这种美埋没在坟墓里,不给世间留下一份副本。

奥丽维娅　啊!先生,我不会那样狠心;我可以列下一张我的美貌的清单,一
　　一开陈清楚,把每一件细目都载在我的遗嘱上,例如:一款,浓淡适中的朱
　　唇两片;一款,灰色的倩眼一双,附眼睑;一款,玉颈一围,柔颐一个,等等。
　　你是奉命到这儿来恭维我的吗?

薇奥拉　我明白您是个什么样的人了。您太骄傲了;可是即使您是个魔鬼,您
　　是美貌的。我的主人爱着您;啊!这么一种爱情,即使您是人间的绝色,
　　也应该酬答他的。

奥丽维娅　他怎样爱着我呢?

薇奥拉　用崇拜,大量的眼泪,震响着爱情的呻吟,吞吐着烈火的叹息。

奥丽维娅　你的主人知道我的意思,我不能爱他;虽然我想他品格很高,知道
　　他很尊贵,很有身份,年轻而纯洁,有很好的名声,慷慨,博学,勇敢,长得
　　又体面;可是我总不能爱他,他老早就已经得到我的回音了。

薇奥拉　要是我也像我主人一样热情地爱着您,也是这样的受苦,这样了无生
　　趣地把生命拖延,我不会懂得您的拒绝是什么意思。

奥丽维娅　啊,你预备怎样呢?

薇奥拉　我要在您的门前用柳枝筑成一所小屋,不时到府中访谒我的灵魂;我要吟咏着被冷淡的忠诚的爱情的篇什,不顾夜多么深我要把它们高声歌唱;我要向着回声的山崖呼喊您的名字,使饶舌的风都叫着"奥丽维娅"。啊!您在天地之间将要得不到安静,除非您怜悯了我!

奥丽维娅　你的口才倒是颇堪造就的。你的家世怎样?

薇奥拉　超过于我目前的境遇,但我是个有身份的士人。

奥丽维娅　回到你主人那里去;我不能爱他,叫他不要再差人来了;除非或者你再来见我,告诉我他对于我的答复觉得怎样。再会!多谢你的辛苦;这几个钱赏给你。

薇奥拉　我不是个要钱的信差,小姐,留着您的钱吧;不曾得到报酬的,是我的主人,不是我。但愿爱神使您所爱的人也是心如铁石,好让您的热情也跟我主人的一样遭到轻蔑!再会,忍心的美人!(下。)

奥丽维娅　"你的家世怎样?""超过于我目前的境遇,但我是个有身份的士人。"我可以发誓你一定是的;你的语调,你的脸,你的肢体、动作、精神,各方面都可以证明你的高贵。——别这么性急。且慢!且慢!除非颠倒了主仆的名分。——什么!这么快便染上那种病了?我觉得好像这个少年的美处在悄悄地蹑步进入我的眼中。好,让它去吧。喂!马伏里奥!

　　　　马伏里奥重上。

马伏里奥　有,小姐,听候您的吩咐。

奥丽维娅　去追上那个无礼的使者,公爵差来的人,他不管我要不要,硬把这戒指留下;对他说我不要,请他不要向他的主人献功,让他死不了心,我跟他没有缘分。要是那少年明天还打这儿走过,我可以告诉他为什么。去吧,马伏里奥。

马伏里奥　是,小姐。(下。)

奥丽维娅　我的行事我自己全不懂,

　　　　　怎一下子便会把人看中?

　　　　　一切但凭着命运的吩咐,

　　　　　谁能够作得了自己的主!(下。)

第 二 幕

第一场　海　滨

安东尼奥及西巴斯辛上。

安东尼奥　您不愿住下去了吗？您也不愿让我陪着您去吗？

西巴斯辛　请您原谅,我不愿。我是个倒霉的人,我的晦气也许要连累了您,所以我要请您离开我,好让我独自担承我的恶运;假如连累到您身上,那是太辜负了您的好意了。

安东尼奥　可是让我知道您的去向吧。

西巴斯辛　不瞒您说,先生,我不能告诉您;因为我所决定的航行不过是无目的的漫游。可是我看您这样有礼,您一定不会强迫我说出我所保守的秘密来;因此按礼该我来向您表白我自己。安东尼奥,您要知道我的名字是西巴斯辛,罗德利哥是我的化名。我的父亲便是梅萨林的西巴斯辛,我知道您一定听见过他的名字。他死后丢下我和一个妹妹,我们两人是在同一个时辰出世的;我多么希望上天也让我们两人在同一个时辰死去!可是您,先生,却来改变我的命运,因为就在您把我从海浪里打救起来之前不久,我的妹妹已经淹死了。

安东尼奥　唉,可惜!

西巴斯辛　先生,虽然人家说她非常像我,许多人都说她是个美貌的姑娘;我虽然不好意思相信这句话,但是至少可以大胆说一句,即使妒嫉她的人也不能不承认她有一颗美好的心。她是已经给海水淹死的了,先生,虽然似乎我要用更多的泪水来淹没对她的记忆。

安东尼奥　先生,请您恕我招待不周。

西巴斯辛　啊,好安东尼奥!我才是多多打扰了您哪!

安东尼奥　要是您看在我的交情分上,不愿叫我痛不欲生的话,请您允许我做您的仆人吧。

西巴斯辛　您已经打救了我的生命,要是您不愿让我抱愧而死,那么请不要提出那样的请求,免得您白白救了我一场。我立刻告辞了;我的心是怪软的,还不曾脱去我母亲的性质,为了一点点理由,我的眼睛里就会露出我的弱点来。我要到奥西诺公爵的宫廷里去;再会了。(下。)

安东尼奥　一切神明护佑着你! 我在奥西诺的宫廷里有许多敌人,否则我就会马上到那边去会你——

　　　　但无论如何我爱你太深,

　　　　履险如夷我定要把你寻。(下。)

第二场　街　道

　　　薇奥拉上,马伏里奥随上。

马伏里奥　您不是刚从奥丽维娅伯爵小姐那儿来的吗?

薇奥拉　是的,先生;因为我走得慢,所以现在还不过在这儿。

马伏里奥　先生,这戒指她还给您;您当初还不如自己拿走呢,免得我麻烦。她又说您必须叫您家主人死了心,明白她不要跟他来往。还有,您不用再那么莽撞地到这里来替他说话了,除非来回报一声您家主人已经对她的拒绝表示认可。好,拿去吧。

薇奥拉　她自己拿了我这戒指去的；我不要。

马伏里奥　算了吧，先生，您使性子把它丢给她；她的意思也要我把它照样丢还给您。假如它是值得弯下身子拾起来的话，它就在您的眼前；不然的话，让什么人看见就给什么人拿去吧。（下。）

薇奥拉　我没有留下戒指呀；这位小姐是什么意思？但愿她不要迷恋了我的外貌才好！她把我打量得那么仔细；真的，我觉得她看得我那么出神，连自己讲的什么话儿也顾不到了，那么没头没脑，颠颠倒倒的。一定的，她爱上我啦；情急智生，才差这个无礼的使者来邀请我。不要我主人的戒指！嘿，他并没有把什么戒指送给她呀！我才是她意中的人；真是这样的话——事实上确是这样——那么，可怜的小姐，她真是做梦了！我现在才明白假扮的确不是一桩好事情，魔鬼会乘机大显他的身手。一个又漂亮又靠不住的男人，多么容易占据了女人家柔弱的心！唉！这都是我们生性脆弱的缘故，不是我们自身的错处；因为上天造下我们是哪样的人，我们就是哪样的人。这种事情怎么了结呢？我的主人深深地爱着她；我呢，可怜的小鬼，也是那样恋着他；她呢，认错了人，似乎在思念我。这怎么了呢？因为我是个男人，我没有希望叫我的主人爱上我；因为我是个女人，唉！可怜的奥丽维娅也要白费无数的叹息了！

这纠纷要让时间来理清；

叫我打开这结儿怎么成！（下。）

第三场　奥丽维娅宅中一室

托比·培尔契爵士及安德鲁·艾古契克爵士上。

托　比　过来，安德鲁爵士。深夜不睡即是起身得早；“起身早，身体好”，你知道的——

安德鲁　不，老实说，我不知道；我知道的是深夜不睡便是深夜不睡。

托　比　一个错误的结论；我听见这种话就像看见一个空酒瓶那么头痛。深夜不睡，过了半夜才睡，那就是到大清早才睡，岂不是睡得很早？我们的生命不是由四大原素组成的吗？

安德鲁　不错，他们是这样说；可是我以为我们的生命不过是吃吃喝喝而已。

托　比　你真有学问；那么让我们吃吃喝喝吧。玛利娅，喂！开一瓶酒来！

小丑上。

安德鲁　那个傻子来啦。

小　丑　啊,我的心肝们! 咱们刚好凑成一幅《三个臭皮匠》。

托　比　欢迎,驴子! 现在我们来一个轮唱歌吧。

安德鲁　说老实话,这傻子有一副很好的喉咙。我宁愿拿四十个先令去换他
　　　　这么一条腿和这么一副可爱的声音。真的,你昨夜打诨打的很好,说什么
　　　　匹格罗格罗密忒斯哪,维比亚人越过了丘勃斯的赤道线哪,真是好得很。
　　　　我送六便士给你的姘头,收到了没有?

小　丑　你的恩典我已经放进了我的口袋;因为马伏里奥的鼻子不是鞭柄,我
　　　　的小姐有一双玉手,她的跟班们不是开酒馆的。

安德鲁　好极了! 嗯,无论如何这要算是最好的打诨了。现在唱个歌吧。

托　比　来,给你六便士,唱个歌吧。

安德鲁　我也有六便士给你呢;要是一个骑士大方起来——

小　丑　你们要我唱支爱情的歌呢,还是唱支劝人为善的歌?

托　比　唱个情歌,唱个情歌。

安德鲁　是的,是的,劝人为善有什么意思。

小　丑　(唱)
　　　　你到哪儿去,啊我的姑娘?
　　　　听呀,那边来了你的情郎,
　　　　　　嘴里吟着抑扬的曲调。
　　　　不要再走了,美貌的亲亲;
　　　　恋人的相遇终结了行程,
　　　　　　每个聪明人全都知晓。

安德鲁　真好极了!

托　比　好,好!

小　丑　(唱)
　　　　什么是爱情? 它不在明天;
　　　　欢笑嬉游莫放过了眼前,
　　　　　　将来的事有谁能猜料?
　　　　不要蹉跎了大好的年华;
　　　　来吻着我吧,你双十娇娃,

373

転眼青春早化成衰老。

安德鲁　凭良心说话,好一副流利的歌喉!

托　比　好一股恶臭的气息!

安德鲁　真的,很甜蜜又很恶臭。

托　比　用鼻子听起来,那么恶臭也很动听。可是我们要不要让天空跳起舞来呢?我们要不要唱一支轮唱歌,把夜枭吵醒;那曲调会叫一个织工听了三魂出窍?

安德鲁　要是你爱我,让我们来一下吧;唱轮唱歌我挺拿手啦。

小　丑　对啦,大人,有许多狗也会唱得很好。

安德鲁　不错不错。让我们唱《你这坏蛋》吧。

小　丑　《闭住你的嘴,你这坏蛋》,是不是这一首,骑士?那么我可不得不叫你做坏蛋啦,骑士。

安德鲁　人家不得不叫我做坏蛋,这也不是第一次。你开头,傻子;第一句是,"闭住你的嘴"。

小　丑　要是我闭住我的嘴,我就再也开不了头啦。

安德鲁　说得好,真的。来,唱起来吧。(三人唱轮唱歌。)

　　　　玛利娅上。

玛利娅　你们在这里猫儿叫春似的闹些什么呀!要是小姐没有叫起她的管家马伏里奥来把你们赶出门外去,再不用相信我的话好了。

托　比　小姐是个骗子;我们都是大人物;马伏里奥是拉姆西的佩格姑娘;"我们是三个快活的人"。我不是同宗吗?我不是她的一家人吗?胡说八道,姑娘!

　　　　巴比伦有一个人,姑娘,姑娘!

小　丑　要命,这位老爷真会开玩笑。

安德鲁　欸,他高兴开起玩笑来,开得可是真好,我也一样;不过他的玩笑开得富于风趣,而我的玩笑开得更为自然。

托　比

　　　　啊!十二月十二——

玛利娅　看在上帝的面上,别闹了吧!

　　　　马伏里奥上。

马伏里奥　我的爷爷们,你们疯了吗,还是怎么啦?难道你们没有脑子,不懂规矩,全无礼貌,在这种夜深时候还要像一群发酒疯的补锅匠似的乱吵?你们把小姐的屋子当作一间酒馆,好让你们直着喉咙,唱那种鞋匠的歌儿吗?难道你们全不想想这是什么地方,这儿住的是什么人,或者现在是什么时刻了吗?

托　比　老兄,我们的轮唱是严守时刻的。你去上吊吧!

马伏里奥　托比老爷,莫怪我说句不怕忌讳的话。小姐吩咐我告诉您说,她虽然把您当个亲戚留住在这儿,可是她不能容忍您那种胡闹。要是您能够循规蹈矩,我们这儿是十分欢迎您的;否则的话,要是您愿意向她告别,她一定会让您走。

托　比
　　　既然我非去不可,那么再会吧,亲亲!

玛利娅　别这样,好托比老爷。

小　丑
　　　他的眼睛显示出他末日将要来临。

马伏里奥　岂有此理!

托　比
　　　可是我决不会死亡。

小　丑　托比老爷,您在说谎。

马伏里奥　真有体统!

托　比
　　　我要不要叫他滚蛋?

小　丑
　　　叫他滚蛋又怎样?

托　比
　　　要不要叫他滚蛋,毫无留贷?

小　丑
　　　啊! 不,不,不,你没有这种胆量。

托　比　唱的不入调吗? 先生,你说谎! 你不过是一个管家,有什么可以神气的? 你以为你自己道德高尚,人家便不能喝酒取乐了吗?

小　丑　是啊,凭圣安起誓,生姜吃下嘴去也总是辣的。

托　比　你说得一点也不错。——去,朋友,用面包屑去擦你的项链吧。开一

瓶酒来,玛利娅!

马伏里奥　玛利娅姑娘,要是你没有把小姐的恩典看作一钱不值,你可不要帮助他们做这种胡闹;我一定会去告诉她的。(下。)

玛利娅　滚你的吧!

安德鲁　向他挑战,然后失约,愚弄他一下子,倒是个很好的办法,就像人肚子饿了喝酒一样。

托　比　好,骑士,我给你写挑战书,或者代你去口头通知他你的愤怒。

玛利娅　亲爱的托比老爷,今夜请忍耐一下子吧;今天公爵那边来的少年会见了小姐之后,她心里很烦。至于马伏里奥先生,我去对付他好了;要是我不把他愚弄得给人当作笑柄,让大家取乐儿,我便是个连直挺挺躺在床上都不会的蠢东西。我知道我一定能够。

托　比　告诉我们,告诉我们;告诉我们一些关于他的事情。

玛利娅　好,老爷,有时候他有点儿像清教徒。

安德鲁　啊! 要是我早想到了这一点,我要把他像狗一样打一顿呢。

托　比　什么,为了像清教徒吗? 你有什么绝妙的理由,亲爱的骑士?

安德鲁　我没有什么绝妙的理由,可是我有相当的理由。

玛利娅　他是个鬼清教徒,反复无常、逢迎取巧是他的本领;一头装腔作势的驴子,背熟了几句官话,便倒也似的倒了出来;自信非凡,以为自己真了不得,谁看见他都会爱他;我可以凭着那个弱点堂堂正正地给他一顿教训。

托　比　你打算怎样?

玛利娅　我要在他走过的路上丢下一封暧昧的情书,里面活生生地描写着他的胡须的颜色、他的腿的形状、他走路的姿势、他的眼睛、额角和脸上的表情;他一见就会觉得是写的他自己。我会学您侄小姐的笔迹写字;在已经忘记了的信件上,我们连自己的笔迹也很难辨认呢。

托　比　好极了,我嗅到了一个计策了。

安德鲁　我鼻子里也闻到了呢。

托　比　他见了你丢下的这封信,便会以为是我的侄女写的,以为她爱上了他。

玛利娅　我的意思正是这样。

安德鲁　你的意思是要叫他变成一头驴子。

玛利娅　驴子,那是毫无疑问的。

安德鲁　啊! 那好极了!

玛利娅　出色的把戏,你们瞧着好了;我知道我的药对他一定生效。我可以把你们两人连那傻子安顿在他拾着那信的地方,瞧他怎样把它解释。今夜呢,大家上床睡去,梦着那回事吧。再见。(下。)

托　比　晚安,好姑娘!

安德鲁　我说,她是个好丫头。

托　比　她是头纯种的小猎犬,很爱我;怎样?

安德鲁　我也曾经给人爱过呢。

托　比　我们去睡吧,骑士。你应该叫家里再寄些钱来。

安德鲁　要是我不能得到你的侄女,我就大上其当了。

托　比　去要钱吧,骑士;要是你结果终不能得到她,你就叫我傻子。

安德鲁　要是我不去要,就再不要相信我,随你怎么办。

托　比　来,来,我去烫些酒来;现在去睡太晚了。来,骑士;来,骑士。
（同下。）

第四场　公爵府中一室

公爵、薇奥拉、丘里奥及余人等上。

公　爵　给我奏些音乐。早安,朋友们。好西萨里奥,我只要听我们昨晚听的
那支古曲;我觉得它比目前轻音乐中那种轻倩的乐调和警炼的字句更能
慰解我的痴情。来,只唱一节吧。

丘里奥　启禀殿下,会唱这歌儿的人不在这儿。

公　爵　他是谁?

丘里奥　是那个弄人费斯特,殿下;他是奥丽维娅小姐的尊翁所宠幸的傻子。
他就在这儿左近。

公　爵　去找他来,现在先把那曲调奏起来吧。（丘里奥下。奏乐）过来,孩
子。要是你有一天和人恋爱了,请在甜蜜的痛苦中记着我;因为真心的恋
人都像我一样,在其他一切情感上都是轻浮易变,但他所爱的人儿的影
像,却永远铭刻在他的心头。你喜不喜欢这个曲调?

薇奥拉　它传出了爱情的宝座上的回声。

公　爵　你说得很好。我相信你虽然这样年轻,你的眼睛一定曾经看中过什
么人;是不是,孩子?

薇奥拉　略为有点,请您恕我。

公　爵　是个什么样子的女人呢?

薇奥拉　相貌跟您差不多。

公　爵　那么她是不配被你爱的。什么年纪呢?

薇奥拉　年纪也跟您差不多,殿下。

公　爵　啊,那太老了!女人应当拣一个比她年纪大些的男人,这样她才跟他
合得拢来,不会失去她丈夫的欢心;因为,孩子,不论我们怎样自称自赞,
我们的爱情总比女人们流动不定些,富于希求,易于反复,更容易消失而
生厌。

薇奥拉　这一层我也想到,殿下。

公　爵　那么选一个比你年轻一点的姑娘做你的爱人吧,否则你的爱情便不
　　　　能常青——

　　　　　　女人正像是娇艳的蔷薇,

　　　　　　花开才不久便转眼枯萎。

薇奥拉　是啊,可叹她刹那的光荣,

　　　　　　早枝头零落留不住东风!

　　　　　　丘里奥偕小丑重上。

公　爵　啊,朋友!来,把我们昨夜听的那支歌儿再唱一遍。好好听着,西萨
　　　　里奥。那是个古老而平凡的歌儿,是晒着太阳的纺线工人和织布工人以
　　　　及无忧无虑的制花边的女郎们常唱的;歌里的话儿都是些平常不过的真
　　　　理,搬弄着纯朴的古代的那种爱情的纯洁。

小　丑　您预备好了吗,殿下?

公　爵　好,请你唱吧。(奏乐。)

小　丑　(唱)

　　　　　　过来吧,过来吧,死神!

　　　　　　　让我横陈在凄凉的柏棺①的中央;

　　　　　　飞去吧,飞去吧,浮生!

　　　　　　　我被害于一个狠心的美貌姑娘。

　　　　　　为我罩上白色的殓衾铺满紫杉;

　　　　　　没有一个真心的人为我而悲哀。

　　　　　　莫让一朵花儿甜柔,

　　　　　　　撒上了我那黑色的、黑色的棺材;

　　　　　　没有一个朋友迓候

　　　　　　　我尸身,不久我的骨骼将会散开。

　　　　　　免得多情的人们千万次的感伤,

　　　　　　请把我埋葬在无从凭吊的荒场。

---

①　此处"柏棺"原文为 Cypress,自来注家均肯定应作 Crape(丧礼用之黑色绉纱)解释;按字面解 Cy-
　　press 为一种杉柏之属,径译"柏棺",在语调上似乎更为适当,故仍将错就错,据字臆译。

379

公　爵　这是赏给你的辛苦钱。

小　丑　一点不辛苦,殿下;我以唱歌为乐呢。

公　爵　那么就算赏给你的快乐钱。

小　丑　不错,殿下,快乐总是要付出代价的。

公　爵　现在允许我不再见你吧。

小　丑　好,忧愁之神保佑着你!但愿裁缝用闪缎给你裁一身衫子,因为你的心就像猫眼石那样闪烁不定。我希望像这种没有恒心的人都航海去,好让他们过着五湖四海,千变万化的生活;因为这样的人总会两手空空地回家。再会。(下。)

公　爵　大家都退开去。(丘里奥及侍从等下)西萨里奥,你再给我到那位忍心的女王那边去;对她说,我的爱情是超越世间的,泥污的土地不是我所看重的事物;命运所赐给她的尊荣财富,你对她说,在我的眼中都像命运一样无常;吸引我的灵魂的是她的天赋的灵奇,绝世的仙姿。

薇奥拉　可是假如她不能爱您呢,殿下?

公　爵　我不能得到这样的回音。

薇奥拉　可是您不能不得到这样的回音。假如有一位姑娘——也许真有那么一个人——也像您爱着奥丽维娅一样痛苦地爱着您;您不能爱她,您这样告诉她;那么她岂不是必得以这样的答复为满足吗?

公　爵　女人的小小的身体一定受不住像爱情强加于我心中的那种激烈的搏跳;女人的心没有这样广大,可以藏得下这许多;她们缺少含忍的能力。唉,她们的爱就像一个人的口味一样,不是从脏腑里,而是从舌尖上感觉到的,过饱了便会食伤呕吐;可是我的爱就像饥饿的大海,能够消化一切。不要把一个女人所能对我发生的爱情跟我对于奥丽维娅的爱情相提并论吧。

薇奥拉　噢,可是我知道——

公　爵　你知道什么?

薇奥拉　我知道得很清楚女人对于男人会怀着怎样的爱情;真的,她们是跟我们一样真心的。我的父亲有一个女儿,她爱上了一个男人,正像假如我是个女人也许会爱上了您殿下一样。

公　爵　她的历史怎样?

薇奥拉　一片空白而已,殿下。她从来不向人诉说她的爱情,让隐藏在内心中的抑郁像蓓蕾中的蛀虫一样,侵蚀着她的绯红的脸颊;她因相思而憔悴,疾病和忧愁折磨着她,像是墓碑上刻着的"忍耐"的化身,默坐着向悲哀微笑。这不是真的爱情吗? 我们男人也许更多话,更会发誓,可是我们所表示的,总多于我们所决心实行的;不论我们怎样山盟海誓,我们的爱情总不过如此。

公　爵　但是你的姊姊有没有殉情而死,我的孩子?

微奥拉　我父亲的女儿只有我一个,儿子也只有我一个——可她有没有殉情我不知道。殿下,我要不要就去见这位小姐?

公　爵　对了,这是正事——

快前去,送给她这颗珍珠;

说我的爱情永不会认输。(各下。)

第五场　奥丽维娅的花园

托比·培尔契爵士、安德鲁·艾古契克爵士及费边上。

托　比　来吧,费边先生。

费　边　噢,我就来;要是我把这场好戏略为错过了一点点儿,让我在懊恼里煎死了吧。

托　比　让这个卑鄙龌龊的丑东西出一场丑,你高兴不高兴?

费　边　我才要快活死哩! 您知道那次我因为耍熊,被他在小姐跟前说我坏话。

托　比　我们再把那头熊牵来激他发怒;我们要把他作弄得体无完肤。你说怎样,安德鲁爵士?

安德鲁　要是我们不那么做,那才是终身的憾事呢。

托　比　小坏东西来了。

玛利娅上。

托　比　啊,我的小宝贝!

玛利娅　你们三人都躲到黄杨树后面去。马伏里奥正从这条道上走过来了;他已经在那边太阳光底下对他自己的影子练习了半个钟头仪法。谁要是喜欢笑话,就留心瞧着他吧;我知道这封信一定会叫他变成一个发痴的呆子。凭着玩笑的名义,躲起来吧! 你躺在那边;(丢下一信)这条鲟鱼已经来了,你不去撩撩他的痒处是捉不到手的。(下。)

　　　马伏里奥上。

马伏里奥　不过是运气;一切都是运气。玛利娅曾经对我说过小姐喜欢我;我也曾经听见她自己说过那样的话,说要是她爱上了人的话,一定要选像我这种脾气的人。而且,她待我比待其他的下人显得分外尊敬。这点我应该怎么解释呢?

托　比　瞧这个自命不凡的混蛋!

费　边　静些!他已经痴心妄想得变成一头出色的火鸡了;瞧他那种蓬起了羽毛高视阔步的样子!

安德鲁　他妈的,我可以把这混蛋痛打一顿!

托　比　别闹啦!

马伏里奥　做了马伏里奥伯爵!

托　比　啊,混蛋!

安德鲁　给他吃手枪!给他吃手枪!

托　比　别闹!别闹!

马伏里奥　这种事情是有前例可援的;斯特拉契夫人也下嫁给家臣。

安德鲁　该死,这畜生!

费　边　静些!现在他着了魔啦;瞧他越想越得意。

马伏里奥　跟她结婚过了三个月,我坐在我的宝座上——

托　比　啊!我要弹一颗石子到他的眼睛里去!

马伏里奥　身上披着绣花的丝绒袍子,召唤我的臣僚过来;那时我刚睡罢午觉,撇下奥丽维娅醺睡未醒——

托　比　大火硫磺烧死他!

费　边　静些!静些!

马伏里奥　那时我装出一副威严的神气,先目光凛凛地向众人瞟视一周,对他们表示我知道我的地位,他们也必须明白自己的身份;然后吩咐他们去请我的托比老叔过来——

托　比　把他铐起来!

费　边　别闹!别闹!别闹!好啦!好啦!

马伏里奥　我的七个仆人恭恭敬敬地前去找他。我皱了皱眉头,或者给我的表上了上弦,或者抚弄着我的——什么珠宝之类。托比来了,向我行了

个礼——

托　比　这家伙可以让他活命吗？

费　边　哪怕有几辆马车要把我们的静默拉走，也不要闹吧！

马伏里奥　我这样向他伸出手去，用一副庄严的威势来抑住我的亲昵的
　　　　笑容——

托　比　那时托比不就给了你一个嘴巴子吗？

马伏里奥　说，"托比叔父，我已蒙令侄女不弃下嫁，请您准许我这样
　　　　说话——"

托　比　什么？什么？

马伏里奥　"你必须把喝酒的习惯戒掉。"

托　比　他妈的，这狗东西！

费　边　嗳，别生气，否则我们的计策就要失败了。

马伏里奥　"而且，您还把您的宝贵的光阴跟一个傻瓜骑士在一块儿
　　　　浪费——"

安德鲁　说的是我，一定的啦。

马伏里奥　"那个安德鲁爵士——"

安德鲁　我知道是我;因为许多人都管我叫傻瓜。

马伏里奥　（见信)这儿有些什么东西呢?

费　边　现在那蠢鸟走近陷阱旁边来了。

托　比　啊,静些! 但愿能操纵人心意的神灵叫他高声朗读。

马伏里奥　（拾信)噯哟,这是小姐的手笔! 瞧这一钩一弯一横一直,那不正
　　　是她的笔锋吗? 没有问题,一定是她写的。

安德鲁　她的一钩一弯一横一直,那是什么意思?

马伏里奥　（读)"给不知名的恋人,至诚的祝福。"完全是她的口气! 对不住,
　　　封蜡。且慢! 这封口上的钤记不就是她一直用作封印的鲁克丽丝的肖像
　　　吗? 一定是我的小姐。可是那是写给谁的呢?

费　边　这叫他心窝儿里都痒起来了。

马伏里奥

　　　知我者天,

　　　我爱为谁?

　　　慎莫多言,

　　　莫令人知。

"莫令人知。"下面还写些什么? 又换了句调了! "莫令人知":说的也许
是你哩,马伏里奥!

托　比　嘿,该死,这獾子!

马伏里奥

　　　我可以向我所爱的人发号施令;

　　　　但隐秘的衷情如鲁克丽丝之刀,

　　　杀人不见血地把我的深心割刳:

　　　　我的命在 M,O,A,I 的手里飘摇。

费　边　无聊的谜语!

托　比　我说是个好丫头。

马伏里奥　"我的命在 M,O,A,I 的手里飘摇。"不,让我先想一想,让我想一
　　　想,让我想一想。

费　边　她给他吃了一服多好的毒药!

托　比　瞧那头鹰儿多么饿急似的想一口吞下去!

马伏里奥　"我可以向我所爱的人发号施令。"噘,她可以命令我;我侍候着

她,她是我的小姐。这是无论哪个有一点点脑子的人都看得出来的;全然合得拢。可是那结尾一句,那几个字母又是什么意思呢? 能不能牵附到我的身上? ——慢慢! M,O,A,I——

托　比　哎,这应该想个法儿;他弄糊涂了。

费　边　即使像一头狐狸那样臊气冲天,这狗子也会闻出味来,汪汪地叫起来的。

马伏里奥　M,马伏里奥;M,嘿,那正是我的名字的第一个字母哩。

费　边　我不是说他会想出来的吗? 这狗的鼻子在没有味的地方也会闻出味来。

马伏里奥　M——可是这次序不大对;这样一试,反而不成功了。跟着来的应该是个 A 字,可是却是个 O 字。

费　边　我希望 O 字应该放在结尾的吧?

托　比　对了,否则我要揍他一顿,让他喊出个"O!"来。

马伏里奥　A 的背后又跟着个 I。

费　边　哼,要是你背后生眼睛①的话,你就知道你眼前并没有什么幸运,你的背后却有倒霉的事跟着呢。

马伏里奥　M,O,A,I;这隐语可跟前面所说的不很合辙;可是稍为把它颠倒一下,也就可以适合我了,因为这几个字母都在我的名字里。且慢! 这儿还有散文呢。"要是这封信落到你手里,请你想一想。照我的命运而论,我是在你之上,可是你不用惧怕富贵:有的人是生来的富贵,有的人是挣来的富贵,有的人是送上来的富贵。你的好运已经向你伸出手来,赶快用你的全副精神抱住它。你应该练习一下怎样才合乎你所将要做的那种人的身份,脱去你卑恭的旧习,放出一些活泼的神气来。对亲戚不妨分庭抗礼,对仆人不妨摆摆架子;你嘴里要鼓唇弄舌地谈些国家大事,装出一副矜持的样子。为你叹息的人儿这样吩咐着你。记着谁曾经赞美过你的黄袜子,愿意看见你永远扎着十字交叉的袜带;我对你说,你记着吧。好,只要你自己愿意,你就可以出头了;否则让我见你一生一世做个管家,与众仆为伍,不值得抬举。再会! 我是愿意跟你交换地位的,幸运的不幸者。"青天白日也没有这么明白,平原旷野也没有这么显豁。我要摆起架

子来,谈起国家大事来;我要叫托比丧气,我要断绝那些鄙贱之交,我要一点不含糊地做起这么一个人来。我没有自己哄骗自己,让想象把我愚弄;因为每一个理由都指点着说,我的小姐爱上了我了。她最近称赞过我的黄袜子和我的十字交叉的袜带;她就是用这方法表示她爱我,用一种命令的方法叫我打扮成她所喜欢的样式。谢谢我的命星,我好幸福!我要放出高傲的神气来,穿了黄袜子,扎着十字交叉的袜带,立刻就去装束起来。赞美上帝和我的命星!这儿还有附启:"你一定想得到我是谁。要是你接受我的爱情,请你用微笑表示你的意思;你的微笑是很好看的。我的好人儿,请你当着我的面前永远微笑着吧。"上帝,我谢谢你!我要微笑;我要做每一件你吩咐我做的事。(下。)

费　边　即使波斯王给我一笔几千块钱的恩俸,我也不愿错过这场玩意儿。

托　比　这丫头想得出这种主意,我简直可以娶了她。

安德鲁　我也可以娶了她呢。

托　比　我不要她什么妆奁,只要再给我想出这么一个笑话来就行了。

安德鲁　我也不要她什么妆奁。

费　边　我那位捉蠢鹅的好手来了。

　　　　　玛利娅重上。

托　比　你愿意把你的脚搁在我的头颈上吗?

安德鲁　或者搁在我的头颈上?

托　比　要不要我把我的自由作孤注一掷,做你的奴隶?

安德鲁　是的,要不要我也做你的奴隶?

托　比　你已经叫他大做其梦,要是那种幻象一离开了他,他一定会发疯的。

玛利娅　可是您老实对我说,他中计了吗?

托　比　就像收生婆喝了烧酒一样。

玛利娅　要是你们要看看这场把戏会闹出些什么结果来,请看好他怎样到小姐跟前去:他会穿起了黄袜子,那正是她所讨厌的颜色;还要扎着十字交叉的袜带,那正是她所厌恶的式样;他还要向她微笑,照她现在那样悒郁的心境,她一定会不高兴,管保叫他大受一场没趣。假如你们要看的话,跟我来吧。

托　比　好,就是到地狱门口也行,你这好机灵鬼!

安德鲁　我也要去。(同下。)

387

第 三 幕

第一场　奥丽维娅的花园

薇奥拉及小丑持手鼓上。

薇奥拉　上帝保佑你和你的音乐,朋友! 你是靠着打手鼓过日子的吗?

小　丑　不,先生,我靠着教堂过日子。

薇奥拉　你是个教士吗?

小　丑　没有的事,先生。我靠着教堂过日子,因为我住在我的家里,而我的家是在教堂附近。

薇奥拉　你也可以说,国王住在叫化窝的附近,因为叫化子住在王宫的附近;教堂筑在你的手鼓旁边,因为你的手鼓放在教堂旁边。

小　丑　您说得对,先生。人们一代比一代聪明了! 一句话对于一个聪明人就像是一副小山羊皮的手套,一下子就可以翻了转来。

薇奥拉　嗯,那是一定的啦;善于在字面上翻弄花样的,很容易流于轻薄。

小　丑　那么,先生,我希望我的妹妹不要有名字。

薇奥拉　为什么呢,朋友?

小　丑　先生,她的名字不也是个字吗? 在那个字上面翻弄翻弄花样,也许我的妹妹就会轻薄起来。可是文字自从失去自由以后,也就变成很危险的家伙了。

薇奥拉　你说出理由来,朋友?

小　丑　不瞒您说,先生,要是我向您说出理由来,那非得用文字不可;可是现在文字变得那么坏,我真不高兴用它们来证明我的理由。

薇奥拉　我敢说你是个快活的家伙,万事都不关心。

小　丑　不是的,先生,我所关心的事倒有一点儿;可是凭良心说,先生,我可

一点不关心您；如果不关心您就是无所关心的话，先生，我倒希望您也能够化为乌有才好。

薇奥拉　你不是奥丽维娅小姐府中的傻子吗？

小　丑　真的不是，先生。奥丽维娅小姐不喜欢傻气；她要嫁了人才会在家里养起傻子来，先生；傻子之于丈夫，犹之乎小鱼之于大鱼，丈夫不过是个大一点的傻子而已。我真的不是她的傻子，我是给她说说笑话的人。

薇奥拉　我最近曾经在奥西诺公爵的地方看见过你。

小　丑　先生，傻气就像太阳一样环绕着地球，到处放射它的光辉。要是傻子不常到您主人那里去，如同常在我的小姐那儿一样，那么，先生，我可真是抱歉。我想我也曾经在那边看见过您这聪明人。

薇奥拉　哼，你要在我身上打趣，我可要不睬你了。拿去，这个钱给你。（给他一枚钱币。）

小　丑　好，上帝保佑您长起胡子来吧！

薇奥拉　老实告诉你，我倒真为了胡子害相思呢；虽然我不要在自己脸上长起来。小姐在里面吗？

小　丑　（指着钱币）先生，您要是再赏我一个钱，凑成两个，不就可以养儿子了吗？

薇奥拉　不错，如果你拿它们去放债取利息。

小　丑　先生，我愿意做个弗里吉亚的潘达洛斯，给这个特洛伊罗斯找一个克瑞西达来。①

薇奥拉　我知道了，朋友；你很善于乞讨。

小　丑　我希望您不会认为这是非分的乞讨，先生，我要乞讨的不过是个叫化子——克瑞西达后来不是变成个叫化子了吗？小姐就在里面，先生。我可以对他们说明您是从哪儿来的；至于您是谁，您来有什么事，那就不属于我的领域之内了——我应当说"范围"，可是那两个字已经给人用得太熟了。（下。）

薇奥拉　这家伙扮傻子很有点儿聪明。装傻装得好也是要靠才情的：他必须窥伺被他所取笑的人们的心情，了解他们的身份，还得看准了时机；然后像窥伺着眼前每一只鸟雀的野鹰一样，每个机会都不放松。这是一种和聪明人的艺术一样艰难的工作：

　　　傻子不妨说几句聪明话，

　　　聪明人说傻话难免笑骂。

　　　托比·培尔契爵士、安德鲁·艾古契克爵士同上。

托　比　您好，先生。

薇奥拉　您好，爵士。

安德鲁　上帝保佑您，先生。

薇奥拉　上帝保佑您，我是您的仆人。

安德鲁　先生，我希望您是我的仆人；我也是您的仆人。

托　比　请您进去吧。舍侄女有请，要是您是来看她的话。

薇奥拉　我来正是要拜见令侄女，爵士；她是我的航行的目标。

托　比　请您试试您的腿吧，先生；把它们移动起来。

薇奥拉　我的腿倒是听我使唤，爵士，可是我却听不懂您叫我试试我的腿是什么意思？

托　比　我的意思是，先生，请您走，请您进去。

薇奥拉　好，我就移步前进。可是人家已经先来了。

　　　奥丽维娅及玛利娅上。

薇奥拉　最卓越最完美的小姐，愿诸天为您散下芬芳的香雾！

---

①　关于特洛伊罗斯（Troilus）与克瑞西达（Cressida）恋爱的故事可参看莎士比亚所著悲剧《特洛伊罗斯与克瑞西达》。潘达洛斯（Pandarus）系克瑞西达之舅，为他们居间撮合者。克瑞西达因生性轻浮，后被人所弃，沦为乞丐。

安德鲁　那年轻人是一个出色的廷臣。"散下芬芳的香雾"！好得很。

薇奥拉　我的来意，小姐，只能让您自己的玉耳眷听。

安德鲁　"香雾"、"玉耳"、"眷听"，我已经学会了三句话了。

奥丽维娅　关上园门，让我们两人谈话。(托比、安德鲁、玛利娅同下)把你的
　　　手给我，先生。

薇奥拉　小姐，我愿意奉献我的绵薄之力为您效劳。

奥丽维娅　你叫什么名字？

薇奥拉　您仆人的名字是西萨里奥，美貌的公主。

奥丽维娅　我的仆人，先生！自从假作卑恭认为是一种恭维之后，世界上从此
　　　不曾有过乐趣。你是奥西诺公爵的仆人，年轻人。

薇奥拉　他是您的仆人，他的仆人自然也是您的仆人；您的仆人的仆人便是您
　　　的仆人，小姐。

奥丽维娅　我不高兴想他；我希望他心里空无所有，不要充满着我。

薇奥拉　小姐，我来是要替他说动您那颗温柔的心。

奥丽维娅　啊！对不起，请你不要再提起他了。可是如果你肯为另外一个人
　　　求爱，我愿意听你的请求，胜过于听天乐。

薇奥拉　亲爱的小姐——

奥丽维娅　对不起，让我说句话。上次你到这儿来把我迷醉了之后，我叫人拿
　　　了个戒指追你；我欺骗了我自己，欺骗了我的仆人，也许欺骗了你；我用那
　　　种无耻的狡狯把你明知道不属于你的东西强纳在你手里，一定会使你看
　　　不起我。你会怎样想呢？你不曾把我的名誉拴在桩柱上，让你那残酷的
　　　心所想得到的一切思想恣意地把它虐弄吧？像你这样敏慧的人，我已经
　　　表示得太露骨了；掩藏着我的心事的，只是一层薄薄的蝉纱。所以，让我
　　　听你的意见吧。

薇奥拉　我可怜你。

奥丽维娅　那是到达恋爱的一个阶段。

薇奥拉　不，此路不通，我们对敌人也往往会发生怜悯，这是常有的经验。

奥丽维娅　啊，听了你的话，我倒是又要笑起来了。世界啊！微贱的人多么容
　　　易骄傲！要是作了俘虏，那么落于狮子的爪下比之豺狼的吻中要幸运多
　　　少啊！(钟鸣)时钟在谴责我把时间浪费。别担心，好孩子，我不会留住
　　　你。可是等到才情和青春成熟之后，你的妻子将会收获到一个出色的男

391

人。向西是你的路。

薇奥拉 那么向西开步走！愿小姐称心如意！您没有什么话要我向我的主人说吗，小姐？

奥丽维娅 且慢，请你告诉我你以为我这人怎样？

薇奥拉 我以为你以为你不是你自己。

奥丽维娅 要是我以为这样，我以为你也是这样。

薇奥拉 你猜想得不错，我不是我自己。

奥丽维娅 我希望你是我所希望于你的那种人！

薇奥拉 那是不是比现在的我要好些，小姐？我希望好一些，因为现在我不过是你的弄人。

奥丽维娅 唉！他嘴角的轻蔑和怒气，

冷然的神态可多么美丽！

爱比杀人重罪更难隐藏；

爱的黑夜有中午的阳光。

西萨里奥，凭着春日蔷薇、

贞操、忠信与一切，我爱你

这样真诚，不顾你的骄傲，

理智拦不住热情的宣告。

别以为我这样向你求情，

你就可以无须再献殷勤；

须知求得的爱虽费心力，

不劳而获的更应该珍惜。

薇奥拉 我起誓，凭着天真与青春，

我只有一条心一片忠诚，

没有女人能够把它占有，

只有我是我自己的君后。

别了，小姐，我从此不再来

为我主人向你苦苦陈哀。

奥丽维娅 你不妨再来，也许能感动

我释去憎嫌把感情珍重。（同下。）

第二场　奥丽维娅宅中一室

托比·培尔契爵士,安德鲁·艾古契克爵士及费边上。

安德鲁　不,真的,我再不能住下去了。

托　比　为什么呢,恼火的朋友? 说出你的理由来。

费　边　是啊,安德鲁爵士,您得说出个理由来。

安德鲁　嘿,我见你的侄小姐对待那个公爵的用人比之待我好得多;我在花园里瞧见的。

托　比　她那时也看见你吗,老兄? 告诉我。

安德鲁　就像我现在看见你一样明白。

费　边　那正是她爱您的一个很好的证据。

安德鲁　啐! 你把我当作一头驴子吗?

费　边　大人,我可以用判断和推理来证明这句话的不错。

托　比　说得好,判断和推理在挪亚①还没有上船以前,已经就当上陪审官了。

费　边　她当着您的脸对那个少年表示殷勤,是要叫您发急,唤醒您那打瞌睡的勇气,给您的心里燃起火来,在您的肝脏里加点儿硫磺罢了。您那时就该走上去向她招呼,说几句崭新的俏皮话儿叫那年轻人哑口无言。她盼望您这样,可是您却大意错过了。您放过了这么一个大好的机会,我的小姐自然要冷淡您啦;您目前在她心里的地位就像挂在荷兰人胡须上的冰柱一样,除非您能用勇气或是手段干出一些出色的勾当,才可以挽回过来。

安德鲁　无论如何,我宁愿用勇气;因为我顶讨厌使手段。叫我做个政客,还不如做个布朗派②的教徒。

托　比　好啊,那么把你的命运建筑在勇气上吧。给我去向那公爵差来的少年挑战,在他身上戳十来个窟窿,我的侄女一定会注意到。你可以相信,世上没有一个媒人会比一个勇敢的名声更能说动女人的心了。

---

① 挪亚(Noah)及其方舟的故事,见《圣经·创世记》第六章。
② 布朗派为英国伊丽莎白时代清教徒布朗(Robert Browne)所创的教派。

费　边　此外可没有别的办法了，安德鲁大人。

安德鲁　你们谁肯替我向他下战书？

托　比　快去用一手虎虎有威的笔法写起来；要干脆简单；不用说俏皮话，只要言之成理，别出心裁就得了。尽你的笔墨所能把他嘲骂；要是你把他"你"啊"你"的"你"了三四次，那不会有错；再把纸上写满了谎，即使你的纸大得足以铺满英国威尔地方的那张大床①。快去写吧。把你的墨水里掺满着怨毒，虽然你用的是一支鹅毛笔。去吧。

安德鲁　我到什么地方来见你们？

托　比　我们会到你房间里来看你；去吧。（安德鲁下。）

费　边　这是您的一个宝货，托比老爷。

托　比　我倒累他破费过不少呢，孩儿，约莫有两千多块钱的样子。

费　边　我们就可以看到他的一封妙信了。可是您不会给他送去的吧？

托　比　要是我不送去，你别相信我；我一定要把那年轻人激出一个回音来。我想就是叫牛儿拉着车绳也拉不拢他们两人在一起。你把安德鲁解剖开来，要是能在他肝脏里找得出一滴可以沾湿一只跳蚤的脚的血，我愿意把他那副臭皮囊吃下去。

费　边　他那个对头的年轻人，照那副相貌看来，也不像是会下辣手的。

托　比　瞧，一窠九只的鹡鸰中顶小的一只来了。

　　　　玛利娅上。

玛利娅　要是你们愿意捧腹大笑，不怕笑到腰酸背痛，那么跟我来吧。那只蠢鹅马伏里奥已经信了邪道，变成一个十足的异教徒了；因为没有一个相信正道而希望得救的基督徒，会做出这种丑恶不堪的奇形怪状来的。他穿着黄袜子呢。

托　比　袜带是十字交叉的吗？

玛利娅　再难看不过的了，就像个在寺院里开学堂的塾师先生。我像是他的刺客一样紧跟着他。我故意掉下来诱他的那封信上的话，他每一句都听从；他笑容满面，脸上的皱纹比增添了东印度群岛的新地图上的线纹还多。你们从来不曾见过这样一个东西；我真忍不住要向他丢东西过去。我知道小姐一定会打他；要是她打了他，他一定仍然会笑，以为是一件大

---

①　该床方十一呎，今尚存。

恩典。

托　比　　来,带我们去,带我们到他那儿去。(同下。)

第三场　街　道

西巴斯辛及安东尼奥上。

西巴斯辛　我本来不愿意麻烦你;可是你既然这样欢喜自己劳碌,那么我也不再向你多话了。

安东尼奥　我抛不下你;我的愿望比磨过的刀还要锐利地驱迫着我。虽然为了要看见你,再远的路我也会跟着你去;可并不全然为着这个理由:我担心你在这些地方是个陌生人,路上也许会碰到些什么;一路没人领导没有朋友的异乡客,出门总有许多不方便。我的诚心的爱,再加上这样使我忧虑的理由,迫使我来追赶你。

西巴斯辛　我的善良的安东尼奥,除了感谢、感谢、永远的感谢之外,再没有别的话好回答你了。一件好事常常只换得一声空口的道谢;可是我的钱财假如能跟我的衷心的感谢一样多,你的好心一定不会得不到重重的酬报。我们干些什么呢? 要不要去瞧瞧这城里的古迹?

安东尼奥　明天吧,先生;还是先去找个下处。

西巴斯辛　我并不疲倦,到天黑还有许多时候呢;让我们去瞧瞧这儿的名胜,一饱眼福吧。

安东尼奥　请你原谅我;我在这一带街道上走路是冒着危险的。从前我曾经参加海战,和公爵的舰队作过对;那时我很立了一点功,假如在这儿给捉到了,可不知要怎样抵罪哩。

西巴斯辛　大概你杀死了很多的人吧?

安东尼奥　我的罪名并不是这么一种杀人流血的性质;虽然照那时的情形和争执的激烈看来,很容易有流血的可能。本来把我们夺来的东西还给了他们,就可以和平解决了,我们城里大多数人为了经商,也都这样做了;可是我却不肯屈服:因此,要是我在这儿给捉到了的话,他们决不会轻轻放过我。

西巴斯辛　那么你不要太出来招摇吧。

安东尼奥　那的确不大妥当。先生,这儿是我的钱袋,请你拿着吧。南郊的大象旅店是最好的下宿的地方,我先去定好膳宿;你可以在城里逛着见识见识,再到那边来见我好了。

西巴斯辛　为什么你要把你的钱袋给我?

安东尼奥　也许你会看中什么玩意儿想要买下;我知道你的钱不够买这些非急用的东西,先生。

西巴斯辛　好,我就替你保管你的钱袋;过一个钟头再见吧。

安东尼奥　在大象旅店。

西巴斯辛　我记得。(各下。)

第四场　奥丽维娅的花园

奥丽维娅及玛利娅上。

奥丽维娅　我已经差人去请他了。假如他肯来,我要怎样款待他呢?我要给他些什么呢?因为年轻人常常是买来的,而不是讨来或借来的。我说得太高声了。马伏里奥在哪儿呢?他这人很严肃,懂得规矩,以我目前的处境来说,很配做我的仆人。马伏里奥在什么地方?

玛利娅　他就来了,小姐;可是他的样子古怪得很。他一定给鬼迷了,小姐。

奥丽维娅　啊,怎么啦?他在说胡话吗?

玛利娅　不,小姐;他只是一味笑。他来的时候,小姐,您最好叫人保护着您,因为这人的神经有点不正常呢。

奥丽维娅　去叫他来。(玛利娅下。)

　　　　　他是痴汉,我也是个疯婆;

　　　　　他欢喜,我忧愁,一样糊涂。

玛利娅偕马伏里奥重上。

奥丽维娅　怎样,马伏里奥!

马伏里奥　亲爱的小姐,哈哈!

奥丽维娅　你笑吗?我要差你做一件正经事呢,别那么快活。

马伏里奥　不快活,小姐!我当然可以不快活,这种十字交叉的袜带扎得我血脉不通;可是那有什么要紧呢?只要能叫一个人看了欢喜,那就像诗上所说的"一人欢喜,人人欢喜"了。

奥丽维娅　什么,你怎么啦,家伙?究竟是怎么一回事?

马伏里奥　我的腿儿虽然是黄的,我的心儿却不黑。那信已经到了他的手里,命令一定要服从。我想那一手簪花妙楷我们都是认得出来的。

奥丽维娅　你还是睡觉去吧,马伏里奥。

马伏里奥　睡觉去! 对了,好人儿;我一定奉陪。

奥丽维娅　上帝保佑你! 为什么你这样笑着,还老是吻你的手?

玛利娅　您怎么啦,马伏里奥?

马伏里奥　多承见问! 是的,夜莺应该回答乌鸦的问话。

玛利娅　您为什么当着小姐的面前这样放肆?

马伏里奥　"不用惧怕富贵",写得很好!

奥丽维娅　你说那话是什么意思,马伏里奥?

马伏里奥　"有的人是生来的富贵"——

奥丽维娅　嘿!

马伏里奥　"有的人是挣来的富贵"——

奥丽维娅　你说什么?

马伏里奥　"有的人是送上来的富贵。"

奥丽维娅　上天保佑你!

马伏里奥　"记着谁曾经赞美过你的黄袜子"——

奥丽维娅　你的黄袜子!

马伏里奥　"愿意看见你永远扎着十字交叉的袜带。"

奥丽维娅　扎着十字交叉的袜带!

马伏里奥　"好,只要你自己愿意,你就可以出头了"——

奥丽维娅　我就可以出头了?

马伏里奥　"否则让我见你一生一世做个管家吧。"

奥丽维娅　哎哟,这家伙简直中了暑在发疯了。

　　　　　一仆人上。

仆　人　小姐,奥西诺公爵的那位青年使者回来了,我好容易才请他回来。他在等候着小姐的意旨。

奥丽维娅　我就去见他。(仆人下)好玛利娅,这家伙要好好看管。我的托比叔父呢? 叫几个人加意留心着他;我宁可失掉我嫁妆的一半,也不希望看到他有什么意外。(奥丽维娅、玛利娅下。)

马伏里奥　啊,哈哈! 你现在明白了吗? 不叫别人,却叫托比爵士来照看我!

我正合信上所说的:她有意叫他来,好让我跟他顶撞一下;因为她信里正要我这样。"脱去你卑恭的旧习;"她说,"对亲戚不妨分庭抗礼,对仆人不妨摆摆架子;你嘴里要鼓唇弄舌地谈些国家大事,装出一副矜持的样子。"随后还写着怎样装出一副严肃的面孔、庄重的举止、慢声慢气的说话腔调,学着大人先生的样子,诸如此类。我已经捉到她了;可是那是上帝的功劳,感谢上帝!而且她刚才临去的时候,她说:"这家伙要好好看管。"家伙!不说马伏里奥,也不照我的地位称呼我,而叫我家伙。哈哈,一切都符合,一点儿没有疑惑,一点儿没有阻碍,一点儿没有不放心的地方。还有什么好说呢?什么也不能阻止我达到我的全部的希望。好,干这种事情的是上帝,不是我,感谢上帝!

玛利娅偕托比·培尔契爵士及费边上。

托　比　凭着神圣的名义,他在哪儿?要是地狱里的群鬼都缩小了身子,一起走进他的身体里去,我也要跟他说话。

费　边　他在这儿,他在这儿。您怎么啦,大爷?您怎么啦,老兄?

马伏里奥　走开,我用不着你;别搅扰了我的安静。走开!

玛利娅　听,魔鬼在他嘴里说着鬼话了!我不是对您说过吗?托比老爷,小姐请您看顾看顾他。

马伏里奥　啊!啊!她这样说吗?

托　比　好了,好了,别闹了吧!我们一定要客客气气对付他;让我一个人来吧。——你好,马伏里奥?你怎么啦?嘿,老兄!抵抗魔鬼呀!你想,他是人类的仇敌呢。

马伏里奥　你知道你在说些什么话吗?

玛利娅　你们瞧!你们一说了魔鬼的坏话,他就生气了。求求上帝,不要让他中了鬼迷才好!

费　边　把他的小便送到巫婆那边去吧。

玛利娅　好,明天早晨一定送去。我的小姐舍不得他哩。

马伏里奥　怎么,姑娘!

玛利娅　主啊!

托　比　请你别闹,这不是个办法;你不见你惹他生气了吗?让我来对付他。

费　边　除了用软功之外,没有别的法子;轻轻地、轻轻地,魔鬼是个粗坯,你要跟他动粗是不行的。

托　　比　　喂,怎么啦,我的好家伙!你好,好人儿?

马伏里奥　　爵士!

托　　比　　嗳,小鸡,跟我来吧。嘿,老兄!跟魔鬼在一起玩可不对。该死的
　　黑鬼!

玛利娅　　叫他念祈祷,好托比老爷,叫他祈祷。

马伏里奥　　念祈祷,小淫妇!

玛利娅　　你们听着,跟他讲到关于上帝的话,他就听不进去了。

马伏里奥　　你们全给我去上吊吧!你们都是些浅薄无聊的东西;我不是跟你
　　们一样的人。你们就会知道的。(下。)

托　　比　　有这等事吗?

费　边　要是这种情形在舞台上表演起来,我一定要批评它捏造得出乎情理之外。

托　比　这个计策已经把他迷得神魂颠倒了,老兄。

玛利娅　还是追上他去吧;也许这计策一漏了风,就会毁掉。

费　边　噢,我们真的要叫他发起疯来。

玛利娅　那时屋子里可以清静些。

托　比　来,我们要把他捆起来关在一间暗室里。我的侄女已经相信他疯了;我们可以这样依计而行,让我们开开心,叫他吃吃苦头。等到我们开腻了这玩笑,再向他发起慈悲来;那时我们宣布我们的计策,把你封作疯人的发现者。可是瞧,瞧!

　　　　安德鲁·艾古契克爵士上。

费　边　又有别的花样来了。

安德鲁　挑战书已经写好在此,你读读看;念上去就像酸醋胡椒的味道呢。

费　边　是这样厉害吗?

安德鲁　对了,我向他保证的;你只要读着好了。

托　比　给我。(读)"年轻人,不管你是谁,你不过是个下贱的东西。"

费　边　好,真勇敢!

托　比　"不要吃惊,也不要奇怪为什么我这样称呼你,因为我不愿告诉你是什么理由。"

费　边　一句很好的话,这样您就可以不受法律的攻击了。

托　比　"你来见奥丽维娅小姐,她当着我的面把你厚待;可是你说谎,那并不是我要向你挑战的理由。"

费　边　很简单明白,而且百分之百地——不通。

托　比　"我要在你回去的时候埋伏着等候你;要是命该你把我杀死的话——"

费　边　很好。

托　比　"你便是个坏蛋和恶人。"

费　边　您仍旧避过了法律方面的责任,很好。

托　比　"再会吧;上帝超度我们两人中一人的灵魂吧! 也许他会超度我的灵魂;可是我比你有希望一些,所以你留心着自己吧。你的朋友(这要看你怎样对待他),和你的誓不两立的仇敌,安德鲁·艾古契克上。"——要

是这封信不能激动他,那么他的两条腿也不能走动了。我去送给他。

玛利娅　您有很凑巧的机会;他现在正在跟小姐谈话,等会儿就要出来了。

托　比　去,安德鲁大人,给我在园子角落里等着他,像个衙役似的;一看见
　　　　他,便拔出剑来;一拔剑,就高声咒骂;一句可怕的咒骂,神气活现地从嘴
　　　　里厉声发出来,比之真才实艺更能叫人相信他是个了不得的家伙。去吧!

安德鲁　好,骂人的事情我自己会。(下。)

托　比　我可不去送这封信。因为照这位青年的举止看来,是个很有资格很
　　　　有教养的人,否则他的主人不会差他来拉拢我的侄女的。这封信写得那
　　　　么奇妙不通,一定不会叫这青年害怕;他一定会以为这是一个呆子写的。
　　　　可是,老兄,我要口头去替他挑战,故意夸张艾古契克的勇气,让这位仁兄
　　　　相信他是个勇猛暴躁的家伙;我知道他那样年轻一定会害怕起来。这
　　　　样他们两人便会彼此害怕,就像眼光能杀人的毒蜥蜴似的,两人一照面,
　　　　就都呜呼哀哉了。

费　边　他和您的侄小姐来了;让我们回避他们,等他告别之后再追上去。

托　比　我可以想出几句可怕的挑战话儿来。(托比、费边、玛利娅下。)

　　　　　奥丽维娅偕薇奥拉重上。

奥丽维娅　我对一颗石子样的心太多费唇舌了,卤莽地把我的名誉下了赌注。
　　　　我心里有些埋怨自己的错;可是那是个极其倔强的错,埋怨只能招它一阵
　　　　讪笑。

薇奥拉　我主人的悲哀也正和您这种痴情的样子相同。

奥丽维娅　拿着,为我的缘故把这玩意儿戴在你身上吧,那上面有我的小像。不要拒绝它,它不会多话讨你厌的。请你明天再过来。你无论向我要什么,只要于我的名誉没有妨碍,我都可以给你。

薇奥拉　我向您要的,只是请您把真心的爱给我的主人。

奥丽维娅　那我已经给了你了,怎么还能凭着我的名誉再给他呢?

薇奥拉　我可以奉还给你。

奥丽维娅　好,明天再来吧。

　　　　　再见! 像你这样一个恶魔,

　　　　　我甘愿被你向地狱里拖。(下。)

　　　　　托比·培尔契爵士及费边重上。

托　比　先生,上帝保佑你!

薇奥拉　上帝保佑您,爵士!

托　比　准备着防御吧。我不知道你做了什么对不起他的事情;可是你那位对头满心怀恨,一股子的杀气在园子尽头等着你呢。拔出你的剑来,赶快预备好;因为你的敌人是个敏捷精明而可怕的人。

薇奥拉　您弄错了,爵士,我相信没人会跟我争吵;我完全不记得我曾经得罪过什么人。

托　比　你会知道事情是恰恰相反的,我告诉你;所以要是你看重你的生命的话,留点神吧;因为你的冤家年轻力壮,武艺不凡,火气又那么大。

薇奥拉　请问爵士,他是谁呀?

托　比　他是个不靠军功而受封的骑士;可是跟人吵起架来,那简直是个魔鬼;他已经叫三个人的灵魂出壳了。现在他的怒气已经一发而不可收拾,非把人杀死送进坟墓里去决不甘心。他的格言是不管三七二十一,拼个你死我活。

薇奥拉　我要回到府里去请小姐派几个人给我保镖。我不会跟人打架。我听说有些人故意向别人寻事,试验他们的勇气;这个人大概也是这一类的。

托　比　不,先生,他的发怒是有充分理由的,因为你得罪了他;所以你还是上去答应他的要求吧。你不能回到屋子里去,除非你在没有跟他交手之前先跟我比个高低。横竖都得冒险,你何必不去会会他呢?所以上去吧,把你的剑赤条条地拔出来;无论如何你非得动手不可,否则以后你再不用带剑了。

薇奥拉　这真是既无礼又古怪。请您帮我一下忙,去问问那骑士我得罪了他什么。那一定是我偶然的疏忽,决不是有意的。

托　比　我就去问他。费边先生,你陪着这位先生等我回来。(下。)

薇奥拉　先生,请问您知道这是怎么一回事吗?

费　边　我知道那骑士对您很不乐意,抱着拼命的决心;可是详细的情形却不知道。

薇奥拉　请您告诉我他是个什么样子的人?

费　边　照他的外表上看起来,并没有什么惊人的地方;可是您跟他一交手,就知道他的厉害了。他,先生,的确是您在伊利里亚无论哪个地方所碰得到的最有本领、最凶狠、最厉害的敌手。您就过去见他好不好?我愿意替您跟他讲和,要是能够的话。

薇奥拉　那多谢您了。我是个宁愿亲近教士不愿亲近骑士的人;我这副小胆子,即使让别人知道了,我也不在乎。(同下。)

　　　　　托比及安德鲁重上。

托　比　嘿,老兄,他才是个魔鬼呢;我从来不曾见过这么一个泼货。我跟他连剑带鞘较量了一回,他给我这么致命的一刺,简直无从招架;至于他还起手来,那简直像是你的脚踏在地上一样万无一失。他们说他曾经在波斯王宫里当过剑师。

安德鲁　糟了!我不高兴跟他动手。

托　比　好,但是他可不肯甘休呢;费边在那边简直拦不住他。

安德鲁　该死!早知道他有这种本领,我再也不去惹他的。假如他肯放过这回,我情愿把我的灰色马儿送给他。

托　比　我去跟他说去。站在这儿,摆出些威势来;这件事情总可以和平了结的。(旁白)你的马儿少不得要让我来骑,你可大大地给我捉弄了。

　　　　　费边及薇奥拉重上。

托　比　(向费边)我已经叫他把他的马儿送上议和。我已经叫他相信这孩子是个魔鬼。

费　边　他也是十分害怕他,吓得心惊肉跳脸色发白,像是一头熊追在背后似的。

托　比　(向薇奥拉)没有法子,先生;他因为已经发过了誓,非得跟你决斗一

下不可。他已经把这回吵闹考虑过,认为起因的确是微不足道的;所以为了他所发的誓起见,拔出你的剑来吧,他声明他不会伤害你的。

薇奥拉　（旁白)求上帝保佑我! 一点点事情就会给他们知道我是不配当男人的。

费　边　要是你见他势不可当,就让让他吧。

托　比　来,安德鲁爵士,没有办法,这位先生为了他的名誉起见,不得不跟你较量一下,按着决斗的规则,他不能规避这一回事;可是他已经答应我,因为他是个堂堂君子又是个军人,他不会伤害你的。来吧,上去!

安德鲁　求上帝让他不要背誓! (拔剑。)

薇奥拉　相信我,这全然不是出于我的本意。(拔剑。)

　　　　安东尼奥上。

安东尼奥　放下你的剑。要是这位年轻的先生得罪了你,我替他担个不是;要
　　　　是你得罪了他,我可不肯对你甘休。(拔剑。)

托　比　你,朋友! 咦,你是谁呀?

安东尼奥　先生,我是他的好朋友;为了他的缘故,无论什么事情说得出的便
　　　　做得到。

托　比　好吧,你既然这样喜欢管人家的闲事,我就奉陪了。(拔剑。)

费　边　啊,好托比老爷,住手吧! 警官们来了。

托　比　过会儿再跟你算账。

薇奥拉　(向安德鲁)先生,请你放下你的剑吧。

安德鲁　好,放下就放下,朋友;我可以向你担保,我的话说过就算数。那匹马
　　　　你骑起来准很舒服,它也很听话。

　　　　二警吏上。

警吏甲　就是这个人;执行你的任务吧。

警吏乙　安东尼奥,我奉奥西诺公爵之命来逮捕你。

安东尼奥　你看错人了,朋友。

警吏甲　不,先生,一点没有错。我很认识你的脸,虽然你现在头上不戴着水
　　　　手的帽子。——把他带走,他知道我认识他的。

安东尼奥　我只好服从。(向薇奥拉)这场祸事都是因为要来寻找你而起;可
　　　　是没有办法,我必得服罪。现在我不得不向你要回我的钱袋了,你预备怎
　　　　样呢? 叫我难过的倒不是我自己的遭遇,而是不能给你尽一点力。你吃
　　　　惊吗? 请你宽心吧。

警吏乙　来,朋友,去吧。

安东尼奥　那笔钱我必须向你要几个。

薇奥拉　什么钱,先生? 为了您在这儿对我的好意相助,又看见您现在的不
　　　　幸,我愿意尽我的微弱的力量借给您几个钱;我是个穷小子,这儿随身带
　　　　着的钱,可以跟您平分。拿着吧,这是我一半的家私。

安东尼奥　你现在不认识我了吗? 难道我给你的好处不能使你心动吗? 别看
　　　　着我倒霉好欺侮,要是激起我的性子来,我也会不顾一切,向你一一数说
　　　　你的忘恩负义的。

薇奥拉　我一点不知道;您的声音相貌我也完全不认识。我痛恨人们的忘恩,
　　　　比之痛恨说谎、虚荣、饶舌、酗酒,或是其他存在于脆弱的人心中的陷入的
　　　　恶德还要厉害。

安东尼奥　唉,天哪!

警吏乙　好了,对不起,朋友,走吧。

安东尼奥　让我再说句话,你们瞧这个孩子,他是我从死神的掌握中夺了来
　　　　的,我用神圣的爱心照顾着他;我以为他的样子是个好人,才那样看重
　　　　着他。

警吏甲　那跟我们有什么相干呢? 别耽误了时间,去吧!

安东尼奥　可是唉! 这个天神一样的人,原来却是个邪魔外道! 西巴斯辛,你
　　　　未免太羞辱了你这副好相貌了。

　　　　　心上的瑕疵是真的垢污;

　　　　　无情的人才是残废之徒。

　　　　　善即是美;但美丽的奸恶,

　　　　　是魔鬼雕就文彩的空椟。

警吏甲　这家伙发疯了;带他去吧! 来,来,先生。

安东尼奥　带我去吧。(警吏带安东尼奥下。)

薇奥拉　他的话儿句句发自衷肠;

　　　　　他坚持不疑,我意乱心慌。

　　　　　但愿想象的事果真不错,

　　　　　是他把妹妹错认作哥哥!

托　比　过来,骑士;过来,费边;让我们悄悄地讲几句聪明话。

薇奥拉　他说起西巴斯辛的名字,

　　　　　我哥哥正是我镜中影子,

　　　　　兄妹俩生就一般的形状,

　　　　　再加上穿扮得一模一样;

　　　　　但愿暴风雨真发了慈心,

　　　　　无情的波浪变作了多情!(下。)

托　比　好一个刁滑的卑劣的孩子,比兔子还胆怯! 他坐视朋友危急而不顾,
　　　　还要装作不认识,可见他刁恶的一斑,至于他的胆怯呢,问费边好了。

费　边　一个懦夫,一个把怯懦当神灵一样敬奉的懦夫。

安德鲁　他妈的,我要追上去把他揍一顿。

托　比　好,把他狠狠地揍一顿,可是别拔出你的剑来。

安德鲁　要是我不——(下。)

费　边　来,让我们去瞧去。

托　比　我可以赌无论多少钱,到头来不会有什么事发生的。(同下。)

第 四 幕

第一场　奥丽维娅宅旁街道

  西巴斯辛及小丑上。

小　丑　你要我相信我不是差来请你的吗？

西巴斯辛　算了吧,算了吧,你是个傻瓜;给我走开去。

小　丑　装腔装得真好！是的,我不认识你;我的小姐也不会差我来请你去讲话;你的名字也不是西萨里奥大爷。什么都不是。

西巴斯辛　请你到别处去大放厥词吧;你又不认识我。

小　丑　大放厥词！他从什么大人物那儿听了这句话,却来用在一个傻瓜身上。大放厥词！我担心整个痴愚的世界都要装腔作态起来了。请你别那么怯生生的,告诉我应当向我的小姐放些什么“厥词”。要不要对她说你就来？

西巴斯辛　傻东西,请你走开吧;这儿有钱给你;要是你再不去,我可就要不客气了。

小　丑　真的,你倒是很慷慨。这种聪明人把钱给傻子,就像用十四年的收益来买一句好话。

  安德鲁上。

安德鲁　呀,朋友,我又碰见你了吗？吃这一下。(击西巴斯辛。)

西巴斯辛　怎么,给你尝尝这一下,这一下,这一下！(打安德鲁)所有的人们都疯了吗？

  托比及费边上。

托　比　停住,朋友,否则我要把你的刀子摔到屋子里去了。

小　丑　我就去把这事告诉我的小姐。我不愿凭两便士就代人受过。(下。)

托　比　（拉西巴斯辛）算了，朋友，住手吧。

安德鲁　不，让他去吧。我要换一个法儿对付他。要是伊利里亚是有法律的话，我要告他非法殴打的罪；虽然是我先动手，可是那没有关系。

西巴斯辛　放下你的手！

托　比　算了吧，朋友，我不能放走你。来，我的青年的勇士，放下你的家伙。你打架已经打够了；来吧。

西巴斯辛　你别想抓住我。（挣脱）现在你要怎样？要是你有胆子的话，拔出你的剑来吧。

托　比　什么！什么！那么我倒要让你流几滴莽撞的血呢。（拔剑。）

　　　　奥丽维娅上。

奥丽维娅　住手，托比！我命令你！

托　比　小姐！

奥丽维娅　有这等事吗？忘恩的恶人！只配住在从来不懂得礼貌的山林和洞
　　　　　窟里的。滚开！——别生气，亲爱的西萨里奥。——莽汉，走开！(托比、
　　　　　安德鲁、费边同下)好朋友，你是个有见识的人，这回的惊扰实在太失礼、
　　　　　太不成话了，请你不要生气。跟我到舍下去吧；我可以告诉你这个恶人曾
　　　　　经多少次无缘无故地惹是招非，你听了就可以把这回事情一笑置之了。
　　　　　你一定要去的：

　　　　　　　　别推托！他灵魂该受天戮，

　　　　　　　　为你惊起了我心头小鹿。

西巴斯辛　滋味难名，不识其中奥妙；

　　　　　　　　是疯眼昏迷？是梦魂颠倒？

　　　　　　　　愿心魂永远在忘河沉浸；

　　　　　　　　有这般好梦再不须梦醒！

奥丽维娅　请你来吧；你得听我的话。

西巴斯辛　小姐，遵命。

奥丽维娅　但愿这回非假！(同下。)

第二场　奥丽维娅宅中一室

　　　　　玛利娅及小丑上；马伏里奥在相接的暗室内。

玛利娅　噢，我请你把这件袍子穿上，这把胡须套上，让他相信你是副牧师托
　　　　　巴斯师傅。快些，我就去叫托比老爷来。(下。)

小　丑　好，我就穿起来，假装一下；我希望我是第一个扮作这种样子的。我
　　　　　的身材不够高，穿起来不怎么神气；略为胖一点，也不像个用功念书的：可
　　　　　是给人称赞一声是个老实汉子和很好的当家人，也就跟一个用心思的读
　　　　　书人一样好了。——那两个同党的来了。

　　　　　托比·培尔契爵士及玛利娅上。

托　比　上帝祝福你，牧师先生！

小　丑　早安，托比大人！目不识丁的布拉格的老隐士曾经向高波杜克王的
　　　　　侄女说过这么一句聪明话："是什么，就是什么。"因此，我既是牧师先生，

也就是牧师先生;因为"什么"即是"什么","是"即是"是"。

托 比 走过去,托巴斯师傅。

小 丑 呃哼,喂! 这监狱里平安呀!

托 比 这小子装得很像,好小子。

马伏里奥 (在内)谁在叫?

小 丑 副牧师托巴斯师傅来看疯人马伏里奥来了。

马伏里奥 托巴斯师傅,托巴斯师傅,托巴斯好师傅,请您到我小姐那儿去
　　　　一趟。

小 丑 滚你的,胡言乱道的魔鬼! 瞧这个人给你缠得这样子! 只晓得嚷小
　　　　姐吗?

托 比 说得好,牧师先生。

马伏里奥 (在内)托巴斯师傅,从来不曾有人给人这样冤枉过。托巴斯好师
　　　　傅,别以为我疯了。他们把我关在这个暗无天日的地方。

小 丑 啐,你这不老实的撒旦! 我用最客气的称呼叫你,因为我是个最有礼
　　　　貌的人,即使对于魔鬼也不肯失礼。你说这屋子是黑的吗?

马伏里奥 像地狱一样,托巴斯师傅。

小 丑 嘿,它的凸窗像壁垒一样透明,它的向着南北方的顶窗像乌木一样发
　　　　光呢;你还说看不见吗?

马伏里奥 我没有发疯,托巴斯师傅。我对您说,这屋子是黑的。

小 丑 疯子,你错了。我对你说,世间并无黑暗,只有愚昧。埃及人在大雾
　　　　中辨不清方向,还不及你在愚昧里那样发昏。

马伏里奥 我说,这座屋子简直像愚昧一样黑暗,即使愚昧是像地狱一样黑
　　　　暗。我说,从来不曾有人给人这样欺侮过。我并不比您更疯;您不妨提出
　　　　几个合理的问题来问我,试试我疯不疯。

小 丑 毕达哥拉斯对于野鸟有什么意见?

马伏里奥 他说我们祖母的灵魂也许曾经在鸟儿的身体里寄住过。

小 丑 你对于他的意见觉得怎样?

马伏里奥 我认为灵魂是高贵的,绝对不赞成他的说法。

小 丑 再见,你在黑暗里住下去吧。等到你赞成了毕达哥拉斯的说法之后,
　　　　我才可以承认你的头脑健全。留心别打山鹬,因为也许你要害得你祖母
　　　　的灵魂流离失所了。再见。

马伏里奥　托巴斯师傅！托巴斯师傅！

托　比　我的了不得的托巴斯师傅！

小　丑　嘿,我可真是多才多艺呢。

玛利娅　你就是不挂胡须不穿道袍也没有关系;他又看不见你。

托　比　你再用你自己的口音去对他说话;怎样的情形再来告诉我。我希望这场恶作剧快快告个段落。要是不妨把他释放,我看就放了他吧;因为我已经大大地失去了我侄女的欢心,倘把这玩意儿尽管闹下去,恐怕不大妥当。等会儿到我的屋子里来吧。(托比、玛利娅下。)

小　丑

　　　嗨,罗宾,快活的罗宾哥,
　　　问你的姑娘近况如何。

马伏里奥　傻子!

小　丑

　　　不骗你,她心肠有点硬。

马伏里奥　傻子!

小　丑

　　　唉,为了什么原因,请问?

马伏里奥　喂,傻子!

小　丑

　　　她已经爱上了别人。

　　　——嘿! 谁叫我?

马伏里奥　好傻子,谢谢你给我拿一支蜡烛、笔、墨水和纸张来,以后我不会亏待你的。君子不扯谎,我永远感你的恩。

小　丑　马伏里奥大爷吗?

马伏里奥　是的,好傻子。

小　丑　唉,大爷,您怎么会发起疯来呢?

马伏里奥　傻子,从来不曾有人给人这样欺侮过。我的头脑跟你一样清楚呢,傻子。

小　丑　跟我一样?那么您真的是疯了,要是您的头脑跟傻子差不多。

马伏里奥　他们把我当作一件家具看待,把我关在黑暗里,差牧师们——那些蠢驴子!——来看我,千方百计想把我弄昏了头。

小　　丑　您说话留点神吧;牧师就在这儿呢。——马伏里奥,马伏里奥,上天
　　　　保佑你明白过来吧! 好好地睡睡觉儿,别噜哩噜苏地讲空话。

马伏里奥　托巴斯师傅!

小　　丑　别跟他说话,好伙计。——谁? 我吗,师傅? 我可不要跟他说话哩,
　　　　师傅。上帝和您同在,好托巴斯师傅! ——呃,阿门! ——好的,师傅,
　　　　好的。

马伏里奥　傻子,傻子,傻子,我对你说!

小　　丑　唉,大爷,您耐心吧! 您怎么说,师傅? ——师傅怪我跟您说话哩。

马伏里奥　好傻子,给我拿一点儿灯火和纸张来。我对你说,我跟伊利里亚无
　　　　论哪个人一样头脑清楚呢。

小　　丑　唉,我巴不得这样呢,大爷!

马伏里奥　我可以举手发誓我没有发疯。好傻子,拿墨水、纸和灯火来;我写好之后,你去替我送给小姐。你送了这封信去,一定会到手一笔空前的大赏赐的。

小　　丑　我愿意帮您的忙。但是老实告诉我,您是不是真的疯了,还是装疯?

马伏里奥　相信我,我没有发疯,我老实告诉你。

小　　丑　嘿,我可信不过一个疯子的话,除非我能看见他的脑子。我去给您拿蜡烛、纸和墨水。

马伏里奥　傻子,我一定会重重报答你。请你去吧。

小　　丑

　　　　大爷我去了,

　　　　　请您不要吵,

　　　　不多一会的时光,

　　　　　小鬼再来见魔王;

　　　　　手拿木板刀,

　　　　　胸中如火烧,

　　　　向着魔鬼打哈哈,

　　　　样子像个疯娃娃:

　　　　　爹爹不要恼,

　　　　　给您剪指爪,

　　　　再见,我的魔王爷!(下。)

第三场　奥丽维娅的花园

西巴斯辛上。

西巴斯辛　这是空气;那是灿烂的太阳;这是她给我的珍珠,我看得见也摸得到:虽然怪事这样包围着我,然而却不是疯狂。那么安东尼奥到哪儿去了呢?我在大象旅店里找不到他;可是他曾经到过那边,据说他到城中各处寻找我去了。现在我很需要他的指教;因为虽然我心里很觉得这也许是出于错误,而并非是一种疯狂的举动,可是这种意外和飞来的好运太有些未之前闻,无可理解了,我简直不敢相信我的眼睛;无论我的理智怎样向我解释,我总觉得不是我疯了便是这位小姐疯了。可是,真是这样的话,

她一定不会那样井井有条,神气那么端庄地操持她的家务,指挥她的仆人,料理一切的事情,如同我所看见的那样。其中一定有些蹊跷。她来了。

　　　奥丽维娅及一牧师上。

奥丽维娅　不要怪我太性急。要是你没有坏心肠的话,现在就跟我和这位神父到我家的礼拜堂里去吧;当着他的面前,在那座圣堂的屋顶下,你要向我充分证明你的忠诚,好让我小气的、多疑的心安定下来。他可以保守秘密,直到你愿意宣布出来按照着我的身份的婚礼将在什么时候举行。你说怎样?

西巴斯辛　我愿意跟你们两位前往;

立过的盟誓永没有欺罔。

奥丽维娅　　走吧，神父；但愿天公作美，
　　　　　　一片阳光照着我们酣醉！（同下。）

第 五 幕

第一场　奥丽维娅宅前街道

小丑及费边上。

费　边　看在咱们交情的分上,让我瞧一瞧他的信吧。

小　丑　好费边先生,允许我一个请求。

费　边　尽管说吧。

小　丑　别向我要这封信看。

费　边　这就是说,把一条狗给了人,要求的代价是,再把那条狗要还。

公爵、薇奥拉、丘里奥及侍从等上。

公　爵　朋友们,你们是奥丽维娅小姐府中的人吗?

小　丑　是的,殿下;我们是附属于她的一两件零星小物。

公　爵　我认识你;你好吗,我的好朋友?

小　丑　不瞒您说,殿下,我的仇敌使我好些,我的朋友使我坏些。

公　爵　恰恰相反,你的朋友使你好些。

小　丑　不,殿下,坏些。

公　爵　为什么呢?

小　丑　呃,殿下,他们称赞我,把我当作驴子一样愚弄;可是我的仇敌却坦白地告诉我说我是一头驴子;因此,殿下,多亏我的仇敌我才能明白我自己,我的朋友却把我欺骗了;因此,结论就像接吻一样,说四声“不”就等于说两声“请”,这样一来,当然是朋友使我坏些,仇敌使我好些了。

公　爵　啊,这说得好极了!

小　丑　凭良心说,殿下,这一点不好;虽然您愿意做我的朋友。

公　爵　我不会使你坏些;这儿是钱。

小　　丑　倘不是恐怕犯了骗人钱财的罪名,殿下,我倒希望您把它再加一倍。

公　　爵　啊,你给我出的好主意。

小　　丑　把您的慷慨的手伸进您的袋里去,殿下;只这一次,不要犹疑吧。

公　　爵　好吧,我姑且来一次罪上加罪,拿去。

小　　丑　掷骰子有幺二三;古话说,"一不做,二不休,三回才算数";跳舞要用三拍子;您只要听圣班纳特教堂的钟声好了,殿下——一,二,三。

公　　爵　你这回可骗不动我的钱了。要是你愿意去对你小姐说我在这儿要见她说话,同着她到这儿来,那么也许会再唤醒我的慷慨来的。

小　　丑　好吧,殿下,给您的慷慨唱个安眠歌,等着我回来吧。我去了,殿下;可是我希望您明白我的要钱并不是贪财。好吧,殿下,就照您的话,让您的慷慨打个盹儿,我等一会儿再来叫醒他吧。(下。)

薇奥拉　殿下,这儿来的人就是打救了我的。

　　　　安东尼奥及警吏上。

公　　爵　他那张脸我记得很清楚;可是上次我见他的时候,他脸上涂得黑黑的,就像烽烟里的乌尔冈一样。他是一只吃水量和体积都很小的舰上的舰长,可是却使我们舰队中最好的船只大遭损失,就是心怀嫉恨的、给他

418

打败的人也不得不佩服他。为了什么事？

警　　吏　启禀殿下,这就是在坎迪地方把"凤凰号"和它的货物劫了去的安东尼奥；也就是在"猛虎号"上把您的侄公子泰特斯削去了腿的那人。我们在这儿的街道上看见他穷极无赖,在跟人家打架,因此抓了来了。

薇奥拉　殿下,他曾经拔刀相助,帮过我忙,可是后来却对我说了一番奇怪的话,似乎发了疯似的。

公　　爵　好一个海盗！在水上行窃的贼徒！你怎么敢凭着你的愚勇,投身到被你用血肉和巨量的代价结下冤仇的人们的手里呢？

安东尼奥　尊贵的奥西诺,请许我洗刷去您给我的称呼；安东尼奥从来不曾做过海盗或贼徒,虽然我有充分的理由和原因承认我是奥西诺的敌人。一种魔法把我吸引到这儿来。在您身边的那个最没有良心的孩子,是我从汹涌的怒海的吞噬中救了出来的,否则他已经毫无希望了。我给了他生命,又把我的友情无条件地完全给了他；为了他的缘故,纯粹出于爱心,我冒着危险出现在这个敌对的城里,见他给人包围了,就拔剑相助；可是我遭了逮捕,他的狡恶的心肠因恐我连累他受罪,便假装不认识我,一霎眼就像已经睽违了二十年似的,甚至于我在半点钟前给他任意使用的我自己的钱袋,也不肯还给我。

薇奥拉　怎么会有这种事呢？

公　　爵　他在什么时候到这城里来的？

安东尼奥　今天,殿下；三个月来,我们朝朝夜夜都在一起,不曾有一分钟分离过。

　　　　　　　奥丽维娅及侍从等上。

公　　爵　这里来的是伯爵小姐,天神降临人世了！——可是你这家伙,完全在说疯话；这孩子已经待候我三个月了。那种话等会儿再说吧。把他带到一旁去。

奥丽维娅　殿下有什么下示？除了断难遵命的一件事之外,凡是奥丽维娅力量所能及的,一定愿意效劳。——西萨里奥,你失了我的约啦。

薇奥拉　小姐！

公　　爵　温柔的奥丽维娅！——

奥丽维娅　你怎么说,西萨里奥？——殿下——

薇奥拉　我的主人要跟您说话；地位关系我不能开口。

奥丽维娅　殿下，要是您说的仍旧是那么一套，我可已经听厌了，就像奏过音乐以后的叫号一样令人不耐。

公　爵　仍旧是那么残酷吗？

奥丽维娅　仍旧是那么坚定，殿下。

公　爵　什么，坚定得不肯改变一下你的乖僻吗？你这无礼的女郎！向着你的无情的不仁的祭坛，我的灵魂已经用无比的虔诚吐露出最忠心的献礼。我还有什么办法呢？

奥丽维娅　办法就请殿下自己斟酌吧。

公　爵　假如我狠得起那么一条心，为什么我不可以像临死时的埃及大盗①一样，把我所爱的人杀死了呢？蛮性的嫉妒有时也带着几分高贵的气质。但是你听着我吧：既然你漠视我的诚意，我也有些知道谁在你的心中夺去了我的位置，你就继续做你的铁石心肠的暴君吧；可是你所爱着的这个宝贝，我当天发誓我曾经那样宠爱着他，我要把他从你的那双冷酷的眼睛里除去，免得他傲视他的主人。来，孩子，跟我来。我的恶念已经成熟：

>　我要牺牲我钟爱的羔羊，
>
>　白鸽的外貌乌鸦的心肠。（走。）

薇奥拉　我甘心愿受一千次死罪，

>　只要您的心里得到安慰。（随行。）

奥丽维娅　西萨里奥到哪儿去？

薇奥拉　追随我所爱的人，

>　我爱他甚于生命和眼睛，
>
>　远过于对于妻子的爱情。
>
>　愿上天鉴察我一片诚挚，
>
>　倘有虚谎我决不辞一死！

奥丽维娅　嗳哟，他厌弃了我！我受了欺骗了！

薇奥拉　谁把你欺骗？谁给你受气？

奥丽维娅　才不久你难道已经忘记？——请神父来。（一侍从下。）

公　爵　（向薇奥拉）去吧！

奥丽维娅　到哪里去，殿下？西萨里奥，我的夫，别去！

---

① 事见赫利俄多洛斯（Heliodorus）所著希腊浪漫故事《埃塞俄比亚人》（Ethiopica）。

公　爵　你的夫？

奥丽维娅　是的,我的夫;他能抵赖吗？

公　爵　她的夫,嘿？

薇奥拉　不,殿下,我不是。

奥丽维娅　唉！是你的卑怯的恐惧使你否认了自己的身份。不要害怕,西萨
里奥;别放弃了你的地位。你知道你是什么人,要是承认了出来,你就跟
你所害怕的人并肩相垺了。

　　　　　牧师上。

奥丽维娅　啊,欢迎,神父！神父,我请你凭着你的可尊敬的身份,到这里来宣
布你所知道的关于这位少年和我之间不久以前的事情;虽然我们本来预
备保守秘密,但现在不得不在时机未到之前公布了。

牧　师　一个永久相爱的盟约,已经由你们两人握手缔结,用神圣的吻证明,
用戒指的交换确定了。这婚约的一切仪式,都由我主持作证;照我的表上
所指示,距离现在我不过向我的坟墓走了两小时的行程。

公　爵　唉,你这骗人的小畜生！等你年纪一大了起来,你会是个怎样的
人呢？

　　　　　　也许你过分早熟的奸诡,

　　　　　　反会害你自己身败名毁。

　　　　　　别了,你尽管和她论嫁娶;

　　　　　　可留心以后别和我相遇。

薇奥拉　殿下,我要声明——

奥丽维娅　不要发誓;

　　　放大胆些,别亵渎了神祇!

　　　　　安德鲁·艾古契克爵士头破血流上。

安德鲁　看在上帝的分上,叫个外科医生来吧！立刻去请一个来瞧瞧托比
爵士。

奥丽维娅　什么事？

安德鲁　他把我的头给打破了,托比爵士也给他弄得满头是血。看在上帝的
分上,救救命吧！谁要是给我四十镑钱,我也宁愿回到家里去。

奥丽维娅　谁干了这种事,安德鲁爵士？

安德鲁　公爵的跟班名叫西萨里奥的。我们把他当作一个孱头,哪晓得他简

直是个魔鬼。

公　爵　我的跟班西萨里奥？

安德鲁　他妈的！他就在这儿。你无缘无故敲破我的头！我不过是给托比爵士怂恿了才动手的。

薇奥拉　你为什么对我说这种话呢？我没有伤害你呀。你自己无缘无故向我拔剑；可是我对你很客气，并没有伤害你。

安德鲁　假如一颗血淋淋的头可以算得是伤害的话，你已经把我伤害了；我想你以为满头是血，是算不了一回事的。托比爵士一跷一拐地来了——

　　　　托比·培尔契爵士由小丑搀扶醉步上。

安德鲁　你等着瞧吧；如果他刚才不是喝醉了，你一定会尝到他的厉害手段。

公　爵　怎么，老兄！你怎么啦？

托　比　有什么关系？他把我打坏了，还有什么别的说的？傻瓜，你有没有看见狄克医生，傻瓜？

小　丑　喔！他在一个钟头之前喝醉了，托比老爷；他的眼睛在早上八点钟就昏花了。

托　比　那么他便是个踱着八字步的混蛋。我顶讨厌酒鬼。

奥丽维娅　把他带走！谁把他们弄成这样子的？

安德鲁　我来扶着您吧，托比爵士；咱们一块儿裹伤口去。

托　比　你来扶着我？蠢驴，傻瓜，混蛋，瘦脸的混蛋，笨鹅！

奥丽维娅　招呼他上床去，好好看顾一下他的伤口。（小丑、费边、托比、安德鲁同下。）

　　　　西巴斯辛上。

西巴斯辛　小姐，我很抱歉伤了令亲；可是即使他是我的同胞兄弟，为了自卫起见我也只好出此手段。您用那样冷淡的眼光瞧着我，我知道我一定冒犯了您了；原谅我吧，好人，看在不久以前我们彼此立下的盟誓分上。

公　爵　一样的面孔，一样的声音，一样的装束，化成了两个身体；一副天然的幻镜，真实和虚妄的对照！

西巴斯辛　安东尼奥！啊，我的亲爱的安东尼奥！自从我不见了你之后，我的时间过得多么痛苦啊！

安东尼奥　你是西巴斯辛吗？

西巴斯辛　难道你不相信是我吗，安东尼奥？

安东尼奥　你怎么会分身呢？把一只苹果切成两半,也不会比这两人更为相像。哪一个是西巴斯辛？

奥丽维娅　真奇怪呀!

西巴斯辛　那边站着的是我吗？我从来不曾有过一个兄弟;我又不是一尊无所不在的神明。我只有一个妹妹,但已经被盲目的波涛卷去了。对不住,请问你我之间有什么关系？你是哪一国人？叫什么名字？谁是你的父母？

薇奥拉　我是梅萨林人。西巴斯辛是我的父亲;我的哥哥也是一个像你一样的西巴斯辛,他葬身于海洋中的时候也穿着像你一样的衣服。要是灵魂能够照着在生时的形状和服饰出现,那么你是来吓我们的。

西巴斯辛　我的确是一个灵魂;可是还没有脱离我的生而具有的物质的皮囊。你的一切都能符合,只要你是个女人,我一定会让我的眼泪滴在你的脸上,而说:"大大地欢迎,溺死了的薇奥拉!"

薇奥拉　我的父亲额角上有一颗黑痣。

西巴斯辛　我的父亲也有。

薇奥拉　他死的时候薇奥拉才十三岁。

西巴斯辛　唉！那记忆还鲜明地留在我的灵魂里。他的确在我妹妹刚满十三岁的时候完毕了他人世的任务。

薇奥拉　假如只是我这一身僭妄的男装阻碍了我们彼此的欢欣，那么等一切关于地点、时间、遭遇的枝节完全衔接，证明我确是薇奥拉之后，再拥抱我吧。我可以叫一个在这城中的船长来为我证明，我的女衣便是寄放在他那里的；多亏他的帮忙，我才侥幸保全了生命，能够来侍候这位尊贵的公爵。此后我便一直奔走于这位小姐和这位贵人之间。

西巴斯辛　（向奥丽维娅）小姐；原来您是弄错了；但那也是心理上的自然的倾向。您本来要跟一个女孩子订婚；可是拿我的生命起誓，您的希望并没有落空。您现在同时是一个女人和一个男人的未婚妻了。

公　爵　不要惊骇；他的血统也很高贵。要是这回事情果然是真，看来似乎不是一面骗人的镜子，那么在这番最幸运的覆舟里我也要沾点儿光。（向薇奥拉）孩子，你曾经向我说过一千次决不会像爱我一样爱着一个女人。

薇奥拉　那一切的话我愿意再发誓证明；那一切的誓我都要坚守在心中，就像分隔昼夜的天球中蕴藏着的烈火一样。

公　爵　把你的手给我；让我瞧你穿了女人的衣服是怎么样子。

薇奥拉　把我带上岸来的船长那里存放着我的女服；可是他现在跟这儿小姐府上的管家马伏里奥有点讼事，被拘留起来了。

奥丽维娅　一定要他把他放出来。去叫马伏里奥来。——唉。我现在记起来了，他们说，可怜的人，他的神经病很厉害呢。因为我自己在大发其疯，所以把他的疯病完全忘记了。

　　　　　　小丑持信及费边上。

奥丽维娅　他怎样啦，小子？

小　丑　启禀小姐，他总算很尽力抵挡着魔鬼。他写了一封信给您。我本该今天早上就给您的；可是疯人的信不比福音，送没送到都没甚关系。

奥丽维娅　拆开来读给我听。

小　丑　傻子要念疯子的话了，请你们洗耳恭听。（读）"凭着上帝的名义，小姐——"

奥丽维娅　怎么！你疯了吗？

小　丑　不，小姐，我在读疯话呢。您小姐既然要我读这种东西，那么您就得准许我疯声疯气地读。

奥丽维娅　请你读得清楚一些。

小　丑　我正是在这样做,小姐;可是他的话怎么清楚,我就只能怎么读。所以,我的好公主,请您还是全神贯注,留意倾听吧。

奥丽维娅　(向费边)喂,还是你读吧。

费　边　(读)"凭着上帝的名义,小姐,您屈待了我;全世界都要知道这回事。虽然您已经把我幽闭在黑暗里,叫您的醉酒的令叔看管我,可是我的头脑跟您小姐一样清楚呢。您自己骗我打扮成那个样子,您的信还在我手里;我很可以用它来证明我自己的无辜,可是您的脸上却不好看哩。随您把我怎么看待吧。因为冤枉难明,不得不暂时僭越了奴仆的身份,请您原谅。被虐待的马伏里奥上。"

奥丽维娅　这封信是他写的吗?

小　丑　是的,小姐。

公　爵　这倒不像是个疯子的话哩。

奥丽维娅　去把他放出来,费边;带他到这儿来。(费边下)殿下,等您把这一切再好好考虑一下之后,如果您不嫌弃,肯认我作一个亲戚,而不是妻子,那么同一天将庆祝我们两家的婚礼,地点就在我家,费用也由我来承担。

公　爵　小姐,多蒙厚意,敢不领情。(向薇奥拉)你的主人解除了你的职务了。你事主多么勤劳,全然不顾那种职务多么不适于你的娇弱的身份和优雅的教养;你既然一直把我称作主人,从此以后,你便是你主人的主妇了。握着我的手吧。

奥丽维娅　你是我的妹妹了!

　　　　　　费边偕马伏里奥重上。

公　爵　这便是那个疯子吗?

奥丽维娅　是的,殿下,就是他。——怎样,马伏里奥!

马伏里奥　小姐,您屈待了我,大大地屈待了我!

奥丽维娅　我屈待了你吗,马伏里奥?没有的事。

马伏里奥　小姐,您屈待了我。请您瞧这封信。您能抵赖说那不是您写的吗?您能写几笔跟这不同的字,几句跟这不同的句子吗?您能说这不是您的图章,不是您的大作吗?您可不能否认。好,那么承认了吧;凭着您的贞洁告诉我:为什么您向我表示这种露骨的恩意,吩咐我见您的时候脸带笑容,扎着十字交叉的袜带,穿着黄袜子,对托比大人和底下人要皱眉头?

425

我满心怀着希望，一切服从您，您怎么要把我关起来，禁锢在暗室里，叫牧师来看我，给人当作闻所未闻的大傻瓜愚弄？告诉我为什么？

奥丽维娅　唉！马伏里奥，这不是我写的，虽然我承认很像我的笔迹；但这一定是玛利娅写的。现在我记起来了，第一个告诉我你发疯了的就是她；那时你便一路带笑而来，打扮和动作的样子就跟信里所说的一样。你别恼吧；这场诡计未免太恶作剧，等我们调查明白原因和主谋的人之后，你可以自己兼作原告和审判官来判断这件案子。

费　边　好小姐，听我说，不要让争闹和口角来打断了当前这个使我惊喜交加的好时光。我希望您不会见怪，我坦白地承认是我跟托比老爷因为看不上眼这个马伏里奥的顽固无礼，才想出这个计策来。因为托比老爷央求不过，玛利娅才写了这封信；为了酬劳她，他已经跟她结了婚了。假如把两方所受到的难堪衡情酌理地判断起来，那么这种恶作剧的戏谑可供一笑，也不必计较了吧。

奥丽维娅　唉，可怜的傻子，他们太把你欺侮了！

小　丑　嘿，"有的人是生来的富贵，有的人是挣来的富贵，有的人是送上来的富贵。"这本戏文里我也是一个角色呢，大爷；托巴斯师傅就是我，大爷；但这没有什么相干。"凭着上帝起誓，傻子，我没有疯。"可是您记得吗？"小姐，您为什么要对这么一个没头脑的混蛋发笑？您要是不笑，他就开不了口啦。"六十年风水轮流转，您也遭了报应了。

马伏里奥　我一定要出这一口气，你们这批东西一个都不放过。（下。）

奥丽维娅　他给人欺侮得太不成话了。

公　爵　追他回来，跟他讲个和；他还不曾把那船长的事告诉我们哩。等我们知道了以后，假如时辰吉利，我们便可以举行郑重的结合的典礼。贤妹，我们现在还不会离开这儿。西萨里奥，来吧；当你还是一个男人的时候，你便是西萨里奥——

　　　　　等你换过了别样的衣裙，

　　　　　你才是奥西诺心上情人。（除小丑外均下。）

歌

小　丑

　　　　当初我是个小儿郎，

　　　　　　嗨，呵，一阵雨儿一阵风；

做了傻事毫不思量，
　　朝朝雨雨呀又风风。

年纪长大啦不学好，
　　嗨,呵,一阵雨儿一阵风；
闭门羹到处吃个饱，
　　朝朝雨雨呀又风风。

娶了老婆,唉！要照顾,
　　嗨,呵,一阵雨儿一阵风；
法螺医不了肚子饿,
　　朝朝雨雨呀又风风。

一壶老酒往头里灌,
　　嗨,呵,一阵雨儿一阵风；
掀开了被窝三不管,
　　朝朝雨雨呀又风风。

开天辟地有几多年,
　　嗨,呵,一阵雨儿一阵风；
咱们的戏文早完篇,
　　愿诸君欢喜笑融融！（下。）

中国翻译家译丛

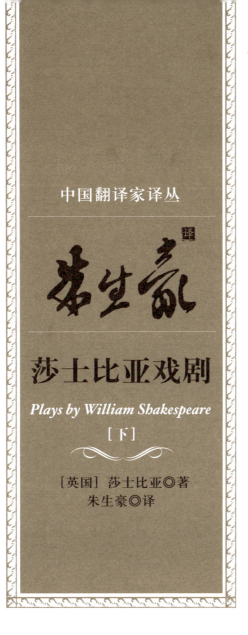

莎士比亚戏剧

Plays by William Shakespeare

[下]

[英国] 莎士比亚◎著

朱生豪◎译

人民文学出版社

哈 姆 莱 特

HAMLET.

剧 中 人 物

克劳狄斯　丹麦国王

哈姆莱特　前王之子,今王之侄

福丁布拉斯　挪威王子

霍拉旭　哈姆莱特之友

波洛涅斯　御前大臣

雷欧提斯　波洛涅斯之子

伏 提 曼 德 ⎫
考 尼 律 斯 ⎪
罗森格兰兹 ⎬ 朝臣
吉尔登斯吞 ⎪
奥 斯 里 克 ⎭

侍臣

教士

马 西 勒 斯 ⎫
　　　　　 ⎬ 军官
勃 那 多 ⎭

弗兰西斯科　兵士

雷奈尔多　波洛涅斯之仆

队长

英国使臣

众伶人

二小丑　掘坟墓者

乔特鲁德　丹麦王后,哈姆莱特之母

奥菲利娅　波洛涅斯之女

431

贵族、贵妇、军官、兵士、教士、水手、使者及侍从等

哈姆莱特父亲的鬼魂

地　点

艾尔西诺

第 一 幕

第一场　艾尔西诺。城堡前的露台

弗兰西斯科立台上守望。勃那多自对面上。

勃那多　那边是谁？

弗兰西斯科　不,你先回答我;站住,告诉我你是什么人。

勃那多　国王万岁!

弗兰西斯科　勃那多吗?

勃那多　正是。

弗兰西斯科　你来得很准时。

勃那多　现在已经打过十二点钟;你去睡吧,弗兰西斯科。

弗兰西斯科　谢谢你来替我;天冷得厉害,我心里也老大不舒服。

勃那多　你守在这儿,一切都很安静吗?

弗兰西斯科　一只小老鼠也不见走动。

勃那多　好,晚安! 要是你碰见霍拉旭和马西勒斯,我的守夜的伙伴们,就叫他们赶紧来。

弗兰西斯科　我想我听见了他们的声音。喂,站住! 你是谁?

霍拉旭及马西勒斯上。

霍拉旭　都是自己人。

马西勒斯　丹麦王的臣民。

弗兰西斯科　祝你们晚安!

马西勒斯　啊! 再会,正直的军人! 谁替了你?

弗兰西斯科　勃那多接我的班。祝你们晚安!（下。）

马西勒斯　喂! 勃那多!

勃那多　喂，——啊！霍拉旭也来了吗？

霍拉旭　有这么一个他。

勃那多　欢迎，霍拉旭！欢迎，好马西勒斯！

马西勒斯　什么！这东西今晚又出现过了吗？

勃那多　我还没有瞧见什么。

马西勒斯　霍拉旭说那不过是我们的幻想。我告诉他我们已经两次看见过这一个可怕的怪象，他总是不肯相信；所以我请他今晚也来陪我们守一夜，要是这鬼魂再出来，就可以证明我们并没有看错，还可以叫他和它说几句话。

霍拉旭　嘿，嘿，它不会出现的。

勃那多　先请坐下；虽然你一定不肯相信我们的故事，我们还是要把我们这两夜来所看见的情形再向你絮叨一遍。

霍拉旭　好，我们坐下来，听听勃那多怎么说。

勃那多　昨天晚上，北极星西面的那颗星已经移到了它现在吐射光辉的地方，时钟刚敲了一点，马西勒斯跟我两个人——

马西勒斯　住声！不要说下去；瞧，它又来了！

鬼魂上。

勃那多　正像已故的国王的模样。

马西勒斯　你是有学问的人,去和它说话,霍拉旭。

勃那多　它的样子不像已故的国王吗?看,霍拉旭。

霍拉旭　像得很;它使我心里充满了恐怖和惊奇。

勃那多　它希望我们对它说话。

马西勒斯　你去问它,霍拉旭。

霍拉旭　你是什么鬼怪,胆敢僭窃丹麦先王出征时的神武的雄姿,在这样深夜
　　的时分出现?凭着上天的名义,我命令你说话!

马西勒斯　它生气了。

勃那多　瞧,它昂然不顾地走开了!

霍拉旭　不要走!说呀,说呀!我命令你,快说!(鬼魂下。)

马西勒斯　它走了,不愿回答我们。

勃那多　怎么,霍拉旭!你在发抖,你的脸色这样惨白。这不是幻想吧?你有
　　什么高见?

霍拉旭　凭上帝起誓,倘不是我自己的眼睛向我证明,我再也不会相信这样的
　　怪事。

马西勒斯　它不像我们的国王吗?

霍拉旭　正和你像你自己一样。它身上的那副战铠,就是它讨伐野心的挪威
　　王的时候所穿的;它脸上的那副怒容,活像它有一次在谈判决裂以后把那
　　些乘雪车的波兰人击溃在冰上的时候的神气。怪事怪事!

马西勒斯　前两次它也是这样不先不后地在这个静寂的时辰,用军人的步态
　　走过我们的眼前。

霍拉旭　我不知道究竟应该怎样想法;可是大概推测起来,这恐怕预兆着我们
　　国内将要有一番非常的变故。

马西勒斯　好吧,坐下来。谁要是知道的,请告诉我,为什么我们要有这样森
　　严的戒备,使全国的军民每夜不得安息;为什么每天都在制造铜炮,还要
　　向国外购买战具;为什么征集大批造船匠,连星期日也不停止工作;这样
　　夜以继日地辛苦忙碌,究竟为了什么?谁能告诉我?

霍拉旭　我可以告诉你;至少一般人都是这样传说。刚才它的形象还向我们
　　出现的那位已故的王上,你们知道,曾经接受骄矜好胜的挪威的福丁布拉

斯的挑战;在那一次决斗中间,我们的勇武的哈姆莱特——他的英名是举世称颂的——把福丁布拉斯杀死了;按照双方根据法律和骑士精神所订立的协定,福丁布拉斯要是战败了,除了他自己的生命以外,必须把他所有的一切土地拨归胜利的一方;同时我们的王上也提出相当的土地作为赌注,要是福丁布拉斯得胜了,那土地也就归他所有,正像在同一协定上所规定的,他失败了,哈姆莱特可以把他的土地没收一样。现在要说起那位福丁布拉斯的儿子,他生得一副未经锻炼的烈火也似的性格,在挪威四境召集了一群无赖之徒,供给他们衣食,驱策他们去干冒险的勾当,好叫他们显一显身手。他的惟一的目的,我们的当局看得很清楚,无非是要用武力和强迫性的条件,夺回他父亲所丧失的土地。照我所知道的,这就是我们种种准备的主要动机,我们这样戒备的惟一原因,也是全国所以这样慌忙骚乱的缘故。

勃那多　我想正是为了这个缘故。我们那位王上在过去和目前的战乱中间,都是一个主要的角色,所以无怪他的武装的形象要向我们出现示警了。

霍拉旭　那是扰乱我们心灵之眼的一点微尘。从前在富强繁盛的罗马,在那雄才大略的裘力斯·凯撒遇害以前不久,披着殓衾的死人都从坟墓里出来,在街道上啾啾鬼语,星辰拖着火尾,露水带血,太阳变色,支配潮汐的月亮被吞蚀得像一个没有起色的病人;这一类预报重大变故的朕兆,在我们国内的天上地下也已经屡次出现了。可是不要响!瞧!瞧!它又来了!

　　　　鬼魂重上。

霍拉旭　我要挡住它的去路,即使它会害我。不要走,鬼魂!要是你能出声,会开口,对我说话吧;要是我有可以为你效劳之处,使你的灵魂得到安息,那么对我说话吧;要是你预知祖国的命运,靠着你的指示,也许可以及时避免未来的灾祸,那么对我说话吧;或者你在生前曾经把你搜括得来的财宝埋藏在地下,我听见人家说,鬼魂往往在他们藏金的地方徘徊不散,(鸡啼)要是有这样的事,你也对我说吧;不要走,说呀!拦住它,马西勒斯。

马西勒斯　要不要我用我的戟刺它?

霍拉旭　好的,要是它不肯站定。

勃那多　它在这儿!

霍拉旭　它在这儿！（鬼魂下。）

马西勒斯　它走了！我们不该用暴力对待这样一个尊严的亡魂；因为它是像
　　空气一样不可侵害的，我们无益的打击不过是恶意的徒劳。

勃那多　它正要说话的时候，鸡就啼了。

霍拉旭　于是它就像一个罪犯听到了可怕的召唤似的惊跳起来。我听人家
　　说，报晓的雄鸡用它高锐的啼声，唤醒了白昼之神，一听到它的警告，那些
　　在海里、火里、地下、空中到处浪游的有罪的灵魂，就一个个钻回自己的巢
　　穴里去；这句话现在已经证实了。

马西勒斯　那鬼魂正是在鸡鸣的时候隐去的。有人说，在我们每次欢庆圣
　　诞之前不久，这报晓的鸟儿总会彻夜长鸣；那时候，他们说，没有一个鬼

魂可以出外行走,夜间的空气非常清净,没有一颗星用毒光射人,没有一个神仙用法术迷人,妖巫的符咒也失去了力量,一切都是圣洁而美好的。

霍拉旭　我也听人家这样说过,倒有几分相信。可是瞧,清晨披着赤褐色的外衣,已经踏着那边东方高山上的露水走过来了。我们也可以下班了。照我的意思,我们应该把我们今夜看见的事情告诉年轻的哈姆莱特;因为凭着我的生命起誓,这一个鬼魂虽然对我们不发一言,见了他一定有话要说。你们以为按着我们的交情和责任说起来,是不是应当让他知道这件事情?

马西勒斯　很好,我们决定去告诉他吧;我知道今天早上在什么地方最容易找到他。(同下。)

第二场　城堡中的大厅

　　国王、王后、哈姆莱特、波洛涅斯、雷欧提斯、伏提曼德、考尼律斯、群臣、侍从等上。

国　王　虽然我们亲爱的王兄哈姆莱特新丧未久,我们的心里应当充满了悲痛,我们全国都应当表示一致的哀悼,可是我们凛于后死者责任的重大,不能不违情逆性,一方面固然要用适度的悲哀纪念他,一方面也要为自身的利害着想;所以,在一种悲喜交集的情绪之下,让幸福和忧郁分据了我的两眼,殡葬的挽歌和结婚的笙乐同时并奏,用盛大的喜乐抵消沉重的不幸,我已经和我旧日的长嫂,当今的王后,这一个多事之国的共同的统治者,结为夫妇;这一次婚姻事先曾经征求各位的意见,多承你们诚意的赞助,这是我必须向大家致谢的。现在我要告诉你们知道,年轻的福丁布拉斯看轻了我们的实力,也许他以为自从我们亲爱的王兄驾崩以后,我们的国家已经瓦解,所以挟着他的从中取利的梦想,不断向我们书面要求把他的父亲依法割让给我们英勇的王兄的土地归还。这是他一方面的话。现在要讲到我们的态度和今天召集各位来此的目的。我们的对策是这样的:我这儿已经写好了一封信给挪威国王,年轻的福丁布拉斯的叔父——他因为卧病在床,不曾与闻他侄子的企图——在信里我请他注意他的侄子擅自在国内征募壮丁,训练士卒,积极进行各种准备的事实,要求他从

速制止他的进一步的行动;现在我就派遣你,考尼律斯,还有你,伏提曼德,替我把这封信送给挪威老王,除了训令上所规定的条件以外,你们不得僭用你们的权力,和挪威成立逾越范围的妥协。你们赶紧去吧,再会!

考尼律斯　我们敢不尽力执行陛下的旨意。
伏提曼德

国　　王　我相信你们的忠心;再会!（伏提曼德、考尼律斯同下）现在,雷欧提斯,你有什么话说?你对我说你有一个请求;是什么请求,雷欧提斯?只要是合理的事情,你向丹麦王说了,他总不会不答应你。你有什么要求,雷欧提斯,不是你未开口我就自动许给了你?丹麦王室和你父亲的关系,正像头脑之于心灵一样密切;丹麦国王乐意为你父亲效劳,正像双手乐于为嘴服役一样。你要些什么,雷欧提斯?

雷欧提斯　陛下,我要请求您允许我回到法国去。这一次我回国参加陛下加冕的盛典,略尽臣子的微忱,实在是莫大的荣幸;可是现在我的任务已尽,我的心愿又向法国飞驰,但求陛下开恩允准。

国　　王　你父亲已经答应你了吗?波洛涅斯怎么说?

波洛涅斯　陛下，我却不过他几次三番的恳求，已经勉强答应他了；请陛下放
　　　　　他去吧。

国　　王　好好利用你的时间，雷欧提斯，尽情发挥你的才能吧！可是来，我的
　　　　　侄儿哈姆莱特，我的孩子——

哈姆莱特　（旁白）超乎寻常的亲族，漠不相干的路人。

国　　王　为什么愁云依旧笼罩在你的身上？

哈姆莱特　不，陛下；我已经在太阳里晒得太久了。

王　　后　好哈姆莱特，抛开你阴郁的神气吧，对丹麦王应该和颜悦色一点；不
　　　　　要老是垂下了眼皮，在泥土之中找寻你的高贵的父亲。你知道这是一件
　　　　　很普通的事情，活着的人谁都要死去，从生活踏进永久的宁静。

哈姆莱特　嗯，母亲，这是一件很普通的事情。

王　　后　既然是很普通的，那么你为什么瞧上去好像老是这样郁郁于心呢？

哈姆莱特　好像，母亲！不，是这样就是这样，我不知道什么"好像"不"好
　　　　　像"。好妈妈，我的墨黑的外套、礼俗上规定的丧服、难以吐出来的叹气、
　　　　　像滚滚江流一样的眼泪、悲苦沮丧的脸色，以及一切仪式、外表和忧伤的
　　　　　流露，都不能表示出我的真实的情绪。这些才真是给人瞧的，因为谁也可
　　　　　以做作成这种样子。它们不过是悲哀的装饰和衣服；可是我的郁结的心
　　　　　事却是无法表现出来的。

国　　王　哈姆莱特，你这样孝思不匮，原是你天性中纯笃过人之处；可是你要
　　　　　知道，你的父亲也曾失去过一个父亲，那失去的父亲自己也失去过父亲；
　　　　　那后死的儿子为了尽他的孝道，必须有一个时期服丧守制，然而固执不变
　　　　　的哀伤，却是一种逆天悖理的愚行，不是堂堂男子所应有的举动；它表现
　　　　　出一个不肯安于天命的意志，一个经不起艰难痛苦的心，一个缺少忍耐的
　　　　　头脑和一个简单愚昧的理性。既然我们知道那是无可避免的事，无论谁
　　　　　都要遭遇到同样的经验，那么我们为什么要这样固执地把它介介于怀呢？
　　　　　嘿！那是对上天的罪戾，对死者的罪戾，也是违反人情的罪戾；在理智上
　　　　　它是完全荒谬的，因为从第一个死了的父亲起，直到今天死去的最后一个
　　　　　父亲为止，理智永远在呼喊："这是无可避免的。"我请你抛弃了这种无益
　　　　　的悲伤，把我当作你的父亲；因为我要让全世界知道，你是王位的直接的
　　　　　继承者，我要给你的尊荣和恩宠，不亚于一个最慈爱的父亲之于他的儿
　　　　　子。至于你要回到威登堡去继续求学的意思，那是完全违反我们的愿望

的;请你听从我的劝告,不要离开这里,在朝廷上领袖群臣,做我们最亲近的国亲和王子,使我们因为每天能看见你而感到欢欣。

王　　后　不要让你母亲的祈求全归无用,哈姆莱特;请你不要离开我们,不要到威登堡去。

哈姆莱特　我将要勉力服从您的意志,母亲。

国　　王　啊,那才是一句有孝心的答复;你将在丹麦享有和我同等的尊荣。御妻,来。哈姆莱特这一种自动的顺从使我非常高兴;为了表示庆祝,今天丹麦王每一次举杯祝饮的时候,都要放一响高入云霄的祝炮,让上天应和着地上的雷鸣,发出欢乐的回声。来。(除哈姆莱特外均下。)

哈姆莱特　啊,但愿这一个太坚实的肉体会融解、消散,化成一堆露水!或者那永生的真神未曾制定禁止自杀的律法!上帝啊!上帝啊!人世间的一切在我看来是多么可厌、陈腐、乏味而无聊!哼!哼!那是一个荒芜不治的花园,长满了恶毒的莠草。想不到居然会有这种事情!刚死了两个月!不,两个月还不满!这样好的一个国王,比起当前这个来,简直是天神和丑怪;这样爱我的母亲,甚至于不愿让天风吹痛了她的脸。天地呀!我必须记着吗?嘿,她会偎倚在他的身旁,好像吃了美味的食物,格外促进了食欲一般;可是,只有一个月的时间,我不能再想下去了!脆弱啊,你的名字就是女人!短短的一个月以前,她哭得像个泪人儿似的,送我那可怜的父亲下葬;她在送葬的时候所穿的那双鞋子还没有破旧,她就,她就——上帝啊!一头没有理性的畜生也要悲伤得长久一些——她就嫁给我的叔父,我的父亲的弟弟,可是他一点不像我的父亲,正像我一点不像赫刺克勒斯一样。只有一个月的时间,她那流着虚伪之泪的眼睛还没有消去红肿,她就嫁了人了。啊,罪恶的匆促,这样迫不及待地钻进了乱伦的衾被!那不是好事,也不会有好结果;可是碎了吧,我的心,因为我必须噤住我的嘴!

　　　　　霍拉旭、马西勒斯、勃那多同上。

霍拉旭　祝福,殿下!

哈姆莱特　我很高兴看见你身体健康。你不是霍拉旭吗?绝对没有错。

霍拉旭　正是,殿下;我永远是您的卑微的仆人。

哈姆莱特　不,你是我的好朋友;我愿意和你朋友相称。你怎么不在威登堡,霍拉旭?马西勒斯!

马西勒斯　殿下——

哈姆莱特　我很高兴看见你。（向勃那多）你好，朋友。——可是你究竟为什么离开威登堡？

霍拉旭　无非是偷闲躲懒罢了，殿下。

哈姆莱特　我不愿听见你的仇敌说这样的话，你也不能用这样的话刺痛我的耳朵，使它相信你对你自己所作的诽谤；我知道你不是一个偷闲躲懒的人。可是你到艾尔西诺来有什么事？趁你未去之前，我们要陪你痛饮几杯哩。

霍拉旭　殿下，我是来参加您的父王的葬礼的。

哈姆莱特　请你不要取笑，我的同学；我想你是来参加我的母后的婚礼的。

霍拉旭　真的，殿下，这两件事情相去得太近了。

哈姆莱特　这是一举两便的方法，霍拉旭！葬礼中剩下来的残羹冷炙，正好宴请婚筵上的宾客。霍拉旭，我宁愿在天上遇见我的最痛恨的仇人，也不愿看到那样的一天！我的父亲，我仿佛看见我的父亲。

霍拉旭　啊，在什么地方，殿下？

哈姆莱特　在我的心灵的眼睛里，霍拉旭。

霍拉旭　我曾经见过他一次；他是一位很好的君王。

哈姆莱特　他是一个堂堂男子；整个说起来，我再也见不到像他那样的人了。

霍拉旭　殿下，我想我昨天晚上看见他。

哈姆莱特　看见谁？

霍拉旭　殿下，我看见您的父王。

哈姆莱特　我的父王！

霍拉旭　不要吃惊，请您静静地听我把这件奇事告诉您，这两位可以替我做见证。

哈姆莱特　看在上帝的分上，讲给我听。

霍拉旭　这两位朋友，马西勒斯和勃那多，在万籁俱寂的午夜守望的时候，曾经连续两夜看见一个自顶至踵全身甲胄，像您父亲一样的人形，在他们的面前出现，用庄严而缓慢的步伐走过他们的身边。在他们惊奇骇愕的眼前，它三次走过去，它手里所握的鞭杖可以碰到他们的身上；他们吓得几乎浑身都瘫痪了，只是呆立着不动，一句话也没有对它说。怀着惴惧的心情，他们把这件事悄悄地告诉了我，我就在第三夜陪着他们一起守望；正

像他们所说的一样,那鬼魂又出现了,出现的时间和它的形状,证实了他们的每一个字都是正确的。我认识您的父亲;那鬼魂是那样酷肖它的生前,我这两手也不及他们彼此的相似。

哈姆莱特　可是这是在什么地方?

马西勒斯　殿下,就在我们守望的露台上。

哈姆莱特　你们有没有和它说话?

霍拉旭　殿下,我说了,可是它没有回答我;不过有一次我觉得它好像抬起头来,像要开口说话似的,可是就在那时候,晨鸡高声啼了起来,它一听见鸡声,就很快地隐去不见了。

哈姆莱特　这很奇怪。

霍拉旭　凭着我的生命起誓,殿下,这是真的;我们认为按着我们的责任,应该让您知道这件事。

哈姆莱特　不错,不错,朋友们;可是这件事情很使我迷惑。你们今晚仍旧要去守望吗?

马西勒斯
勃那多　　是,殿下。

哈姆莱特　你们说它穿着甲胄吗?

马西勒斯
勃那多　　是,殿下。

哈姆莱特　从头到脚？

马西勒斯
勃　那　多　从头到脚,殿下。

哈姆莱特　那么你们没有看见它的脸吗？

霍拉旭　啊,看见的,殿下;它的脸甲是掀起的。

哈姆莱特　怎么,它瞧上去像在发怒吗？

霍拉旭　它的脸上悲哀多于愤怒。

哈姆莱特　它的脸色是惨白的还是红红的？

霍拉旭　非常惨白。

哈姆莱特　它把眼睛注视着你吗？

霍拉旭　它直盯着我瞧。

哈姆莱特　我真希望当时我也在场。

霍拉旭　那一定会使您吃惊万分。

哈姆莱特　多半会的,多半会的。它停留得长久吗？

霍拉旭　大概有一个人用不快不慢的速度从一数到一百的那段时间。

马西勒斯
勃　那　多　还要长久一些,还要长久一些。

霍拉旭　我看见它的时候,不过这么久。

哈姆莱特　它的胡须是斑白的吗？

霍拉旭　是的,正像我在它生前看见的那样,乌黑的胡须里略有几根变成
　　　白色。

哈姆莱特　我今晚也要守夜去;也许它还会出来。

霍拉旭　我可以担保它一定会出来。

哈姆莱特　要是它借着我的父王的形貌出现,即使地狱张开嘴来,叫我不要作
　　　声,我也一定要对它说话。要是你们到现在还没有把你们所看见的告诉
　　　别人,那么我要请求你们大家继续保持沉默;无论今夜发生什么事情,都
　　　请放在心里,不要在口舌之间泄漏出去。我一定会报答你们的忠诚。好,
　　　再会;今晚十一点钟到十二点钟之间,我要到露台上来看你们。

众　　人　我们愿意为殿下尽忠。

哈姆莱特　让我们彼此保持着不渝的交情;再会！(霍拉旭、马西勒斯、勃那多
　　　同下)我父亲的灵魂披着甲胄！事情有些不妙;我想这里面一定有奸人的

恶计。但愿黑夜早点到来!静静地等着吧,我的灵魂;罪恶的行为总有一天会发现,虽然地上所有的泥土把它们遮掩。(下。)

第三场　波洛涅斯家中一室

雷欧提斯及奥菲利娅上。

雷欧提斯　我需要的物件已经装在船上,再会了;妹妹,在好风给人方便、船只来往无阻的时候,不要贪睡,让我听见你的消息。

奥菲利娅　你还不相信我吗?

雷欧提斯　对于哈姆莱特和他的调情献媚,你必须把它认作年轻人一时的感情冲动,一朵初春的紫罗兰早熟而易凋,馥郁而不能持久,一分钟的芬芳和喜悦,如此而已。

奥菲利娅　不过如此吗?

雷欧提斯　不过如此;因为一个人成长的过程,不仅是肌肉和体格的增强,而且随着身体的发展,精神和心灵也同时扩大。也许他现在爱你,他的真诚的意志是纯洁而不带欺诈的;可是你必须留心,他有这样高的地位,他的意志并不属于他自己,因为他自己也要被他的血统所支配;他不能像一般庶民一样为自己选择,因为他的决定足以影响到整个国本的安危,他是全身的首脑,他的选择必须得到各部分肢体的同意;所以要是他说,他爱你,你不可贸然相信,应该明白:照他的身份地位说来,他要想把自己的话付诸实现,决不能越出丹麦国内普遍舆论所同意的范围。你再想一想,要是你用过于轻信的耳朵倾听他的歌曲,让他攫走了你的心,在他的狂妄的渎求之下,打开了你的宝贵的童贞,那时候你的名誉将要蒙受多大的损失。留心,奥菲利娅,留心,我的亲爱的妹妹,不要放纵你的爱情,不要让欲望的利箭把你射中。一个自爱的女郎,若是向月亮显露她的美貌就算是极端放荡了;圣贤也不能逃避谗口的中伤;春天的草木往往还没有吐放它们的蓓蕾,就被蛀虫蠹蚀;朝露一样晶莹的青春,常常会受到罡风的吹打。所以留心吧,戒惧是最安全的方策;即使没有旁人的诱惑,少年的血气也要向他自己叛变。

奥菲利娅　我将要记住你这个很好的教训,让它看守着我的心。可是,我的好哥哥,你不要像有些坏牧师一样,指点我上天去的险峻的荆棘之途,自己

446

却在花街柳巷流连忘返,忘记了自己的箴言。

雷欧提斯　啊!不要为我担心。我耽搁得太久了;可是父亲来了。

　　　　　波洛涅斯上。

雷欧提斯　两度的祝福是双倍的福分;第二次的告别是格外可喜的。

波洛涅斯　还在这儿,雷欧提斯!上船去,上船去,真好意思!风息在帆顶上,人家都在等着你哩。好,我为你祝福!还有几句教训,希望你铭刻在记忆之中:不要想到什么就说什么,凡事必须三思而行。对人要和气,可是不要过分狎昵。相知有素的朋友,应该用钢圈箍在你的灵魂上,可是不要对每一个泛泛的新知滥施你的交情。留心避免和人家争吵;可是万一争端已起,就应该让对方知道你不是可以轻侮的。倾听每一个人的意见,可是只对极少数人发表你的意见;接受每一个人的批评,可是保留你自己的判断。尽你的财力购制贵重的衣服,可是不要炫新立异,必须富丽而不浮艳,因为服装往往可以表现人格;法国的名流要人,就是在这点上显得最高尚,与众不同。不要向人告贷,也不要借钱给人;因为债款放了出去,往往不但丢了本钱,而且还失去了朋友;向人告贷的结果,容易养成因循懒惰的习惯。尤其要紧的,你必须对你自己忠实;正像有了白昼才有黑夜一样,对自己忠实,才不会对别人欺诈。再会;愿我的祝福使这一番话在你的行事中奏效!

雷欧提斯　父亲,我告别了。

波洛涅斯　时候不早了;去吧,你的仆人都在等着。

雷欧提斯　再会,奥菲利娅,记住我对你说的话。

奥菲利娅　你的话已经锁在我的记忆里,那钥匙你替我保管着吧。

雷欧提斯　再会!(下。)

波洛涅斯　奥菲利娅,他对你说些什么话?

奥菲利娅　回父亲的话,我们刚才谈起哈姆莱特殿下的事情。

波洛涅斯　嗯,这是应该考虑一下的。听说他近来常常跟你在一起,你也从来不拒绝他的求见;要是果然有这种事——人家这样告诉我,也无非是叫我注意的意思——那么我必须对你说,你还没有懂得你做了我的女儿,按照你的身份,应该怎样留心你自己的行动。究竟在你们两人之间有些什么关系?老实告诉我。

奥菲利娅　父亲,他最近曾经屡次向我表示他的爱情。

波洛涅斯　爱情！呸！你讲的话完全像是一个不曾经历过这种危险的不懂事的女孩子。你相信你所说的他的那种表示吗？

奥菲利娅　父亲，我不知道我应该怎样想才好。

波洛涅斯　好，让我来教你；你应该这样想，你是一个毛孩子，竟然把这些假意的表示当作了真心的奉献。你应该"表示"出一番更大的架子，要不然——就此打住吧，这个可怜的字眼被我使唤得都快断气了——你就"表示"你是个十足的傻瓜。

奥菲利娅　父亲，他向我求爱的态度是很光明正大的。

波洛涅斯　不错，那只是态度；算了，算了。

奥菲利娅　而且，父亲，他差不多用尽一切指天誓日的神圣的盟约，证实他的言语。

波洛涅斯　嗯，这些都是捕捉愚蠢的山鹬的圈套。我知道在热情燃烧的时候，一个人无论什么盟誓都会说出口来；这些火焰，女儿，是光多于热的，刚刚说出口就会光消焰灭，你不能把它们当作真火看待。从现在起，你还是少露一些你的女儿家的脸；你应该抬高身价，不要让人家以为你是可以随意呼召的。对于哈姆莱特殿下，你应该这样想，他是个年轻的王子，他比你在行动上有更大的自由。总而言之，奥菲利娅，不要相信他的盟誓，它们不过是淫媒，内心的颜色和服装完全不一样，只晓得诱人干一些龌龊的勾当，正像道貌岸然大放厥辞的鸨母，只求达到骗人的目的。我的言尽于此，简单一句话，从现在起，我不许你一有空闲就跟哈姆莱特殿下聊天。你留点儿神吧；进去。

奥菲利娅　我一定听从您的话，父亲。（同下。）

第四场　露　台

哈姆莱特、霍拉旭及马西勒斯上。

哈姆莱特　风吹得人怪痛的，这天气真冷。

霍拉旭　是很凛冽的寒风。

哈姆莱特　现在什么时候了？

霍拉旭　我想还不到十二点。

马西勒斯　不，已经打过了。

霍拉旭　真的？我没有听见；那么鬼魂出现的时候快要到了。

　　　　（内喇叭奏花腔及鸣炮声）这是什么意思，殿下？

哈姆莱特　王上今晚大宴群臣，作通宵的醉舞；每次他喝下了一杯葡萄美酒，

　　　　铜鼓和喇叭便吹打起来，欢祝万寿。

霍拉旭　这是向来的风俗吗？

哈姆莱特　嗯，是的。可是我虽然从小就熟习这种风俗，我却以为把它破坏了

　　　　倒比遵守它还体面些。这一种酗酒纵乐的风俗，使我们在东西各国受到

　　　　许多非议；他们称我们为酒徒醉汉，将下流的污名加在我们头上，使我们

　　　　各项伟大的成就都因此而大为减色。在个人方面也常常是这样，由于品

　　　　性上有某些丑恶的瘢痣；或者是天生的——这就不能怪本人，因为天性不

　　　　能由自己选择；或者是某种脾气发展到反常地步，冲破了理智的约束和防

　　　　卫；或者是某种习惯玷污了原来令人喜爱的举止；这些人只要带着上述一

　　　　种缺点的烙印——天生的标记或者偶然的机缘——不管在其余方面他们

　　　　是如何圣洁，如何具备一个人所能有的无限美德，由于那点特殊的毛病，

　　　　在世人的非议中也会感染溃烂；少量的邪恶足以勾销全部高贵的品质，害

　　　　得人声名狼藉。

　　　　鬼魂上。

霍拉旭　瞧，殿下，它来了！

哈姆莱特　天使保佑我们！不管你是一个善良的灵魂或是万恶的妖魔，不管

　　　　你带来了天上的和风或是地狱中的罡风，不管你的来意好坏，因为你的形

状是这样引起我的怀疑,我要对你说话;我要叫你哈姆莱特,君王,父亲!尊严的丹麦先王,啊,回答我!不要让我在无知的蒙昧里抱恨终天;告诉我为什么你的长眠的骸骨不安窀穸,为什么安葬着你的遗体的坟墓张开它的沉重的大理石的两颚,把你重新吐放出来。你这已死的尸体这样全身甲胄,出现在月光之下,使黑夜变得这样阴森,使我们这些为造化所玩弄的愚人由于不可思议的恐怖而心惊胆颤,究竟是什么意思呢?说,这是为了什么?你要我们怎样?(鬼魂向哈姆莱特招手。)

霍拉旭　它招手叫您跟着它去,好像它有什么话要对您一个人说似的。

马西勒斯　瞧,它用很有礼貌的举动,招呼您到一个僻远的所在去;可是别跟它去。

霍拉旭　千万不要跟它去。

哈姆莱特　它不肯说话;我还是跟它去。

霍拉旭　不要去,殿下。

哈姆莱特　嗨,怕什么呢?我把我的生命看得不值一枚针;至于我的灵魂,那是跟它自己同样永生不灭的,它能够加害它吗?它又在招手叫我前去了;我要跟它去。

霍拉旭　殿下,要是它把您诱到潮水里去,或者把您领到下临大海的峻峭的悬崖之巅,在那边它现出了狰狞的面貌,吓得您丧失理智,变成疯狂,那可怎么好呢?您想,无论什么人一到了那样的地方,望着下面千仞的峭壁,听见海水奔腾的怒吼,即使没有别的原因,也会起穷凶极恶的怪念的。

哈姆莱特　它还在向我招手。去吧,我跟着你。

马西勒斯　您不能去,殿下。

哈姆莱特　放开你们的手!

霍拉旭　听我们的劝告,不要去。

哈姆莱特　我的运命在高声呼喊,使我全身每一根微细的血管都变得像怒狮的筋骨一样坚硬。(鬼魂招手)它仍旧在招我去。放开我,朋友们;(挣脱二人之手)凭着上天起誓,谁要是拉住我,我要叫他变成一个鬼!走开!去吧,我跟着你。(鬼魂及哈姆莱特同下。)

霍拉旭　幻想占据了他的头脑,使他不顾一切。

马西勒斯　让我们跟上去;我们不应该服从他的话。

霍拉旭　那么跟上去吧。这种事情会引出些什么结果来呢?

马西勒斯　丹麦国里恐怕有些不可告人的坏事。

霍拉旭　上帝的旨意支配一切。

马西勒斯　得了,我们还是跟上去吧。(同下。)

第五场　露台的另一部分

　　　　鬼魂及哈姆莱特上。

哈姆莱特　你要领我到什么地方去？说;我不愿再前进了。

鬼　魂　听我说。

哈姆莱特　我在听着。

鬼　魂　我的时间快到了,我必须再回到硫磺的烈火里去受煎熬的痛苦。

哈姆莱特　唉,可怜的亡魂!

鬼　魂　不要可怜我,你只要留心听着我要告诉你的话。

哈姆莱特　说吧;我自然要听。

鬼　魂　你听了以后,也自然要替我报仇。

哈姆莱特　什么?

鬼　魂　我是你父亲的灵魂,因为生前孽障未尽,被判在晚间游行地上,白昼忍受火焰的烧灼,必须经过相当的时期,等生前的过失被火焰净化以后,方才可以脱罪。若不是因为我不能违犯禁令,泄漏我的狱中的秘密,我可以告诉你一桩事,最轻微的几句话,都可以使你魂飞魄散,使你年轻的血液凝冻成冰,使你的双眼像脱了轨道的星球一样向前突出,使你的纠结的鬈发根根分开,像愤怒的豪猪身上的刺毛一样森然耸立;可是这一种永恒的神秘,是不能向血肉的凡耳宣示的。听着,听着,啊,听着! 要是你曾经爱过你的亲爱的父亲——

哈姆莱特　上帝啊!

鬼　魂　你必须替他报复那逆伦惨恶的杀身的仇恨。

哈姆莱特　杀身的仇恨!

鬼　魂　杀人是重大的罪恶;可是这一件谋杀的惨案,更是骇人听闻而逆天害理的罪行。

哈姆莱特　赶快告诉我,让我驾着像思想和爱情一样迅速的翅膀,飞去把仇人杀死。

鬼　魂　我的话果然激动了你;要是你听见了这种事情而漠然无动于衷,那你除非比舒散在忘河之滨的蔓草还要冥顽不灵。现在,哈姆莱特,听我说;一般人都以为我在花园里睡觉的时候,一条蛇来把我螫死,这一个虚构的死状,把丹麦全国的人都骗过了;可是你要知道,好孩子,那毒害你父亲的蛇,头上戴着王冠呢。

哈姆莱特　啊,我的预感果然是真的! 我的叔父!

鬼　魂　嗯,那个乱伦的、奸淫的畜生,他有的是过人的诡诈,天赋的奸恶,凭着他的阴险的手段,诱惑了我的外表上似乎非常贞淑的王后,满足他的无耻的兽欲。啊,哈姆莱特,那是一个多么卑鄙无耻的背叛! 我的爱情是那样纯洁真诚,始终信守着我在结婚的时候对她所作的盟誓;她却会对一个天赋的才德远不如我的恶人降心相从! 可是正像一个贞洁的女子,虽然淫欲罩上神圣的外表,也不能把她煽动一样,一个淫妇虽然和光明的天使为偶,也会有一天厌倦于天上的唱随之乐,而宁愿搂抱人间的朽骨。可是且慢! 我仿佛嗅到了清晨的空气;让我把话说得简短一些。当我按照每天午后的惯例,在花园里睡觉的时候,你的叔父乘我不备,悄悄溜了进来,拿着一个盛着毒草汁的小瓶,把一种使人麻痹的药水注入我的耳腔之内,那药性发作起来,会像水银一样很快地流过全身的大小血管,像酸液滴进牛乳一般把淡薄而健全的血液凝结起来;它一进入我的身体,我全身光滑的皮肤上便立刻发生无数疱疹,像害着癞病似的满布着可憎的鳞片。这样,我在睡梦之中,被一个兄弟同时夺去了我的生命、我的王冠和我的王后;甚至于不给我一个忏罪的机会,使我在没有领到圣餐也没有受过临终涂膏礼以前,就一无准备地负着我的全部罪恶去对簿阴曹。可怕啊,可怕! 要是你有天性之情,不要默尔而息,不要让丹麦的御寝变成了藏奸养逆的卧榻;可是无论你怎样进行复仇,不要胡乱猜疑,更不可对你的母亲有什么不利的图谋,她自会受到上天的裁判,和她自己内心中的荆棘的刺戳。现在我必须去了! 萤火的微光已经开始暗淡下去,清晨快要到来了;再会,再会! 哈姆莱特,记着我。(下。)

哈姆莱特　天上的神明啊! 地啊! 再有什么呢? 我还要向地狱呼喊吗? 啊,呸! 忍着吧,忍着吧,我的心! 我的全身的筋骨,不要一下子就变成衰老,支持着我的身体呀! 记着你! 是的,我可怜的亡魂,当记忆不曾从我这混乱的头脑里消失的时候,我会记着你的。记着你! 是的,我要从我的记忆的碑版上,拭去一切琐碎愚蠢的记录、一切书本上的格言、一切陈言套语、一切过去的印象、我的少年的阅历所留下的痕迹,只让你的命令留在我的脑筋的书卷里,不搀杂一些下贱的废料;是的,上天为我作证!啊,最恶毒的妇人!啊,奸贼,奸贼,脸上堆着笑的万恶的奸贼!我的记事簿呢?我必须把它记下来:一个人可以尽管满面都是笑,骨子里却是杀人的奸贼;至少我相信在丹麦是这样的。(写字)好,叔父,我把你写下来了。现在我要记下我的座右铭,那是:"再会,再会!记着我。"我已经发过誓了。

霍拉旭　(在内)殿下!殿下!

马西勒斯　(在内)哈姆莱特殿下!

霍拉旭　(在内)上天保佑他!

马西勒斯　(在内)但愿如此!

霍拉旭　(在内)喂,呵,呵,殿下!

哈姆莱特　喂,呵,呵,孩儿!来,鸟儿,来。

　　　　　霍拉旭及马西勒斯上。

马西勒斯　怎样,殿下!

霍拉旭　有什么事,殿下?

哈姆莱特　啊!奇怪!

霍拉旭　好殿下,告诉我们。

哈姆莱特　不,你们会泄漏出去的。

霍拉旭　不,殿下,凭着上天起誓,我一定不泄漏。

马西勒斯　我也一定不泄漏,殿下。

哈姆莱特　那么你们说,哪一个人会想得到有这种事?可是你们能够保守秘密吗?

霍　拉　旭 是,上天为我们作证,殿下。
马西勒斯

哈姆莱特　全丹麦从来不曾有哪一个奸贼不是一个十足的坏人。

霍拉旭　殿下,这样一句话是用不着什么鬼魂从坟墓里出来告诉我们的。

哈姆莱特　啊,对了,你说得有理;所以,我们还是不必多说废话,大家握握手分开了吧。你们可以去照你们自己的意思干你们自己的事——因为各人都有各人的意思和各人的事,这是实际情况——至于我自己,那么我对你们说,我是要祈祷去的。

霍拉旭　殿下,您这些话好像有些疯疯癫癫似的。

哈姆莱特　我的话得罪了你,真是非常抱歉;是的,我从心底里抱歉。

霍拉旭　谈不上得罪,殿下。

哈姆莱特　不,凭着圣伯特力克①的名义,霍拉旭,谈得上,而且罪还不小呢。

　　讲到这一个幽灵,那么让我告诉你们,它是一个老实的亡魂;你们要是想知道它对我说了些什么话,我只好请你们暂时不必动问。现在,好朋友们,你们都是我的朋友,都是学者和军人,请你们允许我一个卑微的要求。

霍拉旭　是什么要求,殿下? 我们一定允许您。

哈姆莱特　永远不要把你们今晚所见的事情告诉别人。

霍 拉 旭
马西勒斯　殿下,我们一定不告诉别人。

哈姆莱特　不,你们必须宣誓。

霍拉旭　凭着良心起誓,殿下,我决不告诉别人。

马西勒斯　凭着良心起誓,殿下,我也决不告诉别人。

哈姆莱特　把手按在我的剑上宣誓。

马西勒斯　殿下,我们已经宣誓过了。

哈姆莱特　那不算,把手按在我的剑上。

鬼　魂　(在下)宣誓!

哈姆莱特　啊哈! 孩儿! 你也这样说吗? 你在那儿吗,好家伙? 来;你们不听见这个地下的人怎么说吗? 宣誓吧。

霍拉旭　请您教我们怎样宣誓,殿下。

哈姆莱特　永不向人提起你们所看见的这一切。把手按在我的剑上宣誓。

鬼　魂　(在下)宣誓!

哈姆莱特　"说哪里,到哪里"吗? 那么我们换一个地方。过来,朋友们。把你们的手按在我的剑上,宣誓永不向人提起你们所听见的这件事。

鬼　魂　(在下)宣誓!

哈姆莱特　说得好,老鼹鼠! 你能够在地底钻得这么快吗? 好一个开路的先锋! 好朋友们,我们再来换一个地方。

霍拉旭　嗳哟,真是不可思议的怪事!

---

① 圣伯特力克(St. Patrick),爱尔兰的保护神,据说曾从爱尔兰把蛇驱走。

哈姆莱特　那么你还是用见怪不怪的态度对待它吧。霍拉旭,天地之间有许多事情,是你们的哲学里所没有梦想到的呢。可是,来,上帝的慈悲保佑你们,你们必须再作一次宣誓。我今后也许有时候要故意装出一副疯疯癫癫的样子,你们要是在那时候看见了我的古怪的举动,切不可像这样交叉着手臂,或者这样摇头摆脑的,或者嘴里说一些吞吞吐吐的言词,例如"呃,呃,我们知道",或者"只要我们高兴,我们就可以",或是"要是我们愿意说出来的话",或是"有人要是怎么怎么",诸如此类的含糊其辞的话语,表示你们知道我有些什么秘密;你们必须答应我避开这一类言词,上帝的恩惠和慈悲保佑着你们,宣誓吧。

鬼　魂　(在下)宣誓!(二人宣誓。)

哈姆莱特　安息吧,安息吧,受难的灵魂!好,朋友们,我以满怀的热情,信赖着你们两位;要是在哈姆莱特的微弱的能力以内,能够有可以向你们表示他的友情之处,上帝在上,我一定不会有负你们。让我们一同进去;请你们记着无论在什么时候都要守口如瓶。这是一个颠倒混乱的时代,唉,倒楣的我却要负起重整乾坤的责任!来,我们一块儿去吧。(同下。)

第 二 幕

第一场　波洛涅斯家中一室

波洛涅斯及雷奈尔多上。

波洛涅斯　把这些钱和这封信交给他,雷奈尔多。

雷奈尔多　是,老爷。

波洛涅斯　好雷奈尔多,你在没有去看他以前,最好先探听探听他的行为。

雷奈尔多　老爷,我本来就是这个意思。

波洛涅斯　很好,很好,好得很。你先给我调查调查有些什么丹麦人在巴黎,他们是干什么的,叫什么名字,有没有钱,住在什么地方,跟哪些人作伴,用度大不大;用这种转弯抹角的方法,要是你打听到他们也认识我的儿子,你就可以更进一步,表示你对他也有相当的认识;你可以这样说:"我知道他的父亲和他的朋友,对他也略为有点认识。"你听见没有,雷奈尔多?

雷奈尔多　是,我在留心听着,老爷。

波洛涅斯　"对他也略为有点认识,可是,"你可以说,"不怎么熟悉;不过假如果然是他的话,那么他是个很放浪的人,有些怎样怎样的坏习惯。"说到这里,你就可以随便捏造一些关于他的坏话;当然啰,你不能把他说得太不成样子,那是会损害他的名誉的,这一点你必须注意;可是你不妨举出一些纨袴子弟们所犯的最普通的浪荡的行为。

雷奈尔多　譬如赌钱,老爷。

波洛涅斯　对了,或是喝酒、斗剑、赌咒、吵嘴、嫖妓之类,你都可以说。

雷奈尔多　老爷,那是会损害他的名誉的。

波洛涅斯　不,不,你可以在言语之间说得轻淡一些。你不能说他公然纵欲,

那可不是我的意思;可是你要把他的过失讲得那么巧妙,让人家听着好像
那不过是行为上的小小的不检,一个躁急的性格不免会有的发作,一个血
气方刚的少年的一时胡闹,算不了什么。

雷奈尔多　可是老爷——

波洛涅斯　为什么叫你做这种事?

雷奈尔多　是的,老爷,请您告诉我。

波洛涅斯　呃,我的用意是这样的,我相信这是一种说得过去的策略;你这样
　　轻描淡写地说了我儿子的一些坏话,就像你提起一件略有污损的东西似
　　的,听着,要是跟你谈话的那个人,也就是你向他探询的那个人,果然看见
　　过你所说起的那个少年犯了你刚才所列举的那些罪恶,他一定会用这样
　　的话向你表示同意:"好先生——"也许他称你"朋友","仁兄",按照着
　　各人的身份和各国的习惯。

雷奈尔多　很好,老爷。

波洛涅斯　然后他就——他就——我刚才要说一句什么话?嗳哟,我正要说
　　一句什么话;我说到什么地方啦?

雷奈尔多　您刚才说到"用这样的话表示同意";还有"朋友"或者"仁兄"。

波洛涅斯　说到"用这样的话表示同意",嗯,对了;他会用这样的话对你表示
　　同意:"我认识这位绅士,昨天我还看见他,或许是前天,或许是什么什么
　　时候,跟什么什么人在一起,正像您所说的,他在什么地方赌钱,在什么地

方喝得酩酊大醉,在什么地方因为打网球而跟人家打起架来";也许他还会说,"我看见他走进什么什么一家生意人家去",那就是说窑子或是诸如此类的所在。你瞧,你用说谎的钓饵,就可以把事实的真相诱上你的钓钩;我们有智慧、有见识的人,往往用这种旁敲侧击的方法,间接达到我们的目的;你也可以照着我上面所说的那一番话,探听出我的儿子的行为。你懂得我的意思没有?

雷奈尔多　老爷,我懂得。

波洛涅斯　上帝和你同在;再会!

雷奈尔多　那么我去了,老爷。

波洛涅斯　你自己也得留心观察他的举止。

雷奈尔多　是,老爷。

波洛涅斯　叫他用心学习音乐。

雷奈尔多　是,老爷。

波洛涅斯　你去吧!(雷奈尔多下。)

　　　　　奥菲利娅上。

波洛涅斯　啊,奥菲利娅!什么事?

奥菲利娅　嗳哟,父亲,吓死我了!

波洛涅斯　凭着上帝的名义,怕什么?

奥菲利娅　父亲,我正在房间里缝纫的时候,哈姆莱特殿下跑了进来,走到我的面前;他的上身的衣服完全没有扣上纽子,头上也不戴帽子,他的袜子上沾着污泥,没有袜带,一直垂到脚踝上;他的脸色像他的衬衫一样白,他的膝盖互相碰撞,他的神气是那样凄惨,好像他刚从地狱里逃出来,要向人讲述地狱的恐怖一样。

波洛涅斯　他因为不能得到你的爱而发疯了吗?

奥菲利娅　父亲,我不知道,可是我想也许是的。

波洛涅斯　他怎么说?

奥菲利娅　他握住我的手腕紧紧不放,拉直了手臂向后退立,用他的另一只手这样遮在他的额角上,一眼不眨地瞧着我的脸,好像要把它临摹下来似的。这样经过了好久的时间,然后他轻轻地摇动一下我的手臂,他的头上上下下点了三次,于是他发出一声非常惨痛而深长的叹息,好像他的整个的胸部都要爆裂,他的生命就在这一声叹息中间完毕似的。然后他放松了我,转过他的身体,他的头还是向后回顾,好像他不用眼睛的帮助也能够找到他的路,因为直到他走出了门外,他的两眼还是注视在我的身上。

波洛涅斯　跟我来;我要见王上去。这正是恋爱不遂的疯狂;一个人受到这种剧烈的刺激,什么不顾一切的事情都会干得出来,其他一切能迷住我们本性的狂热,最厉害也不过如此。我真后悔。怎么,你最近对他说过什么使他难堪的话没有?

奥菲利娅　没有,父亲,可是我已经遵从您的命令,拒绝他的来信,并且不允许他来见我。

波洛涅斯　这就是使他疯狂的原因。我很后悔考虑得不够周到,看错了人。我以为他不过把你玩弄玩弄,恐怕贻误你的终身;可是我不该这样多疑!正像年轻人干起事来,往往不知道瞻前顾后一样,我们这种上了年纪的人,总是免不了鳃鳃过虑。来,我们见王上去。这种事情是不能蒙蔽起来的,要是隐讳不报,也许会闹出乱子来,比直言受责要严重得多。来。

(同下。)

第二场　城堡中一室

国王、王后、罗森格兰兹、吉尔登斯吞及侍从等上。

国　王　欢迎,亲爱的罗森格兰兹和吉尔登斯吞!这次匆匆召请你们两位前来,一方面是因为我非常思念你们,一方面也是因为我有需要你们帮忙的地方。你们大概已经听到哈姆莱特的变化;我把它称为变化,因为无论在外表上或是精神上,他已经和从前大不相同。除了他父亲的死以外,究竟还有些什么原因,把他激成了这种疯疯癫癫的样子,我实在无从猜测。你们从小便跟他在一起长大,素来知道他的脾气,所以我特地请你们到我们宫廷里来盘桓几天,陪伴陪伴他,替他解解愁闷,同时乘机窥探他究竟有些什么秘密的心事,为我们所不知道的,也许一旦公开之后,我们就可以替他对症下药。

王　后　他常常讲起你们两位,我相信世上没有哪两个人比你们更为他所亲信了。你们要是不嫌怠慢,答应在我们这儿小作勾留,帮助我们实现我们的希望,那么你们的盛情雅意,一定会受到丹麦王室隆重的礼谢的。

罗森格兰兹　我们是两位陛下的臣子,两位陛下有什么旨意,尽管命令我们;

像这样言重的话，倒使我们置身无地了。

吉尔登斯吞　我们愿意投身在两位陛下的足下，两位陛下无论有什么命令，我们都愿意尽力奉行。

国　王　谢谢你们，罗森格兰兹和善良的吉尔登斯吞。

王　后　谢谢你们，吉尔登斯吞和善良的罗森格兰兹。现在我就要请你们立刻去看看我的大大变了样子的儿子。来人，领这两位绅士到哈姆莱特的地方去。

吉尔登斯吞　但愿上天加佑，使我们能够得到他的欢心，帮助他恢复常态！

王　后　阿门！（罗森格兰兹、吉尔登斯吞及若干侍从下。）

　　　　　波洛涅斯上。

波洛涅斯　启禀陛下，我们派往挪威去的两位钦使已经喜气洋洋地回来了。

国　王　你总是带着好消息来报告我们。

波洛涅斯　真的吗，陛下？不瞒陛下说，我把我对于我的上帝和我的宽仁厚德的王上的责任，看得跟我的灵魂一样重呢。此外，除非我的脑筋在观察问题上不如过去那样有把握了，不然我肯定相信我已经发现了哈姆莱特发疯的原因。

国　王　啊！你说吧，我急着要听呢。

波洛涅斯　请陛下先接见了钦使;我的消息留着做盛筵以后的佳果美点吧。

国　王　那么有劳你去迎接他们进来。(波洛涅斯下)我的亲爱的乔特鲁德,他对我说他已经发现了你的儿子心神不定的原因。

王　后　我想主要的原因还是他父亲的死和我们过于迅速的结婚。

国　王　好,等我们仔细问问。

　　　　波洛涅斯率伏提曼德及考尼律斯重上。

国　王　欢迎,我的好朋友们!伏提曼德,我们的挪威王兄怎么说?

伏提曼德　他叫我们向陛下转达他的友好的问候。他听到了我们的要求,就立刻传谕他的侄儿停止征兵;本来他以为这种举动是准备对付波兰人的,可是一经调查,才知道它的对象原来是陛下;他知道此事以后,痛心自己因为年老多病,受人欺罔,震怒之下,传令把福丁布拉斯逮捕;福丁布拉斯并未反抗,受到了挪威王一番申斥,最后就在他的叔父面前立誓决不兴兵侵犯陛下。老王看见他诚心悔过,非常欢喜,当下就给他三千克朗的年俸,并且委任他统率他所征募的那些兵士,去向波兰人征伐;同时他叫我把这封信呈上陛下,(以书信呈上)请求陛下允许他的军队借道通过陛下的领土,他已经在信里提出若干条件,保证决不扰乱地方的安宁。

国　王　这样很好,等我们有空的时候,还要仔细考虑一下,然后答复。你们远道跋涉,不辱使命,很是劳苦了,先去休息休息,今天晚上我们还要在一起欢宴。欢迎你们回来!(伏提曼德、考尼律斯同下。)

波洛涅斯　这件事情总算圆满结束了。王上,娘娘,要是我向你们长篇大论地解释君上的尊严,臣下的名分,白昼何以为白昼,黑夜何以为黑夜,时间何以为时间,那不过徒然浪费了昼、夜、时间;所以,既然简洁是智慧的灵魂,冗长是肤浅的藻饰,我还是把话说得简单一些吧。你们的那位殿下是疯了;我说他疯了,因为假如要说明什么才是真疯,那就只有发疯,此外还有什么可说的呢?可是那也不用说了。

王　后　多谈些实际,少弄些玄虚。

波洛涅斯　娘娘,我发誓我一点不弄玄虚。他疯了,这是真的;惟其是真的,所以才可叹,它的可叹也是真的——蠢话少说,因为我不愿弄玄虚。好,让我们同意他已经疯了;现在我们就应该求出这一个结果的原因,或者不如说,这一种病态的原因,因为这个病态的结果不是无因而至的,这就是我们现在要做的一步工作。我们来想一想吧。我有一个女儿——当她还不

过是我的女儿的时候,她是属于我的——难得她一片孝心,把这封信给了
我;现在,请猜一猜这里面说些什么话。"给那天仙化人的,我的灵魂的
偶像,最艳丽的奥菲利娅——"这是一个粗俗的说法,下流的说法;"艳
丽"两字用得非常下流;可是你们听下去吧;"让这几行诗句留下在她的
皎洁的胸中——"

王　　后　　这是哈姆莱特写给她的吗?

波洛涅斯　　好娘娘,等一等,我要老老实实地照原文念:

"你可以疑心星星是火把;

你可以疑心太阳会移转;

你可以疑心真理是谎话;

可是我的爱永没有改变。

亲爱的奥菲利娅啊!我的诗写得太坏。我不会用诗句来抒写我的愁怀;
可是相信我,最好的人儿啊!我最爱的是你。再会!最亲爱的小姐,只要
我一息尚存,我就永远是你的,哈姆莱特。"这一封信是我的女儿出于孝
顺之心拿来给我看的;此外,她又把他一次次求爱的情形,在什么时候,用
什么方法,在什么所在,全都讲给我听了。

国　　王　　可是她对于他的爱情抱着怎样的态度呢?

波洛涅斯　　陛下以为我是怎样的一个人?

国　　王　　一个忠心正直的人。

波洛涅斯　　但愿我能够证明自己是这样一个人。可是假如我看见这场热烈的
恋爱正在进行——不瞒陛下说,我在我的女儿没有告诉我以前,早就看出
来了——假如我知道有了这么一回事,却在暗中玉成他们的好事,或者故
意视若无睹,假作痴聋,一切不闻不问,那时候陛下的心里觉得怎样?我
的好娘娘,您这位王后陛下的心里又觉得怎样?不,我一点儿也不敢懈怠
我的责任,立刻就对我那位小姐说:"哈姆莱特殿下是一位王子,不是你
可以仰望的;这种事情不能让它继续下去。"于是我把她教训一番,叫她
深居简出,不要和他见面,不要接纳他的来使,也不要收受他的礼物;她听
了这番话,就照着我的意思实行起来。说来话短,他遭到拒绝以后,心里
就郁郁不快,于是饭也吃不下了,觉也睡不着了,他的身体一天憔悴一天,
他的精神一天恍惚一天,这样一步步发展下去,就变成现在他这一种为我
们大家所悲痛的疯狂。

国　王　你想是这个原因吗？

王　后　这是很可能的。

波洛涅斯　我倒很想知道知道，哪一次我曾经肯定地说过了"这件事情是这样的"，而结果却并不这样？

国　王　照我所知道的，那倒没有。

波洛涅斯　要是我说错了话，把这个东西从这个上面拿下来吧。（指自己的头及肩）只要有线索可寻，我总会找出事实的真相，即使那真相一直藏在地球的中心。

国　王　我们怎么可以进一步试验试验？

波洛涅斯　您知道，有时候他会接连几个钟头在这儿走廊里踱来踱去。

王　后　他真的常常这样踱来踱去。

波洛涅斯　乘他踱来踱去的时候，我就让我的女儿去见他，你我可以躲在帏幕后面注视他们相会的情形；要是他不爱她，他的理智不是因为恋爱而丧失，那么不要叫我襄理国家的政务，让我去做个耕田赶牲口的农夫吧。

国　王　我们要试一试。

王　后　可是瞧，这可怜的孩子忧忧愁愁地念着一本书来了。

波洛涅斯　请陛下和娘娘避一避；让我走上去招呼他。（国王、王后及侍从等下。）

　　　　　　　哈姆莱特读书上。

波洛涅斯　啊，恕我冒昧。您好，哈姆莱特殿下？

哈姆莱特　呃，上帝怜悯世人！

波洛涅斯　您认识我吗，殿下？

哈姆莱特　认识认识，你是一个卖鱼的贩子。

波洛涅斯　我不是，殿下。

哈姆莱特　那么我但愿你是一个和鱼贩子一样的老实人。

波洛涅斯　老实，殿下！

哈姆莱特　嗯，先生；在这世上，一万个人中间只不过有一个老实人。

波洛涅斯　这句话说得很对，殿下。

哈姆莱特　要是太阳能在一条死狗尸体上孵育蛆虫，因为它是一块可亲吻的臭肉——你有一个女儿吗？

波洛涅斯　我有，殿下。

哈姆莱特　不要让她在太阳光底下行走;肚子里有学问是幸福,但不是像你女儿肚子里会有的那种学问。朋友,留心哪。

波洛涅斯　(旁白)你们瞧,他念念不忘地提我的女儿;可是最初他不认识我,他说我是一个卖鱼的贩子。他的疯病已经很深了,很深了。说句老实话,我在年轻的时候,为了恋爱也曾大发其疯,那样子也跟他差不多哩。让我再去对他说话。——您在读些什么,殿下?

哈姆莱特　都是些空话,空话,空话。

波洛涅斯　讲的是什么事,殿下?

哈姆莱特　谁同谁的什么事?

波洛涅斯　我是说您读的书里讲到些什么事,殿下。

哈姆莱特　一派诽谤,先生;这个专爱把人讥笑的坏蛋在这儿说着,老年人长着灰白的胡须,他们的脸上满是皱纹,他们的眼睛里粘满了眼屎,他们的头脑是空空洞洞的,他们的两腿是摇摇摆摆的;这些话,先生,虽然我十分相信,可是照这样写在书上,总有些有伤厚道;因为就是拿您先生自己来说,要是您能够像一只蟹一样向后倒退,那么您也应该跟我一样年轻了。

波洛涅斯　(旁白)这些虽然是疯话,却有深意在内。——您要走进里边去吗,殿下? 别让风吹着!

哈姆莱特　走进我的坟墓里去?

波洛涅斯　那倒真是风吹不着的地方。(旁白)他的回答有时候是多么深刻! 疯狂的人往往能够说出理智清明的人所说不出来的话。我要离开他,立刻就去想法让他跟我的女儿见面。——殿下,我要向您告别了。

哈姆莱特　先生,那是再好没有的事;但愿我也能够向我的生命告别,但愿我也能够向我的生命告别,但愿我也能够向我的生命告别。

波洛涅斯　再会,殿下。(欲去。)

哈姆莱特　这些讨厌的老傻瓜!

　　　　　　罗森格兰兹及吉尔登斯吞重上。

波洛涅斯　你们要找哈姆莱特殿下,那儿就是。

罗森格兰兹　上帝保佑您,大人! (波洛涅斯下。)

吉尔登斯吞　我的尊贵的殿下!

罗森格兰兹　我的最亲爱的殿下!

哈姆莱特　我的好朋友们! 你好,吉尔登斯吞? 啊,罗森格兰兹! 好孩子们,你们两人都好？

罗森格兰兹　不过像一般庸庸碌碌之辈,在这世上虚度时光而已。

吉尔登斯吞　无荣无辱便是我们的幸福;我们高不到命运女神帽子上的钮扣。

哈姆莱特　也低不到她的鞋底吗？

罗森格兰兹　正是,殿下。

哈姆莱特　那么你们是在她的腰上,或是在她的怀抱之中吗？

吉尔登斯吞　说老实话,我们是在她的私处。

哈姆莱特　在命运身上秘密的那部分吗？啊,对了;她本来是一个娼妓。你们听到什么消息没有？

罗森格兰兹　没有,殿下,我们只知道这世界变得老实起来了。

哈姆莱特　那么世界末日快到了;可是你们的消息是假的。让我再仔细问问你们;我的好朋友们,你们在命运手里犯了什么案子,她把你们送到这儿牢狱里来了？

吉尔登斯吞　牢狱,殿下！

哈姆莱特　丹麦是一所牢狱。

罗森格兰兹　那么世界也是一所牢狱。

哈姆莱特　一所很大的牢狱,里面有许多监房、囚室、地牢;丹麦是其中最坏的一间。

罗森格兰兹　我们倒不这样想,殿下。

哈姆莱特　啊,那么对于你们它并不是牢狱;因为世上的事情本来没有善恶,都是各人的思想把它们分别出来的;对于我它是一所牢狱。

罗森格兰兹　啊,那是因为您的雄心太大,丹麦是个狭小的地方,不够给您发展,所以您把它看成一所牢狱啦。

哈姆莱特　上帝啊！倘不是因为我总做噩梦,那么即使把我关在一个果壳里,我也会把自己当作一个拥有着无限空间的君王的。

吉尔登斯吞　那种噩梦便是您的野心;因为野心家本身的存在,也不过是一个梦的影子。

哈姆莱特　一个梦的本身便是一个影子。

罗森格兰兹　不错,因为野心是那么空虚轻浮的东西,所以我认为它不过是影子的影子。

哈姆莱特　那么我们的乞丐是实体,我们的帝王和大言不惭的英雄,却是乞丐的影子了。我们进宫去好不好？因为我实在不能陪着你们谈玄说理。

罗森格兰兹
吉尔登斯吞　我们愿意侍候殿下。

哈姆莱特　没有的事，我不愿把你们当作我的仆人一样看待；老实对你们说吧，在我旁边侍候我的人全很不成样子。可是，凭着我们多年的交情，老实告诉我，你们到艾尔西诺来有什么贵干？

罗森格兰兹　我们是来拜访您来的，殿下；没有别的原因。

哈姆莱特　像我这样一个叫化子，我的感谢也是不值钱的，可是我谢谢你们；我想，亲爱的朋友们，你们专诚而来，只换到我的一声不值半文钱的感谢，未免太不值得了。不是有人叫你们来的吗？果然是你们自己的意思吗？真的是自动的访问吗？来，不要骗我。来，来，快说。

吉尔登斯吞　叫我们说些什么话呢，殿下？

哈姆莱特　无论什么话都行，只要不是废话。你们是奉命而来的；瞧你们掩饰不了你们良心上的惭愧，已经从你们的脸色上招认出来了。我知道是我们这位好国王和好王后叫你们来的。

罗森格兰兹　为了什么目的呢，殿下？

哈姆莱特　那可要请你们指教我了。可是凭着我们朋友间的道义，凭着我们少年时候亲密的情谊，凭着我们始终不渝的友好的精神，凭着比我口才更好的人所能提出的其他一切更有力量的理由，让我要求你们开诚布公，告诉我究竟你们是不是奉命而来的？

罗森格兰兹　(向吉尔登斯吞旁白)你怎么说？

哈姆莱特　(旁白)好，那么我看透你们的行动了。——要是你们爱我，别再抵赖了吧。

吉尔登斯吞　殿下，我们是奉命而来的。

哈姆莱特　让我代你们说明来意，免得你们泄漏了自己的秘密，有负国王、王后的付托。我近来不知为了什么缘故，一点兴致都提不起来，什么游乐的事都懒得过问；在这一种抑郁的心境之下，仿佛负载万物的大地，这一座美好的框架，只是一个不毛的荒岬；这个覆盖众生的苍穹，这一顶壮丽的帐幕，这个金黄色的火球点缀着的庄严的屋宇，只是一大堆污浊的瘴气的集合。人类是一件多么了不得的杰作！多么高贵的理性！多么伟大的力量！多么优美的仪表！多么文雅的举动！在行为上多么像一个天使！在智慧上多么像一个天神！宇宙的精华！万物的灵长！可是在我看来，这一个泥土塑成的生命算得了什么？人类不能使我发生兴趣；不，女人也不能使我发生兴趣，虽然从你现在的微笑之中，我可以看到你在这样想。

罗森格兰兹　殿下，我心里并没有这样的思想。

哈姆莱特　那么当我说"人类不能使我发生兴趣"的时候，你为什么笑起来？

罗森格兰兹　我想，殿下，要是人类不能使您发生兴趣，那么那班戏子们恐怕要来自讨一场没趣了；我们在路上赶过了他们，他们是要到这儿来向您献技的。

哈姆莱特　扮演国王的那个人将要得到我的欢迎，我要在他的御座之前致献我的敬礼；冒险的骑士可以挥舞他的剑盾；情人的叹息不会没有酬报；躁急易怒的角色可以平安下场；小丑将要使那班善笑的观众捧腹；我们的女主角可以坦白诉说她的心事，不用怕那无韵诗的句子脱去板眼。他们是一班什么戏子？

罗森格兰兹　就是您向来所欢喜的那一个班子，在城里专演悲剧的。

哈姆莱特　他们怎么走起江湖来了呢？固定在一个地方演戏，在名誉和进益上都要好得多哩。

罗森格兰兹　我想他们不能在一个地方立足，是为了时势的变化。

哈姆莱特　他们的名誉还是跟我在城里那时候一样吗？他们的观众还是那么多吗？

罗森格兰兹　不，他们现在已经大非昔比了。

哈姆莱特　怎么会这样的？他们的演技退步了吗？

罗森格兰兹　不，他们还是跟从前一样努力；可是，殿下，他们的地位已经被一群羽毛未丰的黄口小儿占夺了去。这些娃娃们的嘶叫博得了台下疯狂的喝彩，他们是目前流行的宠儿，他们的声势压倒了所谓普通的戏班，以至于许多腰佩长剑的上流顾客，都因为惧怕批评家鹅毛管的威力，而不敢到那边去。

哈姆莱特　什么！是一些童伶吗？谁维持他们的生活？他们的薪工是怎么计算的？他们一到不能唱歌的年龄，就不再继续他们的本行了吗？要是他们赚不了多少钱，长大起来多半还是要做普通戏子的，那时候难道他们不会抱怨写戏词的人把他们害了，因为原先叫他们挖苦备至的不正是他们自己的未来前途吗？

罗森格兰兹　真的,两方面闹过不少的纠纷,全国的人都站在旁边恬不为意地呐喊助威,怂恿他们互相争斗。曾经有一个时期,一个脚本非得插进一段编剧家和演员争吵的对话,不然是没有人愿意出钱购买的。

哈姆莱特　有这等事?

吉尔登斯吞　是啊,在那场交锋里,许多人都投入了大量心血。

哈姆莱特　结果是娃娃们打赢了吗?

罗森格兰兹　正是,殿下;连赫剌克勒斯和他背负的地球都成了他们的战利品①。

哈姆莱特　那也没有什么稀奇;我的叔父是丹麦的国王,那些当我父亲在世的时候对他扮鬼脸的人,现在都愿意拿出二十、四十、五十、一百块金洋来买他的一幅小照。哼,这里面有些不是常理可解的地方,要是哲学能够把它推究出来的话。(内喇叭奏花腔。)

吉尔登斯吞　这班戏子们来了。

哈姆莱特　两位先生,欢迎你们到艾尔西诺来。把你们的手给我;欢迎总要讲究这些礼节、俗套;让我不要对你们失礼,因为这些戏子们来了以后,我不能不敷衍他们一番,也许你们见了会发生误会,以为我招待你们还不及招待他们殷勤。我欢迎你们;可是我的叔父父亲和婶母母亲可弄错啦。

吉尔登斯吞　弄错了什么,我的好殿下?

哈姆莱特　天上刮着西北风,我才发疯;风从南方吹来的时候,我不会把一只鹰当作了一只鹭鸶。

　　　　　　　波洛涅斯重上。

波洛涅斯　祝福你们,两位先生!

哈姆莱特　听着,吉尔登斯吞;你也听着;一只耳朵边有一个人听:你们看见的那个大孩子,还在襁褓之中,没有学会走路哩。

罗森格兰兹　也许他是第二次裹在襁褓里,因为人家说,一个老年人是第二次做婴孩。

哈姆莱特　我可以预言他是来报告我戏子们来到的消息的;听好。——你说得不错;在星期一早上;正是正是②。

---

① 赫剌克勒斯(又译"赫拉克勒斯")曾背负地球。莎士比亚剧团经常在环球剧院演出,那剧院即以赫剌克勒斯背负地球为招牌。

② 这句是故意说给波洛涅斯听的,表示他正在专心和朋友谈话。

波洛涅斯　殿下,我有消息要来向您报告。

哈姆莱特　　大人,我也有消息要向您报告。当罗歇斯①在罗马演戏的时候——

波洛涅斯　那班戏子们已经到这儿来了,殿下。

哈姆莱特　嗤,嗤!

波洛涅斯　凭着我的名誉起誓——

哈姆莱特　那时每一个伶人都骑着驴子而来——

波洛涅斯　他们是全世界最好的伶人,无论悲剧、喜剧、历史剧、田园剧、田园喜剧、田园史剧、历史悲剧、历史田园悲喜剧、场面不变的正宗戏或是摆脱拘束的新派戏,他们无不拿手;塞内加的悲剧不嫌其太沉重,普鲁图斯的喜剧不嫌其太轻浮。② 无论在演出规律的或是自由的剧本方面,他们都是惟一的演员。

哈姆莱特　以色列的士师耶弗他③啊,你有一件怎样的宝贝!

波洛涅斯　他有什么宝贝,殿下?

哈姆莱特　嗨,

　　　　　他有一个独生娇女,

　　　　　爱她胜过掌上明珠。

波洛涅斯　(旁白)还在提我的女儿。

哈姆莱特　我念得对不对,耶弗他老头儿?

波洛涅斯　要是您叫我耶弗他,殿下,那么我有一个爱如掌珠的娇女。

哈姆莱特　不,下面不是这样的。

波洛涅斯　那么应当是怎样的呢,殿下?

哈姆莱特　嗨,

　　　　　上天不佑,劫数临头。

　　　下面你知道还有,

　　　　　偏偏凑巧,谁也难保——

要知道全文,请查这支圣歌的第一节,因为,你瞧,有人来把我的话头打断了。

---

① 罗歇斯(Roscius),古罗马著名伶人。
② 二人均系古罗马剧作家,前者写悲剧,后者写喜剧。
③ 耶弗他得上帝之助,击败敌人,乃以其女献祭。事见《旧约·士师记》。

优伶四五人上。

哈姆莱特　欢迎,各位朋友,欢迎欢迎!——我很高兴看见你这样健康。——欢迎,列位。——啊,我的老朋友!你的脸上比我上次看见你的时候,多长了几根胡子,格外显得威武啦;你是要到丹麦来向我挑战吗?啊,我的年轻的姑娘!凭着圣母起誓,您穿上了一双高底木靴,比我上次看见您的时候更苗条得多啦;求求上帝,但愿您的喉咙不要沙嗄得像一面破碎的铜锣才好!各位朋友,欢迎欢迎!我们要像法国的鹰师一样,不管看见什么就撒出鹰去;让我们立刻就来念一段剧词。来,试一试你们的本领,来一段激昂慷慨的剧词。

伶　甲　殿下要听的是哪一段?

哈姆莱特　我曾经听见你向我背诵过一段台词,可是它从来没有上演过;即使上演,也不会有一次以上,因为我记得这本戏并不受大众的欢迎。它是不合一般人口味的鱼子酱;可是照我的意思看来,还有其他在这方面比我更有权威的人也抱着同样的见解,它是一本绝妙的戏剧,场面支配得很是适当,文字质朴而富于技巧。我记得有人这样说过:那出戏里没有滥加提味的作料,字里行间毫无矫揉造作的痕迹;他把它称为一种老老实实的写法,兼有刚健与柔和之美,壮丽而不流于纤巧。其中有一段话是我最喜爱的,那就是埃涅阿斯对狄多讲述的故事,尤其是讲到普里阿摩斯被杀的那一节。要是你们还没有把它忘记,请从这一行念起;让我想想,让我想想:——

　　野蛮的皮洛斯像猛虎一样——

不,不是这样;但是的确是从皮洛斯开始的:——

　　野蛮的皮洛斯蹲伏在木马之中,
　　黝黑的手臂和他的决心一样,
　　像黑夜一般阴森而恐怖;
　　在这黑暗狰狞的肌肤之上,
　　现在更染上令人惊怖的纹章,
　　从头到脚,他全身一片殷红,
　　溅满了父母子女们无辜的血;
　　那些燃烧着熊熊烈火的街道,
　　发出残忍而惨恶的凶光,

照亮敌人去肆行他们的杀戮，

也焙干了到处横流的血泊；

冒着火焰的熏炙，像恶魔一般，

全身胶黏着凝结的血块，

圆睁着两颗血红的眼睛，

来往寻找普里阿摩斯老王的踪迹。

你接下去吧。

波洛涅斯　上帝在上，殿下，您念得好极了，真是抑扬顿挫，曲尽其妙。

伶　甲

那老王正在苦战，

但是砍不着和他对敌的希腊人；

一点不听他手臂的指挥，

他的古老的剑锵然落地；

皮洛斯瞧他孤弱可欺，

疯狂似的向他猛力攻击，

凶恶的利刃虽然没有击中，

一阵风却把那衰弱的老王搠倒。

这一下打击有如天崩地裂，

惊动了没有感觉的伊利恩①，

冒着火焰的城楼霎时坍下，

那轰然的巨响像一个霹雳，

震聋了皮洛斯的耳朵；瞧！

他的剑还没砍下普里阿摩斯

白发的头颅，却已在空中停住；

像一个涂朱抹彩的暴君，

对自己的行为漠不关心，

他兀立不动。

在一场暴风雨未来以前，

天上往往有片刻的宁寂，

---

① 伊利恩（Ilium），特洛伊之别名。

一块块乌云静悬在空中，

狂风悄悄地收起它的声息，

死样的沉默笼罩整个大地；

可是就在这片刻之内，

可怕的雷鸣震裂了天空。

经过暂时的休止，杀人的暴念

重新激起了皮洛斯的精神；

库克罗普斯①为战神铸造甲胄，

那巨力的锤击，还不及皮洛斯

流血的剑向普里阿摩斯身上劈下

那样凶狠无情。

去，去，你娼妇一样的命运！

天上的诸神啊！剥去她的权力，

不要让她僭窃神明的宝座；

拆毁她的车轮，把它滚下神山，

直到地狱的深渊。

波洛涅斯　这一段太长啦。

哈姆莱特　它应当跟你的胡子一起到理发匠那儿去薙一薙。念下去吧。他只
爱听俚俗的歌曲和淫秽的故事，否则他就要瞌睡的。念下去；下面要讲到
赫卡柏了。

伶　甲

可是啊！谁看见那蒙脸的王后——

哈姆莱特　"那蒙脸的王后"？

波洛涅斯　那很好；"蒙脸的王后"是很好的句子。

伶　甲

满面流泪，在火焰中赤脚奔走，

一块布覆在失去宝冕的头上，

也没有一件蔽体的衣服，

只有在惊惶中抓到的一幅毡巾，

———————————

①　库克罗普斯(Cyclops)，希腊神话中一族独眼巨人，是大匠神赫准斯托斯的助手。

474

裹住她瘦削而多产的腰身；

　　　谁见了这样伤心惨目的景象，

　　　不要向残酷的命运申申毒詈？

　　　她看见皮洛斯以杀人为戏，

　　　正在把她丈夫的肢体脔割，

　　　忍不住大放哀声，那凄凉的号叫——

　　　除非人间的哀乐不能感动天庭——

　　　即使天上的星星也会陪她流泪，

　　　假使那时诸神曾在场目击，

　　　他们的心中都要充满悲愤。

波洛涅斯　　瞧，他的脸色都变了，他的眼睛里已经含着眼泪！不要念下去了吧。

哈姆莱特　　很好，其余的部分等会儿再念给我听吧。大人，请您去找一处好好的地方安顿这一班伶人。听着，他们是不可怠慢的，因为他们是这一个时代的缩影；宁可在死后得到一首恶劣的墓铭，不要在生前受他们一场刻毒的讥讽。

波洛涅斯　　殿下，我按着他们应得的名分对待他们就是了。

哈姆莱特　　嗳哟，朋友，还要客气得多哩！要是照每一个人应得的名分对待他，那么谁逃得了一顿鞭子？照你自己的名誉地位对待他们；他们越是不配受这样的待遇，越可以显出你的谦虚有礼。领他们进去。

波洛涅斯　　来，各位朋友。

哈姆莱特　　跟他去，朋友们；明天我们要听你们唱一本戏。（波洛涅斯偕众伶下，伶甲独留）听着，老朋友，你会演《贡扎古之死》吗？

伶　甲　　会演的，殿下。

哈姆莱特　　那么我们明天晚上就把它上演。也许我为了必要的理由，要另外写下约莫十几行句子的一段剧词插进去，你能够把它预先背熟吗？

伶　甲　　可以，殿下。

哈姆莱特　　很好。跟着那位老爷去；留心不要取笑他。（伶甲下。向罗森格兰兹、吉尔登斯吞）我的两位好朋友，我们今天晚上再见；欢迎你们到艾尔西诺来！

吉尔登斯吞　　再会，殿下！（罗森格兰兹、吉尔登斯吞同下。）

哈姆莱特　好，上帝和你们同在！现在我只剩一个人了。啊，我是一个多么不中用的蠢才！这一个伶人不过在一本虚构的故事、一场激昂的幻梦之中，却能够使他的灵魂融化在他的意象里，在它的影响之下，他的整个的脸色变成惨白，他的眼中洋溢着热泪，他的神情流露着仓皇，他的声音是这么呜咽凄凉，他的全部动作都表现得和他的意象一致，这不是极其不可思议的吗？而且一点也不为了什么！为了赫卡柏！赫卡柏对他有什么相干，他对赫卡柏又有什么相干，他却要为她流泪？要是他也有了像我所有的那样使人痛心的理由，他将要怎样呢？他一定会让眼泪淹没了舞台，用可怖的字句震裂了听众的耳朵，使有罪的人发狂，使无罪的人惊骇，使愚昧无知的人惊惶失措，使所有的耳目迷乱了它们的功能。可是我，一个糊涂颟顸的家伙，垂头丧气，一天到晚像在做梦似的，忘记了杀父的大仇；虽然一个国王给人家用万恶的手段掠夺了他的权位，杀害了他的最宝贵的生命，我却始终哼不出一句话来。我是一个懦夫吗？谁骂我恶人？谁敲破我的脑壳？谁拔去我的胡子，把它吹在我的脸上？谁扭我的鼻子？谁当面指斥我胡说？谁对我做这种事？嘿！我应该忍受这样的侮辱，因为我是一个没有心肝、逆来顺受的怯汉，否则我早已用这奴才的尸肉，喂肥了满天盘旋的乌鸢了。嗜血的、荒淫的恶贼！狠心的、奸诈的、淫邪的、悖逆的恶贼！啊！复仇！——嗨，我真是个蠢才！我的亲爱的父亲被人谋杀了，鬼神都在鞭策我复仇，我这做儿子的却像一个下流女人似的，只会用空言发发牢骚，学起泼妇骂街的样子来，在我已经是了不得的了！呸！呸！活动起来吧，我的脑筋！我听人家说，犯罪的人在看戏的时候，因为台上表演的巧妙，有时会激动天良，当场供认他们的罪恶；因为暗杀的事情无论干得怎样秘密，总会借着神奇的喉舌泄露出来。我要叫这班伶人在我的叔父面前表演一本跟我的父亲的惨死情节相仿的戏剧，我就在一旁窥察他的神色;我要探视到他的灵魂的深处,要是他稍露惊骇不安之态,我就知道我应该怎么办。我所看见的幽灵也许是魔鬼的化身,借着一个美好的形状出现,魔鬼是有这一种本领的;对于柔弱忧郁的灵魂,他最容易发挥他的力量;也许他看准了我的柔弱和忧郁,才来向我作祟,要把我引诱到沉沦的路上。我要先得到一些比这更切实的证据;凭着这一本戏,我可以发掘国王内心的隐秘。(下。)

第 三 幕

第一场　城堡中一室

国王、王后、波洛涅斯、奥菲利娅、罗森格兰兹及吉尔登斯吞上。

国　王　你们不能用迂回婉转的方法，探出他为什么这样神魂颠倒，让紊乱而危险的疯狂困扰他的安静的生活吗？

罗森格兰兹　他承认他自己有些神经迷惘，可是绝口不肯说为了什么缘故。

吉尔登斯吞　他也不肯虚心接受我们的探问；当我们想要引导他吐露他自己的一些真相的时候，他总是用假作痴呆的神气故意回避。

王　后　他对待你们还客气吗？

罗森格兰兹　很有礼貌。

吉尔登斯吞　可是不大自然。

罗森格兰兹　他很吝惜自己的话，可是我们问他话的时候，他回答起来却是毫无拘束。

王　后　你们有没有劝诱他找些什么消遣？

罗森格兰兹　娘娘，我们来的时候，刚巧有一班戏子也要到这儿来，给我们赶过了；我们把这消息告诉了他，他听了好像很高兴。现在他们已经到了宫里，我想他已经吩咐他们今晚为他演出了。

波洛涅斯　一点不错；他还叫我来请两位陛下同去看看他们演得怎样哩。

国　王　那好极了；我非常高兴听见他在这方面感到兴趣。请你们两位还要更进一步鼓起他的兴味，把他的心思移转到这种娱乐上面。

罗森格兰兹　是，陛下。（罗森格兰兹、吉尔登斯吞同下。）

国　王　亲爱的乔特鲁德，你也暂时离开我们；因为我们已经暗中差人去唤哈姆莱特到这儿来，让他和奥菲利娅见见面，就像他们偶然相遇一般。她的

父亲跟我两人将要权充一下密探,躲在可以看见他们,却不能被他们看见的地方,注意他们会面的情形,从他的行为上判断他的疯病究竟是不是因为恋爱上的苦闷。

王　后　我愿意服从您的意旨。奥菲利娅,但愿你的美貌果然是哈姆莱特疯狂的原因;更愿你的美德能够帮助他恢复原状,使你们两人都能安享尊荣。

奥菲利娅　娘娘,但愿如此。(王后下。)

波洛涅斯　奥菲利娅,你在这儿走走。陛下,我们就去躲起来吧。(向奥菲利娅)你拿这本书去读,他看见你这样用功,就不会疑心你为什么一个人在这儿了。人们往往用至诚的外表和虔敬的行动,掩饰一颗魔鬼般的内心,这样的例子是太多了。

国　王　(旁白)啊,这句话是太真实了!它在我的良心上抽了多么重的一鞭!涂脂抹粉的娼妇的脸,还不及掩藏在虚伪的言辞后面的我的行为更丑恶。难堪的重负啊!

波洛涅斯　我听见他来了;我们退下去吧,陛下。(国王及波洛涅斯下。)

　　　　　哈姆莱特上。

哈姆莱特　生存还是毁灭,这是一个值得考虑的问题;默然忍受命运的暴虐的毒箭,或是挺身反抗人世的无涯的苦难,通过斗争把它们扫清,这两种行为,哪一种更高贵?死了;睡着了;什么都完了;要是在这一种睡眠之中,我们心头的创痛,以及其他无数血肉之躯所不能避免的打击,都可以从此

消失,那正是我们求之不得的结局。死了;睡着了;睡着了也许还会做梦;嗯,阻碍就在这儿:因为当我们摆脱了这一具朽腐的皮囊以后,在那死的睡眠里,究竟将要做些什么梦,那不能不使我们踌躇顾虑。人们甘心久困于患难之中,也就是为了这个缘故;谁愿意忍受人世的鞭挞和讥嘲、压迫者的凌辱、傲慢者的冷眼、被轻蔑的爱情的惨痛、法律的迁延、官吏的横暴和费尽辛勤所换来的小人的鄙视,要是他只要用一柄小小的刀子,就可以清算他自己的一生?谁愿意负着这样的重担,在烦劳的生命的压迫下呻吟流汗,倘不是因为惧怕不可知的死后,惧怕那从来不曾有一个旅人回来过的神秘之国,是它迷惑了我们的意志,使我们宁愿忍受目前的磨折,不敢向我们所不知道的痛苦飞去?这样,重重的顾虑使我们全变成了懦夫,决心的赤热的光彩,被审慎的思维盖上了一层灰色,伟大的事业在这一种考虑之下,也会逆流而退,失去了行动的意义。且慢!美丽的奥菲利娅!——女神,在你的祈祷之中,不要忘记替我忏悔我的罪孽。

奥菲利娅　我的好殿下,您这许多天来贵体安好吗?

哈姆莱特　谢谢你,很好,很好,很好。

奥菲利娅　殿下,我有几件您送给我的纪念品,我早就想把它们还给您;请您现在收回去吧。

哈姆莱特　不,我不要;我从来没有给你什么东西。

奥菲利娅　殿下,我记得很清楚您把它们送给了我,那时候您还向我说了许多甜言蜜语,使这些东西格外显得贵重;现在它们的芳香已经消散,请您拿回去吧,因为在有骨气的人看来,送礼的人要是变了心,礼物虽贵,也会失去了价值。拿去吧,殿下。

哈姆莱特　哈哈!你贞洁吗?

奥菲利娅　殿下!

哈姆莱特　你美丽吗?

奥菲利娅　殿下是什么意思?

哈姆莱特　要是你既贞洁又美丽,那么你的贞洁应该断绝跟你的美丽来往。

奥菲利娅　殿下,难道美丽除了贞洁以外,还有什么更好的伴侣吗?

哈姆莱特　嗯,真的;因为美丽可以使贞洁变成淫荡,贞洁却未必能使美丽受它自己的感化;这句话从前像是怪诞之谈,可是现在时间已经把它证实了。我的确曾经爱过你。

奥菲利娅　真的,殿下,您曾经使我相信您爱我。

哈姆莱特　你当初就不应该相信我,因为美德不能熏陶我们罪恶的本性;我没有爱过你。

奥菲利娅　那么我真是受了骗了。

哈姆莱特　进尼姑庵去吧;为什么你要生一群罪人出来呢?我自己还不算是一个顶坏的人;可是我可以指出我的许多过失,一个人有了那些过失,他的母亲还是不要生下他来的好。我很骄傲,有仇必报,富于野心,我的罪恶是那么多,连我的思想也容纳不下,我的想象也不能给它们形象,甚至于我都没有充分的时间可以把它们实行出来。像我这样的家伙,匍匐于天地之间,有什么用处呢?我们都是些十足的坏人;一个也不要相信我们。进尼姑庵去吧。你的父亲呢?

奥菲利娅　在家里,殿下。

哈姆莱特　把他关起来,让他只好在家里发发傻劲。再会!

奥菲利娅　嗳哟,天哪!救救他!

哈姆莱特　要是你一定要嫁人,我就把这一个咒诅送给你做嫁奁;尽管你像冰一样坚贞,像雪一样纯洁,你还是逃不过谗人的诽谤。进尼姑庵去吧,去;再会!或者要是你必须嫁人的话,就嫁给一个傻瓜吧;因为聪明人都明白你们会叫他们变成怎样的怪物。进尼姑庵去吧,去;越快越好。再会!

奥菲利娅　天上的神明啊,让他清醒过来吧!

哈姆莱特　我也知道你们会怎样涂脂抹粉;上帝给了你们一张脸,你们又替自己另外造了一张。你们烟视媚行,淫声浪气,替上帝造下的生物乱取名字,卖弄你们不懂事的风骚。算了吧,我再也不敢领教了;它已经使我发了狂。我说,我们以后再不要结什么婚了;已经结过婚的,除了一个人以外,都可以让他们活下去;没有结婚的不准再结婚,进尼姑庵去吧,去。(下。)

奥菲利娅　啊,一颗多么高贵的心是这样殒落了!朝臣的眼睛、学者的辩舌、军人的利剑、国家所瞩望的一朵娇花;时流的明镜、人伦的雅范、举世注目的中心,这样无可挽回地殒落了!我是一切妇女中间最伤心而不幸的,我曾经从他音乐一般的盟誓中吮吸芬芳的甘蜜,现在却眼看着他的高贵无上的理智,像一串美妙的银铃失去了谐和的音调,无比的青春美貌,在疯狂中凋谢!啊!我好苦,谁料过去的繁华,变作今朝的泥土!

　　　　国王及波洛涅斯重上。

国　王　恋爱!他的精神错乱不像是为了恋爱;他说的话虽然有些颠倒,也不像是疯狂。他有些什么心事盘踞在他的灵魂里,我怕它也许会产生危险的结果。为了防止万一,我已经当机立断,决定了一个办法:他必须立刻到英国去,向他们追索延宕未纳的贡物;也许他到海外各国游历一趟以后,时时变换的环境,可以替他排解去这一桩使他神思恍惚的心事。你看怎么样?

波洛涅斯　那很好;可是我相信他的烦闷的根本原因,还是为了恋爱上的失意。啊,奥菲利娅!你不用告诉我们哈姆莱特殿下说些什么话;我们全都听见了。陛下,照您的意思办吧;可是您要是认为可以的话,不妨在戏剧终场以后,让他的母后独自一人跟他在一起,恳求他向她吐露他的心事;她必须很坦白地跟他谈谈,我就找一个所在听他们说些什么。要是她也探听不出他的秘密来,您就叫他到英国去,或者凭着您的高见,把他关禁在一个适当的地方。

国　王　就这样吧;大人物的疯狂是不能听其自然的。(同下。)

第二场　城堡中的厅堂

　　　　哈姆莱特及若干伶人上。

哈姆莱特　请你念这段剧词的时候,要照我刚才读给你听的那样子,一个字一个字打舌头上很轻快地吐出来;要是你也像多数的伶人们一样,只会拉开了喉咙嘶叫,那么我宁愿叫那宣布告示的公差念我这几行词句。也不要老是把你的手在空中这么摇挥;一切动作都要温文,因为就是在洪水暴风一样的感情激发之中,你也必须取得一种节制,免得流于过火。啊!我顶不愿意听见一个披着满头假发的家伙在台上乱嚷乱叫,把一段感情片片撕碎,让那些只爱热闹的低级观众听了出神,他们中间的大部分是除了欣赏一些莫名其妙的手势以外,什么都不懂。我可以把这种家伙抓起来抽一顿鞭子,因为他把妥玛刚特形容过分,希律王的凶暴也要对他甘拜下风。① 请你留心避免才好。

伶　甲　我留心着就是了,殿下。

哈姆莱特　可是太平淡了也不对,你应该接受你自己的常识的指导,把动作和言语互相配合起来;特别要注意到这一点,你不能越过自然的常道;因为任何过分的表现都是和演剧的原意相反的,自有戏剧以来,它的目的始终是反映自然,显示善恶的本来面目,给它的时代看一看它自己演变发展的模型。要是表演得过分了或者太懈怠了,虽然可以博外行的观众一笑,明眼之士却要因此而皱眉;你必须看重这样一个卓识者的批评甚于满场观众盲目的毁誉。啊!我曾经看见有几个伶人演戏,而且也听见有人把他们极口捧场,说一句比喻不伦的话,他们既不会说基督徒的语言,又不会学着基督徒、异教徒或者一般人的样子走路,瞧他们在台上大摇大摆,使劲叫喊的样子,我心里就想一定是什么造化的雇工把他们造了下来:造得这样拙劣,以至于全然失去了人类的面目。

伶　甲　我希望我们在这方面已经有了相当的纠正了。

哈姆莱特　啊!你们必须彻底纠正这一种弊病。还有你们那些扮演小丑的,除了剧本上专为他们写下的台词以外,不要让他们临时编造一些话加上去。往往有许多小丑爱用自己的笑声,引起台下一些无知的观众的哄笑,虽然那时候全场的注意力应当集中于其他更重要的问题上;这种行为是不可恕的,它表示出那丑角的可鄙的野心。去,准备起来吧。(伶人等同下。)

　　　　波洛涅斯、罗森格兰兹及吉尔登斯吞上。

哈姆莱特　啊,大人,王上愿意来听这一本戏吗?

波洛涅斯　他跟娘娘就要来了。

哈姆莱特　叫那些戏子们赶紧点儿。(波洛涅斯下)你们两人也去帮着催催他们。

罗森格兰兹
吉尔登斯吞　是,殿下。(罗森格兰兹、吉尔登斯吞下。)

哈姆莱特　喂!霍拉旭!

---

① 妥玛刚特是基督徒假想的伊斯兰教神祇,希律是耶稣诞生时的犹太暴君,二者均为英国旧日的宗教剧中常见之角色。

　　　　　霍拉旭上。

霍拉旭　有,殿下。

哈姆莱特　霍拉旭,你是我所交接的人们中间最正直的一个人。

霍拉旭　啊,殿下!——

哈姆莱特　不,不要以为我在恭维你;你除了你的善良的精神以外,身无长物,我恭维了你又有什么好处呢?为什么要向穷人恭维?不,让蜜糖一样的嘴唇去吮舐愚妄的荣华,在有利可图的所在屈下他们生财有道的膝盖来吧。听着。自从我能够辨别是非、察择贤愚以后,你就是我灵魂里选中的一个人,因为你虽然经历一切的颠沛,却不曾受到一点伤害,命运的虐待和恩宠,你都是受之泰然;能够把感情和理智调整得那么适当,命运不能把他玩弄于指掌之间,那样的人是有福的。给我一个不为感情所奴役的人,我愿意把他珍藏在我的心坎,我的灵魂的深处,正像我对你一样。这些话现在也不必多说了。今晚我们要在国王面前演一出戏,其中有一场的情节跟我告诉过你的我的父亲的死状颇相仿佛;当那幕戏正在串演的时候,我要请你集中你的全副精神,注视我的叔父,要是他在听到了那一段戏词以后,他的隐藏的罪恶还是不露出一丝痕迹来,那么我们所看见的那个鬼魂一定是个恶魔,我的幻想也就像铁匠的砧石那样黑漆一团了。留心看他;我也要把我的眼睛看定他的脸上;过后我们再把各人观察的结果综合起来,给他下一个判断。

霍拉旭　很好,殿下;在演这出戏的时候,要是他在容色举止之间,有什么地方逃过了我们的注意,请您惟我是问。

哈姆莱特　他们来看戏了;我必须装出一副糊涂样子。你去拣一个地方坐下。

　　　　　奏丹麦进行曲,喇叭奏花腔。国王、王后、波洛涅斯、奥菲利娅、罗森格兰兹、吉尔登斯呑及余人等上。

国　王　你过得好吗,哈姆莱特贤侄?

哈姆莱特　很好,好极了;我过的是变色蜥蜴的生活,整天吃空气,肚子让甜言蜜语塞满了;这可不是你们填鸭子的办法。

国　王　你这种话真是答非所问,哈姆莱特;我不是那个意思。

哈姆莱特　不,我现在也没有那个意思。(向波洛涅斯)大人,您说您在大学里念书的时候,曾经演过一回戏吗?

波洛涅斯　是的,殿下,他们都称赞我是一个很好的演员哩。

485

哈姆莱特　您扮演什么角色呢?

波洛涅斯　我扮的是裘力斯·凯撒;勃鲁托斯在朱庇特神殿里把我杀死。

哈姆莱特　他在神殿里杀死了那么好的一头小牛,真太残忍了。那班戏子已经预备好了吗?

罗森格兰兹　是,殿下,他们在等候您的旨意。

王　后　过来,我的好哈姆莱特,坐在我的旁边。

哈姆莱特　不,好妈妈,这儿有一个更迷人的东西哩。

波洛涅斯　(向国王)啊哈!您看见吗?

哈姆莱特　小姐,我可以睡在您的怀里吗?

奥菲利娅　不,殿下。

哈姆莱特　我的意思是说,我可以把我的头枕在您的膝上吗?

奥菲利娅　嗯,殿下。

哈姆莱特　您以为我在转着下流的念头吗?

奥菲利娅　我没有想到,殿下。

哈姆莱特　睡在姑娘大腿的中间,想起来倒是很有趣的。

奥菲利娅　什么,殿下?

哈姆莱特　没有什么。

奥菲利娅　您在开玩笑哩,殿下。

哈姆莱特　谁,我吗?

奥菲利娅　嗯,殿下。

哈姆莱特　上帝啊!要说玩笑,那就得属我了。一个人为什么不说说笑笑呢?您瞧,我的母亲多么高兴,我的父亲还不过死了两个钟头。

奥菲利娅　不,已经四个月了,殿下。

哈姆莱特　这么久了吗?嗳哟,那么让魔鬼去穿孝服吧,我可要去做一身貂皮的新衣啦。天啊!死了两个月,还没有把他忘记吗?那么也许一个大人物死了以后,他的记忆还可以保持半年之久;可是凭着圣母起誓,他必须造下几所教堂,否则他就要跟那被遗弃的木马一样,没有人再会想念他了。

　　　　高音笛奏乐。哑剧登场。

　　　　一国王及一王后上,状极亲热,互相拥抱。后跪地,向王作宣誓状,王扶后起,俯首后颈上。王就花坪上睡下;后见王睡熟离去。另一人上,自王头

486

上去冠,吻冠,注毒药于王耳,下。后重上,见王死,作哀恸状。下毒者率其他二三人重上,佯作陪后悲哭状。从者舁王尸下。下毒者以礼物赠后,向其乞爱;后先作憎恶不愿状,卒允其请。同下。

奥菲利娅 这是什么意思,殿下?

哈姆莱特 呃,这是阴谋诡计、不干好事的意思。

奥菲利娅 大概这一场哑剧就是全剧的本事了。

　　　　　　致开场词者上。

哈姆莱特 这家伙可以告诉我们一切;演戏的都不能保守秘密,他们什么话都会说出来。

奥菲利娅 他也会给我们解释方才那场哑剧有什么奥妙吗?

哈姆莱特 是啊;这还不算,只要你做给他看什么,他也能给你解释什么;只要你做出来不害臊,他解释起来也决不害臊。

奥菲利娅 殿下真是淘气、真是淘气。我还是看戏吧。

开 场 词

　　　　这悲剧要是演不好,

　　　　要请各位原谅指教,

　　　　小的在这厢有礼了。(致开场词者下。)

哈姆莱特 这算开场词呢,还是指环上的诗铭?

奥菲利娅 它很短,殿下。

哈姆莱特 正像女人的爱情一样。

　　　　　　二伶人扮国王、王后上。

伶　王

　　　　日轮已经盘绕三十春秋,

　　　　那茫茫海水和滚滚地球,

　　　　月亮吐耀着借来的晶光,

　　　　三百六十回向大地环航,

　　　　自从爱把我们缔结良姻,

　　　　许门替我们证下了鸳盟。

伶　后

　　　　愿日月继续他们的周游,

　　　　让我们再厮守三十春秋!

可是唉,你近来这样多病,
郁郁寡欢,失去旧时高兴,
好教我满心里为你忧惧。
可是,我的主,你不必疑虑;
女人的忧伤像爱情一样,
不是太少,就是超过分量;
你知道我爱你是多么深,
所以才会有如此的忧心。
越是相爱,越是挂肚牵胸;
不这样哪显得你我情浓?

伶　王

爱人,我不久必须离开你,
我的全身将要失去生机;
留下你在这繁华的世界
安享尊荣,受人们的敬爱:
也许再嫁一位如意郎君——

伶　后

啊! 我断不是那样薄情人;
我倘忘旧迎新,难邀天恕,
再嫁的除非是杀夫淫妇。

哈姆莱特　　(旁白)苦恼,苦恼!

伶　后

妇人失节大半贪慕荣华,
多情女子决不另抱琵琶;
我要是与他人共枕同衾,
怎么对得起地下的先灵!

伶　王

我相信你的话发自心田,
可是我们往往自食前言。
志愿不过是记忆的奴隶,
总是有始无终,虎头蛇尾,

像未熟的果子密布树梢，
一朝红烂就会离去枝条。
我们对自己所负的债务，
最好把它丢在脑后不顾；
一时的热情中发下誓愿，
心冷了，那意志也随云散。
过分的喜乐，剧烈的哀伤，
反会毁害了感情的本常。
人世间的哀乐变幻无端，
痛哭转瞬早变成了狂欢。
世界也会有毁灭的一天，
何怪爱情要随境遇变迁；
有谁能解答这一个哑谜，
是境由爱造？是爱逐境移？
失财势的伟人举目无亲；
走时运的穷酸仇敌逢迎。
这炎凉的世态古今一辙：
富有的门庭挤满了宾客；
要是你在穷途向人求助，
即使知交也要情同陌路。
把我们的谈话拉回本题，
意志命运往往背道而驰，
决心到最后会全部推倒，
事实的结果总难符预料。
你以为你自己不会再嫁，
只怕我一死你就要变卦。

伶　后

地不要养我，天不要亮我！
昼不得游乐，夜不得安卧！
毁灭了我的希望和信心；
铁锁囚门把我监禁终身！

每一种恼人的飞来横逆，

把我一重重的心愿摧折！

我倘死了丈夫再作新人，

让我生前死后永陷沉沦！

哈姆莱特　要是她现在背了誓！

伶　王

难为你发这样重的誓愿。

爱人，你且去；我神思昏倦，

想要小睡片刻。（睡。）

伶　后

愿你安睡；

上天保佑我俩永无灾悔！（下。）

哈姆莱特　母亲，您觉得这出戏怎样？

王　后　我觉得那女人在表白心迹的时候，说话过火了一些。

哈姆莱特　啊，可是她会守约的。

国　王　这本戏是怎么一个情节？里面没有什么要不得的地方吗？

哈姆莱特　不，不，他们不过开玩笑毒死了一个人；没有什么要不得的。

国　王　戏名叫什么？

哈姆莱特　《捕鼠机》。呃，怎么？这是一个象征的名字。戏中的故事影射着维也纳的一件谋杀案。贡扎古是那公爵的名字；他的妻子叫做白普蒂丝姐。您看下去就知道是怎么一回事啦。这是个很恶劣的作品，可是那有什么关系？它不会对您陛下跟我们这些灵魂清白的人有什么相干；让那有毛病的马儿去惊跳退缩吧，我们的肩背都是好好的。

一伶人扮琉西安纳斯上。

哈姆莱特　这个人叫做琉西安纳斯，是那国王的侄子。

奥菲利娅　您很会解释剧情，殿下。

哈姆莱特　要是我看见傀儡戏搬演您跟您爱人的故事，我也会替你们解释的。

奥菲利娅　您的嘴真厉害，殿下，您的嘴真厉害。

哈姆莱特　我要是真厉害起来，你非得哼哼不可。

奥菲利娅　说好就好，说糟就糟。

哈姆莱特　女人嫁丈夫也是一样。动手吧，凶手！混账东西，别扮鬼脸了，动手吧！来;哇哇的乌鸦发出复仇的啼声。

琉西安纳斯

　　　　黑心快手,遇到妙药良机;

　　　　趁着没人看见事不宜迟。

　　　　你夜半采来的毒草炼成,

　　　　赫卡忒的咒语念上三巡,

　　　　赶快发挥你凶恶的魔力,

　　　　让他的生命速归于幻灭。(以毒药注入睡者耳中。)

哈姆莱特　他为了觊觎权位,在花园里把他毒死。他的名字叫贡扎古;那故事
　　原文还存在,是用很好的意大利文写成的。底下就要做到那凶手怎样得
　　到贡扎古的妻子的爱了。

奥菲利娅　王上站起来了!

哈姆莱特　什么!给一响空枪吓怕了吗?

王　后　陛下怎么样啦?

波洛涅斯　不要演下去了!

国　王　给我点起火把来!去!

众　人　火把!火把!火把!(除哈姆莱特、霍拉旭外均下。)

哈姆莱特　嗨,让那中箭的母鹿掉泪,

　　　　　没有伤的公鹿自去游玩;

　　　　有的人失眠,有的人酣睡,

　　　　　世界就是这样循环轮转。

　　老兄,要是我的命运跟我作起对来,凭着我这念词的本领,头上插上满头
　　的羽毛,开缝的靴子上再缀上两朵绢花,你想我能不能在戏班子里插足?

霍拉旭　也许他们可以让您领半额包银。

哈姆莱特　我可要领全额的。

　　　　　因为你知道,亲爱的朋友,

　　　　　这一个荒凉破碎的国土

　　　　　原本是乔武统治的雄邦,

　　　　　而今王位上却坐着——孔雀。

霍拉旭　您该押韵才是。

哈姆莱特　啊,好霍拉旭!那鬼魂真的没有骗我。你看见吗?

霍拉旭　看见的,殿下。

哈姆莱特　在那演戏的一提到毒药的时候?

霍拉旭　我看得他很清楚。

哈姆莱特　啊哈!来,奏乐!来,那吹笛子的呢?

　　　　要是国王不爱这出喜剧,

　　　　那么他多半是不能赏识。

　　来,奏乐!

　　　　　罗森格兰兹及吉尔登斯吞重上。

吉尔登斯吞　殿下,允许我跟您说句话。

哈姆莱特　好,你对我讲全部历史都可以。

吉尔登斯吞　殿下,王上——

哈姆莱特　嗯,王上怎么样?

吉尔登斯吞　他回去以后,非常不舒服。

哈姆莱特　喝醉了吗?

吉尔登斯吞　不,殿下,他在发脾气。

哈姆莱特　你应该把这件事告诉他的医生,才算你的聪明;因为叫我去替他诊
　　视,恐怕反而更会激动他的脾气的。

吉尔登斯吞　好殿下,请您说话检点些,别这样拉扯开去。

哈姆莱特　好,我是听话的,你说吧。

吉尔登斯吞　您的母后心里很难过,所以叫我来。

哈姆莱特　欢迎得很。

吉尔登斯吞　不,殿下,这一种礼貌是用不着的。要是您愿意给我一个好好的
　　回答,我就把您母亲的意旨向您传达;不然的话,请您原谅我,让我就这么
　　回去,我的事情就算完了。

哈姆莱特　我不能。

吉尔登斯吞　您不能什么,殿下?

哈姆莱特　我不能给你一个好好的回答,因为我的脑子已经坏了;可是我所能
　　够给你的回答,你——我应该说我的母亲——可以要多少有多少。所以
　　别说废话,言归正传吧;你说我的母亲——

罗森格兰兹　她这样说:您的行为使她非常吃惊。

哈姆莱特　啊,好儿子,居然会叫一个母亲吃惊!可是在这母亲的吃惊的后

面,还有些什么话呢？说吧。

罗森格兰兹　她请您在就寝以前,到她房间里去跟她谈谈。

哈姆莱特　即使她十次是我的母亲,我也一定服从她。你还有什么别的事情？

罗森格兰兹　殿下,我曾经蒙您错爱。

哈姆莱特　凭着我这双扒手起誓,我现在还是欢喜你的。

罗森格兰兹　好殿下,您心里这样不痛快,究竟为了什么原因？要是您不肯把您的心事告诉您的朋友,那恐怕会害您自己失去自由。

哈姆莱特　我不满足我现在的地位。

罗森格兰兹　怎么！王上自己已经亲口把您立为王位的继承者了,您还不能满足吗？

哈姆莱特　嗯,可是"要等草儿青青——"①这句老话也有点儿发了霉啦。

　　　　　乐工等持笛上。

哈姆莱特　啊！笛子来了;拿一支给我。跟你们退后一步说话;为什么你们总这样千方百计地绕到我下风的一面,好像一定要把我逼进你们的圈套？

吉尔登斯吞　啊！殿下,要是我有太冒昧放肆的地方,那都是因为我对于您敬爱太深的缘故。

哈姆莱特　我不大懂得你的话。你愿意吹吹这笛子吗？

吉尔登斯吞　殿下,我不会吹。

哈姆莱特　请你吹一吹。

吉尔登斯吞　我真的不会吹。

哈姆莱特　请你不要客气。

吉尔登斯吞　我真的一点不会,殿下。

哈姆莱特　那是跟说谎一样容易的;你只要用你的手指按着这些笛孔,把你的嘴放在上面一吹,它就会发出最好听的音乐来。瞧,这些是音栓。

吉尔登斯吞　可是我不会从它里面吹出谐和的曲调来;我不懂那技巧。

哈姆莱特　哼,你把我看成了什么东西！你会玩弄我;你自以为摸得到我的心窍;你想要探出我的内心的秘密;你会从我的最低音试到我的最高音;可是在这支小小的乐器之内,藏着绝妙的音乐,你却不会使它发出声音来。哼,你以为玩弄我比玩弄一支笛子容易吗？无论你把我叫作什么乐器,你

---

① 这句谚语是:"要等草儿青青,马儿早已饿死。"

也只能撩拨我,不能玩弄我。

> 波洛涅斯重上。

哈姆莱特　上帝祝福你,先生!

波洛涅斯　殿下,娘娘请您立刻就去见她说话。

哈姆莱特　你看见那片像骆驼一样的云吗?

波洛涅斯　嗳哟,它真的像一头骆驼。

哈姆莱特　我想它还是像一头鼬鼠。

波洛涅斯　它拱起了背,正像是一头鼬鼠。

哈姆莱特　还是像一条鲸鱼吧?

波洛涅斯　很像一条鲸鱼。

哈姆莱特　那么等一会儿我就去见我的母亲。(旁白)我给他们愚弄得再也忍不住了。(高声)我等一会儿就来。

波洛涅斯　我就去这么说。(下。)

哈姆莱特　说等一会儿是很容易的。离开我,朋友们。(除哈姆莱特外均下)现在是一夜之中最阴森的时候,鬼魂都在此刻从坟墓里出来,地狱也要向人世吐放疠气;现在我可以痛饮热腾腾的鲜血,干那白昼所不敢正视的残忍的行为。且慢!我还要到我母亲那儿去一趟。心啊!不要失去你的天性之情,永远不要让尼禄①的灵魂潜入我这坚定的胸怀;让我做一个凶徒,可是不要做一个逆子。我要用利剑一样的说话刺痛她的心,可是决不伤害她身体上一根毛发;我的舌头和灵魂要在这一次学学伪善者的样子,无论在言语上给她多么严厉的谴责,在行动上却要做得丝毫不让人家指摘。(下。)

第三场　城堡中一室

> 国王、罗森格兰兹及吉尔登斯吞上。

国　王　我不喜欢他;纵容他这样疯闹下去,对于我是一个很大的威胁。所以你们快去准备起来吧;我马上叫人办好你们要递送的文书,同时打发他跟你们一块儿到英国去。就我的地位而论,他的疯狂每小时都可以危害我的安全,我不能让他留在我的近旁。

---

① 尼禄,曾谋杀其母。

吉尔登斯吞　我们就去准备起来;许多人的安危都寄托在陛下身上,这一种顾虑是最圣明不过的。

罗森格兰兹　每一个庶民都知道怎样远祸全身,一个身负天下重寄的人,尤其应该时刻不懈地防备危害的袭击。君主的薨逝不仅是个人的死亡,它像一个漩涡一样,凡是在它近旁的东西,都要被它卷去同归于尽;又像一个矗立在最高山峰上的巨轮,它的轮辐上连附着无数的小物件,当巨轮轰然崩裂的时候,那些小物件也跟着它一齐粉碎。国王的一声叹息,总是随着全国的呻吟。

国　　王　请你们准备立刻出发;因为我们必须及早制止这一种公然的威胁。

罗森格兰兹
吉尔登斯吞　我们就去赶紧预备。(罗森格兰兹、吉尔登斯吞同下。)

　　　　　波洛涅斯上。

波洛涅斯　陛下,他到他母亲房间里去了。我现在就去躲在帏幕后面,听他们怎么说。我可以断定她一定会把他好好教训一顿的。您说得很不错,母亲对于儿子总有几分偏心,所以最好有一个第三者躲在旁边偷听他们的谈话。再会,陛下;在您未睡以前,我还要来看您一次,把我所探听到的事情告诉您。

国　　王　谢谢你,贤卿。(波洛涅斯下)啊!我的罪恶的戾气已经上达于天;我的灵魂上负着一个元始以来最初的咒诅,杀害兄弟的暴行!我不能祈祷,虽然我的愿望像决心一样强烈;我的更坚强的罪恶击败了我的坚强的意愿。像一个人同时要做两件事情,我因为不知道应该先从什么地方下手而徘徊歧途,结果反弄得一事无成。要是这一只可咒诅的手上染满了一层比它本身还厚的兄弟的血,难道天上所有的甘霖,都不能把它洗涤得像雪一样洁白吗?慈悲的使命,不就是宽宥罪恶吗?祈祷的目的,不是一方面预防我们的堕落,一方面救拔我们于已堕落之后吗?那么我要仰望上天;我的过失已经犯下了。可是唉!哪一种祈祷才是我所适用的呢?"求上帝赦免我的杀人重罪"吗?那不能,因为我现在还占有着那些引起我的犯罪动机的目的物,我的王冠、我的野心和我的王后。非分攫取的利益还在手里,就可以幸邀宽恕吗?在这贪污的人世,罪恶的镀金的手也许可以把公道推开不顾,暴徒的赃物往往成为枉法的贿赂;可是天上却不是这样的,在那边一切都无可遁避,任何行动都要显现它的真相,我们必须当面为我们自己的罪恶作证。那么怎么办呢？还有什么法子好想呢？试一试忏悔的力量吧。什么事情是忏悔所不能做到的？可是对于一个不能忏悔的人，它又有什么用呢？啊，不幸的处境！啊，像死亡一样黑暗的心胸！啊，越是挣扎，越是不能脱身的胶住了的灵魂！救救我，天使们！试一试吧：屈下来，顽强的膝盖；钢丝一样的心弦，变得像新生之婴的筋肉一样柔嫩吧！但愿一切转祸为福！（退后跪祷。）

  哈姆莱特上。

哈姆莱特 他现在正在祈祷，我正好动手；我决定现在就干，让他上天堂去，我也算报了仇了。不，那还要考虑一下：一个恶人杀死我的父亲；我，他的独生子，却把这个恶人送上天堂。啊，这简直是以恩报怨了。他用卑鄙的手段，在我父亲满心俗念、罪孽正重的时候乘其不备把他杀死；虽然谁也不知道在上帝面前，他的生前的善恶如何相抵，可是照我们一般的推想，他的孽债多半是很重的。现在他正在洗涤他的灵魂，要是我在这时候结果了他的性命，那么天国的路是为他开放着，这样还算是复仇吗？不！收起来，我的剑，等候一个更惨酷的机会吧；当他在酒醉以后，在愤怒之中，或是在乱伦纵欲的时候，有赌博、咒骂或是其他邪恶的行为的中间，我就要叫他颠蹶在我的脚下，让他幽深黑暗不见天日的灵魂永堕地狱。我的母亲在等我。这一服续命的药剂不过延长了你临死的痛苦。（下。）

  国王起立上前。

国 王 我的言语高高飞起，我的思想滞留地下；没有思想的言语永远不会上升天界。（下。）

第四场 王后寝宫

  王后及波洛涅斯上。

波洛涅斯 他就要来了。请您把他着实教训一顿，对他说他这种狂妄的态度，实在叫人忍无可忍，倘没有您娘娘替他居中回护，王上早已对他大发雷霆了。我就悄悄地躲在这儿。请您对他讲得着力一点。

哈姆莱特 （在内）母亲，母亲，母亲！

王 后 都在我身上，你放心吧。下去吧，我听见他来了。（波洛涅斯匿帏后。）

哈姆莱特上。

哈姆莱特　母亲,您叫我有什么事?

王　后　哈姆莱特,你已经大大得罪了你的父亲啦。

哈姆莱特　母亲,您已经大大得罪了我的父亲啦。

王　后　来,来,不要用这种胡说八道的话回答我。

哈姆莱特　去,去,不要用这种胡说八道的话问我。

王　后　啊,怎么,哈姆莱特!

哈姆莱特　现在又是什么事?

王　后　你忘记我了吗?

哈姆莱特　不,凭着十字架起誓,我没有忘记你;你是王后,你的丈夫的兄弟的
　　　妻子,你又是我的母亲——但愿你不是!

王　后　嗳哟,那么我要去叫那些会说话的人来跟你谈谈了。

哈姆莱特　来,来,坐下来,不要动;我要把一面镜子放在你的面前,让你看一
　　　看你自己的灵魂。

王　后　你要干什么呀?你不是要杀我吗?救命!救命呀!

波洛涅斯　(在后)喂!救命!救命!救命!

哈姆莱特 （拔剑）怎么！是哪一个鼠贼？准是不要命了,我来结果你。（以剑刺穿帷幕。）

波洛涅斯 （在后）啊！我死了!

王　后 嗳哟！你干了什么事啦?

哈姆莱特 我也不知道;那不是国王吗?

王　后 啊,多么卤莽残酷的行为!

哈姆莱特 残酷的行为！好妈妈,简直就跟杀了一个国王再去嫁给他的兄弟一样坏。

王　后 杀了一个国王!

哈姆莱特 嗯,母亲,我正是这样说。（揭帷见波洛涅斯）你这倒运的、粗心的、爱管闲事的傻瓜,再会！我还以为是一个在你上面的人哩。也是你命不该活;现在你可知道爱管闲事的危险了。——别尽扭着你的手。静一静,坐下来,让我扭你的心;你的心倘不是铁石打成的,万恶的习惯倘不曾把它硬化得透不进一点感情,那么我的话一定可以把它刺痛。

王　后 我干了些什么错事,你竟敢这样肆无忌惮地向我摇唇弄舌?

哈姆莱特 你的行为可以使贞节蒙污,使美德得到了伪善的名称;从纯洁的恋情的额上取下娇艳的蔷薇,替它盖上一个烙印;使婚姻的盟约变成博徒的誓言一样虚伪;啊！这样一种行为,简直使盟约成为一个没有灵魂的躯壳,神圣的婚礼变成一串谵妄的狂言;苍天的脸上也为它带上羞色,大地因为痛心这样的行为,也罩上满面的愁容,好像世界末日就要到来一般。

王　后 唉！究竟是什么极恶重罪,你把它说得这样惊人呢?

哈姆莱特 瞧这一幅图画,再瞧这一幅;这是两个兄弟的肖像。你看这一个的相貌多么高雅优美:太阳神的鬈发,天神的前额,像战神一样威风凛凛的眼睛,像降落在高吻穹苍的山巅的神使一样矫健的姿态;这一个完善卓越的仪表,真像每一个天神都曾在那上面打下印记,向世间证明这是一个男子的典型。这是你从前的丈夫。现在你再看这一个:这是你现在的丈夫,像一株霉烂的禾穗,损害了他的健硕的兄弟。你有眼睛吗?你甘心离开这一座大好的高山,靠着这荒野生活吗?嘿！你有眼睛吗?你不能说那是爱情,因为在你的年纪,热情已经冷淡下来,变驯服了,肯听从理智的判断;什么理智愿意从这么高的地方,降落到这么低的所在呢?知觉你当然是有的,否则你就不会有行动;可是你那知觉也一定已经麻木了;因为就

是疯人也不会犯那样的错误,无论怎样丧心病狂,总不会连这样悬殊的差异都分辨不出来。那么是什么魔鬼蒙住了你的眼睛,把你这样欺骗呢?有眼睛而没有触觉、有触觉而没有视觉、有耳朵而没有眼或手、只有嗅觉而别的什么都没有,甚至只剩下一种官觉还出了毛病,也不会糊涂到你这步田地。羞啊!你不觉得惭愧吗?要是地狱中的孽火可以在一个中年妇人的骨髓里煽起了蠢动,那么在青春的烈焰中,让贞操像蜡一样融化了吧。当无法阻遏的情欲大举进攻的时候,用不着喊什么羞耻了,因为霜雪都会自动燃烧,理智都会做情欲的奴隶呢。

王　后　啊,哈姆莱特!不要说下去了!你使我的眼睛看进了我自己灵魂的深处,看见我灵魂里那些洗拭不去的黑色的污点。

哈姆莱特　嘿,生活在汗臭垢腻的眠床上,让淫邪熏没了心窍,在污秽的猪圈里调情弄爱——

王　　后　啊,不要再对我说下去了!这些话像刀子一样戳进我的耳朵里;不要说下去了,亲爱的哈姆莱特!

哈姆莱特　一个杀人犯、一个恶徒、一个不及你前夫二百分之一的庸奴、一个冒充国王的丑角、一个盗国窃位的扒手,从架子上偷下那顶珍贵的王冠,塞在自己的腰包里!

王　　后　别说了!

哈姆莱特　一个下流褴褛的国王——

　　　　　　鬼魂上。

哈姆莱特　天上的神明啊,救救我,用你们的翅膀覆盖我的头顶!——陛下英灵不昧,有什么见教?

王　　后　嗳哟,他疯了!

哈姆莱特　您不是来责备您的儿子不该消磨时间和热情,把您煌煌的命令搁在一旁,耽误了应该做的大事吗?啊,说吧!

鬼　　魂　不要忘记。我现在是来磨砺你的快要蹉跎下去的决心。可是瞧!你的母亲那副惊愕的表情。啊,快去安慰安慰她的正在交战中的灵魂吧!最柔弱的人最容易受幻想的激动。去对她说话,哈姆莱特。

哈姆莱特　您怎么啦,母亲?

王　　后　唉!你怎么啦?为什么你把眼睛睁视着虚无,向空中喃喃说话?你的眼睛里射出狂乱的神情;像熟睡的兵士突然听到警号一般,你的整齐的头发一根根都像有了生命似的竖立起来。啊,好儿子!在你的疯狂的热焰上,浇洒一些清凉的镇静吧!你瞧什么?

哈姆莱特　他,他!您瞧,他的脸色多么惨淡!看见了他这一种形状,要是再知道他所负的沉冤,即使石块也会感动的。——不要瞧着我,免得你那种可怜的神气反会妨碍我的冷酷的决心;也许我会因此而失去勇气,让挥泪代替了流血。

王　　后　你这番话是对谁说的?

哈姆莱特　您没有看见什么吗?

王　　后　什么也没有;要是有什么东西在那边,我不会看不见的。

哈姆莱特　您也没有听见什么吗?

王　后　　不,除了我们两人的说话以外,我什么也没有听见。

哈姆莱特　　啊,您瞧!瞧,它悄悄地去了!我的父亲,穿着他生前所穿的衣服!瞧,他就在这一刻,从门口走出去了!(鬼魂下。)

王　后　　这是你脑中虚构的意象;一个人在心神恍惚之中,最容易发生这种幻妄的错觉。

哈姆莱特　　心神恍惚!我的脉搏跟您的一样,在按着正常的节奏跳动哩。我所说的并不是疯话;要是您不信,不妨试试,我可以把话一字不漏地复述一遍,一个疯人是不会记忆得那样清楚的。母亲,为了上帝的慈悲,不要自己安慰自己,以为我这一番说话,只是出于疯狂,不是真的对您的过失而发;那样的思想不过是骗人的油膏,只能使您溃烂的良心上结起一层薄膜,那内部的毒疮却在底下愈长愈大。向上天承认您的罪恶吧,忏悔过去,警戒未来;不要把肥料浇在莠草上,使它们格外蔓延起来。原谅我这一番正义的劝告;因为在这种万恶的时世,正义必须向罪恶乞恕,它必须俯首屈膝,要求人家接纳他的善意的箴规。

王　后　　啊,哈姆莱特!你把我的心劈为两半了!

哈姆莱特　　啊!把那坏的一半丢掉,保留那另外的一半,让您的灵魂清净一些。晚安!可是不要上我叔父的床!即使您已经失节,也得勉力学做一个贞节妇人的样子。习惯虽然是一个可以使人失去羞耻的魔鬼,但是它也可以做一个天使,对于勉力为善的人,它会用潜移默化的手段,使他徙恶从善。您要是今天晚上自加抑制,下一次就会觉得这一种自制的功夫并不怎样为难,慢慢地就可以习以为常了;因为习惯简直有一种改变气质的神奇的力量,它可以制服魔鬼,并且把他从人们心里驱逐出去。让我再向您道一次晚安;当您希望得到上天祝福的时候,我将求您祝福我。至于这一位老人家,(指波洛涅斯)我很后悔自己一时卤莽把他杀死;可是这是上天的意思,要借着他的死惩罚我,同时借着我的手惩罚他,使我成为代天行刑的凶器和使者。我现在先去把他的尸体安顿好了,再来承担这个杀人的过咎。晚安!为了顾全母子的恩慈,我不得不忍情暴戾;不幸已经开始,更大的灾祸还在接踵而至。再有一句话,母亲。

王　后　　我应当怎么做?

哈姆莱特　　我不能禁止您不再让那肥猪似的僭王引诱您和他同床,让他拧您的脸,叫您做他的小耗子;我也不能禁止您因为他给了您一两个恶臭的

吻,或是用他万恶的手指抚摩您的颈项,就把您所知道的事情一起说了出来,告诉他我实在是装疯,不是真疯。您应该让他知道的;因为哪一个美貌聪明懂事的王后,愿意隐藏着这样重大的消息,不去告诉一只蛤蟆、一只蝙蝠、一只老雄猫知道呢? 不,虽然理性警告您保守秘密,您尽管学那寓言中的猴子,因为受了好奇心的驱使,到屋顶上去开了笼门,把鸟儿放走,自己钻进笼里去,结果连笼子一起掉下来跌死吧。

王　后　你放心吧,要是言语来自呼吸,呼吸来自生命,只要我一息犹存,就决不会让我的呼吸泄漏了你对我所说的话。

哈姆莱特　我必须到英国去;您知道吗?

王　后　唉! 我忘了;这事情已经这样决定了。

哈姆莱特　公文已经封好,打算交给我那两个同学带去,对这两个家伙我要像对待两条咬人的毒蛇一样随时提防;他们将要做我的先驱,引导我钻进什么圈套里去。我倒要瞧瞧他们的能耐。开炮的要是给炮轰了,也是一件好玩的事;他们会埋地雷,我要比他们埋得更深,把他们轰到月亮里去。啊! 用诡计对付诡计,不是顶有趣的吗? 这家伙一死,多半会提早了我的行期;让我把这尸体拖到隔壁去。母亲,晚安! 这一位大臣生前是个愚蠢饶舌的家伙,现在却变成非常谨严庄重的人了。来,老先生,该是收场的时候了。晚安,母亲! (各下。哈姆莱特曳波洛涅斯尸入内。)

第 四 幕

第一场　城堡中一室

国王、王后、罗森格兰兹及吉尔登斯呑上。

国　王　这些长吁短叹之中,都含着深长的意义,你必须明说出来,让我知道。你的儿子呢?

王　后　(向罗森格兰兹、吉尔登斯呑)请你们暂时退开。(罗森格兰兹、吉尔登斯呑下)啊,陛下! 今晚我看见了多么惊人的事情!

国　王　什么,乔特鲁德? 哈姆莱特怎么啦?

王　后　疯狂得像彼此争强斗胜的天风和海浪一样。在他野性发作的时候,他听见帏幕后面有什么东西爬动的声音,就拔出剑来,嚷着:"有耗子!有耗子!"于是在一阵疯狂的恐惧之中,把那躲在幕后的好老人家杀死了。

国　王　啊,罪过罪过! 要是我在那儿,我也会照样死在他手里的;放任他这样胡作非为,对于你、对于我、对于每一个人,都是极大的威胁。唉! 这一件流血的暴行应当由谁负责呢? 我是不能辞其咎的,因为我早该防患未然,把这个发疯的孩子关禁起来,不让他到处乱走;可是我太爱他了,以至于不愿想一个适当的方策,正像一个害着恶疮的人,因为不让它出毒的缘故,弄到毒气攻心,无法救治一样。他到哪儿去了?

王　后　拖着那个被他杀死的尸体出去了。像一堆下贱的铅铁,掩不了真金的光彩一样,他知道他自己做错了事,他的纯良的本性就从他的疯狂里透露出来,他哭了。

国　王　啊,乔特鲁德! 来! 太阳一到了山上,我就赶紧让他登船出发。对于这一件罪恶的行为,我只有尽量利用我的威权和手腕,替他掩饰过去。

喂！吉尔登斯吞！

    罗森格兰兹及吉尔登斯吞重上。

国　王　两位朋友,你们去多找几个人帮忙。哈姆莱特在疯狂之中,已经把波洛涅斯杀死;他现在把那尸体从他母亲的房间里拖出去了。你们去找他来,对他说话要和气一点;再把那尸体搬到教堂里去。请你们快去把这件事情办好。(*罗森格兰兹、吉尔登斯吞下*)来,乔特鲁德,我要去召集我那些最有见识的朋友们,把我的决定和这一件意外的变故告诉他们,免得外边无稽的谰言牵涉到我身上,它的毒箭从低声的密语中间散放出去,是像弹丸从炮口射出去一样每发必中的,现在我们这样做后,它或许会落空了。啊,来吧! 我的灵魂里充满着混乱和惊愕。(*同下*。)

第二场　城堡中另一室

    哈姆莱特上。

哈姆莱特　藏好了。

罗森格兰兹
吉尔登斯吞　(*在内*)哈姆莱特! 哈姆莱特殿下!

哈姆莱特　什么声音? 谁在叫哈姆莱特? 啊,他们来了。

    罗森格兰兹及吉尔登斯吞上。

罗森格兰兹　殿下,您把那尸体怎么样啦?

哈姆莱特　它本来就是泥土,我仍旧让它回到泥土里去。

罗森格兰兹　告诉我们它在什么地方,让我们把它搬到教堂里去。

哈姆莱特　不要相信。

罗森格兰兹　不要相信什么?

哈姆莱特　不要相信我会说出我的秘密,倒替你们保守秘密。而且,一块海绵也敢问起我来! 一个堂堂王子应该用什么话去回答它呢?

罗森格兰兹　您把我当作一块海绵吗,殿下?

哈姆莱特　嗯,先生,一块吸收君王的恩宠、利禄和官爵的海绵。可是这样的官员要到最后才会显出他们对于君王的最大用处来;像猴子吃硬壳果一般,他们的君王先把他们含在嘴里舐弄了好久,然后再一口咽了下去。当他需要被你所吸收去的东西的时候,他只要把你们一挤,于是,海绵,你

又是一块干巴巴的东西了。

罗森格兰兹　我不懂您的话,殿下。

哈姆莱特　那很好,下流的话正好让它埋葬在一个傻瓜的耳朵里。

罗森格兰兹　殿下,您必须告诉我们那尸体在什么地方,然后跟我们见王
　　上去。

哈姆莱特　他的身体和国王同在,可是那国王并不和他的身体同在。国王是
　　一件东西——

吉尔登斯吞　一件东西,殿下!

哈姆莱特　一件虚无的东西。带我去见他。狐狸躲起来,大家追上去。
　　(同下。)

第三场　城堡中另一室

国王上,侍从后随。

国　王　我已经叫他们找他去了,并且叫他们把那尸体寻出来。让这家伙任
　　意胡闹,是一件多么危险的事情!可是我们又不能把严刑峻法加在他的
　　身上,他是为糊涂的群众所喜爱的,他们喜欢一个人,只凭眼睛,不凭理
　　智;我要是处罚了他,他们只看见我的刑罚的苛酷,却不想到他犯的是什
　　么重罪。为了顾全各方面的关系,这样叫他迅速离国,必须显得像是深思
　　熟虑的结果。应付非常的变故,只有用非常的手段,不然是不中用的。

罗森格兰兹上。

国　王　啊！事情怎样啦？

罗森格兰兹　陛下,他不肯告诉我们那尸体在什么地方。

国　王　可是他呢？

罗森格兰兹　在外面,陛下;我们把他看起来了,等候您的旨意。

国　王　带他来见我。

罗森格兰兹　喂,吉尔登斯吞！带殿下进来。

哈姆莱特及吉尔登斯吞上。

国　王　啊,哈姆莱特,波洛涅斯呢？

哈姆莱特　吃饭去了。

国　王　吃饭去了！在什么地方？

哈姆莱特　不是在他吃饭的地方,是在人家吃他的地方;有一群精明的蛆虫正在他身上大吃特吃哩。蛆虫是全世界最大的饕餮家;我们喂肥了各种牲畜给自己受用,再喂肥了自己去给蛆虫受用。胖胖的国王跟瘦瘦的乞丐是一个桌子上两道不同的菜;不过是这么一回事。

国　王　唉！唉！

哈姆莱特　一个人可以拿一条吃过一个国王的蛆虫去钓鱼,再吃那吃过那条蛆虫的鱼。

国　王　你这句话是什么意思？

哈姆莱特　没有什么意思,我不过指点你一个国王可以在一个乞丐的脏腑里作一番巡礼。

国　王　波洛涅斯呢？

哈姆莱特　在天上;你差人到那边去找他吧。要是你的使者在天上找不到他,那么你可以自己到另外一个所在去找他。可是你们在这一个月里要是找不到他的话,你们只要跑上走廊的阶石,也就可以闻到他的气味了。

国　王　(向若干侍从)到走廊里去找一找。

哈姆莱特　他一定会恭候你们。(侍从等下。)

国　王　哈姆莱特,你干出这种事来,使我非常痛心。由于我很关心你的安全,你必须火速离开国境;所以快去自己预备预备。船已经整装待发,风势也很顺利,同行的人都在等着你,一切都已经准备好向英国出发。

哈姆莱特　到英国去！

国　　王　是的,哈姆莱特。

哈姆莱特　好。

国　　王　要是你明白我的用意,你应该知道这是为了你的好处。

哈姆莱特　我看见一个明白你的用意的天使。可是来,到英国去!再会,亲爱
　　的母亲!

国　　王　我是你慈爱的父亲,哈姆莱特。

哈姆莱特　我的母亲。父亲和母亲是夫妇两个,夫妇是一体之亲;所以再会
　　吧,我的母亲!来,到英国去!(下。)

国　　王　跟在他后面,劝诱他赶快上船,不要耽误;我要叫他今晚离开国境。
　　去!和这件事有关的一切公文要件,都已经密封停当了。请你们赶快一
　　点。(罗森格兰兹、吉尔登斯吞下)英格兰王啊,丹麦的宝剑在你的国土上

还留着鲜明的创痕,你向我们纳款输诚的敬礼至今未减,要是你畏惧我的威力,重视我的友谊,你就不能忽视我的意旨;我已经在公函里要求你把哈姆莱特立即处死,照着我的意思做吧,英格兰王,因为他像是我深入膏肓的痼疾,一定要借你的手把我医好。我必须知道他已经不在人世,我的脸上才会浮起笑容。(下。)

第四场　丹麦原野

　　　　　福丁布拉斯、一队长及兵士等列队行进上。

福丁布拉斯　队长,你去替我问候丹麦国王,告诉他说福丁布拉斯因为得到他的允许,已经按照约定,率领一支军队通过他的国境,请他派人来带路。你知道我们在什么地方集合。要是丹麦王有什么话要跟我当面说,我也可以入朝晋谒;你就这样对他说吧。

队　长　是,主将。

福丁布拉斯　慢步前进。(福丁布拉斯及兵士等下。)

　　　　　哈姆莱特、罗森格兰兹、吉尔登斯吞等同上。

哈姆莱特　官长,这些是什么人的军队?

队　长　他们都是挪威的军队,先生。

哈姆莱特　请问他们是开到什么地方去的?

队　长　到波兰的某一部分去。

哈姆莱特　谁是领兵的主将?

队　长　挪威老王的侄儿福丁布拉斯。

哈姆莱特　他们是要向波兰本土进攻呢,还是去袭击边疆?

队　长　不瞒您说,我们是要去夺一小块徒有虚名毫无实利的土地。叫我出五块钱去把它租下来,我也不要;要是把它标卖起来,不管是归挪威,还是归波兰,也不会得到更多的好处。

哈姆莱特　啊,那么波兰人一定不会防卫它的了。

队　长　不,他们早已布防好了。

哈姆莱特　为了这一块荒瘠的土地,牺牲了二千人的生命,二万块的金圆,争执也不会解决。这完全是因为国家富足升平了,晏安的积毒蕴蓄于内,虽然已到了溃烂的程度,外表上却还一点看不出致死的原因来。谢谢您,官长。

队　长　上帝和您同在,先生。(下。)

罗森格兰兹　我们去吧,殿下。

哈姆莱特　我就来,你们先走一步。(除哈姆莱特外均下)我所见到、听到的一
　　切,都好像在对我谴责,鞭策我赶快进行我的蹉跎未就的复仇大愿! 一个
　　人要是把生活的幸福和目的,只看做吃吃睡睡,他还算是个什么东西? 简
　　直不过是一头畜生! 上帝造下我们来,使我们能够这样高谈阔论,瞻前顾
　　后,当然要我们利用他所赋与我们的这一种能力和灵明的理智,不让它们
　　白白废掉。现在我明明有理由、有决心、有力量、有方法,可以动手干我所
　　要干的事,可是我还是在大言不惭地说:"这件事需要作。"可是始终不曾
　　在行动上表现出来;我不知道这是因为像鹿豕一般的健忘呢,还是因为三
　　分懦怯一分智慧的过于审慎的顾虑。像大地一样显明的榜样都在鼓励
　　我;瞧这一支勇猛的大军,领队的是一个娇美的少年王子,勃勃的雄心振
　　起了他的精神,使他蔑视不可知的结果,为了区区弹丸大小的一块不毛之
　　地,拼着血肉之躯,去向命运、死亡和危险挑战。真正的伟大不是轻举妄
　　动,而是在荣誉遭遇危险的时候,即使为了一根稻秆之微,也要慷慨力争。
　　可是我的父亲给人惨杀,我的母亲给人污辱,我的理智和感情都被这种不
　　共戴天的大仇所激动,我却因循隐忍,一切听其自然,看着这二万个人为
　　了博取一个空虚的名声,视死如归地走下他们的坟墓里去,目的只是争夺
　　一方还不够给他们作战场或者埋骨之所的土地,相形之下,我将何地自容
　　呢? 啊! 从这一刻起,让我屏除一切的疑虑妄念,把流血的思想充满在我
　　的脑际! (下。)

第五场　艾尔西诺。城堡中一室

　　　　王后、霍拉旭及一侍臣上。

王　后　我不愿意跟她说话。

侍　臣　她一定要见您;她的神气疯疯癫癫,瞧着怪可怜的。

王　后　她要什么?

侍　臣　她不断提起她的父亲;她说她听见这世上到处是诡计;一边呻吟,一
　　边捶她的心,对一些琐琐屑屑的事情痛骂,讲的都是些很玄妙的话,好像

有意思,又好像没有意思。她的话虽然不知所云,可是却能使听见的人心中发生反应,而企图从它里面找出意义来;他们妄加猜测,把她的话断章取义,用自己的思想附会上去;当她讲那些话的时候,有时眨眼,有时点头,做着种种的手势,的确使人相信在她的言语之间,含蓄着什么意思,虽然不能确定,却可以作一些很不好听的解释。

霍拉旭　最好有什么人跟她谈谈,因为也许她会在愚妄的脑筋里散布一些危险的猜测。

王　后　让她进来。(侍臣下。)

　　　　我负疚的灵魂惴惴惊惶,
　　　　琐琐细事也像预兆灾殃;
　　　　罪恶是这样充满了疑猜,
　　　　越小心越容易流露鬼胎。

　　　　侍臣率奥菲利娅重上。

奥菲利娅　丹麦的美丽的王后陛下呢?

王　后　啊,奥菲利娅!

奥菲利娅　(唱)

　　　　张三李四满街走,
　　　　　谁是你情郎?
　　　　毡帽在头杖在手,
　　　　　草鞋穿一双。

王　后　唉! 好姑娘,这支歌是什么意思呢?

奥菲利娅　您说? 请您听好了。(唱)

　　　　姑娘,姑娘,他死了,
　　　　　一去不复来;
　　　　头上盖着青青草,
　　　　　脚下石生苔。
　　　　嗬呵!

王　后　嗳,可是,奥菲利娅——

奥菲利娅　请您听好了。(唱)

　　　　殓衾遮体白如雪——
　　　　　国王上。

王　后　唉！陛下,您瞧。

奥菲利娅

鲜花红似雨;

花上盈盈有泪滴,

伴郎坟墓去。

国　王　你好,美丽的姑娘?

奥菲利娅　好,上帝保佑您! 他们说猫头鹰是一个面包师的女儿变成的。主

啊! 我们都知道我们现在是什么,可是谁也不知道自己将来会变成什么。

愿上帝和您同席!

国　王　她父亲的死激成了她这种幻想。

奥菲利娅　对不起,我们再别提这件事了。要是有人问您这是什么意思,您就

这样对他说:(唱)

情人佳节就在明天,

我要一早起身,

梳洗齐整到你窗前,

来做你的恋人。

他下了床披了衣裳,

他开了房门;

她进去时是个女郎,

出来变了妇人。

国　王　美丽的奥菲利娅!

奥菲利娅　真的,不用发誓,我会把它唱完:(唱)

凭着神圣慈悲名字,

这种事太丢脸!

少年男子不知羞耻,

一味无赖纠缠。

她说你曾答应娶我,

然后再同枕席。

——本来确是想这样作,

无奈你等不及。

国　王　她这个样子已经多久了?

奥菲利娅　我希望一切转祸为福！我们必须忍耐；可是我一想到他们把他放下寒冷的泥土里去，我就禁不住掉泪。我的哥哥必须知道这件事。谢谢你们很好的劝告。来，我的马车！晚安，太太们；晚安，可爱的小姐们；晚安，晚安！（下。）

国　王　紧紧跟住她；留心不要让她闹出乱子来。（霍拉旭下）啊！深心的忧伤把她害成这样子；这完全是为了她父亲的死。啊，乔特鲁德，乔特鲁德！不幸的事情总是接踵而来：第一是她父亲的被杀；然后是你儿子的远别，他闯了这样大祸，不得不亡命异国，也是自取其咎。人民对于善良的波洛涅斯的暴死，已经群疑蜂起，议论纷纷；我这样匆匆忙忙地把他秘密安葬，更加引起了外间的疑窦；可怜的奥菲利娅也因此而伤心得失去了她的正常的理智，我们人类没有了理智，不过是画上的图形，无知的禽兽。最后，跟这些事情同样使我不安的，她的哥哥已经从法国秘密回来，行动诡异，居心叵测，他的耳中所听到的，都是那些播弄是非的人所散播的关于他父亲死状的恶意的谣言；这些谣言，由于找不到确凿的事实根据，少不得牵涉到我的身上。啊，我的亲爱的乔特鲁德！这就像一尊厉害的开花炮，打得我遍体血肉横飞，死上加死。（内喧呼声。）

王　后　嗳哟！这是什么声音？

　　　　一侍臣上。

国　王　我的瑞士卫队呢？叫他们把守宫门。什么事？

侍　臣　赶快避一避吧，陛下；比大洋中的怒潮冲决堤岸、席卷平原还要汹汹其势，年轻的雷欧提斯带领着一队叛军，打败了您的卫士，冲进宫里来了。这一群暴徒把他称为主上；就像世界还不过刚才开始一般，他们推翻了一切的传统和习惯，自己制订规矩，擅作主张，高喊着，"我们推举雷欧提斯做国王！"他们掷帽举手，吆呼的声音响彻云霄，"让雷欧提斯做国王，让雷欧提斯做国王！"

王　后　他们这样兴高采烈，却不知道已经误入歧途！啊，你们干了错事了，你们这些不忠的丹麦狗！（内喧呼声。）

国　王　宫门都已打破了。

　　　　雷欧提斯戎装上；一群丹麦人随上。

雷欧提斯　国王在哪儿？弟兄们，大家站在外面。

众　人　不，让我们进来。

雷欧提斯　对不起,请你们听我的话。

众　人　好,好。(众人退立门外。)

雷欧提斯　谢谢你们;把门看守好了。啊,你这万恶的奸王! 还我的父亲来!

王　后　安静一点,好雷欧提斯。

雷欧提斯　我身上要是有一点血安静下来,我就是个野生的杂种,我的父亲是
　　　　个忘八,我的母亲的贞洁的额角上,也要雕上娼妓的恶名。

国　王　雷欧提斯,你这样大张声势,兴兵犯上,究竟为了什么原因? ——放
　　　　了他,乔特鲁德;不要担心他会伤害我的身体,一个君王是有神灵呵护的,
　　　　叛逆只能在一边蓄意窥伺,作不出什么事情来。——告诉我,雷欧提斯,
　　　　你有什么气恼不平的事? ——放了他,乔特鲁德。——你说吧。

雷欧提斯　我的父亲呢?

国　王　死了。

王　后　但是并不是他杀死的。

国　王　尽他问下去。

雷欧提斯　他怎么会死的? 我可不能受人家的愚弄。忠心,到地狱里去吧!
　　　　让最黑暗的魔鬼把一切誓言抓了去! 什么良心,什么礼貌,都给我滚下无
　　　　底的深渊里去! 我要向永劫挑战。我的立场已经坚决:今生怎样,来生怎
　　　　样,我一概不顾,只要痛痛快快地为我的父亲复仇。

国　王　有谁阻止你呢?

雷欧提斯　除了我自己的意志以外,全世界也不能阻止我;至于我的力量,我
　　　　一定要使用得当,叫它事半功倍。

国　王　好雷欧提斯,要是你想知道你的亲爱的父亲究竟是怎样死去的话,难
　　　　道你复仇的方式是把朋友和敌人都当作对象,把赢钱的和输钱的赌注都
　　　　一扫而光吗?

雷欧提斯　冤有头,债有主,我只要找我父亲的敌人算账。

国　王　那么你要知道谁是他的敌人吗?

雷欧提斯　对于他的好朋友,我愿意张开我的手臂拥抱他们,像舍身的鹈鹕一
　　　　样,把我的血供他们畅饮①。

国　王　啊,现在你才说得像一个孝顺的儿子和真正的绅士。我不但对于令

---

　　①　昔人误信鹈鹕以其血哺雏,故云。

517

尊的死不曾有分,而且为此也感觉到非常的悲痛;这一个事实将会透过你的心,正像白昼的阳光照射你的眼睛一样。

众　人　(在内)放她进去!

雷欧提斯　怎么! 那是什么声音?

　　　　　奥菲利娅重上。

雷欧提斯　啊,赤热的烈焰,炙枯了我的脑浆吧! 七倍辛酸的眼泪,灼伤了我的视觉吧! 天日在上,我一定要叫那害你疯狂的仇人重重地抵偿他的罪恶。啊,五月的玫瑰! 亲爱的女郎,好妹妹,奥菲利娅! 天啊! 一个少女的理智,也会像一个老人的生命一样受不起打击吗? 人类的天性由于爱情而格外敏感,因为是敏感的,所以会把自己最珍贵的部分舍弃给所爱的事物。

奥菲利娅　(唱)

　　　　　他们把他抬上柩架;

　　　　　　哎呀,哎呀,哎哎呀;

　　　　　在他坟上泪如雨下;——

　　　　　再会,我的鸽子!

雷欧提斯　要是你没有发疯而激励我复仇,你的言语也不会比你现在这样子更使我感动了。

奥菲利娅　你应该唱:"当啊当,还叫他啊当啊。"哦,这纺轮转动的声音配合得多么好听! 唱的是那坏良心的管家把主人的女儿拐了去了。

雷欧提斯　这一种无意识的话,比正言危论还要有力得多。

奥菲利娅　这是表示记忆的迷迭香;爱人,请你记着吧:这是表示思想的三色堇。

雷欧提斯　这疯话很有道理,思想和记忆都提得很合适。

奥菲利娅　这是给您的茴香和漏斗花;这是给您的芸香;这儿还留着一些给我自己;遇到礼拜天,我们不妨叫它慈悲草。啊! 您可以把您的芸香插戴得别致一点。这儿是一枝雏菊;我想要给您几朵紫罗兰,可是我父亲一死,它们全都谢了;他们说他死得很好——(唱)

　　　　　可爱的罗宾是我的宝贝。

雷欧提斯　忧愁、痛苦、悲哀和地狱中的磨难,在她身上都变成了可怜可爱。

奥菲利娅　(唱)

518

他会不会再回来？

他会不会再回来？

　不，不，他死了；

　你的命难保，

他再也不会回来。

他的胡须像白银，

满头黄发乱纷纷。

　人死不能活，

　且把悲声歇；

　上帝饶赦他灵魂！

求上帝饶赦一切基督徒的灵魂！上帝和你们同在！（下。）

雷欧提斯　上帝啊，你看见这种惨事吗？

国　　王　雷欧提斯，我必须跟你详细谈谈关于你所遭逢的不幸；你不能拒绝我这一个权利。你不妨先去选择几个你的最有见识的朋友，请他们在你我两人之间做公正人：要是他们评断的结果，认为是我主动或同谋杀害的，我愿意放弃我的国土、我的王冠、我的生命以及我所有的一切，作为对你的补偿；可是他们假如认为我是无罪的，那么你必须答应助我一臂之力，让我们两人开诚合作，定出一个惩凶的方策来。

雷欧提斯　就这样吧；他死得这样不明不白，他的下葬又是这样偷偷摸摸的，他的尸体上没有一些战士的荣饰，也不曾替他举行一些哀祭的仪式，从天上到地下都在发出愤懑不平的呼声，我不能不问一个明白。

国　　王　你可以明白一切；谁是真有罪的，让斧钺加在他的头上吧。请你跟我来。（同下。）

第六场　城堡中另一室

霍拉旭及一仆人上。

霍拉旭　要来见我说话的是些什么人？

仆　人　是几个水手，主人；他们说他们有信要交给您。

霍拉旭　叫他们进来。（仆人下）倘不是哈姆莱特殿下差来的人，我不知道在这世上的哪一部分会有人来看我。

众水手上。

水手甲　上帝祝福您,先生!

霍拉旭　愿他也祝福你。

水手乙　他要是高兴,先生,他会祝福我们的。这儿有一封信给您,先生——
　　　　它是从那位到英国去的钦使寄来的。——要是您的名字果然是霍拉旭
　　　　的话。

霍拉旭　(读信)"霍拉旭,你把这封信看过以后,请把来人领去见一见国王;
　　　　他们还有信要交给他。我们在海上的第二天,就有一艘很凶猛的海盗船
　　　　向我们追击。我们因为船行太慢,只好勉力迎敌;在彼此相持的时候,我
　　　　跳上了盗船,他们就立刻抛下我们的船,扬帆而去,剩下我一个人做他们
　　　　的俘虏。他们对待我很是有礼,可是他们也知道这样作对他们有利;我还
　　　　要重谢他们哩。把我给国王的信交给他以后,请你就像逃命一般火速来
　　　　见我。我有一些可以使你听了咋舌的话要在你的耳边说;可是事实的本
　　　　身比这些话还要严重得多。来人可以把你带到我现在所在的地方。罗森
　　　　格兰兹和吉尔登斯吞到英国去了;关于他们我还有许多话要告诉你。再
　　　　会。你的知心朋友哈姆莱特。"来,让我立刻就带你们去把你们的信送
　　　　出,然后请你们尽快领我到那把这些信交给你们的那个人的地方去。
　　　　(同下。)

520

第七场　城堡中另一室

国王及雷欧提斯上。

国　王　你已经用你同情的耳朵,听见我告诉你那杀死令尊的人,也在图谋我的生命;现在你必须明白我的无罪,并且把我当作你的一个心腹的友人了。

雷欧提斯　听您所说,果然像是真的;可是告诉我,您自己的安全、长远的谋虑和其他一切,都在大力推动您,为什么您对于这样罪大恶极的暴行,反而不采取严厉的手段呢?

国　王　啊!那是因为有两个理由,也许在你看来是不成其为理由的,可是对于我却有很大的关系。王后,他的母亲,差不多一天不看见他就不能生活;至于我自己,那么不管这是我的好处或是我的致命的弱点,我的生命和灵魂是这样跟她连结在一起,正像星球不能跳出轨道一样,我也不能没有她而生活。而且我所以不能把这件案子公开,还有一个重要的顾虑:一般民众对他都有很大的好感,他们盲目的崇拜像一道使树木变成石块的魔泉一样,会把他戴的镣铐也当作光荣。我的箭太轻、太没有力了,遇到这样的狂风,一定不能射中目的,反而给吹了转来。

雷欧提斯　那么难道我的一个高贵的父亲就这样白白死去,一个好好的妹妹就这样白白疯了不成?如果能允许我赞美她过去的容貌才德,那简直是可以傲视一世、睥睨古今的。可是我的报仇的机会总有一天会到来。

国　王　不要让这件事扰乱了你的睡眠;你不要以为我是这样一个麻木不仁的人,会让人家揪着我的胡须,还以为这不过是开开玩笑。不久你就可以听到消息。我爱你父亲,我也爱我自己;那我希望可以使你想到——

　　　　一使者上。

国　王　啊!什么消息?

使　者　启禀陛下,是哈姆莱特寄来的信;这一封是给陛下的,这一封是给王后的。

国　王　哈姆莱特寄来的!是谁把它们送到这儿来的?

使　者　他们说是几个水手,陛下,我没有看见他们;这两封信是克劳狄奥交给我的,来人把信送在他手里。

国　王　雷欧提斯,你可以听一听这封信。出去!(使者下。读信)"陛下,我已经光着身子回到您的国土上来了。明天我就要请您允许我拜谒御容。让我先向您告我的不召而返之罪,然后再向您禀告我这次突然意外回国的原因。哈姆莱特敬上。"这是什么意思?同去的人也都一起回来了吗?还是有什么人在捣鬼,事实上并没有这么一回事?

雷欧提斯　您认识这笔迹吗?

国　王　这确是哈姆莱特的亲笔。"光着身子"!这儿还附着一笔,说是"一个人回来"。你看他是什么用意?

雷欧提斯　我可不懂,陛下。可是他来得正好;我一想到我能够有这样一天当面申斥他:"你干的好事",我的郁闷的心也热起来了。

国　王　要是果然这样的话,可是怎么会这样呢?然而,此外又如何解释呢?雷欧提斯,你愿意听我的吩咐吗?

雷欧提斯　愿意,陛下,只要您不勉强我跟他和解。

国　王　我是要使你自己心里得到平安。要是他现在中途而返,不预备再作这样的航行,那么我已经想好了一个计策,怂恿他去作一件事情,一定可以叫他自投罗网;而且他死了以后,谁也不能讲一句闲话,即使他的母亲也不能觉察我们的诡计,只好认为是一件意外的灾祸。

雷欧提斯　陛下,我愿意服从您的指挥,最好请您设法让他死在我的手里。

国　王　我正是这样计划。自从你到国外游学以后,人家常常说起你有一种特长的本领,这种话哈姆莱特也是早就听到过的;虽然在我的意见之中,这不过是你所有的才艺中间最不足道的一种,可是你的一切才艺的总和,都不及这一种本领更能挑起他的妒忌。

雷欧提斯　是什么本领呢,陛下?

国　王　它虽然不过是装饰在少年人帽上的一条缎带,但也是少不了的;因为年轻人应该装束得华丽潇洒一些,表示他的健康活泼,正像老年人应该装束得朴素大方一些,表示他的矜严庄重一样。两个月以前,这儿来了一个诺曼绅士;我自己曾经见过法国人,和他们打过仗,他们都是很精于骑术的;可是这位好汉简直有不可思议的魔力,他骑在马上,好像和他的坐骑化成了一体似的,随意驰骤,无不出神入化。他的技术是那样远超过我的预料,无论我杜撰一些怎样夸大的辞句,都不够形容它的奇妙。

雷欧提斯　是个诺曼人吗?

国　　王　是诺曼人。

雷欧提斯　那么一定是拉摩德了。

国　　王　正是他。

雷欧提斯　我认识他;他的确是全国知名的勇士。

国　　王　他承认你的武艺很了不得,对于你的剑术尤其极口称赞,说是倘有
人能够和你对敌,那一定大有可观;他发誓说他们国里的剑士要是跟你
交起手来,一定会眼花缭乱,全然失去招架之功。他对你的这一番夸
奖,使哈姆莱特妒恼交集,一心希望你快些回来,跟他比赛一下。从这
一点上——

雷欧提斯　从这一点上怎么,陛下?

国　　王　雷欧提斯,你真爱你的父亲吗?还是不过是做作出来的悲哀,只有表
面,没有真心?

雷欧提斯　您为什么这样问我?

国　　王　我不是以为你不爱你的父亲;可是我知道爱不过起于一时感情的冲
动,经验告诉我,经过了相当时间,它是会逐渐冷淡下去的。爱像一盏油
灯,灯芯烧枯以后,它的火焰也会由微暗而至于消灭。一切事情都不能永
远保持良好,因为过度的善反会摧毁它的本身,正像一个人因充血而死去
一样。我们所要做的事,应该一想到就做;因为人的想法是会变化的,有
多少舌头、多少手、多少意外,就会有多少犹豫、多少迟延;那时候再空谈
该作什么,只不过等于聊以自慰的长吁短叹,只能伤害自己的身体罢了。
可是回到我们所要谈论的中心问题上来吧。哈姆莱特回来了;你预备怎
样用行动代替言语,表明你自己的确是你父亲的孝子呢?

雷欧提斯　我要在教堂里割破他的喉咙。

国　　王　当然,无论什么所在都不能庇护一个杀人的凶手;复仇应该不受地点
的限制。可是,好雷欧提斯,你要是果然志在复仇,还是住在自己家里不
要出来。哈姆莱特回来以后,我们可以让他知道你也已经回来,叫几个人
在他的面前夸奖你的本领,把你说得比那法国人所讲的还要了不得,怂恿
他和你作一次比赛,赌个输赢。他是个粗心的人,一向厚道,想不到人家
在算计他,一定不会仔细检视比赛用的刀剑的利钝;你只要预先把一柄利
剑混杂在里面,趁他没有注意的时候不动声色地自己拿了,在比赛之际,

看准他的要害刺了过去,就可以替你的父亲报了仇了。

雷欧提斯　我愿意这样做;为了达到复仇的目的,我还要在我的剑上涂一些毒药。我已经从一个卖药人手里买到一种致命的药油,只要在剑头上沾了一滴,刺到人身上,它一碰到血,即使只是擦破了一些皮肤,也会毒性发作,无论什么灵丹仙草,都不能挽救。我就去把剑尖蘸上这种烈性毒剂,只要我刺破他一点,就叫他送命。

国　王　让我们再考虑考虑,看时间和机会能够给我们什么方便。要是这一个计策会失败,要是我们会在行动之间露出破绽,那么还是不要尝试的好。为了预防失败起见,我们应该另外再想一个万全之计。且慢! 让我想想:我们可以对你们两人的胜负打赌;啊,有了:你在跟他交手的时候,必须使出你全副的精神,使他疲于奔命,等他口干烦躁,要讨水喝的当儿,我就为他预备好一杯毒酒,万一他逃过了你的毒剑,只要他让酒沾唇,我们的目的也就同样达到了。且慢! 什么声音?

　　　　王后上。

国　王　啊,亲爱的王后!

王　后　一桩祸事刚刚到来,又有一桩接踵而至。雷欧提斯,你的妹妹掉在水里淹死了。

雷欧提斯　淹死了! 啊! 在哪儿?

王　后　在小溪之旁,斜生着一株杨柳,它的毵毵的枝叶倒映在明镜一样的水流之中;她编了几个奇异的花环来到那里,用的是毛茛、荨麻、雏菊和长颈兰——正派的姑娘管这种花叫死人指头,说粗话的牧人却给它起了另一个不雅的名字。——她爬上一根横垂的树枝,想要把她的花冠挂在上面;就在这时候,一根心怀恶意的树枝折断了,她就连人带花一起落下呜咽的溪水里。她的衣服四散展开,使她暂时像人鱼一样漂浮水上;她嘴里还断断续续唱着古老的谣曲,好像一点不感觉到她处境的险恶,又好像她本来就是生长在水中一般。可是不多一会儿,她的衣服给水浸得重起来了,这可怜的人歌儿还没有唱完,就已经沉到泥里去了。

雷欧提斯　唉! 那么她淹死了吗?

王　后　淹死了,淹死了!

雷欧提斯　太多的水淹没了你的身体,可怜的奥菲利娅,所以我必须忍住我的眼泪。可是人类的常情是不能遏阻的,我掩饰不了心中的悲哀,只好顾不得惭愧了;当我们的眼泪干了以后,我们的妇人之仁也会随着消灭的。再会,陛下! 我有一段炎炎欲焚的烈火般的话,可是我的傻气的眼泪把它浇熄了。(下。)

国　王　　让我们跟上去,乔特鲁德;我好容易才把他的怒气平息了一下,现在我怕又要把它挑起来了。快让我们跟上去吧。(同下。)

第　五　幕

第一场　墓　地

二小丑携锄锹等上。

小丑甲　她存心自己脱离人世，却要照基督徒的仪式下葬吗？

小丑乙　我对你说是的，所以你赶快把她的坟掘好吧；验尸官已经验明她的死状，宣布应该按照基督徒的仪式把她下葬。

小丑甲　这可奇了，难道她是因为自卫而跳下水里的吗？

小丑乙　他们验明是这样的。

小丑甲　那一定是为了自毁，不可能有别的原因。因为问题是这样的：要是我有意投水自杀，那必须成立一个行为；一个行为可以分为三部分，那就是干、行、做；所以，她是有意投水自杀的。

小丑乙　嗳，你听我说——

小丑甲　让我说完。这儿是水；好，这儿站着人；好，要是这个人跑到这个水里，把他自己淹死了，那么，不管他自己愿不愿意，总是他自己跑下去的；你听见了没有？可是要是那水来到他的身上把他淹死了，那就不是他自己把自己淹死；所以，对于他自己的死无罪的人，并没有缩短他自己的生命。

小丑乙　法律上是这样说的吗？

小丑甲　嗯，是的，这是验尸官的验尸法。

小丑乙　说一句老实话，要是死的不是一位贵家女子，他们决不会按照基督徒的仪式把她下葬的。

小丑甲　对了，你说得有理；有财有势的人，就是要投河上吊，比起他们同教的基督徒来也可以格外通融，世上的事情真是太不公平了！来，我的锄头。

要讲家世最悠久的人,就得数种地的、开沟的和掘坟的;他们都继承着亚
当的行业。

小丑乙　亚当也算世家吗?

小丑甲　自然要算,他在创立家业方面很有两手呢。

小丑乙　他有什么两手?

小丑甲　怎么?你是个异教徒吗?你的《圣经》是怎么念的?《圣经》上说亚
　　　　当掘地;没有两手,能够掘地吗?让我再问你一个问题;要是你回答得不
　　　　对,那么你就承认你自己——

小丑乙　你问吧。

小丑甲　谁造出东西来比泥水匠、船匠或是木匠更坚固?

小丑乙　造绞架的人;因为一千个寄寓在上面的人都已经先后死去,它还是站
　　　　在那儿动都不动。

小丑甲　我很喜欢你的聪明,真的。绞架是很合适的;可是它怎么是合适的?
　　　　它对于那些有罪的人是合适的。你说绞架造得比教堂还坚固,说这样的
　　　　话是罪过的;所以,绞架对于你是合适的。来,重新说过。

小丑乙　谁造出东西来比泥水匠、船匠或是木匠更坚固?

小丑甲　嗯,你回答了这个问题,我就让你下工。

小丑乙　呃,现在我知道了。

小丑甲　说吧。

小丑乙　真的,我可回答不出来。

　　　　哈姆莱特及霍拉旭上,立远处。

小丑甲　别尽绞你的脑汁了,懒驴子是打死也走不快的;下回有人问你这个问
　　　题的时候,你就对他说,"掘坟的人,"因为他造的房子是可以一直住到世
　　　界末日的。去,到约翰的酒店里去给我倒一杯酒来。(小丑乙下。小丑甲
　　　且掘且歌。)

　　　　年轻时候最爱偷情,

　　　　　觉得那事很有趣味;

　　　　规规矩矩学做好人,

　　　　　在我看来太无意义。

哈姆莱特　这家伙难道对于他的工作一点没有什么感觉,在掘坟的时候还会
　　　唱歌吗?

霍拉旭　他做惯了这种事,所以不以为意。

哈姆莱特　正是;不大劳动的手,它的感觉要比较灵敏一些。

小丑甲　(唱)

　　　　谁料如今岁月潜移,

　　　　　老景催人急于星火,

　　　　两腿挺直,一命归西,

　　　　　世上原来不曾有我。(掷起一骷髅。)

哈姆莱特　那个骷髅里面曾经有一条舌头,它也会唱歌哩;瞧这家伙把它摔在
　　　地上,好像它是第一个杀人凶手该隐①的颚骨似的!它也许是一个政客
　　　的头颅,现在却让这蠢货把它丢来踢去;也许他生前是个偷天换日的好
　　　手,你看是不是?

霍拉旭　也许是的,殿下。

哈姆莱特　也许是一个朝臣,他会说,"早安,大人!您好,大人!"也许他就是
　　　某大人,嘴里称赞某大人的马好,心里却想把它讨了来,你看是不是?

霍拉旭　是,殿下。

哈姆莱特　啊,正是;现在却让蛆虫伴寝,他的下巴也脱掉了,一柄工役的锄头
　　　可以在他头上敲来敲去。从这种变化上,我们大可看透了生命的无常。

---

　　①　该隐(Cain),亚当之长子,杀其弟亚伯,事见《旧约·创世记》。

528

难道这些枯骨生前受了那么多的教养,死后却只好给人家当木块一般抛着玩吗?想起来真是怪不好受的。

小丑甲　（唱）

　　　锄头一柄,铁铲一把,

　　　　殓衾一方掩面遮身;

　　　挖松泥土深深掘下,

　　　　掘了个坑招待客人。（掷起另一骷髅。）

哈姆莱特　又是一个;谁知道那不会是一个律师的骷髅?他的玩弄刀笔的手段,颠倒黑白的雄辩,现在都到哪儿去了?为什么他让这个放肆的家伙用龌龊的铁铲敲他的脑壳,不去控告他一个殴打罪?哼!这家伙生前也许曾经买下许多地产,开口闭口用那些条文、具结、罚款、双重保证、赔偿一类的名词吓人;现在他的脑壳里塞满了泥土,这就算是他所取得的罚款和最后的赔偿了吗?他的双重保证人难道不能保他再多买点地皮,只给他留下和那种一式二份的契约同样大小的一块地面吗?这个小木头匣子,原来要装他土地的字据都恐怕装不下,如今地主本人却也只能有这么一点地盘,哈?

霍拉旭　不能比这再多一点了,殿下。

哈姆莱特　契约纸不是用羊皮作的吗?

霍拉旭　是的,殿下,也有用牛皮作的。

哈姆莱特　我看痴心指靠那些玩意儿的人,比牲口聪明不了多少。我要去跟这家伙谈谈。大哥,这是谁的坟?

小丑甲　我的,先生——

　　　挖松泥土深深掘下,

　　　　掘了个坑招待客人。

哈姆莱特　我看也是你的,因为你在里头胡闹。

小丑甲　您在外头也不老实,先生,所以这坟不是您的;至于说我,我倒没有在里头胡闹,可是这坟的确是我的。

哈姆莱特　你在里头,又说是你的,这就是"在里头胡闹"。因为挖坟是为死人,不是为会蹦会跳的活人,所以说你胡闹。

小丑甲　这套胡闹的话果然会蹦会跳,先生;等会儿又该从我这里跳到您那里去了。

哈姆莱特　你是在给什么人挖坟？是个男人吗？

小丑甲　不是男人，先生。

哈姆莱特　那么是个女人？

小丑甲　也不是女人。

哈姆莱特　不是男人，也不是女人，那么谁葬在这里面？

小丑甲　先生，她本来是一个女人，可是上帝让她的灵魂得到安息，她已经死了。

哈姆莱特　这混蛋倒会分辨得这样清楚！我们讲话可得字斟句酌，精心推敲，稍有含糊，就会出丑。凭着上帝发誓，霍拉旭，我觉得这三年来，人人都越变越精明，庄稼汉的脚趾头已经挨近朝廷贵人的脚后跟，可以磨破那上面的冻疮了。——你做这掘墓的营生，已经多久了？

小丑甲　我开始干这营生，是在我们的老王爷哈姆莱特打败福丁布拉斯那一天。

哈姆莱特　那是多久以前的事？

小丑甲　你不知道吗？每一个傻子都知道的；那正是小哈姆莱特出世的那一天，就是那个发了疯给他们送到英国去的。

哈姆莱特　嗯，对了；为什么他们叫他到英国去？

小丑甲　就是因为他发了疯呀；他到英国去，他的疯病就会好的，即使疯病不会好，在那边也没有什么关系。

哈姆莱特　为什么？

小丑甲　英国人不会把他当作疯子；他们都跟他一样疯。

哈姆莱特　他怎么会发疯？

小丑甲　人家说得很奇怪。

哈姆莱特　怎么奇怪？

小丑甲　他们说他神经有了毛病。

哈姆莱特　从哪里来的？

小丑甲　还不就是从丹麦本地来的？我在本地干这掘墓的营生，从小到大，一共有三十年了。

哈姆莱特　一个人埋在地下，要经过多少时候才会腐烂？

小丑甲　假如他不是在未死以前就已经腐烂——就如现在有的是害杨梅疮死去的尸体，简直抬都抬不下去——他大概可以过八九年；一个硝皮匠在九

年以内不会腐烂。

哈姆莱特　为什么他要比别人长久一些？

小丑甲　因为，先生，他的皮硝得比人家的硬，可以长久不透水；倒楣的尸体一碰到水，是最会腐烂的。这儿又是一个骷髅；这骷髅已经埋在地下二十三年了。

哈姆莱特　它是谁的骷髅？

小丑甲　是个婊子养的疯小子；你猜是谁？

哈姆莱特　不，我猜不出。

小丑甲　这个遭瘟的疯小子！他有一次把一瓶葡萄酒倒在我的头上。这一个骷髅，先生，是国王的弄人郁利克的骷髅。

哈姆莱特　这就是他！

小丑甲　正是他。

哈姆莱特　让我看。（取骷髅）唉，可怜的郁利克！霍拉旭，我认识他；他是一个最会开玩笑、非常富于想象力的家伙。他曾经把我负在背上一千次；现在我一想起来，却忍不住胸头作恶。这儿本来有两片嘴唇，我不知吻过它们多少次。——现在你还会挖苦人吗？你还会蹦蹦跳跳，逗人发笑吗？你还会唱歌吗？你还会随口编造一些笑话，说得满座捧腹吗？你没有留下一个笑话，讥笑你自己吗？这样垂头丧气了吗？现在你给我到小姐的闺房里去，对她说，凭她脸上的脂粉搽得一寸厚，到后来总要变成这个样子的；你用这样的话告诉她，看她笑不笑吧。霍拉旭，请你告诉我一件事情。

霍拉旭　什么事情，殿下？

哈姆莱特　你想亚历山大在地下也是这副形状吗？

霍拉旭　也是这样。

哈姆莱特　也有同样的臭味吗？呸！（掷下骷髅。）

霍拉旭　也有同样的臭味，殿下。

哈姆莱特　谁知道我们将来会变成一些什么下贱的东西，霍拉旭！要是我们用想像推测下去，谁知道亚历山大的高贵的尸体，不就是塞在酒桶口上的泥土？

霍拉旭　那未免太想入非非了。

哈姆莱特　不，一点不，我们可以不作怪论、合情合理地推想他怎样会到那个地步;比方说吧:亚历山大死了;亚历山大埋葬了;亚历山大化为尘土;人们把尘土做成烂泥;那么为什么亚历山大所变成的烂泥,不会被人家拿来塞在啤酒桶的口上呢?

凯撒死了,你尊严的尸体

也许变了泥把破墙填砌;

啊!他从前是何等的英雄,

现在只好替人挡雨遮风!

可是不要作声!不要作声!站开;国王来了。

教士等列队上;众舁奥菲利娅尸体前行;雷欧提斯及诸送葬者、国王、王后及侍从等随后。

哈姆莱特　王后和朝臣们也都来了;他们是送什么人下葬呢?仪式又是这样草率的?瞧上去好像他们所送葬的那个人,是自杀而死的,同时又是个很有身份的人。让我们躲在一旁瞧瞧他们。(与霍拉旭退后。)

雷欧提斯　还有些什么仪式?

哈姆莱特　(向霍拉旭旁白)那是雷欧提斯,一个很高贵的青年;听着。

雷欧提斯　还有些什么仪式?

教士甲　她的葬礼已经超过了她所应得的名分。她的死状很是可疑;倘不是因为我们迫于权力,按例就该把她安葬在圣地以外,直到最后审判的喇叭吹召她起来。我们不但不应该替她祷告,并且还要用砖瓦碎石丢在她坟上;可是现在我们已经允许给她处女的葬礼,用花圈盖在她的身上,替她散播鲜花,鸣钟送她入土,这还不够吗?

雷欧提斯　难道不能再有其他仪式了吗?

教士甲　不能再有其他仪式了;要是我们为她唱安魂曲,就像对于一般平安死去的灵魂一样,那就要亵渎了教规。

雷欧提斯　把她放下泥土里去;愿她的娇美无瑕的肉体上,生出芬芳馥郁的紫罗兰来!我告诉你,你这下贱的教士,我的妹妹将要做一个天使,你死了却要在地狱里呼号。

哈姆莱特　什么!美丽的奥菲利娅吗?

王　后　好花是应当散在美人身上的;永别了!(散花)我本来希望你做我的哈姆莱特的妻子;这些鲜花本来要铺在你的新床上,亲爱的女郎,谁想得到我要把它们散在你的坟上!

雷欧提斯　啊！但愿千百重的灾祸，降临在害得你精神错乱的那个该死的恶人的头上！等一等，不要就把泥土盖上去，让我再拥抱她一次。（跳下墓中）现在把你们的泥土倒下来，把死的和活的一起掩埋了吧；让这块平地上堆起一座高山，那古老的丕利恩和苍秀插天的俄林波斯都要俯伏在它的足下。

哈姆莱特　（上前）哪一个人的心里装载得下这样沉重的悲伤？哪一个人的哀恸的辞句，可以使天上的行星惊疑止步？那是我，丹麦王子哈姆莱特！（跳下墓中。）

雷欧提斯　魔鬼抓了你的灵魂去！（将哈姆莱特揪住。）

哈姆莱特　你祷告错了。请你不要揿住我的头颈；因为我虽然不是一个暴躁易怒的人，可是我的火性发作起来，是很危险的，你还是不要激恼我吧。放开你的手！

国　王　把他们扯开！

王　后　哈姆莱特！哈姆莱特！

众　人　殿下，公子——

霍拉旭　好殿下，安静点儿。（侍从等分开二人，二人自墓中出。）

哈姆莱特　嘿，我愿意为了这个题目跟他决斗，直到我的眼皮不再眹动。

王　后　啊，我的孩子！什么题目？

哈姆莱特　我爱奥菲利娅；四万个兄弟的爱合起来，还抵不过我对她的爱。你愿意为她干些什么事情？

国　王　啊！他是个疯人，雷欧提斯。

王　后　看在上帝的情分上，不要跟他认真。

哈姆莱特　哼，让我瞧瞧你会干些什么事。你会哭吗？你会打架吗？你会绝食吗？你会撕破你自己的身体吗？你会喝一大缸醋吗？你会吃一条鳄鱼吗？我都做得到。你是到这儿来哭泣的吗？你跳下她的坟墓里，是要当面羞辱我吗？你跟她活埋在一起，我也会跟她活埋在一起；要是你还要夸说什么高山大岭，那么让他们把几百万亩的泥土堆在我们身上，直到把我们的地面堆得高到可以被"烈火天"烧焦，让巍峨的奥萨山在相形之下变得只像一个瘤那么大吧！嘿，你会吹，我就不会吹吗？

王　后　这不过是他一时的疯话。他的疯病一发作起来，总是这个样子的；可是等一会儿他就会安静下来，正像母鸽孵育它那一双金羽的雏鸽的时候

一样温和了。

哈姆莱特　听我说,老兄;你为什么这样对待我?我一向是爱你的。可是这些
　　都不用说了,有本领的,随他干什么事吧;猫总是要叫,狗总是要闹的。
　　(下。)

国　王　好霍拉旭,请你跟住他。(霍拉旭下。向雷欧提斯)记住我们昨天晚
　　上所说的话,格外忍耐点儿吧;我们马上就可以实行我们的办法。好乔
　　特鲁德,叫几个人好好看守你的儿子。这一个坟上要有活生生的纪念
　　物,平静的时间不久就会到来;现在我们必须耐着心把一切安排。
　　(同下。)

第二场　城堡中的厅堂

　　　　哈姆莱特及霍拉旭上。

哈姆莱特　这个题目已经讲完,现在我可以让你知道另外一段事情。你还记
　　得当初的一切经过情形吗?

霍拉旭　记得,殿下!

哈姆莱特　当时在我的心里有一种战争,使我不能睡眠;我觉得我的处境比锁在脚镣里的叛变的水手还要难堪。我就卤莽行事。——结果倒卤莽对了,我们应该承认,有时候一时孟浪,往往反而可以做出一些为我们的深谋密虑所做不成功的事;从这一点上,我们可以看出来,无论我们怎样辛苦图谋,我们的结果却早已有一种冥冥中的力量把它布置好了。

霍拉旭　这是无可置疑的。

哈姆莱特　我从舱里起来,把一件航海的宽衣罩在我的身上,在黑暗之中摸索着找寻那封公文,果然给我达到目的,摸到了他们的包裹;我拿着它回到我自己的地方,疑心使我忘记了礼貌,我大胆地拆开了他们的公文,在那里面,霍拉旭——啊,堂皇的诡计!——我发现一道严厉的命令,借了许多好听的理由为名,说是为了丹麦和英国双方的利益,决不能让我这个险恶的人物逃脱,接到公文之后,必须不等磨好利斧,立即枭下我的首级。

霍拉旭　有这等事?

哈姆莱特　这一封就是原来的国书;你有空的时候可以仔细读一下。可是你愿意听我告诉你后来我怎么办吗?

霍拉旭　请您告诉我。

哈姆莱特　在这样重重诡计的包围之中,我的脑筋不等我定下心来思索,就开始活动起来了;我坐下来另外写了一通国书,字迹清清楚楚。从前我曾经抱着跟我们那些政治家们同样的意见,认为字体端正是一件有失体面的事,总是想竭力忘记这一种技能,可是现在它却对我有了大大的用处。你知道我写些什么话吗?

霍拉旭　嗯,殿下。

哈姆莱特　我用国王的名义,向英王提出恳切的要求,因为英国是他忠心的藩属,因为两国之间的友谊,必须让它像棕榈树一样发荣繁茂,因为和平的女神必须永远戴着她的荣冠,沟通彼此的情感,以及许许多多诸如此类的重要理由,请他在读完这一封信以后,不要有任何的迟延,立刻把那两个传书的来使处死,不让他们有从容忏悔的时间。

霍拉旭　可是国书上没有盖印,那怎么办呢?

哈姆莱特　啊,就在这件事上,也可以看出一切都是上天预先注定。我的衣袋里恰巧藏着我父亲的私印,它跟丹麦的国玺是一个式样的;我把伪造的国书照着原来的样子折好,签上名字,盖上印玺,把它小心封好,归还原处,一点没有露出破绽。下一天就遇见了海盗,那以后的情形,你早已知道了。

霍拉旭　这样说来,吉尔登斯吞和罗森格兰兹是去送死的了。

哈姆莱特　哎,朋友,他们本来是自己钻求这件差使的;我在良心上没有对不起他们的地方,是他们自己的阿谀献媚断送了他们的生命。两个强敌猛烈争斗的时候,不自量力的微弱之辈,却去插身在他们的刀剑中间,这样的事情是最危险不过的。

霍拉旭　想不到竟是这样一个国王!

哈姆莱特　你想,我是不是应该——他杀死了我的父王,奸污了我的母亲,篡夺了我的嗣位的权利,用这种诡计谋害我的生命,凭良心说我是不是应该亲手向他复仇雪恨?如果我不去剪除这一个戕害天性的蟊贼,让他继续为非作恶,岂不是该受天谴吗?

霍拉旭　他不久就会从英国得到消息,知道这一回事情产生了怎样的结果。

哈姆莱特　时间虽然很局促,可是我已经抓住眼前这一刻工夫;一个人的生命可以在说一个"一"字的一刹那之间了结。可是我很后悔,好霍拉旭,不该在雷欧提斯之前失去了自制;因为他所遭遇的惨痛,正是我自己的怨愤的影子。我要取得他的好感。可是他倘不是那样夸大他的悲哀,我也决不会动起那么大的火性来的。

霍拉旭　不要作声!谁来了?

　　　　奥斯里克上。

奥斯里克　殿下,欢迎您回到丹麦来!

哈姆莱特　谢谢您,先生。(向霍拉旭旁白)你认识这只水苍蝇吗?

霍拉旭　(向哈姆莱特旁白)不,殿下。

哈姆莱特　(向霍拉旭旁白)那是你的运气,因为认识他是一件丢脸的事。他有许多肥田美壤;一头畜生要是作了一群畜生的主子,就有资格把食槽搬到国王的席上来了。他"咯咯"叫起来简直没个完,可是——我方才也说了——他拥有大批粪土。

奥斯里克　殿下,您要是有空的话,我奉陛下之命,要来告诉您一件事情。

哈姆莱特　先生,我愿意恭聆大教。您的帽子是应该戴在头上的,您还是戴上去吧。

奥斯里克　谢谢殿下,天气真热。

哈姆莱特　不，相信我，天冷得很，在刮北风哩。

奥斯里克　真的有点儿冷，殿下。

哈姆莱特　可是对于像我这样的体质，我觉得这一种天气却是闷热得厉害。

奥斯里克　对了，殿下；真是说不出来的闷热。可是，殿下，陛下叫我来通知您
　　　　一声，他已经为您下了一个很大的赌注了。殿下，事情是这样的——

哈姆莱特　请您不要这样多礼。（促奥斯里克戴上帽子。）

奥斯里克　不，殿下，我还是这样舒服些，真的。殿下，雷欧提斯新近到我们的
　　　　宫廷里来；相信我，他是一位完善的绅士，充满着最卓越的特点，他的态度
　　　　非常温雅，他的仪表非常英俊；说一句发自衷心的话，他是上流社会的南
　　　　针，因为在他身上可以找到一个绅士所应有的品质的总汇。

哈姆莱特　先生，他对于您这一番描写，的确可以当之无愧；虽然我知道，要是
　　　　把他的好处一件一件列举出来，不但我们的记忆将要因此而淆乱，交不出
　　　　一篇正确的账目来，而且他这一艘满帆的快船，也决不是我们失舵之舟所
　　　　能追及；可是，凭着真诚的赞美而言，我认为他是一个才德优异的人，他的
　　　　高超的禀赋是那样稀有而罕见，说一句真心的话，除了在他的镜子里以
　　　　外，再也找不到第二个跟他同样的人，纷纷追踪求迹之辈，不过是他的影
　　　　子而已。

奥斯里克　殿下把他说得一点不错。

哈姆莱特　您的用意呢？为什么我们要用尘俗的呼吸，嘘在这位绅士的身
　　　　上呢？

奥斯里克　殿下？

霍拉旭　自己所用的语言，到了别人嘴里，就听不懂了吗？早晚你会懂的，
　　　　先生。

哈姆莱特　您向我提起这位绅士的名字，是什么意思？

奥斯里克　雷欧提斯吗？

霍拉旭　他的嘴里已经变得空空洞洞，因为他的那些好听话都说完了。

哈姆莱特　正是雷欧提斯。

奥斯里克　我知道您不是不明白——

哈姆莱特　您真能知道我这人不是不明白，那倒很好；可是，说老实话，即使你
　　　　知道我是明白人，对我也不是什么光彩的事。好，您怎么说？

奥斯里克　我是说，您不是不明白雷欧提斯有些什么特长——

哈姆莱特　那我可不敢说,因为也许人家会疑心我有意跟他比并高下;可是要
　　　　知道一个人的底细,应该先知道他自己。

奥斯里克　殿下,我的意思是说他的武艺;人家都称赞他的本领一时无两。

哈姆莱特　他会使些什么武器?

奥斯里克　长剑和短刀。

哈姆莱特　他会使这两种武器吗? 很好。

奥斯里克　殿下,王上已经用六匹巴巴里的骏马跟他打赌;在他的一方面,照
　　　　我所知道的,押的是六柄法国的宝剑和好刀,连同一切鞘带钩子之类的附
　　　　件,其中有三柄的挂机尤其珍奇可爱,跟剑柄配得非常合式,式样非常精
　　　　致,花纹非常富丽。

哈姆莱特　您所说的挂机是什么东西?

霍拉旭　我知道您要听懂他的话,非得翻查一下注解不可。

奥斯里克　殿下,挂机就是钩子。

哈姆莱特　要是我们腰间挂着大炮,用这个名词倒还合适;在那一天没有来到
　　　　以前,我看还是就叫它钩子吧。好,说下去;六匹巴巴里骏马对六柄法国
　　　　宝剑,附件在内,外加三个花纹富丽的挂机;法国产品对丹麦产品。可是,
　　　　用你的话来说,这样"押"是为了什么呢?

奥斯里克　殿下,王上跟他打赌,要是你们两人交起手来,在十二个回合之中,
　　　　他至多不过多赢您三着;可是他却觉得他可以稳赢九个回合。殿下要是
　　　　答应的话,马上就可以试一试。

哈姆莱特　要是我答应个"不"字呢?

奥斯里克　殿下,我的意思是说,您答应跟他当面比较高低。

哈姆莱特　先生,我还要在这儿厅堂里散散步。您去回陛下说,现在是我一天
　　　　之中休息的时间。叫他们把比赛用的钝剑预备好了,要是这位绅士愿意,
　　　　王上也不改变他的意见的话,我愿意尽力为他博取一次胜利;万一不幸失
　　　　败,那我也不过丢了一次脸,给他多剁了两下。

奥斯里克　我就照这样去回话吗?

哈姆莱特　您就照这个意思去说,随便您再加上一些什么新颖词藻都行。

奥斯里克　我保证为殿下效劳。

哈姆莱特　不敢,不敢。(奥斯里克下)多亏他自己保证,别人谁也不会替他张
　　　　口的。

霍拉旭　这一只小鸭子顶着壳儿逃走了。

哈姆莱特　他在母亲怀抱里的时候,也要先把他母亲的奶头恭维几句,然后吮吸。像他这一类靠着一些繁文缛礼撑撑场面的家伙,正是愚妄的世人所醉心的;他们的浅薄的牙慧使傻瓜和聪明人同样受他们的欺骗,可是一经试验,他们的水泡就爆破了。

　　　　一贵族上。

贵　　族　殿下,陛下刚才叫奥斯里克来向您传话,知道您在这儿厅上等候他的旨意;他叫我再来问您一声,您是不是仍旧愿意跟雷欧提斯比剑,还是慢慢再说。

哈姆莱特　我没有改变我的初心,一切服从王上的旨意。现在也好,无论什么时候都好,只要他方便,我总是随时准备着,除非我丧失了现在所有的力气。

贵　　族　王上、娘娘,跟其他的人都要到这儿来了。

哈姆莱特　他们来得正好。

贵　　族　娘娘请您在开始比赛以前,对雷欧提斯客气几句。

哈姆莱特　我愿意服从她的教诲。(贵族下。)

霍拉旭　殿下,您在这一回打赌中间,多半要失败的。

哈姆莱特　我想我不会失败。自从他到法国去以后,我练习得很勤;我一定可以把他打败。可是你不知道我的心里是多么不舒服;那也不用说了。

霍拉旭　啊,我的好殿下——

哈姆莱特　那不过是一种傻气的心理;可是一个女人也许会因为这种莫名其妙的疑虑而惶惑。

霍拉旭　要是您心里不愿意做一件事,那么就不要做吧。我可以去通知他们不用到这儿来,说您现在不能比赛。

哈姆莱特　不,我们不要害怕什么预兆;一只雀子的死生,都是命运预先注定的。注定在今天,就不会是明天;不是明天,就是今天;逃过了今天,明天还是逃不了,随时准备着就是了。一个人既然在离开世界的时候,只能一无所有,那么早早脱身而去,不是更好吗? 随它去。

　　　　国王、王后、雷欧提斯、众贵族、奥斯里克及侍从等持钝剑等上。

国　　王　来,哈姆莱特,来,让我替你们两人和解和解。(牵雷欧提斯、哈姆莱特二人手使相握。)

哈姆莱特　原谅我,雷欧提斯;我得罪了你,可是你是个堂堂男子,请你原谅我吧。这儿在场的众人都知道,你也一定听见人家说起,我是怎样被疯狂害苦了。凡是我的所作所为,足以伤害你的感情和荣誉、激起你的愤怒来的,我现在声明都是我在疯狂中犯下的过失。难道哈姆莱特会做对不起雷欧提斯的事吗?哈姆莱特决不会做这种事。要是哈姆莱特在丧失他自己的心神的时候,做了对不起雷欧提斯的事,那样的事不是哈姆莱特做的,哈姆莱特不能承认。那么是谁做的呢?是他的疯狂。既然是这样,那么哈姆莱特也是属于受害的一方,他的疯狂是可怜的哈姆莱特的敌人。当着在座众人之前,我承认我在无心中射出的箭,误伤了我的兄弟;我现在要向他请求大度包涵,宽恕我的不是出于故意的罪恶。

雷欧提斯　按理讲,对这件事情,我的感情应该是激动我复仇的主要力量,现在我在感情上总算满意了;但是另外还有荣誉这一关,除非有什么为众人所敬仰的长者,告诉我可以跟你捐除宿怨,指出这样的事是有前例可援的,不至于损害我的名誉,那时我才可以跟你言归于好。目前我且先接受你友好的表示,并且保证决不会辜负你的盛情。

哈姆莱特　我绝对信任你的诚意,愿意奉陪你举行这一次友谊的比赛。把钝剑给我们。来。

雷欧提斯　来,给我一柄。

哈姆莱特　雷欧提斯,我的剑术荒疏已久,只能给你帮场;正像最黑暗的夜里一颗吐耀的明星一般,彼此相形之下,一定更显得你的本领的高强。

雷欧提斯　殿下不要取笑。

哈姆莱特　不,我可以举手起誓,这不是取笑。

国　　王　奥斯里克,把钝剑分给他们。哈姆莱特侄儿,你知道我们怎样打赌吗?

哈姆莱特　我知道,陛下;您把赌注下在实力较弱的一方了。

国　　王　我想我的判断不会有错。你们两人的技术我都领教过;但是后来他又有了进步,所以才规定他必须多赢几着。

雷欧提斯　这一柄太重了;换一柄给我。

哈姆莱特　这一柄我很满意。这些钝剑都是同样长短的吗?

奥斯里克　是,殿下。(二人准备比剑。)

国　　王　替我在那桌子上斟下几杯酒。要是哈姆莱特击中了第一剑或是第二剑,或者在第三次交锋的时候争得上风,让所有的碉堡上一齐鸣起炮来;国王将要饮酒慰劳哈姆莱特,他还要拿一颗比丹麦四代国王戴在王冠上的更贵重的珍珠丢在酒杯里。把杯子给我;鼓声一起,喇叭就接着吹响,通知外面的炮手,让炮声震彻天地,报告这一个消息:"现在国王为哈姆莱特祝饮了!"来,开始比赛吧;你们在场裁判的都要留心看着。

哈姆莱特　请了。

雷欧提斯　请了,殿下。(二人比剑。)

哈姆莱特　一剑。

雷欧提斯　不,没有击中。

哈姆莱特　请裁判员公断。

奥斯里克　中了,很明显的一剑。

雷欧提斯　好;再来。

国　王　且慢;拿酒来。哈姆莱特,这一颗珍珠是你的;祝你健康! 把这一杯酒给他。(喇叭齐奏。内鸣炮。)

哈姆莱特　让我先赛完这一局;暂时把它放在一旁。来。(二人比剑)又是一剑;你怎么说?

雷欧提斯　我承认给你碰着了。

国　王　我们的孩子一定会胜利。

王　后　他身体太胖,有些喘不过气来。来,哈姆莱特,把我的手巾拿去,揩干你额上的汗。王后为你饮下这一杯酒,祝你的胜利了,哈姆莱特。

哈姆莱特　好妈妈!

国　王　乔特鲁德,不要喝。

王　后　我要喝的,陛下;请您原谅我。

国　王　(旁白)这一杯酒里有毒;太迟了!

哈姆莱特　母亲,我现在还不敢喝酒;等一等再喝吧。

王　后　来,让我擦干你的脸。

雷欧提斯　陛下,现在我一定要击中他了。

国　王　我怕你击不中他。

雷欧提斯　(旁白)可是我的良心却不赞成我干这件事。

哈姆莱特　来,该第三个回合了,雷欧提斯。你怎么一点不起劲? 请你使出你全身的本领来吧;我怕你在开我的玩笑哩。

雷欧提斯　你这样说吗？来。（二人比剑。）

奥斯里克　两边都没有中。

雷欧提斯　受我这一剑！（雷欧提斯挺剑刺伤哈姆莱特；二人在争夺中彼此手中之剑各为对方夺去，哈姆莱特以夺来之剑刺雷欧提斯，雷欧提斯亦受伤。）

国　　王　分开他们！他们动起火来了。

哈姆莱特　来，再试一下。（王后倒地。）

奥斯里克　嗳哟，瞧王后怎么啦！

霍拉旭　他们两人都在流血。您怎么啦，殿下？

奥斯里克　您怎么啦，雷欧提斯？

雷欧提斯　唉，奥斯里克，正像一只自投罗网的山鹬，我用诡计害人，反而害了自己，这也是我应得的报应。

哈姆莱特　王后怎么啦？

国　　王　她看见他们流血，昏了过去了。

王　　后　不，不，那杯酒，那杯酒——啊，我的亲爱的哈姆莱特！那杯酒，那杯酒；我中毒了。（死。）

哈姆莱特　啊，奸恶的阴谋！喂！把门锁上！阴谋！查出来是哪一个人干的。

（雷欧提斯倒地。）

雷欧提斯　凶手就在这儿，哈姆莱特。哈姆莱特，你已经不能活命了；世上没有一种药可以救治你，不到半小时，你就要死去。那杀人的凶器就在你的手里，它的锋利的刃上还涂着毒药。这奸恶的诡计已经回转来害了我自己；瞧！我躺在这儿，再也不会站起来了。你的母亲也中了毒。我说不下去了。国王——国王——都是他一个人的罪恶。

哈姆莱特　锋利的刃上还涂着毒药！——好，毒药，发挥你的力量吧！（刺国王。）

众　　人　反了！反了！

国　　王　啊！帮帮我，朋友们；我不过受了点伤。

哈姆莱特　好，你这败坏伦常、嗜杀贪淫、万恶不赦的丹麦奸王！喝干了这杯毒药——你那颗珍珠是在这儿吗？——跟我的母亲一道去吧！（国王死。）

雷欧提斯　他死得应该；这毒药是他亲手调下的。尊贵的哈姆莱特，让我们互相宽恕；我不怪你杀死我和我的父亲，你也不要怪我杀死你！（死。）

哈姆莱特　愿上天赦免你的错误！我也跟着你来了。我死了，霍拉旭。不幸
　　　的王后，别了！你们这些看见这一幕意外的惨变而战栗失色的无言的观
　　　众，倘不是因为死神的拘捕不给人片刻的停留，啊！我可以告诉你们——
　　　可是随它去吧。霍拉旭，我死了，你还活在世上；请你把我的行事的始末
　　　根由昭告世人，解除他们的疑惑。

霍拉旭　不，我虽然是个丹麦人，可是在精神上我却更是个古代的罗马人；这
　　　儿还留剩着一些毒药。

哈姆莱特　你是个汉子，把那杯子给我；放手；凭着上天起誓，你必须把它给
　　　我。啊，上帝！霍拉旭，我一死之后，要是世人不明白这一切事情的真相，
　　　我的名誉将要永远蒙着怎样的损伤！你倘然爱我，请你暂时牺牲一下天
　　　堂上的幸福，留在这一个冷酷的人间，替我传述我的故事吧。（内军队自
　　　远处行进及鸣炮声）这是哪儿来的战场上的声音？

奥斯里克　年轻的福丁布拉斯从波兰奏凯班师，这是他对英国来的钦使所发
　　　的礼炮。

哈姆莱特　啊！我死了，霍拉旭；猛烈的毒药已经克服了我的精神，我不能活
　　　着听见英国来的消息。可是我可以预言福丁布拉斯将被推戴为王，他已
　　　经得到我这临死之人的同意；你可以把这儿所发生的一切事实告诉他。
　　　此外仅余沉默而已。（死。）

霍拉旭　一颗高贵的心现在碎裂了！晚安，亲爱的王子，愿成群的天使们用歌
　　　唱抚慰你安息！——为什么鼓声越来越近了？（内军队行进声。）

　　　　　福丁布拉斯、英国使臣及余人等上。

福丁布拉斯　这一场比赛在什么地方举行？

霍拉旭　你们要看些什么？要是你们想知道一些惊人的惨事，那么不用再到
　　　别处去找了。

福丁布拉斯　好一场惊心动魄的屠杀！啊，骄傲的死神！你用这样残忍的手
　　　腕，一下子杀死了这许多王裔贵胄，在你的永久的幽窟里，将要有一席多
　　　么丰美的盛筵！

使臣甲　这一个景象太惨了。我们从英国奉命来此，本来是要回复这儿的王
　　　上，告诉他我们已经遵从他的命令，把罗森格兰兹和吉尔登斯吞两人处
　　　死；不幸我们来迟了一步，那应该听我们说话的耳朵已经没有知觉了，我
　　　们还希望从谁的嘴里得到一声感谢呢？

霍拉旭　即使他能够向你们开口说话,他也不会感谢你们;他从来不曾命令你们把他们处死。可是既然你们都来得这样凑巧,有的刚从波兰回来,有的刚从英国到来,恰好看见这一幕流血的惨剧,那么请你们叫人把这几个尸体抬起来放在高台上面,让大家可以看见,让我向那懵无所知的世人报告这些事情的发生经过;你们可以听到奸淫残杀、反常悖理的行为、冥冥中的判决、意外的屠戮、借手杀人的狡计,以及陷人自害的结局;这一切我都可以确确实实地告诉你们。

福丁布拉斯　让我们赶快听你说;所有最尊贵的人,都叫他们一起来吧。我在这一个国内本来也有继承王位的权利,现在国中无主,正是我要求这一个权利的机会;可是我虽然准备接受我的幸运,我的心里却充满了悲哀。

霍拉旭　关于那一点,我受死者的嘱托,也有一句话要说,他的意见是可以影响许多人的;可是在这人心惶惶的时候,让我还是先把这一切解释明白了,免得引起更多的不幸、阴谋和错误来。

福丁布拉斯　让四个将士把哈姆莱特像一个军人似的抬到台上,因为要是他能够践登王位,一定会成为一个贤明的君主的;为了表示对他的悲悼,我们要用军乐和战地的仪式,向他致敬。把这些尸体一起抬起来。这一种情形在战场上是不足为奇的,可是在宫廷之内,却是非常的变故。去,叫兵士放起炮来。(奏丧礼进行曲;众舁尸同下。内鸣炮。)

奥 瑟 罗

剧 中 人 物

威尼斯公爵

勃拉班修　元老

葛莱西安诺　勃拉班修之弟

罗多维科　勃拉班修的亲戚

奥瑟罗　摩尔族贵裔,供职威尼斯政府

凯西奥　奥瑟罗的副将

伊阿古　奥瑟罗的旗官

罗德利哥　威尼斯绅士

蒙太诺　塞浦路斯总督,奥瑟罗的前任者

小丑　奥瑟罗的仆人

苔丝狄蒙娜　勃拉班修之女,奥瑟罗之妻

爱米利娅　伊阿古之妻

比恩卡　凯西奥的情妇

元老、水手、吏役、军官、使者、乐工、传令官、侍从等

地　点

第一幕在威尼斯;其余各幕在塞浦路斯岛一海口

第 一 幕

第一场　威尼斯。街道

罗德利哥及伊阿古上。

罗德利哥　嘿！别对我说，伊阿古；我把我的钱袋交给你支配，让你随意花用，你却做了他们的同谋，这太不够朋友啦。

伊阿古　他妈的！你总不肯听我说下去。要是我做梦会想到这种事情，你不要把我当做一个人。

罗德利哥　你告诉我你恨他。

伊阿古　要是我不恨他，你从此别理我。这城里的三个当道要人亲自向他打招呼，举荐我做他的副将；凭良心说，我知道我自己的价值，难道我就做不得一个副将？可是他眼睛里只有自己没有别人，对于他们的请求，都用一套充满了军事上口头禅的空话回绝了；因为，他说："我已经选定我的将佐了。"他选中的是个什么人呢？哼，一个算学大家，一个叫做迈克尔·凯西奥的弗罗棱萨人，一个几乎因为娶了娇妻而误了终身的家伙；他从来不曾在战场上领过一队兵，对于布阵作战的知识，懂得简直也不比一个老守空闺的女人多；即使懂得一些书本上的理论，那些身穿宽袍的元老大人们讲起来也会比他更头头是道；只有空谈，不切实际，这就是他的全部的军人资格。可是，老兄，他居然得到了任命；我在罗得斯岛、塞浦路斯岛，以及其他基督徒和异教徒的国土之上，立过多少的军功，都是他亲眼看见的，现在却必须低首下心，受一个市侩的指挥。这位掌柜居然做起他的副将来，而我呢——上帝恕我这样说——却只在这位黑将军的麾下充一名旗官。

罗德利哥　天哪，我宁愿做他的刽子手。

伊阿古　这也是没有办法呀。说来真叫人恼恨,军队里的升迁可以全然不管
　　古来的定法,按照各人的阶级依次递补,只要谁的脚力大,能够得到上官
　　的欢心,就可以越级蹿升。现在,老兄,请你替我评一评,我究竟有什么理
　　由要跟这摩尔人要好。

罗德利哥　假如是我,我就不愿跟随他。

伊阿古　啊,老兄,你放心吧;我所以跟随他,不过是要利用他达到我自己的目
　　的。我们不能每个人都是主人,每个主人也不是都该让仆人忠心地追随
　　他。你可以看到,有一辈天生的奴才,他们卑躬屈节,拼命讨主人的好,甘
　　心受主人的鞭策,像一头驴子似的,为了一些粮草而出卖他们的一生,等
　　到年纪老了,主人就把他们撵走;这种老实的奴才是应该抽一顿鞭子的。

还有一种人,表面上尽管装出一副鞠躬如也的样子,骨子里却是为他们自己打算;看上去好像替主人做事,实际却靠着主人发展自己的势力,等捞足了油水,就可以知道他所尊敬的其实是他本人;像这种人还有几分头脑;我承认我自己就属于这一类。因为,老兄,正像你是罗德利哥而不是别人一样,我要是做了那摩尔人,我就不会是伊阿古。同样地没有错,虽说我跟随他,其实还是跟随我自己。上天是我的公证人,我这样对他陪着小心,既不是为了忠心,也不是为了义务,只是为了自己的利益,才装出这一副假脸。要是我表面上的恭而敬之的行为会泄露我内心的活动,那么不久我就要掬出我的心来,让乌鸦们乱啄了。世人所知道的我,并不是实在的我。

罗德利哥　要是那厚嘴唇的家伙也有这么一手,那可让他交上大运了!

伊阿古　叫起她的父亲来;不要放过他,打断他的兴致,在各处街道上宣布他的罪恶;激怒她的亲族。让他虽然住在气候宜人的地方,也免不了受蚊蝇的滋扰,虽然享受着盛大的欢乐,也免不了受烦恼的缠绕。

罗德利哥　这儿就是她父亲的家;我要高声叫喊。

伊阿古　很好,你嚷起来吧,就像在一座人口众多的城里,因为晚间失慎而起火的时候,人们用那种惊骇惶恐的声音呼喊一样。

罗德利哥　喂,喂,勃拉班修! 勃拉班修先生,喂!

伊阿古　醒来! 喂,喂! 勃拉班修! 捉贼! 捉贼! 捉贼! 留心你的屋子、你的女儿和你的钱袋! 捉贼! 捉贼!

　　　　　　勃拉班修自上方窗口上。

勃拉班修　大惊小怪地叫什么呀? 出了什么事?

罗德利哥　先生,您家里的人没有缺少吗?

伊阿古　您的门都锁上了吗?

勃拉班修　咦,你们为什么这样问我?

伊阿古　哼! 先生,有人偷了您的东西去啦,还不赶快披上您的袍子! 您的心碎了,您的灵魂已经丢掉半个;就在这时候,就在这一刻工夫,一头老黑羊在跟您的白母羊交尾哩。起来,起来! 打钟惊醒那些鼾睡的市民,否则魔鬼要让您抱外孙啦。喂,起来!

勃拉班修　什么! 你发疯了吗?

罗德利哥　最可敬的老先生,您听得出我的声音吗?

勃拉班修　我听不出;你是谁?

罗德利哥　我的名字是罗德利哥。

勃拉班修　讨厌！我叫你不要在我的门前走动;我已经老老实实、明明白白对你说,我的女儿是不能嫁给你的;现在你吃饱了饭,喝醉了酒,疯疯癫癫,不怀好意,又要来扰乱我的安静了。

罗德利哥　先生,先生,先生!

勃拉班修　可是你必须明白,我不是一个好说话的人,要是你惹我发火,凭着我的地位,只要略微拿出一点力量来,你就要叫苦不迭了。

罗德利哥　好先生,不要生气。

勃拉班修　说什么有贼没有贼?这儿是威尼斯;我的屋子不是一座独家的田庄。

罗德利哥　最尊严的勃拉班修,我是一片诚心来通知您。

伊阿古　嘿,先生,您也是那种因为魔鬼叫他敬奉上帝而把上帝丢在一旁的人。您把我们当作了坏人,所以把我们的好心看成了恶意,宁愿让您的女儿给一头黑马骑了,替您生下一些马子马孙,攀一些马亲马眷。

勃拉班修　你是个什么混账东西,敢这样胡说八道?

伊阿古　先生,我是一个特意来告诉您一个消息的人,您的令嫒现在正在跟那摩尔人干那件禽兽一样的勾当哩。

勃拉班修　你是个混蛋!

伊阿古　您是一位——元老呢。

勃拉班修　你留点儿神吧;罗德利哥,我认识你。

罗德利哥　先生,我愿意负一切责任;可是请您允许我说一句话。要是令嫒因为得到您的明智的同意,所以才会在这样更深人静的午夜,身边并没有一个人保护,让一个下贱的谁都可以雇用的船夫,把她载到一个贪淫的摩尔人的粗野的怀抱里——要是您对于这件事情不但知道,而且默许——照我看来,您至少已经给了她一部分的同意——那么我们的确太放肆、太冒昧了;可是假如您果真不知道这件事,那么从礼貌上说起来,您可不应该对我们恶声相向。难道我会这样一点不懂规矩,敢来戏侮像您这样一位年尊的长者吗?我再说一句,要是令嫒没有得到您的许可,就把她的责任、美貌、智慧和财产,全部委弃在一个到处为家、漂泊流浪的异邦人的身上,那么她的确已经干下了一件重大的逆行了。您可以立刻去调查一个

　　明白,要是她好好地在她的房间里或是在您的宅子里,那么是我欺骗了您,您可以按照国法惩办我。

勃拉班修　喂,点起火来!给我一支蜡烛!把我的仆人全都叫起来!这件事情很像我的噩梦,它的极大的可能性已经重压在我的心头了。喂,拿火来!拿火来!(自上方下。)

伊阿古　再会,我要少陪了;要是我不去,我就要出面跟这摩尔人作对证,那不但不大相宜,而且在我的地位上也很多不便;因为我知道无论他将要因此而受到什么谴责,政府方面现在还不能就把他免职;塞浦路斯的战事正在进行,情势那么紧急,要不是马上派他前去,他们休想找到第二个人有像他那样的才能,可以担当这一个重任。所以虽然我恨他像恨地狱里的刑罚一样,可是为了事实上的必要,我不得不和他假意周旋,那也不过是表面上的敷衍而已。你等他们出来找人的时候,只要领他们到马人旅馆去,一定可以找到他;我也在那边跟他在一起。再见。(下。)

勃拉班修率众仆持火炬自下方上。

勃拉班修　真有这样的祸事！她去了；只有悲哀怨恨伴着我这衰朽的余年！罗德利哥，你在什么地方看见她的？——啊，不幸的孩子！——你说跟那摩尔人在一起吗？——谁还愿意做一个父亲！——你怎么知道是她？——唉，想不到她会这样欺骗我！——她对你怎么说？——再拿些蜡烛来！唤醒我的所有的亲族！——你想他们有没有结婚？

罗德利哥　说老实话，我想他们已经结了婚啦。

勃拉班修　天哪！她怎么出去的？啊，骨肉的叛逆！做父亲的人啊，从此以后，你们千万留心你们女儿的行动，不要信任她们的心思。世上有没有一种引诱青年少女失去贞操的邪术？罗德利哥，你有没有在书上读到过这一类的事情？

罗德利哥　是的，先生，我的确读到过。

勃拉班修　叫起我的兄弟来！唉，我后悔不让你娶了她去！你们快去给我分头找寻！你知道我们可以在什么地方把她和那摩尔人一起捉到？

罗德利哥　我想我可以找到他的踪迹，要是您愿意多派几个得力的人手跟我前去。

勃拉班修　请你带路。我要到每一个人家去搜寻；大部分的人家都在我的势力之下。喂，多带一些武器！叫起几个巡夜的警吏！去，好罗德利哥，我一定重谢你的辛苦。（同下。）

第二场　另一街道

奥瑟罗、伊阿古及侍从等持火炬上。

伊阿古　虽然我在战场上杀过不少的人，可是总觉得有意杀人是违反良心的；缺少作恶的本能，往往使我不能做我所要做的事。好多次我想要把我的剑从他的肋骨下面刺进去。

奥瑟罗　还是随他说去吧。

伊阿古　可是他唠哩唠叨地说了许多难听的话破坏您的名誉，连像我这样一个荒唐的家伙也实在压不住心头的怒火。可是请问主帅，你们有没有完成婚礼？您要注意，这位元老是很得人心的，他的潜势力比公爵还要大上一倍；他会拆散你们的姻缘，尽量运用法律的力量来给您种种压制和迫害。

奥瑟罗　随他怎样发泄他的愤恨吧;我对贵族们所立的功劳,就可以驳倒他的控诉。世人还没有知道——要是夸口是一件荣耀的事,我就要到处宣布——我是高贵的祖先的后裔,我有充分的资格,享受我目前所得到的值得骄傲的幸运。告诉你吧,伊阿古,倘不是我真心恋爱温柔的苔丝狄蒙娜,即使给我大海中所有的珍宝,我也不愿意放弃我的无拘无束的自由生活,来俯就家室的羁缚的。可是瞧!那边举着火把走来的是些什么人?

伊阿古　她的父亲带着他的亲友来找您了;您还是进去躲一躲吧。

奥瑟罗　不,我要让他们看见我;我的人品、我的地位和我的清白的人格可以替我表明一切。是不是他们?

伊阿古　凭二脸神起誓,我想不是。

　　　　凯西奥及若干吏役持火炬上。

奥瑟罗　原来是公爵手下的人,还有我的副将。晚安,各位朋友! 有什么消息?

凯西奥　主帅,公爵向您致意,请您立刻就过去。

奥瑟罗　你知道是为了什么事?

凯西奥　照我猜想起来,大概是塞浦路斯方面的事情,看样子很是紧急。就在这一个晚上,战船上已经连续不断派了十二个使者赶来告急;许多元老都从睡梦中被人叫醒,在公爵府里集合了。他们正在到处找您;因为您不在家里,所以元老院派了三队人出来分头寻访。

奥瑟罗　幸而我给你找到了。让我到这儿屋子里去说一句话,就来跟你同去。(下。)

凯西奥　他到这儿来有什么事?

伊阿古　不瞒你说,他今天夜里登上了一艘陆地上的大船;要是能够证明那是一件合法的战利品,他可以从此成家立业了。

凯西奥　我不懂你的话。

伊阿古　他结了婚啦。

凯西奥　跟谁结婚?

　　　　奥瑟罗重上。

伊阿古　呃,跟——来,主帅,我们走吧。

奥瑟罗　好,我跟你走。

凯西奥　又有一队人来找您了。

伊阿古　那是勃拉班修。主帅,请您留心点儿;他来是不怀好意的。

　　　　勃拉班修、罗德利哥及吏役等持火炬武器上。

奥瑟罗　喂! 站住!

罗德利哥　先生,这就是那摩尔人。

勃拉班修　杀死他,这贼!(双方拔剑。)

伊阿古　你,罗德利哥! 来,我们来比个高下。

奥瑟罗　收起你们明晃晃的剑,它们沾了露水会生锈的。老先生,像您这么年高德劭的人,有什么话不可以命令我们,何必动起武来呢?

勃拉班修　啊,你这恶贼! 你把我的女儿藏到什么地方去了? 你不想想你自

557

己是个什么东西,胆敢用妖法蛊惑她;我们只要凭着情理判断,像她这样一个年轻貌美、娇生惯养的姑娘,多少我们国里有财有势的俊秀子弟她都看不上眼,倘不是中了魔,怎么会不怕人家的笑话,背着尊亲投奔到你这个丑恶的黑鬼的怀里?——那还不早把她吓坏了,岂有什么乐趣可言!世人可以替我评一评,是不是显而易见你用邪恶的符咒欺诱她的娇弱的心灵,用药饵丹方迷惑她的知觉;我要在法庭上叫大家评一评理,这种事情是不是很可能的。所以我现在逮捕你;妨害风化、行使邪术,便是你的罪名。抓住他;要是他敢反抗,你们就用武力制伏他。

奥瑟罗　　帮助我的,反对我的,大家放下你们的手!我要是想打架,我自己会知道应该在什么时候动手。您要我到什么地方去答复您的控诉?

勃拉班修　　到监牢里去,等法庭上传唤你的时候你再开口。

奥瑟罗　　要是我听从您的话去了,那么怎么答复公爵呢?他的使者就在我的身边,因为有紧急的公事,等候着带我去见他。

吏　役　　真的,大人;公爵正在举行会议,我相信他已经派人请您去了。

勃拉班修　　怎么!公爵在举行会议!在这样夜深的时候!把他带去。我的事情也不是一件等闲小事;公爵和我的同僚们听见了这个消息,一定会感到这种侮辱简直就像加在他们自己身上一般。要是这样的行为可以置之不问,奴隶和异教徒都要来主持我们的国政了。(同下。)

第三场　议 事 厅

公爵及众元老围桌而坐;吏役等随侍。

公　爵　　这些消息彼此纷歧,令人难于置信。

元老甲　　它们真是参差不一;我的信上说是共有船只一百零七艘。

公　爵　　我的信上说是一百四十艘。

元老乙　　我的信上又说是二百艘。可是它们所报的数目虽然各各不同,因为根据估计所得的结果,难免多少有些出入,不过它们都证实确有一支土耳其舰队在向塞浦路斯岛进发。

公　爵　　嗯,这种事情推想起来很有可能;即使消息不尽正确,我也并不就此放心;大体上总是有根据的,我们倒不能不担着几分心事。

水　手　　(在内)喂!喂!喂!有人吗?

吏　役　一个从船上来的使者。

　　　　一水手上。

公　爵　什么事？

水　手　安哲鲁大人叫我来此禀告殿下，土耳其人调集舰队，正在向罗得斯岛
　　　　进发。

公　爵　你们对于这一个变动有什么意见？

元老甲　照常识判断起来，这是不会有的事；它无非是转移我们目标的一种诡
　　　　计。我们只要想一想塞浦路斯岛对于土耳其人的重要性，远在罗得斯岛
　　　　以上，而且攻击塞浦路斯岛，也比攻击罗得斯岛容易得多，因为它的防务
　　　　比较空虚，不像罗得斯岛那样戒备严密；我们只要想到这一点，就可以断
　　　　定土耳其人决不会那样愚笨，甘心舍本逐末，避轻就重，进行一场无益的
　　　　冒险。

公　爵　嗯，他们的目标决不是罗得斯岛，这是可以断定的。

吏　役　又有消息来了。

　　　　一使者上。

使　者　公爵和各位大人，向罗得斯岛驶去的土耳其舰队，已经和另外一支殿
　　　　后的舰队会合了。

元老甲　嗯,果然符合我的预料。照你猜想起来,一共有多少船只?

使　者　三十艘模样;它们现在已经回过头来,显然是要开向塞浦路斯岛去的。蒙太诺大人,您的忠实英勇的仆人,本着他的职责,叫我来向您报告这一个您可以相信的消息。

公　爵　那么一定是到塞浦路斯岛去的了。玛克斯·勒西科斯不在威尼斯吗?

元老甲　他现在到弗罗棱萨去了。

公　爵　替我写一封十万火急的信给他。

元老甲　勃拉班修和那勇敢的摩尔人来了。

　　　　勃拉班修、奥瑟罗、伊阿古、罗德利哥及吏役等上。

公　爵　英勇的奥瑟罗,我们必须立刻派你出去向我们的公敌土耳其人作战。(向勃拉班修)我没有看见你;欢迎,高贵的大人,我们今晚正需要你的指教和帮助呢。

勃拉班修　我也同样需要您的指教和帮助。殿下,请您原谅,我并不是因为职责所在,也不是因为听到了什么国家大事而从床上惊起;国家的安危不能引起我的注意,因为我个人的悲哀是那么压倒一切,把其余的忧虑一起吞没了。

公　爵　啊,为了什么事?

勃拉班修　我的女儿!啊,我的女儿!

公　爵
众元老　死了吗?

勃拉班修　嗯,她对于我是死了。她已经被人污辱,人家把她从我的地方拐走,用江湖骗子的符咒药物引诱她堕落;因为一个没有残疾、眼睛明亮、理智健全的人,倘不是中了魔法的蛊惑,决不会犯这样荒唐的错误的。

公　爵　如果有人用这种邪恶的手段引诱你的女儿,使她丧失了自己的本性,使你丧失了她,那么无论他是什么人,你都可以根据无情的法律,照你自己的解释给他应得的严刑;即使他是我的儿子,你也可以照样控诉他。

勃拉班修　感谢殿下。罪人就在这儿,就是这个摩尔人;好像您有重要的公事召他来的。

公　爵
众元老　那我们真是抱憾得很。

560

公　爵　（向奥瑟罗）你自己对于这件事有什么话要分辩？

勃拉班修　没有，事情就是这样。

奥瑟罗　威严无比、德高望重的各位大人，我的尊贵贤良的主人们，我把这位
　　　老人家的女儿带走了，这是完全真实的；我已经和她结了婚，这也是真的；
　　　我的最大的罪状仅止于此，别的就不是我所知道的了。我的言语是粗鲁
　　　的，一点不懂得那些温文尔雅的辞令；因为自从我这双手臂长了七年的臂
　　　力以后，直到最近这九个月以前，它们一直都在战场上发挥它们的本领；
　　　对于这一个广大的世界，我除了冲锋陷阵以外，几乎一无所知，所以我也
　　　不能用什么动人的字句替我自己辩护。可是你们要是愿意耐心听我说下
　　　去，我可以向你们讲述一段质朴无文的、关于我的恋爱的全部经过的故
　　　事；告诉你们我用什么药物、什么符咒、什么驱神役鬼的手段、什么神奇玄
　　　妙的魔法，骗到了他的女儿，因为这是他所控诉我的罪名。

勃拉班修　一个素来胆小的女孩子，她的生性是那么幽娴贞静，甚至于心里略
　　　为动了一点感情，就会满脸羞愧；像她这样的性质，像她这样的年龄，竟会
　　　不顾国族的畛域，把名誉和一切作为牺牲，去跟一个她瞧着都感到害怕的
　　　人发生恋爱！假如有人说，这样完美的人儿会做下这样不近情理的事，那
　　　这个人的判断可太荒唐了；因此怎么也得查究，到底这里使用了什么样阴
　　　谋诡计，才会有这种事情？我断定他一定曾经用烈性的药饵或是邪术炼
　　　成的毒剂麻醉了她的血液。

公　爵　没有更确实显明的证据，单单凭着这些表面上的猜测和莫须有的武
　　　断，是不能使人信服的。

元老甲　奥瑟罗，你说，你有没有用不正当的诡计诱惑这一位年轻的女郎，或
　　　是用强暴的手段逼迫她服从你；还是正大光明地对她披肝沥胆，达到你的
　　　求爱的目的？

奥瑟罗　请你们差一个人到马人旅馆去把这位小姐接来，让她当着她的父亲
　　　的面告诉你们我是怎样一个人。要是你们根据她的报告，认为我是有罪
　　　的，你们不但可以撤销你们对我的信任，解除你们给我的职权，并且可以
　　　把我判处死刑。

公　爵　去把苔丝狄蒙娜带来。

奥瑟罗　旗官，你领他们去；你知道她在什么地方。（伊阿古及吏役等下）当她
　　　没有到来以前，我要像对天忏悔我的血肉的罪恶一样，把我怎样得到这位

美人的爱情和她怎样得到我的爱情的经过情形,忠实地向各位陈诉。

公　爵　说吧,奥瑟罗。

奥瑟罗　她的父亲很看重我,常常请我到他家里,每次谈话的时候,总是问起
　　我过去的历史,要我讲述我一年又一年所经历的各次战争、围城和意外的
　　遭遇;我就把我的一生事实,从我的童年时代起,直到他叫我讲述的时候
　　为止,原原本本地说了出来。我说起最可怕的灾祸,海上陆上惊人的奇
　　遇,间不容发的脱险,在傲慢的敌人手中被俘为奴,和遇赎脱身的经过,以
　　及旅途中的种种见闻;那些广大的岩窟、荒凉的沙漠、突兀的崖嶂、巍峨的
　　峰岭;接着我又讲到彼此相食的野蛮部落,和肩下生头的化外异民;这些
　　都是我的谈话的题目。苔丝狄蒙娜对于这种故事,总是出神倾听;有时为
　　了家庭中的事务,她不能不离座而起,可是她总是尽力把事情赶紧办好,
　　再回来孜孜不倦地把我所讲的每一个字都听了进去。我注意到她这种情
　　形,有一天在一个适当的时间,从她的嘴里逗出了她的真诚的心愿:她希
　　望我能够把我的一生经历,对她作一次详细的复述,因为她平日所听到
　　的,只是一鳞半爪、残缺不全的片段。我答应了她的要求;当我讲到我在
　　少年时代所遭逢的不幸的打击的时候,她往往忍不住掉下泪来。我的故
　　事讲完以后,她用无数的叹息酬劳我;她发誓说,那是非常奇异而悲惨的;
　　她希望她没有听到这段故事,可是又希望上天为她造下这样一个男子。
　　她向我道谢,对我说,要是我有一个朋友爱上了她,我只要教他怎样讲述
　　我的故事,就可以得到她的爱情。我听了这一个暗示,才向她吐露我的求

婚的诚意。她为了我所经历的种种患难而爱我,我为了她对我所抱的同情而爱她:这就是我的惟一的妖术。她来了;让她为我证明吧。

苔丝狄蒙娜、伊阿古及吏役等上。

公　爵　像这样的故事,我想我的女儿听了也会着迷的。勃拉班修,木已成舟,不必懊恼了。刀剑虽破,比起手无寸铁来,总是略胜一筹。

勃拉班修　请殿下听她说;要是她承认她本来也有爱慕他的意思,而我却还要归咎于他,那就让我不得好死吧。过来,好姑娘,你看这在座的济济众人之间,谁是你所最应该服从的?

苔丝狄蒙娜　我的尊贵的父亲,我在这里所看到的,是我的分歧的义务:对您说起来,我深荷您的生养教育的大恩,您给我的生命和教养使我明白我应该怎样敬重您;您是我的家长和严君,我直到现在都是您的女儿。可是这儿是我的丈夫,正像我的母亲对您克尽一个妻子的义务、把您看得比她的父亲更重一样,我也应该有权利向这位摩尔人,我的夫主,尽我应尽的名分。

勃拉班修　上帝和你同在!我没有话说了。殿下,请您继续处理国家的要务吧。我宁愿抚养一个义子,也不愿自己生男育女。过来,摩尔人。我现在用我的全副诚心,把她给了你;倘不是你早已得到了她,我一定再也不会让她到你手里。为了你的缘故,宝贝,我很高兴我没有别的儿女,否则你的私奔将要使我变成一个虐待儿女的暴君,替他们手脚加上镣铐。我没有话说了,殿下。

公　爵　让我设身处地,说几句话给你听听,也许可以帮助这一对恋人,使他们能够得到你的欢心。

　　　　眼看希望幻灭,恶运临头,

　　　　无可挽回,何必满腹牢愁?

　　　　为了既成的灾祸而痛苦,

　　　　徒然招惹出更多的灾祸。

　　　　既不能和命运争强斗胜,

　　　　还是付之一笑,安心耐忍。

　　　　聪明人遭盗窃毫不介意;

　　　　痛哭流涕反而伤害自己。

勃拉班修　让敌人夺去我们的海岛,

　　　　　我们同样可以付之一笑。

　　　　　那感激法官仁慈的囚犯,

　　　　　他可以忘却刑罚的苦难;

　　　　　倘然他怨恨那判决太重,

　　　　　他就要忍受加倍的惨痛。

　　　　　种种譬解虽能给人慰藉,

　　　　　它们也会格外添人悲戚;

　　　　　可是空言毕竟无补实际,

　　　　　好听的话几曾送进心底?

　　请殿下继续进行原来的公事吧。

公　爵　土耳其人正在向塞浦路斯大举进犯;奥瑟罗,那岛上的实力你是知道得十分清楚的;虽然我们派在那边代理总督职务的,是一个公认为很有能力的人,可是谁都不能不尊重大家的意思,大家觉得由你去负责镇守,才可以万无一失;所以说只得打扰你的新婚的快乐,辛苦你去跑这一趟了。

奥瑟罗　各位尊严的元老们,习惯的暴力已经使我把冷酷无情的战场当作我的温软的眠床,对于艰难困苦,我总是挺身而赴。我愿意接受你们的命令,去和土耳其人作战;可是我要恳求你们念在我替国家尽心出力,给我的妻子一个适当的安置,按照她的身份,供给她一切日常的需要。

公　爵　你要是同意的话,可以让她住在她父亲的家里。

勃拉班修　我不愿意收留她。

奥瑟罗　我也不能同意。

苔丝狄蒙娜　我也不愿住在父亲的家里,让他每天看见我生气。最仁慈的公爵,愿您俯听我的陈请,让我的卑微的衷忱得到您的谅解和赞助。

公　爵　你有什么请求,苔丝狄蒙娜?

苔丝狄蒙娜　我不顾一切跟命运对抗的行动可以代我向世人宣告,我因为爱这摩尔人,所以愿意和他过共同的生活;我的心灵完全为他的高贵的德性所征服;我先认识他那颗心,然后认识他那奇伟的仪表;我已经把我的灵魂和命运一起呈献给他了。所以,各位大人,要是他一个人迢迢出征,把我遗留在和平的后方,过着像蜉蝣一般的生活,我将要因为不能朝夕事奉他,而在镂心刻骨的离情别绪中度日如年了。让我跟他去吧。

奥瑟罗　请你们允许了她吧。上天为我作证,我向你们这样请求,并不是为了贪尝人生的甜头,也不是为了满足我自己的欲望,因为青春的热情在我已成过去了;我的惟一的动机,只是不忍使她失望。请你们千万不要抱着那样的思想,以为她跟我在一起,会使我懈怠了你们所付托给我的重大的使命。不,要是插翅的爱神的风流解数,可以蒙蔽了我的灵明的理智,使我因为贪恋欢娱而误了正事,那么让主妇们把我的战盔当作水罐,让一切的污名都丛集于我的一身吧!

公　爵　她的去留行止,可以由你们自己去决定。事情很是紧急,你必须立刻出发。

元老甲　今天晚上你就得动身。

奥瑟罗　很好。

公　爵　明天早上九点钟,我们还要在这儿聚会一次。奥瑟罗,请你留下一个将佐在这儿,将来政府的委任状好由他转交给你;要是我们随后还有什么决定,可以叫他把训令传达给你。

奥瑟罗　殿下,我的旗官是一个很适当的人物,他的为人是忠实而可靠的;我还要请他负责护送我的妻子,要是此外还有什么必须寄给我的物件,也请殿下一起交给他。

公　爵　很好。各位晚安!(向勃拉班修)尊贵的先生,倘然有德必有貌,说你这位女婿长得黑,远不如说他长得美。

元老甲　再会,勇敢的摩尔人!好好看顾苔丝狄蒙娜。

勃拉班修　留心看着她,摩尔人,不要视而不见;她已经愚弄了她的父亲,她也会把你欺骗。(公爵、众元老、吏役等同下。)

奥瑟罗　我用生命保证她的忠诚!正直的伊阿古,我必须把我的苔丝狄蒙娜托付给你,请你叫你的妻子当心照料她;看什么时候有方便,就烦你护送她们起程。来,苔丝狄蒙娜,我只有一小时的工夫和你诉说衷情,料理庶事了。我们必须服从环境的支配。(奥瑟罗、苔丝狄蒙娜同下。)

罗德利哥　伊阿古!

伊阿古　你怎么说,好人儿?

罗德利哥　你想我该怎么办?

伊阿古　上床睡觉去吧。

罗德利哥　我立刻就投水去。

伊阿古　好,要是你投了水,我从此不喜欢你了。嘿,你这傻大少爷!

罗德利哥　要是活着这样受苦，傻瓜才愿意活下去；一死可以了却烦恼，还是死了的好。

伊阿古　啊，该死！我在这世上也经历过四七二十八个年头了，自从我能够辨别利害以来，我从来不曾看见过什么人知道怎样爱惜他自己。要是我也会为了爱上一个雌儿的缘故而投水自杀，我宁愿变成一头猴子。

罗德利哥　我该怎么办？我承认这样痴心是一件丢脸的事，可是我没有力量把它补救过来呀。

伊阿古　力量！废话！我们变成这样那样，全在于我们自己。我们的身体就像一座园圃，我们的意志是这园圃里的园丁；不论我们插荨麻、种莴苣、栽下牛膝草、拔起百里香，或者单独培植一种草木，或者把全园种得万卉纷披，让它荒废不治也好，把它辛勤耕垦也好，那权力都在于我们的意志。要是在我们的生命之中，理智和情欲不能保持平衡，我们血肉的邪心就会引导我们到一个荒唐的结局；可是我们有的是理智，可以冲淡我们汹涌的热情，肉体的刺激和奔放的淫欲；我认为你所称为"爱情"的，也不过是那样一种东西。

罗德利哥　不，那不是。

伊阿古　那不过是在意志的默许之下一阵情欲的冲动而已。算了，做一个汉子。投水自杀！捉几头大猫小狗投在水里吧！我曾经声明我是你的朋友，我承认我对你的友谊是用不可摧折的、坚韧的缆索联结起来的；现在正是我应该为你出力的时候。把银钱放在你的钱袋里；跟他们出征去；装上一脸假胡子，遮住了你的本来面目——我说，把银钱放在你的钱袋里。苔丝狄蒙娜爱那摩尔人决不会长久——把银钱放在你的钱袋里——他也不会长久爱她。她一开始就把他爱得这样热烈，他们感情的破裂一定也是很突然的——你只要把银钱放在你的钱袋里。这些摩尔人很容易变心——把你的钱袋装满了钱——现在他吃起来像蝗虫一样美味的食物，不久便要变得像苦瓜柯萝辛一样涩口了。她必须换一个年轻的男子；当他的肉体使她餍足了以后，她就会觉悟她的选择的错误。她必须换换口味，她非换不可；所以把银钱放在你的钱袋里。要是你一定要寻死，也得想一个比投水巧妙一点的死法。尽你的力量搜括一些钱。要是凭着我的计谋和魔鬼们的奸诈，破坏这一个走江湖的蛮子和这一个狡猾的威尼斯女人之间的脆弱的盟誓，还不算是一件难事，那么你一定可以享受她——所以快去设法弄些钱来吧。投水自杀！什么话！那根本就不用提；你宁可因为追求你的快乐而被人吊死,总不要在没有一亲她的香泽以前投水自杀。

罗德利哥　要是我指望着这样的好事,你一定会尽力帮助我达到我的愿望吗?

伊阿古　你可以完全信任我。去,弄一些钱来。我常常对你说,一次一次反复告诉你,我恨那摩尔人;我的怨毒蓄积在心头,你也对他抱着同样深刻的仇恨,让我们同心合力向他复仇;要是你能够替他戴上一顶绿头巾,你固然是如愿以偿,我也可以拍掌称快。无数人事的变化孕育在时间的胚胎里,我们等着看吧。去,预备好你的钱。我们明天再谈这件事吧。再见。

罗德利哥　明天早上我们在什么地方会面?

伊阿古　就在我的寓所里吧。

罗德利哥　我一早就来看你。

伊阿古　好,再会。你听见吗,罗德利哥?

罗德利哥　你说什么?

伊阿古　别再提起投水的话了,你听见没有?

罗德利哥　我已经变了一个人了。我要去把我的田地一起变卖。

伊阿古　好,再会!多往你的钱袋里放些钱。(罗德利哥下)我总是这样让这种傻瓜掏出钱来给我花用;因为倘不是为了替自己解解闷,打算占些便宜,那我浪费时间跟这样一个呆子周旋,那才冤枉哩,那还算得什么有见识的人。我恨那摩尔人;有人说他和我的妻子私通,我不知道这句话是真是假;可是在这种事情上,即使不过是嫌疑,我也要把它当作实有其事一样看待。他对我很有好感,这样可以使我对他实行我的计策的时候格外方便一些。凯西奥是一个俊美的男子;让我想想看:夺到他的位置,实现我的一举两得的阴谋;怎么办? 怎么办? 让我看:等过了一些时候,在奥瑟罗的耳边捏造一些鬼话,说他跟他的妻子看上去太亲热了;他长得漂亮,性情又温和,天生一种媚惑妇人的魔力,像他这种人是很容易引起疑心的。那摩尔人是一个坦白爽直的人,他看见人家在表面上装出一副忠厚诚实的样子,就以为一定是个好人;我可以把他像一头驴子一般牵着鼻子跑。有了! 我的计策已经产生。地狱和黑夜正酝酿成这空前的罪恶,它必须向世界显露它的面目。(下。)

第 二 幕

第一场　塞浦路斯岛海口一市镇。码头附近的广场

蒙太诺及二军官上。

蒙太诺　你从那海岬望出去,看见海里有什么船只没有?

军官甲　一点望不见。波浪很高,在海天之间,我看不见一片船帆。

蒙太诺　风在陆地上吹得也很厉害;从来不曾有这么大的暴风摇撼过我们的
　　　　雉堞。要是它在海上也这么猖狂,哪一艘橡树造成的船身支持得住山一
　　　　样的巨涛迎头倒下? 我们将要从这场风暴中间听到什么消息呢?

军官乙　土耳其的舰队一定要被风浪冲散了。你只要站在白沫飞溅的海岸
　　　　上,就可以看见咆哮的汹涛直冲云霄,被狂风卷起的怒浪奔腾山立,好像
　　　　要把海水浇向光明的大熊星上,熄灭那照耀北极的永古不移的斗宿一样。
　　　　我从来没有见过这样可怕的惊涛骇浪。

蒙太诺　要是土耳其舰队没有避进港里,它们一定沉没了;这样的风浪是抵御
　　　　不了的。

另一军官上。

军官丙　报告消息! 咱们的战事已经结束了。土耳其人遭受这场风暴的突
　　　　击,不得不放弃他们进攻的计划。一艘从威尼斯来的大船一路上看见他
　　　　们的船只或沉或破,大部分零落不堪。

蒙太诺　啊! 这是真的吗?

军官丙　大船已经在这儿进港,是一艘维洛那造的船;迈克尔·凯西奥,那勇
　　　　武的摩尔人奥瑟罗的副将,已经上岸来了;那摩尔人自己还在海上,他是
　　　　奉到全权委任,到塞浦路斯这儿来的。

蒙太诺　我很高兴,这是一位很有才能的总督。

军官丙　可是这个凯西奥说起土耳其的损失,虽然兴高采烈,同时却满脸愁
　　　容,祈祷着那摩尔人的安全,因为他们是在险恶的大风浪中彼此失散的。

蒙太诺　但愿他平安无恙;因为我曾经在他手下做过事,知道他在治军用兵这
　　　方面,的确是一个大将之才。来,让我们到海边去! 一方面看看新到的船
　　　舶,一方面把我们的眼睛遥望到海天相接的远处,盼候着勇敢的奥瑟罗。

军官丙　来,我们去吧;因为每一分钟都会有更多的人到来。

　　　　　凯西奥上。

凯西奥　谢谢,你们这座尚武的岛上的各位壮士,因为你们这样褒奖我们的主
　　　帅。啊! 但愿上天帮助他战胜风浪,因为我是在险恶的波涛之中和他失
　　　散的。

蒙太诺　他的船靠得住吗?

凯西奥　船身很坚固,舵师是一个大家公认的很有经验的人,所以我还抱着很
　　　大的希望。(内呼声:"一条船! 一条船! 一条船!")

　　　　　一使者上。

凯西奥　什么声音?

使　者　全市的人都出来了;海边站满了人,他们在嚷,"一条船! 一条船!"

凯西奥　我希望那就是我们新任的总督。(炮声。)

军官乙　他们在放礼炮了;即使不是总督,至少也是我们的朋友。

凯西奥　请你去看一看,回来告诉我们究竟是什么人来了。

军官乙　我就去。(下。)

蒙太诺　可是,副将,你们主帅有没有结过婚?

凯西奥　他的婚姻是再幸福不过的。他娶到了一位小姐,她的美貌才德,胜过
　　　　一切的形容和盛大的名誉;笔墨的赞美不能写尽她的好处,没有一句适当
　　　　的言语可以充分表出她的天赋的优美。

　　　　军官乙重上。

凯西奥　啊! 谁到来了?

军官乙　是元帅麾下的一个旗官,名叫伊阿古。

凯西奥　他倒一帆风顺地到了。汹涌的怒涛,咆哮的狂风,埋伏在海底、跟往
　　　　来的船只作对的礁石沙碛,似乎也懂得爱惜美人,收敛了它们凶恶的本
　　　　性,让神圣的苔丝狄蒙娜安然通过。

蒙太诺　她是谁?

凯西奥　就是我刚才说起的,我们大帅的主帅。勇敢的伊阿古护送她到这儿
　　　　来,想不到他们路上走得这么快,比我们的预期还早七天。伟大的乔武
　　　　啊,保佑奥瑟罗,吹一口你的大力的气息在他的船帆上,让他的高大的桅
　　　　樯在这儿海港里显现它的雄姿,让他跳动着一颗恋人的心投进了苔丝狄
　　　　蒙娜的怀里,重新燃起我们奄奄欲绝的精神,使整个塞浦路斯充满了
　　　　兴奋!

　　　　苔丝狄蒙娜、爱米利娅、伊阿古、罗德利哥及侍从等上。

凯西奥　啊! 瞧,船上的珍宝到岸上来了。塞浦路斯人啊,向她下跪吧。祝福
　　　　你,夫人! 愿神灵在你前后左右周遭呵护你!

苔丝狄蒙娜　谢谢您,英勇的凯西奥。您知道我丈夫的什么消息吗?

凯西奥　他还没有到来;我只知道他是平安的,大概不久就会到来。

苔丝狄蒙娜　啊! 可是我怕——你们怎么会分散的?

凯西奥　天风和海水的猛烈的激战,使我们彼此失散。可是听! 有船来了。

　　　　(内呼声:"一条船! 一条船!"炮声。)

军官乙　他们向我们城上放礼炮了;到来的也是我们的朋友。

凯西奥　你去探看探看。(军官乙下。向伊阿古)老总,欢迎!(向爱米利娅)欢迎,嫂子!请你不要恼怒,好伊阿古,我总得讲究个礼貌,按照我的教养,我就得来这么一个大胆的见面礼。(吻爱米利娅。)

伊阿古　老兄,要是她向你掀动她的嘴唇,也像她向我掀动她的舌头一样,那你就要叫苦不迭了。

苔丝狄蒙娜　唉!她又不会多嘴。

伊阿古　真的,她太会多嘴了;每次我想睡觉的时候,总是被她吵得不得安宁。不过,在您夫人的面前,我还要说一句,她有些话是放在心里说的,人家瞧她不开口,她却在心里骂人。

爱米利娅　你没有理由这样冤枉我。

伊阿古　得啦,得啦,你们跑出门来像图画,走进房去像响铃,到了灶下像野猫;害人的时候,面子上装得像个圣徒,人家冒犯了你们,你们便活像夜叉;叫你们管家,你们只会一味胡闹,一上床却又十足像个忙碌的主妇。

苔丝狄蒙娜　啊,啐!你这毁谤女人的家伙!

伊阿古　不,我说的话儿千真万确,

你们起来游戏,上床工作。

爱米利娅　我再也不要你给我编什么赞美诗了。

伊阿古　好,不要叫我编。

苔丝狄蒙娜　要是叫你赞美我,你要怎么编法呢?

伊阿古　啊,好夫人,别叫我做这件事,因为我的脾气是要吹毛求疵的。

苔丝狄蒙娜　来,试试看。有人到港口去了吗?

伊阿古　是,夫人。

苔丝狄蒙娜　我虽然心里愁闷,姑且强作欢容。来,你怎么赞美我?

伊阿古　我正在想着呢;可是我的诗情粘在我的脑壳里,用力一挤就会把脑浆一起挤出的。我的诗神可在难产呢——有了——好容易把孩子养出来了:

她要是既漂亮又智慧,

就不会误用她的娇美。

苔丝狄蒙娜　赞美得好!要是她虽黑丑而聪明呢?

伊阿古　她要是虽黑丑却聪明,

包她找到一位俊郎君。

苔丝狄蒙娜　不成话。

爱米利娅　要是美貌而愚笨呢？

伊阿古　美女人决不是笨冬瓜，

　　　　蠢煞也会抱个小娃娃。

苔丝狄蒙娜　这些都是在酒店里骗傻瓜们笑笑的古老的歪诗。还有一种又丑
　　　　又笨的女人，你也能够勉强赞美她两句吗？

伊阿古　别嫌她心肠笨相貌丑，

　　　　女人的戏法一样拿手。

苔丝狄蒙娜　啊，岂有此理！你把最好的赞美给了最坏的女人。可是对于一
　　　　个贤惠的女人——就连天生的坏蛋看见她这么好，也不由得对天起誓，说
　　　　她真是个好女人——你又怎么赞美她呢？

伊阿古　她长得美，却从不骄傲，

　　　　能说会道，却从不叫嚣；

　　　　有的是钱，但从不妖娆；

　　　　摆脱欲念，嘴里说"我要！"

　　　　她受人气恼，想把仇报，

　　　　却平了气，把烦恼打消；

　　　　明白懂事，不朝三暮四，

　　　　不拿鳕鱼头换鲑鱼翅；①

　　　　会动脑筋，却闭紧小嘴，

　　　　有人钉梢，她头也不回；

　　　　要是有这样的女娇娘——

苔丝狄蒙娜　要她干什么呢？

伊阿古　去奶傻孩子，去记油盐账。

苔丝狄蒙娜　啊，这可真是最蹩脚、最松劲的收梢！爱米利娅，不要听他的话，
　　　　虽然他是你的丈夫。你怎么说，凯西奥？他不是一个粗俗的、胡说八道的
　　　　家伙吗？

凯西奥　他说得很直爽，夫人。您要是把他当作一个军人，不把他当作一个文

---

① 鳕鱼头比喻傻瓜；全句意谓：嫁了傻瓜，并不另找漂亮的相好。

士,您就不会嫌他出言粗俗了。

伊阿古　（旁白）他捏着她的手心。嗯,交头接耳,好得很。我只要张起这么一个小小的网,就可以捉住像凯西奥这样一只大苍蝇。嗯,对她微笑,很好;我要叫你跌翻在你自己的礼貌中间。——您说得对,正是正是。——要是这种鬼殷勤会葬送你的前程,你还是不要老是吻着你的三个指头,表示你的绅士风度吧。很好;吻得不错！绝妙的礼貌！正是正是。又把你的手指放到你的嘴唇上去了吗？让你的手指头变做你的通肠管我才高兴呢。（喇叭声）主帅来了！我听得出他的喇叭声音。

凯西奥　真的是他。

苔丝狄蒙娜　让我们去迎接他。

凯西奥　瞧！他来了。

　　　　奥瑟罗及侍从等上。

奥瑟罗　啊,我的娇美的战士!

苔丝狄蒙娜　我的亲爱的奥瑟罗!

奥瑟罗　看见你比我先到这里,真使我又惊又喜。啊,我的心爱的人! 要是每一次暴风雨之后,都有这样和煦的阳光,那么尽管让狂风肆意地吹,把死亡都吹醒了吧! 让那辛苦挣扎的船舶爬上一座座如山的高浪,就像从高高的天上堕下幽深的地狱一般,一泻千丈地跌下来吧! 要是我现在死去,那才是最幸福的;因为我怕我的灵魂已经尝到了无上的欢乐,此生此世,再也不会有同样令人欣喜的事情了。

苔丝狄蒙娜　但愿上天眷顾,让我们的爱情和欢乐与日俱增!

奥瑟罗　阿门,慈悲的神明! 我不能充分说出我心头的快乐;太多的欢喜憋住了我的呼吸。(吻苔丝狄蒙娜)一个——再来一个——这便是两颗心儿间最大的冲突了。

伊阿古　(旁白)啊,你们现在是琴瑟调和,看我不动声色,就叫你们松了弦线走了音。

奥瑟罗　来,让我们到城堡里去。好消息,朋友们;我们的战事已经结束,土耳其人全都淹死了。我的岛上的旧友,您好? 爱人,你在塞浦路斯将要受到众人的宠爱,我觉得他们都是非常热情的。啊,亲爱的,我自己太高兴了,所以会说出这样忘形的话来。好伊阿古,请你到港口去一趟,把我的箱子搬到岸上。带那船长到城堡里来;他是一个很好的家伙,他的才能非常叫人钦佩。来,苔丝狄蒙娜,我们又在塞浦路斯岛团圆了。(除伊阿古、罗德利哥外均下。)

伊阿古　你马上就到港口来会我。过来。人家说,爱情可以刺激懦夫,使他鼓起本来所没有的勇气;要是你果然有胆量,请听我说。副将今晚在卫舍守夜。第一我必须告诉你,苔丝狄蒙娜直截了当地跟他发生了恋爱。

罗德利哥　跟他发生了恋爱! 那是不会有的事。

伊阿古　闭住你的嘴,好好听我说。你看她当初不过因为这摩尔人向她吹了些法螺,撒下了一些漫天的大谎,她就爱得他那么热烈;难道她会继续爱他,只是为了他的吹牛的本领吗? 你是个聪明人,不要以为世上会有这样的事。她的视觉必须得到满足;她能够从魔鬼脸上感到什么佳趣? 情欲

576

在一阵兴奋过了以后而渐生厌倦的时候,必须换一换新鲜的口味,方才可以把它重新刺激起来,或者是容貌的漂亮,或者是年龄的相称,或者是举止的风雅,这些都是这摩尔人所欠缺的;她因为在这些必要的方面不能得到满足,一定会觉得她的青春娇艳所托非人,而开始对这摩尔人由失望而憎恨,由憎恨而厌恶,她的天性就会迫令她再作第二次的选择。这种情形是很自然而可能的;要是承认了这一点,试问哪一个人比凯西奥更有享受这一种福分的便利?一个很会讲话的家伙,为了达到他的秘密的淫邪的欲望,他会恬不为意地装出一副殷勤文雅的外表。哼,谁也比不上他;哼,谁也比不上他!一个狡猾阴险的家伙,惯会乘机取利,无孔不钻——钻得进钻不进他才不管呢。一个鬼一样的家伙!而且,这家伙又漂亮,又年轻,凡是可以使无知妇女醉心的条件,他无一不备;一个十足害人的家伙。这女人已经把他勾上了。

罗德利哥　我不能相信,她是一位圣洁的女人。

伊阿古　他妈的圣洁!她喝的酒也是用葡萄酿成的;她要是圣洁,她就不会爱这摩尔人了。哼,圣洁!你没有看见她捏他的手心吗?你没有看见吗?

罗德利哥　是的,我看见的;可是那不过是礼貌罢了。

伊阿古　我举手为誓,这明明是奸淫!这一段意味深长的楔子,就包括无限淫情欲念的交流。他们的嘴唇那么贴近,他们的呼吸简直互相拥抱了。该死的思想,罗德利哥!这种表面上的亲热一开了端,主要的好戏就会跟着上场,肉体的结合是必然的结论。呸!可是,老兄,你依着我的话做去。我特意把你从威尼斯带来,今晚你去值班守夜,我会给你把命令弄来;凯西奥是不认识你的;我就在离你不远的地方看着你;你见了凯西奥就找一些借口向他挑衅,或者高声辱骂,破坏他的军纪,或者随你的意思用其他无论什么比较适当的方法。

罗德利哥　好。

伊阿古　老兄,他是个性情暴躁、易于发怒的人,也许会向你动武;即使他不动武,你也要激动他和你打起架来;因为借着这一个理由,我就可以在塞浦路斯人中间煽起一场暴动,假如要平息他们的愤怒,除了把凯西奥解职以外没有其他方法。这样你就可以在我的设计协助之下,早日达到你的愿望,你的阻碍也可以从此除去,否则我们的事情是决无成功之望的。

罗德利哥　我愿意这样干,要是我能够找到下手的机会。

伊阿古　那我可以向你保证。等会儿在城门口见我。我现在必须去替他把应用物件搬上岸来。再会。

罗德利哥　再会。(下。)

伊阿古　凯西奥爱她,这一点我是可以充分相信的;她爱凯西奥,这也是一件很自然而可能的事。这摩尔人我虽然气他不过,却有一副坚定、仁爱、正直的性格;我相信他会对苔丝狄蒙娜做一个最多情的丈夫。讲到我自己,我也是爱她的,并不完全出于情欲的冲动——虽然也许我犯的罪名也并不轻一些儿——可是一半是为要报复我的仇恨,因为我疑心这好色的摩尔人已经跳上了我的坐骑。这一种思想像毒药一样腐蚀我的肝肠,什么都不能使我心满意足,除非老婆对老婆,在他身上发泄这一口怨气;即使不能做到这一点,我也要叫这摩尔人心里长起根深蒂固的嫉妒来,没有一种理智的药饵可以把它治疗。为了达到这一个目的,我已经利用这威尼斯的瘟生做我的鹰犬;要是他果然听我的嗾使,我就可以抓住我们那位迈克尔·凯西奥的把柄,在这摩尔人面前大大地诽谤他——因为我疑心凯西奥跟我的妻子也是有些暧昧的。这样我可以让这摩尔人感谢我、喜欢我、报答我,因为我叫他做了一头大大的驴子,用诡计捣乱他的平和安宁,使他因气愤而发疯。方针已经决定,前途未可预料;阴谋的面目直到下手才会揭晓。(下。)

第二场　街　道

传令官持告示上;民众随后。

传令官　我们尊贵英勇的元帅奥瑟罗有令,根据最近接到的消息,土耳其舰队已经全军覆没,全体军民听到这一个捷音,理应同伸庆祝:跳舞的跳舞,燃放焰火的燃放焰火,每一个人都可以随他自己的高兴尽情欢乐;因为除了这些可喜的消息以外,我们同时还要祝贺我们元帅的新婚。公家的酒窖、伙食房,一律开放;从下午五时起,直到深夜十一时,大家可以纵情饮酒宴乐。上天祝福塞浦路斯岛和我们尊贵的元帅奥瑟罗!(同下。)

第三场　城堡中的厅堂

奥瑟罗、苔丝狄蒙娜、凯西奥及侍从等上。

奥瑟罗　好迈克尔,今天请你留心警备;我们必须随时谨慎,免得因为纵乐无度而肇成意外。

凯西奥　我已经吩咐伊阿古怎样办了,我自己也要亲自督察照看。

奥瑟罗　伊阿古是个忠实可靠的汉子。迈克尔,晚安;明天你一早就来见我,我有话要跟你说。(向苔丝狄蒙娜)来,我的爱人,我们已经把彼此心身互相交换,愿今后花开结果,恩情美满。晚安!(奥瑟罗、苔丝狄蒙娜及侍从等下。)

伊阿古上。

凯西奥　欢迎,伊阿古;我们该守夜去了。

伊阿古　时候还早哪,副将;现在还不到十点钟。咱们主帅因为舍不得他的新夫人,所以这么早就打发我们出去;可是我们也怪不得他,他还没有跟她真个销魂,而她这个人,任是天神见了也要动心的。

凯西奥　她是一位人间无比的佳人。

伊阿古　我可以担保她迷男人的一套功夫可好着呢。

凯西奥　她的确是一个娇艳可爱的女郎。

伊阿古　她的眼睛多么迷人!简直在向人挑战。

凯西奥　一双动人的眼睛;可是却有一种端庄贞静的神气。

伊阿古　她说话的时候,不就是爱情的警报吗?

凯西奥　她真是十全十美。

伊阿古　好,愿他们被窝里快乐!来,副将,我还有一瓶酒;外面有两个塞浦路斯的军官,要想为黑将军祝饮一杯。

凯西奥　今夜可不能奉陪了,好伊阿古。我一喝了酒,头脑就会糊涂起来。我希望有人能够发明在宾客欢会的时候,用另外一种方法招待他们。

伊阿古　啊,他们都是我们的朋友;喝一杯吧——我也可以代你喝。

凯西奥　我今晚只喝了一杯,就是那一杯也被我偷偷地冲了些水,可是你看我这张脸,成个什么样子。我知道自己的弱点,实在不敢再多喝了。

伊阿古　嗳哟,朋友!这是一个狂欢的良夜,不要让那些军官们扫兴吧。

凯西奥　他们在什么地方？

伊阿古　就在这儿门外；请你去叫他们进来吧。

凯西奥　我去就去，可是我心里是不愿意的。（下。）

伊阿古　他今晚已经喝过了一些酒，我只要再灌他一杯下去，他就会像小狗一样到处惹是生非。我们那位为情憔悴的傻瓜罗德利哥今晚为了苔丝狄蒙娜也喝了几大杯的酒，我已经派他守夜了。还有三个心性高傲、重视荣誉的塞浦路斯少年，都是这座尚武的岛上数一数二的人物，我也把他们灌得酩酊大醉；他们今晚也是要守夜的。在这一群醉汉中间，我要叫我们这位凯西奥干出一些可以激动这岛上公愤的事来。可是他们来了。要是结果真就像我所梦想的，我这条顺风船儿顺流而下，前程可远大呢。

　　　　凯西奥率蒙太诺及军官等重上；众仆持酒后随。

凯西奥　上帝可以作证，他们已经灌了我一满杯啦。

蒙太诺　真的，只是小小的一杯，顶多也不过一品脱的分量；我是一个军人，从来不会说谎的。

伊阿古　喂，酒来！（唱）

　　　　一瓶一瓶复一瓶，

　　　　饮酒击瓶玎珰鸣。

　　　　我为军人岂无情，

　　　　人命倏忽如烟云，

　　　　聊持杯酒遣浮生。

　　　　孩子们，酒来！

凯西奥　好一支歌儿！

伊阿古　这一支歌是我在英国学来的。英国人的酒量才厉害呢；什么丹麦人、德国人、大肚子的荷兰人——酒来！——比起英国人来都算不了什么。

凯西奥　英国人果然这样善于喝酒吗？

伊阿古　嘿，他会不动声色地把丹麦人灌得烂醉如泥，面不流汗地把德国人灌得不省人事，还没有倒满下一杯，那荷兰人已经呕吐狼藉了。

凯西奥　祝我们的主帅健康！

蒙太诺　赞成，副将，您喝我也喝。

伊阿古　啊，可爱的英格兰！（唱）

　　　　英明天子斯蒂芬，

做条裤子五百文；

硬说多花钱六个，

就把裁缝骂一顿。

王爷大名天下传，

你这小子是何人？

骄奢虚荣亡了国，

不如旧衣披在身。

喂，酒来！

凯西奥　呃，这支歌比方才唱的那一支更好听了。

伊阿古　你要再听一遍吗？

凯西奥　不，因为我认为他这样地位的人做出这种事来，是有失体统的。好，
　　　上帝在我们头上，有的灵魂必须得救，有的灵魂就不能得救。

伊阿古　对了，副将。

凯西奥　讲到我自己——我并没有冒犯我们主师或是无论哪一位大人物的意
　　　思——我是希望能够得救的。

伊阿古　我也这样希望，副将。

凯西奥　嗯，可是，对不起，你不能比我先得救；副将得救了，然后才是旗官得
　　　救。咱们别提这种话啦，还是去干我们的公事吧。上帝赦免我们的罪恶！

各位先生,我们不要忘记了我们的事情。不要以为我是醉了,各位先生。这是我的旗官;这是我的右手,这是我的左手。我现在并没有醉;我站得很稳,我说话也很清楚。

众　人　非常清楚。

凯西奥　那么很好;你们可不要以为我醉了。(下。)

蒙太诺　各位朋友,来,我们到露台上守望去。

伊阿古　你们看刚才出去的这一个人;讲到指挥三军的才能,他可以和凯撒争一日之雄;可是你们瞧他这一种酗酒的样子,它正好和他的长处互相抵消。我真为他可惜!我怕奥瑟罗对他如此信任,也许有一天会被他误了大事,使全岛大受震动的。

蒙太诺　可是他常常是这样的吗?

伊阿古　他喝醉了酒总要睡觉;要是没有酒替他催眠,他可以一昼夜睡不着觉。

蒙太诺　这种情形应该向元帅提起;也许他没有觉察,也许他秉性仁恕,因为看重凯西奥的才能而忽略了他的短处。这句话对不对?

　　　　　　罗德利哥上。

伊阿古　(向罗德利哥旁白)怎么,罗德利哥!你快追到那副将后面去吧;去。(罗德利哥下。)

蒙太诺　这高贵的摩尔人竟会让一个染上这种恶癖的人做他的辅佐,真是一件令人抱憾的事。谁能够老实对他这样说,才是一个正直的汉子。

伊阿古　即使把这一座大好的岛送给我,我也不愿意说;我很爱凯西奥,要是有办法,我愿意尽力帮助他除去这一种恶癖。可是听!什么声音?(内呼声:"救命!救命!")

　　　　　　凯西奥驱罗德利哥重上。

凯西奥　混蛋!狗贼!

蒙太诺　什么事,副将?

凯西奥　一个混蛋竟敢教训起我来!我要把这混蛋打进一只瓶子里去。

罗德利哥　打我!

凯西奥　你还要利嘴吗,狗贼?(打罗德利哥。)

蒙太诺　(拉凯西奥)不,副将,请您住手。

凯西奥　放开我,先生,否则我要一拳打到你的头上来了。

蒙太诺　得啦,得啦,你醉了。

凯西奥　醉了!(与蒙太诺斗。)

伊阿古　(向罗德利哥旁白)快走!到外边去高声嚷叫,说是出了乱子啦。(罗德利哥下)不,副将!天哪,各位!喂,来人!副将!蒙太诺!帮帮忙,各位朋友!这算是守的什么夜呀!(钟鸣)谁在那儿打钟?该死!全市的人都要起来了。天哪!副将,住手!你的脸要从此丢尽啦。

　　　　奥瑟罗及侍从等重上。

奥瑟罗　这儿出了什么事情?

蒙太诺　他妈的!我的血流个不停;我受了重伤啦。

奥瑟罗　要活命的快住手!

伊阿古　喂,住手,副将!蒙太诺!各位!你们忘记你们的地位和责任了吗?住手!主帅在对你们说话;还不住手!

奥瑟罗　怎么,怎么!为什么闹起来的?难道我们都变成野蛮人了吗?上天不许土耳其人来打我们,我们倒自相残杀起来了吗?为了基督徒的面子,停止这场粗暴的争吵;谁要是一味怄气,再敢动一动,他就是看轻他自己的灵魂,他一举手我就叫他死。叫他们不要打那可怕的钟;它会扰乱岛上的人心。各位,究竟是怎么一回事?正直的伊阿古,瞧你懊恼得脸色惨淡,告诉我,谁开始这场争闹?凭着你的忠心,老实对我说。

伊阿古　我不知道;刚才还是好好的朋友,像正在宽衣解带的新夫妇一般相亲相爱,一下子就好像受到什么星光的刺激,迷失了他们的本性,大家竟然拔出剑来,向彼此的胸前直刺过去,拼个你死我活了。我说不出这场任性的争吵是怎么开始的;只怪我这双腿不曾在光荣的战阵上失去,那么我也不会踏进这种是非中间了!

奥瑟罗　迈克尔,你怎么会这样忘记你自己的身份?

凯西奥　请您原谅我;我没有话可说。

奥瑟罗　尊贵的蒙太诺,您一向是个温文知礼的人,您的少年端庄为举世所钦佩,在贤人君子之间,您有很好的名声;为什么您会这样自贬身价,牺牲您的宝贵的名誉,让人家说您是个在深更半夜里酗酒闹事的家伙?给我一个回答。

蒙太诺　尊贵的奥瑟罗,我伤得很厉害,不能多说话;您的贵部下伊阿古可以告诉您我所知道的一切。其实我也不知道我在今夜说错了什么话或是做错了什么事,除非自重自爱有时会成了过失,在暴力侵凌的时候,自卫是一桩罪恶。

奥瑟罗　苍天在上,我现在可再也遏制不住我的怒气了;我的血气蒙蔽了清明的理性,叫我只知道凭着冲动的感情行事。我只要动一动,或是举一举这一只胳臂,就可以叫你们中间最有本领的人在我的一怒之下丧失了生命。让我知道这一场可耻的骚扰是怎么开始的,谁是最初肇起事端来的人;要是证实了哪一个人是启衅的罪魁,即使他是我的孪生兄弟,我也不能放过他。什么!一个新遭战乱的城市,秩序还没有恢复,人民的心里充满了恐惧,你们却在深更半夜,在全岛治安所系的所在为了私人间的细故争吵起来!岂有此理!伊阿古,谁是肇事的人?

蒙太诺　你要是意存偏袒,或是同僚相护,所说的话和事实不尽符合,你就不是个军人。

伊阿古　不要这样逼我;我宁愿割下自己的舌头,也不愿让它说迈克尔·凯西奥的坏话;可是事已如此,我想说老实话也不算对不起他。是这样的,主帅:蒙太诺跟我正在谈话,忽然跑进一个人来高呼救命,后面跟着凯西奥,杀气腾腾地提着剑,好像一定要杀死他才甘心似的;那时候这位先生就挺身前去拦住凯西奥,请他息怒;我自己追赶那个叫喊的人,因为恐怕他在外边大惊小怪,扰乱人心——后来果然不出我所料;可是他跑得快,我追不上,又听见背后刀剑碰撞和凯西奥高声咒骂的声音,所以就回来了;我从来没有听见他这样骂过人;我本来追得不远,一转身就看见他们在这儿你一刀、我一剑地厮杀得难解难分,正像您到来喝开他们的时候一样。我所能报告的就是这几句话。人总是人,圣贤也有错误的时候;一个人在愤怒之中,就是好朋友也会翻脸不认。虽然凯西奥给了他一点小小的伤害,可是我相信凯西奥一定从那逃走的家伙手里受到什么奇耻大辱,所以才会动起那么大的火性来的。

奥瑟罗　伊阿古,我知道你的忠实和义气,你把这件事情轻描淡写,替凯西奥减轻他的罪名。凯西奥,你是我的好朋友,可是从此以后,你不是我的部属了。

　　　　苔丝狄蒙娜率侍从重上。

奥瑟罗　瞧!我的温柔的爱人也给你们吵醒了!(向凯西奥)我要拿你做一个榜样。

苔丝狄蒙娜　什么事？

奥瑟罗　现在一切都没事了,亲爱的;去睡吧。先生,您受的伤我愿意亲自替
　　　您医治。把他扶出去。(侍从扶蒙太诺下)伊阿古,你去巡视市街,安定安
　　　定受惊的人心。来,苔丝狄蒙娜;难圆的是军人的好梦,才合眼又被杀声
　　　惊动。(除伊阿古、凯西奥外均下。)

伊阿古　什么! 副将,你受伤了吗？

凯西奥　嗯,我的伤是无药可救的了。

伊阿古　嗳哟,上天保佑没有这样的事!

凯西奥　名誉,名誉,名誉! 啊,我的名誉已经一败涂地了! 我已经失去我的
　　　生命中不死的一部分,留下来的也就跟畜生没有分别了。我的名誉,伊阿
　　　古,我的名誉!

伊阿古　我是个老实人,我还以为你受到了什么身体上的伤害,那是比名誉的
　　　损失痛苦得多的。名誉是一件无聊的骗人的东西;得到它的人未必有什
　　　么功德,失去它的人也未必有什么过失。你的名誉仍旧是好端端的,除非
　　　你自以为它已经扫地了。嘿,朋友,你要恢复主帅对你的欢心,尽有办法
　　　呢。你现在不过一时遭逢他的恼怒;他给你的这一种处分,与其说是表示
　　　对你的不满,还不如说是遮掩世人耳目的政策,正像有人为了吓退一头凶
　　　恶的狮子而故意鞭打他的驯良的狗一样。你只要向他恳求恳求,他一定
　　　会回心转意的。

凯西奥　我宁愿恳求他唾弃我,也不愿蒙蔽他的聪明,让这样一位贤能的主帅
　　　手下有这么一个酗酒放荡的不肖将校。纵饮无度! 胡言乱道! 吵架! 吹
　　　牛! 赌咒! 跟自己的影子说些废话! 啊,你空虚缥缈的旨酒的精灵,要是
　　　你还没有一个名字,让我们叫你做魔鬼吧!

伊阿古　你提着剑追逐不舍的那个人是谁？ 他怎么冒犯了你？

凯西奥　我不知道。

伊阿古　你怎么会不知道？

凯西奥　我记得一大堆的事情,可是全都是模模糊糊的;我记得跟人家吵起
　　　来,可是不知道为了什么。上帝啊! 人们居然会把一个仇敌放进自己的
　　　嘴里,让它偷去他们的头脑! 我们居然会在欢天喜地之中,把自己变成了
　　　畜生!

伊阿古　可是你现在已经很清醒了;你怎么会明白过来的？

凯西奥　气鬼一上了身,酒鬼就自动退让;一件过失引起了第二件过失,简直使我自己也瞧不起自己了。

伊阿古　得啦,你也太认真了。照此时此地的环境说起来,我但愿没有这种事情发生;可是既然事已如此,替自己谋算个好办法吧。

凯西奥　我要向他请求恢复我的原职;他会对我说我是一个酒棍! 即使我有一百张嘴,这样一个答复也会把它们一起封住。现在还是一个清清楚楚的人,不一会儿就变成个傻子,然后立刻就变成一头畜生! 啊,奇怪! 每一杯过量的酒都是魔鬼酿成的毒汁。

伊阿古　算了,算了,好酒只要不滥喝,也是一个很好的伙伴;你也不用咒骂它了。副将,我想你一定把我当作一个好朋友看待。

凯西奥　我很信任你的友谊。我醉了!

伊阿古　朋友,一个人有时候多喝了几杯,也是免不了的。让我告诉你一个办法。我们主帅的夫人现在是我们真正的主帅;我可以这样说,因为他心里只念着她的好处,眼睛里只看见她的可爱。你只要在她面前坦白忏悔,恳求恳求她,她一定会帮助你官复原职。她的性情是那么慷慨仁慈,那么体贴人心,人家请她出十分力,她要是没有出到十二分,就觉得好像对不起

人似的。你请她替你弥缝弥缝你跟她的丈夫之间的这一道裂痕,我可以拿我的全部财产打赌,你们的交情一定反而会因此格外加强的。

凯西奥　你的主意出得很好。

伊阿古　我发誓这一种意思完全出于一片诚心。

凯西奥　我充分信任你的善意;明天一早我就请求贤德的苔丝狄蒙娜替我尽力说情。要是我在这儿给他们革退了,我的前途也就从此毁了。

伊阿古　你说得对。晚安,副将;我还要守夜去呢。

凯西奥　晚安,正直的伊阿古!(下。)

伊阿古　谁说我作事奸恶?我贡献给他的这番意见,不是光明正大、很合理,而且的确是挽回这摩尔人的心意的最好办法吗?只要是正当的请求,苔丝狄蒙娜总是有求必应的;她的为人是再慷慨、再热心不过的了。至于叫她去说动这摩尔人,更是不费吹灰之力;他的灵魂已经完全成为她的爱情的俘虏,无论她要做什么事,或是把已经做成的事重新推翻,即使叫他抛弃他的信仰和一切得救的希望,他也会惟命是从,让她的喜恶主宰他的无力反抗的身心。我既然凑合着凯西奥的心意,向他指示了这一条对他有利的方策,谁还能说我是个恶人呢?佛面蛇心的鬼魅!恶魔往往用神圣的外表,引诱世人干最恶的罪行,正像我现在所用的手段一样;因为当这个老实的呆子恳求苔丝狄蒙娜为他转圜,当她竭力在那摩尔人面前替他说情的时候,我就要用毒药灌进那摩尔人的耳中,说是她所以要运动凯西奥复职,只是为了恋奸情热的缘故。这样她越是忠于所托,越是会加强那摩尔人的猜疑;我就利用她的善良的心肠污毁她的名誉,让他们一个个都落进了我的罗网之中。

　　罗德利哥重上。

伊阿古　啊,罗德利哥!

罗德利哥　我跟着大伙儿赶到这儿来,不像一头追寻狐兔的猎狗,倒像是替你们凑凑热闹的。我的钱也差不多花光了,今夜我还挨了一顿痛打;我想这番教训,大概就是我费去不少辛苦换来的代价了。现在我的钱囊已经空空如也,我的头脑里总算增加了一点智慧,我要回威尼斯去了。

伊阿古　没有耐性的人是多么可怜!什么伤口不是慢慢地平复起来的?你知道我们干事情全赖计谋,并不是用的魔法;用计谋就必须等待时机成熟。一切不是进行得很顺利吗?凯西奥固然把你打了一顿,可是你受了一点小小的痛苦,已经使凯西奥把官职都丢了。虽然在太阳光底下,各种草木都欣欣向荣,可是最先开花的果子总是最先成熟。你安心点儿吧。嗳哟,天已经亮啦;又是喝酒,又是打架,闹哄哄的就让时间飞过去了。你去吧,回到你的宿舍里去;去吧,有什么消息我再来告诉你;去吧。(罗德利哥下)我还要做两件事情:第一是叫我的妻子在她的女主人面前替凯西奥说两句好话;我就去怂恿她;同时我就去设法把那摩尔人骗开,等到凯西奥去向他的妻子请求的时候,再让他亲眼看见这幕把戏。好,言之有理;不要迁延不决,耽误了锦囊妙计。(下。)

第 三 幕

第一场　塞浦路斯。城堡前

凯西奥及若干乐工上。

凯西奥　列位朋友,就在这儿奏起来吧;我会酬劳你们的。奏一支简短一些的
　　　　乐曲,敬祝我们的主帅晨安。(音乐。)

小丑上。

小　丑　怎么,列位朋友,你们的乐器都曾到过那不勒斯,所以会这样嗡咙嗡
　　　　咙地用鼻音说话吗?

乐工甲　怎么,大哥,怎么?

小　丑　请问这些都是管乐器吗?

乐工甲　正是,大哥。

小　丑　啊,怪不得下面有个那玩艺儿。

乐工甲　怪不得有个什么玩艺儿,大哥?

小　丑　我说,有好多管乐器就都是这么回事。可是,列位朋友,这儿是赏给
　　　　你们的钱;将军非常喜欢你们的音乐,他请求你们千万不要再奏下去了。

乐工甲　好,大哥,我们不奏就是了。

小　丑　要是你们会奏听不见的音乐,请奏起来吧;可是正像人家说的,将军
　　　　对于听音乐这件事不大感到兴趣。

乐工甲　我们不会奏那样的音乐。

小　丑　那么把你们的笛子藏起来,因为我要去了。去,消灭在空气里吧;去!
　　　　(乐工等下。)

凯西奥　你听没听见,我的好朋友?

小　丑　不,我没有听见您的好朋友;我只听见您。

凯西奥　少说笑话。这一块小小的金币你拿了去；要是侍候将军夫人的那位
　　　　奶奶已经起身，你就告诉她有一个凯西奥请她出来说话。你肯不肯？

小　　丑　她已经起身了，先生；要是她愿意出来，我就告诉她。

凯西奥　谢谢你，我的好朋友。(小丑下。)

　　　　伊阿古上。

凯西奥　来得正好，伊阿古。

伊阿古　你还没有上过床吗？

凯西奥　没有；我们分手的时候，天早就亮了。伊阿古，我已经大胆叫人去请
　　　　你的妻子出来；我想请她替我设法见一见贤德的苔丝狄蒙娜。

伊阿古　我去叫她立刻出来见你。我还要想一个法子把那摩尔人调开，好让
　　　　你们谈话方便一些。

凯西奥　多谢你的好意。(伊阿古下)我从来没有认识过一个比他更善良正直
　　　　的弗罗棱萨人。

　　　　爱米利娅上。

爱米利娅　早安,副将!听说您误触主帅之怒,真是一件令人懊恼的事;可是一切就会转祸为福的。将军和他的夫人正在谈起此事,夫人竭力替您辩白,将军说,被您伤害的那个人,在塞浦路斯是很有名誉、很有势力的,为了避免受人非难起见,他不得不把您斥革;可是他说他很喜欢您,即使没有别人替您说情,他由于喜欢您,也会留心着一有适当的机会,就让您恢复原职的。

凯西奥　可是我还要请求您一件事:要是您认为没有妨碍,或是可以办得到的话,请您设法让我独自见一见苔丝狄蒙娜,跟她作一次简短的谈话。

爱米利娅　请您进来吧;我可以带您到一处可以让您从容吐露您的心曲的所在。

凯西奥　那真使我感激万分了。(同下。)

第二场　城堡中一室

奥瑟罗、伊阿古及军官等上。

奥瑟罗　伊阿古,这几封信你拿去交给舵师,叫他回去替我呈上元老院。我就在堡垒上走走;你把事情办好以后,就到那边来见我。

伊阿古　是,主帅,我就去。

奥瑟罗　各位,我们要不要去看看这儿的防务?

众　人　我们愿意奉陪。(同下。)

第三场　城　堡　前

苔丝狄蒙娜、凯西奥及爱米利娅上。

苔丝狄蒙娜　好凯西奥,你放心吧,我一定尽力替你说情就是了。

爱米利娅　好夫人,请您千万出力。不瞒您说,我的丈夫为了这件事情,也懊恼得不得了,就像是他自己身上的事情一般。

苔丝狄蒙娜　啊!你的丈夫是一个好人。放心吧,凯西奥,我一定会设法使我的丈夫对你恢复原来的友谊。

凯西奥　大恩大德的夫人,无论迈克尔·凯西奥将来会有什么成就,他永远是您的忠实的仆人。

苔丝狄蒙娜　我知道;我感谢你的好意。你爱我的丈夫,你又是他的多年的知交;放心吧,他除了表面上因为避免嫌疑而对你略示疏远以外,决不会真把你见外的。

凯西奥　您说得很对,夫人;可是为了这"避嫌",时间可能就要拖得很长,或是为了一些什么细碎小事,再三考虑之后还是不便叫我回来,结果我失去了在帐下供奔走的机会,日久之后,有人代替了我的地位,恐怕主帅就要把我的忠诚和微劳一起忘记了。

苔丝狄蒙娜　那你不用担心;当着爱米利娅的面,我保证你一定可以回复原职。请你相信我,要是我发誓帮助一个朋友,我一定会帮助他到底。我的丈夫将要不得安息,无论睡觉吃饭的时候,我都要在他耳旁聒噪;无论他干什么事,我都要插进嘴去替凯西奥说情。所以高兴起来吧,凯西奥,因为你的辩护人是宁死不愿放弃你的权益的。

　　　　奥瑟罗及伊阿古自远处上。

爱米利娅　夫人,将军来了。

凯西奥　夫人,我告辞了。

苔丝狄蒙娜　啊,等一等,听我说。

凯西奥　夫人,改日再谈吧;我现在心里很不自在,见了主帅恐怕反多不便。

苔丝狄蒙娜　好,随您的便。(凯西奥下。)

伊阿古　嘿!我不喜欢那种样子。

奥瑟罗　你说什么?

伊阿古　没有什么,主帅;要是——我不知道。

奥瑟罗　那从我妻子身边走开去的,不是凯西奥吗?

伊阿古　凯西奥,主帅?不,不会有那样的事,我不能够设想,他一看见您来了,就好像做了什么虚心事似的,偷偷地溜走了。

奥瑟罗　我相信是他。

苔丝狄蒙娜　啊,我的主!刚才有人在这儿向我请托,他因为失去了您的欢心,非常抑郁不快呢。

奥瑟罗　你说的是什么人?

苔丝狄蒙娜　就是您的副将凯西奥呀。我的好夫君,要是我还有几分面子,或是几分可以左右您的力量,请您立刻对他恢复原来的恩宠吧;因为他倘不是一个真心爱您的人,他的过失倘不是无心而是有意的,那么我就是看错了人啦。请您叫他回来吧。

奥瑟罗　他刚才从这儿走开吗?

苔丝狄蒙娜　嗯,是的;他是那样满含着羞愧,使我也不禁对他感到同情的悲哀。爱人,叫他回来吧。

奥瑟罗　现在不必,亲爱的苔丝狄蒙娜;慢慢再说吧。

苔丝狄蒙娜　可是那不会太久吗?

奥瑟罗　亲爱的,为了你的缘故,我叫他早一点复职就是了。

苔丝狄蒙娜　能不能在今天晚餐的时候?

奥瑟罗　不,今晚可不能。

苔丝狄蒙娜　那么明天午餐的时候?

奥瑟罗　明天我不在家里午餐;我要跟将领们在营中会面。

苔丝狄蒙娜　那么明天晚上吧;或者星期二早上,星期二中午,晚上,星期三早上,随您指定一个时间,可是不要超过三天以上。他对于自己的行为失检,的确非常悔恨;固然在这种战争的时期,听说必须惩办那最好的人物,给全军立个榜样,可是照我们平常的眼光看来,他的过失实在是微乎其微,不必受什么个人的处分。什么时候让他来?告诉我,奥瑟罗。要是您有什么事情要求我,我想我决不会拒绝您,或是这样吞吞吐吐的。什么!

迈克尔·凯西奥,您向我求婚的时候,是他陪着您来的;好多次我表示对您不满意的时候,他总是为您辩护;现在我请您把他重新叙用,却会这样为难!相信我,我可以——

奥瑟罗　好了,不要说下去了。让他随便什么时候来吧;你要什么我总不愿拒绝的。

苔丝狄蒙娜　这并不是一个恩惠,就好像我请求您戴上您的手套,劝您吃些富于营养的菜肴,穿些温暖的衣服,或是叫您做一件对您自己有益的事情一样。不,要是我真的向您提出什么要求,来试探试探您的爱情,那一定是一件非常棘手而难以应允的事。

奥瑟罗　我什么都不愿拒绝你;可是现在你必须答应暂时离开我一会儿。

苔丝狄蒙娜　我会拒绝您的要求吗?不。再会,我的主。

奥瑟罗　再会,我的苔丝狄蒙娜;我马上就来看你。

苔丝狄蒙娜　爱米利娅,来吧。您爱怎么样就怎么样,我总是服从您的。(苔丝狄蒙娜、爱米利娅同下。)

奥瑟罗　可爱的女人!要是我不爱你,愿我的灵魂永堕地狱!当我不爱你的时候,世界也要复归于混沌了。

伊阿古　尊贵的主帅——

奥瑟罗　你说什么,伊阿古?

伊阿古　当您向夫人求婚的时候,迈克尔·凯西奥也知道你们在恋爱吗?

奥瑟罗　他从头到尾都知道。你为什么问起?

伊阿古　不过是为了解释我心头的一个疑惑,并没有其他用意。

奥瑟罗　你有什么疑惑,伊阿古?

伊阿古　我以为他本来跟夫人是不相识的。

奥瑟罗　啊,不,他常常在我们两人之间传递消息。

伊阿古　当真!

奥瑟罗　当真!嗯,当真。你觉得有什么不对吗?他这人不老实吗?

伊阿古　老实,我的主帅?

奥瑟罗　老实!嗯,老实。

伊阿古　主帅,照我所知道的——

奥瑟罗　你有什么意见?

伊阿古　意见,我的主帅!

奥瑟罗　意见,我的主帅! 天哪,他在学我的舌,好像在他的思想之中,藏着什么丑恶得不可见人的怪物似的。你的话里含着意思。刚才凯西奥离开我的妻子的时候,我听见你说,你不喜欢那种样子;你不喜欢什么样子呢?当我告诉你在我求婚的全部过程中他都参与我们的秘密的时候,你又喊着说,"当真!" 蹙紧了你的眉头,好像在把一个可怕的思想锁在你的脑筋里一样。要是你爱我,把你所想到的事告诉我吧。

伊阿古　主帅,您知道我是爱您的。

奥瑟罗　我相信你的话;因为我知道你是一个忠诚正直的人,从来不让一句没有忖度过的话轻易出口,所以你这种吞吞吐吐的口气格外使我惊疑。在一个奸诈的小人,这些不过是一套玩惯了的戏法;可是在一个正人君子,那就是从心底里不知不觉自然流露出来的秘密的抗议。

伊阿古　讲到迈克尔·凯西奥,我敢发誓我相信他是忠实的。

奥瑟罗　我也这样想。

伊阿古　人们的内心应该跟他们的外表一致,有的人却不是这样;要是他们能够脱下了假面,那就好了!

奥瑟罗　不错,人们的内心应该跟他们的外表一致。

伊阿古　所以我想凯西奥是个忠实的人。

奥瑟罗　不,我看你还有一些别的意思。请你老老实实把你心中的意思告诉我,尽管用最坏的字眼,说出你所想到的最坏的事情。

伊阿古　我的好主帅,请原谅我;凡是我名分上应尽的责任,我当然不敢躲避,可是您不能勉强我做那一切奴隶们也没有那种义务的事。吐露我的思想? 也许它们是邪恶而卑劣的;哪一座庄严的宫殿里,不会有时被下贱的东西闯入呢? 哪一个人的心胸这样纯洁,没有一些污秽的念头和正大的思想分庭抗礼呢?

奥瑟罗　伊阿古,要是你以为你的朋友受人欺侮了,可是却不让他知道你的思想,这不成合谋卖友了吗?

伊阿古　也许我是以小人之腹度君子之心,因为——我承认我有一种坏毛病,是个秉性多疑的人,常常会无中生有,错怪了人家;所以请您凭着您的见识,还是不要把我的无稽的猜测放在心上,更不要因为我的胡乱的妄言而自寻烦恼。要是我让您知道了我的思想,一则将会破坏您的安宁,对您没有什么好处;二则那会影响我的人格,对我也是一件不智之举。

奥瑟罗　你的话是什么意思？

伊阿古　我的好主帅,无论男人女人,名誉是他们灵魂里面最切身的珍宝。谁偷窃我的钱囊,不过偷窃到一些废物,一些虚无的东西,它只是从我的手里转到他的手里,而它也曾做过千万人的奴隶;可是谁偷去了我的名誉,那么他虽然并不因此而富足,我却因为失去它而成为赤贫了。

奥瑟罗　凭着上天起誓,我一定要知道你的思想。

伊阿古　即使我的心在您的手里,您也不能知道我的思想;当它还在我的保管之下,我更不能让您知道。

奥瑟罗　嘿!

伊阿古　啊,主帅,您要留心嫉妒啊;那是一个绿眼的妖魔,谁做了它的牺牲,就要受它的玩弄。本来并不爱他的妻子的那种丈夫,虽然明知被他的妻子欺骗,算来还是幸福的;可是啊! 一方面那样痴心疼爱,一方面又是那样满腹狐疑,这才是活活的受罪!

奥瑟罗　啊,难堪的痛苦!

伊阿古　贫穷而知足,可以赛过富有;有钱的人要是时时刻刻都在担心他会有一天变成穷人,那么即使他有无限的资财,实际上也像冬天一样贫困。天啊,保佑我们不要嫉妒吧!

奥瑟罗　咦,这是什么意思? 你以为我会在嫉妒里消磨我的一生,随着每一次月亮的变化,发生一次新的猜疑吗? 不,我有一天感到怀疑,就要把它立刻解决。要是我会让这种捕风捉影的猜测支配我的心灵,像你所暗示的那样,我就是一头愚蠢的山羊。谁说我的妻子貌美多姿,爱好交际,口才敏慧,能歌善舞,弹得一手好琴,决不会使我嫉妒;对于一个贤淑的女子,这些是锦上添花的美妙的外饰。我也绝不因为我自己的缺点而担心她会背叛我;她倘不是独具慧眼,决不会选中我的。不,伊阿古,我在没有亲眼目睹以前,决不妄起猜疑;当我感到怀疑的时候,我就要把它证实;果然有了确实的证据,我就一了百了,让爱情和嫉妒同时毁灭。

伊阿古　您这番话使我听了很是高兴,因为我现在可以用更坦白的精神,向您披露我的忠爱之忱了;既然我不能不说,您且听我说吧。我还不能给您确实的证据。注意尊夫人的行动;留心观察她对凯西奥的态度;用冷静的眼光看着他们,不要一味多心,也不要过于大意。我不愿您的慷慨豪迈的天性被人欺罔;留心着吧。我知道我们国里娘儿们的脾气;在威尼斯她们背着丈夫干的风流活剧,是不瞒天地的;她们可以不顾羞耻,干她们所要干的事,只要不让丈夫知道,就可以问心无愧。

奥瑟罗　你真的这样说吗?

伊阿古　她当初跟您结婚,曾经骗过她的父亲;当她好像对您的容貌战栗畏惧的时候,她的心里却在热烈地爱着它。

奥瑟罗　她正是这样。

伊阿古　好,她这样小小的年纪,就有这般能耐,做作得不露一丝破绽,把她父亲的眼睛完全遮掩过去,使他疑心您用妖术把她骗走。——可是我不该说这种话;请您原谅我对您的过分的忠心吧。

奥瑟罗　我永远感激你的好意。

伊阿古　我看这件事情有点儿令您扫兴。

奥瑟罗　一点不,一点不。

伊阿古　真的,我怕您在生气啦。我希望您把我这番话当作善意的警戒。可是我看您真的在动怒啦。我必须请求您不要因为我这么说了,就武断地下了结论;不过是一点嫌疑,还不能就认为是事实哩。

奥瑟罗　我不会的。

伊阿古　您要是这样,主帅,那么我的话就要引起不幸的后果,完全违反我的本意了。凯西奥是我的好朋友——主帅,我看您在动怒啦。

奥瑟罗　不,并不怎么动怒。我怎么也不能不相信苔丝狄蒙娜是贞洁的。

伊阿古　但愿她永远如此!但愿您永远这样想!

奥瑟罗　可是一个人往往容易迷失本性——

伊阿古　嗯,问题就在这儿。说句大胆的话,当初多少跟她同国族、同肤色、同阶级的人向她求婚,照我们看来,要是成功了,那真是天作之合,可是她都置之不理,这明明是违反常情的举动;嘿!从这儿就可以看到一个荒唐的意志、乖僻的习性和不近人情的思想。可是原谅我,我不一定指着她说;虽然我恐怕她因为一时的孟浪跟随了您,也许后来会觉得您在各方面不能符合她自己国中的标准而懊悔她的选择的错误。

奥瑟罗　再会,再会。要是你还观察到什么事,请让我知道;叫你的妻子留心察看。离开我,伊阿古。

伊阿古　主帅,我告辞了。(欲去。)

奥瑟罗　我为什么要结婚呢?这个诚实的汉子所看到、所知道的事情,一定比他向我宣布出来的多得多。

伊阿古　(回转)主帅,我想请您最好把这件事情搁一搁,慢慢再说吧。凯西奥虽然应该让他复职,因为他对于这一个职位是非常胜任的;可是您要是愿意对他暂时延宕一下,就可以借此窥探他的真相,看他钻的是哪一条门路。您只要注意尊夫人在您面前是不是着力替他说情;从那上头就可以看出不少情事。现在请您只把我的意见认作无谓的过虑——我相信我的确太多疑了——仍旧把尊夫人看成一个清白无罪的人。

奥瑟罗　你放心吧,我不会失去自制的。

伊阿古　那么我告辞了。(下。)

奥瑟罗　这是一个非常诚实的家伙,对于人情世故是再熟悉不过的了。要是我能够证明她是一头没有驯伏的野鹰,虽然我用自己的心弦把她系住,我也要放她随风远去,追寻她自己的命运。也许因为我生得黑丑,缺少绅士们温柔风雅的谈吐;也许因为我年纪老了点儿——虽然还不算顶老——所以她才会背叛我;我已经自取其辱,只好割断对她这一段痴情。啊,结婚的烦恼!我们可以在名义上把这些可爱的人儿称为我们所有,却不能支配她们的爱憎喜恶!我宁愿做一只蛤蟆,呼吸牢室中的浊气,也不愿占住了自己心爱之物的一角,让别人把它享用。可是那是富贵者也不能幸免的灾祸,他们并不比贫贱者享有更多的特权;那是像死一样不可逃避的命运,我们一生下来就已经在冥冥中注定了要戴那顶倒楣的绿头巾。瞧!她来了。倘然她是不贞的,啊!那么上天在开自己的玩笑了。我不信。

  苔丝狄蒙娜及爱米利娅重上。

苔丝狄蒙娜 啊,我的亲爱的奥瑟罗!您所宴请的那些岛上的贵人们都在等着您去就席哩。

奥瑟罗 是我失礼了。

苔丝狄蒙娜 您怎么说话这样没有劲?您不大舒服吗?

奥瑟罗 我有点儿头痛。

苔丝狄蒙娜 那一定是因为睡少的缘故,不要紧的;让我替您绑紧了,一小时内就可以痊愈。

奥瑟罗 你的手帕太小了。(*苔丝狄蒙娜手帕坠地*)随它去;来,我跟你一块儿进去。

苔丝狄蒙娜 您身子不舒服,我很懊恼。(*奥瑟罗、苔丝狄蒙娜下。*)

爱米利娅 我很高兴我拾到了这方手帕;这是她从那摩尔人手里第一次得到的礼物。我那古怪的丈夫向我说过了不知多少好话,要我把它偷出来;可是她非常喜欢这玩意儿,因为他叫她永远保存好,所以她随时带在身边,一个人的时候就拿出来把它亲吻,对它说话。我要去把那花样描下来,再把它送给伊阿古;究竟他拿去有什么用,天才知道,我可不知道。我只不过为了讨他的喜欢。

  伊阿古重上。

伊阿古 啊!你一个人在这儿干吗?

爱米利娅 不要骂;我有一件好东西给你。

伊阿古 一件好东西给我?一件不值钱的东西——

爱米利娅 嘿!

伊阿古 娶了一个愚蠢的老婆。

爱米利娅 啊!只落得这句话吗?要是我现在把那方手帕给了你,你给我什么东西?

伊阿古 什么手帕?

爱米利娅 什么手帕!就是那摩尔人第一次送给苔丝狄蒙娜,你老是叫我偷出来的那方手帕呀。

伊阿古　已经偷来了吗？

爱米利娅　不,不瞒你说,她自己不小心掉了下来,我正在旁边,乘此机会就把它拾起来了。瞧,这不是吗？

伊阿古　好妻子,给我。

爱米利娅　你一定要我偷了它来,究竟有什么用？

伊阿古　哼,那干你什么事？（夺帕。）

爱米利娅　要是没有重要的用途,还是把它还了我吧。可怜的夫人！她失去这方手帕,准要发疯了。

伊阿古　不要说出来;我自有用处。去,离开我。（爱米利娅下）我要把这手帕丢在凯西奥的寓所里,让他找到它。像空气一样轻的小事,对于一个嫉妒的人,也会变成天书一样坚强的确证;也许这就可以引起一场是非。这摩尔人已经中了我的毒药的毒,他的心理上已经发生变化了;危险的思想本来就是一种毒药,虽然在开始的时候尝不到什么苦涩的味道,可是渐渐地在血液里活动起来,就会像硫矿一样轰然爆发。我的话果然不差;瞧,他又来了！

奥瑟罗重上。

伊阿古　罂粟、曼陀罗或是世上一切使人昏迷的药草,都不能使你得到昨天晚上你还安然享受的酣眠。

奥瑟罗　嘿！嘿！对我不贞？

伊阿古　啊,怎么,主帅！别老想着那件事啦。

奥瑟罗　去！滚开！你害得我好苦。与其知道得不明不白,还是糊里糊涂受人家欺弄的好。

伊阿古　怎么,主帅！

奥瑟罗　她瞒着我跟人家私通,我不是一无知觉吗？我没有看见,没有想到,它对我漠不相干;到了晚上,我还是睡得好好的,逍遥自得,无忧无虑,在她的嘴唇上找不到凯西奥吻过的痕迹。被盗的人要是不知道偷儿盗去了他什么东西,旁人也不去让他知道,他就等于没有被盗一样。

伊阿古　我很抱歉听见您说这样的话。

奥瑟罗　要是全营的将士,从最低微的工兵起,都曾领略过她的肉体的美趣,只要我一无所知,我还是快乐的。啊！从今以后,永别了,宁静的心绪！

永别了,平和的幸福! 永别了,威武的大军、激发壮志的战争! 啊,永别了! 永别了,长嘶的骏马、锐厉的号角、惊魂的鼙鼓、刺耳的横笛、庄严的大旗和一切战阵上的威仪! 还有你,杀人的巨炮啊,你的残暴的喉管里摹仿着天神乔武的怒吼,永别了! 奥瑟罗的事业已经完了。

伊阿古　难道一至于此吗,主帅?

奥瑟罗　恶人,你必须证明我的爱人是一个淫妇,你必须给我目击的证据;否则凭着人类永生的灵魂起誓,我的激起了的怒火将要喷射在你的身上,使你悔恨自己当初不曾投胎做一条狗!

伊阿古　竟会到了这样的地步吗?

奥瑟罗　让我亲眼看见这种事实,或者至少给我无可置疑的切实的证据,不这样可不行;否则我要活活要你的命!

伊阿古　尊贵的主帅——

奥瑟罗　你要是故意捏造谣言,毁坏她的名誉,使我受到难堪的痛苦,那么你再不要祈祷吧;放弃一切恻隐之心,让各种骇人听闻的罪恶丛集于你罪恶的一身,尽管做一些使上天悲泣、使人世惊愕的暴行吧,因为你现在已经罪大恶极,没有什么可以使你在地狱里沉沦得更深的了。

伊阿古　天啊! 您是一个汉子吗? 您有灵魂吗? 您有知觉吗? 上帝和您同在! 我也不要做这劳什子的旗官了。啊,倒霉的傻瓜! 你一生只想做个老实人,人家却把你的老实当作了罪恶! 啊,丑恶的世界! 注意,注意,世人啊! 说老实话,做老实人,是一件危险的事哩。谢谢您给我这一个有益的教训;既然善意反而遭人嗔怪,从此以后,我再也不对什么朋友掬献我的真情了。

奥瑟罗　不,且慢;你应该做一个老实人。

伊阿古　我应该做一个聪明人;因为老实人就是傻瓜,虽然一片好心,结果还是自己吃了亏。

奥瑟罗　我想我的妻子是贞洁的,可是又疑心她不大贞洁;我想你是诚实的,可是又疑心你不大诚实。我一定要得到一些证据。她的名誉本来是像狄安娜的容颜一样皎洁的,现在已经染上污垢,像我自己的脸一样黝黑了。要是这儿有绳子、刀子、毒药、火焰或是使人窒息的河水,我一定不能忍受下去。但愿我能够扫空这一块疑团!

伊阿古　主帅,我看您完全被感情所支配了。我很后悔不该惹起您的疑心。

那么您愿意知道究竟吗？

奥瑟罗　愿意！嘿，我一定要知道。

伊阿古　那倒是可以的；可是怎样办呢？怎样才算知道了呢，主帅？您还是眼睁睁地当场看她被人奸污吗？

奥瑟罗　啊！该死该死！

伊阿古　叫他们当场出丑，我想很不容易；他们干这种事，总是要避人眼目的。那么怎么样呢？又怎么办呢？我应该怎么说呢？怎样才可以拿到真凭实据？即使他们像山羊一样风骚，猴子一样好色，豺狼一样贪淫，即使他们是糊涂透顶的傻瓜，您也看不到他们这一幕把戏。可是我说，有了确凿的线索，就可以探出事实的真相；要是这一类间接的旁证可以替您解除疑惑，那倒是不难让你得到的。

奥瑟罗　给我一个充分的理由，证明她已经失节。

伊阿古　我不欢喜这件差使；可是既然愚蠢的忠心已经把我拉进了这一桩纠纷里去，我也不能再保持沉默了。最近我曾经和凯西奥同过榻；我因为牙痛不能入睡；世上有一种人，他们的灵魂是不能保守秘密的，往往会在睡梦之中吐露他们的私事，凯西奥也就是这一种人；我听见他在梦寐中说："亲爱的苔丝狄蒙娜，我们须要小心，不要让别人窥破了我们的爱情！"于是，主帅，他就紧紧地捏住我的手，嘴里喊："啊，可爱的人儿！"然后狠狠地吻着我，好像那些吻是长在我的嘴唇上，他恨不得把它们连根拔起一样；然后他又把他的脚搁在我的大腿上，叹一口气，亲一个吻，喊一声"该死的命运，把你给了那摩尔人！"

奥瑟罗　啊，可恶！可恶！

伊阿古　不，这不过是他的梦。

奥瑟罗　但是过去发生过什么事就可想而知；虽然只是一个梦，怎么能不叫人起疑呢。

伊阿古　本来只是很无谓的事，现在这样一看，也就大有文章了。

奥瑟罗　我要把她碎尸万段。

伊阿古　不，您不能太卤莽了；我们还没有看见实际的行动；也许她还是贞洁的。告诉我这一点：您有没有看见过在尊夫人的手里有一方绣着草莓花样的手帕？

奥瑟罗　我给过她这样一方手帕；那是我第一次送给她的礼物。

伊阿古　那我不知道;可是今天我看见凯西奥用这样一方手帕抹他的胡子,我相信它一定就是尊夫人的。

奥瑟罗　假如就是那一方手帕——

伊阿古　假如就是那一方手帕,或者是其他她所用过的手帕,那么又是一个对她不利的证据了。

奥瑟罗　啊,我但愿那家伙有四万条生命!单单让他死一次是发泄不了我的愤怒的。现在我明白这件事情全然是真的了。瞧,伊阿古,我把我的全部痴情向天空中吹散;它已经随风消失了。黑暗的复仇,从你的幽窟之中升起来吧!爱情啊,把你的王冠和你的心灵深处的宝座让给残暴的憎恨吧!胀起来吧,我的胸膛,因为你已经满载着毒蛇的螫舌!

伊阿古　请不要生气。

奥瑟罗　啊,血!血!血!

伊阿古　忍耐点儿吧;也许您的意见会改变过来的。

奥瑟罗　决不,伊阿古。正像黑海的寒涛滚滚奔流,奔进马尔马拉海,直冲达达尼尔海峡,永远不会后退一样,我的风驰电掣的流血的思想,在复仇的目的没有充分达到以前,也决不会踟蹰回顾,化为绕指的柔情。(跪)苍天在上,我倘不能报复这奇耻大辱,誓不偷生人世。

伊阿古　且慢起来。(跪)永古炳耀的日月星辰,环抱宇宙的风云雨雾,请你们为我作证:从现在起,伊阿古愿意尽心竭力,为被欺的奥瑟罗效劳;无论他叫我做什么残酷的事,我一切惟命是从。

奥瑟罗　我不用空口的感谢接受你的好意,为了表示我的诚心的嘉纳,我要请你立刻履行你的诺言:在这三天以内,让我听见你说凯西奥已经不在人世。

伊阿古　我的朋友的死已经决定了,因为这是您的意旨;可是放她活命吧。

奥瑟罗　该死的淫妇!啊,咒死她!来,跟我去;我要为这美貌的魔鬼想出一个干脆的死法。现在你是我的副将了。

伊阿古　我永远是您的忠仆。(同下。)

第四场　城　堡　前

苔丝狄蒙娜、爱米利娅及小丑上。

苔丝狄蒙娜　喂,你知道凯西奥副将的家在什么地方吗?

小　丑　我可不敢说他有"家"。

苔丝狄蒙娜　为什么,好人儿?

小　丑　他是个军人,要是说军人心中有"假",那可是性命出入的事儿。

苔丝狄蒙娜　好吧,那么他住在什么地方呢?

小　丑　告诉您他住在什么地方,就是告诉您我在撒谎。

苔丝狄蒙娜　那是什么意思?

小　丑　我不知道他住在什么地方;要是胡乱想出一个地方来,说他"家"住在这儿,"家"住在那儿,那就是我存心说"假"话了。

苔丝狄蒙娜　你可以打听打听他在什么地方呀。

小　丑　好,我就去到处向人家打听——那是说,去盘问人家,看他们怎么回答我。

苔丝狄蒙娜　找到了他,你就叫他到这儿来;对他说我已经替他在将军面前说过情了,大概可以得到圆满的结果。

小　丑　干这件事是一个人的智力所能及的,所以我愿意去干一下。(下。)

苔丝狄蒙娜　我究竟在什么地方掉了那方手帕呢,爱米利娅?

爱米利娅　我不知道,夫人。

苔丝狄蒙娜　相信我,我宁愿失去我的一满袋金币;倘然我的摩尔人不是这样一个光明磊落的汉子,倘然他也像那些多疑善妒的卑鄙男人一样,这是很可以引起他的疑心的。

爱米利娅　他不会嫉妒吗?

苔丝狄蒙娜　谁!他?我想在他生长的地方,那灼热的阳光已经把这种气质完全从他身上吸去了。

爱米利娅　瞧!他来了。

苔丝狄蒙娜　我在他没有把凯西奥叫到他跟前来以前,决不离开他一步。

　　　　　奥瑟罗上。

苔丝狄蒙娜　您好吗,我的主?

奥瑟罗　好,我的好夫人。(旁白)啊,装假脸真不容易!——你好,苔丝狄蒙娜?

苔丝狄蒙娜　我好,我的好夫君。

奥瑟罗　把你的手给我。这手很潮润呢,我的夫人。

苔丝狄蒙娜　它还没有感到老年的侵袭,也没有受过忧伤的损害。

奥瑟罗　这一只手表明它的主人是胸襟宽大而心肠慷慨的;这么热,这么潮。奉劝夫人努力克制邪心,常常斋戒祷告,反躬自责,礼拜神明,因为这儿有一个年少风流的魔鬼,惯会在人们血液里捣乱。这是一只好手,一只很慷慨的手。

苔丝狄蒙娜　您真的可以这样说,因为就是这一只手把我的心献给您的。

奥瑟罗　一只慷慨的手。从前的姑娘把手给人,同时把心也一起给了他;现在时世变了,得到一位姑娘的手的,不一定能够得到她的心。

苔丝狄蒙娜　这种话我不会说。来,您答应我的事怎么样啦?

奥瑟罗　我答应你什么,乖乖?

苔丝狄蒙娜　我已经叫人去请凯西奥来跟您谈谈了。

奥瑟罗　我的眼睛有些胀痛,老是淌着眼泪。把你的手帕借给我一用。

苔丝狄蒙娜　这儿,我的主。

奥瑟罗　我给你的那一方呢?

苔丝狄蒙娜　我没有带在身边。

奥瑟罗　没有带?

苔丝狄蒙娜　真的没有带,我的主。

奥瑟罗　那你可错了。那方手帕是一个埃及女人送给我的母亲的;她是一个能够洞察人心的女巫,她对我的母亲说,当她保存着这方手帕的时候,它可以使她得到我的父亲的欢心,享受专房的爱宠,可是她要是失去了它,或是把它送给旁人,我的父亲就要对她发生憎厌,他的心就要另觅新欢了。她在临死的时候把它传给我,叫我有了妻子以后,就把它交给新妇。我遵照她的吩咐给了你,所以你必须格外小心,珍惜它像珍惜你自己宝贵的眼睛一样;万一失去了,或是送给别人,那就难免遭到一场无比的灾祸。

苔丝狄蒙娜　真会有这种事吗?

奥瑟罗　真的,这一方小小的手帕,却有神奇的魔力织在里面;它是一个二百岁的神巫在一阵心血来潮的时候缝就的;它那一缕缕的丝线,也不是世间的凡蚕所吐;织成以后,它曾经在用处女的心炼成的丹液里浸过。

苔丝狄蒙娜　当真! 这是真的吗?

奥瑟罗　绝对的真实;所以留心藏好它吧。

苔丝狄蒙娜　上帝啊,但愿我从来没有见过它!

奥瑟罗　嘿！为什么？

苔丝狄蒙娜　您为什么说得这样暴躁？

奥瑟罗　它已经失去了吗？不见了吗？说,它是不是已经丢了？

苔丝狄蒙娜　上天祝福我们！

奥瑟罗　你说。

苔丝狄蒙娜　它没有失去;可是要是失去了,那可怎么办呢？

奥瑟罗　怎么！

苔丝狄蒙娜　我说它没有失去。

奥瑟罗　去把它拿来给我看。

苔丝狄蒙娜　我可以去把它拿来,可是现在我不高兴。这是一个诡计,要想把我的要求赖了过去。请您把凯西奥重新录用了吧。

奥瑟罗　给我把那手帕拿来。我在起疑心了。

苔丝狄蒙娜　得啦,得啦,您再也找不到一个比他更能干的人。

奥瑟罗　手帕！

苔丝狄蒙娜　请您还是跟我谈谈凯西奥的事情吧。

奥瑟罗　手帕！

苔丝狄蒙娜　他一向把自己的前途寄托在您的眷爱上,又跟着您同甘共苦,历尽艰辛——

奥瑟罗　手帕！

苔丝狄蒙娜　凭良心说,您也太不该。

奥瑟罗　去！（下。）

爱米利娅　这个人在嫉妒吗？

苔丝狄蒙娜　我从来没有见过他这样子。这手帕一定有些不可思议的魔力;我真倒楣把它丢了。

爱米利娅　好的男人一两年里头也难得碰见一个。男人是一张胃,我们是一块肉;他们贪馋地把我们吞下去,吃饱了,就把我们呕出来。您瞧！凯西奥跟我的丈夫来啦。

　　　　伊阿古及凯西奥上。

伊阿古　没有别的法子,只好央求她出力。瞧！好运气！去求求她吧。

苔丝狄蒙娜　啊,好凯西奥！您有什么见教？

凯西奥　夫人,我还是要向您重提我的原来的请求,希望您发挥鼎力,让我重新作人,能够在我所尊敬的主帅麾下再邀恩眷。我不能这样延宕下去了。假如我果然罪大恶极,无论过去的微劳、现在的悔恨或是将来立功自赎的决心,都不能博取他的矜怜宽谅,那么我也希望得到一个明白的答复,我就死心塌地向别处去乞讨命运的布施了。

苔丝狄蒙娜　唉,善良的凯西奥!我的话已经变成刺耳的烦渎了;我的丈夫已经不是我的丈夫,要是他的面貌也像他的脾气一样变了样,我简直要不认识他了。愿神灵保佑我!我已经尽力替您说话;为了我的言辞的戆拙,我已经遭到他的憎恶。您必须暂时忍耐;只要是我力量所及的事,我都愿意为您一试;请您相信我,倘然那是我自己的事情,我也不会这样热心的。这样,您心里也该满意了吧。

伊阿古　主帅发怒了吗?

爱米利娅　他刚才从这儿走开,他的神气暴躁异常。

伊阿古　他会发怒吗?我曾经看见大炮冲散他的队伍,像魔鬼一样把他的兄弟从他身边轰掉,他仍旧不动声色。他也会发怒吗?那么一定出了什么重大的事情了。我要去看看他。他要是发怒,一定有些缘故。

苔丝狄蒙娜　请你就去吧。(伊阿古下)一定是威尼斯有什么国家大事,或是他在这儿塞浦路斯发现了什么秘密的阴谋,扰乱了他的清明的神志;人们在这种情形之下,往往会为了一些些小事而生气,虽然实际激怒他们的却是其他更大的原因。正是这样,我们一个指头疼痛的时候,全身都会觉得难受。我们不能把男人当作完善的天神,也不能希望他们永远像新婚之夜那样殷勤体贴。爱米利娅,我真该死,我可真是个不体面的"战士",会在心里抱怨他的无情;现在我才觉悟我是收买了假见证,让他受了冤枉。

爱米利娅　谢天谢地,但愿果然像您所想的,是为了些国家的事情,不是因为对您起了疑心。

苔丝狄蒙娜　唉!我从来没有给过他一些可以使他怀疑的理由。

爱米利娅　可是多疑的人是不会因此而满足的;他们往往不是因为有了什么理由而嫉妒,只是为了嫉妒而嫉妒,那是一个凭空而来、自生自长的怪物。

苔丝狄蒙娜　愿上天保佑奥瑟罗,不要让这怪物钻进他的心里!

爱米利娅　阿门,夫人。

苔丝狄蒙娜　我去找他去。凯西奥,您在这儿走走;要是我看见自己可以跟他说几句话,我会向他提起您的请求,尽力给您转圜就是了。

凯西奥　多谢夫人。(苔丝狄蒙娜、爱米利娅下。)
　　　　比恩卡上。

比恩卡　你好,凯西奥朋友!

凯西奥　你怎么不在家里?你好,我的最娇美的比恩卡?不骗你,亲爱的,我
　　　　正要到你家里来呢。

比恩卡　我也是要到你的尊寓去的,凯西奥。什么!一个星期不来看我?七
　　　　天七夜?一百六十八个小时?在相思里挨过的时辰,比时钟是要慢上一
　　　　百六十倍的;啊,这一笔算不清的糊涂账!

凯西奥　对不起,比恩卡,这几天来我实在心事太重,改日加倍补报你就是了。
　　　　亲爱的比恩卡,(以苔丝狄蒙娜手帕授比恩卡)替我把这手帕上的花样描
　　　　下来。

比恩卡　啊,凯西奥!这是什么地方来的?这一定是哪个新相好送给你的礼
　　　　物;我现在明白你不来看我的缘故了。有这等事吗?好,好。

凯西奥　得啦,女人!把你这种瞎疑心丢还给魔鬼吧。你在吃醋了,你以为这
　　　　是什么情人送给我的纪念品;不,凭着我的良心发誓,比恩卡。

比恩卡　那么这是谁的?

凯西奥　我不知道,亲爱的;我在寝室里找到它。那花样我很喜欢,我想乘失
　　　　主没有来问我讨还以前,把它描了下来。请你拿去给我描一描。现在请
　　　　你暂时离开我。

比恩卡　离开你!为什么?

凯西奥　我在这儿等候主帅到来;让他看见我有女人陪着,恐怕不大方便,我
　　　　不愿意这样。

比恩卡　为什么?我倒要请问。

凯西奥　不是因为我不爱你。

比恩卡　只是因为你并不爱我。请你陪我稍微走一段路,告诉我今天晚上你
　　　　来不来看我。

凯西奥　我只能陪你稍走几步,因为我在这儿等人;可是我就会来看你的。

比恩卡　那很好;我也不能勉强你。(各下。)

第 四 幕

第一场　塞浦路斯。城堡前

奥瑟罗及伊阿古上。

伊阿古　您愿意这样想吗？

奥瑟罗　这样想,伊阿古！

伊阿古　什么！ 背着人接吻？

奥瑟罗　这样的接吻是为礼法所不许的。

伊阿古　脱光了衣服,和她的朋友睡在一床,经过一个多小时,却一点不起
　　　　邪念？

奥瑟罗　伊阿古,脱光衣服睡在床上,还会不起邪念！ 这明明是对魔鬼的假意
　　　　矜持;他们的本心是规矩的,可偏是做出了这种勾当;魔鬼欺骗了这两个
　　　　规规矩矩的人,而他们就去欺骗上天。

伊阿古　要是他们不及于乱,那还不过是一个小小的过失;可是假如我把一方
　　　　手帕给了我的妻子——

奥瑟罗　给了她便怎样？

伊阿古　啊,主帅,那时候它就是她的东西了;既然是她的东西,我想她可以把
　　　　它送给无论什么人的。

奥瑟罗　她的贞操也是她自己的东西,她也可以把它送给无论什么人吗？

伊阿古　她的贞操是一种不可捉摸的品质;世上有几个真正贞洁的妇人？ 可
　　　　是讲到那方手帕——

奥瑟罗　天哪,我但愿忘记那句话！ 你说——啊！ 它笼罩着我的记忆,就像预
　　　　兆不祥的乌鸦在染疫人家的屋顶上回旋一样——你说我的手帕在他的
　　　　手里。

伊阿古　是的,在他手里便怎么样?

奥瑟罗　那可不大好。

伊阿古　什么!要是我说我看见他干那对您不住的事?或是听见他说——世上尽多那种家伙,他们靠着死命的追求征服了一个女人,或者得到什么情妇的自动的垂青,就禁不住到处向人吹嘘——

奥瑟罗　他说过什么话吗?

伊阿古　说过的,主帅;可是您放心吧,他说过的话,他都可以发誓否认的。

奥瑟罗　他说过什么?

伊阿古　他说,他曾经——我不知道他曾经干些什么事。

奥瑟罗　什么?什么?

伊阿古　跟她睡——

奥瑟罗　在一床?

伊阿古　睡在一床,睡在她的身上;随您怎么说吧。

奥瑟罗　跟她睡在一床!睡在她的身上!我们说睡在她身上,岂不是对她人身的污辱——睡在一床!该死,岂有此理!手帕——口供——手帕!叫他招供了,再把他吊死。先把他吊起来,然后叫他招供。我一想起就气得发抖。人们总是有了某种感应,阴暗的情绪才会笼罩他的心灵;一两句空洞的话是不能给我这样大的震动的。呸!磨鼻子,咬耳朵,吮嘴唇。会有这样的事吗?口供!——手帕!——啊,魔鬼!(晕倒。)

伊阿古　显出你的效力来吧,我的妙药,显出你的效力来吧!轻信的愚人是这样落进了圈套;许多贞洁贤淑的娘儿们,都是这样蒙上了不白之冤。喂,主帅!主帅!奥瑟罗!

　　　　凯西奥上。

伊阿古　啊,凯西奥!

凯西奥　怎么一回事?

伊阿古　咱们大帅发起癫痫来了。这是他第二次发作;昨天他也发过一次。

凯西奥　在他太阳穴上摩擦摩擦。

伊阿古　不,不行;他这种昏迷状态,必须保持安静;要不然的话,他就要嘴里冒出白沫,慢慢地会发起疯狂来的。瞧!他在动了。你暂时走开一下,他就会恢复原状的。等他走了以后,我还有要紧的话跟你说。(凯西奥下)怎么啦,主帅?您没有摔痛您的头吧?

奥瑟罗　你在讥笑我吗？

伊阿古　我讥笑您！不，没有这样的事！我愿您像一个大丈夫似的忍受命运的播弄。

奥瑟罗　顶上了绿头巾，还算一个人吗？

伊阿古　在一座热闹的城市里，这种不算人的人多着呢。

奥瑟罗　他自己公然承认了吗？

伊阿古　主帅，您看破一点吧；您只要想一想，哪一个有家室的须眉男子，没有遭到跟您同样命运的可能；世上不知有多少男人，他们的卧榻上容留过无数素昧平生的人，他们自己还满以为这是一块私人的禁地哩；您的情形还不算顶坏。啊！这是最刻毒的恶作剧，魔鬼的最大的玩笑，让一个男人安安心心地搂着枕边的荡妇亲嘴，还以为她是一个三贞九烈的女人！不，我要睁开眼来，先看清自己成了个什么东西，我也就看准了该拿她怎么办。

奥瑟罗　啊！你是个聪明人；你说得一点不错。

伊阿古　现在请您暂时站在一旁，竭力耐住您的怒气。刚才您恼得昏过去的时候——大人物怎么能这样感情冲动啊——凯西奥曾经到这儿来过；我推说您不省人事是因为一时不舒服，把他打发走了，叫他过一会儿再来跟我谈谈；他已经答应我了。您只要找一处所在躲一躲，就可以看见他满脸得意忘形，冷嘲热讽的神气；因为我要叫他从头叙述他历次跟尊夫人相会的情形，还要问他重温好梦的时间和地点。您留心看看他那副表情吧。可是不要气恼；否则我就要说您一味意气用事，一点没有大丈夫的气概啦。

奥瑟罗　告诉你吧，伊阿古，我会很巧妙地不动声色；可是，你听着，我也会包藏一颗最可怕的杀心。

伊阿古　那很好；可是什么事都要看准时机。您走远一步吧。（奥瑟罗退后）现在我要向凯西奥谈起比恩卡，一个靠着出卖风情维持生活的雌儿；她热恋着凯西奥；这也是娼妓们的报应，往往她们迷惑了多少的男子，结果却被一个男人迷昏了心。他一听见她的名字，就会忍不住捧腹大笑。他来了。

　　　　　　凯西奥重上。

伊阿古　他一笑起来，奥瑟罗就会发疯；可怜的凯西奥的嬉笑的神情和轻狂的举止，在他那充满着无知的嫉妒的心头，一定可以引起严重的误会。——

您好,副将?

凯西奥　我因为丢掉了这个头衔,正在懊恼得要死,你却还要这样称呼我。

伊阿古　在苔丝狄蒙娜跟前多说几句央求的话,包你原官起用。(低声)要是这件事情换在比恩卡手里,早就不成问题了。

凯西奥　唉,可怜虫!

奥瑟罗　(旁白)瞧!他已经在笑起来啦!

伊阿古　我从来不知道一个女人会这样爱一个男人。

凯西奥　唉,小东西!我看她倒是真的爱我。

奥瑟罗　(旁白)现在他在含糊否认,想把这事情用一笑搪塞过去。

伊阿古　你听见吗,凯西奥?

奥瑟罗　(旁白)现在他缠住他要他讲一讲经过情形啦。说下去;很好,很好。

伊阿古　她向人家说你将要跟她结婚;你有这个意思吗?

凯西奥　哈哈哈!

奥瑟罗　(旁白)你这样得意吗,好家伙?你这样得意吗?

凯西奥　我跟她结婚!什么?一个卖淫妇?对不起,你不要这样看轻我,我还不至于糊涂到这等地步哩。哈哈哈!

奥瑟罗　(旁白)好,好,好,好。得胜的人才会笑逐颜开。

伊阿古　不骗你,人家都在说你将要跟她结婚。

凯西奥　对不起,别说笑话啦。

伊阿古　我要是骗了你,我就是个大大的混蛋。

奥瑟罗　(旁白)你这算是一报还一报吗?好。

凯西奥　一派胡说!她自己一厢情愿,相信我会跟她结婚;我可没有答应她。

奥瑟罗　(旁白)伊阿古在向我打招呼;现在他开始讲他的故事啦。

凯西奥　她刚才还在这儿;她到处缠着我。前天我正在海边跟几个威尼斯人谈话,那傻东西就来啦;不瞒你说,她这样攀住我的颈项——

奥瑟罗　(旁白)叫一声"啊,亲爱的凯西奥!"我可以从他的表情之间猜得出来。

凯西奥　她这样拉住我的衣服,靠在我的怀里,哭个不了,还这样把我拖来拖去,哈哈哈!

奥瑟罗　(旁白)现在他在讲她怎样把他拖到我的寝室里去啦。啊!我看见你的鼻子,可是不知道应该把它丢给哪一条狗吃。

凯西奥　好,我只好离开她。

伊阿古　啊!瞧,她来了。

凯西奥　好一头抹香粉的臭猫!

　　　　比恩卡上。

凯西奥　你这样到处钉着我不放,是什么意思呀?

比恩卡　让魔鬼跟他的老娘钉着你吧!你刚才给我的那方手帕算是什么意思?我是个大傻瓜,才会把它受了下来。叫我描下那花样!好看的花手帕可真多哪,居然让你在你的寝室里找到它,却不知道谁把它丢在那边!这一定是哪一个贱丫头送给你的东西,却叫我描下它的花样来!拿去,还给你那个相好吧;随你从什么地方得到这方手帕,我可不高兴描下它的花样。

凯西奥　怎么,我的亲爱的比恩卡! 怎么! 怎么!

奥瑟罗　(旁白)天哪,那该是我的手帕哩!

比恩卡　今天晚上你要是愿意来吃饭,尽管来吧;要是不愿意来,等你下回有
　　　　兴致的时候再来吧。(下。)

伊阿古　追上去,追上去。

凯西奥　真的,我必须追上去,否则她会沿街谩骂的。

伊阿古　你预备到她家里去吃饭吗?

凯西奥　是的,我想去。

伊阿古　好,也许我会再碰见你;因为我很想跟你谈谈。

凯西奥　请你一定来吧。

伊阿古　得啦,别多说啦。(凯西奥下。)

奥瑟罗　(趋前)伊阿古,我应该怎样杀死他?

伊阿古　您看见他一听到人家提起他的丑事,就笑得多么高兴吗?

奥瑟罗　啊,伊阿古!

伊阿古　您还看见那方手帕吗?

奥瑟罗　那就是我的吗?

伊阿古　我可以举手起誓,那是您的。瞧他多么看得起您那位痴心的太太!
　　　　她把手帕送给他,他却拿去给了他的娼妇。

奥瑟罗　我要用九年的时间慢慢地磨死她。一个高雅的女人! 一个美貌的女
　　　　人! 一个温柔的女人!

伊阿古　不,您必须忘掉那些。

奥瑟罗　嗯,让她今夜腐烂、死亡、堕入地狱吧,因为她不能再活在世上。不,
　　　　我的心已经变成铁石了;我打它,反而打痛了我的手。啊! 世上没有一个
　　　　比她更可爱的东西;她可以睡在一个皇帝的身边,命令他干无论什么事。

伊阿古　您素来不是这个样子的。

奥瑟罗　让她死吧! 我不过说她是怎么样的一个人。她的针线活儿是这样精
　　　　妙! 一个出色的音乐家! 啊,她唱起歌来,可以驯服一头野熊的心! 她的
　　　　心思才智,又是这样敏慧多能!

伊阿古　惟其这样多才多艺,干出这种丑事来,才格外叫人气恼。

奥瑟罗　啊! 一千倍、一千倍的可恼! 而且她的性格又是这样温柔!

伊阿古　嗯,太温柔了。

奥瑟罗　对啦,一点不错。可是,伊阿古,可惜! 啊! 伊阿古! 伊阿古! 太可惜啦!

伊阿古　要是您对于一个失节之妇,还是这样恋恋不舍,那么索性采取放任吧;因为既然您自己也不以为意,当然更不干别人的事。

奥瑟罗　我要把她剁成一堆肉酱。叫我当一个忘八!

伊阿古　啊,她太不顾羞耻啦!

奥瑟罗　跟我的部将通奸!

伊阿古　那尤其可恶。

奥瑟罗　给我弄些毒药来,伊阿古;今天晚上。我不想跟她多费唇舌,免得她的肉体和美貌再打动了我的心。今天晚上,伊阿古。

伊阿古　不要用毒药,在她床上扼死她,就在那被她玷污了的床上。

奥瑟罗　好,好;那是一个大快人心的处置,很好。

伊阿古　至于凯西奥,让我去取他的命吧;您在午夜前后,一定可以听到消息。

奥瑟罗　好极了。(内喇叭声)那是什么喇叭的声音?

伊阿古　一定是从威尼斯来了什么人。——是罗多维科奉公爵之命到这儿来了;瞧,您那位太太也跟他在一起。

　　　　罗多维科、苔丝狄蒙娜及侍从等上。

罗多维科　上帝保佑您,尊贵的将军!

奥瑟罗　祝福您,大人。

罗多维科　公爵和威尼斯的元老们问候您安好。(以信交奥瑟罗。)

奥瑟罗　我敬吻他们的恩命。(拆信阅读。)

苔丝狄蒙娜　罗多维科大哥,威尼斯有什么消息?

伊阿古　我很高兴看见您,大人;欢迎您到塞浦路斯来!

罗多维科　谢谢。凯西奥副将好吗?

伊阿古　他还健在,大人。

苔丝狄蒙娜　大哥,他跟我的丈夫闹了点儿别扭;可是您可以使他们言归于好。

奥瑟罗　你有把握吗?

苔丝狄蒙娜　您怎么说,我的主?

奥瑟罗　(读信)"务必照办为要,不得有误。——"

罗多维科　他没有回答;他正在忙着读信。将军跟凯西奥果然有了意见吗?

617

苔丝狄蒙娜　有了很不幸的意见；为了我对凯西奥所抱的好感，我很愿意尽力调解他们。

奥瑟罗　该死！

苔丝狄蒙娜　您怎么说，我的主？

奥瑟罗　你聪明吗？

苔丝狄蒙娜　什么！他生气了吗？

罗多维科　也许这封信激动了他；因为照我猜想起来，他们是要召他回国，叫凯西奥代理他的职务。

苔丝狄蒙娜　真的吗？那好极了。

奥瑟罗　当真！

苔丝狄蒙娜　您怎么说，我的主？

奥瑟罗　你要是发了疯，我才高兴。

苔丝狄蒙娜　为什么，亲爱的奥瑟罗？

奥瑟罗　魔鬼！（击苔丝狄蒙娜。）

苔丝狄蒙娜　我没有错处，您不该这样对待我。

罗多维科　将军，我要是把这回事情告诉威尼斯人，即使发誓说我亲眼看见，他们也一定不会相信我。这太过分了；向她赔罪吧，她在哭了。

奥瑟罗　啊，魔鬼！魔鬼！要是妇人的眼泪有孳生化育的力量，她的每一滴泪，掉在地上，都会变成一条鳄鱼。走开，不要让我看见你！

苔丝狄蒙娜　我不愿留在这儿害您生气。（欲去。）

罗多维科　真是一位顺从的夫人。将军，请您叫她回来吧。

奥瑟罗　夫人！

苔丝狄蒙娜　我的主？

奥瑟罗　大人，您要跟她说些什么话？

罗多维科　谁？我吗，将军？

奥瑟罗　嗯，您要我叫她转来，现在她转过来了。她会转来转去，走一步路回一个身；她还会哭，大人，她还会哭；她是非常顺从的，正像您所说，非常顺从。尽管流你的眼泪吧。大人，这信上的意思——好一股装腔作势的劲儿！——是要叫我回去——你去吧，等会儿我再叫人来唤你——大人，我服从他们的命令，不日就可以束装上路，回到威尼斯去——去！滚开！（苔丝狄蒙娜下）凯西奥可以接替我的位置。今天晚上，大人，我还要请您赏光便饭。欢迎您到塞浦路斯来！——山羊和猴子！（下。）

罗多维科　这就是为我们整个元老院所同声赞叹、称为全才全德的那位英勇的摩尔人吗？这就是那喜怒之情不能把它震撼的高贵的天性吗？那命运的箭矢不能把它擦伤穿破的坚定的德操吗？

伊阿古　他已经大大变了样子啦。

罗多维科　他的头脑没有毛病吗？他的神经是不是有点错乱？

伊阿古　他就是他那个样子；我实在不敢说他还会变成怎么一个样子；如果他不是像他所应该的那样，那么但愿他也不至于这个样子！

罗多维科　什么！打他的妻子！

伊阿古　真的，那可不大好；可是我但愿知道他对她没有比这更暴虐的行为！

罗多维科　他一向都是这样的吗？还是因为信上的话激怒了他，才会有这种以前所没有的过失？

伊阿古　唉！唉！按着我的地位，我实在不便把我所看见所知道的一切说出口来。您不妨留心注意他，他自己的行动就可以说明一切，用不着我多说

了。请您跟上去,看他还会做出什么花样来。

罗多维科　他竟是这样一个人,真使我大失所望啊。(同下。)

第二场　城堡中一室

　　　　奥瑟罗及爱米利娅上。

奥瑟罗　那么你没有看见什么吗?

爱米利娅　没有看见,没有听见,也没有疑心到。

奥瑟罗　你不是看见凯西奥跟她在一起吗?

爱米利娅　可是我不知道那有什么不对,而且我听见他们两人所说的每一
　　　　个字。

奥瑟罗　什么! 他们从来不曾低声耳语吗?

爱米利娅　从来没有,将军。

奥瑟罗　也不曾打发你走开吗?

爱米利娅　没有。

奥瑟罗　没有叫你去替她拿扇子、手套、脸罩,或是什么东西吗?

爱米利娅　没有,将军。

奥瑟罗　那可奇怪了。

爱米利娅　将军,我敢用我的灵魂打赌她是贞洁的。要是您疑心她有非礼的
　　　　行为,赶快除掉这种思想吧,因为那是您心理上的一个污点。要是哪一个
　　　　混蛋把这种思想放进您的脑袋里,让上天罚他变成一条蛇,受永远的咒
　　　　诅! 假如她不是贞洁、贤淑和忠诚的,那么世上没有一个幸福的男人了;
　　　　最纯洁的妻子,也会变成最丑恶的淫妇。

奥瑟罗　叫她到这儿来;去。(爱米利娅下)她的话说得很动听;可是这种拉惯
　　　　皮条的人,都是天生的利嘴。这是一个狡猾的淫妇,一肚子千刁万恶,当
　　　　着人却会跪下来向天祈祷;我看见过她这一种手段。

　　　　爱米利娅偕苔丝狄蒙娜重上。

苔丝狄蒙娜　我的主,您有什么吩咐?

奥瑟罗　过来,乖乖。

苔丝狄蒙娜　您要我怎么样?

奥瑟罗　让我看看你的眼睛;瞧着我的脸。

620

苔丝狄蒙娜　这是什么古怪的念头？

奥瑟罗　（向爱米利娅）你去留心你的事吧，奶奶；把门关了，让我们两人在这儿谈谈心。要是有人来了，你就在门口咳嗽一声。干你的贵营生去吧；快，快！（爱米利娅下。）

苔丝狄蒙娜　我跪在您的面前，请您告诉我您这些话是什么意思？我知道您在生气，可是我不懂您的话。

奥瑟罗　嘿，你是什么人？

苔丝狄蒙娜　我的主，我是您的妻子，您的忠心不贰的妻子。

奥瑟罗　来，发一个誓，让你自己死后下地狱吧；因为你的外表太像一个天使了，倘不是在不贞之上，再加一重伪誓的罪名，也许魔鬼们会不敢抓你下去的；所以发誓说你是贞洁的吧。

苔丝狄蒙娜　天知道我是贞洁的。

奥瑟罗　天知道你是像地狱一样淫邪的。

苔丝狄蒙娜　我的主，我对谁干了欺心的事？我跟哪一个人有不端的行为？我怎么是淫邪的？

奥瑟罗　啊，苔丝狄蒙娜！去！去！去！

苔丝狄蒙娜　唉，不幸的日子！——您为什么哭？您的眼泪是为我而流的吗，我的主？要是您疑心这次奉召回国，是我父亲的主意，请您不要怪我；您固然失去他的好感，我也已经失去他的慈爱了。

奥瑟罗　要是上天的意思，要让我受尽种种的磨折；要是他用诸般的痛苦和耻辱降在我的毫无防卫的头上，把我浸没在贫困的泥沼里，剥夺我的一切自由和希望，我也可以在我的灵魂的一隅之中，找到一滴忍耐的甘露。可是唉！在这尖酸刻薄的世上，做一个被人戟指笑骂的目标！就连这个，我也完全可以容忍；可是我的心灵失去了归宿，我的生命失去了寄托，我的活力的源泉枯竭了，变成了蛤蟆繁育生息的污池！忍耐，你朱唇韶颜的天婴啊，转变你的脸色，让它化成地狱般的狰狞吧！

苔丝狄蒙娜　我希望我在我的尊贵的夫主眼中，是一个贤良贞洁的妻子。

奥瑟罗　啊，是的，就像夏天肉铺里的苍蝇一样贞洁——一边撒它的卵子，一边就在受孕。你这野草闲花啊！你的颜色是这样娇美，你的香气是这样芬芳，人家看见你嗅到你就会心疼；但愿世上从来不曾有过你！

苔丝狄蒙娜　唉！我究竟犯了什么连我自己也不知道的罪恶呢？

奥瑟罗　这一张皎洁的白纸，这一本美丽的书册，是要让人家写上"娼妓"两个字的吗？犯了什么罪恶！啊，你这人尽可夫的娼妇！我只要一说起你所干的事，我的两颊就会变成两座熔炉，把"廉耻"烧为灰烬。犯了什么罪恶！天神见了它要掩鼻而过；月亮看见了要羞得闭上眼睛；碰见什么都要亲吻的淫荡的风，也静悄悄地躲在岩窟里面，不愿听见人家提起它的名字。犯了什么罪恶！不要脸的娼妇！

苔丝狄蒙娜　天啊，您不该这样侮辱我！

奥瑟罗　你不是一个娼妇吗？

苔丝狄蒙娜　不，我发誓我不是，否则我就不是一个基督徒。要是为我的主保持这一个清白的身子，不让淫邪的手把它污毁，要是这样的行为可以使我免去娼妇的恶名，那么我就不是娼妇。

奥瑟罗　什么！你不是一个娼妇吗？

苔丝狄蒙娜　不，否则我死后没有得救的希望。

奥瑟罗　真的吗？

苔丝狄蒙娜　啊！上天饶恕我们！

奥瑟罗　那么我真是多多冒昧了；我还以为你就是那个嫁给奥瑟罗的威尼斯的狡猾的娼妇哩。——喂，你这位刚刚和圣彼得干着相反的差使的，看守地狱门户的奶奶！

　　　　　爱米利娅重上。

奥瑟罗　你，你，对了，你！我们已经完事了。这几个钱是给你作为酬劳的；请你开了门上的锁，不要泄漏我们的秘密。（下。）

爱米利娅　唉！这位老爷究竟在转些什么念头呀？您怎么啦，夫人？您怎么啦，我的好夫人？

苔丝狄蒙娜　我是在半醒半睡之中。

爱米利娅　好夫人，我的主到底有些什么心事？

苔丝狄蒙娜　谁？

爱米利娅　我的主呀，夫人。

苔丝狄蒙娜　谁是你的主？

爱米利娅　我的主就是你的丈夫，好夫人。

苔丝狄蒙娜　我没有丈夫。不要对我说话，爱米利娅；我不能哭，我没有话可以回答你，除了我的眼泪。请你今夜把我结婚的被褥铺在我的床上，记好

了;再去替我叫你的丈夫来。

爱米利娅　真是变了,变了!(下。)

苔丝狄蒙娜　我应该受到这样的待遇,全然是应该的。我究竟有些什么不检的行为——哪怕只是一丁点儿的错误,才会引起他的猜疑呢?

　　　　爱米利娅率伊阿古重上。

伊阿古　夫人,您有什么吩咐?您怎么啦?

苔丝狄蒙娜　我不知道。小孩子做了错事,做父母的总是用温和的态度,轻微的责罚教训他们;他也可以这样责备我,因为我是一个该受管教的孩子。

伊阿古　怎么一回事,夫人?

爱米利娅　唉!伊阿古,将军口口声声骂她娼妇,用那样难堪的名字加在她的身上,稍有人心的人,谁听见了都不能忍受。

苔丝狄蒙娜　我应该得到那样一个称呼吗,伊阿古?

伊阿古　什么称呼,好夫人?

苔丝狄蒙娜　就像她说我的主称呼我的那种名字。

爱米利娅　他叫她娼妇;一个喝醉了酒的叫化子,也不会把这种名字加在他的姘妇身上。

伊阿古　为什么他要这样?

苔丝狄蒙娜　我不知道;我相信我不是那样的女人。

伊阿古　不要哭,不要哭。唉!

爱米利娅　多少名门贵族向她求婚,她都拒绝了;她抛下了老父,离乡背井,远别亲友,结果却只讨他骂一声娼妇吗?这还不叫人伤心吗?

苔丝狄蒙娜　都是我自己命薄。

伊阿古　他太岂有此理了!他怎么会起这种心思的?

苔丝狄蒙娜　天才知道。

爱米利娅　我可以打赌,一定有一个万劫不复的恶人,一个爱管闲事、鬼讨好的家伙,一个说假话骗人的奴才,因为要想钻求差使,造出这样的谣言来;要是我的话说得不对,我愿意让人家把我吊死。

伊阿古　呸!哪里有这样的人?一定不会的。

苔丝狄蒙娜　要是果然有这样的人,愿上天宽恕他!

爱米利娅　宽恕他!一条绳子箍住他的颈项,地狱里的恶鬼咬碎他的骨头!他为什么叫她娼妇?谁跟她在一起?什么所在?什么时候?什么方式?什么根据?这摩尔人一定是上了不知哪一个千刀万恶的坏人的当,一个下流的大混蛋,一个卑鄙的家伙;天啊!愿你揭破这种家伙的嘴脸,让每一个老实人的手里都拿一根鞭子,把这些混蛋们脱光了衣服抽一顿,从东方一直抽到西方!

伊阿古　别嚷得给外边都听见了。

爱米利娅　哼,可恶的东西!前回弄昏了你的头,使你疑心我跟这摩尔人有暧昧的,也就是这种家伙。

伊阿古　好了,好了;你是个傻瓜。

苔丝狄蒙娜　好伊阿古啊,我应当怎样重新取得我的丈夫的欢心呢?好朋友,替我向他解释解释;因为凭着天上的太阳起誓,我实在不知道我怎么会失去他的宠爱。我对天下跪,要是在思想上、行动上,我曾经有意背弃他的爱情;要是我的眼睛、我的耳朵或是我的任何感觉,曾经对别人发生爱悦;要是我在过去、现在和将来,不是那样始终深深地爱着他,即使他把我弃如敝屣,也不因此而改变我对他的忠诚;要是我果然有那样的过失,愿我终身不能享受快乐的日子!无情可以给人重大的打击;他的无情也许会摧残我的生命,可是永不能毁坏我的爱情。我不愿提起"娼妇"两个字,一说到它就会使我心生憎恶,更不用说亲自去干那博得这种丑名的勾当了;整个世界的荣华也不能诱动我。

伊阿古　请您宽心,这不过是他一时的心绪恶劣,在国家大事方面受了点刺激,所以跟您呕起气来啦。

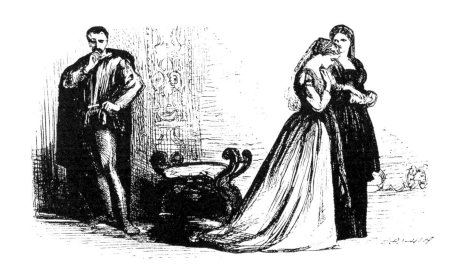

苔丝狄蒙娜　要是没有别的原因——

伊阿古　只是为了这个原因,我可以保证。(喇叭声)听！喇叭在吹晚餐的信
　　号了;威尼斯的使者在等候进餐。进去,不要哭;一切都会圆满解决的。

　　(苔丝狄蒙娜、爱米利娅下。)

　　　　罗德利哥上。

伊阿古　啊,罗德利哥!

罗德利哥　我看你全然在欺骗我。

伊阿古　我怎么欺骗你?

罗德利哥　伊阿古,你每天在我面前耍手段,把我支吾过去;照我现在看来,你
　　非但不给我开一线方便之门,反而使我的希望一天小似一天。我实在再
　　也忍不住了。为了自己的愚蠢,我已经吃了不少的苦头,这一笔账我也不
　　能就此善罢甘休。

伊阿古　你愿意听我说吗,罗德利哥?

罗德利哥　哼,我已经听得太多了;你的话和行动是不相符合的。

伊阿古　你太冤枉人啦。

罗德利哥　我一点没有冤枉你。我的钱都花光啦。你从我手里拿去送给苔丝
　　狄蒙娜的珠宝,即使一个圣徒也会被它诱惑的;你对我说她已经收下了,
　　告诉我不久就可以听到喜讯,可是到现在还不见一点动静。

伊阿古　好,算了;很好。

罗德利哥　很好!算了!我不能就此算了,朋友;这事情也不很好。我举手起

誓,这种手段太卑鄙了;我开始觉得我自己受了骗了。

伊阿古　很好。

罗德利哥　我告诉你这事情不很好。我要亲自去见苔丝狄蒙娜,要是她肯把我的珠宝还我,我愿意死了这片心,忏悔我这种非礼的追求;要不然的话,你留心点儿吧,我一定要跟你算账。

伊阿古　你现在话说完了吧?

罗德利哥　嗯,我的话都是说过就做的。

伊阿古　好,现在我才知道你是一个有骨气的人;从这一刻起,你已经使我比从前加倍看重你了。把你的手给我,罗德利哥。你责备我的话,都非常有理;可是我还要声明一句,我替你干这件事情,的的确确是尽忠竭力,不敢昧一分良心的。

罗德利哥　那还没有事实的证明。

伊阿古　我承认还没有事实的证明,你的疑心不是没有理由的。可是,罗德利哥,要是你果然有决心,有勇气,有胆量——我现在相信你一定有的——今晚你就可以表现出来;要是明天夜里你不能享用苔丝狄蒙娜,你可以用无论什么恶毒的手段、什么阴险的计谋,取去我的生命。

罗德利哥　好,你要我怎么干?是说得通做得到的事吗?

伊阿古　老兄,威尼斯已经派了专使来,叫凯西奥代替奥瑟罗的职位。

罗德利哥　真的吗?那么奥瑟罗和苔丝狄蒙娜都要回到威尼斯去了。

伊阿古　啊,不,他要到毛里塔尼亚去,把那美丽的苔丝狄蒙娜一起带走,除非这儿出了什么事,使他耽搁下来。最好的办法是把凯西奥除掉。

罗德利哥　你说把他除掉是什么意思?

伊阿古　砸碎他的脑袋,让他不能担任奥瑟罗的职位。

罗德利哥　那就是你要我去干的事吗?

伊阿古　嗯,要是你敢做一件对你自己有利益的事。他今晚在一个妓女家里吃饭,我也要到那儿去见他。现在他还没有知道他自己的命运。我可以设法让他在十二点钟到一点钟之间从那儿出来,你只要留心在门口守候,就可以照你的意思把他处置;我就在附近接应你,他在我们两人之间一定逃不了。来,不要发呆,跟我去;我可以告诉你为什么他的死是必要的,你听了就会知道这是你的一件无可推辞的行动。现在正是晚餐的时候,夜过去得很快,准备起来吧。

罗德利哥　我还要听一听你要教我这样做的理由。

伊阿古　我一定可以向你解释明白。（同下。）

第三场　城堡中另一室

奥瑟罗、罗多维科、苔丝狄蒙娜、爱米利娅及侍从等上。

罗多维科　将军请留步吧。

奥瑟罗　啊,没有关系;散散步对我也是很有好处的。

罗多维科　夫人,晚安;谢谢您的盛情。

苔丝狄蒙娜　大驾光临,我们是十分欢迎的。

奥瑟罗　请吧,大人。啊！苔丝狄蒙娜——

苔丝狄蒙娜　我的主?

奥瑟罗　你快进去睡吧;我马上就回来的。把你的侍女们打发开了,不要忘记。

苔丝狄蒙娜　是,我的主。（奥瑟罗、罗多维科及侍从等下。）

爱米利娅　怎么? 他现在的脸色温和得多啦。

苔丝狄蒙娜　他说他就会回来的;他叫我去睡,还叫我把你遣开。

爱米利娅　把我遣开！

苔丝狄蒙娜　这是他的吩咐;所以,好爱米利娅,把我的睡衣给我,你去吧,我们现在不能再惹他生气了。

爱米利娅　我希望您当初并不和他相识！

苔丝狄蒙娜　我却不希望这样;我是那么喜欢他,即使他的固执、他的呵斥、他的怒容——请你替我取下衣上的扣针——在我看来也是可爱的。

爱米利娅　我已经照您的吩咐,把那些被褥铺好了。

苔丝狄蒙娜　很好。天哪！我们的思想是多么傻！要是我比你先死,请你就把那些被褥做我的殓衾。

爱米利娅　得啦得啦,您在说呆话。

苔丝狄蒙娜　我的母亲有一个侍女名叫巴巴拉,她跟人家有了恋爱;她的情人发了疯,把她丢了。她有一支《杨柳歌》,那是一支古老的曲调,可是正好说中了她的命运;她到死的时候,嘴里还在唱着它。那支歌今天晚上老是萦回在我的脑际;我的烦乱的心绪,使我禁不住侧下我的头,学着可怜的

627

巴巴拉的样子把它歌唱。请你赶快点儿。

爱米利娅　我要不要就去把您的睡衣拿来？

苔丝狄蒙娜　不,先替我取下这儿的扣针。这个罗多维科是一个俊美的男子。

爱米利娅　一个很漂亮的人。

苔丝狄蒙娜　他的谈吐很高雅。

爱米利娅　我知道威尼斯有一个女郎,愿意赤了脚步行到巴勒斯坦,为了希望
　　　碰一碰他的下唇。

苔丝狄蒙娜　（唱）

　　　　　　可怜的她坐在枫树下啜泣,

　　　　　　　歌唱那青青杨柳；

　　　　　　她手抚着胸膛,她低头靠膝,

　　　　　　　唱杨柳,杨柳,杨柳。

　　　　　　清澈的流水吐出她的呻吟,

　　　　　　　唱杨柳,杨柳,杨柳。

　　　　　　她的热泪溶化了顽石的心——

　　　把这些放在一旁。——（唱）

　　　　　　　唱杨柳,杨柳,杨柳。

　　　快一点,他就要来了。——（唱）

　　　　　　青青的柳枝编成一个翠环；

　　　　　　不要怪他,我甘心受他笑骂——

　　　不,下面一句不是这样的。听！谁在打门？

爱米利娅　是风哩。

苔丝狄蒙娜　（唱）

　　　　　　我叫情哥负心郎,他又怎讲？

　　　　　　　唱杨柳,杨柳,杨柳。

　　　　　　我见异思迁,由你另换情郎。

　　　你去吧;晚安。我的眼睛在跳,那是哭泣的预兆吗？

爱米利娅　没有这样的事。

苔丝狄蒙娜　我听见人家这样说。啊,这些男人！这些男人！凭你的良心说,
　　　爱米利娅,你想世上有没有背着丈夫干这种坏事的女人？

爱米利娅　怎么没有？

苔丝狄蒙娜　你愿意为了整个世界的财富而干这种事吗?

爱米利娅　难道您不愿意吗?

苔丝狄蒙娜　不,我对着明月起誓!

爱米利娅　不,对着光天化日,我也不干这种事;要干也得暗地里干。

苔丝狄蒙娜　难道你愿意为了整个的世界而干这种事吗?

爱米利娅　世界是一个大东西;用一件小小的坏事换得这样大的代价是值得的。

苔丝狄蒙娜　真的,我想你不会。

爱米利娅　真的,我想我应该干的;等干好之后,再想法补救。当然,为了一枚对合的戒指、几丈细麻布或是几件衣服、几件裙子、一两顶帽子,以及诸如此类的小玩意儿而叫我干这种事,我当然不愿意;可是为了整个的世界,谁不愿意出卖自己的贞操,让她的丈夫做一个皇帝呢? 我就是因此而下炼狱,也是甘心的。

苔丝狄蒙娜　我要是为了整个的世界,会干出这种丧心病狂的事来,一定不得好死。

爱米利娅　世间的是非本来没有定准;您因为干了一件错事而得到整个的世界,在您自己的世界里,您还不能把是非颠倒过来吗?

苔丝狄蒙娜　我想世上不会有那样的女人的。

爱米利娅　这样的女人不是几个,可多着呢,足够把她们用小小的坏事换来的世界塞满了。照我想来,妻子的堕落总是丈夫的过失;要是他们疏忽了自己的责任,把我们所珍爱的东西浪掷在外人的怀里,或是无缘无故吃起醋来,约束我们行动的自由,或是殴打我们,削减我们的花粉钱,我们也是有脾气的,虽然生就温柔的天性,到了一个时候也是会复仇的。让做丈夫的人们知道,他们的妻子也和他们有同样的感觉:她们的眼睛也能辨别美恶,她们的鼻子也能辨别香臭,她们的舌头也能辨别甜酸,正像她们的丈夫们一样。他们厌弃了我们,别寻新欢,是为了什么缘故呢? 是逢场作戏吗? 我想是的。是因为爱情的驱使吗? 我想也是的。还是因为喜新厌旧的人之常情呢? 那也是一个理由。那么难道我们就不会对别人发生爱情,难道我们就没有逢场作戏的欲望,难道我们就不会喜新厌旧,跟男人们一样吗? 所以让他们好好地对待我们吧;否则我们要让他们知道,我们所干的坏事都是出于他们的指教。

苔丝狄蒙娜　晚安,晚安! 愿上天监视我们的言行;我不愿以恶为师,我只愿
　　　鉴非自警! (各下。)

第 五 幕

第一场　塞浦路斯。街道

伊阿古及罗德利哥上。

伊阿古　来，站在这堵披屋后面；他就会来的。把你的宝剑拔出鞘来，看准要害刺过去。快，快；不要怕；我就在你旁边。成功失败，在此一举，你得下定决心。

罗德利哥　不要走开，也许我会失手。

伊阿古　我就在这儿，你的近旁。胆子放大些，站定了。（退后。）

罗德利哥　我对于这件事情不是顶热心；可是他讲的理由十分充足。反正不过去掉一个人。出来，我的剑；他必须死！

伊阿古　我已经激动这小脓包的心，他居然动起怒来了。不管是他杀死凯西奥，还是凯西奥杀死他，或者两败俱伤，对于我都是有好处的。要是罗德利哥活在世上，他总有一天要问我讨还那许多我从他手里干没下来、说是送给苔丝狄蒙娜的金银珠宝；这可断断不能。要是凯西奥活在世上，他那种翩翩风度，叫我每天都要在他的旁边相形见绌；而且那摩尔人万一向他当面质问起来，我的阴谋就会暴露，那时候我的地位就非常危险了。不，他非死不可。就这样吧。我听见他来了。

凯西奥上。

罗德利哥　我认识他的走路的姿势；正是他。——恶人，你给我死吧！（挺剑刺凯西奥。）

凯西奥　幸亏我穿着一身好甲，否则那一剑一定会致我的死命。让我也来试一试你的甲牢不牢吧。（拔剑刺伤罗德利哥。）

罗德利哥　啊，我死了！（伊阿古自后刺伤凯西奥腿，下。）

凯西奥　我从此终身残废了！救命啊！杀了人啦！杀了人啦！（倒地。）

　　　　奥瑟罗自远处上。

奥瑟罗　凯西奥的声音。伊阿古果然没有失信。

罗德利哥　啊，我真是个恶人！

奥瑟罗　一点不错。

凯西奥　啊，救命哪！拿火来！找一个医生！

奥瑟罗　正是他。勇敢正直的伊阿古呀，你这样奋不顾身，为你的朋友复仇雪
　　　　耻，真是难得！你给我一个教训了。贱人，你心爱的人已经死在这儿，你
　　　　的末日就在眼前；娼妇，我来了！从我的心头抹去你的媚眼的魔力；让淫
　　　　邪的血溅洒你那被淫邪玷污了的枕席。（下。）

罗多维科及葛莱西安诺自远处上。

凯西奥　喂！怎么！没有巡夜的逻卒？没有过路的行人？杀了人啦！杀了人啦！

葛莱西安诺　出了什么乱子啦？这叫声很是凄惨。

凯西奥　救命啊！

罗多维科　听！

罗德利哥　啊，该死的恶人！

罗多维科　两三个人在那儿呻吟。这是一个很阴沉的黑夜；也许他们是故意假装出来的，我们人手孤单，冒冒失失过去，恐怕不大安全。

罗德利哥　没有人来吗？那么我要流血而死了！

罗多维科　听！

伊阿古持火炬重上。

葛莱西安诺　有一个人穿着衬衫、一手拿火、一手举着武器来了。

伊阿古　那边是谁？什么人在那儿喊杀人？

罗多维科　我们不知道。

伊阿古　你们听见一个呼声吗？

凯西奥　这儿，这儿！看在上天的面上，救救我！

伊阿古　怎么一回事？

葛莱西安诺　这个人好像是奥瑟罗麾下的旗官。

罗多维科　正是；一个很勇敢的汉子。

伊阿古　你是什么人，在这儿叫喊得这样凄惨？

凯西奥　伊阿古吗？啊，我被恶人算计，害得我不能做人啦！救救我！

伊阿古　嗳哟，副将！这是什么恶人干的事？

凯西奥　我想有一个暴徒还在这儿；他逃不了。

伊阿古　啊，可恶的奸贼！（向罗多维科、葛莱西安诺）你们是什么人？过来帮帮忙。

罗德利哥　啊，救救我！我在这儿。

凯西奥　他就是恶党中的一人。

伊阿古　好一个杀人的凶徒！啊，恶人！（刺罗德利哥。）

罗德利哥　啊，万恶的伊阿古！没有人心的狗！

伊阿古　在暗地里杀人！这些凶恶的贼党都在哪儿？这地方多么寂静！喂！

　　杀了人啦！杀了人啦！你们是什么人？是好人还是坏人？

罗多维科　　请你自己判断我们吧。

伊阿古　　罗多维科大人吗？

罗多维科　　正是,老总。

伊阿古　　恕我失礼了。这儿是凯西奥,被恶人们刺伤,倒在地上。

葛莱西安诺　　凯西奥！

伊阿古　　怎么样,兄弟？

凯西奥　　我的腿断了。

伊阿古　　嗳哟,罪过罪过！两位先生,请替我照着亮儿;我要用我的衫子把它
　　包扎起来。

　　　　比恩卡上。

比恩卡　　喂,什么事？谁在这儿叫喊？

伊阿古　　谁在这儿叫喊！

比恩卡　　嗳哟,我的亲爱的凯西奥！我的温柔的凯西奥！啊,凯西奥！凯西
　　奥！凯西奥！

伊阿古　　哼,你这声名狼藉的娼妇！凯西奥,照你猜想起来,向你下这样毒手
　　的大概是些什么人？

凯西奥　　我不知道。

葛莱西安诺　　我正要来找你,谁料你会遭逢这样的祸事,真是恼人！

伊阿古　　借给我一条吊袜带。好。啊,要是有一张椅子,让他舒舒服服躺在上

面,把他抬去才好!

比恩卡　嗳哟,他晕过去了!啊;凯西奥!凯西奥!凯西奥!

伊阿古　两位先生,我很疑心这个贱人也是那些凶徒们的同党。——忍耐点儿,好凯西奥。——来,来,借我一个火。我们认不认识这一张面孔?嗳哟!是我的同国好友罗德利哥吗?不。唉,果然是他!天哪!罗德利哥!

葛莱西安诺　什么!威尼斯的罗德利哥吗?

伊阿古　正是他,先生。你认识他吗?

葛莱西安诺　认识他!我怎么不认识他?

伊阿古　葛莱西安诺先生吗?请您原谅,这些流血的惨剧,使我礼貌不周,失敬得很。

葛莱西安诺　哪儿的话;我很高兴看见您。

伊阿古　你怎么啦,凯西奥?啊,来一张椅子!来一张椅子!

葛莱西安诺　罗德利哥!

伊阿古　他,他,正是他。(众人携椅上)啊!很好;椅子。几个人把他小心抬走;我就去找军医官来。(向比恩卡)你,奶奶,你也不用装腔作势啦。——凯西奥,死在这儿的这个人是我的好朋友。你们两人有什么仇恨?

凯西奥　一点没有;我根本不认识这个人。

伊阿古　(向比恩卡)什么!你脸色变白了吗?——啊!把他抬进屋子里去。(众人舁凯西奥、罗德利哥二人下)等一等,两位先生。奶奶,你脸色变白了吗?你们看见她眼睛里这一股惊慌的神气吗?哼,要是你这样睁大了眼睛,我们还要等着听一些新鲜的话哩。留心瞧着她;你们瞧;你们看见了吗,两位先生?哼,犯了罪的人,即使舌头僵住了,也会不打自招的。

　　　　爱米利娅上。

爱米利娅　唉!出了什么事啦?出了什么事啦,丈夫?

伊阿古　凯西奥在这儿黑暗之中,被罗德利哥和几个在逃的同党袭击;他几乎送了性命,罗德利哥已经死了。

爱米利娅　嗳哟,好一位绅士!嗳哟,好凯西奥!

伊阿古　这是他爱嫖的结果。爱米利娅,你去问问凯西奥,他今天晚上在什么地方吃饭的。——什么!你听了这句话就发抖吗?

比恩卡　他在我家里吃饭;可我并不是因为这个而发抖。

伊阿古　噢,他在你家里吃饭?你跟我走!

爱米利娅　呸,呸,你这不要脸的娼妇!

比恩卡　我不是娼妇;我跟你一样清白。

爱米利娅　跟我一样清白!呸!不要脸!

伊阿古　两位好先生,让我们去帮助帮助可怜的凯西奥,替他把伤口扎好。来,奶奶,你必须对我们讲老实话。爱米利娅,你快奔到城堡里去,告诉将军和夫人这儿发生了什么事。你们先请吧。(旁白)今夜是我的命运所寄,倘不能青云直上,就要一败涂地。(同下。)

第二场　城堡中的卧室

　　　　苔丝狄蒙娜睡床上,一灯照耀室内;奥瑟罗上。

奥瑟罗　只是为了这一个原因,只是为了这一个原因,我的灵魂!纯洁的星星啊,不要让我向你们说出它的名字!只是为了这一个原因……可是我不愿溅她的血,也不愿毁伤她那比白雪更皎洁、比石膏更腻滑的肌肤。可是她不能不死,否则她将要陷害更多的男子。让我熄灭了这一盏灯,然后我就熄灭你的生命的火焰。融融的灯光啊,我把你吹熄以后,要是我心生后悔,仍旧可以把你重新点亮;可是你,造化最精美的形象啊,你的火焰一旦熄灭,我不知道什么地方有那天上的神火,能够燃起你的原来的光彩!我摘下了蔷薇,就不能再给它已失的生机,只好让它枯萎凋谢;当它还在枝头的时候,我要嗅一嗅它的芳香。(吻苔丝狄蒙娜)啊,甘美的气息!你几乎诱动公道的心,使她折断她的利剑了!再一个吻,再一个吻。愿你到死都是这样;我要杀死你,然后再爱你。再一个吻,这是最后的一吻了;这样销魂,却又是这样无比的惨痛!我必须哭泣,然而这些是无情的眼泪。这一阵阵悲伤是神圣的,因为它要惩罚的正是它最疼爱的。她醒来了。

苔丝狄蒙娜　谁?奥瑟罗吗?

奥瑟罗　嗯,苔丝狄蒙娜。

苔丝狄蒙娜　您要睡了吗,我的主?

奥瑟罗　你今晚有没有祈祷过,苔丝狄蒙娜?

苔丝狄蒙娜　祈祷过了,我的主。

奥瑟罗　要是你想到在你的一生之中,还有什么罪恶不曾为上帝所宽宥,赶快恳求他的恩赦吧。

苔丝狄蒙娜　嗳哟！我的主，您这句话是什么意思？

奥瑟罗　嘿，祈祷吧，干脆点儿；我就在一旁等着你。我不愿杀害你的没有准
　　备的灵魂；不，上天禁止这种罪行！我不愿杀害你的灵魂。

苔丝狄蒙娜　您在说杀人的话吗？

奥瑟罗　嗯，是的。

苔丝狄蒙娜　那么愿上天垂怜于我！

奥瑟罗　阿门，但愿如此！

苔丝狄蒙娜　要是您这样说，我希望您不至于把我杀死。

奥瑟罗　哼！

苔丝狄蒙娜　可是我怕您；因为您的眼珠这样滚转的时候，您已经动了杀机。
　　我不知道我为什么害怕，因为我不知道我有什么罪；可是我觉得害怕。

奥瑟罗　想想你的罪恶吧。

苔丝狄蒙娜　除非我对您的爱是罪恶，我不知道我有什么罪恶。

奥瑟罗　好，你必须因此而死。

苔丝狄蒙娜　为了爱而被杀，那样的死是违反人情的。唉！您为什么这样咬
　　着您的下唇呢？一种饮血的欲念震撼您的全身，这便是它的征兆；可是我
　　希望，我希望您的怒气不是对我而发。

奥瑟罗　闭嘴，不要作声！

苔丝狄蒙娜　是；可是请您告诉我究竟为了什么事？

奥瑟罗　你把我给你的那条我的心爱的手帕送给凯西奥。

苔丝狄蒙娜　不，凭着我的生命和灵魂起誓！您叫他来问好了。

奥瑟罗　好人儿，留心不要发伪誓；你的死已在眼前了。

苔丝狄蒙娜　不，我现在还不能死。

奥瑟罗　你必须立刻死，所以赶快坦白招认你的罪恶吧；即使你发誓否认每一
　　件事实，也不能除去那使我痛心的坚强的确信。你必须死。

苔丝狄蒙娜　那么愿上帝垂怜于我！

奥瑟罗　阿门。

苔丝狄蒙娜　愿您也大发慈悲！我生平从不曾得罪过您，也从不曾用上天所
　　不容的非分的爱情滥施在凯西奥的身上；我没有给过他什么东西。

奥瑟罗　苍天在上，我亲眼看见我的手帕在他的手里。欺罔神明的妇人！你

使我的心变成坚硬;我本来想把你作为献祭的牺牲,现在却被你激起我的
屠夫的恶念来了。我明明看见那手帕的。

苔丝狄蒙娜　那么是他在什么地方拾到的;我没有给他。叫他到这儿来,让他
供认事实的真相。

奥瑟罗　他已经承认了。

苔丝狄蒙娜　承认什么,我的主?

奥瑟罗　承认他已经和你发生关系。

苔丝狄蒙娜　怎么?非法的关系吗?

奥瑟罗　嗯。

苔丝狄蒙娜　他不会这样说的。

奥瑟罗　是的,他的嘴已经闭住,正直的伊阿古已经把他解决了。

苔丝狄蒙娜　啊,我的恐惧叫我明白过来了!什么!他死了吗?

奥瑟罗　即使他每一根头发里都有生命,我的复仇的怒火也会把它们一起
吞下。

苔丝狄蒙娜　唉!他被人陷害,我的一生也从此断送了!

奥瑟罗　不要脸的娼妇!你当着我的面为他哭泣吗?

苔丝狄蒙娜　啊,我的主,把我放逐,可是不要杀我!

奥瑟罗　倒下,娼妇!

苔丝狄蒙娜　明天杀我,让我活过今天!

奥瑟罗　不,要是你想挣扎——

苔丝狄蒙娜　给我半点钟的时间!

奥瑟罗　已经决定了,没有挽回的余地。

苔丝狄蒙娜　可是让我作一次祷告吧!

奥瑟罗　太迟了。(扼苔丝狄蒙娜咽喉。)

爱米利娅　(在内)将军,将军!喂!将军,将军!

奥瑟罗　这是什么声音?没有死吗?还没有完全死去吗?我虽然狠心,却还
有几分慈悲;我不愿你多挨受一刻痛苦。好,好。(刺苔丝狄蒙娜。)

爱米利娅　(在内)喂!将军,将军!

奥瑟罗　哪一个?

爱米利娅　(在内)啊,将军!我要跟您说句话儿。

奥瑟罗　是的,这是爱米利娅。——等一等。——她死了。她多半要来说起凯西奥的死。外边已经听得见嘈杂的声音。嘿!一动也不动了吗?像坟墓一样沉寂。要不要让她进来?妥当不妥当?我想她又在动了,不,怎么办呢?要是她进来,她一定要跟我的妻子说话。我的妻子!我的妻子!什么妻子?我没有妻子。啊,难堪!啊,不幸的时辰!我想现在日月应该晦暗不明,受惊的地球看见这种非常的灾变,也要吓得目瞪口呆。

爱米利娅　(在内)啊,好将军!请您让我进来对您说句话儿。

奥瑟罗　我忘记了。啊,进来,爱米利娅。慢点儿,等一等。让我把帐幕拉下来。你在哪儿?(启锁开门。)

　　　　爱米利娅上。

奥瑟罗　什么事?

爱米利娅　啊,好将军!那边出了杀人命案啦!

奥瑟罗　什么!现在?

爱米利娅　就是刚才,将军。

奥瑟罗　那都是因为月亮走错了轨道,比平常更近地球,所以人们都发起疯来了。

爱米利娅　将军,凯西奥杀死了一个名叫罗德利哥的威尼斯青年。

奥瑟罗　罗德利哥被杀了!凯西奥也被杀了吗?

爱米利娅　不,凯西奥没有死。

奥瑟罗　凯西奥没有死!那么杀人认错了对象,痛快的复仇又有了变卦啦。

苔丝狄蒙娜　啊,死得好冤枉呀!

爱米利娅　嗳哟!那是什么呼声?

奥瑟罗　那!什么?

爱米利娅　嗳哟!那是夫人的声音。救命!救命啊!救命!啊,夫人,再说一声话儿!亲爱的苔丝狄蒙娜!啊,亲爱的夫人,说呀!

苔丝狄蒙娜　我是无罪而死的。

爱米利娅　啊!这是谁干的事?

苔丝狄蒙娜　谁也没有干;是我自己。再会吧;替我向我的仁慈的夫君致意。啊,再会吧!(死。)

奥瑟罗　啊!她怎么会被人杀死的?

爱米利娅　唉!谁知道?

奥瑟罗　你听见她说是她自己,我没有杀死她。

爱米利娅　她是这样说;我只好按照事实去报告。

奥瑟罗　她到地狱的火焰里去,还不愿说一句真话。杀死她的是我。

爱米利娅　啊,那么她尤其是一个天使,你尤其是一个黑心的魔鬼了!

奥瑟罗　她干了无耻的事,她是个淫妇。

爱米利娅　你冤枉她,你是个魔鬼。

奥瑟罗　她像水一样轻浮。

爱米利娅　你说她轻浮,你自己才像火一样粗暴。啊,她是圣洁而忠贞的!

奥瑟罗　凯西奥和她通奸,不信你去问你的丈夫吧。啊,要是我采取这种极端
　　的手段,并没有正当的理由,死后就要永远堕入地狱的底层! 你的丈夫一
　　切全都知道。

爱米利娅　我的丈夫!

奥瑟罗　你的丈夫。

爱米利娅　他知道她不守贞节吗?

奥瑟罗　嗯,他知道她跟凯西奥有暧昧。嘿,要是她是个贞洁的妇人,即使上
　　帝为我用一颗完整的宝石另外造一个世界,我也不愿用她去交换。

爱米利娅　我的丈夫!

奥瑟罗　嗯,他最初告诉我这件事。他是个正人君子,他痛恨卑鄙龌龊的
　　行为。

爱米利娅　我的丈夫!

奥瑟罗　妇人,为什么把这句话说了又说呢?我是说你的丈夫。

爱米利娅　啊,夫人! 你因为多情,受了奸人的愚弄了! 我的丈夫说她不贞!

奥瑟罗　正是他,妇人;我说你的丈夫;你懂得这句话吗? 我的朋友,你的丈
　　夫,正直的、正直的伊阿古。

爱米利娅　要是他果然说了这样的话,愿他恶毒的灵魂每天一分一寸地糜烂!
　　他全然胡说;她对于她的最卑鄙的男人是太痴心了。

奥瑟罗　嘿!

爱米利娅　随你把我怎么样吧。你配不上这样的好妻子,你这种行为是上天
　　所不容的。

奥瑟罗　还不闭嘴!

爱米利娅　你没有半分力量可以伤害我;我的心碎了,还怕你什么! 啊,笨伯!

傻瓜！泥土一样蠢的家伙！你已经做了一件大大不该的事——我不怕你的剑;我要宣布你的罪恶,即使我将要因此而丧失二十条生命。救命! 救命啊! 救命! 摩尔人杀死了夫人啦! 杀了人啦! 杀了人啦!

　　　　蒙太诺、葛莱西安诺、伊阿古及余人等上。

蒙太诺　什么事? 怎么,将军!

爱米利娅　啊! 你来了吗,伊阿古? 你做得好事,人家都把杀人的罪名架在你头上啦!

葛莱西安诺　什么事?

爱米利娅　你倘是个汉子,赶快否认这恶人所说的话吧;他说你告诉他他的妻子不贞。我知道你不会说这种话,你还不会是这样一个恶人。说吧,我的心都要胀破了。

伊阿古　我不过把我自己的意思告诉他;我对他所说的话,已经由他自己证实了。

爱米利娅　可是你有没有对他说她是不贞的?

伊阿古　我对他说过。

爱米利娅　你说谎,一个可憎的、万恶不赦的谎! 凭着我的灵魂起誓,一个谎,一个罪恶的谎! 她跟凯西奥私通! 你说她跟凯西奥私通吗?

伊阿古　跟凯西奥私通,太太。好了好了,收住你的舌头吧。

爱米利娅　我不愿收住我的舌头;我必须说话。夫人在这儿床上给人谋杀了。

众　人　啊,哪会有这样的事!

爱米利娅　都是你造的谣言,引起这场血案。

奥瑟罗　各位不必惊慌;这事情是真的。

葛莱西安诺　真有这样的事,那可奇了!

蒙太诺　啊,骇人的行为!

爱米利娅　诡计! 诡计! 诡计! 我现在想起来了;啊,诡计! 那时候我就有些怀疑;我要伤心死了! 啊,诡计! 诡计!

伊阿古　什么! 你疯了吗? 快给我回家去!

爱米利娅　各位先生,让我有一个说话的机会。照理我应该服从他,可是现在却不能服从他。也许,伊阿古,我永远不再回家了。

奥瑟罗　啊! 啊! 啊! (扑卧床上。)

爱米利娅　哼,你躺下来哭叫吧;因为你已经杀死一个世间最温柔纯洁的人。

奥瑟罗　啊,她是淫污的!我简直不认识您啦,叔父。那边躺着您的侄女,她的呼吸刚才被我这双手扼断;我知道这件行为在世人眼中看起来是惊人而惨酷的。

葛莱西安诺　可怜的苔丝狄蒙娜!幸亏你父亲已经死了;你的婚事是他的致死的原因,悲伤摧折了他的衰老的生命。要是他现在还活着,看见这种惨状,一定会干出一些疯狂的事情来的;他会咒天骂地,赶走了身边的守护神,毁灭了自己的灵魂。

奥瑟罗　这诚然是一件伤心的事;可是伊阿古知道她曾经跟凯西奥干过许多回无耻的勾当,凯西奥自己也承认了。她还把我的定情礼物送给凯西奥,作为他殷勤献媚的酬劳。我看见它在他的手里;那是一方手帕,我的父亲给我母亲的一件古老的纪念品。

爱米利娅　天啊!天上的神明啊!

伊阿古　算了,闭住你的嘴!

爱米利娅　事情总会暴露的,事情总会暴露的。闭住我的嘴?不,不,我要像北风一样自由地说话;让天神、世人和魔鬼全都把我嘲骂羞辱,我也要说我的话。

伊阿古　放明白一些,回家去吧。

爱米利娅　我不愿回家。(伊阿古拔剑欲刺爱米利娅。)

葛莱西安诺　呸!你向一个妇人动武吗?

爱米利娅　你这愚笨的摩尔人啊!你所说起的那方手帕,是我偶然拾到,把它给了我的丈夫的;虽然那只是一件小小的东西,他却几次三番恳求我替他偷出来。

伊阿古　长舌的淫妇!

爱米利娅　她送给凯西奥!唉!不,是我拾到了,把它交给我的丈夫的。

伊阿古　贱人,你说谎!

爱米利娅　苍天在上,我没有说谎;我没有说谎,各位先生。杀人的傻瓜啊!像你这样一个蠢才,怎么配得上这样好的一位妻子呢?

奥瑟罗　天上没有石块,可以像雷霆一样打下来吗?好一个奸贼!(向伊阿古扑奔;伊阿古刺爱米利娅逃下。)

葛莱西安诺　这妇人倒下来了;他把他的妻子杀死了。

爱米利娅　是,是;啊!把我放在夫人的身旁吧!

葛莱西安诺　他走了,他的妻子给他杀了。

蒙太诺　这是一个罪大恶极的凶徒。你拿着我从这摩尔人手里夺下来的剑。来,在门外看守好了,别让他出去;他要是想逃走,尽管把他杀死。我要去追那恶人,那是一个不可宽恕的家伙。(蒙太诺、葛莱西安诺下。)

奥瑟罗　我的勇气也离我而去了,每一个孱弱的懦夫都可以夺下我的剑来。可是奸恶既然战胜了正直,哪里还会有荣誉存在呢?让一切都归于幻灭吧!

爱米利娅　你的歌儿是一个谶兆吗,夫人?听,你听没听见我的声音?我要像天鹅一般在歌声中死去①。(唱)

　　杨柳,杨柳,杨柳……

摩尔人,她是贞洁的;她爱你,狠心的摩尔人。我说的是真话,愿我的灵魂享受天福;我的话是跟我的思想一致的。我死了,我死了。(死。)

奥瑟罗　我还有一柄剑在这屋子里,那是一柄用冰泉的水所浸炼的西班牙宝剑。啊,在这儿!叔父,我一定要出来。

葛莱西安诺　(在内)你要是敢试一试,就得付重大的代价;你没有武器,只好屈服。

奥瑟罗　那么进来瞧瞧我吧,我有话对你说;否则我虽然没有武器,也只好不顾一切跟你拼一下了。

　　葛莱西安诺重上。

葛莱西安诺　什么事?

奥瑟罗　瞧!我有一柄剑;从来没有一个战士佩带过比这更好的剑;凭着这一条小小的胳臂和这一柄利剑,我曾经冲破二十倍于你们这样人数的包围;可是,无聊的夸口啊!谁能主宰他自己的命运呢?现在我已经没有那样的本领了。虽然你看我拿着武器,可是不用害怕,这儿是我的旅途的终点,我的航程的最后的目标。你吓得退走了吗?这是不必要的惊恐;谁只要拿一根灯草向奥瑟罗的胸前刺去,他也会向后退缩的。奥瑟罗应该到什么地方去呢?——啊,让我再看看你的脸吧,薄命的女郎!像你的衬衣一样惨白!我们在天庭对簿的时候,你这一副脸色就可以把我的灵魂赶下天堂,让魔鬼把它抓去。你的全身冰冷,我的恋人!正像你的贞洁一样

---

① 据说天鹅在临终时为自己唱起挽歌。

凛若寒霜。啊,该死的、该死的奴才!魔鬼啊,把我从这天仙一样美人的
面前鞭逐出去吧!让狂风把我吹卷、硫磺把我熏烤、沸汤的深渊把我沉浸
吧!啊,苔丝狄蒙娜!苔丝狄蒙娜!死了!啊!啊!啊!

　　　　罗多维科、蒙太诺、二侍从以卧椅抬凯西奥及吏役等押伊阿古同上。

罗多维科　这卤莽而不幸的人在哪儿?

奥瑟罗　　那就是从前的奥瑟罗;我在这儿。

罗多维科　那条毒蛇呢?把这恶人带上来。

奥瑟罗　　据说魔鬼的脚是分趾的,让我看看他的脚是不是这样。要是你真的
　　　　是一个魔鬼,我也不能杀死你。(刺伤伊阿古。)

罗多维科　把他手里的剑夺下来。

伊阿古　我不过流了点儿血,还没有给他杀死。

奥瑟罗　那也好,我要你留着活命;因为在我看来,死倒是一桩幸福。

罗多维科　啊,奥瑟罗!你本来是一个很好的汉子,却会中一个万恶的奸人的诡计,我们该说你什么呢?

奥瑟罗　随便你们怎么说吧;要是你们愿意,不妨说我是一个正直的凶手,因为我所干的事,都是出于荣誉的观念,不是出于猜嫌的私恨。

罗多维科　这恶人已经承认了一部分他的奸谋;杀死凯西奥是你跟他同谋的吗?

奥瑟罗　是的。

凯西奥　主帅,我从来不曾得罪过您。

奥瑟罗　我相信你的话;愿你原谅我吧。你们问一问那个顶着人头的恶魔,为什么他要这样陷害我的灵魂和肉体?

伊阿古　什么也不要问我;你们所知道的,你们已经知道了;从这一刻起,我不再说一句话。

罗多维科　什么! 你也不要祈祷吗?

葛莱西安诺　酷刑可以逼你开口。

奥瑟罗　嘿,你这是最好的办法。

罗多维科　将军,一切经过,你将会明白的,我相信你现在还一点也不知道。这是从已死的罗德利哥衣袋里搜到的一封信;这儿还有一封;其中一封信里说到杀死凯西奥的事情由罗德利哥动手执行。

奥瑟罗　啊,奸贼!

凯西奥　野蛮残忍的阴谋!

罗多维科　这儿还有从他的衣袋里找到的一封充满怨言的信,看来好像是罗德利哥预备寄给这个万恶的奸人的;可是信还没有寄出,伊阿古就给了他回答了。

奥瑟罗　啊,恶毒的奸贼! 凯西奥,我的妻子的手帕怎么会到你手里的?

凯西奥　我在我的房间里找到它;他刚才已经亲口承认是他有意把它丢在那里的,借此可以达到他自己的图谋。

奥瑟罗　啊,傻瓜! 傻瓜! 傻瓜!

凯西奥　在罗德利哥的信里,他又埋怨伊阿古不该撺掇他在我值夜的时候向我寻事;我就是为了那一回事情而去职的。就在刚才,他从长时间的昏迷中醒了过来,还说起他一切都受伊阿古的指使,结果却是伊阿古伤了他的生命。

罗多维科　你必须离开这所屋子,跟我们去;你的军队和兵权必须全部交卸,让凯西奥主持塞浦路斯的军政重务。对于这一个家伙,我们将要用一切巧妙的酷刑加在他的身上,使他遍受种种的痛苦,而不至于立刻死去。我们还要把你严密监禁,等候威尼斯政府判决你的罪状。来,把他带下去。

奥瑟罗　且慢,在你们未走以前,再听我说一两句话。我对于国家曾经立过相当的功劳,这是执政诸公所知道的;那些话现在也不用说了。当你们把这种不幸的事实报告他们的时候,请你们在公文上老老实实照我本来的样子叙述,不要徇情回护,也不要恶意构陷;你们应当说我是一个在恋爱上不智而过于深情的人;一个不容易发生嫉妒的人,可是一旦被人煽动以后,就会糊涂到极点;一个像印度人一样糊涂的人,会把一颗比他整个部落所有的财产更贵重的珍珠随手抛弃;一个不惯于流妇人之泪的人,可是当他被感情征服的时候,也会像涌流着胶液的阿拉伯胶树一般两眼泛滥。请你们把这些话记下,再补充一句说:在阿勒坡地方,曾经有一个裹着头巾的敌意的土耳其人殴打一个威尼斯人,诽谤我们的国家,那时候我就一把抓住这受割礼的狗子的咽喉,就这样把他杀了。(以剑自刎。)

罗多维科　啊,惨酷的结局!

葛莱西安诺　一切说过的话,现在又要颠倒过来了。

奥瑟罗　我在杀死你以前,曾经用一吻和你诀别;现在我自己的生命也在一吻里终结。(倒扑在苔丝狄蒙娜身上,死。)

凯西奥　我早就担心会有这样的事发生,可是我还以为他没有武器;他的心地是光明正大的。

罗多维科　(向伊阿古)你这比痛苦、饥饿和大海更凶暴的猛犬啊!瞧瞧这床上一双浴血的尸身吧;这是你干的好事。这样伤心惨目的景象,赶快把它

遮盖起来吧。葛莱西安诺,请您接收这一座屋子;这摩尔人的全部家产,都应该归您继承。总督大人,怎样处置这一个恶魔般的奸徒,什么时候,什么地点,用怎样的刑法,都要请您全权办理,千万不要宽纵他!我现在就要上船回去禀明政府,用一颗悲哀的心报告这一段悲哀的事故。(同下。)

李 尔 王

KING LEAR.

剧 中 人 物

李尔　不列颠国王

法兰西国王

勃艮第公爵

康华尔公爵

奥本尼公爵

肯特伯爵

葛罗斯特伯爵

爱德伽　葛罗斯特之子

爱德蒙　葛罗斯特之庶子

克伦　朝士

奥斯华德　高纳里尔的管家

老人　葛罗斯特的佃户

医生

弄人

爱德蒙属下一军官

考狄利娅一侍臣

传令官

康华尔的众仆

高纳里尔 ⎫
里　　根 ⎬ 李尔之女
考狄利娅 ⎭

扈从李尔之骑士、军官、使者、兵士及侍从等

地　点

不列颠

第 一 幕

第一场 李尔王宫中大厅

肯特、葛罗斯特及爱德蒙上。

肯　特　我想王上对于奥本尼公爵,比对于康华尔公爵更有好感。

葛罗斯特　我们一向都觉得是这样;可是这次划分国土的时候,却看不出来他对这两位公爵有什么偏心;因为他分配得那么平均,无论他们怎样斤斤较量,都不能说对方比自己占了便宜。

肯　特　大人,这位是您的令郎吗?

葛罗斯特　他是在我手里长大的;我常常不好意思承认他,可是现在惯了,也就不以为意啦。

肯　特　我不懂您的意思。

葛罗斯特　伯爵,这个小子的母亲可心里明白,因此,不瞒您说,她还没有嫁人就大了肚子生下儿子来。您想这应该不应该?

肯　特　能够生下这样一个好儿子来,即使一时错误,也是可以原谅的。

葛罗斯特　我还有一个合法的儿子,年纪比他大一岁,然而我还是喜欢他。这畜生虽然不等我的召唤,就自己莽莽撞撞来到这世上,可是他的母亲是个迷人的东西,我们在制造他的时候,曾经有过一场销魂的游戏,这孽种我不能不承认他。爱德蒙,你认识这位贵人吗?

爱德蒙　不认识,父亲。

葛罗斯特　肯特伯爵;从此以后,你该记着他是我的尊贵的朋友。

爱德蒙　大人,我愿意为您效劳。

肯　特　我一定喜欢你,希望我们以后能够常常见面。

爱德蒙　大人,我一定尽力报答您的垂爱。

葛罗斯特　他已经在国外九年，不久还是要出去的。王上来了。

　　　　　喇叭奏花腔。李尔、康华尔、奥本尼、高纳里尔、里根、考狄利娅及侍从
　　等上。

李　　尔　葛罗斯特，你去招待招待法兰西国王和勃艮第公爵。

葛罗斯特　是，陛下。（葛罗斯特、爱德蒙同下。）

李　　尔　现在我要向你们说明我的心事。把那地图给我。告诉你们吧，我已
　　经把我的国土划成三部；我因为自己年纪老了，决心摆脱一切世务的牵
　　萦，把责任交卸给年轻力壮之人，让自己松一松肩，好安安心心地等死。
　　康华尔贤婿，还有同样是我心爱的奥本尼贤婿，为了预防他日的争执，我
　　想还是趁现在把我的几个女儿的嫁奁当众分配清楚。法兰西和勃艮第两
　　位君主正在竞争我的小女儿的爱情，他们为了求婚而住在我们宫廷里，也
　　已经有好多时候了，现在他们就可以得到答复。孩子们，在我还没有把我
　　的政权、领土和国事的重任全部放弃以前，告诉我，你们中间哪一个人最
　　爱我？我要看看谁最有孝心，最有贤德，我就给她最大的恩惠。高纳里
　　尔，我的大女儿，你先说。

高纳里尔　父亲，我对您的爱，不是言语所能表达的；我爱您胜过自己的眼睛、
　　整个的空间和广大的自由；超越一切可以估价的贵重稀有的事物；不亚于
　　赋有淑德、健康、美貌和荣誉的生命；不曾有一个儿女这样爱过他的父亲，
　　也不曾有一个父亲这样被他的儿女所爱；这一种爱可以使唇舌无能为力，

辩才失去效用;我爱您是不可以数量计算的。

考狄利娅 （旁白）考狄利娅应该怎么好呢？默默地爱着吧。

李　尔 在这些疆界以内,从这一条界线起,直到这一条界线为止,所有一切浓密的森林、膏腴的平原、富庶的河流、广大的牧场,都要奉你为它们的女主人;这一块土地永远为你和奥本尼的子孙所保有。我的二女儿,最亲爱的里根,康华尔的夫人,你怎么说？

里　根 我跟姊姊具有同样的品质,您凭着她就可以判断我。在我的真心之中,我觉得她刚才所说的话,正是我爱您的实际的情形,可是她还不能充分说明我的心理:我厌弃一切凡是敏锐的知觉所能感受到的快乐,只有爱您才是我的无上的幸福。

考狄利娅 （旁白）那么,考狄利娅,你只好自安于贫穷了！可是我并不贫穷,因为我深信我的爱心比我的口才更富有。

李　尔 这一块从我们这美好的王国中划分出来的三分之一的沃壤,是你和你的子孙永远世袭的产业,和高纳里尔所得到的一份同样广大、同样富庶,也同样佳美。现在,我的宝贝,虽然是最后的一个,却并非最不在我的心头;法兰西的葡萄和勃艮第的乳酪都在竞争你的青春之爱;你有些什么话,可以换到一份比你的两个姊姊更富庶的土地？说吧。

考狄利娅 父亲,我没有话说。

李　尔 没有？

考狄利娅 没有。

李　尔 没有只能换到没有;重新说过。

考狄利娅 我是个笨拙的人,不会把我的心涌上我的嘴里;我爱您只是按照我的名分,一分不多,一分不少。

李　尔 怎么,考狄利娅！把你的话修正修正,否则你要毁坏你自己的命运了。

考狄利娅 父亲,您生下我来,把我教养成人,爱惜我、厚待我;我受到您这样的恩德,只有恪尽我的责任,服从您、爱您、敬重您。我的姊姊们要是用她们整个的心来爱您,那么她们为什么要嫁人呢？要是我有一天出嫁了,那接受我的忠诚的誓约的丈夫,将要得到我的一半的爱、我的一半的关心和责任;假如我只爱我的父亲,我一定不会像我的两个姊姊一样再去嫁人的。

李　　尔　你这些话果然是从心里说出来的吗？

考狄利娅　是的，父亲。

李　　尔　年纪这样小，却这样没有良心吗？

考狄利娅　父亲，我年纪虽小，我的心却是忠实的。

李　　尔　好，那么让你的忠实做你的嫁奁吧。凭着太阳神圣的光辉，凭着黑夜
　　　　　的神秘，凭着主宰人类生死的星球的运行，我发誓从现在起，永远和你断
　　　　　绝一切父女之情和血缘亲属的关系，把你当做一个路人看待。啖食自己
　　　　　儿女的生番，比起你，我的旧日的女儿来，也不会更令我憎恨。

肯　　特　陛下——

李　　尔　闭嘴，肯特！不要来批怒龙的逆鳞。她是我最爱的一个，我本来想要

在她的殷勤看护之下,终养我的天年。去,不要让我看见你的脸!让坟墓做我安息的眠床吧,我从此割断对她的天伦的慈爱了!叫法兰西王来!都是死人吗?叫勃艮第来!康华尔,奥本尼,你们已经分到我的两个女儿的嫁奁,现在把我第三个女儿的那一份也拿去分了吧;让骄傲——她自己所称为坦白的——替她找一个丈夫。我把我的威力、特权和一切君主的尊荣一起给了你们。我自己只保留一百名骑士,在你们两人的地方按月轮流居住,由你们负责供养。除了国王的名义和尊号以外,所有行政的大权、国库的收入和大小事务的处理,完全交在你们手里;为了证实我的话,两位贤婿,我赐给你们这一顶宝冠,归你们两人共同保有。

肯　特　尊严的李尔,我一向敬重您像敬重我的君王,爱您像爱我的父亲,跟随您像跟随我的主人,在我的祈祷之中,我总把您当作我的伟大的恩主——

李　尔　弓已经弯好拉满,你留心躲开箭锋吧。

肯　特　让它落下来吧,即使箭镞会刺进我的心里。李尔发了疯,肯特也只好不顾礼貌了。你究竟要怎样,老头儿?你以为有权有位的人向谄媚者低头,尽忠守职的臣僚就不敢说话了吗?君主不顾自己的尊严,干下了愚蠢的事情,在朝的端人正士只好直言极谏。保留你的权力,仔细考虑一下你的举措,收回这种卤莽灭裂的成命。你的小女儿并不是最不孝顺你;有人不会口若悬河,说得天花乱坠,可并不就是无情无义。我的判断要是有错,你尽管取我的命。

李　尔　肯特,你要是想活命,赶快闭住你的嘴。

肯　特　我的生命本来是预备向你的仇敌抛掷的;为了你的安全,我也不怕把它失去。

李　尔　走开,不要让我看见你!

肯　特　瞧明白一些,李尔;还是让我像箭垛上的红心一般永远站在你的眼前吧。

李　尔　凭着阿波罗起誓——

肯　特　凭着阿波罗,老王,你向神明发誓也是没用的。

李　尔　啊,可恶的奴才!(以手按剑。)

奥本尼
康华尔　陛下请息怒。

肯　特　好,杀了你的医生,把你的恶病养得一天比一天厉害吧。赶快撤销你的分土授国的原议;否则只要我的喉舌尚在,我就要大声疾呼,告诉你你做了错事啦。

李　尔　听着,逆贼!你给我按照做臣子的道理,好生听着!你想要煽动我毁弃我的不容更改的誓言,凭着你的不法的跋扈,对我的命令和权力妄加阻挠,这一种目无君上的态度,使我忍无可忍;为了维持王命的尊严,不能不给你应得的处分。我现在宽容你五天的时间,让你预备些应用的衣服食物,免得受饥寒的痛苦;在第六天上,你那可憎的身体必须离开我的国境;要是在此后十天之内,我们的领土上再发现了你的踪迹,那时候就要把你当场处死。去!凭着朱庇特发誓,这一个判决是无可改移的。

肯　特　再会,国王;你既不知悔改,

　　　　囚笼里也没有自由存在。(向考狄利娅)

　　　　姑娘,自有神明为你照应:

　　　　你心地纯洁,说话真诚!(向里根、高纳里尔)

　　　　愿你们的夸口变成实事,

　　　　假树上会结下真的果子。

　　　　各位王子,肯特从此远去;

　　　　到新的国土走他的旧路。(下。)

　　　　喇叭奏花腔。葛罗斯特偕法兰西王、勃艮第及侍从等重上。

葛罗斯特　陛下,法兰西国王和勃艮第公爵来了。

李　尔　勃艮第公爵,您跟这位国王都是来向我的女儿求婚的,现在我先问您:您希望她至少要有多少陪嫁的奁资,否则宁愿放弃对她的追求?

勃艮第　陛下,照着您所已经答应的数目,我就很满足了;想来您也不会再吝惜的。

李　尔　尊贵的勃艮第,当她为我所宠爱的时候,我是把她看得非常珍重的,可是现在她的价格已经跌落了,公爵,您瞧她站在那儿,一个小小的东西,要是除了我的憎恨以外,我什么都不给她,而您仍然觉得她有使您喜欢的地方,或者您觉得她整个儿都能使您满意,那么她就在那儿,您把她带去好了。

勃艮第　我不知道怎样回答。

李　尔　像她这样一个一无可取的女孩子，没有亲友的照顾，新近遭到我的憎恨，咒诅是她的嫁奁，我已经立誓和她断绝关系了，您还是愿意娶她呢，还是愿意把她放弃？

勃艮第　恕我，陛下；在这种条件之下，决定取舍是一件很为难的事。

李　尔　那么放弃她吧，公爵；凭着赋与我生命的神明起誓，我已经告诉您她的全部价值了。（向法兰西王）至于您，伟大的国王，为了重视你、我的友谊，我断不愿把一个我所憎恶的人匹配给您；所以请您还是丢开了这一个为天地所不容的贱人，另外去找寻佳偶吧。

法兰西王　这太奇怪了，她刚才还是您的眼中的珍宝、您的赞美的题目、您的老年的安慰、您的最好、最心爱的人儿，怎么一转瞬间，就会干下这么一件罪大恶极的行为，丧失了您的深恩厚爱！她的罪恶倘不是超乎寻常，您的爱心决不会变得这样厉害；可是除非那是一桩奇迹，我无论如何不相信她会干那样的事。

考狄利娅　陛下，我只是因为缺少娓娓动人的口才，不会讲一些违心的言语，凡是我心里想到的事情，我总不愿在没有把它实行以前就放在嘴里宣扬；要是您因此而恼我，我必须请求您让世人知道，我所以失去您的欢心的原因，并不是什么丑恶的污点、淫邪的行动，或是不名誉的举止；只是因为我缺少像人家那样的一双献媚求恩的眼睛，一条我所认为可耻的善于逢迎的舌头，虽然没有了这些使我不能再受您的宠爱，可是惟其如此，却使我格外尊重我自己的人格。

李　尔　像你这样不能在我面前曲意承欢，还不如当初没有生下你来的好。

法兰西王　只是为了这一个原因吗？为了生性不肯有话便说，不肯把心里想做到的出之于口？勃艮第公爵，您对于这位公主意下如何？爱情里面要是搀杂了和它本身无关的算计，那就不是真的爱情。您愿不愿意娶她？她自己就是一注无价的嫁奁。

勃艮第　尊严的李尔，只要把您原来已经允许过的那一份嫁奁给我，我现在就可以使考狄利娅成为勃艮第公爵的夫人。

李　尔　我什么都不给；我已经发过誓，再也不能挽回了。

勃艮第　那么抱歉得很，您已经失去一个父亲，现在必须再失去一个丈夫了。

考狄利娅　愿勃艮第平安！他所爱的既然只是财产，我也不愿做他的妻子。

法兰西王　最美丽的考狄利娅！你因为贫穷，所以是最富有的；你因为被遗弃,所以是最可宝贵的;你因为遭人轻视,所以最蒙我的怜爱。我现在把你和你的美德一起攫在我的手里;人弃我取是法理上所许可的。天啊天!想不到他们的冷酷的蔑视,却会激起我热烈的敬爱。陛下,您的没有嫁奁的女儿被抛在一边,正好成全我的良缘;她现在是我的分享荣华的王后,法兰西全国的女主人了;沼泽之邦的勃艮第所有的公爵,都不能从我手里买去这一个无价之宝的女郎。考狄利娅,向他们告别吧,虽然他们是这样冷酷无情;你抛弃了故国,将要得到一个更好的家乡。

李　　尔　你带了她去吧,法兰西王;她是你的,我没有这样的女儿,也再不要看见她的脸,去吧,你们不要想得到我的恩宠和祝福。来,尊贵的勃艮第公爵。(喇叭奏花腔。李尔、勃艮第、康华尔、奥本尼、葛罗斯特及侍从等同下。)

法兰西王　向你的两位姊姊告别吧。

考狄利娅　父亲眼中的两颗宝玉,考狄利娅用泪洗过的眼睛向你们告别。我知道你们是怎样的人;因为碍着姊妹的情分,我不愿直言指斥你们的错处。好好对待父亲;你们自己说是孝敬他的,我把他托付给你们了。可是,唉! 要是我没有失去他的欢心,我一定不让他依赖你们的照顾。再会了,两位姊姊。

里　　根　我们用不着你教训。

高纳里尔　你还是去小心侍候你的丈夫吧,命运的慈悲把你交在他的手里;你自己忤逆不孝,今天空手跟了汉子去也是活该。

考狄利娅　总有一天,深藏的奸诈会渐渐显出它的原形;罪恶虽然可以掩饰一时,免不了最后出乖露丑。愿你们幸福!

法兰西王　来,我美丽的考狄利娅。(法兰西王、考狄利娅同下。)

高纳里尔　妹妹,我有许多对我们两人有切身关系的话必须跟你谈谈。我想我们的父亲今晚就要离开此地。

里　　根　那是十分确定的事,他要住到你们那儿去;下个月他就要跟我们住在一起了。

高纳里尔　你瞧他现在年纪老了,他的脾气多么变化不定;我们已经屡次注意到他的行为的乖僻了。他一向都是最爱我们妹妹的,现在他凭着一时的气恼就把她撵走,这就可以见得他是多么糊涂。

里　　根　这是他老年的昏悖;可是他向来就是这样喜怒无常的。

高纳里尔　他年轻的时候性子就很暴躁,现在他任性惯了,再加上老年人刚愎
　　　　自用的怪脾气,看来我们只好准备受他的气了。

里　　根　他把肯特也放逐了;谁知道他心里一不高兴起来,不会用同样的手段
　　　　对付我们?

高纳里尔　法兰西王辞行回国,跟他还有一番礼仪上的应酬。让我们同心合
　　　　力,决定一个方策;要是我们的父亲顺着他这种脾气滥施威权起来,这一
　　　　次的让国对于我们未必有什么好处。

里　　根　我们还要仔细考虑一下。

高纳里尔　我们必须趁早想个办法。(同下。)

第二场　葛罗斯特伯爵城堡中的厅堂

　　　　爱德蒙持信上。

爱德蒙　大自然,你是我的女神,我愿意在你的法律之前俯首听命。为什么我
　　　　要受世俗的排挤,让世人的歧视剥夺我的应享的权利,只因为我比一个哥
　　　　哥迟生了一年或是十四个月?为什么他们要叫我私生子?为什么我比人
　　　　家卑贱?我的壮健的体格、我的慷慨的精神、我的端正的容貌,哪一点比
　　　　不上正经女人生下的儿子?为什么他们要给我加上庶出、贱种、私生子的
　　　　恶名?贱种,贱种;贱种?难道在热烈兴奋的奸情里,得天地精华、父母元
　　　　气而生下的孩子,倒不及拥着一个毫无欢趣的老婆,在半睡半醒之间制造
　　　　出来的那一批蠢货?好,合法的爱德伽,我一定要得到你的土地;我们的
　　　　父亲喜欢他的私生子爱德蒙,正像他喜欢他的合法的嫡子一样。好听的
　　　　名词,"合法"!好,我的合法的哥哥,要是这封信发生效力,我的计策能
　　　　够成功,瞧着吧,庶出的爱德蒙将要把合法的嫡子压在他的下面——那时
　　　　候我可要扬眉吐气啦。神啊,帮助帮助私生子吧!

　　　　葛罗斯特上。

葛罗斯特　肯特就这样放逐了!法兰西王盛怒而去;王上昨晚又走了!他的
　　　　权力全部交出,依靠他的女儿过活!这些事情都在匆促中决定,不曾经过
　　　　丝毫的考虑!爱德蒙,怎么!有什么消息?

爱德蒙　禀父亲,没有什么消息。(藏信。)

葛罗斯特　你为什么急急忙忙地把那封信藏起来？

爱德蒙　我不知道有什么消息，父亲。

葛罗斯特　你读的是什么信？

爱德蒙　没有什么，父亲。

葛罗斯特　没有什么？那么你为什么慌慌张张地把它塞进你的衣袋里去？既然没有什么，何必藏起来？来，给我看；要是那上面没有什么话，我也可以不用戴眼镜。

爱德蒙　父亲，请您原谅我；这是我哥哥写给我的一封信，我还没有把它读完，照我所已经读到的一部分看起来，我想还是不要让您看见的好。

葛罗斯特　把信给我。

爱德蒙　不给您看您要恼我，给您看了您又要动怒。哥哥真不应该写出这种话来。

葛罗斯特　给我看，给我看。

爱德蒙　我希望哥哥写这封信是有他的理由的，他不过要试试我的德性。

葛罗斯特　（读信）"这一种尊敬老年人的政策，使我们在年轻时候不能享受生命的欢乐；我们的财产不能由我们自己处分，等到年纪老了，这些财产对我们也失去了用处。我开始觉得老年人的专制，实在是一种荒谬愚蠢的束缚；他们没有权力压迫我们，是我们自己容忍他们的压迫。来跟我讨论讨论这一个问题吧。要是我们的父亲在我把他惊醒之前，一直好好睡着，你就可以永远享受他的一半的收入，并且将要为你的哥哥所喜爱。爱德伽。"——哼！阴谋！"要是我们的父亲在我把他惊醒之前，一直好好睡着，你就可以永远享受他的一半的收入。"我的儿子爱德伽！他会有这样的心思？他能写得出这样一封信吗？这封信是什么时候到你手里的？谁把它送给你的？

爱德蒙　它不是什么人送给我的，父亲；这正是他狡猾的地方；我看见它塞在我的房间的窗眼里。

葛罗斯特　你认识这笔迹是你哥哥的吗？

爱德蒙　父亲，要是这信里所写的都是很好的话，我敢发誓这是他的笔迹；可是那上面写的既然是这种话，我但愿不是他写的。

葛罗斯特　这是他的笔迹。

爱德蒙　笔迹确是他的，父亲；可是我希望这种话不是出于他的真心。

葛罗斯特　他以前有没有用这一类话试探过你？

爱德蒙　没有，父亲；可是我常常听见他说，儿子成年以后，父亲要是已经衰老，他应该受儿子的监护，把他的财产交给他的儿子掌管。

葛罗斯特　啊，混蛋！混蛋！正是他在这信里所表示的意思！可恶的混蛋！不孝的、没有心肝的畜生！禽兽不如的东西！去，把他找来；我要依法惩办他。可恶的混蛋！他在哪儿？

爱德蒙　我不大知道，父亲。照我的意思，您在没有得到可靠的证据，证明哥哥确有这种意思以前，最好暂时耐一耐您的怒气；因为要是您立刻就对他采取激烈的手段，万一事情出于误会，那不但大大妨害了您的尊严，而且他对于您的孝心，也要从此动摇了！我敢拿我的生命为他作保，他写这封信的用意，不过是试探试探我对您的孝心，并没有其他危险的目的。

葛罗斯特　你以为是这样的吗？

爱德蒙　您要是认为可以的话，让我把您安置在一个隐僻的地方，从那个地方您可以听到我们两人谈论这件事情，用您自己的耳朵得到一个真凭实据；事不宜迟，今天晚上就可以一试。

葛罗斯特　他不会是这样一个大逆不道的禽兽——

爱德蒙　他断不会是这样的人。

葛罗斯特　天地良心！我做父亲的从来没有亏待过他，他却这样对待我。爱德蒙，找他出来；探探他究竟居心何在；你尽管照你自己的意思随机应付。我愿意放弃我的地位和财产，把这一件事情调查明白。

爱德蒙　父亲，我立刻就去找他，用最适当的方法探明这回事情，然后再来告诉您知道。

葛罗斯特　最近这一些日蚀月蚀果然不是好兆；虽然人们凭着天赋的智慧，可以对它们作种种合理的解释，可是接踵而来的天灾人祸，却不能否认是上天对人们所施的惩罚。亲爱的人互相疏远，朋友变为陌路，兄弟化成仇雠；城市里有暴动，国家发生内乱，宫廷之内潜藏着逆谋；父不父，子不子，纲常伦纪完全破灭。我这畜生也是上应天数；有他这样逆亲犯上的儿子，也就有像我们王上一样不慈不爱的父亲。我们最好的日子已经过去；现在只有一些阴谋、欺诈、叛逆、纷乱，追随在我们的背后，把我们赶下坟墓里去。爱德蒙，去把这畜生侦查个明白；那对你不会有什么妨害的；你只要自己留心一点就是了。——忠心的肯特又放逐了！

他的罪名是正直！怪事,怪事！(下。)

爱德蒙　人们最爱用这一种糊涂思想来欺骗自己;往往当我们因为自己行为不慎而遭逢不幸的时候,我们就会把我们的灾祸归怨于日月星辰,好像我们做恶人也是命运注定,做傻瓜也是出于上天的旨意,做无赖、做盗贼、做叛徒,都是受到天体运行的影响,酗酒、造谣、奸淫,都有一颗什么星在那儿主持操纵,我们无论干什么罪恶的行为,全都是因为有一种超自然的力量在冥冥之中驱策着我们。明明自己跟人家通奸,却把他的好色的天性归咎到一颗星的身上,真是绝妙的推诿！我的父亲跟我的母亲在巨龙星的尾巴底下交媾,我又是在大熊星底下出世,所以我就是个粗暴而好色的家伙。嘿！即使当我的父亲苟合成奸的时候,有一颗最贞洁的处女星在天空眨眼睛,我也决不会换个样子的。爱德伽——

　　　　爱德伽上。

爱德蒙　一说起他,他就来了,正像旧式喜剧里的大团圆一样;我现在必须装出一副忧愁煞人的样子,像疯子一般长吁短叹。唉！这些日蚀月蚀果然预兆着人世的纷争！法——索——拉——咪。

爱德伽　啊,爱德蒙兄弟！你在沉思些什么?

爱德蒙　哥哥,我正在想起前天读到的一篇预言,说是在这些日蚀月蚀之后,将要发生些什么事情。

爱德伽　你让这些东西烦扰你的精神吗?

爱德蒙　告诉你吧,他所预言的事情,果然不幸被他说中了;什么父子的乖离、死亡、饥荒、友谊的毁灭、国家的分裂、对于国王和贵族的恫吓和咒诅、无谓的猜疑、朋友的放逐、军队的瓦解、婚姻的破坏,还有许许多多我所不知道的事情。

爱德伽　你什么时候相信起星象之学来?

爱德蒙　来,来;你最近一次看见父亲在什么时候?

爱德伽　昨天晚上。

爱德蒙　你跟他说过话没有?

爱德伽　嗯,我们谈了两个钟头。

爱德蒙　你们分别的时候,没有闹什么意见吗? 你在他的辞色之间,不觉得他对你有点恼怒吗?

爱德伽　一点没有。

爱德蒙　想想看你在什么地方得罪了他;听我的劝告,暂时避开一下,等他的怒气平息下来再说,现在他正在大发雷霆,恨不得一口咬下你的肉来呢。

爱德伽　一定有哪一个坏东西在搬弄是非。

爱德蒙　我也怕有什么人在暗中离间。请你千万忍耐忍耐,不要碰在他的火性上;现在你还是跟我到我的地方去,我可以想法让你躲起来听听他老人家怎么说。请你去吧;这是我的钥匙。你要是在外面走动的话,最好身边带些武器。

爱德伽　带些武器,弟弟!

爱德蒙　哥哥,我这样劝告你都是为了你的好处;带些武器在身边吧;要是没有人在暗算你,就算我不是个好人。我已经把我所看到、听到的事情都告诉你了;可还只是轻描淡写,实际的情形,却比我的话更要严重可怕得多哩。请你赶快去吧。

爱德伽　我不久就可以听到你的消息吗?

爱德蒙　我在这一件事情上总是竭力帮你的忙就是了。(爱德伽下)一个轻信的父亲,一个忠厚的哥哥,他自己从不会算计别人,所以也不疑心别人算计他;对付他们这样老实的傻瓜,我的奸计是绰绰有余的。该怎么下手,我已经想好了。既然凭我的身份,产业到不了我的手,那就只好用我的智谋;不管什么手段只要使得上,对我说来,就是正当。(下。)

第三场　奥本尼公爵府中一室

高纳里尔及其管家奥斯华德上。

高纳里尔　我的父亲因为我的侍卫骂了他的弄人,所以动手打他吗?

奥斯华德　是,夫人。

高纳里尔　他一天到晚欺侮我;每一点钟他都要借端寻事,把我们这儿吵得鸡犬不宁。我不能再忍受下去了。他的骑士们一天一天横行不法起来,他自己又在每一件小事上都要责骂我们。等他打猎回来的时候,我不高兴见他说话;你就对他说我病了。你也不必像从前那样殷勤侍候他;他要是见怪,都在我身上。

奥斯华德　他来了,夫人;我听见他的声音。(内号角声。)

高纳里尔　你跟你手下的人尽管对他装出一副不理不睬的态度;我要看看他

有些什么话说。要是他恼了，那么让他到我妹妹那儿去吧，我知道我的妹妹的心思，她也跟我一样不能受人压制的。这老废物已经放弃了他的权力，还想管这个管那个！凭着我的生命发誓，年老的傻瓜正像小孩子一样，一味的姑息会纵容坏了他的脾气，不对他凶一点是不行的，记住我的话。

奥斯华德　是，夫人。

高纳里尔　让他的骑士们也受到你们的冷眼；无论发生什么事情，你们都不用管；你去这样通知你手下的人吧。我要造成一些借口，和他当面说个明白。我还要立刻写信给我的妹妹，叫她采取一致的行动。吩咐他们备饭。

（各下。）

第四场　奥本尼公爵府中厅堂

肯特化装上。

肯　特　我已经完全隐去我的本来面目，要是我能够把我的语音也完全改变过来，那么我的一片苦心，也许可以达到目的。被放逐的肯特啊，要是你顶着一身罪名，还依然能够尽你的忠心，那么总有一天，对你所爱戴的主人会大有用处的。

内号角声。李尔、众骑士及侍从等上。

李　尔　我一刻也不能等待，快去叫他们拿出饭来。（一侍从下）啊！你是什么？

肯　特　我是一个人，大爷。

李　尔　你是干什么的？你来见我有什么事？

肯　特　您瞧我像干什么的，我就是干什么的；谁要是信任我，我愿意尽忠服侍他；谁要是居心正直，我愿意爱他；谁要是聪明而不爱多说话，我愿意跟他来往；我害怕法官；逼不得已的时候，我也会跟人家打架；我不吃鱼①。

李　尔　你究竟是什么人？

肯　特　一个心肠非常正直的汉子，而且像国王一样穷。

李　尔　要是你这做臣民的，也像那个做国王的一样穷，那么你也可以算得真

---

①　意即不是天主教徒。天主教徒逢星期五按例吃鱼。

穷了。你要什么？

李　尔　你想替谁做事？

肯　特　我要讨一个差使。

李　尔　你想替谁做事？

肯　特　替您。

李　尔　你认识我吗？

肯　特　不，大爷；可是在您的神气之间，有一种什么力量，使我愿意叫您做我的主人。

李　尔　是什么力量？

肯　特　一种天生的威严。

李　尔　你会做些什么事？

肯　特　我会保守秘密，我会骑马，我会跑路，我会把一个复杂的故事讲得索然无味，我会老老实实传一个简单的口信；凡是普通人能够做的事情，我都可以做，我的最大的好处是勤劳。

李　尔　你年纪多大了？

肯　特　大爷，说我年轻，我也不算年轻，我不会为了一个女人会唱几句歌而害相思；说我年老，我也不算年老，我不会糊里糊涂地溺爱一个女人；我已经活过四十八个年头了。

李　尔　跟着我吧；你可以替我做事。要是我在吃过晚饭以后，还是这样欢喜你，那么我还不会就把你撵走。喂！饭呢？拿饭来！我的孩子呢？我的傻瓜呢？你去叫我的傻瓜来。（一侍从下。）

　　　　奥斯华德上。

李　尔　喂，喂，我的女儿呢？

奥斯华德　对不起——（下。）

李　尔　这家伙怎么说？叫那蠢东西回来。（一骑士下）喂，我的傻瓜呢？全都睡着了吗？怎么！那狗头呢？

　　　　骑士重上。

骑　士　陛下，他说公主有病。

李　尔　我叫他回来，那奴才为什么不回来？

骑　士　陛下，他非常放肆，回答我说他不高兴回来。

李　尔　他不高兴回来！

骑　士　陛下，我也不知道为了什么缘故，可是照我看起来，他们对待您的礼

貌,已经不像往日那样殷勤了;不但一般下人从仆,就是公爵和公主也对您冷淡得多了。

李　　尔　嘿!你这样说吗?

骑　　士　陛下,要是我说错了话,请您原谅我;可是当我觉得您受人欺侮的时候,责任所在,我不能闭口不言。

李　　尔　你不过向我提起一件我自己已经感觉到的事;我近来也觉得他们对我的态度有点儿冷淡,可是我总以为那是我自己多心,不愿断定他们有意怠慢。我还要仔细观察观察他们的举止。可是我的傻瓜呢?我这两天没有看见他。

骑　　士　陛下,自从小公主到法国去了以后,这傻瓜老是郁郁不乐。

李　　尔　别再提那句话了;我也注意到他这种情形。——你去对我的女儿说,我要跟她说话。(一侍从下)你去叫我的傻瓜来。(另一侍从下。)

　　　　　奥斯华德重上。

李　　尔　啊!你,大爷,你过来,大爷。你不知道我是什么人吗,大爷?

奥斯华德　我们夫人的父亲。

李　　尔　"我们夫人的父亲"!我们大爷的奴才!好大胆的狗!你这奴才!你这狗东西!

奥斯华德　对不起,我不是狗。

李　　尔　你敢跟我当面顶嘴瞪眼吗,你这混蛋?(打奥斯华德。)

奥斯华德　您不能打我。

肯　　特　我也不能踢你吗,你这踢皮球的下贱东西①?(自后踢奥斯华德倒地。)

李　　尔　谢谢你,好家伙;你帮了我,我喜欢你。

肯　　特　来,朋友,站起来,给我滚吧!我要教训教训你,让你知道尊卑上下的分别。去!去!你还想用你蠢笨的身体在地上打滚,丈量土地吗?滚!你难道不懂得厉害吗?去。(将奥斯华德推出。)

李　　尔　我的好小子,谢谢你;这是你替我做事的定钱。(以钱给肯特。)

　　　　　弄人上。

弄　　人　让我也把他雇下来;这儿是我的鸡头帽。(脱帽授肯特。)

---

① 踢皮球在当时只是下层市民的娱乐。

李　尔　啊,我的乖乖! 你好?

弄　人　喂,你还是戴了我的鸡头帽吧。

肯　特　傻瓜,为什么?

弄　人　为什么? 因为你帮了一个失势的人。要是你不会看准风向把你的笑脸迎上去,你就会吞下一口冷气的。来,把我的鸡头帽拿去。嘿,这家伙撵走了两个女儿,他的第三个女儿倒很受他的好处,虽然也不是出于他的本意;要是你跟了他,你必须戴上我的鸡头帽。啊,老伯伯! 但愿我有两顶鸡头帽,再有两个女儿!

李　尔　为什么,我的孩子?

弄　人　要是我把我的家私一起给了她们,我自己还可以存下两顶鸡头帽。我这儿有一顶;再去向你的女儿们讨一顶戴戴吧。

李　尔　嘿,你留心着鞭子。

弄　人　真理是一条贱狗,它只好躲在狗洞里;当猎狗太太站在火边撒尿的时候,它必须一顿鞭子被人赶出去。

李　尔　简直是揭我的疮疤!

弄　人　(向肯特)喂,让我教你一段话。

李　尔　你说吧。

弄　人　听着,老伯伯;——

　　　　多积财,少摆阔;

　　　　耳多听,话少说;

　　　　少放款,多借债;

　　　　走路不如骑马快;

　　　　三言之中信一语,

　　　　多掷骰子少下注;

　　　　莫饮酒,莫嫖妓;

　　　　待在家中把门闭;

　　　　会打算的占便宜,

　　　　不会打算叹口气。

肯　特　傻瓜,这些话一点意思也没有。

弄　人　那么正像拿不到讼费的律师一样,我的话都白说了。老伯伯,你不能从没有意思的中间,探求出一点意思来吗?

李　尔　啊,不,孩子;垃圾里是淘不出金子来的。

弄　人　(向肯特)请你告诉他,他有那么多的土地,也就成为一堆垃圾了;他不肯相信一个傻瓜嘴里的话。

李　尔　好尖酸的傻瓜!

弄　人　我的孩子,你知道傻瓜是有酸有甜的吗?

李　尔　不,孩子;告诉我。

弄　人　听了他人话,

　　　　　土地全丧失;

　　　　我傻你更傻,

　　　　　两傻相并立:

　　　　一个傻瓜甜,

　　　　　一个傻瓜酸;

　　　　一个穿花衣,

　　　　　一个戴王冠。

李　尔　你叫我傻瓜吗,孩子?

弄　人　你把你所有的尊号都送了别人;只有这一个名字是你娘胎里带来的。

肯　特　陛下,他倒不全然是个傻瓜哩。

弄　人　不,那些老爷大人们都不肯答应我的;要是我取得了傻瓜的专利权,他们一定要来夺我一份去,就是太太小姐们也不会放过我的;他们不肯让我一个人做傻瓜。老伯伯,给我一个蛋,我给你两顶冠。

李　尔　两顶什么冠?

弄　人　我把蛋从中间切开,吃完了蛋黄、蛋白,就用蛋壳给你做两顶冠。你想你自己好端端有了一顶王冠,却把它从中间剖成两半,把两半全都送给人家,这不是背了驴子过泥潭吗?你这光秃秃的头顶连里面也是光秃秃的没有一点脑子,所以才会把一顶金冠送了人。我说了我要说的话,谁说这种话是傻话,让他挨一顿鞭子。——

　　　　这年头傻瓜供过于求,

　　　　　聪明人个个变了糊涂,

　　　　顶着个没有思想的头,

　　　　　只会跟着人依样葫芦。

李　尔　你几时学会了这许多歌儿?

弄　人　老伯伯,自从你把你的女儿当作了你的母亲以后,我就常常唱起歌儿来了;因为当你把棒儿给了她们,拉下你自己的裤子的时候,——

　　　她们高兴得眼泪盈眶,

　　　　我只好唱歌自遣哀愁,

　　　可怜你堂堂一国之王,

　　　　却跟傻瓜们作伴嬉游。

老伯伯,你去请一位先生来,教教你的傻瓜怎样说谎吧;我很想学学说谎。

李　尔　要是你说了谎,小子,我就用鞭子抽你。

弄　人　我不知道你跟你的女儿们究竟是什么亲戚:她们因为我说了真话,要用鞭子抽我,你因为我说谎,又要用鞭子抽我;有时候我话也不说,你们也要用鞭子抽我。我宁可做一个无论什么东西,也不要做个傻瓜;可是我宁可做个傻瓜,也不愿意做你,老伯伯;你把你的聪明从两边削掉,削得中间不剩一点东西。瞧,那削下的一块来了。

　　　高纳里尔上。

李　尔　啊,女儿!为什么你的脸上罩满了怒气?我看你近来老是皱着眉头。

弄　人　从前你用不着看她的脸,随她皱不皱眉头都不与你相干,那时候你也算得了一个好汉子;可是现在你却变成一个孤零零的圆圈圈儿了。你还比不上我;我是个傻瓜,你简直不是个东西。(向高纳里尔)好,好,我闭嘴就是啦;虽然你没有说话,我从你的脸色知道你的意思。

　　　闭嘴,闭嘴;

　　　你不知道积谷防饥,

　　　活该啃不到面包皮。

他是一个剥空了的豌豆荚。(指李尔。)

高纳里尔　父亲,您这一个肆无忌惮的傻瓜不用说了,还有您那些蛮横的卫士,也都在时时刻刻寻事骂人,种种不法的暴行,实在叫人忍无可忍。父亲,我本来还以为要是让您知道了这种情形,您一定会戒饬他们的行动;可是照您最近所说的话和所做的事看来,我不能不疑心您有意纵容他们,他们才会这样有恃无恐。要是果然出于您的授意,为了维持法纪的尊严,我们也不能默尔而息,不采取断然的处置,虽然也许在您的脸上不大好看;本来,这是说不过去的,可是眼前这样的步骤,在事实上却是必要的。

弄　人　你看,老伯伯——

　　　　那篱雀养大了杜鹃鸟，

　　　　　自己的头也给它吃掉。

　　蜡烛熄了，我们眼前只有一片黑暗。

李　　尔　你是我的女儿吗？

高纳里尔　算了吧，老人家，您不是一个不懂道理的人，我希望您想明白一些；近来您动不动就动气，实在太有失一个做长辈的体统啦。

弄　　人　马儿颠倒过来给车子拖着走，就是一头蠢驴不也看得清楚吗？"呼，玖格！我爱你。"

李　　尔　这儿有谁认识我吗？这不是李尔。是李尔在走路吗？在说话吗？他的眼睛呢？他的知觉迷乱了吗？他的神志麻木了吗？嘿！他醒着吗？没有的事。谁能够告诉我我是什么人？

弄　　人　李尔的影子。

李　　尔　我要弄明白我是谁；因为我的君权、知识和理智都在哄我，要我相信我是个有女儿的人。

弄　　人　那些女儿们是会叫你做一个孝顺的父亲的。

李　　尔　太太，请教您的芳名？

高纳里尔　父亲，您何必这样假痴假呆，近来您就爱开这么一类的玩笑。您是一个有年纪的老人家，应该懂事一些。请您明白我的意思；您在这儿养了一百个骑士，全是些胡闹放荡、胆大妄为的家伙，我们好好的宫廷给他们骚扰得像一个喧嚣的客店；他们成天吃、喝、玩女人，简直把这儿当作了酒馆妓院，哪里还是一座庄严的御邸。这一种可耻的现象，必须立刻设法纠正；所以请您依了我的要求，酌量减少您的扈从的人数，只留下一些适合于您的年龄、知道您的地位、也明白他们自己身份的人跟随您；要是您不答应，那么我没有法子，只好勉强执行了。

李　　尔　地狱里的魔鬼！备起我的马来；召集我的侍从。没有良心的贱人！我不要麻烦你；我还有一个女儿哩。

高纳里尔　你打我的用人，你那一班捣乱的流氓也不想想自己是什么东西，胆敢把他们上面的人像奴仆一样呼来叱去。

　　　　奥本尼上。

李　　尔　唉！现在懊悔也来不及了。（向奥本尼）啊！你也来了吗？这是不是你的意思？你说。——替我备马。丑恶的海怪也比不上忘恩的儿女那样可怕。

奥本尼　陛下,请您不要生气。

李　尔　(向高纳里尔)枭獍不如的东西! 你说谎! 我的卫士都是最有品行的人,他们懂得一切的礼仪,他们的一举一动,都不愧骑士之名。啊! 考狄利娅不过犯了一点小小的错误,怎么在我的眼睛里却会变得这样丑恶! 它像一座酷虐的刑具,扭曲了我的天性,抽干了我心里的慈爱,把苦味的怨恨灌了进去。啊,李尔! 李尔! 李尔! 对准这一扇装进你的愚蠢、放出你的智慧的门,着力痛打吧!(自击其头)去,去,我的人。

奥本尼　陛下,我没有得罪您,我也不知道您为什么生气。

李　尔　也许不是你的错,公爵。——听着,造化的女神,听我的呼诉! 要是你想使这畜生生男育女,请你改变你的意旨吧! 取消她的生殖的能力,干涸她的产育的器官,让她的下贱的肉体里永远生不出一个子女来抬高她的身价! 要是她必须生产,请你让她生下一个忤逆狂悖的孩子,使她终身受苦! 让她年轻的额角上很早就刻了皱纹;眼泪流下她的面颊,磨成一道道的沟渠;她的鞠育的辛劳,只换到一声冷笑和一个白眼;让她也感觉到一个负心的孩子,比毒蛇的牙齿还要多么使人痛入骨髓! 去,去!(下。)

奥本尼　凭着我们敬奉的神明,告诉我这是怎么一回事?

高纳里尔　你不用知道为了什么原因;他老糊涂了,让他去发他的火吧。

　　　　李尔重上。

李　尔　什么! 我在这儿不过住了半个月,就把我的卫士一下子裁撤了五十名吗?

奥本尼　什么事,陛下?

李　尔　等一等告诉你。(向高纳里尔)吸血的魔鬼! 我真惭愧,你有这本事叫我在你的面前失去了大丈夫的气概,让我的热泪为了一个下贱的婢子而滚滚流出。愿毒风吹着你,恶雾罩着你! 愿一个父亲的咒诅刺透你的五官百窍,留下永远不能平复的疮痍! 痴愚的老眼,要是你再为此而流泪,我要把你挖出来,丢在你所流的泪水里,和泥土拌在一起! 哼! 竟有这等事吗? 好,我还有一个女儿,我相信她是孝顺我的;她听见你这样对待我,一定会用指爪抓破你的豺狼一样的脸。你以为我一辈子也不能恢复我的原来的威风了吗? 好,你瞧着吧。(李尔、肯特及侍从等下。)

高纳里尔　你听见没有?

奥本尼　高纳里尔,虽然我十分爱你,可是我不能这样偏心——

高纳里尔　你不用管我。喂,奥斯华德!(向弄人)你这七分奸刁三分傻的东西,跟你的主人去吧。

弄　人　李尔老伯伯,李尔老伯伯!等一等,带傻瓜一块儿去。

　　　　捉狐狸,杀狐狸,

　　　　谁家女儿是狐狸?

　　　　可惜我这顶帽子,

　　　　换不到一条绳子;

　　　　追上去,你这傻子。(下。)

高纳里尔　不知道是什么人替他出的好主意。一百个骑士!让他随身带着一百个全副武装的卫士,真是万全之计;只要他做了一个梦,听了一句谣言,转了一个念头,或者心里有什么不高兴不舒服,就可以任着性子,用他们的力量危害我们的生命。喂,奥斯华德!

奥本尼　也许你太过虑了。

高纳里尔　过虑总比大意好些。与其时时刻刻提心吊胆,害怕人家的暗算,宁可爽爽快快除去一切可能的威胁。我知道他的心理。他所说的话,我已经写信去告诉我的妹妹了;她要是不听我的劝告,仍旧容留他带着他的一百个骑士——

　　　　奥斯华德重上。

高纳里尔　啊,奥斯华德!什么!我叫你写给我妹妹的信,你写好了没有?

奥斯华德　写好了,夫人。

高纳里尔　带几个人跟着你,赶快上马出发;把我所担心的情形明白告诉她,再加上一些你所想到的理由,让它格外动听一些。去吧,早点回来。(奥斯华德下)不,不,我的爷,你做人太仁善厚道了,虽然我不怪你,可是恕我说一句话,只有人批评你糊涂,却没有什么人称赞你一声好。

奥本尼　我不知道你的眼光能够看到多远;可是过分操切也会误事的。

高纳里尔　咦,那么——

奥本尼　好,好,但看结果如何。(同下。)

第五场　奥本尼公爵府外院

李尔、肯特及弄人上。

李　尔　你带着这封信,先到葛罗斯特去。我的女儿看了我的信,倘然有什么
话问你,你就照你所知道的回答她,此外可不要多说什么。要是你在路上
偷懒耽搁时间,也许我会比你先到的。

肯　特　陛下,我在没有把您的信送到以前,决不打一次盹。(下。)

弄　人　要是一个人的脑筋生在脚跟上,它会不会长起脓包来呢?

李　尔　嗯,不会的,孩子。

弄　人　那么你放心吧;反正你的脑筋不用穿了拖鞋走路。

李　尔　哈哈哈!

弄　人　你到了你那另外一个女儿的地方,就可以知道她会待你多么好;因为
虽然她跟这一个就像野苹果跟家苹果一样相像,可是我可以告诉你我所
知道的事情。

李　尔　你可以告诉我什么,孩子?

弄　人　你一尝到她的滋味,就会知道她跟这一个完全相同,正像两只野苹果
一般没有分别。你能够告诉我为什么一个人的鼻子生在脸中间吗?

李　尔　不能。

弄　人　因为中间放了鼻子,两旁就可以安放眼睛;鼻子嗅不出来的,眼睛可
以看个仔细。

李　尔　我对不起她——

弄　人　你知道牡蛎怎样造它的壳吗?

李　尔　不知道。

弄　人　我也不知道;可是我知道蜗牛为什么背着一个屋子。

李　尔　为什么?

弄　人　因为可以把它的头放在里面;它不会把它的屋子送给它的女儿,害得
它的角也没有地方安顿。

李　尔　我也顾不得什么天性之情了。我这做父亲的有什么地方亏待了她!
我的马儿都已经预备好了吗?

弄　人　你的驴子们正在那儿给你预备呢。北斗七星为什么只有七颗星,其

中有一个绝妙的理由。

李　尔　因为它们没有第八颗吗？

弄　人　正是，一点不错；你可以做一个很好的傻瓜。

李　尔　用武力夺回来！忘恩负义的畜生！

弄　人　假如你是我的傻瓜，老伯伯，我就要打你，因为你不到时候就老了。

李　尔　那是什么意思？

弄　人　你应该懂得些世故再老呀。

李　尔　啊！不要让我发疯！天哪，抑制住我的怒气，不要让我发疯！我不想发疯！

　　　　　侍臣上。

李　尔　怎么！马预备好了吗？

侍　臣　预备好了，陛下。

李　尔　来，孩子。

弄　人　哪一个姑娘笑我走这一遭，

　　　她的贞操眼看就要保不牢。（同下。）

第 二 幕

第一场　葛罗斯特伯爵城堡庭院

爱德蒙及克伦自相对方向上。

爱德蒙　您好,克伦?

克　伦　您好,公子。我刚才见过令尊,通知他康华尔公爵跟他的夫人里根公主今天晚上要到这儿来拜访他。

爱德蒙　他们怎么要到这儿来?

克　伦　我也不知道。您有没有听见外边的消息? 我的意思是说,人们交头接耳,在暗中互相传说的那些消息。

爱德蒙　我没有听见;请教是些什么消息?

克　伦　您没有听见说起康华尔公爵也许会跟奥本尼公爵开战吗?

爱德蒙　一点没有听见。

克　伦　那么您也许慢慢会听到的。再会,公子。(下。)

爱德蒙　公爵今天晚上到这儿来! 那也好! 再好没有了! 我正好利用这个机会。我的父亲已经叫人四处把守,要捉我的哥哥;我还有一件不大好办的事情,必须赶快动手做起来。这事情要做得敏捷迅速,但愿命运帮助我! ——哥哥,跟你说一句话;下来,哥哥!

爱德伽上。

爱德蒙　父亲在那儿守着你。啊,哥哥! 离开这个地方吧;有人已经告诉他你躲在什么所在;趁着现在天黑,你快逃吧。你有没有说过什么反对康华尔公爵的话? 他也就要到这儿来了,在这样的夜里,急急忙忙的。里根也跟着他来;你有没有站在他这一边,说过奥本尼公爵什么话吗? 想一想看。

爱德伽　我真的一句话也没有说过。

爱德蒙　我听见父亲来了；原谅我；我必须假装对你动武的样子；拔出剑来，就像你在防御你自己一般；好好地应付一下吧。（高声）放下你的剑；见我的父亲去！喂，拿火来！这儿！——逃吧，哥哥。（高声）火把！火把！——再会。（爱德伽下）身上沾几点血，可以使他相信我真的作过一番凶猛的争斗。（以剑刺伤手臂）我曾经看见有些醉汉为了开玩笑的缘故，往往不顾死活地割破他自己的皮肉。（高声）父亲！父亲！住手！住手！没有人来帮我吗？

　　　　　葛罗斯特率众仆持火炬上。

葛罗斯特　爱德蒙，那畜生呢？

爱德蒙　他站在这儿黑暗之中，拔出他的锋利的剑，嘴里念念有辞，见神见鬼地请月亮帮他的忙。

葛罗斯特　可是他在什么地方？

爱德蒙　瞧，父亲，我流着血呢。

葛罗斯特　爱德蒙，那畜生呢？

爱德蒙　往这边逃去了，父亲。他看见他没有法子——

葛罗斯特　喂，你们追上去！（若干仆人下）"没有法子"什么？

爱德蒙　没有法子劝我跟他同谋把您杀死；我对他说，疾恶如仇的神明看见弑父的逆子，是要用天雷把他殛死的；我告诉他儿子对于父亲的关系是多么深切而不可摧毁；总而言之一句话，他看见我这样憎恶他的荒谬的图谋，他就恼羞成怒，拔出他早就预备好的剑，气势汹汹地向我毫无防卫的身上挺了过来，把我的手臂刺破了；那时候我也发起怒来，自恃理直气壮，跟他奋力对抗,他倒胆怯起来,也许因为听见我喊叫的声音,就飞也似的逃走了。

葛罗斯特　让他逃得远远的吧;除非逃到国外去,我们总有捉到他的一天;看
　　　　他给我们捉住了还活得成活不成。公爵殿下,我的高贵的恩主,今晚要到
　　　　这儿来啦,我要请他发出一道命令,谁要是能够把这杀人的懦夫捉住,交
　　　　给我们绑在木桩上烧死,我们将要重重酬谢他;谁要是把他藏匿起来,一
　　　　经发觉,就要把他处死。

爱德蒙　当他不听我的劝告,决意实行他的企图的时候,我就严辞恫吓他,对
　　　　他说我要宣布他的秘密;可是他却回答我说:"你这个没份儿继承遗产的
　　　　私生子! 你以为要是我们两人立在敌对的地位,人家会相信你的道德品
　　　　质,因而相信你所说的话吗? 哼! 我可以绝口否认——我自然要否认,即
　　　　使你拿出我亲手写下的笔迹,我还可以反咬你一口,说这全是你的阴谋恶
　　　　计;人们不是傻瓜,他们当然会相信你因为觊觎我死后的利益,所以才会
　　　　起这样的毒心,想要害我的命。"

葛罗斯特　好狠心的畜生! 他赖得掉他的信吗? 他不是我生出来的。(内喇
　　　　叭奏花腔)听! 公爵的喇叭。我不知道他来有什么事。我要把所有的城
　　　　门关起来,看这畜生逃到哪儿去;公爵必须答应我这一个要求;而且我还
　　　　要把他的小像各处传送,让全国的人都可以注意他。我的孝顺的孩子,你
　　　　不学你哥哥的坏样,我一定想法子使你能够承继我的土地。

　　　　　康华尔、里根及侍从等上。

康华尔　您好,我的尊贵的朋友! 我还不过刚到这儿,就已经听见了奇怪的
　　　　消息。

里　根　要是真有那样的事,那罪人真是万死不足蔽辜了。是怎么一回事,
　　　　伯爵?

葛罗斯特　啊! 夫人,我这颗老心已经碎了,已经碎了!

里　根　什么! 我父亲的义子要谋害您的性命吗? 就是我父亲替他取名字
　　　　的,您的爱德伽吗?

葛罗斯特　啊! 夫人,夫人,发生了这种事情,真是说来叫人丢脸。

里　根　他不是常常跟我父亲身边的那些横行不法的骑士们在一起吗?

葛罗斯特　我不知道,夫人。太可恶了! 太可恶了!

爱德蒙　是的,夫人,他正是常跟这些人在一起的。

里　根　无怪他会变得这样坏;一定是他们撺掇他谋害了老头子,好把他的财

产拿出来给大家挥霍。今天傍晚的时候,我接到我姊姊的一封信,她告诉我他们种种不法的情形,并且警告我要是他们想要住到我的家里来,我千万不要招待他们。

康华尔　相信我,里根,我也决不会去招待他们。爱德蒙,我听说你对你的父亲很尽孝道。

爱德蒙　那是做儿子的本分,殿下。

葛罗斯特　他揭发了他哥哥的阴谋;您看他身上的这一处伤就是因为他奋不顾身,想要捉住那畜生而受到的。

康华尔　那凶徒逃走了,有没有人追上去?

葛罗斯特　有的,殿下。

康华尔　要是他给我们捉住了,我们一定不让他再为非作恶;你只要决定一个办法,在我的权力范围以内,我都可以替你办到。爱德蒙,你这一回所表现的深明大义的孝心,使我们十分赞美;像你这样不负付托的人,正是我们所需要的,我们将要大大地重用你。

爱德蒙　殿下,我愿意为您尽忠效命。

葛罗斯特　殿下这样看得起他,使我感激万分。

康华尔　你还不知道我们现在所以要来看你的原因——

里　根　尊贵的葛罗斯特,我们这样在黑暗的夜色之中,一路摸索前来,实在是因为有一些相当重要的事情,必须请教请教您的高见。我们的父亲和姊姊都有信来,说他们两人之间发生了一些冲突;我想最好不要在我们自己的家里答复他们;两方面的使者都在这儿等候我打发。我们的善良的老朋友,您不要气恼,替我们赶快出个主意吧。

葛罗斯特　夫人但有所命,我总是愿意贡献我的一得之愚的。殿下和夫人光临蓬荜,欢迎得很!(同下。)

第二场　葛罗斯特城堡之前

　　　　　肯特及奥斯华德各上。

奥斯华德　早安,朋友;你是这屋子里的人吗?

肯　特　嗯。

奥斯华德　什么地方可以让我们拴马?

肯　　特　　烂泥地里。

奥斯华德　　对不起,大家是好朋友,告诉我吧。

肯　　特　　谁是你的好朋友?

奥斯华德　　好,那么我也不理你。

肯　　特　　要是我把你一口咬住,看你理不理我。

奥斯华德　　你为什么对我这样?我又不认识你。

肯　　特　　家伙,我认识你。

奥斯华德　　你认识我是谁?

肯　　特　　一个无赖;一个恶棍;一个吃剩饭的家伙;一个下贱的、骄傲的、浅薄的、叫化子一样的、只有三身衣服、全部家私算起来不过一百镑的、卑鄙龌龊的、穿毛绒袜子的奴才;一个没有胆量的、靠着官府势力压人的奴才;一个婊子生的、顾影自怜的、奴颜婢膝的、涂脂抹粉的混账东西;全部家私都在一只箱子里的下流胚,一个天生的忘八胚子;又是奴才,又是叫化子,又是懦夫,又是忘八,又是一条杂种老母狗的儿子;要是你不承认你这些头衔,我要把你打得放声大哭。

奥斯华德　　咦,奇怪,你是个什么东西,你也不认识我,我也不认识你,怎么开口骂人?

肯　　特　　你还说不认识我,你这厚脸皮的奴才!两天以前,我不是把你踢倒在地上,还在王上的面前打过你吗?拔出剑来,你这混蛋;虽然是夜里,月亮照着呢;我要在月光底下把你剁得稀烂。(拔剑)拔出剑来,你这婊子生的、臭打扮的下流东西,拔出剑来!

奥斯华德　　去!我不跟你胡闹。

肯　　特　　拔出剑来,你这恶棍!谁叫你做人家的傀儡,替一个女儿寄信攻击她的父王,还自鸣得意呢?拔出剑来,你这混蛋,否则我要砍下你的胫骨。拔出剑来,恶棍;来来来!

奥斯华德　　喂!救命哪!要杀人啦!救命哪!

肯　　特　　来,你这奴才;站住,混蛋,别跑;你这漂亮的奴才,你不会还手吗?(打奥斯华德。)

奥斯华德　　救命啊!要杀人啦!要杀人啦!

　　　　　　爱德蒙拔剑上。

爱德蒙　　怎么!什么事?(分开二人。)

肯　特　好小子,你也要寻事吗?来,我们试一下吧;来,小哥儿。

　　　　康华尔、里根、葛罗斯特及众仆上。

葛罗斯特　动刀动剑的,什么事呀?

康华尔　大家不要闹;谁再动手,就叫他死。怎么一回事?

里　根　一个是我姊姊的使者,一个是国王的使者。

康华尔　你们为什么争吵?说。

奥斯华德　殿下,我给他缠得气都喘不过来啦。

肯　特　怪不得你,你把全身勇气都提起来了。你这懦怯的恶棍,造化不承认
　　　　他曾经造下你这个人;你是一个裁缝手里做出来的。

康华尔　你是一个奇怪的家伙;一个裁缝会做出一个人来吗?

肯　特　嗯,一个裁缝;石匠或者油漆匠都不会把他做得这样坏,即使他们学
　　　　会这行手艺才不过两个钟头。

康华尔　说,你们怎么会吵起来的?

奥斯华德　这个老不讲理的家伙,殿下,倘不是我看在他的花白胡子分上,早
　　　　就要他的命了——

肯　特　你这婊子养的、不中用的废物!殿下,要是您允许我的话,我要把这
　　　　不成东西的流氓踏成一堆替人家涂刷茅厕的泥浆。看在我的花白胡子分
　　　　上?你这摇尾乞怜的狗!

康华尔　住口!畜生,你规矩也不懂吗?

肯　特　是,殿下;可是我实在气愤不过,也就顾不得了。

康华尔　你为什么气愤?

肯　特　我气愤的是像这样一个奸诈的奴才,居然也让他佩起剑来。都是这
　　　　种笑脸的小人,像老鼠一样咬破了神圣的伦常纲纪;他们的主上起了一个
　　　　恶念,他们便竭力逢迎,不是火上浇油,就是雪上添霜;他们最擅长的是随
　　　　风转舵,他们的主人说一声是,他们也跟着说是,说一声不,他们也跟着说
　　　　不,就像狗一样什么都不知道,只知道跟着主人跑。恶疮烂掉了你的抽搐
　　　　的面孔!你笑我所说的话,你以为我是个傻瓜吗?呆鹅,要是我在旷野里
　　　　碰见了你,看我不把你打得嘎嘎乱叫,一路赶回你的老家去!

康华尔　什么!你疯了吗,老头儿?

葛罗斯特　说,你们究竟是怎么吵起来的?

肯　特　我跟这混蛋是势不两立的。

康华尔　你为什么叫他混蛋？他做错了什么事？

肯　特　我不喜欢他的面孔。

康华尔　也许你也不喜欢我的面孔、他的面孔，还有她的面孔。

肯　特　殿下，我是说惯老实话的：我曾经见过一些面孔，比现在站在我面前的这些面孔好得多啦。

康华尔　这个人正是那种因为有人称赞了他的言辞率直，就此装出一副粗鲁的、目中无人的样子，一味矫揉造作，仿佛他生来就是这样一个家伙。他不会谄媚，他有一颗正直坦白的心，他必须说老实话；要是人家愿意接受他的意见，很好；不然的话，他是个老实人。我知道这种家伙，他们用坦白的外表，包藏着极大的奸谋祸心，比二十个胁肩谄笑、小心翼翼的愚蠢的谄媚者更要不怀好意。

肯　特　殿下，您的伟大的明鉴，就像福玻斯神光煜煜的额上的烨耀的火轮，请您照临我的善意的忠诚，恳切的虔心——

康华尔　这是什么意思？

肯　特　因为您不喜欢我的话，所以我改变了一个样子。我知道我不是一个谄媚之徒；我也不愿做一个故意用率直的言语诱惑人家听信的奸诈小人；即使您请求我做这样的人，我也不怕得罪您，决不从命。

康华尔　（向奥斯华德）你在什么地方冒犯了他？

奥斯华德　我从来没有冒犯过他。最近王上因为对我有了点误会，把我殴打；他便助主为虐，闪在我的背后把我踢倒地上，侮辱谩骂，无所不至，装出一副非常勇敢的神气；他的王上看见他这样，把他称赞了两句，我又极力克制自己，他便得意忘形，以为我不是他的对手，所以一看见我，又拔剑跟我闹起来了。

肯　特　和这些流氓和懦夫相比，埃阿斯只能当他们的傻子①。

康华尔　拿足枷来！你这口出狂言的倔强的老贼，我们要教训你一下。

肯　特　殿下，我已经太老，不能受您的教训了；您不能用足枷枷我。我是王上的人，奉他的命令前来；您要是把他的使者枷起来，那未免对我的主上太失敬、太放肆无礼了。

康华尔　拿足枷来！凭着我的生命和荣誉起誓，他必须锁在足枷里直到中午

---

①　意即好出大言的埃阿斯也比不上他们善于吹牛。

为止。

里　根　到中午为止！到晚上，殿下；把他整整枷上一夜再说。

肯　特　啊，夫人，假如我是您父亲的狗，您也不该这样对待我。

里　根　因为你是他的奴才，所以我要这样对待你。

康华尔　这正是我们的姊姊说起的那个家伙。来，拿足枷来。

　　　　（从仆取出足枷。）

葛罗斯特　殿下，请您不要这样。他的过失诚然很大，王上知道了一定会责罚
　　　　他的；您所决定的这一种羞辱的刑罚，只能惩戒那些犯偷窃之类普通小罪
　　　　的下贱的囚徒；他是王上差来的人，要是您给他这样的处分，王上一定要
　　　　认为您轻蔑了他的来使而心中不快。

康华尔　那我可以负责。

里　根　我的姊姊要是知道她的使者因为奉行她的命令而被人这样侮辱殴
　　　　打，她的心里还要不高兴哩。把他的腿放进去。（从仆将肯特套入足枷）
　　　　来，殿下，我们走吧。（除葛罗斯特、肯特外均下。）

葛罗斯特　朋友，我很为你抱憾；这是公爵的意思，全世界都知道他的脾气非
　　　　常固执，不肯接受人家的劝阻。我还要替你向他求情。

肯　特　请您不必多此一举，大人。我走了许多路，还没有睡过觉；一部分的
　　　　时间将在瞌睡中过去，醒着的时候我可以吹吹口哨。好人上足枷，因此就
　　　　走好运也说不定呢。再会！

葛罗斯特　这是公爵的不是；王上一定会见怪的。（下。）

肯　特　好王上，你正像俗语说的，抛下天堂的幸福，来受赤日的煎熬了。来
　　　　吧，你这照耀下土的炬火，让我借着你的温柔的光辉，可以读一读这封信。
　　　　只有倒霉的人才会遇见奇迹；我知道这是考狄利娅寄来的，我的改头换面
　　　　的行踪，已经侥幸给她知道了；她一定会找到一个机会，纠正这种反常的
　　　　情形。疲倦得很；闭上了吧，沉重的眼睛，免得看见你自己的耻辱。晚安，
　　　　命运，求你转过你的轮子来，再向我们微笑吧。（睡。）

第三场　荒野的一部

　　　　爱德伽上。

爱德伽　听说他们已经发出告示捉我；幸亏我躲在一株空心的树干里，没有给

他们找到。没有一处城门可以出入无阻；没有一个地方不是警卫森严，准备把我捉住！我总得设法逃过人家的耳目，保全自己的生命；我想还不如改扮做一个最卑贱穷苦、最为世人所轻视、和禽兽相去无几的家伙；我要用污泥涂在脸上，一块毡布裹住我的腰，把满头的头发打了许多乱结，赤身裸体，抵抗着风雨的侵凌。这地方本来有许多疯丐，他们高声叫喊，用针哪、木锥哪、钉子哪、迷迭香的树枝哪，刺在他们麻木而僵硬的手臂上；用这种可怕的形状，到那些穷苦的农场、乡村、羊棚和磨坊里去，有时候发出一些疯狂的咒诅，有时候向人哀求祈祷，乞讨一些布施。我现在学着他们的样子，一定不会引起人家的疑心。可怜的疯叫化！可怜的汤姆！倒有几分像；我现在不再是爱德伽了。（下。）

第四场　葛罗斯特城堡前

肯特系足枷中。李尔、弄人及侍臣上。

李　尔　真奇怪，他们不在家里，又不打发我的使者回去。

侍　臣　我听说他们在前一个晚上还不曾有走动的意思。

肯　特　祝福您,尊贵的主人!

李　尔　嘿!你把这样的羞辱作为消遣吗?

肯　特　不,陛下。

弄　人　哈哈!他吊着一副多么难受的袜带!缚马缚在头上,缚狗缚熊缚在脖子上,缚猴子缚在腰上,缚人缚在腿上;一个人的腿儿太会活动了,就要叫他穿木袜子。

李　尔　谁认错了人,把你锁在这儿?

肯　特　是那一对男女——您的女婿和女儿。

李　尔　不。

肯　特　是的。

李　尔　我说不。

肯　特　我说是的。

李　尔　不,不,他们不会干这样的事。

肯　特　他们干也干了。

李　尔　凭着朱庇特起誓,没有这样的事。

肯　特　凭着朱诺起誓,有这样的事。

李　尔　他们不敢做这样的事;他们不能,也不会做这样的事;要是他们有意作出这种重大的暴行来,那简直比杀人更不可恕了。赶快告诉我,你究竟犯了什么罪,他们才会用这种刑罚来对待一个国王的使者。

肯　特　陛下,我带了您的信到了他们家里,当我跪在地上把信交上去,还没有立起身来的时候,又有一个使者汗流满面,气喘吁吁,急急忙忙地奔了进来,代他的女主人高纳里尔向他们请安,随后把一封书信递上去,打断了我的公事;他们看见她也有信来,就来不及理睬我,先读她的信;读罢了信,他们立刻召集仆从,上马出发,叫我跟到这儿来,等候他们的答复;对待我十分冷淡。一到这儿,我又碰见了那个使者,他也就是最近对您非常无礼的那个家伙,我知道他们对我这样冷淡,都是因为他来了的缘故,一时激于气愤,不加考虑地向他动起武来;他看见我这样,就高声发出懦怯的叫喊,惊动了全宅子的人。您的女婿女儿认为我犯了这样的罪,应该把我羞辱一下,所以就把我枷起来了。

弄　人　冬天还没有过去,要是野雁尽往那个方向飞。

　　　　老父衣百结,

儿女不相识；

　　　老父满囊金，

　　儿女尽孝心。

　　　命运如娼妓，

　　贫贱遭遗弃。

虽然这样说,你的女儿们还要孝敬你数不清的烦恼哩。

李　尔　啊！我这一肚子的气都涌上我的心头来了！你这一股无名的气恼,快给我平下去吧！我这女儿呢？

肯　特　在里边,陛下;跟伯爵在一起。

李　尔　不要跟我;在这儿等着。(下。)

侍　臣　除了你刚才所说的以外,你没有犯其他的过失吗？

肯　特　没有。王上怎么不多带几个人来？

弄　人　你会发出这么一个问题,活该给人用足枷枷起来。

肯　特　为什么,傻瓜？

弄　人　你应该拜蚂蚁做老师,让它教训你冬天是不能工作的。谁都长着眼睛,除非瞎子,每个人都看得清自己该朝哪一边走;就算眼睛瞎了,二十个鼻子里也没有一个鼻子嗅不出来他身上发霉的味道。一个大车轮滚下山坡的时候,你千万不要抓住它,免得跟它一起滚下去,跌断了你的头颈;可是你要是看见它上山去,那么让它拖着你一起上去吧。倘然有什么聪明人给你更好的教训,请你把这番话还我;一个傻瓜的教训,只配让一个混蛋去遵从。

　　他为了自己的利益,

　　　向你屈节卑躬,

　　天色一变就要告别,

　　　留下你在雨中。

　　聪明的人全都飞散,

　　　只剩傻瓜一个;

　　傻瓜逃走变成混蛋,

　　　那混蛋不是我。

肯　特　傻瓜,你从什么地方学会这支歌儿？

弄　人　不是在足枷里,傻瓜。

689

李尔偕葛罗斯特重上。

李　尔　拒绝跟我说话！他们有病！他们疲倦了，他们昨天晚上走路辛苦！
　　　　都是些鬼话，明明是要背叛我的意思。给我再去向他们要一个好一点的
　　　　答复来。

葛罗斯特　陛下，您知道公爵的火性，他决定了怎样就是怎样，再也没有更
　　　　改的。

李　尔　报应哪！疫疠！死亡！祸乱！火性！什么火性？嘿，葛罗斯特，葛罗
　　　　斯特，我要跟康华尔公爵和他的妻子说话。

葛罗斯特　呃，陛下，我已经对他们说过了。

李　尔　对他们说过了！你懂得我的意思吗？

葛罗斯特　是，陛下。

李　尔　国王要跟康华尔说话;亲爱的父亲要跟他的女儿说话,叫她出来见我:你有没有这样告诉他们? 我这口气,我这一腔血! 哼,火性! 火性子的公爵! 对那性如烈火的公爵说——不,且慢,也许他真的不大舒服;一个人为了疾病往往疏忽了他原来健康时的责任,是应当加以原谅的;我们身体上有了病痛,精神上总是连带觉得烦躁郁闷,那时候就不由我们自己做主了。我且忍耐一下,不要太卤莽了,对一个有病的人作过分求全的责备。该死! (视肯特)为什么把他枷在这儿? 这一种举动使我相信公爵和她对我回避,完全是一种预定的计谋。把我的仆人放出来还我。去,对公爵和他的妻子说,我现在立刻就要跟他们说话;叫他们赶快出来见我,否则我要在他们的寝室门前擂起鼓来,搅得他们不能安睡。

葛罗斯特　我但愿你们大家和和好好的。(下。)

李　尔　啊! 我的心! 我的怒气直冲的心! 把怒气退下去吧!

弄　人　你向它吆喝吧,老伯伯,就像厨娘把活鳗鱼放进面糊里的时候那样;她拿起手里的棍子,在它们的头上敲了几下,喊道:“下去,坏东西,下去!”也就像她的兄弟,为了爱他的马儿,替它在草料上涂了牛油。

　　　　康华尔、里根、葛罗斯特及众仆上。

李　尔　你们两位早安!

康华尔　祝福陛下! (众人释肯特。)

里　根　我很高兴看见陛下。

李　尔　里根,我想你一定高兴看见我的;我知道我为什么要这样想;要是你不高兴看见我,我就要跟你已故的母亲离婚,把她的坟墓当作一座淫妇的丘陇。(向肯特)啊! 你放出来了吗? 等会儿再谈吧。亲爱的里根,你的姊姊太不孝啦。啊,里根! 她的无情的凶恶像饿鹰的利喙一样猛啄我的心。(以手按于心口)我简直不能告诉你;你不会相信她忍心害理到什么地步——啊,里根!

里　根　父亲,请您不要恼怒。我想她不会对您有失敬礼,恐怕还是您不能谅解她的苦心哩。

李　尔　啊,这是什么意思?

里　根　我想我的姊姊决不会有什么地方不尽孝道;要是,父亲,她约束了您那班随从的放荡的行为,那当然有充分的理由和正大的目的,绝对不能怪她的。

691

李　尔　我的咒诅降在她的头上！

里　根　啊,父亲! 您年纪老了,已经快到了生命的尽头;应该让一个比您自己更明白您的地位的人管教管教您;所以我劝您还是回到姊姊的地方去,对她赔一个不是。

李　尔　请求她的饶恕吗? 你看这样像不像个样子:"好女儿,我承认我年纪老,不中用啦,让我跪在地上,(跪下)请求您赏给我几件衣服穿,赏给我一张床睡,赏给我一些东西吃吧。"

里　根　父亲,别这样子;这算个什么,简直是胡闹! 回到我姊姊那儿去吧。

李　尔　(起立)再也不回去了,里根。她裁撤了我一半的侍从;不给我好脸看;用她的毒蛇一样的舌头打击我的心。但愿上天蓄积的愤怒一起降在她的无情无义的头上! 但愿恶风吹打她的腹中的胎儿,让它生下地来就是个瘸子!

康华尔　嘿! 这是什么话!

李　尔　迅疾的闪电啊,把你的炫目的火焰,射进她的傲慢的眼睛里去吧! 在烈日的熏灼下蒸发起来的沼地的瘴气啊,损坏她的美貌,毁灭她的骄傲吧!

里　根　天上的神明啊! 您要是对我发起怒来,也会这样咒我的。

李　尔　不,里根,你永远不会受我的咒诅;你的温柔的天性决不会使你干出冷酷残忍的行为来。她的眼睛里有一股凶光,可是你的眼睛却是温存而和蔼的。你决不会吝惜我的享受,裁撤我的侍从,用不逊之言向我顶嘴,削减我的费用,甚至于把我关在门外不让我进来;你是懂得天伦的义务、儿女的责任、孝敬的礼貌和受恩的感激的;你总还没有忘记我曾经赐给你一半的国土。

里　根　父亲,不要把话说远了。

李　尔　谁把我的人枷起来? (内喇叭奏花腔。)

康华尔　那是什么喇叭声音?

里　根　我知道,是我的姊姊来了;她信上说就要到这儿来的。

　　　　　奥斯华德上。

里　根　夫人来了吗?

李　尔　这是一个靠着主妇暂时的恩宠、狐假虎威、倚势凌人的奴才。滚开,贱奴,不要让我看见你!

康华尔　陛下,这是什么意思?

李　　尔　谁把我的仆人枷起来?里根,我希望你并不知道这件事。谁来啦?

　　　　　　高纳里尔上。

李　　尔　天啊,要是你爱老人,要是凭着你统治人间的仁爱,你认为子女应该
　　　　　孝顺他们的父母,要是你自己也是老人,那么不要漠然无动于衷,降下你
　　　　　的愤怒来,帮我伸雪我的怨恨吧!(向高纳里尔)你看见我这一把胡须,不
　　　　　觉得惭愧吗?啊里根,你愿意跟她握手吗?

高纳里尔　为什么她不能跟我握手呢!我干了什么错事?难道凭着一张糊涂
　　　　　昏悖的嘴里的胡言乱语,就可以成立我的罪案吗?

李　　尔　啊,我的胸膛!你还没有胀破吗?我的人怎么给你们枷了起来?

康华尔　陛下,是我把他枷在那儿的;照他狂妄的行为,这样的惩戒还太轻呢。

李　　尔　你!是你干的事吗?

里　　根　父亲,您该明白您是一个衰弱的老人,一切只好将就点儿。要是您现
　　　　　在仍旧回去跟姊姊住在一起,裁撤了您的一半的侍从,那么等住满了一个
　　　　　月,再到我这儿来吧。我现在不在自己家里,要供养您也有许多不便。

李　　尔　回到她那儿去?裁撤五十名侍从!不,我宁愿什么屋子也不要住,过
　　　　　着风餐露宿的生活,和无情的大自然抗争,和豺狼鸱鸮做伴侣,忍受一切
　　　　　饥寒的痛苦!回去跟她住在一起?嘿,我宁愿到那娶了我的没有嫁奁的
　　　　　小女儿去的热情的法兰西国王的座前匍匐膝行,像一个臣仆一样向他讨
　　　　　一份微薄的恩俸,苟延残喘下去。回去跟她住在一起!你还是劝我在这
　　　　　可恶的仆人手下当奴才、当牛马吧。(指奥斯华德。)

高纳里尔　随你的便。

李　　尔　女儿,请你不要使我发疯;我也不愿再来打扰你了,我的孩子。再会
　　　　　吧;我们从此不再相见。可是你是我的肉、我的血、我的女儿;或者还不如
　　　　　说是我身体上的一个恶瘤,我不能不承认你是我的;你是我的腐败的血液
　　　　　里的一个疖子、一个瘀块、一个肿毒的疔疮。可是我不愿责骂你;让羞辱
　　　　　自己降临你的身上吧,我没有呼召它;我不要求天雷把你殛死,我也不把
　　　　　你的忤逆向垂察善恶的天神控诉,你回去仔细想一想,趁早痛改前非,还
　　　　　来得及。我可以忍耐;我可以带着我的一百个骑士,跟里根住在一起。

里　　根　那绝对不行;现在还轮不到我,我也没有预备好招待您的礼数。父
　　　　　亲,听我姊姊的话吧;人家冷眼看着您这种愤怒的神气,他们心里都要说

您因为老了,所以——可是姊姊是知道她自己该怎样做的。

李　尔　这是你的好意的劝告吗?

里　根　是的,父亲,这是我的真诚的意见。什么!五十个卫士?这不是很好吗?再多一些有什么用处?就是这么许多人,数目也不少了,别说供养他们不起,而且让他们成群结党,也是一件危险的事。一间屋子里养了这许多人,受着两个主人支配,怎么不会发生争闹?简直不成话。

高纳里尔　父亲,您为什么不让我们的仆人侍候您呢?

里　根　对了,父亲,那不是很好吗?要是他们怠慢了您,我们也可以训斥他们。您下回到我这儿来的时候,请您只带二十五个人来,因为现在我已经看到了一个危险;超过这个数目,我是恕不招待的。

李　尔　我把一切都给了你们——

里　根　您幸好及时给了我们。

李　尔　叫你们做我的代理人、保管者,我的惟一的条件,只是让我保留这么多的侍从。什么!我只能带二十五个人,到你这儿来吗?里根,你是不是这样说?

里　根　父亲,我可以再说一遍,我只允许您带这么几个人来。

李　尔　恶人的脸相虽然狰狞可怖,要是与比他更恶的人相比,就会显得和蔼可亲;不是绝顶的凶恶,总还有几分可取。(向高纳里尔)我愿意跟你去;你的五十个人还比她的二十五个人多上一倍,你的孝心也比她大一倍。

高纳里尔　父亲,我们家里难道没有两倍这么多的仆人可以侍候您?依我说,不但用不着二十五个人,就是十个五个也是多余的。

里　根　依我看来,一个也不需要。

李　尔　啊!不要跟我说什么需要不需要;最卑贱的乞丐,也有他的不值钱的身外之物;人生除了天然的需要以外,要是没有其他的享受,那和畜类的生活有什么分别。你是一位夫人;你穿着这样华丽的衣服,如果你的目的只是为了保持温暖,那就根本不合你的需要,因为这种盛装艳饰并不能使你温暖。可是,讲到真的需要,那么天啊,给我忍耐吧,我需要忍耐!神啊,你们看见我在这儿,一个可怜的老头子,被忧伤和老迈折磨得好苦!假如是你们鼓动这两个女儿的心,使她们忤逆她们的父亲,那么请你们不要尽是愚弄我,叫我默然忍受吧;让我的心里激起了刚强的怒火,别让妇人所恃为武器的泪点玷污我的男子汉的面颊!不,你们这两个不孝的妖

妇,我要向你们复仇,我要做出一些使全世界惊怖的事情来,虽然我现在还不知道我要怎么做。你们以为我将要哭泣;不,我不愿哭泣,我虽然有充分的哭泣的理由,可是我宁愿让这颗心碎成万片,也不愿流下一滴泪来。啊,傻瓜!我要发疯了!(李尔、葛罗斯特、肯特及弄人同下。)

康华尔　我们进去吧;一场暴风雨将要来了。(远处暴风雨声。)

里　根　这座房屋太小了,这老头儿带着他那班人来是容纳不下的。

高纳里尔　是他自己不好,放着安逸的日子不过,一定要吃些苦,才知道自己的蠢。

里　根　单是他一个人,我倒也很愿意收留他,可是他的那班跟随的人,我可一个也不能容纳。

高纳里尔　我也是这个意思。葛罗斯特伯爵呢?

康华尔　跟老头子出去了。他回来了。

　　　　葛罗斯特重上。

葛罗斯特　王上正在盛怒之中。

康华尔　他要到哪儿去?

695

葛罗斯特　他叫人备马;可是不让我知道他要到什么地方去。

康华尔　还是不要管他,随他自己的意思吧。

高纳里尔　伯爵,您千万不要留他。

葛罗斯特　唉!天色暗起来了,田野里都在刮着狂风,附近许多哩之内,简直连一株小小的树木都没有。

里　根　啊!伯爵,对于刚愎自用的人,只好让他们自己招致的灾祸教训他们。关上您的门;他有一班亡命之徒跟随在身边,他自己又是这样容易受人愚弄,谁也不知道他们会煽动他干出些什么事来。我们还是小心点儿好。

康华尔　关上您的门,伯爵;这是一个狂暴的晚上。我的里根说得一点不错。暴风雨来了,我们进去吧。(同下。)

第 三 幕

第一场　荒　野

　　　　暴风雨,雷电。肯特及一侍臣上,相遇。

肯　特　除了恶劣的天气以外,还有谁在这儿?

侍　臣　一个心绪像这天气一样不安静的人。

肯　特　我认识你。王上呢?

侍　臣　正在跟暴怒的大自然竞争;他叫狂风把大地吹下海里,叫泛滥的波涛
　　　　吞没了陆地,使万物都变了样子或归于毁灭;拉下他的一根根的白发,让
　　　　挟着盲目的愤怒的暴风把它们卷得不知去向;在他渺小的一身之内,正在
　　　　进行着一场比暴风雨的冲突更剧烈的斗争。这样的晚上,被小熊吸干了
　　　　乳汁的母熊,也躲着不敢出来,狮子和饿狼都不愿沾湿它们的毛皮。他却
　　　　光秃着头在风雨中狂奔,把一切付托给不可知的力量。

肯　特　可是谁和他在一起?

侍　臣　只有那傻瓜一路跟着他,竭力用些笑话替他排解他的心中的伤痛。

肯　特　我知道你是什么人,我敢凭着我的观察所及,告诉你一件重要的消
　　　　息。在奥本尼和康华尔两人之间,虽然表面上彼此掩饰得毫无痕迹,可是
　　　　暗中却已经发生了冲突;正像一般身居高位的人一样,在他们手下都有一
　　　　些名为仆人、实际上却是向法国密报我们国内情形的探子,凡是这两个公
　　　　爵的明争暗斗,他们两人对于善良的老王的冷酷的待遇,以及在这种种表
　　　　象底下,其他更秘密的一切动静,全都传到了法国的耳中;现在已经有一
　　　　支军队从法国开到我们这一个分裂的国土上来,乘着我们疏忽无备,在我
　　　　们几处最好的港口秘密登陆,不久就要揭开他们鲜明的旗帜了。现在,你
　　　　要是能够信任我的话,请你赶快到多佛去一趟,那边你可以碰见有人在欢

迎你,你可以把被逼疯了的王上所受种种无理的屈辱向他作一个确实的报告,他一定会感激你的好意。我是一个有地位有身价的绅士,因为知道你的为人可靠,所以把这件差使交给你。

侍　臣　我还要跟您谈谈。

肯　特　不,不必。为了向你证明我并不是像我的外表那样的一个微贱之人,你可以打开这一个钱囊,把里面的东西拿去。你一到多佛,一定可以见到考狄利娅;只要把这戒指给她看了,她就可以告诉你,你现在所不认识的同伴是个什么人。好可恶的暴风雨!我要找王上去。

侍　臣　把您的手给我。您没有别的话了吗?

肯　特　还有一句话,可比什么都重要;就是:我们现在先去找王上;你往那边去,我往这边去,谁先找到他,就打一个招呼(各下。)

第二场　荒野的另一部分

暴风雨继续未止。李尔及弄人上。

李　尔　吹吧,风啊!胀破了你的脸颊,猛烈地吹吧!你,瀑布一样的倾盆大雨,尽管倒泻下来,浸没了我们的尖塔,淹沉了屋顶上的风标吧!你,思想一样迅速的硫磺的电火,劈碎橡树的巨雷的先驱,烧焦了我的白发的头颅吧!你,震撼一切的霹雳啊,把这生殖繁密的、饱满的地球击平了吧！打碎造物的模型，不要让一颗忘恩负义的人类的种子遗留在世上！

弄　人　啊，老伯伯，在一间干燥的屋子里说几句好话，不比在这没有遮蔽的旷野里淋雨好得多吗？老伯伯，回到那所房子里去，向你的女儿们请求祝福吧；这样的夜无论对于聪明人或是傻瓜，都是不发一点慈悲的。

李　尔　尽管轰着吧！尽管吐你的火舌，尽管喷你的雨水吧！雨、风、雷、电，都不是我的女儿，我不责怪你们的无情；我不曾给你们国土，不曾称你们为我的孩子，你们没有顺从我的义务；所以，随你们的高兴，降下你们可怕的威力来吧，我站在这儿，只是你们的奴隶，一个可怜的、衰弱的、无力的、遭人贱视的老头子。可是我仍然要骂你们是卑劣的帮凶，因为你们滥用上天的威力，帮同两个万恶的女儿来跟我这个白发的老翁作对。啊！啊！这太卑劣了！

弄　人　谁头上顶着个好头脑，就不愁没有屋顶来遮他的头。

　　　　脑袋还没找到屋子，

　　　　　话儿倒先有安乐窝；

　　　　脑袋和他都生虮子，

　　　　　就这么叫化娶老婆。

　　　　有人只爱他的脚尖，

　　　　　不把心儿放在心上；

　　　　那鸡眼使他真可怜，

　　　　　在床上翻身又叫嚷。

从来没有一个美女不是对着镜子做她的鬼脸。

　　　　肯特上。

李　尔　不，我要忍受众人所不能忍受的痛苦；我要闭口无言。

肯　特　谁在那边？

弄　人　一个是陛下，一个是弄人；这两人一个聪明一个傻。

肯　特　唉！陛下，你在这儿吗？喜爱黑夜的东西，不会喜爱这样的黑夜；狂怒的天色吓怕了黑暗中的漫游者，使它们躲在洞里不敢出来。自从有生以来，我从没有看见过这样的闪电，听见过这样可怕的雷声，这样惊人的风雨的咆哮；人类的精神是禁受不起这样的磨折和恐怖的。

李　尔　伟大的神灵在我们头顶掀起这场可怕的骚动。让他们现在找到他们

的敌人吧。战栗吧,你尚未被人发觉、逍遥法外的罪人! 躲起来吧,你杀人的凶手,你用伪誓欺人的骗子,你道貌岸然的逆伦禽兽! 魂飞魄散吧,你用正直的外表遮掩杀人阴谋的大奸巨恶! 撕下你们包藏祸心的伪装,显露你们罪恶的原形,向这些可怕的天吏哀号乞命吧! 我是个并没有犯多大的罪、却受了很大的冤屈的人。

肯　特　唉! 您头上没有一点遮盖的东西! 陛下,这儿附近有一间茅屋,可以替您挡挡风雨。我刚才曾经到那所冷酷的屋子里——那比它墙上的石块更冷酷无情的屋子——探问您的行踪,可是他们关上了门不让我进去;现在您且暂时躲一躲雨,我还要回去,非要他们讲一点人情不可。

李　尔　我的头脑开始昏乱起来了。来,我的孩子。你怎么啦,我的孩子? 你冷吗? 我自己也冷呢。我的朋友,这间茅屋在什么地方? 一个人到了困穷无告的时候,微贱的东西竟也会变成无价之宝。来,带我到你那间茅屋里去。可怜的傻小子,我心里还留着一块地方为你悲伤哩。

弄　人

　　　　只怪自己糊涂自己蠢,

　　　　　　嗨呵,一阵风来一阵雨,

　　　　背时倒运莫把天公恨,

　　　　　　管它朝朝雨雨又风风。

李　尔　不错,我的好孩子。来,领我们到这茅屋里去。(李尔、肯特下。)

弄　人　今天晚上可太凉快了,叫婊子都热不起劲儿来。待我在临走之前,讲几句预言吧:

　　　　传道的嘴上一味说得好;

　　　　酿酒的酒里掺水真不少;

　　　　有钱的大爷教裁缝做活;

　　　　不烧异教徒;嫖客害流火①;

　　　　若是件件官司都问得清;

　　　　跟班不欠钱,骑士债还清;

　　　　世上的是非不出自嘴里;

　　　　扒儿手看见人堆就躲避;

――――――――――

① 流火,指花柳病而言。

放债的肯让金银露了眼；

老鸨和婊子把教堂修建；

到那时候,英国这个国家,

准会乱得无法收拾一下；

那时活着的都可以看到：

那走路的把脚步抬得高。

其实这番预言该让梅林①在将来说,因为我出生在他之前。（下。）

第三场　葛罗斯特城堡中的一室

葛罗斯特及爱德蒙上。

葛罗斯特　唉,唉！爱德蒙,我不赞成这种不近人情的行为。当我请求他们允许我给他一点援助的时候,他们竟会剥夺我使用自己的房屋的权利,不许我提起他的名字,不许我替他说一句恳求的话,也不许我给他任何的救济,要是违背了他们的命令,我就要永远失去他们的欢心。

爱德蒙　太野蛮、太不近人情了！

葛罗斯特　算了,你不要多说什么。两个公爵现在已经有了意见,而且还有一件比这更严重的事情。今天晚上我接到一封信,里面的话说出来也是很危险的;我已经把这信锁在壁橱里了。王上受到这样的凌虐,总有人会来替他报复的;已经有一支军队在路上了;我们必须站在王上的一边。我就要找他去,暗地里救济救济他;你去陪公爵谈谈,免得被他觉察了我的行动。要是他问起我,你就回他说我身子不好,已经睡了。大不了是一个死——他们的确拿死来威吓——王上是我的老主人,我不能坐视不救。出人意料之外的事情快要发生了,爱德蒙,你必须小心点儿。（下。）

爱德蒙　你违背了命令去献这种殷勤,我立刻就要去告诉公爵知道;还有那封信我也要告诉他。这是我献功邀赏的好机会,我的父亲将要因此而丧失他所有的一切,也许他的全部家产都要落到我的手里;老的一代没落了,年轻的一代才会兴起。（下。）

---

① 梅林,是亚瑟王故事中的术士和预言家,时代后于传说中的李尔王许多年,这里是作者故意说的笑话。

<h2 style="text-align:center">第四场 荒野。茅屋之前</h2>

　　　　李尔、肯特及弄人上。

肯　特　就是这地方,陛下,进去吧。在这样毫无掩庇的黑夜里,像这样的狂
风暴雨,谁也受不了的。(暴风雨继续不止。)

李　尔　不要缠着我。

肯　特　陛下,进去吧。

李　尔　你要碎裂我的心吗?

肯　特　我宁愿碎裂我自己的心。陛下,进去吧。

李　尔　你以为让这样的狂风暴雨侵袭我们的肌肤,是一件了不得的苦事;在
你看来是这样的;可是一个人要是身染重病,他就不会感觉到小小的痛
楚。你见了一头熊就要转身逃走;可是假如你的背后是汹涌的大海,你就
只好硬着头皮向那头熊迎面走去了。当我们心绪宁静的时候,我们的肉
体才是敏感的;我的心灵中的暴风雨已经取去我一切其他的感觉,只剩下
心头的热血在那儿搏动。儿女的忘恩! 这不就像这一只手把食物送进这
一张嘴里,这一张嘴却把这一只手咬了下来吗? 可是我要重重惩罚她们。
不,我不愿再哭泣了。在这样的夜里,把我关在门外! 尽管倒下来吧,什
么大雨我都可以忍受。在这样的一个夜里! 啊,里根,高纳里尔! 你们年
老仁慈的父亲一片诚心,把一切都给了你们——啊! 那样想下去是要发
疯的;我不要想起那些;别再提起那些话了。

肯　特　陛下,进去吧。

李　尔　请你自己进去,找一个躲身的地方吧。这暴风雨不肯让我仔细思想
种种的事情;那些事情我越想下去,越会增加我的痛苦。可是我要进去。
(向弄人)进去,孩子,你先走。你们这些无家可归的人——你进去吧。我
要祈祷,然后我要睡一会儿。(弄人入内)衣不蔽体的不幸的人们,无论你
们在什么地方,都得忍受着这样无情的暴风雨的袭击,你们的头上没有片
瓦遮身,你们的腹中饥肠雷动,你们的衣服千疮百孔,怎么抵挡得了这样
的气候呢? 啊! 我一向太没有想到这种事情了。安享荣华的人们啊,睁
开你们的眼睛来,到外面来体味一下穷人所忍受的苦,分一些你们享用不
了的福泽给他们,让上天知道你们不是全无心肝的人吧!

爱德伽　（在内）九英尺深,九英尺深!可怜的汤姆!（弄人自屋内奔出。）

弄　人　老伯伯,不要进去;里面有一个鬼。救命!救命!

肯　特　让我搀着你,谁在里边?

弄　人　一个鬼,一个鬼;他说他的名字叫做可怜的汤姆。

肯　特　你是什么人,在这茅屋里大呼小叫的?出来。

　　　　　爱德伽乔装疯人上。

爱德伽　走开!恶魔跟在我的背后!"风儿吹过山楂林。"哼!到你冷冰冰的
　　　　床上暖一暖你的身体吧。

李　尔　你把你所有的一切都给了你的两个女儿,所以才到今天这地步吗?

爱德伽　谁把什么东西给可怜的汤姆?恶魔带着他穿过大火,穿过烈焰,穿过
　　　　水道和漩涡,穿过沼地和泥泞;把刀子放在他的枕头底下,把绳子放在他

的凳子底下,把毒药放在他的粥里;使他心中骄傲,骑了一匹栗色的奔马,从四英寸阔的桥梁上过去,把他自己的影子当作了一个叛徒,紧紧追逐不舍。祝福你的五种才智!汤姆冷着呢。啊!哆啼哆啼哆啼。愿旋风不吹你,星星不把毒箭射你,瘟疫不到你身上!做做好事,救救那给恶魔害得好苦的可怜的汤姆吧!他现在就在那儿,在那儿,又到那儿去了,在那儿。

（暴风雨继续不止。）

李　尔　什么!他的女儿害得他变成这个样子吗?你不能留下一些什么来吗?你一起都给了她们了吗?

弄　人　不,他还留着一方毡毯,否则我们大家都要不好意思了。

李　尔　愿那弥漫在天空之中的惩罚恶人的瘟疫一起降临在你的女儿身上!

肯　特　陛下,他没有女儿哩。

李　尔　该死的奸贼!他没有不孝的女儿,怎么会流落到这等不堪的地步?难道被弃的父亲,都是这样一点不爱惜他们自己的身体的吗?适当的处罚!谁叫他们的身体产下那些枭獍般的女儿来?

爱德伽　"小雄鸡坐在高墩上",呵罗,呵罗,罗,罗!

弄　人　这一个寒冷的夜晚将要使我们大家变成傻瓜和疯子。

爱德伽　当心恶魔。孝顺你的爷娘;说过的话不要反悔;不要赌咒;不要奸淫有夫之妇;不要把你的情人打扮得太漂亮。汤姆冷着呢。

李　尔　你本来是干什么的?

爱德伽　一个心性高傲的仆人,头发卷得曲曲的,帽子上佩着情人的手套,惯会讨妇女的欢心,干些不可告人的勾当;开口发誓,闭口赌咒,当着上天的面前把它们一个个毁弃;睡梦里都在转奸淫的念头,一醒来便把它实行。我贪酒,我爱赌,我比土耳其人更好色;一颗奸诈的心,一对轻信的耳朵,一双不怕血腥气的手;猪一般懒惰,狐狸一般狡诡,狼一般贪狠,狗一般疯狂,狮子一般凶恶。不要让女人的脚步声和窸窣窸窣的绸衣裳的声音摄去了你的魂魄;不要把你的脚踏进窑子里去;不要把你的手伸进裙子里去;不要把你的笔碰到放债人的账簿上;抵抗恶魔的引诱吧。"冷风还是打山楂树里吹过去";听它怎么说,吁——吁——呜——呜——哈——哈——。道芬我的孩子,我的孩子;叱嚓!让他奔过去。（暴风雨继续不止。）

李　尔　唉,你这样赤身裸体,受风雨的吹淋,还是死了的好。难道人不过是这样一个东西吗?想一想他吧。你也不向蚕身上借一根丝,也不向野兽身上借一张皮,也不向羊身上借一片毛,也不向麝猫身上借一块香料。嘿！我们这三个人都已经失掉了本来的面目,只有你才保全着天赋的原形;人类在草昧的时代,不过是像你这样的一个寒碜的赤裸的两脚动物。脱下来,脱下来,你们这些身外之物！来,松开你的钮扣。(扯去衣服。)

弄　人　老伯伯,请你安静点儿;这样危险的夜里是不能游泳的。旷野里一点小小的火光,正像一个好色的老头儿的心,只有这么一星星的热,他的全身都是冰冷的。瞧！一团火走来了。

　　　　　葛罗斯特持火炬上。

爱德伽　这就是那个叫做"弗力勃铁捷贝特"的恶魔;他在黄昏的时候出现,一直到第一声鸡啼方才隐去;他叫人眼睛里长白膜,叫好眼变成斜眼;他叫人嘴唇上起裂缝;他还会叫面粉发霉,寻穷人们的开心。

　　　　圣维都尔①三次经过山岗,

　　　　遇见魔魔和她九个儿郎;

　　　　　他说妖精快下马,②

　　　　　发过誓儿快逃吧;

　　　　去你的,妖精,去你的!

肯　特　陛下,您怎么啦?

李　尔　他是谁?

肯　特　那儿什么人?你找谁?

葛罗斯特　你们是些什么人?你们叫什么名字?

爱德伽　可怜的汤姆,他吃的是泅水的青蛙、蛤蟆、蝌蚪、壁虎和水蜥;恶魔在他心里捣乱的时候,他发起狂来,就会把牛粪当做一盆美味的生菜;他吞的是老鼠和死狗,喝的是一潭死水上面绿色的浮渣;他到处给人家鞭打,锁在枷里,关在牢里;他从前有三身外衣、六件衬衫,跨着一匹马,带着一口剑;

　　　　可是在这整整七年时光,

　　　　耗子是汤姆惟一的食粮。

留心那跟在我背后的鬼。不要闹,史墨金!不要闹,你这恶魔!

葛罗斯特　什么!陛下竟会跟这种人作起伴来了吗?

―――――――――――――――

①　圣维都尔(St. Withold),传说中安眠的保护神。
②　据说魔魔作祟,骑在熟睡者的胸口。下文"发过誓儿"即要魔魔赌咒不再骑在人身上。

爱德伽　地狱里的魔王是一个绅士;他的名字叫做摩陀,又叫做玛呼。

葛罗斯特　陛下,我们亲生的骨肉都变得那样坏,把自己生身之人当作了仇敌。

爱德伽　可怜的汤姆冷着呢。

葛罗斯特　跟我回去吧。我的良心不允许我全然服从您的女儿的无情的命令;虽然他们叫我关上了门,把您丢下在这狂暴的黑夜之中,可是我还是大胆出来找您,把您带到有火炉、有食物的地方去。

李　　尔　让我先跟这位哲学家谈谈。天上打雷是什么缘故?

肯　　特　陛下,接受他的好意;跟他回去吧。

李　　尔　我还要跟这位学者说一句话。您研究的是哪一门学问?

爱德伽　抵御恶魔的战略和消灭毒虫的方法。

李　　尔　让我私下里问您一句话。

肯　　特　大人,请您再催催他吧;他的神经有点儿错乱起来了。

葛罗斯特　你能怪他吗?(暴风雨继续不止)他的女儿要他死哩。唉!那善良的肯特,他早就说过会有这么一天的,可怜的被放逐的人!你说王上要疯了;告诉你吧,朋友,我自己也差不多疯了。我有一个儿子,现在我已经跟他断绝关系了;他要谋害我的生命,这还是最近的事;我爱他,朋友,没有一个父亲比我更爱他的儿子;不瞒你说,(暴风雨继续不止)我的头脑都气昏了。这是一个什么晚上!陛下,求求您——

李　　尔　啊!请您原谅,先生。高贵的哲学家,请了。

爱德伽　汤姆冷着呢。

葛罗斯特　进去,家伙,到这茅屋里去暖一暖吧。

李　　尔　来,我们大家进去。

肯　　特　陛下,这边走。

李　　尔　带着他;我要跟我这位哲学家在一起。

肯　　特　大人,顺顺他的意思吧;让他把这家伙带去。

葛罗斯特　您带着他来吧。

肯　　特　小子,来;跟我们一块儿去。

李　　尔　来,好雅典人①。

葛罗斯特　嘘!不要说话,不要说话。

---

① 李尔王把爱德伽比作古希腊哲学家。

爱德伽 罗兰骑士①来到黑沉沉的古堡前,他说了一遍又一遍:"呸,嘿,哼!"
我闻到了一股不列颠人的血腥。(同下。)

第五场 葛罗斯特城堡中一室

康华尔及爱德蒙上。

康华尔 我在离开他的屋子以前,一定要把他惩治一下。

爱德蒙 殿下,我为了尽忠的缘故,不顾父子之情,一想到人家不知将要怎样
批评我,心里很有点儿惴惴不安哩。

---

① 罗兰骑士,欧洲中世纪骑士文学中的著名英雄。

康华尔　我现在才知道你的哥哥想要谋害他的生命,并不完全出于恶毒的本
　　　　性;多半是他自己咎有应得,才会引起他的杀心的。

爱德蒙　我的命运多么颠倒,虽然做了正义的事情,却必须抱恨终身!这就是
　　　　他说起的那封信,它可以证实他私通法国的罪状。天啊!为什么他要干
　　　　这种叛逆的行为,为什么偏偏又在我手里发觉了呢?

康华尔　跟我见公爵夫人去。

爱德蒙　这信上所说的事情倘然属实,那您就要有一番重大的行动了。

康华尔　不管它是真是假,它已经使你成为葛罗斯特伯爵了。你去找找你父
　　　　亲在什么地方,让我们可以把他逮捕起来。

爱德蒙　(旁白)要是我看见他正在援助那老王,他的嫌疑就格外加重
　　　　了。——虽然忠心和孝道在我的灵魂里发生剧烈的争战,可是大义所在,
　　　　只好把私恩抛弃不顾。

康华尔　我完全信任你;你在我的恩宠之中,将要得到一个更慈爱的父亲。

(各下。)

第六场　邻接城堡的农舍一室

　　　　　葛罗斯特、李尔、肯特、弄人及爱德伽上。

葛罗斯特　这儿比露天好一些,不要嫌它寒伧,将就住下来吧。我再去找找有
　　　　些什么吃的用的东西;我去去就来。

肯　　特　他的智力已经在他的盛怒之中完全消失了。神明报答您的好心!

(葛罗斯特下。)

爱德伽　弗拉特累多①在叫我,他告诉我尼禄王在冥湖里钓鱼。喂,傻瓜,你
　　　　要祷告,要留心恶魔啊。

弄　人　老伯伯,告诉我,一个疯子是绅士呢还是平民?

李　尔　是个国王,是个国王!

弄　人　不,他是一个平民,他的儿子却挣了一个绅士头衔;他眼看他儿子做
　　　　了绅士,他就成为一个气疯了的平民。

李　尔　一千条血红的火舌吱啦吱啦卷到她们的身上——

---

① 弗拉特累多,小魔鬼的名字。

709

爱德伽　恶魔在咬我的背。

弄　人　谁要是相信豺狼的驯良、马儿的健康、孩子的爱情或是娼妓的盟誓，他就是个疯子。

李　尔　一定要办她们一办，我现在就要审问她们。(向爱德伽)来，最有学问的法官，你坐在这儿；(向弄人)你，贤明的官长，坐在这儿。——来，你们这两头雌狐！

爱德伽　瞧，他站在那儿，眼睛睁得大大的！太太，你在审判的时候，要不要有人瞧着你？渡过河来会我，蓓西——

弄　人　她的小船儿漏了，

　　　　她不能让你知道

为什么她不敢见你。

爱德伽　恶魔借着夜莺的喉咙，向可怜的汤姆作祟了。霍普丹斯在汤姆的肚子里嚷着要两条新鲜的鲱鱼。别吵，魔鬼；我没有东西给你吃。

肯　特　陛下，您怎么啦！不要这样呆呆地站着。您愿意躺下来，在这褥垫上面休息休息吗？

李　尔　我要先看她们受了审判再说。把她们的证人带上来。(向爱德伽)你这披着法衣的审判官，请坐；(向弄人)你，他的执法的同僚，坐在他的旁边。(向肯特)你是陪审官，你也坐下。

爱德伽　让我们秉公裁判。

　　　　你睡着还是醒着，牧羊人？

　　　　　你的羊儿在田里跑；

　　　　你的小嘴唇只要吹一声，

　　　　　羊儿就不伤一根毛。

呼噜呼噜；这是一只灰色的猫儿。

李　尔　先控诉她；她是高纳里尔。我当着尊严的堂上起誓，她曾经踢她的可怜的父王。

弄　人　过来，奶奶。你的名字叫高纳里尔吗？

李　尔　她不能抵赖。

弄　人　对不起，我还以为您是一张折凳哩。

李　尔　这儿还有一个，你们瞧她满脸的横肉，就可以知道她的心肠是怎么样的。拦住她！举起你们的兵器，拔出你们的剑，点起火把来！营私舞弊的

　　　　法庭！枉法的贪官,你为什么放她逃走?

爱德伽　　天保佑你的神志吧!

肯　　特　嗳哟!陛下,您不是常常说您没有失去忍耐吗?现在您的忍耐呢?

爱德伽　　(旁白)我的滚滚的热泪忍不住为他流下,怕要给他们瞧破我的假
　　　　装了。

李　　尔　这些小狗:脱雷、勃尔趋、史威塔,瞧,它们都在向我狂吠。

爱德伽　　让汤姆掉过脸来把它们吓走。滚开,你们这些恶狗!

　　　　　黑嘴巴,白嘴巴,

　　　　　疯狗咬人磨毒牙,

　　　　　猛犬猎犬杂种犬,

　　　　　叭儿小犬团团转,

　　　　　青屁股,卷尾毛,

　　　　　汤姆一只也不饶;

　　　　　只要我掉过脸来,

　　　　　大狗小狗逃得快。

哆啼哆啼。叱嚓！来，我们赶庙会，上市集去。可怜的汤姆，你的牛角里干得挤不出一滴水来啦①。

李　尔　叫他们剖开里根的身体来，看看她心里有些什么东西。究竟为了什么天然的原因，她们的心才会变得这样硬？（向爱德伽）我把你收留下来，叫你做我一百名侍卫中间的一个，只是我不喜欢你的衣服的式样；你也许要对我说，这是最漂亮的波斯装；可是我看还是请你换一换吧。

肯　特　陛下，您还是躺下来休息休息吧。

李　尔　不要吵，不要吵；放下帐子，好，好，好。我们到早上再去吃晚饭吧；好，好，好。

弄　人　我一到中午可要睡觉哩。

　　　　葛罗斯特重上。

葛罗斯特　过来，朋友；王上呢？

肯　特　在这儿，大人；可是不要打扰他，他的神经已经错乱了。

葛罗斯特　好朋友，请你把他抱起来。我已经听到了一个谋害他生命的阴谋。马车套好在外边，你快把他放进去，驾着它到多佛，那边有人会欢迎你，并且会保障你的安全。抱起你的主人来；要是你耽误了半点钟的时间，他的性命、你的性命以及一切出力救护他的人的性命，都要保不住了。抱起来，抱起来；跟我来，让我设法把你们赶快送到一处可以安身的地方。

肯　特　受尽磨折的身心，现在安然入睡了；安息也许可以镇定镇定他的破碎的神经，但愿上天行个方便，不要让它破碎得不可收拾才好。（向弄人）来，帮我抬起你的主人来；你也不能留在这儿。

葛罗斯特　来，来，去吧。（除爱德伽外，肯特、葛罗斯特及弄人舁李尔下。）

爱德伽　做君王的不免如此下场，

　　　　使我忘却了自己的忧伤。

　　　　最大的不幸是独抱牢愁，

　　　　任何的欢娱兜不上心头；

　　　　倘有了同病相怜的侣伴，

　　　　天大痛苦也会解去一半。

　　　　国王有的是不孝的逆女，

---

① 当时疯叫化子行乞，用挂于颈间的大牛角盛乞得的剩菜残羹。

我自己遭逢无情的严父，

他与我两个人一般遭际！

去吧，汤姆，忍住你的怨气，

你现在蒙着无辜的污名，

总有日回复你清白之身。

不管今夜里还会发生些什么事情，但愿王上能安然出险！我还是躲起来吧。（下。）

第七场　葛罗斯特城堡中一室

康华尔、里根、高纳里尔、爱德蒙及众仆上。

康华尔　夫人，请您赶快到尊夫的地方去，把这封信交给他；法国军队已经登陆了。——来人，替我去搜寻那反贼葛罗斯特的踪迹。（若干仆人下。）

里　根　把他捉到了立刻吊死。

高纳里尔　把他的眼珠挖出来。

康华尔　我自有处置他的办法。爱德蒙，我们不应该让你看见你的谋叛的父亲受到怎样的刑罚，所以请你现在护送我们的姊姊回去，替我向奥本尼公爵致意，叫他赶快准备；我们这儿也要采取同样的行动。我们两地之间，必须随时用飞骑传报消息。再会，亲爱的姊姊；再会，葛罗斯特伯爵。

奥斯华德上。

康华尔　怎么啦？那国王呢？

奥斯华德　葛罗斯特伯爵已经把他载送出去了；有三十五六个追寻他的骑士在城门口和他会合，还有几个伯爵手下的人也在一起，一同向多佛进发，据说那边有他们武装的友人在等候他们。

康华尔　替你家夫人备马。

高纳里尔　再会，殿下，再会，妹妹。

康华尔　再会，爱德蒙。（高纳里尔、爱德蒙及奥斯华德下）再去几个人把那反贼葛罗斯特捉来，像偷儿一样把他绑来见我。（若干仆人下）虽然在没有经过正式的审判手续以前，我们不能就把他判处死刑，可是为了发泄我们的愤怒，却只好不顾人们的指摘，凭着我们的权力独断独行了。那边是什么人？是那反贼吗？

众仆押葛罗斯特重上。

里　根　没有良心的狐狸！正是他。

康华尔　把他枯瘪的手臂牢牢绑起来。

葛罗斯特　两位殿下，这是什么意思？我的好朋友们，你们是我的客人；不要用这种无礼的手段对待我。

康华尔　捆住他。（众仆绑葛罗斯特。）

里　根　绑紧些，绑紧些。啊，可恶的反贼！

葛罗斯特　你是一个没有心肝的女人，我却不是反贼。

康华尔　把他绑在这张椅子上。奸贼，我要让你知道——（里根扯葛罗斯特须。）

葛罗斯特　天神在上，这还成什么话，你扯起我的胡子来啦！

里　根　胡子这么白，想不到却是一个反贼！

葛罗斯特　恶妇，你从我的腮上扯下这些胡子来，它们将要像活人一样控诉你的罪恶。我是这里的主人，你不该用你强盗的手，这样报答我的好客的殷勤。你究竟要怎么样？

康华尔　说，你最近从法国得到什么书信？

里　根　老实说出来，我们已经什么都知道了。

康华尔　你跟那些最近踏到我们国境来的叛徒们有些什么来往？

里　根　你把那发疯的老王送到什么人手里去了？说。

葛罗斯特　我只收到过一封信，里面都不过是些猜测之谈，寄信的是一个没有偏见的人，并不是一个敌人。

康华尔　好狡猾的推托！

里　根　一派鬼话！

康华尔　你把国王送到什么地方去了？

葛罗斯特　送到多佛。

里　根　为什么送到多佛？我们不是早就警告你——

康华尔　为什么送到多佛？让他回答这个问题。

葛罗斯特　罢了，我现在身陷虎穴，只好拼着这条老命了。

里　根　为什么送到多佛？

葛罗斯特　因为我不愿意看见你的凶恶的指爪挖出他的可怜的老眼；因为我不愿意看见你的残暴的姊姊用她野猪般的利齿咬进他的神圣的肉体。他的赤裸的头顶在地狱一般黑暗的夜里冲风冒雨;受到那样狂风暴雨的震荡的海水,也要把它的怒潮喷向天空,熄灭了星星的火焰;但是他,可怜的老翁,却还要把他的热泪帮助天空浇洒。要是在那样怕人的晚上,豺狼在你的门前悲鸣,你也要说,"善良的看门人,开了门放它进来吧",而不计较它一切的罪恶。可是我总有一天见到上天的报应降临在这种儿女的身上。

康华尔　你再也不会见到那样一天。来,按住这椅子。我要把你这一双眼睛放在我的脚底下践踏。

葛罗斯特　谁要是希望他自己平安活到老年的,帮帮我吧! 啊,好惨! 天啊!
　　　　(葛罗斯特一眼被挖出。)

里　根　还有那一颗眼珠也去掉了吧,免得它嘲笑没有眼珠的一面。

康华尔　要是你看见什么报应——

仆　甲　住手,殿下;我从小为您效劳,但是只有我现在叫您住手这件事才算是最好的效劳。

里　根　怎么,你这狗东西!

仆　甲　要是你的腮上长起了胡子,我现在也要把它扯下来。

康华尔　混账奴才,你反了吗? (拔剑。)

仆　甲　好,那么来,我们拼一个你死我活。(拔剑。二人决斗。康华尔受伤。)

里　根　把你的剑给我。一个奴才也会撒野到这等地步! (取剑自后刺仆甲。)

仆　甲　啊! 我死了。大人,您还剩着一只眼睛,看见他受到一点小小的报应。啊! (死。)

康华尔　哼,看他再瞧得见一些什么报应! 出来,可恶的浆块! 现在你还会发光吗? (葛罗斯特另一眼被挖出。)

葛罗斯特　一切都是黑暗和痛苦。我的儿子爱德蒙呢? 爱德蒙,燃起你天性中的怒火,替我报复这一场暗无天日的暴行吧!

里　根　哼,万恶的奸贼! 你在呼唤一个憎恨你的人;你对我们反叛的阴谋,就是他出首告发的,他是一个深明大义的人,决不会对你发一点怜悯。

葛罗斯特　啊,我是个蠢才! 那么爱德伽是冤枉的了。仁慈的神明啊,赦免我的错误,保佑他有福吧!

里　根　把他推出门外,让他一路摸索到多佛去。(一仆率葛罗斯特下)怎么,

殿下？您的脸色怎么变啦？

康华尔　我受了伤啦。跟我来，夫人。把那瞎眼的奸贼攉出去；把这奴才丢在粪堆里。里根，我的血尽在流着；这真是无妄之灾。用你的胳臂搀着我。

（里根扶康华尔同下。）

仆　乙　要是这家伙会有好收场，我什么坏事都可以去做了。

仆　丙　要是她会寿终正寝，所有的女人都要变成恶鬼了。

仆　乙　让我们跟在那老伯爵的后面，叫那疯丐把他领到他所要去的地方；反正那个游荡的疯子什么地方都去。

仆　丙　你先去吧；我还要去拿些麻布和蛋白来，替他贴在他的流血的脸上。但愿上天保佑他！（各下。）

第 四 幕

第一场 荒 野

爱德伽上。

爱德伽　与其被人在表面上恭维而背地里鄙弃,那么还是像这样自己知道为
举世所不容的好。一个最困苦、最微贱、最为命运所屈辱的人,可以永远
抱着希冀而无所恐惧;从最高的地位上跌下来,那变化是可悲的,对于穷
困的人,命运的转机却能使他欢笑!那么欢迎你——跟我拥抱的空虚的
气流;被你刮得狼狈不堪的可怜虫并不少欠你丝毫情分。可是谁来啦?

一老人率葛罗斯特上。

爱德伽　我的父亲,让一个穷苦的老头儿领着他吗?啊,世界,世界,世界!倘
不是你的变幻无常,使我们对你心存怨恨,哪一个人是甘愿老去的?

老　人　啊,我的好老爷!我在老太爷手里就做您府上的佃户,一直做到您老
爷手里,已经有八十年了。

葛罗斯特　去吧,好朋友,你快去吧;你的安慰对我一点没有用处,他们也许反
会害你的。

老　人　您眼睛看不见,怎么走路呢?

葛罗斯特　我没有路,所以不需要眼睛;当我能够看见的时候,我也会失足颠
仆。我们往往因为有所自恃而失之于大意,反不如缺陷却能对我们有益。
啊!爱德伽好儿子,你的父亲受人之愚,错恨了你,要是我能在未死以前,
摸到你的身体,我就要说,我又有了眼睛啦。

老　人　啊!那边是什么人?

爱德伽　(*旁白*)神啊!谁能够说"我现在是最不幸"?我现在比从前才更不
幸得多啦。

老　人　那是可怜的发疯的汤姆。

爱德伽　（旁白）也许我还要碰到更不幸的命运；当我们能够说"这是最不幸的事"的时候，那还不是最不幸的。

老　人　汉子，你到哪儿去？

葛罗斯特　是一个叫化子吗？

老　人　是个疯叫化子。

葛罗斯特　他的理智还没有完全丧失，否则他不会向人乞讨。在昨晚的暴风雨里，我也看见这样一个家伙，他使我想起一个人不过等于一条虫；那时候我的儿子的影像就闪进了我的心里，可是当时我正在恨他，不愿想起他；后来我才听到一些其他的话。天神掌握着我们的命运，正像顽童捉到飞虫一样，为了戏弄的缘故而把我们杀害。

爱德伽　（旁白）怎么会有这样的事？在一个伤心人的面前装傻,对自己、对别人,都是一件不愉快的行为。（向葛罗斯特）祝福你,先生!

葛罗斯特　他就是那个不穿衣服的家伙吗?

老　人　正是,老爷。

葛罗斯特　那么你去吧。我要请他领我到多佛去,要是你看在我的分上,愿意回去拿一点衣服来替他遮盖遮盖身体,那就再好没有了;我们不会走远,从这儿到多佛的路上一二哩之内,你一定可以追上我们。

老　人　唉,老爷!他是个疯子哩。

葛罗斯特　疯子带着瞎子走路,本来是这时代的一般病态。照我的话,或者就照你自己的意思做吧;第一件事情是请你快去。

老　人　我要把我的最好的衣服拿来给他,不管它会引起怎样的后果。
　　　　（下。）

葛罗斯特　喂,不穿衣服的家伙——

爱德伽　可怜的汤姆冷着呢。（旁白）我不能再假装下去了。

葛罗斯特　过来,汉子。

爱德伽　（旁白）可是我不能不假装下去。——祝福您的可爱的眼睛,它们在流血哩。

葛罗斯特　你认识到多佛去的路吗?

爱德伽　一处处关口城门、一条条马路人行道,我全认识。可怜的汤姆被他们吓迷了心窍;祝福你,好人的儿子,愿恶魔不来缠绕你!五个魔鬼一齐作弄着可怜的汤姆:一个是色魔奥别狄克特;一个是哑鬼霍别狄丹斯;一个是偷东西的玛呼;一个是杀人的摩陀;一个是扮鬼脸的弗力勃铁捷贝特,他后来常常附在丫头、使女的身上。好,祝福您,先生!

葛罗斯特　来,你这受尽上天凌虐的人,把这钱囊拿去;我的不幸却是你的运气。天道啊,愿你常常如此!让那穷奢极欲、把你的法律当作满足他自己享受的工具、因为知觉麻木而沉迷不悟的人,赶快感到你的威力吧;从享用过度的人手里夺下一点来分给穷人,让每一个人都得到他所应得的一份吧。你认识多佛吗?

爱德伽　认识,先生。

葛罗斯特　那边有一座悬崖,它的峭拔的绝顶俯瞰着幽深的海水;你只要领我到那悬崖的边上,我就给你一些我随身携带的贵重的东西,你拿了去可以过些舒服的日子;我也不用再烦你带路了。

爱德伽　把您的胳臂给我;让可怜的汤姆领着你走。(同下。)

第二场　奥本尼公爵府前

　　　　高纳里尔及爱德蒙上。

高纳里尔　欢迎,伯爵;我不知道我那位温和的丈夫为什么不来迎接我们。

　　　　奥斯华德上。

高纳里尔　主人呢?

奥斯华德　夫人,他在里边;可是已经大大变了一个人啦。我告诉他法国军队
　　　登陆的消息,他听了只是微笑;我告诉他说您来了,他的回答却是,"还是
　　　不来的好";我告诉他葛罗斯特怎样谋反、他的儿子怎样尽忠的时候,他
　　　骂我蠢东西,说我颠倒是非。凡是他所应该痛恨的事情,他听了都觉得很
　　　得意;他所应该欣慰的事情,反而使他恼怒。

高纳里尔　(向爱德蒙)那么你止步吧。这是他懦怯畏缩的天性,使他不敢担
　　　当大事;他宁愿忍受侮辱,不肯挺身而起。我们在路上谈起的那个愿望,
　　　也许可以实现。爱德蒙,你且回到我的妹夫那儿去;催促他赶紧调齐人
　　　马,交给你统率;我这儿只好由我自己出马,把家务托付我的丈夫照管了。
　　　这个可靠的仆人可以替我们传达消息;要是你有胆量为了你自己的好处
　　　而行事,那么不久大概就会听到你的女主人的命令。把这东西拿去带在
　　　身边;不要多说什么;(以饰物赠爱德蒙)低下你的头来:这一个吻要是能
　　　够替我说话,它会叫你的灵魂儿飞上天空的。你要明白我的心;再会吧。

爱德蒙　我愿意为您赴汤蹈火。

高纳里尔　我的最亲爱的葛罗斯特!(爱德蒙下)唉!都是男人,却有这样的
　　　不同!哪一个女人不愿意为你贡献她的一切,我却让一个傻瓜侵占了我
　　　的眠床。

奥斯华德　夫人,殿下来了。(下。)

　　　　奥本尼上。

高纳里尔　你太瞧不起人啦。

奥本尼　啊,高纳里尔!你的价值还比不上那狂风吹在你脸上的尘土。我替
　　　你这种脾气担着心事;一个人要是看轻了自己的根本,难免做出一些越限

逾分的事来;枝叶脱离了树干,跟着也要萎谢,到后来只好让人当作枯柴而付之一炬。

高纳里尔　得啦得啦;全是些傻话。

奥本尼　智慧和仁义在恶人眼中看来都是恶的;下流的人只喜欢下流的事。你们干下了些什么事情?你们是猛虎,不是女儿,你们干了些什么事啦?这样一位父亲,这样一位仁慈的老人家,一头野熊见了他也会俯首帖耳,你们这些蛮横下贱的女儿,却把他激成了疯狂!难道我那位贤婿兄竟会让你们这样胡闹吗?他也是个堂堂汉子,一邦的君主,又受过他这样的深恩厚德!要是上天不立刻降下一些明显的灾祸来,惩罚这种万恶的行为,那么人类快要像深海的怪物一样自相吞食了。

高纳里尔　不中用的懦夫!你让人家打肿你的脸,把侮辱加在你的头上,还以为是一件体面的事,因为你的额头上还没长着眼睛;正像那些不明是非的傻瓜,人家存心害你,幸亏发觉得早,他们在未下毒手以前就受到惩罚,你却还要可怜他们。你的鼓呢?法国的旌旗已经展开在我们安静的国境上了,你的敌人顶着羽毛飘扬的战盔,已经开始威胁你的生命。你这迂腐的傻子却坐着一动不动,只会说:"唉!他为什么要这样呢?"

奥本尼　瞧瞧你自己吧,魔鬼!恶魔的丑恶的嘴脸,还不及一个恶魔般的女人那样丑恶万分。

高纳里尔　嗳哟,你这没有头脑的蠢货!

奥本尼　你这变化做女人的形状、掩蔽你的蛇蝎般的真相的魔鬼,不要露出你的狰狞的面目来吧!要是我可以允许这双手服从我的怒气,它们一定会把你的肉一块块撕下来,把你的骨头一根根折断;可是你虽然是一个魔鬼,你的形状却还是一个女人,我不能伤害你。

高纳里尔　哼,这就是你的男子汉的气概。——呸!

　　　　　一使者上。

奥本尼　有什么消息?

使　者　啊!殿下,康华尔公爵死了;他正要挖去葛罗斯特第二只眼睛的时候,他的一个仆人把他杀死了。

奥本尼　葛罗斯特的眼睛!

使　者　他所畜养的一个仆人因为激于义愤,反对他这一种行动,就拔出剑来向他的主人行刺;他的主人大怒,和他奋力猛斗,结果把那仆人砍死了,可是自己也受了重伤,终于不治身亡。

奥本尼　啊,天道究竟还是有的,人世的罪恶这样快就受到了诛谴!但是啊,可怜的葛罗斯特!他失去了他的第二只眼睛吗?

使　者　殿下,他两只眼睛全都给挖去了。夫人,这一封信是您的妹妹写来的,请您立刻给她一个回音。

高纳里尔　(旁白)从一方面说来,这是一个好消息;可是她做了寡妇,我的葛罗斯特又跟她在一起,也许我的一切美满的愿望,都要从我这可憎的生命中消灭了;不然的话,这消息还不算顶坏。(向使者)我读过以后再写回信吧。(下。)

奥本尼　他们挖去他的眼睛的时候,他的儿子在什么地方?

使　者　他是跟夫人一起到这儿来的。

奥本尼　他不在这儿。

使　者　是的,殿下,我在路上碰见他回去了。

奥本尼　他知道这种罪恶的事情吗?

使　者　是,殿下;就是他出首告发他的,他故意离开那座房屋,为的是让他们行事方便一些。

奥本尼　葛罗斯特,我永远感激你对王上所表示的好意,一定替你报复你的挖目之仇。过来,朋友,详细告诉我一些你所知道的其他的消息。(同下。)

第三场　多佛附近法军营地

肯特及一侍臣上。

肯　特　为什么法兰西王突然回去,您知道他的理由吗?

侍　臣　他在国内还有一点未了的要事,直到离国以后,方才想起;因为那件事情有关国家的安全,所以他不能不亲自回去料理。

肯　特　他去了以后,委托什么人代他主持军务?

侍　臣　拉·发元帅。

肯　特　王后看了您的信,有没有什么悲哀的表示?

侍　臣　是的,先生;她拿了信,当着我的面前读下去,一颗颗饱满的泪珠淌下她的娇嫩的颊上;可是她仍然保持着一个王后的尊严,虽然她的情感像叛徒一样想要把她压服,她还是竭力把它克制下去。

肯　特　啊！那么她是受到感动的了。

侍　臣　她并不痛哭流涕；"忍耐"和"悲哀"互相竞争着谁能把她表现得更美。您曾经看见过阳光和雨点同时出现；她的微笑和眼泪也正是这样，只是更要动人得多；那些荡漾在她的红润的嘴唇上的小小的微笑，似乎不知道她的眼睛里有些什么客人，他们从她钻石一样晶莹的眼球里滚出来，正像一颗颗浑圆的珍珠。简单一句话，要是所有的悲哀都是这样美，那么悲哀将要成为最受世人喜爱的珍奇了。

肯　特　她没有说过什么话吗？

侍　臣　一两次她的嘴里迸出了"父亲"两个字，好像它们重压着她的心一般；她哀呼着："姊姊！姊姊！女人的耻辱！姊姊！肯特！父亲！姊姊！什么，在风雨里吗？在黑夜里吗？不要相信世上还有怜悯吧！"于是她挥去了她的天仙一般的眼睛里的神圣的水珠，让眼泪淹没了她的沉痛的悲号，移步他往，和哀愁独自作伴去了。

肯　特　那是天上的星辰，天上的星辰主宰着我们的命运；否则同一个父母怎么会生出这样不同的儿女来。您后来没有跟她说过话吗？

侍　臣　没有。

肯　特　这是在法兰西王回国以前的事吗？

侍　臣　不，这是他去后的事。

肯　特　好，告诉您吧，可怜的受难的李尔已经到了此地，他在比较清醒的时候，知道我们来干什么事，一定不肯见他的女儿。

侍　臣　为什么呢，好先生？

肯　特　羞耻之心掣住了他；他自己的忍心剥夺了她的应得的慈爱，使她远适异国，听任天命的安排，把她的权利分给那两个犬狼之心的女儿——这种种的回忆像毒刺一样螫着他的心，使他充满了火烧一样的惭愧，阻止他和考狄利娅相见。

侍　臣　唉！可怜的人！

肯　特　关于奥本尼和康华尔的军队，您听见什么消息没有？

侍　臣　是的，他们已经出动了。

肯　特　好，先生，我要带您去见见我们的王上，请您替我照料照料他。我因为有某种重要的理由，必须暂时隐藏我的真相；当您知道我是什么人以后，您决不会后悔跟我结识的。请您跟我走吧。（同下。）

第四场　同前。帐幕

　　　　旗鼓前导,考狄利娅、医生及兵士等上。

考狄利娅　唉!正是他。刚才还有人看见他,疯狂得像被飓风激动的怒海,高声歌唱,头上插满了恶臭的地烟草、牛蒡、毒芹、荨麻、杜鹃花和各种蔓生在田亩间的野草。派一百个兵士到繁茂的田野里各种搜寻,把他领来见我。(一军官下)人们的智慧能不能恢复他的丧失的心神?谁要是能够医治他,我愿意把我的身外的富贵一起送给他。

医　生　娘娘,法子是有的;休息是滋养疲乏的精神的保姆,他现在就是缺少休息;只要给他服一些药草,就可以阖上他的痛苦的眼睛。

考狄利娅　一切神圣的秘密、一切地下潜伏的灵奇,随着我的眼泪一起奔涌出来吧!帮助解除我的善良的父亲的痛苦!快去找他,快去找他,我只怕他在不可控制的疯狂之中会消灭了他的失去主宰的生命。

　　　　一使者上。

使　者　报告娘娘,英国军队向这儿开过来了。

考狄利娅　我们早已知道;一切都预备好了,只等他们到来。亲爱的父亲啊!我这次掀动干戈,完全是为了你的缘故;伟大的法兰西王被我的悲哀和恳求的眼泪所感动。我们出师,并非怀着什么非分的野心,只是一片真情,热烈的真情,要替我们的老父主持正义。但愿我不久就可以听见看见他!(同下。)

第五场　葛罗斯特城堡中一室

　　　　里根及奥斯华德上。

里　根　可是我的姊夫的军队已经出发了吗?

奥斯华德　出发了,夫人。

里　根　他亲自率领吗?

奥斯华德　夫人,好容易才把他催上了马;还是您的姊姊是个更好的军人哩。

里　根　爱德蒙伯爵到了你们家里,有没有跟你家主人谈过话?

奥斯华德　没有,夫人。

里　根　我的姊姊给他的信里有些什么话？

奥斯华德　我不知道,夫人。

里　根　告诉你吧,他有重要的事情,已经离开此地了。葛罗斯特挖去了眼睛以后,仍旧放他活命,实在是一个极大的失策;因为他每到一个地方,都会激起众人对我们的反感。我想爱德蒙因为怜悯他的苦难,是要去替他解脱他的暗无天日的生涯的;而且他还负有探察敌人实力的使命。

奥斯华德　夫人,我必须追上去把我的信送给他。

里　根　我们的军队明天就要出发;你暂时耽搁在我们这儿吧,路上很危险呢。

奥斯华德　我不能,夫人;我家夫人曾经吩咐我不准误事的。

里　根　为什么她要写信给爱德蒙呢？难道你不能替她口头传达她的意思吗？看来恐怕有点儿——我也说不出来。让我拆开这封信来,我会十分喜欢你的。

奥斯华德　夫人,那我可——

里　根　我知道你家夫人不爱她的丈夫;这一点我是可以确定的。她最近在这儿的时候,常常对高贵的爱德蒙抛掷含情的媚眼。我知道你是她的心腹之人。

奥斯华德　我,夫人!

里　根　我的话不是随便说说的,我知道你是她的心腹;所以你且听我说,我的丈夫已经死了,爱德蒙跟我曾经谈起过,他向我求爱总比向你家夫人求爱来得方便些。其余的你自己去意会吧。要是你找到了他,请你替我把这个交给他;你把我的话对你家夫人说了以后,再请她仔细想个明白。好,再会。假如你听见人家说起那瞎眼的老贼在什么地方,能够把他除掉,一定可以得到重赏。

奥斯华德　但愿他能够碰在我的手里,夫人;我一定可以向您表明我是哪一方面的人。

里　根　再会。(各下。)

第六场　多佛附近的乡间

葛罗斯特及爱德伽作农民装束同上。

葛罗斯特　什么时候我才能够登上山顶？

爱德伽　您现在正在一步步上去；瞧这路多么难走。

葛罗斯特　我觉得这地面是很平的。

爱德伽　陡峭得可怕呢；听！那不是海水的声音吗？

葛罗斯特　不，我真的听不见。

爱德伽　嗳哟，那么大概因为您的眼睛痛得厉害，所以别的知觉也连带模糊起来啦。

葛罗斯特　那倒也许是真的。我觉得你的声音也变了样啦，你讲的话不像原来那样粗鲁、那样疯疯癫癫啦。

爱德伽　您错啦；除了我的衣服以外，我什么都没有变样。

葛罗斯特　我觉得你的话像样得多啦。

爱德伽　来，先生；我们已经到了，您站好。把眼睛一直望到这么低的地方，真是惊心炫目！在半空盘旋的乌鸦，瞧上去还没有甲虫那么大；山腰中间悬着一个采金花草的人，可怕的工作！我看他的全身简直抵不上一个人头的大小。在海滩上走路的渔夫就像小鼠一般，那艘碇泊在岸旁的高大的帆船小得像它的划艇，它的划艇小得像一个浮标，几乎看不出来。澎湃的波涛在海滨无数的石子上冲击的声音，也不能传到这样高的所在。我不愿再看下去了，恐怕我的头脑要昏眩起来，眼睛一花，就要一个筋斗直跌下去。

葛罗斯特　带我到你所立的地方。

爱德伽　把您的手给我；您现在已经离开悬崖的边上只有一英尺了；谁要是把天下所有的一切都给了我，我也不愿意跳下去。

葛罗斯特　放开我的手。朋友，这儿又是一个钱囊，里面有一颗宝石，一个穷人得到了它，可以终身温饱；愿天神们保佑你因此而得福吧！你再走远一点；向我告别一声，让我听见你走过去。

爱德伽　再会吧，好先生。

葛罗斯特　再会。

爱德伽　(旁白)我这样戏弄他的目的,是要把他从绝望的境界中解救出来。

葛罗斯特　威严的神明啊!我现在脱离这一个世界,当着你们的面,摆脱我的惨酷的痛苦了;要是我能够再忍受下去,而不怨尤你们不可反抗的伟大意志,我这可厌的生命的余烬不久也会燃尽。要是爱德伽尚在人世,神啊,请你们祝福他!现在,朋友,我们再会了!(向前仆地。)

爱德伽　我去了,先生;再会。(旁白)可是我不知道当一个人愿意受他自己的幻想的欺骗,相信他已经死去的时候,那一种幻想会不会真的偷去了他的生命的至宝;要是他果然在他所想象的那一个地方,现在他早已没有思想了。活着还是死了?(向葛罗斯特)喂,你这位先生!朋友!你听见吗,先生?说呀!也许他真的死了;可是他醒过来啦。你是什么人,先生?

葛罗斯特　去,让我死。

爱德伽　倘使你不是一根蛛丝、一根羽毛、一阵空气,从这样千仞的悬崖上跌落下来,早就像鸡蛋一样跌成粉碎了;可是你还在呼吸,你的身体还是好好的,不流一滴血,还会说话,简直一点损伤也没有。十根桅杆连接起来,也不及你所跌下来的地方那么高;你的生命是一个奇迹。再对我说两句话吧。

葛罗斯特　可是我有没有跌下来?

爱德伽　你就是从这可怕的悬崖绝顶上面跌下来的。抬起头来看一看吧;鸣声嘹亮的云雀飞到了那样高的所在,我们不但看不见它的形状,也听不见它的声音;你看。

葛罗斯特　唉!我没有眼睛哩。难道一个苦命的人,连寻死的权利都要被剥夺去吗?一个苦恼到极点的人假使还有办法对付那暴君的狂怒,挫败他的骄傲的意志,那么他多少还有一点可以自慰。

爱德伽　把你的胳臂给我;起来,好,怎样?站得稳吗?你站住了。

葛罗斯特　很稳,很稳。

爱德伽　这真太不可思议了。刚才在那悬崖的顶上,从你身边走开的是什么东西?

葛罗斯特　一个可怜的叫化子。

爱德伽　我站在下面望着他,仿佛看见他的眼睛像两轮满月;他有一千个鼻子,满头都是像波浪一样高低不齐的犄角;一定是个什么恶魔。所以,你幸运的老人家,你应该想这是无所不能的神明在暗中默佑你,否则决不会有这样的奇事。

葛罗斯特　我现在记起来了；从此以后，我要耐心忍受痛苦，直等它有一天自己喊了出来，"够啦，够啦，"那时候再撒手死去。你所说起的这一个东西，我还以为是个人；它老是嚷着"恶魔，恶魔"的；就是他把我领到了那个地方。

爱德伽　不要胡思乱想，安心忍耐。可是谁来啦？

　　　　李尔以鲜花杂乱饰身上。

爱德伽　不是疯狂的人，决不会把他自己打扮成这一个样子。

李　尔　不，他们不能判我私造货币的罪名；我是国王哩。

爱德伽　啊，伤心的景象！

李　尔　在那一点上，天然是胜过人工的。这是征募你们当兵的饷银。那家伙弯弓的姿势，活像一个稻草人；给我射一支一码长的箭试试看。瞧，瞧！一只小老鼠！别闹，别闹！这一块烘乳酪可以捉住它。这是我的铁手套；尽管他是一个巨人，我也要跟他一决胜负。带那些戟手上来。啊！飞得好，鸟儿；刚刚中在靶子心里，咻！口令！

爱德伽　茉荞兰。

李　尔　过去。

葛罗斯特　我认识那个声音。

李　尔　嘿！高纳里尔，长着一把白胡须！她们像狗一样向我献媚。说我在没有出黑须以前，就已经有了白须。[①] 我说一声"是"，她们就应一声"是"；我说一声"不"，她们就应一声"不"！当雨点淋湿了我，风吹得我牙齿打颤，当雷声不肯听我的话平静下来的时候，我才发现了她们，嗅出了她们。算了，她们不是心口如一的人；她们把我恭维得天花乱坠；全然是个谎，一发起烧来我就没有办法。

葛罗斯特　这一种说话的声调我记得很清楚；他不是我们的君王吗？

李　尔　嗯，从头到脚都是君王；我只要一瞪眼睛，我的臣子就要吓得发抖。我赦免那个人的死罪。你犯的是什么案子？奸淫吗？你不用死；为了奸淫而犯死罪！不，小鸟儿都在干那把戏，金苍蝇当着我的面也会公然交合哩。让通奸的人多子多孙吧；因为葛罗斯特的私生的儿子，也比我的合法的女儿更孝顺他的父亲。淫风越盛越好，我巴不得他们替我多制造几个

---

　　① 意即具有老人的智慧。

兵士出来。瞧那个脸上堆着假笑的妇人,她装出一副守身如玉的神气,做作得那么端庄贞静,一听见人家谈起调情的话儿就要摇头;其实她自己干起那回事来,比臭猫和骚马还要浪得多哩。她们的上半身虽然是女人,下半身却是淫荡的妖怪;腰带以上是属于天神的,腰带以下全是属于魔鬼的:那儿是地狱,那儿是黑暗,那儿是火坑,吐着熊熊的烈焰,发出熏人的恶臭,把一切烧成了灰。呸!呸!呸!呸!呸!好掌柜,给我称一两麝香,让我解解我的想象中的臭气;钱在这儿。

葛罗斯特　啊!让我吻一吻那只手!

李　尔　让我先把它揩干净;它上面有一股热烘烘的人气。

葛罗斯特　啊,毁灭了的生命!这一个广大的世界有一天也会像这样零落得只剩一堆残迹。你认识我吗?

李　尔　我很记得你这双眼睛。你在向我瞟吗?不,盲目的丘匹德,随你使出什么手段来,我是再也不会恋爱的。这是一封挑战书,你拿去读吧,瞧瞧它是怎么写的。

葛罗斯特　即使每一个字都是一个太阳,我也瞧不见。

爱德伽　(旁白)要是人家告诉我这样的事,我一定不会相信;可是这样的事是真的,我的心要碎了。

李　尔　读呀。

葛罗斯特　什么!用眼眶子读吗?

李　尔　啊哈!你原来是这个意思吗?你的头上也没有眼睛,你的袋里也没有银钱吗?你的眼眶子真深,你的钱袋真轻。可是你却看见这世界的丑恶。

葛罗斯特　我只能捉摸到它的丑恶。

李　尔　什么!你疯了吗?一个人就是没有眼睛,也可以看见这世界的丑恶。用你的耳朵瞧着吧:你没看见那法官怎样痛骂那个卑贱的偷儿吗?侧过你的耳朵来,听我告诉你:让他们两人换了地位,谁还认得出哪个是法官,哪个是偷儿?你见过农夫的一条狗向一个乞丐乱吠吗?

葛罗斯特　嗯,陛下。

李　尔　你还看见那家伙怎样给那条狗赶走吗?从这一件事情上面,你就可以看到威权的伟大的影子;一条得势的狗,也可以使人家惟命是从。你这可恶的教吏,停住你的残忍的手!为什么你要鞭打那个妓女?向你自己的背上着力抽下去吧；你自己心里和她犯奸淫，却因为她跟人家犯奸淫而鞭打她。那放高利贷的家伙却把那骗子判了死刑。褴褛的衣衫遮不住小小的过失；披上锦袍裘服，便可以隐匿一切。罪恶镀了金，公道的坚强的枪刺戳在上面也会折断；把它用破烂的布条裹起来，一根侏儒的稻草就可以戳破它。没有一个人是犯罪的，我说，没有一个人；我愿意为他们担保；相信我吧，我的朋友，我有权力封住控诉者的嘴唇。你还是去装上一副玻璃眼睛，像一个卑鄙的阴谋家似的，假装能够看见你所看不见的事情吧。来，来，来，来，替我把靴子脱下来；用力一点，用力一点；好。

爱德伽　（旁白）啊！疯话和正经话夹杂在一起；虽然他发了疯，他说出来的话却不是全无意义的。

李　尔　要是你愿意为我的命运痛哭，那么把我的眼睛拿了去吧。我知道你是什么人；你的名字是葛罗斯特。你必须忍耐；你知道我们来到这世上，第一次嗅到了空气，就哇呀哇呀地哭起来。让我讲一番道理给你听；你听着。

葛罗斯特　唉！唉！

李　尔　当我们生下地来的时候，我们因为来到了这个全是些傻瓜的广大的舞台之上，所以禁不住放声大哭。这顶帽子的式样很不错！用毡呢钉在一队马儿的蹄上，倒是一个妙计；我要把它实行一下，悄悄地偷进我那两个女婿的营里，然后我就杀呀，杀呀，杀呀，杀呀，杀呀，杀呀！①

　　　　　　　侍臣率侍从数人上。

侍　臣　啊！他在这儿；抓住他。陛下，您的最亲爱的女儿——

李　尔　没有人救我吗？什么！我变成一个囚犯了吗？我是天生下来被命运愚弄的。不要虐待我；有人会拿钱来赎我的。替我请几个外科医生来，我的头脑受了伤啦。

侍　臣　您将会得到您所需要的一切。

李　尔　一个伙伴也没有？只有我一个人吗？嗳哟，这样会叫一个人变成了个泪人儿，用他的眼睛充作灌园的水壶，去浇洒秋天的泥土。

侍　臣　陛下——

李　尔　我要像一个新郎似的勇敢地死去。嘿！我要高高兴兴的。来，来，我

――――――――――――

①　李尔王在这里效仿军队冲锋时的呐喊声。

是一个国王,你们知道吗?

侍　臣　您是一位尊严的王上,我们服从您的旨意。

李　尔　那么还有几分希望。要去快去。哟哟哟哟。(下。侍从等随下。)

侍　臣　最微贱的平民到了这样一个地步,也会叫人看了伤心,何况是一个国王!你那两个不孝的女儿,已经使天道人伦受到咒诅,可是你还有一个女儿,却已经把天道人伦从这样的咒诅中间拯救出来了。

爱德伽　祝福,先生。

侍　臣　足下有什么见教?

爱德伽　您有没有听见什么关于将要发生一场战事的消息?

侍　臣　这已经是一件千真万确、谁都知道的事了;每一个耳朵能够辨别声音的人都听到过那样的消息。

爱德伽　可是借问一声,您知道对方的军队离这儿还有多少路?

侍　臣　很近了,他们一路来得很快;他们的主力部队每一点钟都有到来的可能。

爱德伽　谢谢您,先生;这是我所要知道的一切。

侍　臣　王后虽然有特别的原因还在这儿,她的军队已经开上去了。

爱德伽　谢谢您,先生。(侍臣下。)

葛罗斯特　永远仁慈的神明,请停止我的呼吸吧;不要在你没有要我离开人世之前,再让我的罪恶的灵魂引诱我结束我自己的生命!

爱德伽　您祷告得很好,老人家。

葛罗斯特　好先生,您是什么人?

爱德伽　一个非常穷苦的人,受惯命运的打击;因为自己是从忧患中间过来的,所以对于不幸的人很容易抱同情。把您的手给我,让我把您领到一处可以栖身的地方去。

葛罗斯特　多谢多谢;愿上天大大赐福给您!

　　　　　奥斯华德上。

奥斯华德　明令缉拿的要犯!好极了,居然碰在我的手里!你那颗瞎眼的头颅,却是我的进身的阶梯。你这倒楣的老奸贼,赶快忏悔你的罪恶;剑已经拔出了,你今天难逃一死。

葛罗斯特　但愿你这慈悲的手多用一些气力,帮助我早早脱离苦痛。(爱德伽劝阻奥斯华德。)

奥斯华德　大胆的村夫,你怎么敢袒护一个明令缉拿的叛徒?滚开,免得你也

733

遭到和他同样的命运。放开他的胳臂。

爱德伽　先生,你不向我说明理由,我是不放的。

奥斯华德　放开,奴才,否则我叫你死。

爱德伽　好先生,你走你的路,让穷人们过去吧。要是这种吓人的话也能把我吓倒,那么我早在半个月之前,就给人吓死了。不,不要走近这个老头儿;我关照你,走远一点儿;要不然的话,我要试一试究竟是你的头硬还是我的棍子硬。我可不知道什么客气不客气。

奥斯华德　走开,混账东西!

爱德伽　我要拔掉你的牙齿,先生。来,尽管刺过来吧。(二人决斗,爱德伽击奥斯华德倒地。)

奥斯华德　奴才,你打死我了。把我的钱囊拿了去吧。要是你希望将来有好日子过,请你把我的尸体掘一个坑埋了;我身边还有一封信,请你替我送给葛罗斯特伯爵爱德蒙大爷,他在英国军队里,你可以找到他。啊! 想不到我死于非命!(死。)

爱德伽　我认识你;你是一个惯会讨主上欢心的奴才;你的女主人无论有什么万恶的命令,你总是奉命惟谨。

葛罗斯特　什么! 他死了吗?

爱德伽　坐下来,老人家;您休息一会儿吧。让我们搜一搜他的衣袋——他说起的这一封信,也许可以对我有一点用处。他死了;我只可惜他不是死在刽子手的手里。让我们看:对不起,好蜡,我要把你拆开来了;恕我无礼,为了要知道我们敌人的居心,就是他们的心肝也要剖出来,拆阅他们的信件不算是违法的事。“不要忘记我们彼此间的誓约。你有许多机会可以除去他;只要你有决心,一切都是不成问题的。要是他得胜归来,那就什么都完了;我将要成为一个囚人,他的眠床就是我的牢狱。把我从他可憎的怀抱中拯救出来吧,他的地位你可以取而代之,这也是你应得的酬劳。你的恋慕的奴婢——但愿我能换上妻子两个字——高纳里尔。”啊,不可测度的女人的心! 谋害她的善良的丈夫,叫我的兄弟代替他的位置! 在这砂土之内,我要把你掩埋起来,你这杀人的淫妇的使者。在一个适当的时间,我要让那被人阴谋弑害的公爵见到这一封卑劣的信。我能够把你的死讯和你的使命告诉他,对于他是一件幸运的事。

葛罗斯特　王上疯了;我的万恶的知觉却是倔强得很,我一站起身来,无限的

734

悲痛就涌上我的心头！还是疯了的好；那样我可以不再想到我的不幸，让一切痛苦在昏乱的幻想之中忘记了它们本身的存在。（远处鼓声。）

爱德伽　把您的手给我；好像我听见远远有打鼓的声音。来，老人家，让我把您安顿在一个朋友的地方。（同下。）

第七场　法军营帐

考狄利娅、肯特、医生及侍臣上。

考狄利娅　好肯特啊！我怎么能够报答你这一番苦心好意呢！就是粉身碎骨，也不能抵偿你的大德。

肯　特　娘娘，只要自己的苦心被人了解，那就是莫大的报酬了。我所讲的话，句句都是事实，没有一分增减。

考狄利娅 去换一身好一点的衣服吧;您身上的衣服是那一段悲惨的时光中的纪念品,请你脱下来吧。

肯　特 恕我,娘娘;我现在还不能回复我的本来面目,因为那会妨碍我的预定的计划。请您准许我这一个要求,在我自己认为还没有到适当的时间以前,您必须把我当作一个不相识的人。

考狄利娅 那么就照你的意思吧,伯爵。(向医生)王上怎样?

医　生 娘娘,他仍旧睡着。

考狄利娅 慈悲的神明啊,医治他的被凌辱的心灵中的重大的裂痕! 保佑这一个被不孝的女儿所反噬的老父,让他错乱昏迷的神智回复健全吧!

医　生 请问娘娘,我们现在可不可以叫王上醒来? 他已经睡得很久了。

考狄利娅 照你的意见,应该怎么办就怎么办吧。他有没有穿着好?

　　　　　　李尔卧椅内,众仆舁上。

侍　臣 是,娘娘;我们乘着他熟睡的时候,已经替他把新衣服穿上去了。

医　生 娘娘,请您不要走开,等我们叫他醒来;我相信他的神经已经安定下来了。

考狄利娅 很好。(乐声。)

医　生 请您走近一步。音乐还要响一点儿。

考狄利娅 啊,我的亲爱的父亲! 但愿我的嘴唇上有治愈疯狂的灵药,让这一吻抹去了我那两个姊姊加在你身上的无情的伤害吧!

肯　特 善良的好公主!

考狄利娅 假如你不是她们的父亲,这满头的白雪也该引起她们的怜悯。这样一张面庞是受得起激战的狂风吹打的吗? 它能够抵御可怕的雷霆吗? 在最惊人的闪电的光辉之下,你,可怜的无援的兵士! 戴着这一顶薄薄的戎盔,苦苦地守住你的哨岗吗? 我的敌人的狗,即使它曾经咬过我,在那样的夜里,我也要让它躺在我的火炉之前。但是你,可怜的父亲,却甘心钻在污秽霉烂的稻草里,和猪狗、和流浪的乞儿做伴吗? 唉! 唉! 你的生命不和你的智慧同归于尽,才是一件怪事。他醒来了;对他说些什么话吧。

医　生 娘娘,应该您去跟他说说。

考狄利娅 父王陛下,您好吗?

李　尔 你们不应该把我从坟墓中间拖了出来。你是一个有福的灵魂;我却缚在一个烈火的车轮上,我自己的眼泪也像熔铅一样灼痛我的脸。

考狄利娅　父亲,您认识我吗?

李　　尔　你是一个灵魂,我知道;你在什么时候死的?

考狄利娅　还是疯疯癫癫的。

医　　生　他还没有完全清醒过来;暂时不要惊扰他。

李　　尔　我到过些什么地方?现在我在什么地方?明亮的白昼吗?我大大受
　　　　　了骗啦。我如果看见别人落到这一个地步,我也要为他心碎而死。我不
　　　　　知道应该怎么说。我不愿发誓这一双是我的手;让我试试看,这针刺上去
　　　　　是觉得痛的。但愿我能够知道我自己的实在情形!

考狄利娅　啊!瞧着我,父亲,把您的手按在我的头上为我祝福吧。不,父亲,
　　　　　您千万不能跪下。

李　　尔　请不要取笑我;我是一个非常愚蠢的傻老头子,活了八十多岁了;不
　　　　　瞒您说,我怕我的头脑有点儿不大健全。我想我应该认识您,也该认识这
　　　　　个人;可是我不敢确定;因为我全然不知道这是什么地方,而且凭着我所
　　　　　有的能力,我也记不起来什么时候穿上这身衣服;我也不知道昨天晚上我
　　　　　在什么所在过夜。不要笑我;我想这位夫人是我的孩子考狄利娅。

考狄利娅　正是,正是。

李　　尔　你在流着眼泪吗?当真。请你不要哭啦;要是你有毒药为我预备着,
　　　　　我愿意喝下去。我知道你不爱我;因为我记得你的两个姊姊都虐待我;你
　　　　　虐待我还有几分理由,她们却没有理由虐待我。

考狄利娅　谁都没有这理由。

李　　尔　我是在法国吗?

肯　　特　在您自己的国土之内,陛下。

李　　尔　不要骗我。

医　　生　请宽心一点,娘娘;您看他的疯狂已经平静下去了;可是再向他提起
　　　　　他经历的事情,却是非常危险的。不要多烦扰他,让他的神经完全安定
　　　　　下来。

考狄利娅　请陛下到里边去安息安息吧。

李　　尔　你必须原谅我。请你不咎既往,宽赦我的过失;我是个年老糊涂的
　　　　　人。(李尔、考狄利娅、医生及侍从等同下。)

侍　　臣　先生,康华尔公爵被刺的消息是真的吗?

737

肯　特　完全真确。

侍　臣　他的军队归什么人带领？

肯　特　据说是葛罗斯特的庶子。

侍　臣　他们说他的放逐在外的儿子爱德伽现在跟肯特伯爵都在德国。

肯　特　消息常常变化不定。现在是应该戒备的时候了，英国军队已在迅速逼近。

侍　臣　一场血战是免不了的。再会，先生。（下。）

肯　特　我的目的能不能顺利达到，要看这一场战事的结果方才分晓。
（下。）

第 五 幕

第一场　多佛附近英军营地

　　　　　旗鼓前导,爱德蒙、里根、军官、兵士及侍从等上。

爱德蒙　　(向一军官)你去问一声公爵,他是不是仍旧保持着原来的决心,还是
　　　　因为有了其他的理由,已经改变了方针;他这个人摇摆不定,畏首畏尾;我
　　　　要知道他究竟抱着怎样的主张。(军官下。)

里　　根　　我那姊姊差来的人一定在路上出了事啦。

爱德蒙　　那可说不定,夫人。

里　　根　　好爵爷,我对你的一片好心,你不会不知道的;现在请你告诉我,老老
　　　　实实地告诉我,你不爱我的姊姊吗?

爱德蒙　　我只是按照我的名分敬爱她。

里　　根　　可是你从来没有深入我的姊夫的禁地吗?

爱德蒙　　这样的思想是有失您自己的体统的。

里　　根　　我怕你们已经打成一片,她心坎儿里只有你一个人哩。

爱德蒙　　凭着我的名誉起誓,夫人,没有这样的事。

里　　根　　我决不答应她;我的亲爱的爵爷,不要跟她亲热。

爱德蒙　　您放心吧。——她跟她的公爵丈夫来啦!

　　　　　旗鼓前导,奥本尼、高纳里尔及兵士等上。

高纳里尔　　(旁白)我宁愿这一次战争失败,也不让我那个妹子把他从我手里
　　　　夺了去。

奥本尼　　贤妹久违了。伯爵,我听说王上已经带了一班受不住我国的苛政、高
　　　　呼不平的人们,到他女儿的地方去了。要是我们所兴的是一场不义之师,
　　　　我是再也提不起我的勇气来的;可是现在的问题,并不是我们的王上和他

手下的一群人在法国的煽动之下,用堂堂正正的理由向我们兴师问罪,而是法国举兵侵犯我们的领土,这是我们所不能容忍的。

爱德蒙　您说得有理,佩服,佩服。

里　根　这种话讲它做什么呢?

高纳里尔　我们只须同心合力,打退敌人;这些内部的纠纷,不是现在所要讨论的问题。

奥本尼　那么让我们跟那些久历戎行的战士们讨论讨论我们所应该采取的战略吧。

爱德蒙　很好,我就到您的帐里来叨陪末议。

里　根　姊姊,您也跟我们一块儿去吗?

高纳里尔　不。

里　根　您怎么可以不去？来,请吧。

高纳里尔　(旁白)哼!我明白你的意思。(高声)好,我就去。

　　　　爱德伽乔装上。

爱德伽　殿下要是不嫌我微贱,请听我说一句话。

奥本尼　你们先请一步,我就来。——说。(爱德蒙、里根、高纳里尔、军官、兵
　　　士及侍从等同下。)

爱德伽　在您没有开始作战以前,先把这封信拆开来看一看。要是您得到胜
　　　利,可以吹喇叭为信号,叫我出来;虽然您看我是这样一个下贱的人,我可
　　　以请出一个证人来,证明这信上所写的事。要是您失败了,那么您在这世
　　　上的使命已经完毕,一切阴谋也都无能为力了。愿命运眷顾您!

奥本尼　等我读了信你再去。

爱德伽　我不能。时候一到,您只要叫传令官传唤一声,我就会出来的。

奥本尼　那么再见;你的信我拿回去看吧。(爱德伽下。)

爱德蒙重上。

爱德蒙　敌人已经望得见了；快把您的军队集合起来。这儿记载着根据精密
　　侦查所得的敌方军力的估计；可是现在您必须快点儿了。

奥本尼　好，我们准备迎敌就是了。（下。）

爱德蒙　我对这两个姊姊都已经立下爱情的盟誓；她们彼此互怀嫉妒，就像
　　被蛇咬过的人见不得蛇的影子一样。我应该选择哪一个呢？两个都
　　要？只要一个？还是一个也不要？要是两个全都留在世上，我就一个
　　也不能到手；娶了那寡妇，一定会激怒她的姊姊高纳里尔；可是她的丈
　　夫一天不死，我又怎么能跟她成双配对？现在我们还是要借他做号召
　　军心的幌子；等到战事结束以后，她要是想除去他，让她自己设法结果
　　他的性命吧。照他的意思，李尔和考狄利娅两人被我们捉到以后，是不
　　能加害的；可是假如他们果然落在我们手里，我们可决不让他们得到他
　　的赦免；因为我保全自己的地位要紧，什么天理良心只好一概不论。
　　（下。）

第二场　两军营地之间的原野

　　内号角声。旗鼓前导，李尔及考狄利娅率军队上；同下。爱德伽及葛罗
斯特上。

爱德伽　来，老人家，在这树荫底下坐坐吧；但愿正义得到胜利！要是我还能
　　够回来见您，我一定会给您好消息的。

葛罗斯特　上帝照顾您，先生！（爱德伽下。）

　　号角声；有顷，内吹退军号。爱德伽重上。

爱德伽　去吧，老人家！把您的手给我；去吧！李尔王已经失败，他跟他的女
　　儿都被他们捉去了。把您的手给我；来。

葛罗斯特　不，先生，我不想再到什么地方去了；让我就在这儿等死吧。

爱德伽　怎么！您又转起那种坏念头来了吗？人们的生死都不是可以勉强求
　　到的，你应该耐心忍受天命的安排。来。

葛罗斯特　那也说得有理。（同下。）

第三场　多佛附近英军营地

旗鼓前导,爱德蒙凯旋上;李尔、考狄利娅被俘随上;军官、兵士等同上。

爱德蒙　来人,把他们押下去,好生看守,等上面发落下来,再作道理。

考狄利娅　存心良善的反而得到恶报,这样的前例是很多的。我只是为了你,被迫害的国王,才感到悲伤;否则尽管欺人的命运向我横眉怒目,我也不把她的凌辱放在心上。我们要不要去见见这两个女儿和这两个姊姊?

李　尔　不,不,不,不!来,让我们到监牢里去。我们两人将要像笼中之鸟一般唱歌;当你求我为你祝福的时候,我要跪下来求你饶恕;我们就这样生活着,祈祷,唱歌,说些古老的故事,嘲笑那班像金翅蝴蝶般的廷臣,听听那些可怜的人们讲些宫廷里的消息;我们也要跟他们在一起谈话,谁失败,谁胜利,谁在朝,谁在野,用我们的意见解释各种事情的秘奥,就像我们是上帝的耳目一样;在囚牢的四壁之内,我们将要冷眼看那些朋比为奸的党徒随着月亮的圆缺而升沉。

爱德蒙　把他们带下去。

李　尔　对于这样的祭物,我的考狄利娅,天神也要焚香致敬的。我果然把你捉住了吗?谁要是想分开我们,必须从天上取下一把火炬来像驱逐狐狸一样把我们赶散。揩干你的眼睛;让恶疮烂掉他们的全身,他们也不能使我们流泪,我们要看他们活活饿死。来。(兵士押李尔、考狄利娅下。)

爱德蒙　过来,队长。听着,把这一通密令拿去;(以一纸授军官)跟着他们到监牢里去。我已经把你提升了一级,要是你能够照这密令上所说的执行,一定大有好处。你要知道,识时务的才是好汉;心肠太软的人不配佩带刀剑。我吩咐你去干这件重要的差使,你可不必多问,愿意就做,不愿意就另谋出路吧。

军　官　我愿意,大人。

爱德蒙　那么去吧;你立了这一个功劳,你就是一个幸运的人。听着,事不宜迟,必须照我所写的办法赶快办好。

军　官　我不会拖车子,也不会吃干麦;只要是男子汉干的事,我就会干。(下。)

喇叭奏花腔。奥本尼、高纳里尔、里根、军官及侍从等上。

奥本尼　伯爵,你今天果然表明了你是一个将门之子;命运眷顾着你,使你克奏肤功,跟我们敌对的人都已经束手就擒。请你把你的俘虏交给我们,让我们一方面按照他们的身份,一方面顾到我们自身的安全,决定一个适当的处置。

爱德蒙　殿下,我已经把那不幸的老王拘禁起来,并且派兵严密监视了;我认为应该这样办;他的高龄和尊号都有一种莫大的魔力,可以吸引人心归附他,要是不加防范,恐怕我们的部下都要受他的煽惑而对我们反戈相向。那王后我为了同样的理由,也把她一起下了监;他们明天或者迟一两天就可以受你们的审判。现在弟兄们刚刚流过血汗,丧折了不少的朋友亲人,他们感受战争的残酷,未免心中愤激,这场争端无论理由怎样正大,在他们看来也就成为是可咒诅的了;所以审问考狄利娅和她的父亲这一件事,必须在一个更适当的时候举行。

奥本尼　伯爵,说一句不怕你见怪的话,你不过是一个随征的将领,我并没有把你当作一个同等地位的人。

里　根　假如我愿意,为什么他不能和你分庭抗礼呢?我想你在说这样的话以前,应该先问问我的意思才是。他带领我们的军队,受到我的全权委任,凭着这一层亲密的关系,也够资格和你称兄道弟了。

高纳里尔　少亲热点儿吧;他的地位是他靠着自己的才能造成的,并不是你给他的恩典。

里　根　我把我的权力付托给他,他就能和最尊贵的人匹敌。

高纳里尔　要是他做了你的丈夫,至多也不过如此吧。

里　根　笑话往往会变成预言。

高纳里尔　呵呵!看你挤眉弄眼的,果然有点儿邪气。

里　根　太太,我现在身子不大舒服,懒得跟你斗口了。将军,请你接受我的军队、俘虏和财产;这一切连我自己都由你支配;我是你的献城降服的臣仆;让全世界为我证明,我现在把你立为我的丈夫和君主。

高纳里尔　你想要受用他吗?

奥本尼　那不是你所能阻止的。

爱德蒙　也不是你所能阻止的。

奥本尼　杂种,我可以阻止你们。

里　根　(向爱德蒙)叫鼓手打起鼓来,和他决斗,证明我已经把尊位给了你。

奥本尼　等一等,我还有话说。爱德蒙,你犯有叛逆重罪,我逮捕你;同时我还
　　　　要逮捕这一条金鳞的毒蛇。(指高纳里尔)贤妹,为了我的妻子的缘故,我
　　　　必须要求您放弃您的权利;她已经跟这位勋爵有约在先,所以我,她的丈
　　　　夫,不得不对你们的婚姻表示异议。要是您想结婚的话,还是把您的爱情
　　　　用在我的身上吧,我的妻子已经另有所属了。

高纳里尔　这一段穿插真有趣!

奥本尼　葛罗斯特,你现在甲胄在身;让喇叭吹起来;要是没有人出来证明你
　　　　所犯的无数凶残罪恶,众目昭彰的叛逆重罪,这儿是我的信物;(掷下手
　　　　套)在我没有剖开你的胸口,证明我此刻所宣布的一切以前,我决不让一
　　　　些食物接触我的嘴唇。

里　根　嗳哟!我病了!我病了!

高纳里尔　(旁白)要是你不病,我也从此不相信毒药了。

爱德蒙　这儿是我给你的交换品;(掷下手套)谁骂我是叛徒的,他就是个说谎
　　　　的恶人。叫你的喇叭吹起来吧;谁有胆量,出来,我可以向他、向你、向每
　　　　一个人证明我的不可动摇的忠心和荣誉。

奥本尼　来,传令官!

爱德蒙　传令官!传令官!

奥本尼　信赖你个人的勇气吧;因为你的军队都是用我的名义征集的,我已经
　　　　用我的名义把他们遣散了。

里　根　我的病越来越厉害啦!

奥本尼　她身体不舒服;把她扶到我的帐里去。(侍从扶里根下)过来,传
　　　　令官。

　　　　　　传令官上。

奥本尼　叫喇叭吹起来。宣读这一道命令。

官　官　吹喇叭!(喇叭吹响。)

传令官　(宣读)"在本军之中,如有身份高贵的将校官佐,愿意证明爱德
　　　　蒙——名分未定的葛罗斯特伯爵,是一个罪恶多端的叛徒,让他在第三次
　　　　喇叭声中出来。该爱德蒙坚决自卫。"

爱德蒙　吹!(喇叭初响。)

传令官　再吹!(喇叭再响。)

传令官　再吹!(喇叭三响。内喇叭声相应。)

喇叭手前导，爱德伽武装上。

奥本尼　问明他的来意，为什么他听了喇叭的呼召到这儿来。

传令官　你是什么人？你叫什么名字？在军中是什么官级？为什么你要应召
　　　　而来？

爱德伽　我的名字已经被阴谋的毒齿咬啮蛀蚀了；可是我的出身正像我现在
　　　　所要来面对的敌手同样高贵。

奥本尼　谁是你的敌手？

爱德伽　代表葛罗斯特伯爵爱德蒙的是什么人？

爱德蒙　他自己；你对他有什么话说？

爱德伽　拔出你的剑来，要是我的话激怒了一颗正直的心，你的兵器可以为你
　　　　辩护；这儿是我的剑。听着，虽然你有的是胆量、勇气、权位和尊荣，虽然
　　　　你挥着胜利的宝剑，夺到了新的幸运，可是凭着我的荣誉、我的誓言和我
　　　　的骑士的身份所给我的特权，我当众宣布你是一个叛徒，不忠于你的神
　　　　明、你的兄长和你的父亲，阴谋倾覆这一位崇高卓越的君王，从你的头顶
　　　　直到你的足下的尘土，彻头彻尾是一个最可憎的逆贼。要是你说一声
　　　　"不"，这一柄剑、这一只胳臂和我的全身的勇气，都要向你的心口证明你
　　　　说谎。

爱德蒙　照理我应该问你的名字；可是你的外表既然这样英勇，你的出言吐
　　　　语，也可以表明你不是一个卑微的人，虽然按照骑士的规则，我可以拒绝
　　　　你的挑战，我却不惜唾弃这些规则，把你所说的那种罪名仍旧丢回到你的
　　　　头上，让那像地狱一般可憎的谎话吞没你的心；凭着这一柄剑，我要在你
　　　　的心头挖破一个窟窿，把你的罪恶一起塞进去。吹起来，喇叭！（号角声。
　　　　二人决斗。爱德蒙倒地。）

奥本尼　留他活命，留他活命！

高纳里尔　这是诡计，葛罗斯特；按照决斗的法律，你尽可以不接受一个不知
　　　　名的对手的挑战；你不是被人打败，你是中了人家的计了。

奥本尼　闭住你的嘴，妇人，否则我要用这一张纸塞住它了。且慢，骑士。你
　　　　这比一切恶名更恶的恶人，读读你自己的罪恶吧。不要撕，太太；我看你
　　　　也认识这一封信的。（以信授爱德蒙。）

高纳里尔　即使我认识这一封信，又有什么关系！法律在我手中，不在你手
　　　　中；谁可以控诉我？（下。）

奥本尼　岂有此理！你知道这封信吗？

爱德蒙　不要问我知道不知道。

奥本尼　追上她去；她现在情急了，什么事都干得出来；留心看着她。（一军官下。）

爱德蒙　你所指斥我的罪状，我全都承认；而且我所干的事，着实不止这一些呢，总有一天会全部暴露的。现在这些事已成过去，我也要永辞人世了。——可是你是什么人，我会失败在你的手里？假如你是一个贵族，我愿意对你不记仇恨。

爱德伽　让我们互相宽恕吧。在血统上我并不比你低微，爱德蒙；要是我的出身比你更高贵，你尤其不该那样陷害我。我的名字是爱德伽，你的父亲的儿子。公正的天神使我们的风流罪过成为惩罚我们的工具；他在黑暗淫邪的地方生下了你，结果使他丧失了他的眼睛。

爱德蒙　你说得不错；天道的车轮已经循环过来了。

奥本尼　我一看见你的举止行动，就觉得你不是一个凡俗之人。我必须拥抱你；让悔恨碎裂了我的心，要是我曾经憎恨过你和你的父亲。

爱德伽　殿下，我一向知道您的仁慈。

奥本尼　你把自己藏匿在什么地方？你怎么知道你的父亲的灾难？

爱德伽　殿下，我知道他的灾难，因为我就在他的身边照料他，听我讲一段简短的故事；当我说完以后，啊，但愿我的心爆裂了吧！贪生怕死，是我们人类的常情，我们宁愿每小时忍受着死亡的惨痛，也不愿一下子结束自己的生命；我为了逃避那紧迫着我的、残酷的宣判，不得不披上一身疯人的褴褛衣服，改扮成一副连狗儿们也要看不起的样子。在这样的乔装之中，我碰见了我的父亲，他的两个眼眶里淋着血，那宝贵的眼珠已经失去了；我替他做向导，带着他走路，为他向人求乞，把他从绝望之中拯救出来；啊！千不该、万不该，我不该向他瞒住我自己的真相！直到约摸半小时以前，我已经披上甲胄，虽说希望天从人愿，却不知道此行究竟结果如何，便请他为我祝福，才把我的全部经历从头到尾告诉他知道；可是唉！他的破碎的心太脆弱了，载不起这样重大的喜悦和悲伤，在这两种极端的情绪猛烈的冲突之下，他含着微笑死了。

爱德蒙　你这番话很使我感动，说不定对我有好处；可是说下去吧，看上去你还有一些话要说。

奥本尼　要是还有比这更伤心的事,请不要说下去了吧;因为我听了这样的
　　　话,已经忍不住热泪盈眶了。

爱德伽　对于不喜欢悲哀的人,这似乎已经是悲哀的顶点;可是在极度的悲哀
　　　之上,却还有更大的悲哀。当我正在放声大哭的时候,来了一个人,他认
　　　识我就是他所见过的那个疯丐,不敢接近我;可是后来他知道了我究竟是
　　　什么人,遭遇到什么样不幸,他就抱住我的头颈,大放悲声,好像要把天空
　　　都震碎一般;他俯伏在我的父亲的尸体上;讲出了关于李尔和他两个人的
　　　一段最凄惨的故事;他越讲越伤心,他的生命之弦都要开始颤断了;那时
　　　候喇叭的声音已经响过二次,我只好抛下他一个人在那如痴如醉的状态
　　　之中。

奥本尼　可是这是什么人?

爱德伽　肯特,殿下,被放逐的肯特;他一路上乔装改貌,跟随那把他视同仇敌的国王,替他躬操奴隶不如的贱役。

　　　　　　一侍臣持一流血之刀上。

侍　臣　救命! 救命! 救命啊!

爱德伽　救什么命!

奥本尼　说呀,什么事?

爱德伽　那柄血淋淋的刀是什么意思?

侍　臣　它还热腾腾地冒着气呢;它是从她的心窝里拔出来的,——啊! 她死了!

奥本尼　谁死了? 说呀。

侍　臣　您的夫人,殿下,您的夫人;她的妹妹也给她毒死了,她自己承认的。

爱德蒙　我跟她们两人都有婚姻之约,现在我们三个人可以在一块儿做夫妻了。

爱德伽　肯特来了。

奥本尼　把她们的尸体抬出来,不管她们有没有死。这一个上天的判决使我们战栗,却不能引起我们的怜悯。(侍臣下。)

　　　　　　肯特上。

奥本尼　啊! 这就是他吗? 当前的变故使我不能对他尽我应尽的敬礼。

肯　特　我要来向我的王上道一声永久的晚安,他不在这儿吗?

奥本尼　我们把一件重要的事情忘了! 爱德蒙,王上呢? 考狄利娅呢? 肯特,你看见这一种情景吗? (侍从抬高纳里尔、里根二尸体上。)

肯　特　嗳哟! 这是为了什么?

爱德蒙　爱德蒙还是有人爱的;这一个为了我的缘故毒死了那一个,跟着她也自杀了。

奥本尼　正是这样。把她们的脸遮起来。

爱德蒙　我快要断气了,倒想做一件违反我的本性的好事。赶快差人到城堡里去,因为我已经下令,要把李尔和考狄利娅处死。不要多说废话,迟一点就来不及啦。

奥本尼　跑! 跑! 跑呀!

爱德伽　跑去找谁呀,殿下? ——谁奉命干这件事的? 你得给我一件什么东西,作为赦免的凭证。

爱德蒙　想得不错;把我的剑拿去给那队长。

奥本尼　快去,快去。(爱德伽下。)

爱德蒙　他从我的妻子跟我两人的手里得到密令,要把考狄利娅在狱中缢死,对外面说是她自己在绝望中自杀的。

奥本尼　神明保佑她!把他暂时抬出去。(侍从抬爱德蒙下。)

　　　　　李尔抱考狄利娅尸体、爱德伽、军官及余人等同上。

李　尔　哀号吧,哀号吧,哀号吧,哀号吧!啊!你们都是些石头一样的人;要是我有了你们的那些舌头和眼睛,我要用我的眼泪和哭声震撼穿苍。她是一去不回的了。一个人死了还是活着,我是知道的;她已经像泥土一样死去。借一面镜子给我;要是她的气息还能够在镜面上呵起一层薄雾,那么她还没有死。

肯　特　这就是世界最后的结局吗?

爱德伽　还是末日恐怖的预兆?

奥本尼　天倒下来了,一切都要归于毁灭吗?

李　尔　这一根羽毛在动;她没有死!要是她还有活命,那么我的一切悲哀都可以消释了。

肯　特　(跪)啊,我的好主人!

李　尔　走开!

爱德伽　这是尊贵的肯特,您的朋友。

李　尔　一场瘟疫降落在你们身上,全是些凶手,奸贼!我本来可以把她救活的;现在她再也回不转来了!考狄利娅,考狄利娅!等一等。嘿!你说什么?她的声音总是那么柔软温和,女儿家是应该这样的。我亲手杀死了那把你缢死的奴才。

军　官　殿下,他真的把他杀死了。

李　尔　我不是把他杀死了吗,汉子?从前我一举起我的宝刀,就可以叫他们吓得抱头鼠窜;现在年纪老啦,受到这许多磨难,一天比一天不中用啦。你是谁?等会儿我就可以说出来了;我的眼睛可不大好。

肯　特　要是命运女神向人夸口,说起有两个曾经一度被她宠爱、后来却为她厌弃的人,那么在我们的眼前就各站着其中的一个。

李　尔　我的眼睛太糊涂啦。你不是肯特吗?

肯　特　正是,您的仆人肯特。您的仆人卡厄斯呢?

李　　尔　他是一个好人,我可以告诉你;他一动起火来就会打人。他现在已经
　　　　　死得骨头都腐烂了。
肯　　特　不,陛下;我就是那个人——
李　　尔　我马上能认出来你是不是。
肯　　特　自从您开始遭遇变故以来,一直跟随着您的不幸的足迹。
李　　尔　欢迎,欢迎。
肯　　特　不,一切都是凄惨的、黑暗的、阴郁的;您的两个大女儿已经在绝望中
　　　　　自杀了。
李　　尔　嗯,我也想是这样的。
奥本尼　他不知道他自己在说些什么话,我们谒见他也是徒然的。
爱德伽　全然是徒劳。

一军官上。

军　官　启禀殿下,爱德蒙死了。

奥本尼　他的死在现在不过是一件无足重轻的小事。各位勋爵和尊贵的朋
　　　　友,听我向你们宣示我的意旨:对于这一位老病衰弱的君王,我们将要尽
　　　　我们的力量给他可能的安慰;当他在世的时候,我仍旧把最高的权力归还
　　　　给他。(向爱德伽、肯特)你们两位仍旧恢复原来的爵位,我还要加赍你们
　　　　额外的尊荣,褒扬你们过人的节行。一切朋友都要得到他们忠贞的报酬,
　　　　一切仇敌都要尝到他们罪恶的苦杯。——啊!瞧,瞧!

李　尔　我的可怜的傻瓜给他们缢死了!不,不,没有命了!为什么一条狗、
　　　　一匹马、一只耗子,都有它们的生命,你却没有一丝呼吸?你是永不回来
　　　　的了,永不,永不,永不,永不,永不!请你替我解开这个钮扣;谢谢你,先
　　　　生。你看见吗?瞧着她,瞧,她的嘴唇,瞧那边,瞧那边!(死。)

爱德伽　他晕过去了!——陛下,陛下!

肯　特　碎吧,心啊!碎吧!

爱德伽　抬起头来,陛下。

肯　特　不要烦扰他的灵魂。啊!让他安然死去吧;他将要痛恨那想要使他
　　　　在这无情的人世多受一刻酷刑的人。

爱德伽　他真的去了。

肯　特　他居然忍受了这么久的时候,才是一件奇事;他的生命不是他自
　　　　己的。

奥本尼　把他们抬出去。我们现在要传令全国举哀。(向肯特、爱德伽)
　　　　　　两位朋友,帮我主持大政,
　　　　　　培养这已经斲伤的国本。

肯　特　不日间我就要登程上道;
　　　　　　我已经听见主上的呼召。

奥本尼　不幸的重担不能不肩负;
　　　　　　感情是我们惟一的言语。
　　　　　　年老的人已经忍受一切,
　　　　　　后人只有抚陈迹而叹息。(同下。奏丧礼进行曲。)

暴 风 雨

TeMPEST.

剧 中 人 物

阿隆佐　那不勒斯王

西巴斯辛　阿隆佐之弟

普洛斯彼罗　旧米兰公爵

安东尼奥　普洛斯彼罗之弟,篡位者

腓迪南　那不勒斯王子

贡柴罗　正直的老大臣

阿德里安 ⎫
弗兰西斯科 ⎬ 侍臣

凯列班　野性而丑怪的奴隶

特林鸠罗　弄臣

斯丹法诺　酗酒的膳夫

船长

水手长

众水手

米兰达　普洛斯彼罗之女

爱丽儿　缥缈的精灵

伊里斯 ⎫
刻瑞斯 ⎪
朱　诺 ⎬ 由精灵们扮演
众水仙女 ⎪
众刈禾人 ⎭

其他侍候普洛斯彼罗的精灵们

755

地　点

海船上；岛上

第 一 幕

第一场　在海中的一只船上。暴风雨和雷电

船长及水手长上。

船　长　老大!

水手长　有,船长。什么事?

船　长　好,对水手们说:出力,手脚麻利点儿,否则我们要触礁啦。出力,出力!(下。)

众水手上。

水手长　喂,弟兄们!出力,出力,弟兄们!赶快,赶快!把中桅帆收起!留心着船长的哨子。——尽你吹着怎么大的风,只要船儿掉得转头,就让你去吹吧!

阿隆佐、西巴斯辛、安东尼奥、腓迪南、贡柴罗及余人等上。

阿隆佐　好水手长,小心哪。船长在哪里?放出勇气来!

水手长　我劳驾你们,请到下面去。

安东尼奥　老大,船长在哪里?

水手长　你没听见他吗?你们妨碍了我们的工作。好好地待在舱里吧;你们简直是跟风浪一起来和我们作对。

贡柴罗　哎,大哥,别发脾气呀!

水手长　你叫这个海不要发脾气吧。走开!这些波涛哪里管得了什么国王不国王?到舱里去,安静些!别跟我们麻烦。

贡柴罗　好,但是请记住这船上载的是什么人。

水手长　随便什么人我都不放在心上,我只管我自个儿。你是个堂堂枢密大臣,要是你有本事命令风浪静下来,叫眼前大家都平安,那么我们愿意从

此不再干这拉帆收缆的营生了。把你的威权用出来吧！要是你不能，那么还是谢谢天老爷让你活得这么长久，赶快钻进你的舱里去，等待着万一会来的厄运吧！——出力啊，好弟兄们！——快给我走开！（下。）

贡柴罗　这家伙给我很大的安慰。我觉得他脸上一点没有命该淹死的记号；他的相貌活是一副要上绞架的神气。慈悲的运命之神啊，不要放过了他的绞刑啊！让绞死他的绳索作为我们的锚缆，因为我们的锚缆全然抵不住风暴！如果他不是命该绞死的，那么我们就倒楣了！（与众人同下。）

　　　　水手长重上。

水手长　把中桅放下来！赶快！再低些，再低些！把大桅横帆张起来试试看。（内呼声）遭瘟的，喊得这么响！连风暴的声音和我们的号令都被压得听

不见了。——

西巴斯辛、安东尼奥、贡柴罗重上。

水手长　又来了？你们到这儿来干吗？我们大家放了手,一起淹死了好不好？
　　你们想要淹死是不是？

西巴斯辛　愿你喉咙里长起个痘疮来吧,你这大喊大叫、出口伤人、没有心肝
　　的狗东西!

水手长　那么你来干一下,好不好？

安东尼奥　该死的贱狗! 你这下流的、骄横的、喧哗的东西,我们才不像你那
　　样害怕淹死哩!

贡柴罗　我担保他一定不会淹死;虽然这船不比果壳更坚牢,水漏得像一个浪
　　狂的娘儿们一样。

水手长　紧紧靠着风行驶! 扯起两面大帆来! 把船向海洋开出去;避开陆地。

众水手浑身淋湿上。

众水手　完了! 完了! 求求上天吧! 求求上天吧! 什么都完了! (下。)

水手长　怎么,我们非淹死不可吗？

贡柴罗　王上和王子在那里祈祷了。让我们跟他们一起祈祷吧,大家的情形
　　都一样。

西巴斯辛　我真按捺不住我的怒火。

安东尼奥　我们的生命全然被醉汉们在作弄着。——这个大嘴巴的恶徒! 但
　　愿你倘使淹死的话,十次的波涛冲打你的尸体![①]

贡柴罗　他总要被绞死的,即使每一滴水都发誓不同意,而是要气势汹汹地把
　　他一口吞下去。

幕内嘈杂的呼声:——"可怜我们吧!"——"我们遭难了! 我们遭难
了!"——"再会吧,我的妻子! 我的孩儿!"——"再会吧,兄弟!"——"我们
遭难了! 我们遭难了! 我们遭难了!"——

安东尼奥　让我们大家跟王上一起沉没吧! (下。)

西巴斯辛　让我们去和他作别一下。(下。)

贡柴罗　现在我真愿意用千顷的海水来换得一亩荒地;草莽荆棘,什么都好。
　　照上天的旨意行事吧! 但是我倒宁愿死在陆地上。(下。)

_____

①　当时英国海盗被判绞刑后,在海边执行;尸体须经海潮冲打三次后,才许收殓。

759

第二场　岛上。普洛斯彼罗所居洞室之前

普洛斯彼罗及米兰达上。

米兰达　亲爱的父亲,假如你曾经用你的法术使狂暴的海水兴起这场风浪,请
　　　你使它们平息了吧!天空似乎要倒下发臭的沥青来,但海水腾涌到天的
　　　脸上,把火焰浇熄了。唉!我瞧着那些受难的人们,我也和他们同样受
　　　难:这样一只壮丽的船,里面一定载着好些尊贵的人,一下子便撞得粉碎!

啊,那呼号的声音一直打进我的心坎。可怜的人们,他们死了!要是我是一个有权力的神,我一定要叫海沉进地中,不让它把这只好船和它所载着的人们一起这样吞没了。

普洛斯彼罗　安静些,不要惊骇!告诉你那仁慈的心,一点灾祸都不会发生。

米兰达　唉,不幸的日子!

普洛斯彼罗　不要紧的。凡我所做的事,无非是为你打算,我的宝贝!我的女儿!你不知道你是什么人,也不知道我从什么地方来;你也不会想到我是一个比普洛斯彼罗——一所十分寒伧的洞窟的主人,你的微贱的父亲——更出色的人物。

米兰达　我从来不曾想到要知道得更多一些。

普洛斯彼罗　现在是我该更详细地告诉你一些事情的时候了。帮我把我的法衣脱去。好,(放下法衣)躺在那里吧,我的法术!——揩干你的眼睛,安心吧!这场凄惨的沉舟的景象,使你的同情心如此激动,我曾经借着我的法术的力量非常妥善地预先安排好:你听见他们呼号,看见他们沉没,但这船里没有一个人会送命,即使随便什么人的一根头发也不会损失。坐下来;你必须知道得更详细一些。

米兰达　你总是刚要开始告诉我我是什么人,便突然住了口,对于我的徒然的探问的回答,只是一句"且慢,时机还没有到"。

普洛斯彼罗　时机现在已经到了,就在这一分钟它要叫你撑开你的耳朵。乖乖地听着吧。你能不能记得在我们来到这里之前的一个时候?我想你不会记得,因为那时你还不过三岁。

米兰达　我当然记得,父亲。

普洛斯彼罗　你怎么会记得?什么房屋?或是什么人?把留在你脑中的随便什么印象告诉我吧。

米兰达　那是很遥远的事了;它不像是记忆所证明的事实,倒更像是一个梦。不是曾经有四五个妇人服侍过我吗?

普洛斯彼罗　是的,而且还不止此数呢,米兰达。但是这怎么会留在你的脑中呢?你在过去时光的幽暗的深渊里,还看不看得见其余的影子?要是你记得在你未来这里以前的情形,也许你也能记得你怎样会到这里来。

米兰达　但是我不记得了。

普洛斯彼罗　十二年之前,米兰达,十二年之前,你的父亲是米兰的公爵,并且是一个有权有势的国君。

米兰达　父亲,你不是我的父亲吗?

普洛斯彼罗　你的母亲是一位贤德的妇人,她说你是我的女儿;你的父亲是米兰的公爵,他的唯一的嗣息就是你,一位堂堂的郡主。

米兰达　天啊!我们是遭到了什么样的奸谋才离开那里的呢?还是那算是幸运一桩?

普洛斯彼罗　都是,都是,我的孩儿。如你所说的,因为遭到了奸谋,我们才离开了那里,因为幸运,我们才漂流到此。

米兰达　唉!想到我给你的种种劳心焦虑,真使我心里难过得很,只是我记不得了——请再讲下去吧。

普洛斯彼罗　我的弟弟,就是你的叔父,名叫安东尼奥。听好,世上真有这样奸恶的兄弟!除了你之外,他就是我在世上最爱的人了;我把国事都托付他管理。那时候米兰在列邦中称雄,普洛斯彼罗也是最出名的公爵,威名远播,在学问艺术上更是一时无双。我因为专心研究,便把政治放到我弟弟的肩上,对于自己的国事不闻不问,只管沉溺在魔法的研究中。你那坏心肠的叔父——你在不在听我?

米兰达　我在聚精会神地听着,父亲。

普洛斯彼罗　学会了怎样接受或驳斥臣民的诉愿,谁应当拔擢,谁因为升迁太快而应当贬抑;把我手下的人重新封叙,迁调的迁调,改用的改用;大权在握,使国中所有的人心都要听从他的喜恶。他简直成为一株常春藤,掩蔽了我参天的巨干,而吸收去我的精华。——你不在听吗?

米兰达　啊,好父亲!我在听着。

普洛斯彼罗　听好。我这样遗弃了俗务,在幽居生活中修养我的德性;除了生活过于孤寂之外,我这门学问真可说胜过世上所称道的一切事业;谁知这却引起了我那恶弟的毒心。我给与他的无限大的信托,正像善良的父母产出刁顽的儿女来一样,得到的酬报只是他的同样无限大的欺诈。他这样做了一国之主,不但握有我的岁入的财源,更僭用我的权力从事搜括。像一个说谎的人自己相信自己的欺骗一样,他俨然以为自己便是一个不折不扣的公爵。处于代理者的位置上,他用一切的威权铺张着外表上的庄严:他的野心于是逐渐旺盛起来——你在不在听我?

米兰达　你的故事,父亲,能把聋子都治好呢。

普洛斯彼罗　作为代理公爵的他,和他所代理的公爵之间,还横隔着一重屏障;他自然希望撤除这重屏障,使自己成为米兰大权独揽的主人翁。我呢,一个可怜的人,书斋便是我广大的公国,他以为我已没有能力处理政事。因为一心觊觎着大位,他便和那不勒斯王协谋,甘愿每年进贡臣服,把他自己的冠冕俯伏在他人的王冠之前。唉,可怜的米兰! 一个从来不曾向别人低首下心过的邦国,这回却遭到了可耻的卑屈!

米兰达　天哪!

普洛斯彼罗　听我告诉你他所缔结的条款,以及此后发生的事情,然后再告诉我那算不算得是一个好兄弟。

米兰达　我不敢冒渎我的可敬的祖母,然而美德的娘亲有时却会生出不肖的儿子来。

普洛斯彼罗　现在要说到这条约了。这位那不勒斯王因为跟我有根深蒂固的仇恨,答应了我弟弟的要求;那就是说,以称臣纳贡——我也不知要纳多少贡金——作为交换的条件,他当立刻把我和属于我的人撵出国境,而把大好的米兰和一切荣衔权益,全部赏给我的弟弟。因此在命中注定的某夜,不义之师被召集起来,安东尼奥打开了米兰的国门;在寂静的深宵,阴谋的执行者便把我和哭泣着的你赶走。

米兰达　唉,可叹! 我已记不起那时我是怎样哭法,但我现在愿意再哭泣一番。这是一件想起来太叫人伤心的事。

普洛斯彼罗　你再听我讲下去,我便要叫你明白眼前这一回事情;否则这故事便是一点不相干的了。

米兰达　为什么那时他们不杀害我们呢?

普洛斯彼罗　问得不错,孩子;谁听了我的故事都会发生这个疑问。亲爱的,他们没有这胆量,因为我的人民十分爱戴我,而且他们也不敢在这事情上留下太重大的污迹;他们希图用比较清白的颜色掩饰去他们的毒心。一句话,他们把我们押上船,驶出了十几哩以外的海面;在那边他们已经预备好一只腐朽的破船,帆篷、缆索、桅樯——什么都没有,就是老鼠一见也会自然而然地退缩开去。他们把我们推到这破船上,听我们向着周围的怒海呼号,望着迎面的狂风悲叹;那同情的风陪着我们发出叹息,却反而加添了我们的危险。

米兰达　唉,那时你是怎样受我的烦累呢!

普洛斯彼罗　啊,你是个小天使,幸亏有你我才不致绝望而死!上天赋予你一
　　　种坚忍,当我把热泪向大海挥洒、因心头的怨苦而呻吟的时候,你却向我
　　　微笑;为了这我才生出忍耐的力量,准备抵御一切接踵而来的祸患。

米兰达　我们是怎样上岸的呢?

普洛斯彼罗　靠着上天的保佑,我们有一些食物和清水,那是一个那不勒斯的
　　　贵人贡柴罗——那时他被任命为参与这件阴谋的使臣——出于善心而给
　　　我们的;另外还有一些好衣裳、衬衣、毛织品和各种需用的东西,使我们受
　　　惠不少。他又知道我爱好书籍,特意从我的书斋里把那些我看得比一个
　　　公国更宝贵的书给我带了来。

米兰达　我多么希望能见一见这位好人!

普洛斯彼罗　现在我要起来了。(把法衣重新穿上)静静地坐着,听我讲完了
　　　我们海上的惨史。后来我们到达了这个岛上,就在这里,我亲自做你的教
　　　师,使你得到比别的公主小姐们更丰富的知识,因为她们大部分的时间都
　　　花在无聊的事情上,而且她们的师傅也决不会这样认真。

米兰达　真感谢你啊!现在请告诉我,父亲,为什么你要兴起这场风浪?因为
　　　我的心中仍是惊疑不定。

普洛斯彼罗　听我说下去;现在由于奇怪的偶然,慈悲的上天眷宠着我,已经
　　　把我的仇人们引到这岛岸上来了。我借着预知术料知福星正在临近我命
　　　运的顶点,要是现在轻轻放过了这机会,以后我的一生将再没有出头的希

望。别再多问啦,你已经倦得都瞌睡了;很好,放心睡吧!我知道你身不由主。(米兰达睡)出来,仆人,出来!我已经预备好了。来啊,我的爱丽儿,来吧!

爱丽儿上。

爱丽儿　万福,尊贵的主人!威严的主人,万福!我来听候你的旨意。无论在空中飞也好,在水里游也好,向火里钻也好,腾云驾雾也好,凡是你有力的吩咐,爱丽儿愿意用全副的精神奉行。

普洛斯彼罗　精灵,你有没有完全按照我的命令指挥那场风波?

爱丽儿　桩桩件件都没有忘失。我跃登了国王的船上;我变作一团滚滚的火球,一会儿在船头上,一会儿在船腰上,一会儿在甲板上,一会儿在每一间船舱中,我扇起了恐慌。有时我分身在各处烧起火来,中桅上哪,帆桁上哪,斜桅上哪——都同时燃烧起来;然后我再把一团团火焰合拢来,即使是天神的闪电,那可怕的震雷的先驱者,也没有这样迅速而炫人眼目;硫磺的火光和轰炸声似乎在围攻那威风凛凛的海神,使他的怒涛不禁颤抖,使他手里可怕的三叉戟不禁摇晃。

普洛斯彼罗　我的能干的精灵!谁能这样坚定、镇静,在这样的骚乱中不曾惊惶失措呢?

爱丽儿　没有一个人不是发疯似的干着一些不顾死活的勾当。除了水手们之外,所有的人都逃出火光融融的船而跳入泡沫腾涌的海水中。王子腓迪南头发像海草似的乱成一团,第一个跳入水中;他高呼着,"地狱开了门,所有的魔鬼都出来了!"

普洛斯彼罗　啊,那真是我的好精灵!但是这回乱子是不是就在靠近海岸的地方呢?

爱丽儿　就在海岸附近,主人。

普洛斯彼罗　但是他们都没有送命吗,爱丽儿?

爱丽儿　一根头发都没有损失;他们穿在身上的衣服也没有一点斑迹,反而比以前更干净了。照着你的命令,我把他们一队一队地分散在这岛上。国王的儿子我叫他独个儿上岸,把他遗留在岛上一个隐僻的所在,让他悲伤地绞着两臂,坐在那儿望着天空长吁短叹,把空气都吹凉了。

普洛斯彼罗　告诉我你怎样处置国王的船上的水手们和其余的船舶?

爱丽儿　国王的船安全地停泊在一个幽静的所在;你曾经某次在半夜里把我

从那里叫醒前去采集永远为波涛冲打的百慕大群岛上的露珠;船便藏在那个地方。那些水手们在精疲力竭之后,我已经用魔术使他们昏睡过去,现今都躺在舱口底下。其余的船舶我把它们分散之后,已经重又会合,现今在地中海上;他们以为他们看见国王的船已经沉没,国王已经溺死,都失魂落魄地驶回那不勒斯去了。

普洛斯彼罗　爱丽儿,你的差使干得一事不差;但是还有些事情要你做。现在是什么时候了?

爱丽儿　中午已经过去。

普洛斯彼罗　至少已经过去了两个钟头了。从此刻起到六点钟之间的时间,我们两人必须好好利用,不要让它白白地过去。

爱丽儿　还有繁重的工作吗?你既然这样麻烦我,我不得不向你提醒你所允许我而还没有履行的话。

普洛斯彼罗　怎么啦!生起气来了?你要求些什么?

爱丽儿　我的自由。

普洛斯彼罗　在限期未满之前吗?别再说了吧!

爱丽儿　请你想想我曾经为你怎样尽力服务过;我不曾对你撒过一次谎,不曾犯过一次过失,侍候你的时候,不曾发过一句怨言;你曾经答应过我缩短一年的期限的。

普洛斯彼罗　你忘记了我从怎样的苦难里把你救出来吗?

爱丽儿　不曾。

普洛斯彼罗　你一定忘记了,而以为踏着海底的软泥,穿过凛冽的北风,当寒霜冻结的时候在地下水道中为我奔走,便算是了不得的辛苦了。

爱丽儿　我不曾忘记,主人。

普洛斯彼罗　你说谎,你这坏蛋!那个恶女巫西考拉克斯——她因为年老和心肠恶毒,全身伛偻得都像一个环了——你已经把她忘了吗?你把她忘了吗?

爱丽儿　不曾,主人。

普洛斯彼罗　你一定已经忘了。她是在什么地方出世的?对我说来。

爱丽儿　在阿尔及尔,主人。

普洛斯彼罗　噢!是在阿尔及尔吗?我必须每个月向你复述一次你的来历,因为你一下子便要忘记。这个万恶的女巫西考拉克斯,因为作恶多端,她的妖法没人听见了不害怕,所以被逐出阿尔及尔;他们因为她曾经行过某件好事,因此不曾杀死她。是不是?

爱丽儿　是的,主人。

普洛斯彼罗　这个眼圈发青的妖妇被押到这儿来的时候,正怀着孕;水手们把她丢弃在这座岛上。你,我的奴隶,据你自己说那时是她的仆人,因为你是个太柔善的精灵,不能奉行她的粗暴的、邪恶的命令,因此违拗了她的意志,她在一阵暴怒中借着她的强有力的妖役的帮助,把你幽禁在一株坼裂的松树中。在那松树的裂缝里你挨过了十二年痛苦的岁月;后来她死了,你便一直留在那儿,像水车轮拍水那样急速地、不断地发出你的呻吟来。那时这岛上除了她所生产下来的那个儿子,一个浑身斑痣的妖妇贱种之外,就没有一个人类。

爱丽儿　不错,那是她的儿子凯列班。

普洛斯彼罗　那个凯列班是一个蠢物,现在被我收留着做苦役。你当然知道得十分清楚,那时我发现你处在怎样的苦难中,你的呻吟使得豺狼长嗥,哀鸣刺透了怒熊的心胸。那是一种沦于永劫的苦恼,就是西考拉克斯也没有法子把你解脱;后来我到了这岛上,听见了你的呼号,才用我的法术使那株松树张开裂口,把你放了出来。

爱丽儿　我感谢你,主人。

普洛斯彼罗　假如你再要叽里咕噜的话,我要劈开一株橡树,把你钉住在它多节的内心,让你再呻吟十二个冬天。

爱丽儿　饶恕我,主人,我愿意听从命令,好好地执行你的差使。

普洛斯彼罗　好吧,你倘然好好办事,两天之后我就释放你。

爱丽儿　那真是我的好主人!你要吩咐我做什么事?告诉我你要我做什么事。

普洛斯彼罗　去把你自己变成一个海中的仙女,除了我之外不要让别人的眼睛看见你。去,装扮好了再来。去吧,用心一点!(爱丽儿下)醒来,心肝,醒来!你睡得这么熟;醒来吧!

米兰达　(醒)你的奇异的故事使我昏沉睡去。

普洛斯彼罗　清醒一下。来,我们要去访问访问我的奴隶凯列班,他是从来不曾有过一句好话回答我们的。

米兰达　　那是一个恶人,父亲,我不高兴看见他。

普洛斯彼罗　　虽然这样说,我们也缺不了他:他给我们生火,给我们捡柴,也为我们做有用的工作。——喂,奴才!凯列班!你这泥块!哑了吗?

凯列班　　(在内)里面木头已经尽够了。

普洛斯彼罗　　跑出来,对你说;还有事情要你做呢。出来,你这乌龟!还不来吗?

　　　　爱丽儿重上,做水中仙女的形状。

普洛斯彼罗　　出色的精灵!我的伶俐的爱丽儿,过来我对你讲话。(耳语。)

爱丽儿　　主人,一切依照你的吩咐。(下。)

普洛斯彼罗　　你这恶毒的奴才,魔鬼和你那万恶的老娘合生下来的,给我滚出来吧!

　　　　凯列班上。

凯列班　　但愿我那老娘用乌鸦毛从不洁的沼泽上刮下来的毒露一齐倒在你们两人身上!但愿一阵西南的恶风把你们吹得浑身都起水疱!

普洛斯彼罗　　记住吧,为着你的出言不逊,今夜要叫你抽筋,叫你的腰像有针在刺,使你喘得透不过气来;所有的刺猬们将在漫漫的长夜里折磨你,你将要被刺得遍身像蜜蜂窠一般,每刺一下都要比蜂刺难受得多。

凯列班　　我必须吃饭。这岛是我老娘西考拉克斯传给我而被你夺了去的。你

刚来的时候,抚拍我,待我好,给我有浆果的水喝,教给我白天亮着的大的光叫什么名字,晚上亮着的小的光叫什么名字:因此我以为你是个好人,把这岛上一切的富源都指点给你知道,什么地方是清泉,盐井,什么地方是荒地和肥田。我真该死让你知道这一切!但愿西考拉克斯一切的符咒、癞蛤蟆、甲虫、蝙蝠,都咒在你身上!本来我可以自称为王,现在却要做你的唯一的奴仆;你把我禁锢在这堆岩石的中间,而把整个岛给你自己受用。

普洛斯彼罗　满嘴扯谎的贱奴!好心肠不能使你感恩,只有鞭打才能教训你!虽然你这样下流,我也曾用心好好对待你,让你住在我自己的洞里,谁叫你胆敢想要破坏我孩子的贞操!

凯列班　啊哈哈哈!要是那时上了手才真好!你倘然不曾妨碍我的事,我早已使这岛上住满大大小小的凯列班了。

普洛斯彼罗　可恶的贱奴,不学一点好,坏的事情样样都来得!我因为看你的样子可怜,才辛辛苦苦地教你讲话,每时每刻教导你这样那样。那时你这野鬼连自己说的什么也不懂,只会像一只野东西一样咕噜咕噜;我教你怎样用说话来表达你的意思,但是像你这种下流胚,即使受了教化,天性中的顽劣仍是改不过来,因此你才活该被禁锢在这堆岩石的中间;其实单单把你囚禁起来也还是宽待了你。

凯列班　你教我讲话,我从这上面得到的益处只是知道怎样骂人;但愿血瘟病瘟死了你,因为你要教我说你的那种话!

普洛斯彼罗　妖妇的贱种,滚开去!去把柴搬进来。懂事的话,赶快些,因为还有别的事要你做。你在耸肩吗,恶鬼?要是你不好好做我吩咐你做的事,或是心中不情愿,我要叫你浑身抽搐;叫你每个骨节里都痛起来;叫你在地上打滚咆哮,连野兽听见你的呼号都会吓得发抖。

凯列班　啊不要,我求求你!(旁白)我不得不服从,因为他的法术有很大的力量,就是我老娘所礼拜的神明塞提柏斯也得听他指挥,做他的仆人。

普洛斯彼罗　贱奴,去吧!(凯列班下。)

　　　　　爱丽儿隐形重上,弹琴唱歌;腓迪南随后。

爱丽儿　(唱)

　　　　　来吧,来到黄沙的海滨,

　　　　　　把手儿牵得牢牢,

深深地展拜细吻轻轻，

　叫海水莫起波涛——

柔舞翩翩在水面飘扬；

可爱的精灵，伴我歌唱。

　听！听！（和声）

汪！汪！汪！（散乱地）

　看门狗儿的猖狂，（和声）

汪！汪！汪！（散乱地）

　听！听！我听见雄鸡

　昂起了颈儿长啼，（啼声）

喔喔喔！

腓迪南　这音乐是从什么地方来的呢？在天上，还是在地上？现在已经静止
　　　了。一定的，它是为这岛上的神灵而弹唱的。当我正坐在海滨，思念我的
　　　父王的惨死而重又痛哭起来的时候，这音乐便从水面掠了过来，飘到我的
　　　身旁，它的甜柔的乐曲平静了海水的怒涛，也安定了我激荡的感情；因此
　　　我跟随着它，或者不如说是它吸引了我，——但它现在已经静止了。啊，

又唱起来了。

爱丽儿　（唱）

五哱的水深处躺着你的父亲，

他的骨骼已化成珊瑚；

他眼睛是耀眼的明珠；

他消失的全身没有一处不曾

受到海水神奇的变幻，

化成瑰宝，富丽的珍怪。

海的女神时时摇起他的丧钟，（和声）

叮！咚！

听！我现在听到了叮咚的丧钟。

腓迪南　这支歌在纪念我的溺毙的父亲。这一定不是凡间的音乐，也不是地上来的声音。我现在听出来它是在我的头上。

普洛斯彼罗　抬起你的被睫毛深掩的眼睛来，看一看那边有什么东西。

米兰达　那是什么？一个精灵吗？啊上帝，它是怎样向着四周瞧望啊！相信我的话，父亲，它生得这样美！但那一定是一个精灵。

普洛斯彼罗　不是，女儿，他会吃也会睡，和我们一样有各种知觉。你所看见的这个年轻汉子就是遭到船难的一人；要不是因为忧伤损害了他的美貌——美貌最怕忧伤来损害——你确实可以称他为一个美男子。他因为失去了他的同伴，正在四处徘徊着寻找他们呢。

米兰达　我简直要说他是个神；因为我从来不曾见过宇宙中有这样出色的人物。

普洛斯彼罗　（旁白）哈！有几分意思了；这正是我中心所愿望的。好精灵！为了你这次功劳，我要在两天之内恢复你的自由。

腓迪南　再不用疑惑，这一定是这些乐曲所奏奉的女神了！——请你俯允我的祈求，告诉我你是否属于这个岛上；指点我怎样在这里安身；我的最后的最大的一个请求是你——神奇啊！请你告诉我你是不是一位处女？

米兰达　并没什么神奇，先生；不过我确实是一个处女。

腓迪南　天啊！她说着和我同样的言语！唉！要是我在我的本国，在说这种言语的人们中间，我要算是最尊贵的人。

普洛斯彼罗　什么！最尊贵的？假如给那不勒斯的国王听见了，他将怎么说

呢？请问你将成为何等样的人？

腓迪南　我是一个孤独的人，如同你现在所看见的，但听你说起那不勒斯，我感到惊异。我的话，那不勒斯的国王已经听见了；就因为给他听见了，[①]我才要哭；因为我正是那不勒斯的国王，亲眼看见我的父亲随船覆溺；我的眼泪到现在还不曾干过。

米兰达　唉，可怜！

腓迪南　是的，溺死的还有他的一切大臣，其中有两人是米兰的公爵和他的卓越的儿子。

普洛斯彼罗　（旁白）假如现在是适当的时机，米兰的公爵和他的更卓越的女儿就可以把你驳倒了。才第一次见面他们便已在眉目传情了。可爱的爱丽儿！为着这我要使你自由。（向腓迪南）且慢，老兄，我觉得你有些转错了念头！我有话跟你说。

---

① "那不勒斯的国王已经听见了"、"给他听见了"都是腓迪南指自己而言，意即我听见了自己的话。腓迪南以为父亲已死，故以"那不勒斯的国王"自称。

米兰达　（旁白）为什么我的父亲说得这样暴戾？这是我一生中所见到的第三个人；而且是第一个我为他叹息的人。但愿怜悯激动我父亲的心，使他也和我抱同样的感觉才好！

腓迪南　（旁白）啊！假如你是个还没有爱上别人的闺女，我愿意立你做那不勒斯的王后。

普洛斯彼罗　且慢，老兄，有话跟你讲。（旁白）他们已经彼此情丝互缚了；但是这样顺利的事儿我需要给他们一点障碍，因为恐怕太不费力的获得会使人看不起他的追求的对象。（向腓迪南）一句话，我命令你用心听好。你在这里僭窃着不属于你的名号，到这岛上来做密探，想要从我——这海岛的主人——手里盗取海岛，是不是？

腓迪南　凭着堂堂男子的名义，我否认。

米兰达　这样一座殿堂里是不会容留邪恶的；要是邪恶的精神占有这么美好的一所宅屋，善良的美德也必定会努力住进去的。

普洛斯彼罗　（向腓迪南）跟我来。（向米兰达）不许帮他说话；他是个奸细。（向腓迪南）来，我要把你的头颈和脚枷锁在一起；给你喝海水，把淡水河中的贝蛤、干枯的树根和橡果的皮壳给你做食物。跟我来。

腓迪南　不，我要抗拒这样的待遇，除非我的敌人有更大的威力。（拔剑，但为魔法所制不能动。）

米兰达　亲爱的父亲啊！不要太折磨他，因为他很和蔼，并不可怕。

普洛斯彼罗　什么！小孩子倒管教起老人家来了不成？——放下你的剑，奸细！你只会装腔作势，但是不敢动手，因为你的良心中充满了罪恶。来，不要再装出那副斗剑的架式了，因为我能用这根杖的力量叫你的武器落地。

米兰达　我请求你，父亲！

普洛斯彼罗　走开，不要拉住我的衣服！

米兰达　父亲，发发慈悲吧！我愿意做他的保人。

普洛斯彼罗　不许说话！再多嘴，我不恨你也要骂你了。什么！帮一个骗子说话吗？嘘！你以为世上没有和他一样的人，因为你除了他和凯列班之外不曾见过别的人；傻丫头！和大部分人比较起来，他不过是个凯列班，他们都是天使哩！

米兰达　真是这样的话，我的爱情的愿望是极其卑微的；我并不想看见一个更美好的人。

普洛斯彼罗　（向腓迪南）来,来,服从吧;你已经软弱得完全像一个小孩子一样,一点力气都没有了。

腓迪南　正是这样;我的精神好像在梦里似的,全然被束缚住了。我的父亲的死亡、我自己所感觉到的软弱无力、我的一切朋友们的丧失,以及这个将我屈服的人对我的恫吓,对于我全然不算什么,只要我能在我的囚牢中每天一次看见这位女郎。这地球的每个角落让自由的人们去受用吧,我在这样一个牢狱中已经觉得很宽广的了。

普洛斯彼罗　（旁白）事情进行得很顺利。（向腓迪南）走来!——你干得很好,好爱丽儿!（向腓迪南）跟我来!（向爱丽儿）听我吩咐你此外应该做的工作。

米兰达　宽心吧,先生! 我父亲的性格不像他的说话那样坏;他向来不是这样的。

普洛斯彼罗　你将像山上的风一样自由;但你必须先执行我所吩咐你的一切。

爱丽儿　一个字都不会弄错。

普洛斯彼罗　（向腓迪南）来,跟着我。（向米兰达）不要为他说情。（同下。）

第 二 幕

第一场　岛上的另一处

阿隆佐、西巴斯辛、安东尼奥、贡柴罗、阿德里安、弗兰西斯科及余人等上。

贡柴罗　大王,请不要悲伤了吧！您跟我们大家都有应该高兴的理由;因为把我们的脱险和我们的损失较量起来,我们是十分幸运的。我们所逢的不幸是极平常的事,每天都有一些航海者的妻子、商船的主人和托运货物的商人,遭到和我们同样的逆运;但是像我们这次安然无恙的奇迹,却是一

百万个人中间也难得有一个人碰到过的。所以,陛下,请您平心静气地把我们的一悲一喜称量一下吧。

阿隆佐　请你不要讲话。

西巴斯辛　他厌弃安慰好像厌弃一碗冷粥一样。

安东尼奥　可是那位善心的人却不肯就此甘休。

西巴斯辛　瞧吧,他在旋转着他那嘴巴子里的发条;不久他那口钟又要敲起来啦。

贡柴罗　大王——

西巴斯辛　钟鸣一下:数好。

贡柴罗　人如果把每一种临到他身上的忧愁都容纳进他的心里,那他可就大大地——

西巴斯辛　大大地有赏。

贡柴罗　大大地把身子伤了;可不,你讲的比你想的更有道理些。

西巴斯辛　想不到你一接口,我的话也就聪明起来了。

贡柴罗　所以,大王——

安东尼奥　咄! 他多么浪费他的唇舌!

阿隆佐　请你把你的言语节省点儿吧。

贡柴罗　好,我已经说完了;不过——

西巴斯辛　他还要讲下去。

安东尼奥　我们来打赌一下,他跟阿德里安两个人,这回谁先开口?

西巴斯辛　那只老公鸡。

安东尼奥　我说是那只小鸡儿。

西巴斯辛　好,赌些什么?

安东尼奥　输者大笑三声。

西巴斯辛　算数。

阿德里安　虽然这岛上似乎很荒凉——

西巴斯辛　哈! 哈! 哈! 你赢了。

阿德里安　不能居住,而且差不多无路可通——

西巴斯辛　然而——

阿德里安　然而——

安东尼奥　这两个字是他缺少不了的得意之笔。

阿德里安　然而气候一定是很美好、很温和、很可爱的。

安东尼奥　气候是一个可爱的姑娘。

西巴斯辛　而且很温和哩；照他那样文质彬彬的说法。

阿德里安　吹气如兰的香风飘拂到我们的脸上。

西巴斯辛　仿佛风也有呼吸器官，而且还是腐烂的呼吸器官。

安东尼奥　或者说仿佛沼泽地会散发出香气，熏得风都变香了。

贡柴罗　这里具有一切对人生有益的条件。

安东尼奥　不错，除了生活的必需品之外。

西巴斯辛　那简直是没有，或者非常之少。

贡柴罗　草儿望上去多么茂盛而蓬勃！多么青葱！

安东尼奥　地面实在只是一片黄土色。

西巴斯辛　加上一点点的绿。

安东尼奥　他的话说得不算十分错。

西巴斯辛　错是不算十分错，只不过完全不对而已。

贡柴罗　但最奇怪的是，那简直叫人不敢相信——

西巴斯辛　无论是谁夸张起来总是这么说。

贡柴罗　我们的衣服在水里浸过之后，却是照旧干净而有光彩；不但不因咸水
　　　而褪色，反而像是新染过的一样。

安东尼奥　假如他有一只衣袋会说话，它会不会说他撒谎呢？

西巴斯辛　嗯，但也许会很不老实地把他的谣言包得好好的。

贡柴罗　克拉莉贝尔公主跟突尼斯王大婚的时候，我们在非洲第一次穿上这
　　　身衣服；我觉得它们现在正就和那时一样新。

西巴斯辛　那真是一桩美满的婚姻，我们的归航也顺利得很呢。

阿德里安　突尼斯从来没有娶过这样一位绝世的王后。

贡柴罗　自从狄多寡妇①之后，他们的确不曾有过这样一位王后。

安东尼奥　寡妇！该死！怎样搀进一个寡妇来了呢？狄多寡妇，嘿！

西巴斯辛　也许他还要说出鳏夫埃涅阿斯来了呢。大王，您能够容忍他这样
　　　胡说八道吗？

阿德里安　你说狄多寡妇吗？照我考查起来，她是迦太基的，不是突尼斯的。

---

① 狄多(Dido)，古代迦太基女王，热恋特洛亚英雄埃涅阿斯，后埃涅阿斯乘船逃走，狄多自焚而死。

贡柴罗　这个突尼斯,足下,就是迦太基。

阿德里安　迦太基?

贡柴罗　确实告诉你,它便是迦太基。

安东尼奥　他的说话简直比神话中所说的竖琴①还神奇。

西巴斯辛　居然把城墙跟房子一起搬了地方啦。

安东尼奥　他还要行些什么不可能的奇迹呢?

西巴斯辛　我想他也许要想把这个岛装在口袋里,带回家去赏给他的儿子,就像赏给他一只苹果一样。

安东尼奥　再把这苹果核种在海里,于是又有许多岛长起来啦。

贡柴罗　呃?

安东尼奥　呃,不消多少时候。

贡柴罗　(向阿隆佐)大人,我们刚才说的是我们现在穿着的衣服新得跟我们在突尼斯参加公主的婚礼时一样;公主现在已经是一位王后了。

安东尼奥　而且是那里从来不曾有过的第一位出色的王后。

西巴斯辛　除了狄多寡妇之外,我得请你记住。

安东尼奥　啊!狄多寡妇;对了,还有狄多寡妇。

贡柴罗　我的紧身衣,大人,不是跟第一天穿上去的时候一样新吗? 我的意思是说有几分差不多新。

安东尼奥　那"几分"你补充得很周到。

贡柴罗　不是吗,当我在公主大婚时穿着它的时候?

阿隆佐　你唠唠叨叨地把这种话塞进我的耳朵里,把我的胃口都倒尽了。我真希望我不曾把女儿嫁到那里! 因为从那边动身回来,我的儿子便失去了;在我的感觉中,她也同样已经失去,因为她离意大利这么远,我将永远不能再见她一面。唉,我的儿子,那不勒斯和米兰的储君! 你葬身在哪一头鱼腹中呢?

弗兰西斯科　大王,他也许还活着。我看见他击着波浪,将身体耸出在水面上,不顾浪涛怎样和他作对,他凌波而前,尽力抵御着迎面而来的最大的巨浪;他的勇敢的头总是探出在怒潮的上面,而把他那壮健的臂膊以有力的姿势将自己划近岸边;海岸的岸脚已被浪潮侵蚀空了,那倒挂的岩顶似

①　希腊神话中安菲翁(Amphion)弹琴而筑成忒拜城。

乎在俯向着他,要把他援救起来。我确信他是平安地到了岸上。

阿隆佐　　不,不,他已经死了。

西巴斯辛　　大王,您给自己带来这一重大的损失,倒是应该感谢您自己,因为您不把您的女儿留着赐福给欧洲人,却宁愿把她捐弃给一个非洲人;至少她从此远离了您的眼前,难怪您要伤心掉泪了。

阿隆佐　　请你别再说了吧。

西巴斯辛　　我们大家都曾经跪求着您改变您的意志;她自己也处于怨恨和服从之间,犹豫不决应当迁就哪一个方面。现在我们已经失去了您的儿子,恐怕再没有看见他的希望了;为着这一回举动,米兰和那不勒斯又加添了许多寡妇,我们带回家乡去安慰她们的男人却没有几个:一切过失全在您的身上。

阿隆佐　　这确是最严重的损失。

贡柴罗　　西巴斯辛大人,您说的自然是真话,但是太苛酷了点儿,而且现在也不该说这种话;应当敷膏药的时候,你却去触动痛处。

西巴斯辛　　说得很好。

安东尼奥　　而且真像一位大夫的样子。

贡柴罗　　当您为愁云笼罩的时候,大王,我们也都一样处于阴沉的天气中。

西巴斯辛　　阴沉的天气?

安东尼奥　　阴沉得很。

贡柴罗　　如果这一个岛归我所有,大王——

安东尼奥　　他一定要把它种满了荨麻。

西巴斯辛　　或是酸模草,锦葵。

贡柴罗　　而且我要是这岛上的王的话,请猜我将做些什么事。

西巴斯辛　　使你自己不致喝醉,因为无酒可饮。

贡柴罗　　在这共和国中我要实行一切与众不同的设施;我要禁止一切的贸易;没有地方官的设立;没有文学;富有、贫穷和雇佣都要废止;契约、承袭、疆界、区域、耕种、葡萄园都没有;金属、谷物、酒、油都没有用处;废除职业,所有的人都不做事;妇女也是这样,但她们是天真而纯洁;没有君主——

西巴斯辛　　但是他说他是这岛上的王。

安东尼奥　　他的共和国的后面的部分把开头的部分忘了。

贡柴罗　　大自然中一切的产物都须不用血汗劳力而获得;叛逆、重罪、剑、戟、

刀、枪、炮以及一切武器的使用,一律杜绝;但是大自然会自己产生出一切
丰饶的东西,养育我那些纯朴的人民。

西巴斯辛　他的人民中间没有结婚这一件事吗?

安东尼奥　没有的,老兄;大家闲荡着,尽是些娼妓和无赖。

贡柴罗　我要照着这样的理想统治,足以媲美往古的黄金时代。

西巴斯辛　上帝保佑吾王!

安东尼奥　贡柴罗万岁!

贡柴罗　而且——您在不在听我,大王?

阿隆佐　算了,请你别再说下去了吧!你对我尽说些没意思的话。

贡柴罗　我很相信陛下的话。我的本意原是要让这两位贵人把我取笑取笑,
他们的天性是这样敏感而伶俐,常常会无缘无故发笑。

安东尼奥　我们笑的是你。

贡柴罗　在这种取笑讥讽的事情上,我在你们的眼中简直不算什么名堂,那么
你们只管笑个没有名堂吧。

安东尼奥　好一句厉害的话!

西巴斯辛　可惜不中要害。

贡柴罗　你们是血气奋发的贵人们,假使月亮连续五个星期不生变化,你们也
会把她撵走。

　　　　　爱丽儿隐形上,奏庄严的音乐。

西巴斯辛　对啦,我们一定会把她撵走,然后在黑夜里捉鸟去。

安东尼奥　呦,好大人,别生气哪!

贡柴罗　放心吧,我不会的;我不会这样不知自检。我觉得疲倦得很,你们肯
不肯把我笑得睡去?

安东尼奥　好,你睡吧,听我们笑你。(除阿隆佐、西巴斯辛、安东尼奥外余皆
睡去。)

阿隆佐　怎么!大家一会儿都睡熟了!我希望我的眼睛安安静静地合拢,把
我的思潮关闭起来。我觉得它们确实要合拢了。

西巴斯辛　大王,请您不要拒绝睡神的好意。他不大会降临到忧愁者的身上;
但倘使来了的时候,那是一个安慰。

安东尼奥　我们两个人,大王,会在您休息的时候护卫着您,留意着您的安全。

阿隆佐　谢谢你们。倦得很。(阿隆佐睡;爱丽儿下。)

西巴斯辛　真奇怪,大家都这样倦!

安东尼奥　那是因为气候的关系。

西巴斯辛　那么为什么我们的眼皮不垂下来呢?我觉得我自己一点不想睡。

安东尼奥　我也不想睡;我的精神很兴奋。他们一个一个倒下来,好像预先约定好似的,又像受了电击一般。可尊敬的西巴斯辛,什么事情也许会……啊!什么事情也许会……算了,不说了;但是我总觉得我能从你的脸上看出你应当成为何等样的人。时机全然于你有利;我在强烈的想象里似乎看见一顶王冠降到你的头上了。

西巴斯辛　什么!你是醒着还是睡着?

安东尼奥　你听不见我说话吗?

西巴斯辛　我听见的;但那一定是你睡梦中说出来的呓语。你在说些什么?这是一种奇怪的睡状,一面睡着,一面却睁大了眼睛;站立着,讲着话,行动着,然而却睡得这样熟。

安东尼奥　尊贵的西巴斯辛,你徒然让你的幸运睡去,竟或是让它死去;你虽然醒着,却闭上了眼睛。

西巴斯辛　你清清楚楚在打鼾;你的鼾声里却蕴藏着意义。

安东尼奥　我在一本正经地说话,你不要以为我跟平常一样。你要是愿意听我的话,也必须一本正经;听了我的话之后,我的尊荣将要增加三倍。

西巴斯辛　嗷,你知道我是心如止水。

安东尼奥　我可以教你怎样让止水激涨起来。

西巴斯辛　你试试看吧;但习惯的惰性只会教我退落下去。

安东尼奥　啊,但愿你知道你心中也在转这念头,虽然你表面上这样拿这件事取笑!越是排斥这思想,这思想越是牢固在你的心里。向后退的人,为了他们自己的胆小和因循,总是出不出头来。

西巴斯辛　请你说下去吧;瞧你的眼睛和面颊的神气,好像心中藏着什么话,而且像是产妇难产似的,很吃力地要把它说出来。

安东尼奥　我要说的是,大人:我们那位记性不好的大爷——这个人要是去世之后,别人也会把他淡然忘却的——他虽然已经把王上劝说得几乎使他相信他的儿子还活着——因为这个人唯一的本领就是向人家唠叨劝说,——但王子不曾死这一回事是绝对不可能的,正像在这里睡着的人不会游泳一样。

西巴斯辛　我对于他不曾溺死这一句话是不抱一点希望的。

安东尼奥　哎,不要说什么不抱希望啦,你自己的希望大着呢! 从那方面说是没有希望,反过来说却正是最大不过的希望,野心所能企及而无可再进的极点。你同意不同意我说:腓迪南已经溺死了?

西巴斯辛　他一定已经送命了。

安东尼奥　那么告诉我,除了他,应该轮到谁承继那不勒斯的王位?

西巴斯辛　克拉莉贝尔。

安东尼奥　她是突尼斯的王后;她住的地区那么遥远,一个人赶一辈子路,可还差五六十里才到得了她的家;她和那不勒斯没有通信的可能;月亮里的使者是太慢了,除非叫太阳给她捎信,那么直到新生婴孩柔滑的脸上长满胡须的时候也许可以送到。我们从她的地方出发而遭到了海浪的吞噬,一部分人幸得生命,这是命中注定的,因为他们将有所作为,以往的一切都只是个开场的引子,以后的正文该由我们来干一番。

西巴斯辛　这是什么话! 你怎么说的? 不错,我的哥哥的女儿是突尼斯的王后,她也是那不勒斯的嗣君;两地之间相隔着好多路程。

安东尼奥　这路程是这么长,每一步的距离都似乎在喊着,"克拉莉贝尔怎么还能回头走,回到那不勒斯去呢? 不要离开突尼斯,让西巴斯辛快清醒过来吧!"瞧,他们睡得像死去一般;真的,就是死了也不过如此。这儿有一个人治理起那不勒斯来,也绝不亚于睡着的这一个;也总不会缺少像这位贡柴罗一样善于唠叨说空话的大臣——就是乌鸦我也能教它讲得比他有意思一点哩! 啊,要是你也跟我一样想法就好了! 这样的昏睡对于你的高升真是一个多么好的机会! 你懂不懂我的意思?

西巴斯辛　我想我懂得。

安东尼奥　那么你对于你自己的好运气有什么意见呢?

西巴斯辛　我记得你曾经篡夺过你哥哥普洛斯彼罗的位置。

安东尼奥　是的;你瞧我穿着这身衣服多么称身;比从前神气得多了! 本来我的哥哥的仆人和我处在同等的地位,现在他们都在我的手下了。

西巴斯辛　但是你的良心上——

安东尼奥　哎,大人,良心在什么地方呢? 假如它像一块冻疮,那么也许会害我穿不上鞋子;但是我并不觉得在我的胸头有这么一位神明。即使有二十颗冻结起来的良心梗在我和米兰之间,那么不等它们作梗起来,也早就溶化了。这儿躺着你的兄长,跟泥土也不差多少——假如他真像他现在这个样子,看上去就像死了一般;我用这柄称心如意的剑,只要轻轻刺进三吋那么深,就可以叫他永远安静。同时你照着我的样子,也可以叫这个老头子,这位老成持重的老臣,从此长眠不醒,再也不会来呶呶指责我们。至于其余的人,只要用好处引诱他们,就会像猫儿舐牛奶似的流连不去;假如我们说是黄昏,他们也不敢说是早晨。

西巴斯辛　好朋友,我将把你的情形作为我的榜样;如同你得到米兰一样,我也要得到我的那不勒斯。举起你的剑来吧;只要这么一下,便可以免却你以后的纳贡;我做了国王之后,一定十分眷宠你。

安东尼奥　我们一起举剑吧;当我举起手来的时候,你也照样把你的剑对准贡柴罗的胸口。

西巴斯辛　啊!且慢。(二人往一旁密议。)

　　　　　音乐;爱丽儿隐形复上。

爱丽儿　我的主人凭他的法术,预知你,他的朋友,所陷入的危险,因此差我来保全你的性命,因为否则他的计划就要失败。(在贡柴罗耳边唱)

　　　　当你酣然熟睡的时候,

　　　　眼睛睁得大大的"阴谋",

　　　　　正在施展着毒手。

　　　　假如你重视你的生命,

　　　　不要再睡了,你得留神;

　　　　　快快醒醒吧,醒醒!

安东尼奥　那么让我们赶快下手吧。

贡柴罗　天使保佑王上啊!(众醒。)

阿隆佐　什么?怎么啦?喂,醒来!你们为什么拔剑?为什么脸无人色?

贡柴罗　什么事?

西巴斯辛　我们正站在这儿守护您的安息,就在这时候忽然听见了一阵大声的狂吼,好像公牛,不,狮子一样。你们不是也被那声音惊醒的吗?我听了害怕极了。

阿隆佐　我什么都没听见。

安东尼奥　啊!那是一种怪兽听了也会害怕的咆哮,大地都给它震动起来。那一定是一大群狮子的吼声。

阿隆佐　你听见这声音吗,贡柴罗?

贡柴罗　凭着我的名誉起誓,大王,我只听见一种很奇怪的蜜蜂似的声音,它使我惊醒转来。我摇着您的身体,喊醒了您。我一睁开眼睛,便看见他们的剑拔出鞘外。有一个声音,那是真的。最好我们留心提防着,否则赶快离开这地方。让我们把武器预备好。

阿隆佐　带领我们离开这块地面,让我们再去找寻一下我那可怜的孩子。

贡柴罗　上天保佑他不要给这些野兽害了!我相信他一定在这岛上。

阿隆佐　领路走吧。(率众人下。)

爱丽儿　我要把我的工作回去报告我的主人;

　　　国王呀,安心着前去把你的孩子找寻。(下。)

第二场　岛上的另一处

　　　凯列班荷柴上,雷声。

凯列班　愿太阳从一切沼泽、平原上吸起来的瘴气都降在普洛斯彼罗身上,让他的全身没有一处不生恶病!他的精灵会听见我的话,但我非把他咒一下不可。他们要是没有他的吩咐,决不会拧我,显出各种怪相吓我,把我推到烂泥里,或是在黑暗中化作一团磷火诱我迷路;但是只要我有点儿什么,他们便想出种种的恶作剧来摆布我:有时变成猴子,向我咧着牙齿扮鬼脸,然后再咬我;一下子又变成刺猬,在路上滚作一团,我的赤脚一踏上去,便把针刺竖了起来;有时我的周身围绕着几条毒蛇,吐出分叉的舌头来,那嘶嘶的声音吓得我发狂。

　　　特林鸠罗上。

凯列班　瞧!瞧!又有一个他的精灵来了!因为我柴捡得慢,要来给我吃苦头。让我把身体横躺下来;也许他会不注意到我。

特林鸠罗　这儿没有丛林也没有灌木,可以抵御任何风雨。又有一阵大雷雨要来啦,我听见风在呼啸,那边那堆大的乌云像是一只臭皮袋就要把袋里的酒倒下来的样子。要是这回再像不久以前那么响着大雷,我不晓得我该把我的头藏到什么地方去好;那块云准要整桶整桶地倒下水来。咦!这是什么东西?是一个人还是一条鱼?死的还是活的?一定是一条鱼;他的气味像一条鱼,有些隔宿发霉的鱼腥气,不是新腌的鱼。奇怪的鱼!

我从前曾经到过英国；要是我现在还在英国，只要把这条鱼画出来，挂在帐篷外面，包管那边无论哪一个节日里没事做的傻瓜都会掏出整块的银洋来瞧一瞧：在那边很可以靠这条鱼发一笔财；随便什么稀奇古怪的畜生在那边都可以让你发一笔财。他们不愿意丢一个铜子给跛脚的叫化，却愿意拿出一角钱来看一个死了的印第安红种人。嘿，他像人一样生着腿呢！他的翼鳍多么像是一对臂膀！他的身体还是暖的！我说我弄错了，我放弃原来的意见了，这不是鱼，是一个岛上的土人，刚才被天雷轰得那样子。（雷声）唉！雷雨又来了；我只得躲到他的衫子底下去，再没有别的躲避的地方了：一个人倒起运来，就要跟妖怪一起睡觉。让我躲在这儿，直到云消雨散。

　　斯丹法诺唱歌上，手持酒瓶。

斯丹法诺　（唱）

> 我将不再到海上去,到海上去,
>
> 我要老死在岸上。——

这是一支送葬时唱的难听的曲子。好,这儿是我的安慰。

（饮酒;唱）

> 船长,船老大,咱小子和打扫甲板的,
>
> 还有炮手和他的助理,
>
> 爱上了毛儿、梅哥、玛利痕和玛葛丽,
>
> 但凯德可没有人欢喜;
>
> 因为她有一副绝顶响喉咙,
>
> 见了水手就要嚷,"送你的终!"
>
> 焦油和沥青的气味熏得她满心烦躁,
>
> 可是裁缝把她浑身搔痒就呵呵乱笑:
>
> 海上去吧,弟兄们,让她自个儿去上吊!

这也是一支难听的曲子;但这儿是我的安慰。（饮酒。）

凯列班　不要折磨我,喔!

斯丹法诺　什么事? 这儿有鬼吗? 叫野人和印第安人来跟我们捣乱吗? 哈! 海水都淹不死我,我还怕四只脚的东西不成? 古话说得好,一个人神气得竟然用四条腿走路,就决不能叫人望而生畏:只要斯丹法诺鼻孔里还透着气,这句话还是照样要说下去。

凯列班　精灵在折磨我了,喔!

斯丹法诺　这是这儿岛上生四条腿的什么怪物,照我看起来像在发疟疾。见鬼,他跟谁学会了我们的话? 为了这,我也得给他医治一下子;要是我医好了他,把他驯伏了,带回到那不勒斯去,可不是一桩可以送给随便哪一个脚踏牛皮的皇帝老官儿的绝妙礼物!

凯列班　不要折磨我,求求你! 我愿意赶紧把柴背回家去。

斯丹法诺　他现在寒热发作,语无伦次,他可以尝一尝我瓶里的酒;要是他从来不曾沾过一滴酒,那很可以把他完全医好。我倘然医好了他,把他驯伏了,我也不要怎么狠心需索;反正谁要他,谁就得出一笔钱——出一大笔钱。

凯列班　你还不曾给我多少苦头吃,但你就要大动其手了;我知道的,因为你在发抖;普洛斯彼罗的法术在驱使你了。

斯丹法诺　给我爬过来,张开你的嘴巴;这是会叫你说话的好东西,你这头猫!
　　张开嘴来;这会把你的战抖完完全全驱走,我可以告诉你。(给凯列班喝
　　酒)你不晓得谁是你的朋友。再张开嘴来。

特林鸠罗　这声音我很熟悉,那像是——但他已经淹死了。这些都是邪鬼。
　　老天保佑我啊!

斯丹法诺　四条腿,两个声音,真是一个有趣不过的怪物!他的前面的嘴巴在
　　向他的朋友说着恭维的话,他的背后的嘴巴却在说他坏话讥笑他。即使
　　医好他需要我全瓶的酒,我也要给他出一下力。喝吧。阿门!让我再把
　　一些酒倒在你那另外一只嘴里。

特林鸠罗　斯丹法诺!

斯丹法诺　你另外的那张嘴在叫我吗?天哪,天哪!这是个魔鬼,不是个妖
　　怪。我得离开他;我可跟魔鬼打不了交道。

特林鸠罗　斯丹法诺!如果你是斯丹法诺,请你过来摸摸我,跟我讲几句话。
　　我是特林鸠罗;不要害怕,你的好朋友特林鸠罗。

斯丹法诺　你倘然是特林鸠罗,那么钻出来吧。让我来把那两条小一点的腿
　　拔出来;要是这儿有特林鸠罗的腿的话,这一定不会错。嗳哟,你果真是

特林鸠罗！你怎么会变成这个妖怪的粪便？他能够泻下特林鸠罗来吗？

特林鸠罗　我以为他是给天雷轰死了的。但是你不是淹死了吗，斯丹法诺？我现在希望你不曾淹死。雷雨过去了吗？我因为害怕雷雨，所以才躲在这个死妖精的衫子底下。你还活着吗，斯丹法诺？啊，斯丹法诺，两个那不勒斯人脱险了！

斯丹法诺　请你不要把我旋来旋去，我的胃不大好。

凯列班　（旁白）这两个人倘然不是精灵，一定是好人。那是一位英雄的天神；他还有琼浆玉液。我要向他跪下去。

斯丹法诺　你怎么会逃命了的？你怎么会到这儿来？凭着这个瓶儿起誓，你是怎么到这儿来的？凭着这个瓶儿起誓，我自己是因为伏在一桶白葡萄酒的桶顶上才不曾淹死；那桶酒是水手们从船上抛下海的；这个瓶是我被

冲上岸之后自己亲手用树干剜成的。

凯列班　凭着那个瓶儿起誓,我要做您的忠心的仆人;因为您那种水是仙水。

斯丹法诺　嗨,起誓吧,说你是怎样逃了命的。

特林鸠罗　游泳到岸上,像一只鸭子一样;我会像鸭子一样游泳,我可以起誓。

斯丹法诺　来,吻你的《圣经》①。(给特林鸠罗喝酒)你虽然能像鸭子一样游泳,可是你的样子倒像是一只鹅。

特林鸠罗　啊,斯丹法诺! 这酒还有吗?

斯丹法诺　有着整整一桶呢,老兄;我在海边的一座岩穴里藏下了我的美酒。喂,妖精! 你的寒热病怎么样啦?

凯列班　您不是从天上掉下来的吗?

斯丹法诺　从月亮里下来的,实实在在告诉你;从前我是住在月亮里的。

凯列班　我曾经看见过您在月亮里;我真喜欢您。我的女主人曾经指点给我看您和您的狗和您的柴枝。

斯丹法诺　来,起誓吧,吻你的《圣经》;我会把它重新装满。起誓吧。

特林鸠罗　凭着这个太阳起誓,这是个蠢得很的怪物;可笑我竟会害怕起他来! 一个不中用的怪物! 月亮里的人,嘿! 这个可怜的轻信的怪物! 好啊,怪物! 你的酒量真不小。

---

① 吻《圣经》原为基督徒起誓时表示郑重之仪式,此处斯丹法诺用以指饮其瓶中之酒。

凯列班　我要指点给您看这岛上每一处肥沃的地方；我要吻您的脚。请您做
　　我的神明吧！

特林鸠罗　凭着太阳起誓，这是一个居心不良的嗜酒的怪物；一等他的神明睡
　　了过去，他就会把酒瓶偷走。

凯列班　我要吻您的脚；我要发誓做您的仆人。

斯丹法诺　那么好，跪下来起誓吧。

特林鸠罗　这个头脑简单的怪物要把我笑死了。这个不要脸的怪物！我心里
　　真想把他揍一顿。

斯丹法诺　来，吻吧。

特林鸠罗　但是这个可怜的怪物是喝醉了；一个作孽的怪物！凯列班　我要
　　指点您最好的泉水；我要给您摘浆果；我要给您捉鱼，给您打很多的柴。
　　但愿瘟疫降临在我那暴君的身上！我再不给他搬柴了；我要跟着您走，您

这了不得的人!

特林鸠罗　一个可笑又可气的怪物!竟会把一个无赖的醉汉看作了不得的人!

凯列班　请您让我带您到长着野苹果的地方;我要用我的长指爪给您掘出落花生来,把樫鸟的窝指点给您看,教给您怎样捕捉伶俐的小猢狲的法子;我要采成球的榛果献给您;我还要从岩石上为您捉下海鸥的雏鸟来。您肯不肯跟我走?

斯丹法诺　请你带着我走,不要再噜里噜苏了。——特林鸠罗,国王和我们的同伴们既然全都淹死,这地方便归我们所有了。——来,给我拿着酒瓶。——特林鸠罗老朋友,我们不久便要再把它装满。

凯列班　（醉吃地唱）

　　　　再会,主人! 再会! 再会!

特林鸠罗　一个喧哗的怪物! 一个醉酒的怪物!

凯列班

　　　　不再筑堰捕鱼;

　　　　不再捡柴生火,

　　　　硬要听你吩咐;

　　　　不刷盘子不洗碗;

　　　　班,班,凯——凯列班,

　　　　换了一个新老板!

　　　自由,哈哈! 哈哈,自由! 自由! 哈哈,自由!

斯丹法诺　啊,出色的怪物! 带路走呀。(同下。)

第 三 幕

第一场　普洛斯彼罗洞室之前

腓迪南负木上。

腓迪南　有一类游戏是很吃力的,但兴趣会使人忘记辛苦;有一类卑微的工作
是用坚苦卓绝的精神忍受着的,最低陋的事情往往指向最崇高的目标。
我这种贱役对于我应该是艰重而可厌的,但我所奉侍的女郎使我生趣勃
发,觉得劳苦反而是一种愉快。啊,她的温柔十倍于她父亲的乖愎,而他
则浑身都是暴戾!他严厉地吩咐我必须把几千根这样的木头搬过去堆垒
起来;我那可爱的姑娘见了我这样劳苦,竟哭了起来,说从来不曾见过像
我这种人干这等卑贱的工作。唉!我把工作都忘了。但这些甜蜜的思想
给与我新生的力量,在我干活的当儿,我的思想最活跃。

米兰达上;普洛斯彼罗潜随其后。

米兰达　唉,请你不要太辛苦了吧!我真希望一阵闪电把那些要你堆垒的木
头一起烧掉!请你暂时放下来,坐下歇歇吧。要是这根木头被烧起来的
时候,它一定会想到它所给你的劳苦而流泪的。我的父亲正在一心一意
地读书;请你休息休息吧,在这三个钟头之内,他是不会出来的。

腓迪南　啊,最亲爱的姑娘,在我还没有把我必须做的工作努力做完之前,太
阳就要下去了。

米兰达　要是你肯坐下来,我愿意代你搬一会儿木头,请你给我吧;让我把它
搬到那一堆上面去。

腓迪南　怎么可以呢,珍贵的人儿!我宁愿毁损我的筋骨,压折我的背膀,也
不愿让你干这种下贱的工作,而我空着两手坐在一旁。

米兰达　要是这种工作配给你做,当然它也配给我做。而且我做起来心里更

舒服一点;因为我是自己甘愿,而你是被迫的。

普洛斯彼罗　(旁白)可怜的孩子,你已经情魔缠身了! 你这痛苦的呻吟流露
　　了真情。

米兰达　你瞧上去很疲乏。

腓迪南　不,尊贵的姑娘! 当你在我身边的时候,黑夜也变成了清新的早晨。
　　我恳求你告诉我你的名字,好让我把它放进我的祈祷里去。

米兰达　米兰达。——唉! 父亲,我已经违背了你的叮嘱,把它说了出来啦!

腓迪南　可赞美的米兰达! 真是一切仰慕的最高峰,价值抵得过世界上一切
　　最珍贵的财宝! 我的眼睛曾经关注地盼睐过许多女郎,许多次她们那柔

婉的声调使我的过于敏感的听觉对之倾倒;为了各种不同的美点,我曾经喜欢过各个不同的女子;但是从不曾全心全意地爱上一个,总有一些缺点损害了她那崇高的优美。但是你啊,这样完美而无双,是把每一个人的最好的美点集合起来而造成的!

米兰达　我不曾见过一个和我同性的人,除了在镜子里见到自己的面孔以外,我不记得任何女子的相貌;除了你,好友,和我的亲爱的父亲以外,也不曾见过哪一个我可以称为男子的人。我不知道别处地方人们都是生得什么样子,但是凭着我最可宝贵的嫁妆——贞洁起誓:除了你之外,在这世上我不企望任何的伴侣;除了你之外,我的想像也不能再产生出一个可以使我喜爱的形象。但是我的话讲得有些太越出界限,把我父亲的教训全忘记了。

腓迪南　我在我的地位上是一个王子,米兰达;也许竟是一个国王——但我希望我不是!我不能容忍一只苍蝇玷污我的嘴角,更不用说挨受这种搬运木头的苦役了。听我的心灵向你诉告:当我每一眼看见你的时候,我的心就已经飞到你的身边,甘心为你执役,使我成为你的奴隶;只是为了你的缘故,我才肯让自己当这个辛苦的运木的工人。

米兰达　你爱我吗?

腓迪南　天在顶上!地在底下!为我作证这一句妙音。要是我所说的话是真的,愿天地赐给我幸福的结果;如其所说是假,那么请把我命中注定的幸运都转成厄运!超过世间其他一切事物的界限之上,我爱你,珍重你,崇拜你!

米兰达　我是一个傻子,听见了衷心喜欢的话就流起泪来!

普洛斯彼罗　(旁白)一段难得的良缘的会合!上天赐福给他们的后裔吧!

腓迪南　你为什么哭起来了呢?

米兰达　因为我是太平凡了,我不敢献给你我所愿意献给你的,更不敢从你接受我所渴想得到的。但这是废话;越是掩饰,它越是显露得清楚。去吧,羞怯的狡狯!让单纯而神圣的天真指导我说什么话吧!要是你肯娶我,我愿意做你的妻子;不然的话,我将到死都是你的婢女;你可以拒绝我做你的伴侣;但不论你愿不愿意,我将是你的奴仆。

腓迪南　我的最亲爱的爱人!我永远低首在你的面前。

米兰达　那么你是我的丈夫吗?

腓迪南　是的,我全心愿望着,如同受拘束的人愿望自由一样。握着我的手。

米兰达　这儿是我的手,我的心也跟它在一起。现在我们该分手了,半点钟之后再会吧。

腓迪南　一千个再会吧!(分别下。)

普洛斯彼罗　我当然不能比他们自己更为高兴,而且他们是全然不曾预先料到的;但没有别的事可以比这事更使我快活了。我要去读我的书去,因为在晚餐之前,我还有一些事情须得做好。(下。)

第二场　岛上的另一处

凯列班持酒瓶,斯丹法诺、特林鸠罗同上。

斯丹法诺　别对我说;要是酒桶里的酒完了,然后我们再喝水;只要还有一滴酒剩着,让我们总是喝酒吧。来,一! 二! 三! 加油干! 妖怪奴才,向我祝饮呀!

特林鸠罗　妖怪奴才! 这岛上特产的笨货! 据说这岛上一共只有五个人,我们已经是三个;要是其余的两个人跟我们一样聪明,我们的江山就不稳了。

斯丹法诺　喝酒呀,妖怪奴才! 我叫你喝你就喝。你的眼睛简直呆呆地生牢在你的头上了。

特林鸠罗　眼睛不生在头上倒该生在什么地方? 要是他的眼睛生在尾巴上,那才真是个出色的怪物哩!

斯丹法诺　我的妖怪奴才的舌头已经在白葡萄酒里淹死了;但是我,海水也淹不死我:凭着这太阳起誓,我在一百多哩的海面上游来游去,一直游到了岸边。你得做我的副官,怪物,或是做我的旗手。

特林鸠罗　还是做个副官吧,要是你中意的话;他当不了旗手。

斯丹法诺　我们不想奔跑呢,怪物先生。

特林鸠罗　也不想走路,你还是像条狗那么躺下来吧;一句话也别说。

斯丹法诺　妖精,说一句话吧,如果你是个好妖精。

凯列班　给老爷请安! 让我舐您的靴子。我不要服侍他,他是个懦夫。

特林鸠罗　你说谎,一窍不通的怪物! 我打得过一个警察呢。嘿,你这条臭鱼! 像我今天一样喝了那么多白酒的人,还说是个懦夫吗? 因为你是一只一半鱼、一半妖怪的荒唐东西,你就要撒一个荒唐的谎吗?

凯列班　瞧!他多么取笑我!您让他这样说下去吗,老爷?

特林鸠罗　他说"老爷"!谁想得到一个怪物会是这么一个蠢材!

凯列班　喏,喏,又来啦!我请您咬死他。

斯丹法诺　特林鸠罗,好好地堵住你的嘴!如果你要造反,就把你吊死在眼前
　　　　那株树上!这个可怜的怪物是我的人,不能给人家欺侮。

凯列班　谢谢大老爷!您肯不肯再听一次我的条陈?

斯丹法诺　依你所奏;跪下来说吧。我立着,特林鸠罗也立着。

　　　　　　爱丽儿隐形上。

凯列班　我已经说过,我屈服在一个暴君、一个巫师的手下,他用诡计把这岛
　　　　从我手里夺了去。

爱丽儿　你说谎!

凯列班　你说谎,你这插科打诨的猴子!我希望我的勇敢的主人把你杀死。
　　　　我没有说谎。

斯丹法诺　特林鸠罗,要是你在他讲话的时候再来缠扰,凭着这只手起誓,我
　　　　要敲掉你的牙齿。

特林鸠罗　怎么?我一句话都没有说。

斯丹法诺　那么别响,不要再多话了。(向凯列班)讲下去。

凯列班　我说,他用妖法占据了这岛,从我手里夺了去;要是老爷肯替我向他
　　　　报仇——我知道您一定敢,但这家伙绝没有这胆子——

斯丹法诺　自然啰。

凯列班　您就可以做这岛上的主人,我愿意服侍您。

斯丹法诺　用什么方法可以实现这事呢?你能不能把我带到那个人的地
　　　　方去?

凯列班　可以的,可以的,老爷。我可以乘他睡熟的时候把他交付给您,您就
　　　　可以用一根钉敲进他的脑袋里去。

爱丽儿　你说谎,你不敢!

凯列班　这个穿花花衣裳的蠢货!这个混蛋!请老爷把他痛打一顿,把他的
　　　　酒瓶夺过来;他没有酒喝之后,就只好喝海里的咸水了,因为我不愿告诉
　　　　他清泉在什么地方。

斯丹法诺　特林鸠罗,别再自讨没趣啦!你再说一句话打扰这怪物,凭着这只

手起誓,我就要不顾情面,把你打成一条鱼干了。

特林鸠罗　什么？我得罪了你什么？我一句话都没有说。让我再离得远一
　　点儿。

斯丹法诺　你不是说他说谎吗？

爱丽儿　你说谎！

斯丹法诺　我说谎吗！吃这一下！（打特林鸠罗）要是你觉得滋味不错的话，
　　下回再试试看吧。

特林鸠罗　我并没有说你说谎。你头脑昏了,连耳朵也听不清楚了吗？该死
　　的酒瓶！喝酒才把你搅得那么昏沉沉的。愿你的怪物给牛瘟病瘟死,魔
　　鬼把你的手指弯断了去！

凯列班　哈哈哈！

斯丹法诺　现在讲下去吧。——请你再站得远些。

凯列班　狠狠地打他一下子；停一会儿我也要打他。

斯丹法诺　站远些。——来，说吧。

凯列班　我对您说过，他有一个老规矩，一到下午就要睡觉；那时您先把他的书拿了去，就可以捶碎他的脑袋，或者用一根木头敲破他的头颅，或者用一根棍子搠破他的肚肠，或者用您的刀割断他的喉咙。记好，先要把他的书拿到手；因为他一失去了他的书，就是一个跟我差不多的大傻瓜，也没有一个精灵会听他指挥：这些精灵们没有一个不像我一样把他恨入骨髓。只要把他的书烧了就是了；他还有些出色的家具——他叫做"家具"——预备造了房子之后陈设起来的；但第一应该放在心上的是他那美貌的女儿。他自己说她是一个美艳无双的人；我从来不曾见过一个女人，除了我的老娘西考拉克斯和她之外；可是她比起西考拉克斯来，真不知要好看得多少倍了，正像天地的相差一样。

斯丹法诺　是这样一个出色的姑娘吗？

凯列班　是的，老爷；我可以担保一句，她跟您睡在一床是再合适也没有的啦，她会给您生下出色的小子来。

斯丹法诺　怪物，我一定要把这人杀死；他的女儿和我做王后和国王，上帝保佑！特林鸠罗和你做总督。你赞成不赞成这计策，特林鸠罗？

特林鸠罗　好极了。

斯丹法诺　让我握你的手。我很抱歉打了你；可是你活着的时候，总以少开口为妙。

凯列班　在这半点钟之内他就要入睡；您愿不愿就在这时候杀了他？

斯丹法诺　好的，凭着我的名誉起誓。

爱丽儿　我要告诉主人去。

凯列班　您使我高兴得很，我心里充满了快乐。让我们畅快一下。您肯不肯把您刚才教给我的轮唱曲唱起来？

斯丹法诺　准你所奏，怪物；凡是合乎道理的事我都可以答应。来啊，特林鸠罗，让我们唱歌。（唱）

　　　　嘲弄他们，讥讽他们，

　　　　讥讽他们，嘲弄他们，

思想多么自由！

凯列班　这曲子不对。

　　　　爱丽儿击鼓吹箫,依曲调而奏。

斯丹法诺　这是什么声音？

特林鸠罗　这是我们的歌的曲子,在空中吹奏着呢。

斯丹法诺　你倘然是一个人,像一个人那样出来吧;你倘然是一个鬼,也随你
　　　　显出怎样的形状来吧！

特林鸠罗　饶赦我的罪过呀！

斯丹法诺　人一死什么都完了;我不怕你。但是可怜我们吧！

凯列班　您害怕吗？

斯丹法诺　不,怪物,我怕什么？

凯列班　不要怕。这岛上充满了各种声音和悦耳的乐曲,使人听了愉快,不会
　　　　伤害人。有时成千的叮叮咚咚的乐器在我耳边鸣响。有时在我酣睡醒来
　　　　的时候,听见了那种歌声,又使我沉沉睡去;那时在梦中便好像云端里开
　　　　了门,无数珍宝要向我倾倒下来;当我醒来之后,我简直哭了起来,希望重
　　　　新做一遍这样的梦。

斯丹法诺　这倒是一个出色的国土,可以不费钱白听音乐。

凯列班　但第一您得先杀死普洛斯彼罗。

斯丹法诺　那事我们不久就可以动手;我记住了。

特林鸠罗　这声音渐渐远去了;让我们跟着它,然后再干我们的事。

斯丹法诺　领着我们走,怪物;我们跟着你。我很希望见一见这个打鼓的家
　　　　伙,瞧他的样子奏得倒挺不错。

特林鸠罗　你来吗？我跟着它走了,斯丹法诺。（同下。）

第三场　岛上的另一处

　　　　阿隆佐、西巴斯辛、安东尼奥、贡柴罗、阿德里安、弗兰西斯科及余人
等上。

贡柴罗　天哪！我走不动啦,大王;我的老骨头在痛。这儿的路一条直一条弯
　　　　的,完全把人迷昏了！要是您不见怪,我必须休息一下。

阿隆佐　老人家,我不能怪你;我自己也心灰意懒,疲乏得很。坐下来歇歇吧。

现在我已经断了念头，不再自己哄自己了。他一定已经淹死了，尽管我们乱摸瞎撞地找寻他；海水也在嘲笑着我们在岸上的无益的寻觅。算了吧，让他死了就完了！

安东尼奥　（向西巴斯辛旁白）我很高兴他是这样灰心。别因为一次遭到失败，就放弃了你的已决定好的计划。

西巴斯辛　（向安东尼奥旁白）下一次的机会我们一定不要错过。

安东尼奥　（向西巴斯辛旁白）就在今夜吧；他们现在已经走得很疲乏，一定不会，而且也不能，再那么警觉了。

西巴斯辛　（向安东尼奥旁白）好，今夜吧。不要再说了。

　　　　庄严而奇异的音乐。普洛斯彼罗自上方隐形上。下侧若干奇形怪状的精灵抬了一桌酒席进来；他们围着它跳舞，且作出各种表示敬礼的姿势，邀请国王以次诸人就食后退去。

阿隆佐　这是什么音乐？好朋友们，听哪！

贡柴罗　神奇的甜美的音乐！

阿隆佐　上天保佑我们！这些是什么？

西巴斯辛　一幅活动的傀儡戏！现在我才相信世上有独角的麒麟，阿拉伯有凤凰所栖的树，上面有一只凤凰至今还在南面称王呢。

安东尼奥　麒麟和凤凰我都相信；要是此外还有什么难于置信的东西，都来告诉我好了，我一定会发誓说那是真的。旅行的人决不会说谎话，足不出门的傻瓜才嗤笑他们。

贡柴罗　要是我现在在那不勒斯，把这事告诉了别人，他们会不会相信我呢？要是我对他们说，我看见岛上的人民是这样这样的——这些当然一定是岛上的人民啰——虽然他们的形状生得很奇怪，然而倒是很有礼貌、很和善，在我们人类中也难得见到的。

普洛斯彼罗　（旁白）正直的老人家，你说得不错；因为在你们自己一群人当中，就有几个人比魔鬼还要坏。

阿隆佐　我再不能这样吃惊了；虽然不开口，但他们的那种形状、那种手势、那种音乐，都表演了一幕美妙的哑剧。

普洛斯彼罗　（旁白）且慢称赞吧。

弗兰西斯科　他们消失得很奇怪。

西巴斯辛　不要管他，既然他们把食物留下，我们有肚子就该享用。——您要不要尝尝试试看？

阿隆佐　我可不想吃。

贡柴罗　真的,大王,您无须胆小。当我们还是孩子的时候,谁肯相信有一种
　　山居的人民,喉头长着肉袋,像一头牛一样？谁又肯相信有一种人的头是
　　长在胸膛上的？可是我们现在都相信每个旅行的人都能肯定这种话不是
　　虚假的了。

阿隆佐　好,我要吃,即使这是我的最后一餐;有什么关系呢？我的最好的日
　　子也已经过去了。贤弟,公爵,陪我们一起来吃吧。

　　　　雷电。爱丽儿化女面鸟身的怪鸟上,以翼击桌,筵席顿时消失——用一
　　种特别的机关装置。

爱丽儿　你们是三个有罪的人;操纵着下界一切的天命使得那贪馋的怒海重
　　又把你们吐了出来,把你们抛在这没有人居住的岛上,你们是不配居住在
　　人类中间的。你们已经发狂了。(阿隆佐、西巴斯辛等拔剑)即使像你们
　　这样勇敢的人,也没有法子免除一死。你们这辈愚人！我和我的同伴们
　　都是运命的使者;你们的用风、火熔炼的刀剑不能损害我们身上的一根羽
　　毛,正像把它们砍向呼啸的风、刺向分而复合的水波一样,只显得可笑。
　　我的伙伴们也是刀枪不入的。而且即使它们能够把我们伤害,现在你们
　　也已经没有力量把臂膀举起来了。好生记住吧,我来就是告诉你们这句
　　话,你们三个人是在米兰把善良的普洛斯彼罗篡逐的恶人,你们把他和他
　　的无辜的婴孩放逐在海上,如今你们也受到同样的报应了。为着这件恶
　　事,上天虽然并不把惩罚立刻加在你们身上,却并没有轻轻放过,已经使
　　海洋陆地,以及一切有生之伦,都来和你们作对了。你,阿隆佐,已经丧失
　　了你的儿子;我再向你宣告;活地狱的无穷的痛苦——一切死状合在一起
　　也没有那么惨,将要一步步临到你生命的途程中;除非痛悔前非,以后洗
　　心革面,做一个清白的人,否则在这荒岛上面,天谴已经迫在眼前了！

　　　　爱丽儿在雷鸣中隐去。柔和的乐声复起;精灵们重上,跳舞且做揶揄
　　状,把空桌抬下。

普洛斯彼罗　(旁白)你把这怪鸟扮演得很好,我的爱丽儿,这一桌酒席你也
　　席卷得妙,我叫你说的话你一句也没有漏去;就是那些小精灵们也都是生
　　龙活虎,各自非常出力。我的神通已经显出力量,我这些仇人们已经惊惶
　　得不能动弹;他们都已经在我的权力之下了。现在我要在这种情形下面

离开他们,去探视他们以为已经淹死了的年轻的腓迪南和他的也是我的亲爱的人儿。(自上方下。)

贡柴罗　凭着神圣的名义,大王,为什么您这样呆呆地站着?

阿隆佐　啊,那真是可怕!可怕!我觉得海潮在那儿这样告诉我;风在那儿把它唱进我的耳中;那深沉可怕、像管风琴似的雷鸣在向我震荡出普洛斯彼罗的名字,它用宏亮的低音宣布了我的罪恶。这样看来,我的孩子一定是葬身在海底的软泥之下了;我要到深不可测的海底去寻找他,跟他睡在一块儿!(下。)

西巴斯辛　要是这些鬼怪们一个一个地来,我可以打得过他们。

安东尼奥　让我助你一臂之力。(西巴斯辛、安东尼奥下。)

贡柴罗　这三个人都有些不顾死活的神气。他们的重大的罪恶像隔了好久才发作的毒药一样,现在已经在开始咬啮他们的灵魂了。你们是比较善于临机应变的,请快快追上去,阻止他们不要做出什么疯狂的举动来。

阿德里安　你们跟我来吧。(同下。)

第 四 幕

第一场　普洛斯彼罗洞室之前

普洛斯彼罗、腓迪南、米兰达上。

普洛斯彼罗　要是我曾经给你太严厉的惩罚,你也已经得到补偿了;因为我已经把我生命中的一部分给了你,我是为了她才活着的。现在我再把她交给你的手里;你所受的一切苦恼都不过是我用来试验你的爱情的,而你能异常坚强地忍受它们;这里我当着天,许给你这个珍贵的赏赐。腓迪南啊,不要笑我这样把她夸奖,你自己将会知道一切的称赞比起她自身的美好来,都是瞠乎其后的。

腓迪南　我绝对相信您的话。

普洛斯彼罗　既然我的给与和你的获得都不是出于贸然,你就可以娶我的女儿。但在一切神圣的仪式没有充分给你许可之前,你不能侵犯她处女的尊严;否则你们的结合将不能得到上天的美满的祝福,冷淡的憎恨、白眼的轻蔑和不睦将使你们的姻缘中长满令人嫌恶的恶草。所以小心一点吧,许门①的明灯将照引着你们!

腓迪南　我希望的是以后在和如今一样的爱情中享受着平和的日子、美秀的儿女和绵绵的生命,因此即使在最幽冥的暗室中,在最方便的场合,有伺隙而来的魔鬼的最强烈的煽惑,也不能使我的廉耻化为肉欲,而轻轻地损毁了举行婚礼那天的无比的欢乐。可是那样的一天来得也太慢了,我觉得不是太阳神的骏马在途中跑垮了,便是黑夜被系禁在冥域了。

普洛斯彼罗　说得很好。坐下来跟她谈话吧,她是属于你的。喂,爱丽儿!我

---

① 许门(Hymen),希腊罗马神话中司婚姻之神。

的勤劳的仆人,爱丽儿!

     爱丽儿上。

爱丽儿 我的威严的主人,有什么吩咐?我在这里。

普洛斯彼罗 你跟你的小伙计们把刚才的事情办得很好;我必须再差你们做一件这样的把戏。去把你手下的小喽啰们召唤到这儿来;叫他们赶快装扮起来;因为我必须在这一对年轻人的面前卖弄卖弄我的法术;我曾经答应过他们,他们也在盼望着。

爱丽儿 即刻吗?

普洛斯彼罗 是的,一霎眼的时间内就得办好。

爱丽儿 你来去还不曾出口，

你呼吸还留着没透，

我们早脚尖儿飞快，

扮鬼脸大伙儿都在，

主人，你爱我不爱？

普洛斯彼罗 我很爱你，我的伶俐的爱丽儿！在我没有叫你之前，不要就来。

爱丽儿 好，我知道。（下。）

普洛斯彼罗 当心保持你的忠实，不要太恣意调情。血液中的火焰一燃烧起来，最坚强的誓言也就等于草秆。节制一些吧，否则你的誓约就要守不住了！

腓迪南 请您放心，老人家；皎白的处女的冰雪，早已压伏了我胸中的欲火。

普洛斯彼罗 好。——出来吧，我的爱丽儿！不要让精灵们缺少一个，多一个倒不妨。轻轻快快地出来吧！大家不要响，只许静静地看！

柔和的音乐；假面剧开始。精灵扮伊里斯①上。

伊里斯 刻瑞斯②，最丰饶的女神，我是天上的彩虹，我是天后的使官，天后在云端，传旨请你离开你那繁荣着小麦、大麦、黑麦、燕麦、野豆、豌豆的膏田；离开你那羊群所游息的茂草的山坡，以及饲牧它们的满铺着刍草的平原；离开你那生长着立金花和蒲苇的堤岸，多雨的四月奉着你的命令而把它装饰着的，在那里给清冷的水仙女们备下了洁净的新冠；离开你那为失恋的情郎们所爱好而徘徊其下的金雀花的薮丛；你那牵藤的葡萄园；你那荒瘠碕确的海滨，你所散步游息的所在：请你离开这些地方，到这里的草地上来，和尊严的天后陛下一同游戏；她的孔雀已经轻捷地飞翔起来了，请你来陪驾吧，富有的刻瑞斯。

刻瑞斯上。

刻瑞斯 万福，你永远服从着天后命令的，五彩缤纷的使者！你用你的橙黄色的翼膀常常洒下甘露似的清新的阵雨在我的花朵上面，用你的青色的弓的两端为我的林木丛生的地亩和没有灌枝的高原披上了富丽的肩巾：敢问你的王后唤我到这细草原上来，有什么吩咐？

---

① 伊里斯(Iris)，希腊罗马神话中诸神之信使，又为虹之女神。

② 刻瑞斯(Ceres)，希腊罗马神话中司农事及大地之女神。

伊里斯　为要庆祝真心的爱情的结合,大量地赐福给这一双有福的恋人。

刻瑞斯　告诉我,天虹,你知不知道维纳斯或她的儿子是否也随侍着天后?自从她们用诡计使我的女儿陷在幽冥的狄斯的手中以后,我已经立誓不再见她和她那盲目的小儿的无耻的面孔了。①

伊里斯　不要担心会碰见她;我遇见她的灵驾由一对对的白鸽拖引着,正冲破云霄,向帕福斯②而去,她的儿子同车陪着她。她们因为这里的这一对男女曾经立誓在许门的火炬未燃着以前不得同衾,因此想要在他们身上干一些无赖的把戏,可是白费了心机;马斯的情妇③已经满心暴躁地回去;她那发恼的儿子已经折断了他的箭,发誓以后不再射人,只是跟麻雀们开开玩笑,打算做一个好孩子了。

刻瑞斯　最高贵的王后,伟大的朱诺④来了;从她的步履上我辨认得出来。

　　　　朱诺上。

朱　诺　我的丰饶的贤妹安好?跟我去祝福这一对璧人,让他们一生幸福,产出美好的后裔来。(唱)

　　　　富贵尊荣,美满良姻,

　　　　百年偕老,子孙盈庭;

　　　　幸福朝朝,欢娱暮暮,

　　　　朱诺向你们恭贺!

刻瑞斯　(唱)

　　　　田多落穗,积谷盈仓,

　　　　葡萄成簇,摘果满筐;

　　　　秋去春来,如心所欲,

　　　　刻瑞斯为你们祝福!

腓迪南　这是一个最神奇的幻景,这样迷人而谐美! 我能不能猜想这些都是精灵呢?

普洛斯彼罗　是的,这些是我从他们的世界里用法术召唤来表现我一时的空

---

① 狄斯(Dis)即普路同(Pluto),幽冥之主,掠刻瑞斯之女普洛塞庇那为妻;后者即春之女神,每年一次被释返地上。维纳斯之子即小爱神丘匹德,因俗语云爱情是盲目的,故云"盲目的小儿"。

② 帕福斯(Paphos),维纳斯神庙所在地,相传她在海中诞生后首临于此。

③ 马斯(Mars),希腊罗马神话里的战神,与爱神维纳斯有私。

④ 朱诺(Juno),希腊罗马神话中的天后。

想的精灵们。

腓迪南　让我终老在这里吧！有着这样一位人间稀有的神奇而贤哲的父亲，这地方简直是天堂了。

　　　　朱诺与刻瑞斯作耳语，授命令于伊里斯。

普洛斯彼罗　亲爱的,莫做声！朱诺和刻瑞斯在那儿严肃地耳语,将要有一些另外的事情。嘘！不要开口！否则我们的魔法就要破解了。

伊里斯　戴着蒲苇之冠,眼光永远是那么柔和的、住在蜿蜒的河流中的仙女们啊！离开你们那涡卷的河床,到这青青的草地上来答应朱诺的召唤吧！前来,冷洁的水仙们,伴着我们一同庆祝一段良缘的缔结,不要太迟了。

　　　　若干水仙女上。

伊里斯　你们在八月的日光下蒸晒着的辛苦的刈禾人,离开你们的田亩,到这里来欢乐一番;戴上你们麦秆的帽子,一个一个地来和这些清艳的水仙们跳起乡村的舞蹈来吧！

　　　　若干服饰齐整的刈禾人上,和水仙女们一齐作优美的舞蹈;临了时普洛斯彼罗突起发言,在一阵奇异的、幽沉的、杂乱的声音中,众精灵悄然隐去。

普洛斯彼罗　(旁白)我已经忘记了那个畜生凯列班和他的同党想来谋取我生命的奸谋,他们所定的时间已经差不多到了。(向精灵们)很好！现在完了,去吧！

腓迪南　这可奇怪了,你的父亲在发着很大的脾气。

米兰达　直到今天为止,我从来不曾看见过他狂怒到这样子。

普洛斯彼罗　王子,你瞧上去似乎有点惊疑的神气。高兴起来吧,我儿;我们的狂欢已经终止了。我们的这一些演员们,我曾经告诉过你,原是一群精灵;他们都已化成淡烟而消散了。如同这虚无缥缈的幻景一样,入云的楼阁、瑰伟的宫殿、庄严的庙堂,甚至地球自身,以及地球上所有的一切,都将同样消散,就像这一场幻景,连一点烟云的影子都不曾留下。构成我们的料子也就是那梦幻的料子;我们的短暂的一生,前后都环绕在酣睡之中。王子,我心中有些昏乱,原谅我不能控制我的弱点;我的衰老的头脑有些昏了。不要因为我的年老不中用而不安。假如你们愿意,请回到我的洞里休息一下。我将略作散步,安定安定我焦躁的心境。

米兰达
腓迪南　愿你安静啊！(下。)

普洛斯彼罗　赶快来！谢谢你,爱丽儿,来啊！

　　　　　爱丽儿上。

爱丽儿　我永远准备着执行你的意志。有什么吩咐？

普洛斯彼罗　精灵,我们必须预备着对付凯列班。

爱丽儿　是的,我的命令者;我在扮演刻瑞斯的时候就想对你说,可是我深恐触怒了你。

普洛斯彼罗　再对我说一次,你把这些恶人安置在什么地方？

爱丽儿　我告诉过你,主人,他们喝得醉醺醺的,勇敢得了不得;他们怒打着风,因为风吹到了他们的脸上,痛击着地面,因为地面吻了他们的脚;但总是不忘记他们的计划。于是我敲起小鼓来;一听见了这声音,他们便像狂野的小马一样,耸起了他们的耳朵,睁大了他们的眼睛,掀起了他们的鼻孔,似乎音乐是可以嗅到的样子。这样我迷惑了他们的耳朵,使他们像小牛跟从着母牛的叫声一样,跟我走过了一簇簇长着尖齿的野茨,咬人的刺金雀和锐利的荆棘丛,把他们可怜的胫骨刺穿。最后我把他们遗留在离开这里不远的那口满是浮渣的污水池中,水没到了下巴,他们却在那里手舞足蹈,把一池臭水搅得比他们的臭脚还臭。

普洛斯彼罗　干得很好,我的鸟儿。你仍旧隐形前去,把我室内的华丽的衣服拿来,好把这些恶贼们诱上圈套。

爱丽儿　我去,我去。(下。)

普洛斯彼罗　一个魔鬼,一个天生的魔鬼,教养也改不过他的天性来;在他身上我一切好心的努力都全然白费。他的形状随着年纪而一天丑陋似一天,他的心也一天一天腐烂下去。我要把他们狠狠惩治一顿,直至他们因痛苦而呼号。

　　　　　爱丽儿携带许多华服等上。

普洛斯彼罗　来,把它们挂起在这根绳上。

　　　　　普洛斯彼罗与爱丽儿隐身留原处。凯列班、斯丹法诺、特林鸠罗三人浑身淋湿上。

凯列班　请你们脚步放轻些,不要让瞎眼的鼹鼠听见了我们的足声。我们现在已经走近他的洞窟了。

斯丹法诺　怪物,你说你那个不会害人的仙人简直跟我们开了一个不大不小的玩笑。

特林鸠罗　怪物,我满鼻子都是马尿的气味,把我恶心得不得了。

斯丹法诺　我也是这样。你听见吗,怪物? 要是我向你一发起恼来,当心点儿——

特林鸠罗　你不过是一个走投无路的怪物罢了。

凯列班　好老爷,不要恼我,耐心些;因为我将要带给您的好处可以抵偿过这场不幸。请你们轻轻地讲话;大家要静得好像在深夜里一样。

特林鸠罗　呃,可是我们的酒瓶也落在池里了。

斯丹法诺　这不单是耻辱和不名誉,简直是无限的损失。

特林鸠罗　这比浑身淋湿更使我痛心;可是,怪物,你却说那是你的不会害人的仙人。

斯丹法诺　我一定要去把我的酒瓶捞起来,即使我必须没头没脑钻在水里。

凯列班　我的王爷,请您安静下来。瞧这里,这便是洞口了;不要响,走进去。把那件大好的恶事干起来,这岛便属您所有了;我,您的凯列班,将要永远舐您的脚。

斯丹法诺　让我握你的手;我开始动了杀人的念头了。

特林鸠罗　啊,斯丹法诺大王! 大老爷! 尊贵的斯丹法诺! 瞧这儿有多么好的衣服给您穿呀!

凯列班　让它去,你这蠢货! 这些不过是废物罢了。

特林鸠罗　哈哈,怪物! 什么是旧衣庄上的货色,我们是看得出来的。啊,斯
　　　丹法诺大王!

斯丹法诺　放下那件袍子,特林鸠罗! 凭着我这手起誓,那件袍子我要。

特林鸠罗　请大王拿去好了。

凯列班　愿这傻子浑身起水肿! 你老是恋恋不舍这种废料有什么意思呢? 别
　　　去理这些个,让我们先去行刺。要是他醒了,他会使我们从脚心到头顶遍
　　　体鳞伤,把我们弄成不知什么样子的。

斯丹法诺　别开口,怪物!——绳太太,这不是我的短外套吗?本来吊在你绳
　　上,现在吊在我身上;短外衣呀,我说,你别"掉"了毛,变个秃头雕才好。

特林鸠罗　妙极妙极!大王高兴的话,让我们横七竖八一齐偷了去!

斯丹法诺　你这句话说得很妙,赏给你这件衣服吧。只要我做这里的国王,聪
　　明人总不会被亏待的。"横七竖八偷了去"是一句绝妙的俏皮话,再赏你
　　一件衣服。

特林鸠罗　怪物,来啊,涂一些胶在你的手指上,把其余的都拿去吧。

凯列班　我什么都不要。我们将要错过了时间,大家要变成蠢鹅,或是额角低
　　得难看的猴子了!

斯丹法诺　怪物,别连手都不动一动;给我把这件衣服拿到我那放着大酒桶的
　　地方去,否则我的国境内不许你立足。去,把这拿去。

特林鸠罗　还有这一件。

斯丹法诺　呃,还有这一件。

　　　　幕内猎人的声音。若干精灵化作猎犬上,将斯丹法诺等三人追逐;普洛
　　斯彼罗和爱丽儿嗾着它们。

普洛斯彼罗　嗨!莽丁,嗨!

爱丽儿　雪狒!那边去,雪狒!

普洛斯彼罗　飞雷!飞雷!那边,铁龙!那边!听,听!(凯列班、斯丹法诺、
　　特林鸠罗被驱下)去叫我的妖精们用厉害的痉挛磨他们的骨节;叫他们的

肌肉像老年人那样抽搐起来,掐得他们满身都是伤痕,比豹子或山猫身上的斑点还多。

爱丽儿　听!他们在呼号呢。

普洛斯彼罗　让他们被痛痛快快地追一下子。此刻我的一切仇人们都在我的手掌之中了;不久我的工作便可完毕,你就可以呼吸自由的空气,暂时你再跟我来,帮我一些忙吧。(同下。)

第 五 幕

第一场　普洛斯彼罗洞室之前

　　普洛斯彼罗穿法衣上;爱丽儿随上。

普洛斯彼罗　　现在我的计划将告完成;我的魔法毫无差失;我的精灵们俯首听
　　命;一切按部就班顺利地过去。是什么时候了?

爱丽儿　　将近六点钟。你曾经说过,主人,在这时候我们的工作应当完毕。

普洛斯彼罗　　当我刚兴起这场暴风雨的时候,我曾经这样说过。告诉我,我的
　　精灵,国王和他的从者们怎么样啦?

爱丽儿　　按照着你的吩咐,他们仍旧照样囚禁在一起,同你离开他们的时候一
　　样,在荫蔽着你的洞室的那一列大菩提树底下聚集着这一群囚徒;你要是
　　不把他们释放,他们便一步路也不能移动。国王、他的弟弟和你的弟弟,
　　三个人都疯了;其余的人在为他们悲泣,充满了忧伤和惊骇;尤其是那位
　　你所称为"善良的老大臣贡柴罗"的,他的眼泪一直从他的胡须上淋了下
　　来,就像从茅檐上流下来的冬天的滴水一样。你在他们身上所施的魔术
　　的力量是这么大,要是你现在看见了他们,你的心也一定会软下来。

普洛斯彼罗　　你这样想吗,精灵?

爱丽儿　　如果我是人类,主人,我会觉得不忍的。

普洛斯彼罗　　我的心也将会觉得不忍。你不过是一阵空气罢了,居然也会感
　　觉到他们的痛苦;我是他们的同类,跟他们一样敏锐地感到一切,和他们
　　有着同样的感情,难道我的心反会比你硬吗?虽然他们给我这样大的迫
　　害,使我痛心切齿,但是我宁愿压伏我的愤恨而听从我的更高尚的理性;
　　道德的行动较之仇恨的行动是可贵得多的。要是他们已经悔过,我的唯
　　一的目的也就达到终点,不再对他们更有一点怨恨。去把他们释放了吧,

爱丽儿。我要给他们解去我的魔法,唤醒他们的知觉,让他们仍旧恢复本来的面目。

爱丽儿　我去领他们来,主人。(下。)

普洛斯彼罗　你们山河林沼的小妖们;踏沙无痕、追逐着退潮时的海神而等他一转身来便又倏然逃去的精灵们;在月下的草地上留下了环舞的圈迹,使羊群不敢走近的小神仙们;以及在半夜中以制造菌蕈为乐事,一听见肃穆的晚钟便雀跃起来的你们:虽然你们不过是些弱小的精灵,但我借着你们的帮助,才能遮暗了中天的太阳,唤起作乱的狂风,在青天碧海之间激起浩荡的战争:我把火给与震雷,用乔武大神的霹雳碎了他自己那株粗干的

橡树;我使稳固的海岬震动,连根拔起松树和杉柏;因着我的法力无边的命令,坟墓中的长眠者也被惊醒,打开了墓门出来。但现在我要捐弃这种狂暴的魔术,仅仅再要求一些微妙的天乐,化导他们的心性,使我能得到我所希望的结果;以后我便将折断我的魔杖,把它埋在幽深的地底,把我的书投向深不可测的海心。

　　庄严的音乐。爱丽儿重上;他的后面跟随着神情狂乱的阿隆佐,由贡柴罗随侍;西巴斯辛与安东尼奥也和阿隆佐一样,由阿德里安及弗兰西斯科随侍;他们都步入普洛斯彼罗在地上所划的圆圈中,被魔法所禁,呆立不动。普洛斯彼罗看见此情此景,开口说道:

普洛斯彼罗　　庄严的音乐是对于昏迷的幻觉的无上安慰,愿它医治好你们那在煎炙着的失去作用的脑筋! 站在那儿吧,因为你们已经被魔法所制伏了。圣人一样的贡柴罗,可尊敬的人! 我的眼睛一看见了你,便油然堕下同情的眼泪来。魔术的力量在很快地消失,如同晨光悄悄掩袭暮夜,把黑暗消解了一样,他们那开始抬头的知觉已经在驱除那蒙蔽住他们清明理智的迷糊的烟雾了。啊,善良的贡柴罗! 不单是我的真正的救命恩人,也是你所跟随着的君主的一位忠心耿耿的臣子,我要在名义上在实际上重重报答你的好处。你,阿隆佐,对待我们父女的手段未免太残酷了! 你的兄弟也是一个帮凶的人。你现在也受到惩罚了,西巴斯辛! 你,我的骨肉之亲的兄弟,为着野心,忘却了怜悯和天性;在这里又要和西巴斯辛谋弑你们的君王,为着这缘故他的良心的受罚是十分厉害的;我宽恕了你,虽然你的天性是这样刻薄! 他们的知觉的浪潮已经在渐渐激涨起来,不久便要冲上了现在还是一片黄泥的理智的海岸。在他们中间还不曾有一个人看见我,或者会认识我。爱丽儿,给我到我的洞里去把我的帽子和佩剑拿来。(*爱丽儿下*)我要显出我的本来面目,重新打扮做旧时的米兰公爵的样子。快一些,精灵! 你不久就可以自由了。

　　爱丽儿重上,唱歌,一面帮助普洛斯彼罗装束。

爱丽儿　(*唱*)

　　　　蜂儿吮啜的地方,我也在那儿吮啜;

　　　　在一朵莲香花的冠中我躺着休息;

　　　　我安然睡去,当夜枭开始它的呜咽。

　　　　骑在蝙蝠背上我快活地飞舞翩翩,

快活地快活地追随着逝去的夏天；

快活地快活地我要如今

向垂在枝头的花底安身。

普洛斯彼罗　啊,这真是我的可爱的爱丽儿！我真舍不得你；但你必须有你的自由。——好了,好了。——你仍旧隐着身子,到国王的船里去：水手们都在舱口下面熟睡着,先去唤醒了船长和水手长之后,把他们引到这里来！快一些。

爱丽儿　我乘风而去,不等到你的脉搏跳了两跳就回来。(下。)

贡柴罗　这儿有着一切的迫害、苦难、惊奇和骇愕；求神圣把我们带出这可怕的国土吧！

普洛斯彼罗　请您看清楚,大王,被害的米兰公爵普洛斯彼罗在这里。为要使您相信对您讲话的是一个活着的邦君,让我拥抱您；对于您和您的同伴们,我是竭诚欢迎！

阿隆佐　我不知道你真的是不是他,或者不过是一些欺人的鬼魅,如同我不久以前所遇到的。但是你的脉搏跳得和寻常血肉的人一样；而且自从我一见你之后,那使我发狂的精神上的痛苦已减轻了些。如果这是一件实在发生的事,那定然是一段最稀奇的故事。你的公国我奉还给你,并且恳求你饶恕我的罪恶。——但是普洛斯彼罗怎么还会活着而且在这里呢？

普洛斯彼罗　尊贵的朋友,先让我把您老人家拥抱一下；您的崇高是不可以限量的。

贡柴罗　我不能确定这是真实还是虚无。

普洛斯彼罗　这岛上的一些蜃楼海市曾经欺骗了你,以致使你不敢相信确实的事情。——欢迎啊,我的一切的朋友们！(向西巴斯辛、安东尼奥旁白)但是你们这一对贵人,要是我不客气的话,可以当场证明你们是叛徒,叫你们的王上翻过脸来；可是现在我不想揭发你们。

西巴斯辛　(旁白)魔鬼在他嘴里说话吗？

普洛斯彼罗　不。讲到你,最邪恶的人,称你是兄弟也会玷污了我的齿舌,但我饶恕了你的最卑劣的罪恶,一切全不计较；我单单要向你讨还我的公国,我知道那是你不得不把它交还的。

阿隆佐　如果你是普洛斯彼罗,请告诉我们你的遇救的详情,怎么你会在这里遇见我们。在三小时以前,我们的船毁没在这海岸的附近；在这里,最使我想起了心中惨痛的,我失去了我的亲爱的儿子腓迪南!

普洛斯彼罗　我听见这消息很悲伤,大王。

阿隆佐　这损失是无可挽回的,忍耐也已经失去了它的效用。

普洛斯彼罗　我觉得您还不曾向忍耐求助。我自己也曾经遭到和您同样的损失,但借着忍耐的慈惠的力量,使我安之若素。

阿隆佐　你也遭到同样的损失!

普洛斯彼罗　对我正是同样重大,而且也是同样新近的事;比之您,我更缺少任何安慰的可能,我所失去的是我的女儿。

阿隆佐　一个女儿吗?天啊!要是他们俩都活着,都在那不勒斯,一个做国王,一个做王后,那将是多么美满!真能这样的话,我宁愿自己长眠在我的孩子现今所在的海底。你的女儿是什么时候失去的?

普洛斯彼罗　就在这次暴风雨中。我看这些贵人们由于这次的遭遇,太惊愕了,惶惑得不能相信他们眼睛所见的是真实,他们嘴里所说的是真的言语。但是,不论你们心里怎样迷惘,请你们相信我确实便是普洛斯彼罗,从米兰被放逐出来的公爵;因了不可思议的偶然,恰恰在这儿你们沉舟的地方我登上陆岸,做了岛上的主人。关于这事现在不要再多谈了,因为那是要好多天才讲得完的一部历史,不是一顿饭的时间所能叙述得了,而且也不适宜于我们这初次的相聚。欢迎啊,大王!这洞窟便是我的宫廷,在这里我也有寥寥几个侍从,没有一个外地的臣民。请您向里面探望一下。因为您还给了我的公国,我也要把一件同样好的礼物答谢您;至少也要献出一个奇迹来,使它给与您安慰,正像我的公国安慰了我一样。

　　　　　洞门开启,腓迪南与米兰达在内对弈。

米兰达　好人,你在安排着作弄我。

腓迪南　不,我的最亲爱的,即使给我整个的世界我也不愿欺弄你。

米兰达　我说你作弄我;可是就算你并吞了我二十个王国,我还是认为这是一场公正的游戏。

阿隆佐　倘使这不过是这岛上的一场幻景,那么我将要两次失去我的亲爱的孩子了。

西巴斯辛　不可思议的奇迹!

腓迪南　海水虽然似乎那样凶暴,然而却是仁慈的;我错怨了它们。(向阿隆佐跪下。)

阿隆佐　让一个快乐的父亲的所有的祝福拥抱着你！起来,告诉我你是怎么
　　到这里来的。

米兰达　神奇啊！这里有多少好看的人！人类是多么美丽！啊,新奇的世界,
　　有这么出色的人物！

普洛斯彼罗　对于你这是新奇的。

阿隆佐　和你一起玩着的这姑娘是谁？你们的认识顶多也不过三个钟头罢
　　了。她是不是就是把我们拆散了又使我们重新聚合的女神？

腓迪南　父亲,她是凡人,但借着上天的旨意她是属于我的;我选中她的时候,
　　无法征询父亲的意见,而且那时我也不相信我还有一位父亲。她就是这
　　位著名的米兰公爵的女儿;我常常听见说起过他的名字,但从没有看见过
　　他一面。从他的手里我得到了第二次生命;而现在这位小姐使他成为我
　　的第二个父亲。

阿隆佐　那么我也是她的父亲了;但是唉,听起来多么使人奇怪,我必须向我
　　的孩子请求宽恕！

普洛斯彼罗　好了,大王,别再说了;让我们不要把过去的不幸重压在我们的
　　记忆上。

贡柴罗　我的心中感激得说不出话来，否则我早就开口了。天上的神明们，请俯视尘寰，把一顶幸福的冠冕降临在这一对少年的头上；因为把我们带到这里来相聚的，完全是上天的主意！

阿隆佐　让我跟着你说"阿门"，贡柴罗！

贡柴罗　米兰的主人被逐出米兰，而他的后裔将成为那不勒斯的王族吗？啊，这是超乎寻常喜事的喜事，应当用金字把它铭刻在柱上，好让它传至永久。在一次航程中，克拉莉贝尔在突尼斯获得了她的丈夫；她的兄弟腓迪南又在他迷失的岛上找到了一位妻子；普洛斯彼罗在一座荒岛上收回了他的公国；而我们大家呢，在每个人迷失了本性的时候，重新找着了各人自己。

阿隆佐　（向腓迪南、米兰达）让我握你们的手：谁不希望你们快乐的，让忧伤和悲哀永远占据他的心灵！

贡柴罗　愿如大王所说的，阿门！

　　　　爱丽儿重上，船长及水手长惊愕地随在后面。

贡柴罗　瞧啊，大王！瞧！又有几个我们的人来啦。我曾经预言过，只要陆地上有绞架，这家伙一定不会淹死。喂，你这谩骂的东西！在船上由得你指天骂日，怎么一上了岸啊都不响了呢？难道你没有把你的嘴巴带到岸上来吗？说来，有什么消息？

水手长　最好的消息是我们平安地找到了我们的王上和同伴；其次，在三个钟头以前我们还以为已经撞碎了的我们那条船，却正和第一次下水的时候那样结实、完好而齐整。

爱丽儿　（向普洛斯彼罗旁白）主人，这些都是我去了以后所做的事。

普洛斯彼罗　（向爱丽儿旁白）我的足智多谋的精灵！

阿隆佐　这些事情都异乎寻常；它们越来越奇怪了。说，你怎么会到这儿来的？

水手长　大王，要是我自己觉得我是清清楚楚地醒着，也许我会勉强告诉您。可是我们都睡得像死去一般，也不知道怎么一下子，都给关闭在舱口底下了。就在不久之前我们听见了各种奇怪的响声——怒号、哀叫、狂呼、铛锒的铁链声以及此外许多可怕的声音，把我们闹醒。立刻我们就自由了，个个都好好儿的；我们看见壮丽的王船丝毫无恙，明明白白在我们的眼前；我们的船长一面看着它，一面手舞足蹈。忽然一下子莫名其妙地,我们就像在梦中一样糊里糊涂地离开了其余的兄弟,被带到这里来了。

爱丽儿　(向普洛斯彼罗旁白)干得好不好?

普洛斯彼罗　(向爱丽儿旁白)出色极了,我的勤劳的精灵! 你就要得到自由了。

阿隆佐　这真叫人像坠入五里雾中一样! 这种事情一定有一个超自然的势力在那儿指挥着;愿神明的启迪给我们一些指示吧!

普洛斯彼罗　大王,不要因为这种怪事而使您心里迷惑不宁;不久我们有了空暇,我便可以简简单单地向您解答这种种奇迹,使您觉得这一切的发生,未尝不是可能的事。现在请高兴起来,把什么事都往好的方面着想吧。(向爱丽儿旁白)过来,精灵;把凯列班和他的伙伴们放出来,解去他们身上的魔法。(爱丽儿下)怎样,大王? 你们的一伙中还缺少几个人,一两个为你们所忘怀了的人物。

　　　　　爱丽儿驱凯列班、斯丹法诺、特林鸠罗上,各人穿着他们所偷得的衣服。

斯丹法诺　让各人为别人打算,不要顾到自己,①因为一切都是命运。勇气啊! 出色的怪物,勇气啊!

特林鸠罗　要是装在我头上的眼睛不曾欺骗我,这里的确是很堂皇的样子。

凯列班　塞提柏斯呀! 这些才真是出色的精灵! 我的主人真是一表非凡! 我怕他要责罚我。

西巴斯辛　哈哈! 这些是什么东西,安东尼奥大人? 可以不可以用钱买的?

安东尼奥　大概可以吧;他们中间的一个完全是一条鱼,而且一定很可以卖几个钱。

普洛斯彼罗　各位大人,请瞧一瞧这些家伙们身上穿着的东西,就可以知道他们是不是好东西。这个奇丑的恶汉的母亲是一个很有法力的女巫,能够叫月亮都听她的话,能够支配着本来由月亮操纵的潮汐。这三个家伙做贼偷了我的东西;这个魔鬼生下来的杂种又跟那两个东西商量谋害我的生命。那两人你们应当认识,是您的人;这个坏东西我必须承认是属于我的。

---

① 斯丹法诺正酒醉糊涂,语无伦次;按照他的本意,他该是想说:"让各人为自己打算,不要顾到别人。"

822

凯列班　我免不了要被拧得死去活来。

阿隆佐　这不是我的酗酒的膳夫斯丹法诺吗？

西巴斯辛　他现在仍然醉着；他从哪儿来的酒呢？

阿隆佐　这是特林鸠罗，看他醉得天旋地转。他们从哪儿喝这么多的好酒，把他们的脸染得这样血红呢？你怎么会变成这种样子？

特林鸠罗　自从我离开了你之后，我的骨髓也都浸酥了；我想这股气味可以熏得连苍蝇也不会在我的身上下卵了吧？

西巴斯辛　喂，喂，斯丹法诺！

斯丹法诺　啊！不要碰我！我不是什么斯丹法诺，我不过是一堆动弹不得的烂肉。

普洛斯彼罗　狗才，你要做这岛上的王，是不是？

斯丹法诺　那么我一定是个倒楣的王爷。

阿隆佐　这样奇怪的东西我从来没有看见过。（指凯列班。）

普洛斯彼罗　他的行为跟他的形状同样都是天生的下劣。——去，狗才，到我的洞里去；把你的同伴们也带了进去。要是你希望我饶恕的话，把里面打扫得干净点儿。

凯列班　是，是，我就去。从此以后我要聪明一些，学学讨好的法子。我真是一头比六头蠢驴合起来还蠢的蠢货！竟会把这种醉汉当作神明，向这种蠢材叩头膜拜！

普洛斯彼罗　快滚开！

阿隆佐　滚吧，把你们那些衣服仍旧归还到原来寻得的地方去。

西巴斯辛　什么寻得，是偷的呢。（凯列班、斯丹法诺、特林鸠罗同下。）

普洛斯彼罗　大王，我请您的大驾和您的随从们到我的洞窟里来；今夜暂时要屈你们在这儿宿一夜。一部分的时间我将消磨在谈话上，我相信那种谈话会使时间很快溜过；我要告诉您我的生涯中的经历，以及一切自从我到这岛上来之后所遭遇的事情。明天早晨我要带着你们上船回到那不勒斯去；我希望我们所疼爱的孩子们的婚礼就在那儿举行；然后我要回到我的米兰，在那儿等待着瞑目长眠的一天。

阿隆佐　我渴想听您讲述您的经历，那一定会使我们的耳朵着迷。

普洛斯彼罗　我将从头到尾向您细讲；并且答应您一路上将会风平浪静，有吉利的顺风吹送，可以赶上已经去远了的您的船队。（向爱丽儿旁白）爱丽儿,我的小鸟,这事要托你办理;以后你便可以自由地回到空中,从此我们永别了!——请你们过来。(同下。)

收 场 诗

普洛斯彼罗致辞：
现在我已把我的魔法尽行抛弃，
剩余微弱的力量都属于我自己；
横在我面前的分明有两条道路，
不是终生被符箓把我在此幽锢，
便是凭藉你们的力量重返故郭。
既然我现今已把我的旧权重握，
饶恕了迫害我的仇人，请再不要
把我永远锢闭在这寂寞的荒岛！
求你们解脱了我灵魂上的系锁，
赖着你们善意殷勤的鼓掌相助；
再烦你们为我吹嘘出一口和风，
好让我们的船只一齐鼓满帆篷。
否则我的计划便落空。我再没有
魔法迷人，再没有精灵为我奔走；
我的结局将要变成不幸的绝望，
除非依托着万能的祈祷的力量，
它能把慈悲的神明的中心刺彻，
赦免了可怜的下民的一切过失。
你们有罪过希望别人不再追究，
愿你们也格外宽大，给我以自由！（下。）

"中国翻译家译丛"书目

（以作者出生年先后排序）

第 一 辑

书 名	作 者
罗念生译《古希腊戏剧》	［古希腊］埃斯库罗斯 等
朱光潜译《柏拉图文艺对话集》《歌德谈话录》	［古希腊］柏拉图　［德国］爱克曼
纳训译《一千零一夜》	
丰子恺译《源氏物语》	［日本］紫式部
田德望译《神曲》	［意大利］但丁
杨绛译《堂吉诃德》	［西班牙］塞万提斯
朱生豪译《莎士比亚戏剧》	［英国］莎士比亚
罗大冈译《波斯人信札》	［法国］孟德斯鸠
查良铮译《唐璜》	［英国］拜伦
冯至译《德国，一个冬天的童话》	［德国］海涅 等
傅雷译《幻灭》	［法国］巴尔扎克
叶君健译《安徒生童话》	［丹麦］安徒生
杨必译《名利场》	［英国］萨克雷
耿济之译《卡拉马佐夫兄弟》	［俄国］陀思妥耶夫斯基
潘家洵译《易卜生戏剧》	［挪威］易卜生
张友松译《汤姆·索亚历险记》《哈克贝利·费恩历险记》	［美国］马克·吐温
汝龙译《契诃夫短篇小说》	［俄国］契诃夫
冰心译《吉檀迦利》《先知》	［印度］泰戈尔　［黎巴嫩］纪伯伦
王永年译《欧·亨利短篇小说》	［美国］欧·亨利
梅益译《钢铁是怎样炼成的》	［苏联］尼·奥斯特洛夫斯基

第 二 辑

第 三 辑